DER EWIGE BRUNNEN

DER EWIGE BRUNNEN

Deutsche Gedichte aus zwölf Jahrhunderten

Gesammelt und herausgegeben von

Dirk von Petersdorff

C.H.Beck

Die erste Ausgabe des «Ewigen Brunnen» erschien, herausgegeben von Ludwig Reiners, im Jahr 1955. 1959 folgte eine zweite, durchgearbeitete und erweiterte Ausgabe. 2005 erschien die «Jubiläumsausgabe», herausgegeben von Ludwig Reiners (†), aktualisiert und erweitert von Albert von Schirnding.

www.chbeck.de
Einbandgestaltung: Kunst oder Reklame, München
Einbandabbildung und Innenabbildungen: © AdobeStock, Ilja Podoprigorow
Satz: Fotosatz Amann, Memmingen
Druck und Bindung: GGP Media GmbH, Pößneck
Gedruckt auf säurefreiem, alterungsbeständigem Papier
Printed in Germany
ISBN 978 3 406 67642 0

myclimate

klimaneutral produziert
www.chbeck.de/nachhaltig

Inhalt

Vorwort ~ ~ ~ ~ ~ ~ ~ ~ 7

Kindheit ~ ~ ~ ~ ~ ~ ~ ~ 13

Jugend ~ ~ ~ ~ ~ ~ ~ ~ 55

Höhen und Tiefen der Liebe ~ ~ ~ ~ 93

Frau sein, Mann sein? ~ ~ ~ ~ ~ 179

In der Lebensmitte ~ ~ ~ ~ ~ ~ 211

Aufbrüche, Umbrüche ~ ~ ~ ~ ~ 239

Ermutigung und Trost ~ ~ ~ ~ ~ 269

Aus dem Alltag ~ ~ ~ ~ ~ ~ ~ 293

Das Alter ~ ~ ~ ~ ~ ~ ~ ~ 361

Gedanken an den Tod ~ ~ ~ ~ ~ 399

Natur erfahren ~ ~ ~ ~ ~ ~ ~ 459

Stadt, Land, Fluss ~ ~ ~ ~ ~ ~ 503

Mythen und Legenden ~ ~ ~ ~ ~ 575

In der Einsamkeit ~ ~ ~ ~ ~ ~ 645

Lebenskunst ~ ~ ~ ~ ~ ~ ~ 675

Essen und Trinken ~ ~ ~ ~ ~ ~ 729

Zum Lachen ~ ~ ~ ~ ~ ~ ~ 767

Feste feiern ~ ~ ~ ~ ~ ~ ~ 809

Auf dem Feld der Politik ~ ~ ~ ~ ~ 853

Krieg, Flucht, Vernichtung ~ ~ ~ ~ 919

Heimweh oder Fernweh ~ ~ ~ ~ ~ 957

Über die Dichter ~ ~ ~ ~ ~ ~ 979

Vergänglichkeit ~ ~ ~ ~ ~ ~ ~ 1025

Glaube und Zweifel ~ ~ ~ ~ ~ ~ 1055

Über den Herausgeber ~ ~ ~ ~ ~ 1113

Rechtenachweise ~ ~ ~ ~ ~ ~ 1114

Gedichttitel und -anfänge ~ ~ ~ ~ ~ 1125

Register der Autorinnen und Autoren ~ ~ 1160

Vorwort

Als «Der ewige Brunnen» 1955 das erste Mal erschien, fand er umgehend Beachtung und weite Verbreitung. Dabei hatte der Herausgeber Ludwig Reiners auf eine viel ältere Idee zurückgegriffen. Der erste Impuls stammte von Goethe, und aus ihm ergab und ergibt sich bis heute die besondere Anordnung der weit über 1000 Gedichte. Denn im Unterschied zu anderen großen lyrischen Sammlungen wird hier nicht chronologisch geordnet, also eine Geschichte der deutschsprachigen Lyrik abgebildet. «Der ewige Brunnen» stellt Gedichte vielmehr so zusammen, dass sie Lebenssituationen erfassen, auf Herausforderungen reagieren, Erfahrungen in Bilder und Klänge übersetzen. Hier werden Legenden erzählt, sind Schmerz und Freude hörbar, sollen die Leserinnen und Leser getröstet, aber auch verunsichert werden. Die menschlichen Lebensphasen von der Kindheit bis ins hohe Alter kommen vor, und insgesamt dient die Sammlung dem besseren Verstehen und reicheren Empfinden jener Zusammenhänge, in denen wir uns bewegen. Auch in digitalen Zeiten kann der «Brunnen» durch die Auswahl aus den unzähligen Gedichten und die besondere thematische Anordnung diese Aufgabe erfüllen.

Aber noch einmal zurück zu den Anfängen: Goethe erhielt im August 1808 eine Anfrage von Friedrich Immanuel Niethammer, den er aus Jena kannte. Dieser schlug ihm die Herausgabe eines lyrischen ‹Volksbuchs› vor. Goethe antwortete, dass er einen ähnlichen Plan schon länger in Gedanken verfolge. Daraufhin legte er eine Reihe von Notizen an: Die aufzunehmenden Gedichte sollen vielfältig sein. Ganz einfache Verse mit Alltagsbegebenheiten können neben dem Hohen und Ideellen stehen. Es müsse um Sitten und Tugenden gehen, aber auch naive Scherze und Derbheiten fänden ihren Platz. Finge man mit einer Ode an Gott an, könnte man mit Studenten- und Handwerksliedern fortfahren und mit einem Spottgedicht enden. Alle lyrischen Formen dürfen vertreten sein, der alte deutsche Knittelvers, aber genauso die ursprünglich romanischen Formen wie Sonette und Terzinen.

Ebenso sprach Goethe schon von Rubriken, nach denen zu ordnen wäre: Gedichte über Gott, Unsterblichkeit, höhere Sehnsucht und Liebe kämen zuerst, es folgten Sittlichkeit, Anhänglichkeit an Familie und Vaterland, schließlich Mythen, Fabeln und Legenden. Dabei sollten die Gedichte nie einfach Lehren vermitteln, sondern das Gefühl und Gemüt bewegen. So könnten sie auch auf den Charakter der Leser wirken – hier nimmt Goethe eine Bildungsidee seines Briefpartners Niethammer auf.

Mit dem «Ewigen Brunnen» wurde dieser Plan, den Goethe selbst nicht umsetzte, 150 Jahre später realisiert. Im Untertitel hieß er zuerst «Ein Volksbuch deutscher Dichtung», später wurde daraus die schöne Formulierung «Hausbuch». In der Neuausgabe haben wir auf sie verzichtet, denn in der Gegenwart wird zu oft umgezogen, bleibt der «Brunnen» daher seltener in einem Haus stehen, um dort der nächsten Generation zu dienen. Stattdessen wird er von Wohnung zu Wohnung mitgenommen, ist also eher als Lebensbegleiter gedacht. Doch wie in früheren Zeiten soll er bereitstehen, wenn man Ermutigung oder Trost braucht, ein Gedicht zu einem bestimmten Anlass benötigt, wenn man zu einer eigenen Naturerfahrung einen lyrischen Ausdruck sucht oder sich etwas zum Lachen gönnen möchte. Damit sind schon einige Rubriken dieser Neuausgabe benannt. Als es an den Plan dafür ging, hat sich im Verlag C.H.Beck eine kleine Arbeitsgruppe gebildet und überlegt, welche Lebenssituationen, Anlässe und Themen gegenwärtig relevant sein dürften. Dabei gibt es Gemeinsamkeiten mit der ersten Ausgabe, denn am Anfang stehen weiterhin die Lebensphasen von der Kindheit bis zum Alter, aber es finden sich auch neu aufgenommene oder veränderte Kapiteltitel wie «Aufbrüche, Umbrüche», «Glaube und Zweifel» oder «Krieg, Flucht, Vernichtung». So kann der neue «Ewige Brunnen» auch für Leserinnen und Leser interessant sein, die schon eine ältere Auflage besitzen.

Natürlich hat sich auch die Gedichtauswahl verändert. Mehr als 500 Gedichte des bisherigen Bestands wurden ausgetauscht. Das ist kein Votum gegen die Entscheidungen früherer Generationen, sondern folgt Veränderungen in der Lebensführung, im Denken und sicher auch im Gefühlshaushalt. Die Welt, aus der Ludwig Reiners (geb. 1896) und seine Lektorin Gertrud Grote stammten, war sozial, politisch und mental eine ganz andere als unsere. Daher hat schon Albert von Schirnding, der 2005 eine wichtige Überarbeitung vornahm, den ursprünglichen Gedichtbestand verändert. In seinem Vorwort zur Jubiläumsausgabe 50 Jahre nach der Erstveröffentlichung spricht er von der gleichbleibenden Idee der Sammlung, die «möglichst immer griffbereit» sein sollte, um bei «den verschiedensten Gelegenheiten herangezogen» zu werden. Ebenso begründet er aber Streichungen und Neuaufnahmen von Gedichten.

Denn jeder Herausgeber ist von seiner Zeit und deren Vorlieben geprägt, und so war in Reiners' «Volksbuch» die Lyrik des 19. Jahrhunderts überreichlich vertreten. Auch Gedichte seiner Weggefährten aus der ersten Hälfte des 20. Jahrhunderts fanden sich in großer Zahl. Die Gedichtauswahl musste und muss aber in Richtung Gegenwart voranschreiten, und daher sind in dieser Neuausgabe die letzten Jahrzehnte mit vielen neuen Stimmen vorhanden, die direkte Gegenwartslyrik mit einigen. Signifikant höher ist die Zahl der Autorinnen, denn hier galt es, Ungleichgewichte einer männlich dominierten Literaturgeschichtsschreibung wenigstens ansatzweise auszugleichen. Auch ansonsten sollte dieser neue «Brunnen» vielfältiger ausfallen. Die kulturellen und religiösen Hintergründe der Gedichte liegen weiter auseinander, so sind jüdische Autoren, die auf Deutsch veröffentlicht haben, jetzt öfter zu lesen. Daher ist auch das Wort «deutsch» im Untertitel unserer Anthologie vor allem auf die Sprache zu beziehen. Paul Celan zum Beispiel, dessen «Todesfuge» im Kapitel «Krieg, Flucht, Vernichtung» steht, hat sich entschieden, auf Deutsch zu veröffentlichen. Er ist in Czernowitz, heute in der Ukraine, als Kind einer jüdischen Familie geboren. Seine Eltern wurden Opfer der Judenverfolgung, so dass er seine Gedichte in der Sprache der Täter schrieb.

Auch politisch hat sich die Neuausgabe verändert, denn Reiners besaß eine irritierende Unempfindlichkeit gegenüber Autoren, die sich zustimmend zum Nationalsozialismus verhalten hatten.* In diesem Bereich hat schon Albert von Schirnding Streichungen vorgenommen, die ich fortgeführt habe. Dabei konnte es allerdings nicht um eine vollständige politische Reinigung auf Kosten literarischer Qualität gehen. Agnes Miegel zum Beispiel, eine entschieden

* Zu Ludwig Reiners und der Diskussion um seine Person vgl. Stefan Rebenich, C.H.Beck 1763–2013. Der kulturwissenschaftliche Verlag und seine Geschichte, München 2013, S. 406–408.

nationalsozialistische Autorin, ist weiterhin mit zwei eindrucksvollen und unpolitischen Balladen vertreten. Auch aus früheren Phasen darf nicht einfach das Fremde oder Irritierende gelöscht werden. Theodor Körners Gedicht «Lützows wilde Jagd» aus den Befreiungskriegen, das man kriegsbegeistert nennen kann, steht in der Nähe von Adelbert von Chamissos Porträt eines Invaliden aus eben diesen Kriegen. Beide Perspektiven hat es gegeben, beide sollen im kulturellen Gedächtnis des «Brunnens» aufbewahrt werden.

Eine leichtere und harmlosere Entscheidung betraf die Aufnahme von Lied- und Songtexten des 20. Jahrhunderts und der Gegenwart. «Der ewige Brunnen» sollte immer volkstümlich sein, schon Goethe hatte vom Vortrefflichen gesprochen, das zugleich populär sei. Also können Popsongs, die viele von uns im Kopf haben, einen Platz in der Anthologie einnehmen: von den Songs der Comedian Harmonists oder Marlene Dietrichs bis hin zu Udo Lindenberg oder Judith Holofernes mit ihrem «Denkmal». Lieder standen immer im Zentrum der Gattung Gedicht, und zwischen ernster Lyrik und vermeintlich nur unterhaltsamen Liedern sollte kein Graben aufgerissen werden.

Bei solchen Entscheidungen kommt man natürlich um individuelle Geschmacksurteile nicht herum. Welches Gedicht aus dem alten «Brunnen» ist für heutige Verhältnisse vielleicht zu bieder? Welches Liebesgedicht ist zu kitschig – wobei kitschige Töne ja nicht verboten sind? Welcher Humor zündet nicht mehr, oder wo wird in einer Weise über Frauen geredet, die heute schwer erträglich ist? Ich habe versucht, meine eigenen Vorlieben zurückzunehmen, habe erfahrene Gedichtleser um ihren Rat gefragt oder um Empfehlungen gebeten, habe andere Anthologien durchgesehen, aber vor allem noch einmal zahlreiche Gedichtausgaben von Autorinnen und Autoren aus allen Jahrhunderten wiedergelesen oder neu gelesen. Dabei sollten die Grenzen möglichst weit gehalten werden, damit ganz unterschiedliche Lesergruppen etwas finden, das ihrer Weltwahrnehmung oder ihren Stimmungen entspricht.

Die ältesten Gedichte stammen aus dem Mittelalter, das früheste ist ein «Merseburger Zauberspruch», der auch deshalb in den «Brunnen» gehört, weil damit gleich der Gebrauchscharakter von Versen hervortritt: Ein Gedicht, das man spricht, kann die Welt verändern. Auch wenn man nicht direkt an magische Wirkungen glaubt, hat die Lyrik diese Nähe zur Zauberkraft oder Verzauberung immer behalten. Mittelhochdeutsche Gedichte werden in unserer Sammlung im Original und in einer neuhochdeutschen Übertragung wiedergegeben, um ein einfaches Verständnis zu ermöglichen. Gedichte aus der frühen Neuzeit, vor allem solche aus der Phase des Barock, finden sich in einer sprachlich modernisierten Fassung, um Zugangsschwierigkeiten möglichst gering zu halten. «Der ewige Brunnen» erhebt nicht den Anspruch einer literaturwissenschaftlichen Edition, auch wenn wir uns natürlich um verlässliche Textgrundlagen gekümmert haben. In einigen Fällen wurden Gedichte in gekürzter Form aufgenommen. Eine solche Entscheidung trifft man nicht leicht, aber sie ist zum Beispiel im Fall von strophenreichen Kirchenliedern vertretbar, von denen meist nur einzelne Strophen gesungen werden. Gelegentlich wurde aus einem Gedichtzyklus ein Abschnitt ausgewählt, um die Lesenden mit einer lyrischen Sichtweise vertraut zu machen, die sie sonst gar nicht kennengelernt hätten, weil der Gesamtzusammenhang schlicht zu lang ist.

Eine weitere Frage stellte sich bei der Anordnung der Gedichte innerhalb der einzelnen Kapitel. Dabei habe ich versucht, thematisch verwandte Gedichte zusammenzustellen. Im umfangreichsten Kapitel, «Höhen und Tiefen der Liebe», stehen zum Beispiel Gedichte, die eine erfüllte Liebe schildern, beieinander, ebenso solche, die Sehnsuchtsgefühle ausdrücken. Wiederum andere reden von Trennungen oder blicken auf eine Liebesbeziehung zurück. So entstehen Unterkapitel, die nicht typographisch herausgehoben sind, aber das leichtere Auffinden von Gedichten ermöglichen, die man gerade lesen möchte, etwa weil man etwas der eigenen Situation Entsprechendes oder davon Ablenkendes sucht. Aus solchen Unterkapiteln geht auch ein weiterer Reiz hervor, weil für das Liebesglück oder das Scheitern die Ausdrucksformen weit auseinanderliegender Jahrhunderte zusammenkommen. Denn auf eine chronologische Anordnung wurde mit Ausnahme der Kapitel zur Politik und zum Krieg verzichtet.

Während der Arbeit an dieser Neuausgabe haben mir ältere Bekannte mehrmals sinngemäß gesagt: «Der ewige Brunnen, das war meine erste Bekanntschaft mit Gedichten, er hat mir diese Welt aufgeschlossen.» Im besten Fall soll die Neuausgabe diese eröffnende Wirkung in jüngeren Generationen entfalten, damit es weitergeht mit dem Verständnis lyrischer Formen, die Bedeutung für das eigene Denken und Fühlen besitzen.

Am Ende ist Dank zu sagen: Jonathan Beck, der als Verleger die Entscheidung zur Neuausgabe in ökonomisch unübersichtlichen Zeiten getroffen hat. Den Lektorinnen Teresa Löwe für die Anfänge und dann vor allem Stefanie Hölscher für die Umsicht, Ruhe und gleichzeitige Entschiedenheit, mit der sie das Vorhaben koordiniert hat. Einen wichtigen Beitrag hat Jacqueline Neumann in Jena geleistet. Fliegende Blätter, wuchernde Dateien, Formatierungsvorgaben und tausend Fragen: Sie hat alles im Griff behalten und gelenkt. Tatkräftige Unterstützung kam von Laura Ilse, weiterhin von Eva-Sophia Haußen, Anne Groß, Hannes Walter und Jens Ole Schneider. Die Herstellung schließlich lag in den Händen von Jörg Alt.

Ganz persönlich danke ich jenen Menschen, die mir den Zugang zu Gedichten als besonders geformter Sprache ermöglicht haben: zwei Deutschlehrerinnen am Anfang und Ende der Schullaufbahn, Hilke Röschmann und Irmgard Fuhrhans, und meiner Mutter, die ihren eigenen inneren «Brunnen» auswendig mit sich herumtrug und passende Gedichte parat hatte.

Jena, im Herbst 2022 Dirk von Petersdorff

KINDHEIT

HEILE, HEILE SEGEN

Heile, heile Segen,
drei Tage Regen,
drei Tage Sonnenschein,
wird bald wieder besser sein.
Anonym

WIEGENLIED

Singet leise, leise, leise,
singt ein flüsternd Wiegenlied,
von dem Monde lernt die Weise,
der so still am Himmel zieht.

Singt ein Lied so süß gelinde,
wie die Quellen auf den Kieseln,
wie die Bienen um die Linde
summen, murmeln, flüstern, rieseln.
Clemens Brentano

AUF EIN SCHLUMMERNDES KIND

Wenn ich, o Kindlein, vor dir stehe,
Wenn ich im Traum dich lächeln sehe,
    Wenn du erglühst so wunderbar,
Da ahne ich mit süßem Grauen:
Dürft' ich in deine Träume schauen,
    So wär' mir alles, alles klar!

Dir ist die Erde noch verschlossen,
Du hast noch keine Lust genossen,
Noch ist kein Glück, was du empfingst;
Wie könntest du so süß denn träumen,
Wenn du nicht noch in jenen Räumen,
Woher du kamest, dich ergingst?

Friedrich Hebbel

SCHLUMMERLIED

Will du auf Töpfchen?
Fühlst du ein Dürstchen?
Oder ein Würstchen?

Senke dein Köpfchen.

Draußen die schwarze, kalte
Nacht ist böse und fremd.
Deine Hände falte.
Der liebe Gott küßt dein
Hemd.

Gute Ruh!
Ich bin da,
Deine Mutter, Mama;
Müde wie du.

Nichts mehr sagen –
Nicht fragen –
Nichts wissen –
Augen zu.
Horch in dein Kissen:
Es atmet wie du.

Joachim Ringelnatz

EIA WASSER REGNET SCHLAF

I

eia wasser regnet schlaf
eia abend schwimmt ins gras
wer zum wasser geht wird schlaf
wer zum abend kommt wird gras
weißes wasser grüner schlaf

großer abend kleines gras
es kommt es kommt
ein fremder

II
was sollen wir mit dem ertrunkenen matrosen tun?
wir ziehen ihm die stiefel aus
wir ziehen ihm die weste aus
und legen ihn ins gras

mein kind im fluß ist's dunkel
    mein kind im fluß ist's naß

was sollen wir mit dem ertrunkenen matrosen tun?
    wir ziehen ihm das wasser an
    wir ziehen ihm den abend an
    und tragen ihn zurück

        mein kind du mußt nicht weinen
        mein kind das ist nur schlaf

was sollen wir mit dem ertrunkenen matrosen tun?
    wir singen ihm das wasserlied
    wir sprechen ihm das grasgebet
    dann will er gern zurück

III
es geht es geht
ein fremder
ins große gras den kleinen abend
im weißen schlaf das grüne naß
und geht zum gras und wird ein abend
und kommt zum schlaf und wird ein naß
eia schwimmt ins gras der abend
eia regnet's wasserschlaf

Elisabeth Borchers

GUTEN ABEND, GUT' NACHT

Guten Abend, gut' Nacht,
mit Rosen bedacht
mit Näglein besteckt
schlüpf unter die Deck!
Morgen früh, wenn Gott will,
wirst du wieder geweckt,
morgen früh, wenn Gott will,
wirst du wieder geweckt.

Anonym

WEISST DU, WIEVIEL STERNLEIN STEHEN

Weißt du, wieviel Sternlein stehen
an dem blauen Himmelszelt?
Weißt du, wieviel Wolken gehen
weithin über alle Welt?
Gott der Herr hat sie gezählet,
daß ihm auch nicht eines fehlet
an der ganzen großen Zahl.

Weißt du, wieviel Mücklein spielen
in der hellen Sonnenglut?
wieviel Fischlein auch sich kühlen
in der hellen Wasserflut?
Gott der Herr rief sie mit Namen,
daß sie all ins Leben kamen,
daß sie nun so fröhlich sind.

Weißt du, wieviel Kinder frühe
stehn aus ihren Bettlein auf,
daß sie ohne Sorg' und Mühe
fröhlich sind im Tageslauf?
Gott im Himmel hat an allen
seine Lust, sein Wohlgefallen,
kennt auch dich und hat dich lieb.

Wilhelm Hey

ANNAS ABENDLIED

Gute Nacht, ihr wilden Vögel
ich geh jetzt zur Ruh
und euer Flügelschlagen
sei mir ein Lied dazu.

Gute Nacht, ihr dunklen Flüsse
ich geh nun langsam fort
und euer nahes Rauschen
sei mir ein Abschiedswort.

Gute Nacht, ihr schwarzen Wolken
ich bleibe nicht mehr hier
und euer großer Regen
sei eine Decke mir.

Gute Nacht, ihr fernen Winde
ich bin schon fast vorbei
und euer kühles Wehen
ein Wegweiser mir sei.

Gute Nacht, ihr weisen Leute
ich höre nicht mehr zu
und eure großen Worte
verstummen in der Ruh.

Thomas Brasch

FARBEN DER NACHT

nachts sind alle katzen grau
nachts sind alle hunde blau
nachts sind alle bäume rot
nachts sind alle räume tot

und doch liegt im totenraum
unter einem roten baum
ein kleiner mensch im warmen nest
hält katzengrau und hundsblau fest

Arne Rautenberg

DIE KINDHEIT UND DIE GOTTHEIT

Weil sich die Gottheit hat in Kindheit mir erzeigt,
Bin ich der Kindheit und der Gottheit gleich geneigt.

Angelus Silesius

FINGER ZÄHLEN

Der ist in Brunnen gefallen,
der hat ihn wieder raus geholt,
der hat ihn ins Bett gelegt,
der hat ihn zugedeckt,
und der kleine Schelm da
hat ihn wieder aufgeweckt.

Anonym

HOPPE HOPPE REITER,
wenn er fällt, dann schreit er.
Fällt er in den Teich,
findt ihn keiner gleich.
Fällt er in die Hecken,
fressen ihn die Schnecken,
fressen ihn die Müllermücken,
die ihn vorn und hinten zwicken.
Fällt er in den tiefen Schnee,
dann gefällts ihm nimmermeh.
Fällt er in den Graben,
fressen ihn die Raben.
Fällt er in den Sumpf,
dann macht er einen Plumpf.

Anonym

MORGENS FRÜH UM SECHS

Morgens früh um sechs
kommt die kleine Hex.

Morgens früh um sieb'n
schabt sie gelbe Rüb'n.

Morgens früh um acht
wird Kaffee gemacht.

Morgens früh um neun
geht sie in die Scheun'.

Morgens früh um zehn
holt sie Holz und Spän'.

Feuert an um elf,
kocht dann bis um zwölf.

Fröschebein und Krebs und Fisch,
hurtig, Kinder, kommt zu Tisch!

Anonym

MOTETTO, ALS DER ERSTE ZAHN DURCH WAR

Victoria! Victoria!
Der kleine weiße Zahn ist da.
Du Mutter! komm, und groß und klein
Im Hause! kommt, und kuckt hinein,
Und seht den hellen weißen Schein.

Der Zahn soll Alexander heißen.
Du liebes Kind! Gott halt ihn Dir gesund,
Und geb Dir Zähne mehr in Deinen kleinen Mund,
Und immer was dafür zu beißen!

Matthias Claudius

AN DAS BABY

Alle stehn um dich herum:
Fotograf und Mutti
und ein Kasten, schwarz und stumm,
Felix, Tante Putti ...
    Sie wackeln mit dem Schlüsselbund,
    fröhlich quietscht ein Gummihund.
    «Baby, lach mal!» ruft Mama.
    «Guck», ruft Tante, «eiala!»
Aber du, mein kleiner Mann,
siehst dir die Gesellschaft an ...
Na, und dann – was meinste?
                Weinste.

Später steht um dich herum
Vaterland und Fahnen;
Kirche, Ministerium,
Welsche und Germanen.
    Jeder stiert nur unverwandt
    auf das eigne kleine Land.
    Jeder kräht auf seinem Mist,
    weiß genau, was Wahrheit ist.
Aber du, mein guter Mann,
siehst dir die Gesellschaft an ...
Na, und dann – was machste?
                Lachste.

Kurt Tucholsky

DIE SCHAUKEL

Auf meiner Schaukel in die Höh,
was kann es Schöneres geben!
So hoch, so weit! Die ganze Chaussee
und alle Häuser schweben.

Weit über die Gärten hoch, juchhee,
ich lasse mich fliegen, fliegen;
und alles sieht man, Wald und See,
ganz anders stehn und liegen.

Hoch in die Höh! Wo ist mein Zeh?
Im Himmel! Ich glaube, ich falle!
Das tut so tief, so süß dann weh,
und die Bäume verbeugen sich alle.

Und immer wieder in die Höh,
und der Himmel kommt immer näher;
und immer süßer tut es weh –
der Himmel wird immer höher.

Paula und Richard Dehmel

DER REST DES FADENS

Drachensteigen. Spiel
für große Ebnen ohne Baum und Wasser.
Im offenen Himmel
steigt auf
der Stern aus Papier, unhaltbar
ins Licht gerissen, höher, aus allen Augen
und weiter, weiter

Uns gehört der Rest des Fadens, und daß wir dich kannten.

Sarah Kirsch

LÖWENZAHN

Fliegen im Juni auf weißer Bahn
flimmernde Monde von Löwenzahn,
liegst du versunken im Wiesenschaum,
löschend der Monde flockenden Flaum.

Wenn du sie hauchend im Winde drehst,
Kugel auf Kugel sich weiß zerbläst,
Lampen, die stäubend im Sommer stehn,
wo die Dochte noch wolliger wehn.

Leise segelt das Löwenzahnlicht
über dein weißes Wiesengesicht,
segelt wie eine Wimper blaß
in das zottig wogende Gras.

Monde um Monde wehten ins Jahr,
wehten wie Schnee auf Wange und Haar.
Zeitlose Stunde, die mich verließ,
da sich der Löwenzahn weiß zerblies.

Peter Huchel

IDEALE WAHRHEIT

Gestern entschlief ich im Wald, da sah ich im Traume das kleine
Mädchen, mit dem ich als Kind immer am liebsten verkehrt.
Und sie zeigte mir hoch im Gipfel der Eiche den Kuckuck,
Wie ihn die Kindheit denkt, prächtig gefiedert und groß.
«Drum! dies ist der wahrhaftige Kuckuck!» – rief ich – «Wer sagte
Mir doch neulich, er sei klein nur, unscheinbar und grau?»

Eduard Mörike

DOPPELTE SZENE

Nerven .. kaputt ..
sagte er als ich ihn fragte
welchen Grund ich angeben sollte
dasz er nicht kommen könne

ein Erinnerungsbild
tauchte gleichzeitig auf, er
sitzt im Zimmer und schlägt
zu berstender Platten-
musik den Rhythmus
mit Kopf und Armen, vor-
wärts und rück-
wärts, wie einstmals
auf schwingendem
Schaukelpferd, *das*
selige Kind

für Ernst Jandl

Friederike Mayröcker

MEIN KIND, wir waren Kinder,
zwei Kinder, klein und froh;
wir krochen ins Hühnerhäuschen,
versteckten uns unter das Stroh.

Wir krähten wie die Hähne,
und kamen Leute vorbei –
kikereküh! sie glaubten,
es wäre Hahnengeschrei.

Die Kisten auf unserem Hofe,
die tapezierten wir aus,
und wohnten drin beisammen,
und machten ein vornehmes Haus.

Des Nachbars alte Katze
kam öfters zum Besuch;
wir machten ihr Bückling und Knickse
und Komplimente genug.

Wir haben nach ihrem Befinden
besorglich und freundlich gefragt;
wir haben seitdem dasselbe
mancher alten Katze gesagt.

Wir saßen auch oft und sprachen
vernünftig, wie alte Leut,
und klagten, wie alles besser
gewesen zu unserer Zeit;

Wie Lieb und Treu und Glauben
verschwunden aus der Welt,
und wie so teuer der Kaffee,
und wie so rar das Geld! – – –

Vorbei sind die Kinderspiele,
und alles rollt vorbei –
das Geld und die Welt und die Zeiten,
und Glauben und Lieb und Treu.

Heinrich Heine

MANCHMAL NOCH EMPFIND ich völlig jenen
Kinder-Jubel, *ihn*:
da ein Laufen von den Hügellehnen
schon wie Neigung schien.

Da Geliebt-Sein noch nicht band und mühte,
und beim Nachtlicht-Schein
sich das Aug schloß wie die blaue Blüte
von dem blauen Lein.

Und da Lieben noch ein blindes Breiten
halber Arme war –,
nie so ganz um Einen, um den Zweiten:
offen, arm und klar.

Rainer Maria Rilke

DAS KARUSSELL

Jardin du Luxembourg

Mit einem Dach und seinem Schatten dreht
sich eine kleine Weile der Bestand
von bunten Pferden, alle aus dem Land,
das lange zögert, eh es untergeht.
Zwar manche sind an Wagen angespannt,
doch alle haben Mut in ihren Mienen;
ein böser roter Löwe geht mit ihnen
und dann und wann ein weißer Elefant.

Sogar ein Hirsch ist da, ganz wie im Wald,
nur daß er einen Sattel trägt und drüber
ein kleines blaues Mädchen aufgeschnallt.

Und auf dem Löwen reitet weiß ein Junge
und hält sich mit der kleinen heißen Hand,
dieweil der Löwe Zähne zeigt und Zunge.

Und dann und wann ein weißer Elefant.

Und auf den Pferden kommen sie vorüber,
auch Mädchen, helle, diesem Pferdesprunge
fast schon entwachsen; mitten in dem Schwunge
schauen sie auf, irgendwohin, herüber –

Und dann und wann ein weißer Elefant.

Und das geht hin und eilt sich, daß es endet,
und kreist und dreht sich nur und hat kein Ziel.
Ein Rot, ein Grün, ein Grau vorbeigesendet,
ein kleines kaum begonnenes Profil –.
Und manchesmal ein Lächeln, hergewendet,
ein seliges, das blendet und verschwendet
an dieses atemlose blinde Spiel …

Rainer Maria Rilke

KIND, SPIELE!

Kind, spiele!
Spiele Kutscher und Pferd! –
Trommle! – Baue dir viele
Häuser und Automobile! –

Koche am Puppenherd! –
Zieh deinen Püppchen die Höschen
Und Hemdchen aus! – Male dann still! –
Spiele Theater: «Dornröschen»
Und «Kasperl mit Schutzmann und Krokodil!» –

Ob du die Bleisoldaten
Stellst in die fürchterliche Schlacht,
Ob du mit Hacke und Spaten
Als Bergmann Gold suchst im Garten im Schacht,
Ob du auf eine Scheibe
Mit deinem Flitzbogen zielst, – – –

Spiele! – Doch immer bleibe
Freundlich zu allem, womit du spielst.
Weil alles (auch tote Gegenstände)
Dein Herz mehr ansieht als deine Hände.
Und weil alle Menschen (auch du, mein Kind)
Spielzeug des lieben Gottes sind.

Joachim Ringelnatz

WILL ICH IN MEIN GÄRTLEIN GEHN

Will ich in mein Gärtlein gehn,
will mein' Zwiebeln gießen,
steht ein bucklicht Männlein da,
fängt als an zu niesen.

Will ich in mein Küchel gehn,
will mein Süpplein kochen;
steht ein bucklicht Männlein da,
hat mein Töpflein brochen.

Will ich in mein Stüblein gehn,
will mein Müßlein essen;
steht ein bucklicht Männlein da,
hat's schon halber gessen.

Will ich auf mein' Boden gehn,
will mein Hölzlein holen;
steht ein bucklicht Männlein da,
hat mir's halber g'stohlen.

Will ich in mein' Keller gehn,
will mein Weinlein zapfen;
steht ein bucklicht Männlein da,
tut mir'n Krug wegschnappen.

Geh ich in mein Kämmerlein,
will mein Bettlein machen;
steht ein bucklicht Männlein da,
fängt als an zu lachen.

Wenn ich an mein Bänklein knie,
will ein bißlein beten;
steht ein bucklicht Männlein da,
fängt als an zu reden:

«Liebes Kindlein, ach, ich bitt',
bet' für's bucklicht Männlein mit.»

Anonym

OTTOS MOPS

ottos mops trotzt
otto: fort mops fort
ottos mops hopst fort
otto: soso

otto holt koks
otto holt obst
otto horcht

otto: mops mops
otto hofft

ottos mops klopft
otto: komm mops komm
ottos mops kommt
ottos mops kotzt
otto: ogottogott

Ernst Jandl

ES TANZT EIN BI-BA-BUTZEMANN

Es tanzt ein Bi-Ba-Butzemann
in unserm Haus herum, di-del-dum,
Es tanzt ein Bi-Ba-Butzemann
in unserm Haus herum.
Er rüttelt sich, er schüttelt sich,
er wirft sein Säcklein hinter sich.
Es tanzt ein Bi-Ba-Butzemann
in unserm Haus herum.

Es tanzt ein Bi-Ba-Butzemann
in unserm Haus herum, di-del-dum
Er springt und wirbelt durch das Haus
und lacht dabei die Kinder aus
Es tanzt ein Bi-Ba-Butzemann
in unserm Haus herum.

Es tanzt ein Bi-Ba-Butzemann
in unserm Haus herum, di-del-dum
Bald ist er hier, bald ist er dort,
und plötzlich ist er wieder fort.
Es tanzt ein Bi-Ba-Butzemann
in unserm Haus herum.

Anonym

RÄTSEL

Ein Männlein steht im Walde
Ganz still und stumm,
Es hat von lauter Purpur
Ein Mäntlein um.
Sagt, wer mag das Männlein sein,
Das da steht im Wald allein
Mit dem purpurroten Mäntelein?

Das Männlein steht im Walde
Auf *einem* Bein
Und hat auf seinem Haupte
Schwarz Käpplein klein.
Sagt, wer mag das Männlein sein,
Das da steht im Wald allein
Mit dem kleinen schwarzen Käppelein?

*

Das Männlein dort auf *einem* Bein
Mit seinem roten Mäntelein
Und seinem schwarzen Käppelein,
Kann nur die Hagebutte sein!

August Heinrich Hoffmann
von Fallersleben

DIE GESCHICHTE VOM FLIEGENDEN ROBERT

Wenn der Regen niederbraust,
Wenn der Sturm das Feld durchsaust
Bleiben Mädchen oder Buben
Hübsch daheim in ihren Stuben. –

Robert aber dachte: Nein!
Das muß draußen herrlich sein!
Und im Felde patschet er
Mit dem Regenschirm umher.

Hui, wie pfeift der Sturm und keucht,
Daß der Baum sich niederbeugt!
Seht! den Schirm erfaßt der Wind,
Und der Robert fliegt geschwind
Durch die Luft so hoch, so weit;
Niemand hört ihn, wenn er schreit.
An die Wolken stößt er schon,
Und der Hut fliegt auch davon.

Schirm und Robert fliegen dort
Durch die Wolken immerfort.
Und der Hut fliegt weit voran,
Stößt zuletzt am Himmel an.
Wo der Wind sie hingetragen,
Ja, das weiß kein Mensch zu sagen.

Heinrich Hoffmann

WENN'S WINTER WIRD

Der See hat eine Haut bekommen,
so daß man fast drauf gehen kann,
und kommt ein großer Fisch geschwommen,
so stößt er mit der Nase an.

Und nimmst du einen Kieselstein
und wirfst ihn drauf, so macht es klirr
und titsch – titsch – titsch – dirrrrrr.
Heißa, du lustiger Kieselstein!
Er zwitschert wie ein Vögelein
und tut als wie ein Schwälblein fliegen –
doch endlich bleibt mein Kieselstein
ganz weit, ganz weit auf dem See draußen liegen.

Da kommen die Fische haufenweis
und schaun durch das klare Fenster von Eis
und denken, der Stein wär etwas zum Essen;
doch so sehr sie die Nase ans Eis auch pressen,
das Eis ist zu dick, das Eis ist zu alt,
sie machen sich nur die Nase kalt.

Aber bald, bald, bald
werden wir selbst auf eignen Sohlen
hinausgehn können und den Stein wieder holen.

Christian Morgenstern

AUF DEM SANKT ANNA PLATZ

Regen fällt. Schon sind die Kinder fort!
Nur die Tropfen springen auf den Steinen.
Kaum verstummt ihr nasses Wort,
stürmt es her mit nackten Beinen.

Und so gehts im Wechsel, hin und her.
Schaffts der Himmel, kurz sich zu erhellen,
wirft die schwarze Wolke einen schnellen
Sommerregen, fegt den Kirchplatz leer.

Lange sind die Kleinen nicht betrogen.
Farbig glänzt der Platz, die Stadt, die Welt!
Schöne Zeit verspricht der Regenbogen:
Glaubens gern, die Kinder, daß ers hält!

Georg Britting

KINDERSOMMER

erträumter einsamer blauer Engel
in meinem Herzen läutet ein heller Regen
in meinen Händen blühen die Glockenblumen
Salbeiblüten wehen mich an
die Perlenkette der Tränen gleitet
an den liegenden Schläfen nieder

immer ist Nachmittag
immer bin ich über einer Brücke von Staub
mein Birnbaum wirft Scherben ab
leise flötet der Schatten
mein Fuß ist warm und nackt an der Erde
drüben im dunklen Bereich der Schaukel
geigt die Angst
die Stuben sind dumpf und vertraut
über den feuchten Schwellen
blühen Schwertlilien auf
Abend lila und leicht
Abend durch vergessene Fenster
Abend
ich muß mein heißes hüstelndes Kranksein
in hohen Kissen verbergen
Nacht
ich lasse Akazienblätter treiben
ich liebe den Wind
die rauschenden runden Weiden führen
nicht irgendwohin
eine Mohnblume wartet auf mich

Friederike Mayröcker

AN DEN MAI

Komm, lieber Mai, und mache
Die Bäume wieder grün,
Und laß mir an dem Bache
Die kleinen Veilchen blühn!
Wie möcht' ich doch so gerne
Ein Blümchen wieder sehn!
Ach lieber Mai, wie gerne
Einmal spazieren gehn!

In unsrer Kinderstube
Wird mir die Zeit so lang;
Bald werd' ich armer Bube
Für Ungeduld noch krank.
Ach, bei den kurzen Tagen
Muß ich mich obendrein
Mit den Vokabeln plagen,
Und immer fleißig sein.

Mein neues Steckenpferdchen
Muß jetzt im Winkel stehn,
Denn draußen in dem Gärtchen
Kann man für Schnee nicht gehn.
Im Zimmer ists zu enge
Und stäubt auch gar zu viel,
Und die Mama ist strenge,
Sie schilt aufs Kinderspiel.

Am meisten aber dauret
Mich Lottens Herzeleid;
Das arme Mädchen lauret
Auch auf die Blumenzeit.

Umsonst hol' ich ihr Spielchen
Zum Zeitvertreib heran;
Sie sitzt in ihrem Stühlchen,
Und sieht mich kläglich an.

Ach, wenns doch erst gelinder
Und grüner draußen wär!
Komm, lieber Mai, wir Kinder
Wir bitten gar zu sehr!
O komm, und bring vor allen
Uns viele Rosen mit;
Bring' auch viel Nachtigallen,
Und schöne Kuckucks mit!

Christian Adolph Overbeck

DIE SCHAUKEL

Wie schön sich zu wiegen,
die Luft zu durchfliegen
am blühenden Baum!
Bald vorwärts vorüber,
bald rückwärts hinüber –
es ist wie ein Traum!

Die Ohren, sie brausen,
die Haare, sie sausen
und wehen hintan!

Ich schwebe und steige
bis hoch in die Zweige
des Baumes hinan.

Wie Vögel sich wiegen,
sich schwingen und fliegen
im luftigen Hauch:
Bald hin und bald wider,
hinauf und hernieder,
so fliege ich auch!

Heinrich Seidel

FUNDEVOGEL

fundevogel, lieber reim:
siebenschlaf und honigseim –
plötzlich wacht der segen auf,
zögern ist sein lebenslauf.

dort wo andre länger wachen,
wacht er mit und schlitzt das lachen.
dort wo andre länger träumen,
hilft er, reisen zu versäumen.

find den vogel, lieber reim:
letzter schlaf und fliegenleim –
keiner spielt mehr, keiner lacht,
jeder hat sein nichts gedacht.

auf dem reim nach haus geritten –
fundevogel, kleines glück.
niemand wird den vogel bitten:
laß dich finden, komm zurück!

Peter Härtling

ZWEI GÄRTEN

Schwer von Jasminduft, weht aus dunklen Gärten
der Mittagswind:
Ich denke euer, die ihr Spielgefährten
mir wart als Kind.

Der Tulpenbaum mit grünen Blumenbechern,
drin Nektar quillt,
der gute Birnbaum, der uns kleinen Zechern
die Hand gefüllt.

Vorüber eilt man scheu dem feuchten Grunde,
wo moosbefleckt,
dämonenbös mit schwarzem Schlangenmunde
der Brunnen schreckt.

Ein Ton von Bienen, die den Honig mischen,
summt überall,
unendlich klagt des Nachts aus Duftgebüschen
die Nachtigall.

Ein Garten war, da blühten Georginen
im Purpurflor
und Sonnenblumen mit des Cherubs Mienen
am offnen Tor.

Mohnpuppen kamen auch, die schön berockten,
im grünen Schal,
wenn die Holunderblütenküchlein lockten,
zu duftgem Mal.

der weiße Elefant verbarg im Grase
sein Rosenrohr,
das rote Bällchen sich als Seifenblase
im Blau verlor.

Es weht mich an, Erinnerungen trunken,
der Mittagswind.
An alte Gärten denk ich, die versunken
auf immer sind.

Ricarda Huch

DIE BERGE

Wir waren arm, und so fuhren wir lang
Mit dem Personenzug.
Meine Mutter hatte nur Wien gesehn,
Und ich war jung genug.
Wir fuhren lang über hügliges Land,
Ich zählte jede Station,
Ich trug sie wohl ein in mein Schönschreibheft,
An vierzig waren es schon.

Dann wurde ich müd, und ich schlief ein. –
Auf einmal – wie ward ich wach? –
Was donnerte her? Was brach herein?
Was rauschte und sauste nach?
Es ward so kühl und so finster das Grün,
Als schatteten Wände nah.
Meine Mutter zog mich zum Fenster hin –
Und ich sah:

Da ragten Berge himmelan
Grünmoosig und felsigkahl,
Und einzelne Fichten hingen daran,
Und ein Wasser stürzte zu Tal.
Das Wasser, ja, das brauste so laut,
Weiß schleiernd, mit gläsernem Bug.
Kalt wars – mir schaudert es über die Haut –
Dumpf fort stampfte der Zug.

Und höher und höher stieg das Gewänd.
Woher soviel Wasser quoll?
Es floß vielleicht aus dem Firmament,
Dunkelblau und wolkenvoll.
«Das ist das Gesäuse», sprach jemand.
Meine Mutter nickte bloß.
Heftig griff sie nach meiner Hand
Und ließ sie nicht mehr los.

Und die Berge blieben. Zum erstenmal
Im Sommer sah ich Schnee.
«Eine Gemse!», rief meine Mutter. «Da!»
Aber es war nur ein Reh.
Unter hölzerner Brücke die Ache warf
Grünweißen Wellengischt.
Ah, wehte die Luft eisigkühl und scharf,
Mit Nadel- und Harzduft vermischt! –

Es war schon Abend, da stiegen wir aus,
Das Dorf lag so fremd, voll Gefahr.
Unser Haus war ein altes Bauernhaus,
Alles war wunderbar.
Mein Bett nur war zu früh gemacht,
Es gab noch so vieles zu schaun. –
Meine Mutter weinte die ganze Nacht –
So laut rauschte die Traun.

Felix Braun

ERINNERUNG

Dem Einen die Perle, dem Andern die Truhe,
O Wilhelm Wisetzki, du starbest so fruhe –
Doch die Katze, die Katz' ist gerettet.

Der Balken brach, worauf er geklommen,
Da ist er im Wasser umgekommen –
Doch die Katze, die Katz' ist gerettet.

Wir folgten der Leiche, dem lieblichen Knaben,
Sie haben ihn unter Mayblumen begraben, –
Doch die Katze, die Katz' ist gerettet.

Bist klug gewesen, du bist entronnen
Den Stürmen, hast früh ein Obdach gewonnen –
Doch die Katze, die Katz' ist gerettet.

Bist früh entronnen, bist klug gewesen,
Noch eh' du erkranktest, bist du genesen –
Doch die Katze, die Katz' ist gerettet.

Seit langen Jahren, wie oft, o Kleiner,
Mit Neid und Wehmuth gedenk' ich deiner –
Doch die Katze, die Katz' ist gerettet.

Heinrich Heine

KNABE UND KREISEL!

Frisch, tummle dich, tummle dich, Kreisel!
und immerzu!
Du hast vor meiner Peitsche
nicht Rast noch Ruh.

«So dreh dich, so dreh dich im Kreise,
wie ich es kann!
Das Schlagen mit der Peitsche
kann Jedermann.»

Ei, tummle dich, tummle dich, Kreisel,
recht hurtiglich!
Willst du nicht schnurren und surren,
so hau' ich dich.

«Wenn immer und immer die Peitsche
auch um mich schwirrt,
Ich weiß, wer von uns beiden
erst müde wird.»

O Kreisel, o Kreisel, du hältst es
Doch länger aus,
Drum wollen wir beide gehen
anjetzt nach Haus.

*August Heinrich Hoffmann
von Fallersleben*

KINDHEIT

Voll Früchten der Hollunder; ruhig wohnte die Kindheit
in blauer Höhle. Über vergangenen Pfad,
wo nun bräunlich das wilde Gras saust,
sinnt das stille Geäst; das Rauschen des Laubs

ein gleiches, wenn das blaue Wasser im Felsen tönt.
Sanft ist der Amsel Klage. Ein Hirt
folgt sprachlos der Sonne, die vom herbstlichen Hügel rollt.

Ein blauer Augenblick ist nur mehr Seele.
Am Waldsaum zeigt sich ein scheues Wild und friedlich
ruhn im Grund die alten Glocken und finsteren Weiler.

Frömmer kennst du den Sinn der dunklen Jahre,
Kühle und Herbst in einsamen Zimmern;
und in heiliger Bläue läuten leuchtende Schritte fort.

Leise klirrt ein offenes Fenster; zu Tränen
rührt der Anblick des verfallenen Friedhofs am Hügel,
Erinnerung an erzählte Legenden; doch manchmal erhellt sich die Seele,
wenn sie frohe Menschen denkt, dunkelgoldene Frühlingstage.

Georg Trakl

KINDLICHES KÖNIGTUM

Du warst erkoren schon als du zum throne
In deiner väterlichen gärten kies
Nach edlen steinen suchtest und zur krone
In deren glanz dein haupt sich glücklich pries.

Du schufest fernab in den niederungen
Im rätsel dichter büsche deinen staat ·

In ihrem düster ward dir vorgesungen
Die lust an fremder pracht und ferner tat.

Genossen die dein blick für dich entflammte
Bedachtest du mit sold und länderei ·
Sie glaubten deinen plänen · deinem amte
Und dass es süss für dich zu sterben sei.

Es waren nächte deiner schönsten wonnen
Wenn all dein volk um dich gekniet im rund
Im saale voll von zweigen farben sonnen
Der wunder horchte wie sie dir nur kund.

Das weisse banner über dir sich spannte
Und blaue wolke stieg vom erzgestell
Um deine wange die vom stolze brannte
Um deine stirne streng und himmelhell.

Stefan George

BLIKK DURCH GEÖFFNETES GARAGNTOR

nebeleisern blix: der jeepmann
garagn- und schußherr der da zu-
rrte, jagdgrün; in meim 11jährign
rükkn ein hochneblichter tannan-
stieg,   vor mir dies: HIRSCHGARAGE!
GARAGNWANT ALS HIRSCHWANT!, schon ap-
gesägtn geweihs der unbeschienene hu-
bertuskopf, des hirschkopfs augnfleisch
kopfunter, ausgependelt. da allgäuer
zerrnebel beidseitig raus, und aufgebro-
chn ausgeweidet ausgeräumter leib BO-
RSTIGE RAUMTEILUN' bei weggeräumtm

innereieneimer stark!!riechende -wände (g-
ruchsklaffung): der da so hinge-
hängter hingeklaffter hirsch

Thomas Kling

DAS SPIEL IST AUS

Mein lieber Bruder, wann bauen wir uns ein Floß
und fahren den Himmel hinunter?
Mein lieber Bruder, bald ist die Fracht zu groß
und wir gehen unter.

Mein lieber Bruder, wir zeichnen aufs Papier
viele Länder und Schienen.
Gib acht, vor den schwarzen Linien hier
fliegst du hoch mit den Minen.

Mein lieber Bruder, dann will ich an den Pfahl
gebunden sein und schreien.
Doch du reitest schon aus dem Totental
und wir fliehen zu zweien.

Wach im Zigeunerlager und wach im Wüstenzelt,
es rinnt uns der Sand aus den Haaren,
dein und mein Alter und das Alter der Welt
mißt man nicht mit den Jahren.

Laß dich von listigen Raben, von klebriger Spinnenhand
und der Feder im Strauch nicht betrügen,
iß und trink auch nicht im Schlaraffenland,
es schäumt Schein in den Pfannen und Krügen.

Nur wer an der goldenen Brücke für die Karfunkelfee
das Wort noch weiß, hat gewonnen.
Ich muß dir sagen, es ist mit dem letzten Schnee
im Garten zerronnen.

Von vielen, vielen Steinen sind unsre Füße so wund.
Einer heilt. Mit dem wollen wir springen,
bis der Kinderkönig, mit dem Schlüssel zu seinem Reich im Mund,
uns holt, und wir werden singen:

Es ist eine schöne Zeit, wenn der Dattelkern keimt!
Jeder, der fällt, hat Flügel.
Roter Fingerhut ist's, der den Armen das Leichentuch säumt,
und dein Herzblatt sinkt auf mein Siegel.

Wir müssen schlafen gehn, Liebster, das Spiel ist aus.
Auf Zehenspitzen. Die weißen Hemden bauschen.
Vater und Mutter sagen, es geistert im Haus,
wenn wir den Atem tauschen.

Ingeborg Bachmann

AUS DER KINDHEIT

«Ja, das Kätzchen hat gestohlen,
und das Kätzchen wird ertränkt
Nachbars Peter sollst du holen,
daß er es im Teich versenkt!»

Nachbars Peter hat's vernommen,
ungerufen kommt er schon;
«Ist die Diebin zu bekommen,
gebe ich ihr gern den Lohn!»

«Mutter, nein, er will sie quälen,
gestern warf er schon nach ihr,
bleibt nichts andres mehr zu wählen,
so ertränk' ich selbst das Tier.»

Sieh, das Kätzchen kommt gesprungen,
wie es glänzt im Morgenstrahl!
Lustig hüpft's dem kleinen Jungen
auf den Arm zu seiner Qual.

«Mutter, laß das Kätzchen leben,
jedesmal, wenn's dich bestiehlt,
sollst du mir kein Frühstück geben –
sieh nur, wie es artig spielt!»

«Nein, der Vater hat's geboten,
hundertmal ist ihr verziehn!»
«Hat sie doch vier weiße Pfoten!»
«Einerlei! Ihr Tag erschien!»

«Nachbarin, ich folg' ihm leise,
ob er es auch wirklich tut!»
Peter spricht es häm'scher Weise,
und der Knabe hört's mit Wut.

Unterwegs auf manchem Platze
bietet er sein Liebchen aus;
aber keiner will die Katze,
jeder hat sie längst im Haus.

Ach, da ist er schon am Teiche,
und sein Blick, sein scheuer, schweift,
ob ihn Peter noch umschleiche –
ja, er steht von fern und pfeift.

«Nun, wir müssen alle sterben,
Großmama ging dir vorauf,
und du wirst den Himmel erben,
kratze nur, sie macht dir auf!»

Jetzt, um sie recht tief zu betten,
wirft er sie mit aller Macht,
doch zugleich, um sie zu retten,
springt er nach, als er's vollbracht.

Eilte Peter nicht, der lange,
gleich im Augenblick herzu,
fände er, es ist mir bange,
hier im Teich die ew'ge Ruh.

In das Haus zurückgetragen,
hört er auf die Mutter nicht,
schweigt auf alle ihre Fragen,
schließt die Augen trotzig-dicht.

Von dem Zucker, den sie brachte,
nimmt er zwar zerstreut ein Stück;
doch den Tee, den sie ihm machte,
weist er ungestüm zurück.

Welch ein Ton! Er dreht sich stutzend,
und auf einer Fensterbank,
spinnend und sich emsig putzend,
sitzt sein Kätzchen blink und blank.

«Lebt sie, Mutter?» «Dem Verderben
warst du näher, Kind, als sie!»
«Und sie soll auch nicht mehr sterben?»
«Trinke nur, so soll sie's nie!»

Friedrich Hebbel

ALS VATER ZU LANGE AUSBLIEB

Habe Blumen gepflücket
Und gelernt manchen Sang
Habe schön mich geschmücket
Oft zu deinem Empfang.

Bin so lustig gesprungen,
Habe stets mich gefreut,
Habe fröhlich gesungen:
Komm doch, Väterchen, heut!

Schaue anderthalb Wochen
Schon zum Fenster hinaus –
Und du hast's mir versprochen,
Und du kommst nicht zu Haus.

Geh' schon anderthalb Wochen
Stets entgegen nur dir –
Und du hast's mir versprochen,
Und du kommst nicht zu mir.

August Heinrich Hoffmann von Fallersleben

HERR VON RIBBECK AUF RIBBECK IM HAVELLAND

Herr von Ribbeck auf Ribbeck im Havelland,
Ein Birnbaum in seinem Garten stand,
Und kam die goldene Herbsteszeit
Und die Birnen leuchteten weit und breit,
Da stopfte, wenn's Mittag vom Turme scholl,
Der von Ribbeck sich beide Taschen voll,
Und kam in Pantinen ein Junge daher,
So rief er: «Junge, wiste 'ne Beer?»
Und kam ein Mädel, so rief er: «Lütt Dirn,
Kumm man röwer, ick hebb 'ne Birn.»

So ging es viel Jahre, bis lobesam
Der von Ribbeck auf Ribbeck zu sterben kam.
Er fühlte sein Ende. 's war Herbsteszeit,
Wieder lachten die Birnen weit und breit,
Da sagte von Ribbeck: «Ich scheide nun ab.
Legt mir eine Birne mit ins Grab.»

Und drei Tage drauf, aus dem Doppeldachhaus,
Trugen von Ribbeck sie hinaus,
Alle Bauern und Büdner, mit Feiergesicht
Sangen «Jesus meine Zuversicht»,
Und die Kinder klagten, das Herze schwer:
«He is dod nu. Wer giwt uns nu 'ne Beer?»

So klagten die Kinder. Das war nicht recht –
Ach, sie kannten den alten Ribbeck schlecht;
Der *neue* freilich, der knausert und spart,
Hält Park und Birnbaum strenge verwahrt.
Aber der *alte*, vorahnend schon
Und voll Mißtraun gegen den eigenen Sohn,
Der wußte genau, was damals er tat,
Als um eine Birn ins Grab er bat,
Und im dritten Jahr aus dem stillen Haus
Ein Birnbaumsprößling sproßt heraus.

Und die Jahre gehen wohl auf und ab,
Längst wölbt sich ein Birnbaum über dem Grab,
Und in der goldenen Herbsteszeit
Leuchtet's wieder weit und breit.
Und kommt ein Jung' übern Kirchhof her,
So flüstert's im Baume: «Wist 'ne Beer?»
Und kommt ein Mädel, so flüstert's: «Lütt Dirn,
Kumm man röwer, ick gew di 'ne Birn.»

So spendet Segen noch immer die Hand
Des von Ribbeck auf Ribbeck im Havelland.

Theodor Fontane

PORTRÄT EINES KINDES

Wie viel
durch diese sehr offenen Augen
noch durchmuß

an Menschen, Bildern
und Schrecken,
an Tränen und Garben
von Licht –

Jetzt spiegeln sie,
zwischen Fristen von Schlaf,
von außen und innen
den Himmel.

Richard Exner

DIE ERSTE ALTE TANTE SPRACH:
Wir müssen nun auch dran denken,
was wir zu ihrem Namenstag
dem guten Sophiechen schenken.

Drauf sprach die zweite Tante kühn:
Ich schlage vor, wir entscheiden
uns für ein Kleid in Erbsengrün,
das mag Sophiechen nicht leiden.

Der dritten Tante war das recht:
Ja, sprach sie, mit gelben Ranken!
Ich weiß, sie ärgert sich nicht schlecht
und muß sich auch noch bedanken.

Wilhelm Busch

DER BALL

Du Runder, der das Warme aus zwei Händen
im Fliegen, oben, fortgiebt, sorglos wie
sein Eigenes; was in den Gegenständen
nicht bleiben kann, zu unbeschwert für sie,

zu wenig Ding und doch noch Ding genug,
um nicht aus allem draußen Aufgereihten
unsichtbar plötzlich in uns einzugleiten:
das glitt in dich, du zwischen Fall und Flug

noch Unentschlossener: der, wenn er steigt,
als hätte er ihn mit hinaufgehoben,
den Wurf entführt und freiläßt –, und sich neigt
und einhält und den Spielenden von oben
auf einmal eine neue Stelle zeigt,
sie ordnend wie zu einer Tanzfigur,

um dann, erwartet und erwünscht von allen,
rasch, einfach, kunstlos, ganz Natur,
dem Becher hoher Hände zuzufallen.

Rainer Maria Rilke

HOFGESCHREI

Wo ist der Ball?
Suche sofort den Ball!
Du sollst den Ball suchen!
Such den Ball!
Ohne Ball brauchst du nicht oben zu kommen
Du sollst den Ball suchen! hab ich dir gesagt dort links in der Ecke.
Wo ist der Ball?
Der weiß nicht, wo links und wo rechts ist.
Komm ja nicht oben ohne den Ball! du
Sollst sofort den Ball suchen!
Hab ich dir gesagt. Wenn du den Ball nicht suchst
Brauchst du nicht oben zu kommen.
Du sollst oben kommen sofort mit dem Ball
Hab ich dir gesagt! wo ist der Ball

Suche sofort den Ball du kriegst Dresche
Wenn du oben kommst ohne den Ball
Komm sofort oben du sollst
Den Ball suchen hab ich dir gesagt

Karl Mickel

VERGÄNGLICHKEIT

O wüßt ich doch den Weg zurück,
Den lieben Weg zum Kinderland!
O warum sucht ich nach dem Glück,
Und ließ der Mutter Hand?

O wie mich sehnet auszuruhn,
Von keinem Streben aufgeweckt,
Die müden Augen zuzuthun,
Von Liebe sanft bedeckt!

Und nichts zu horchen, nichts zu spähn,
Und nur zu träumen leicht und lind,
Der Zeiten Wandel nicht zu sehn,
Zum zweiten Mal ein Kind!

O zeigt mir doch den Weg zurück,
Den lieben Weg zum Kinderland!
Vergebens such ich nach dem Glück –
Ringsum ist öder Strand!

Klaus Groth

FLIEHE, BIST DU des Führers im eigenen Busen nicht sicher,
fliehe den lockenden Rand, ehe der Schlund dich verschlingt!
Manche gingen nach Licht und stürzten in tiefere Nacht nur;
sicher im Dämmerschein wandelt die Kindheit dahin.

Friedrich Schiller

MEIN JAHRGANG, DREIUNDSECHZIG, JENE

endlose folge von kindern, geschraubt
in das echo gewölbe der flure, verkrochen
beim gehen gebeugt in die tasche

eines anderen, fremden mantels, sieben
voll wachs mit einer aus dielen
geatmeten schwere, acht

mit einer aus piss-
becken zu kopf gestiegenen schwere, wir hatten
gagarin, aber gagarin

hatte auch uns, morgens das gleiche, der schrift
folgende scharren der ärmel
über den bänken & mittags
das schlagwerk der löffel, wir hatten

den tischdienst, den milchdienst, den druck
einer leerkraft in den augen gelee
in den ohren bis
sie verstummte
die schwerkraft verstummte
in unseren mützen
das waren die schmerzen

beim urinieren, im schutzwald
beim sprechen, wir hatten
zitate: dass wir den schattenseiten des planeten
wenigstens *eine lichte entgegenhielten*
erst alle gemeinsam & dann
jeder noch einmal
still für sich, wir hatten

kein glück. also zerfallen die häuser
werden wir endlich
wieder klein &
reiten zurück in die dörfer aus holz, aus
stroh, aus denen wir kamen, rissig & dünn
mit einem am wind

geschliffenen echo: wir grüßen gagarin, wir
hatten kein glück, abfahrt, zurück
in unsere dörfer
& ausfahrt der dörfer
über die äcker bei nacht...

Lutz Seiler

DAS KIND, IN DEM ICH STAK

Das Kind, in dem ich stak
es reicht mir bis zur Hüfte
nimmt überhand wächst mir
ans Herz und übern Kopf
füllt ganz und gar den
Horizont großäugig
angestrahlt von warmen Kerzen
beugt es die größere Ikone
sich über mich spiegelt
mir Bläue himmlische ins
Aug zurück ich möchte mich
auf Zehenspitzen stellen
und wäre doch zu klein
um es zu küssen

Eva Zeller

KINDHEIT

Da rinnt der Schule lange Angst und Zeit
mit Warten hin, mit lauter dumpfen Dingen.
O Einsamkeit, o schweres Zeitverbringen ...
Und dann hinaus: die Straßen sprühn und klingen,

und auf den Plätzen die Fontänen springen,
und in den Gärten wird die Welt so weit. –
Und durch das alles gehn im kleinen Kleid
ganz anders als die andern gehn und gingen –:
O wunderliche Zeit, o Zeitverbringen,
o Einsamkeit.

Und in das alles fern hinauszuschauen:
Männer und Frauen; Männer, Männer, Frauen
und Kinder, welche anders sind und bunt;
und da ein Haus und dann und wann ein Hund
und Schrecken lautlos wechselnd mit Vertrauen –:
O Trauer ohne Sinn, o Traum, o Grauen,
o Tiefe ohne Grund.

Und so zu spielen: Ball und Ring und Reifen
in einem Garten, welcher sanft verblaßt,
und manchmal die Erwachsenen zu streifen
blind und verwildert in des Haschens Hast,
aber am Abend still, mit kleinen steifen
Schritten nach Haus zu gehn, fest angefaßt –:
O immer mehr entweichendes Begreifen,
o Angst, o Last.

Und stundenlang am großen grauen Teiche
mit einem kleinen Segelschiff zu knien;
es zu vergessen, weil noch andre gleiche
und schönere Segel durch die Ringe ziehn,
und denken müssen an das kleine bleiche
Gesicht, das sinkend aus dem Teiche schien –:
O Kindheit, o entgleitende Vergleiche.
Wohin? Wohin?

Rainer Maria Rilke

MEIN HAUS

Mein Haus ist das schönste
auf der Welt.
Was habe ich alles
hineingestellt?

Der Tisch ist aus Holz,
die Schere aus Stahl.
Der Teller ist rund,
der Spiegel oval.

Wo ist der Saft?
In den grünen Flaschen.
Was ist im Napf?
Etwas zum Naschen.

Was tu ich am Montag?
Da wird gesungen.
Was tu ich am Dienstag?
Da wird gesprungen.

Am Mittwoch
klappere ich mit dem Topf.
Am Donnerstag
stehe ich auf dem Kopf.

Am Freitag
gilt es, Holz zu hacken.
Am Samstag
werde ich kneten und backen.

Kommst du am Sonntag
mich besuchen,
darfst du den Kuchen
auch versuchen.

Josef Guggenmos

HAUS DER KINDHEIT

Da steh ich nun und bestaune
das Haus der Kindheit
das vom Krieg zerstörte
vom Frieden erhörte.
Es kennt mich nicht mehr
mit der Tür aus falschem Holz
dem Quader aus fremdem Stein.
Als ich stürzte und schrie
spülte meine Mutter das Abendgeschirr.
Mein Vater rief

die Sonne geht unter
als kehrte sie nie mehr zurück.
Die Fenster waren herrlich und hoch
nun hängen dürftig Gardinen.
Wo sind wir geblieben,
verzogen, dorthin wo der Regen
auf Gräber fällt.
Auch auf das Grab von Martha Burgen,
sie starb an Tb.
Unterm Dach war mein Zimmer.
Wer weiß, von wem es besetzt wird.
Ich will es nicht wissen.

Elisabeth Borchers

KOMMT EIN VOGEL GEFLOGEN

Kommt ein Vogel geflogen,
setzt sich nieder auf mein' Fuß,
hat ein' Zettel im Schnabel,
von der Mutter ein' Gruß.

Lieber Vogel, flieg' weiter,
bring ein' Gruß mit und ein' Kuß,
denn ich kann dich nicht begleiten,
weil ich hierbleiben muß.

Anonym

JUGEND

SOKRATES UND ALCIBIADES

«Warum huldigest du, heiliger Sokrates,
«Diesem Jünglinge stets? kennest du Größers nicht?
«Warum siehet mit Liebe,
«Wie auf Götter, dein Aug' auf ihn?

Wer das Tiefste gedacht, liebt das Lebendigste,
Hohe Jugend versteht, wer in die Welt geblickt
Und es neigen die Weisen
Oft am Ende zu Schönem sich.

Friedrich Hölderlin

BLEIBE NICHT am Boden heften,
frisch gewagt und frisch hinaus!
Kopf und Arm mit heitern Kräften,
überall sind sie zu Haus;
wo wir uns der Sonne freuen,
sind wir jede Sorge los;
daß wir uns in ihr zerstreuen,
darum ist die Welt so groß.

Johann Wolfgang Goethe

AN EINE DREIZEHNJÄHRIGE

Wenn du morgens in die Küche kommst,
schaust du wie eine Eule,
in den helllichten Tag versetzt.
Diese Arme, die an dir hängen,
mit denen du schlenkerst, sind deine Arme.
Ein Tag widerspricht dem anderen:

Deine Haare bürstest du nie –
ununterbrochen bürstest du deine Haare.
Als Rätsel mit Locken
hockst du stundenlang
in unseren Sessel gefaltet, die Beine verknotet,
und aus diesem Sesselnest lächelst du
oder finsterst herab, wie der Himmel,
endlos grau – tiefstes Blau –
Warum? «Einsilbig» heißt
alle Fragen mit einer Silbe
oder einem Knurren zu beantworten.
Denn du hast anderes zu tun,
du schnaufst, prustest, du heulst und lachst,
alles zugleich, und so sagst du die Wahrheit
über uns, denn so unfertig
sind wir auch, im Übergang, auch wir
verpuppen uns, werfen ständig etwas ab –
wie du deine Schaffelljacke,
die ich überall im Haus finde, aufsammle
und in dein Zimmer trage.
Im Sommer schlurfst du als November herum,
aber mitten im Winter
wirst du euphorisch, deckst den Tisch
für uns alle, spürst das Frühjahr,
schneidest singend Salat,
und wenn du jetzt in den Wald gingest,
kämest du mit einem Korb
voller Erdbeeren zurück.
Du bist so nah, so fern,
mein liebes Kind,
das hinter einer Glaswand steht
in einem T-Shirt mit einem blauen
Elefanten, selbstbemalt.
Vertaumelte Tage, Halbschlafwelt –
aus deinem Zimmer trage ich

einen Joghurtbecher mit Schimmelkultur
und ein Müsli, hart geworden
wie Mörtel: Man könnte ein Haus damit bauen.
Du willst aber kein Haus, sondern auswandern,
ja, du wirst auswandern,
du glorreiches Phantom –
so hüpft die Schönheit die Treppe hinunter
und berührt sie kaum.
Dann aber zerknautscht wie die große Stoffkatze,
die neben dir schläft. Das freie unbekümmerte Kind,
bist du es noch? Irgendwie schon,
denn nichts behält seine Gestalt,
und nichts geht verloren. «Wohin gehöre ich?»,
fragt dein Zahnspangenlächeln,
wenn du abends in die Küche kommst.

Dirk von Petersdorff

NACH DER ERSTEN BERGFAHRT

Einem jungen Mädchen

Liebes Kind, du bist gemagert, bist verbrannt von Mittagssonnen,
deine Wangen blühen frischer, wuschest dich an kühlen Bronnen,
wie du schreitest, schlank und kräftig, über deines Gärtchens Stufen!
Deine Stimme wurde voller, die das Echo wachgerufen,
in dem klaren Herdgeläute wurde deine Stimme heller,
deine wegeskund'gen Blicke kreisen rascher, streifen schneller,
deine Lippen wurden stiller, edler wurde deine Stirne,
und dein Auge, großgeöffnet, es betrachtet noch die Firne.

Conrad Ferdinand Meyer

DU BIST WIE eine Blume,
So hold und schön und rein;
Ich schau dich an, und Wehmut
Schleicht mir ins Herz hinein.

Mir ist, als ob ich die Hände
Aufs Haupt dir legen sollt,
Betend, daß Gott dich erhalte
So rein und schön und hold.

Heinrich Heine

TROST IN TRÄNEN

Wie kommt's, daß du so traurig bist,
da alles froh erscheint?
Man sieht dir's an den Augen an,
gewiß, du hast geweint.

«Und hab' ich einsam auch geweint,
so ist's mein eigner Schmerz.
Und Tränen fließen gar so süß,
erleichtern mir das Herz.»

Die frohen Freunde laden dich:
O, komm an unsre Brust!
Und was du auch verloren hast,
vertraue den Verlust.

«Ihr lärmt und rauscht und ahnet nicht,
was mich, den Armen, quält.
Ach nein, verloren hab' ich's nicht,
so sehr es mir auch fehlt.»

So raffe denn dich eilig auf!
Du bist ein junges Blut.
In deinen Jahren hat man Kraft
und zum Erwerben Mut.

«Ach nein, erwerben kann ich's nicht,
es steht mir gar zu fern.
Es weilt so hoch, es blinkt so schön,
wie droben jener Stern.»

Die Sterne, die begehrt man nicht,
man freut sich ihrer Pracht,
und mit Entzücken blickt' man auf
in jeder heitern Nacht.

«Und mit Entzücken blick' ich auf
so manchen lieben Tag;
verweinen laßt die Nächte mich,
so lang ich weinen mag.»

Johann Wolfgang Goethe

DU MILCHJUNGER KNABE,
wie siehst du mich an?
Was haben deine Augen
für eine Frage getan!

Alle Ratsherrn der Stadt
und alle Weisen der Welt
bleiben stumm auf die Frage,
die deine Augen gestellt!

Ein leeres Schneckhäusel,
schau, liegt dort im Gras;
da halte dein Ohr dran,
drin brümmelt dir was!

Gottfried Keller

DA ICH EIN KNABE WAR …

Da ich ein Knabe war,
Rettet' ein Gott mich oft
Vom Geschrei und der Rute der Menschen,
Da spielt ich sicher und gut
Mit den Blumen des Hains,
Und die Lüftchen des Himmels
Spielten mit mir.

Und wie du das Herz
Der Pflanzen erfreust,
Wenn sie entgegen dir
Die zarten Arme strecken,

So hast du mein Herz erfreut,
Vater Helios! Und, wie Endymion,
War ich dein Liebling,
Heilige Luna!

Oh all ihr treuen
Freundlichen Götter!
Daß ihr wüßtet,
Wie euch meine Seele geliebt!

Zwar damals rief ich noch nicht
Euch mit Namen, auch ihr
Nanntet mich nie, wie die Menschen sich nennen,
Als kennten sie sich.

Doch kannt ich euch besser,
Als ich je die Menschen gekannt,
Ich verstand die Stille des Aethers,
Der Menschen Worte verstand ich nie.

Mich erzog der Wohllaut
Des säuselnden Hains
Und lieben lernt ich
Unter den Blumen.

Im Arme der Götter wuchs ich groß.

Friedrich Hölderlin

DIE ETÜDEN

vergeben sie mir, maestra, aber
ich haßte sie und ihr klavier,
die teppichdumpfen mittwochnachmittage,
die falben klepper-

zähne, die gebleckte tastatur,
zögernd vor einem haus,
an dem der efeu seine partitur
bis über alle rinnen wuchern ließ,

dem butzenglas der tür, wo sich das licht
brach, dann zu bündeln schien, zu schwimmen,
bis etwas großes durch den brunnenschacht
des hausflurs stieg, bis sie, madame, erschienen,

perfekt und streng wie eine fuge
auf mich hinuntersahen, sich erbarm-
ten und mir öffneten, den *boogie woogie*
für anfänger unterm arm.

wie gut ich heute ihre ungeduld
verstehen kann. die tonleitern, die längst
verklungenen akkorde – unvermittelt
kehrt alles wieder, wenn ich dem gespenst

ihres parfums, schwer wie ein letzter akt,
im bus oder im supermarkt
begegne: dieser unerbittliche takt
des metronoms mit seinem eichensarg,

aus dem ein dürrer totenfinger kam,
die pendeluhr, die fotos an der wand,
davor das schwarzlackierte ungetüm,
in dem sie etwas hören konnten, was ich nicht verstand,

all die zweiviertel- und dreisechstel-
etüden, jene schimmern-
de lampe tee auf dem tisch. und ich verwechsle
noch immer schubert und schumann.

Jan Wagner

ZUR FOTOGRAFIE EINES KONFIRMANDEN

Da steht er nun, als Mann verkleidet,
und kommt sich nicht geheuer vor.
Fast sieht er aus, als ob er leidet.
Er ahnt vielleicht, was er verlor.

Er trägt die erste lange Hose.
Er spürt das erste steife Hemd.
Er macht die erste falsche Pose.
Zum ersten Mal ist er sich fremd.

Er hört sein Herz mit Hämmern pochen.
Er steht und fühlt, daß gar nichts sitzt.
Die Zukunft liegt ihm in den Knochen.
Er sieht so aus, als hätt's geblitzt.

Womöglich kann man noch genauer
erklären, was den Jungen quält:
Die Kindheit starb; nun trägt er Trauer
und hat den Anzug schwarz gewählt.

Er steht dazwischen und daneben.
Er ist nicht groß. Er ist nicht klein.
Was nun beginnt, nennt man das Leben.
Und morgen früh tritt er hinein.

Erich Kästner

ES GAB ERDKUNDESTUNDEN,
als ich zur Schule ging,
da nahm niemand die Hände
aus den Taschen.
Überall lagen Atlanten verstreut;
vorn an der Karte zeigte der Lehrer
irgendwohin in Asien.
Bilder zogen vorbei.
Alle hörten zu und atmeten.
Wenn es ein Paradies gibt auf Erden –
und andere Zitate.
Es schellte, die Stunde war zuende.
Niemand zog die Füße zu sich;
keiner kannte das Thema.

Hugo Dittberner

FINGERNÄGEL

sie nannten ihn brötchen
er war mein heimlicher schulfreund
hatte pickel eine graue schimanskijacke und einen aktenkoffer
mit zahlenschloss
er war einer von denen die wir physiker nannten
brötchen wohnte nah bei und wir spielten manchmal zusammen
brötchen war auch sehr schlau und er half mir vor mathearbeiten
in der schule lachte jeder über brötchen und ich sah zu
mich nicht zu oft mit ihm blicken zu lassen
bei brötchen zuhause herrschte ein seltsamer geruch
ich dachte immer der kommt von seinen nassen pickeln
aber so genau wusste ich das auch damals nicht
irgendwann zeigte mir brötchen eine schachtel
in der waren tausende abgeschnittene finger- und fußnägel
mache ich nun schon ein paar jahre sagte brötchen
und sah mich mit großen augen
aus seiner furchtbaren physikerbrille an
brötchen war schlau
und alle in der schule hänselten ihn
brötchen! brötchen!
irgendwann machte ich mit gießharz rum
man konnte da irgendwas drin eingießen
ich wusste nur nicht was
da fielen mir brötchens finger- und fußnägel ein
also stapfte ich zu brötchen
und bettelte um ein paar hundert
seiner abgeschnittenen finger- und fußnägel
die goß ich dann in gießharz ein
und stellte mir den durchsichtigen plastikblock
mit brötchens nägeln auf meine fensterbank
was ist das denn?
fragten besucher
och das sind nur ein paar hundert finger- und fußnägel

von brötchen sagte ich dann
und während ich in der schule mit all den anderen jungs
noch meinen feuchten träumen hinterherjagte
und nicht in der lage war irgendein mädchen
überhaupt nur anfassen zu können
einfach weil ich nicht wusste wie ich es anstellen sollte
startete brötchen
mit der rothaarigen susi durch
einem blassen sommersprossenmädchen mit spitzer nase
und einer frisur jenseits von gut und böse
einem strammen mittelscheitel
mit zwei irre langen seitlichen zöpfen
die von plastikkirschen zusammengehalten wurden
die rothaarige susi war
auf ihre art ebenso neben der spur wie brötchen
natürlich verspottete die ganze schule das liebespaar
brötchen und die rote susi!
brötchen und die rote susi!
doch die beiden pfiffen drauf und hatten einfach nur sex
und all meine freunde wussten das und beneideten brötchen
das erste mal in ihrem verdammten leben beneideten sie brötchen
ausgerechnet brötchen
und zuhause auf meiner fensterbank brach sich das licht
in brötchens finger- und fußnägeln
und es sah einfach wunderschön aus
diese kleinen dreckigen halbmonde im goldenen sonnenlicht

Arne Rautenberg

«SAG NUR, wie trägst du so behäglich
der tollen Jugend anmaßliches Wesen?»
Fürwahr, sie wären unerträglich,
Wär' ich nicht auch unerträglich gewesen.

Johann Wolfgang Goethe

GEGEN DIE STRÖMUNG

Wir waren völlig fertig
und konnten's einfach nicht glauben
und man sah, große Ereignisse
werfen ihre Schatten
unter die Augen

Dann haben wir unser Blut vermischt
mit Indianerversprechen
und es war ganz klar, unsere Verschwörung
werden wir nie brechen

Und wir waren die zwei Geflippten
die durch nichts zu bremsen sind
und wir schwammen gegen die Strömung
und rannten gegen den Wind
Für sogenannte Normale
waren wir das Duo Infernale
Für uns war das alles ganz lockere Action
doch für die war'n das gleich Skandale

Ich sagte dir:
«Ich geh mit dir durch Dick und Dünn
aber nicht durch Dick und Doof
Bitte schmeiß' nicht gleich uns're Liebe weg
wenn ich mal mit 'ner anderen poof'
Ich hab' dir auch nie 'ne Freiheit geklaut
und einfach irgendwas bestimmt
Wer weiß, ob wir sonst immer noch
das Power-Team wär'n
das sich jede Freiheit rausnimmt»

Und die Leute motzen:
«Da kommen die zwei Geflippten

die durch nichts zu bremsen sind
und die schwimmen gegen die Strömung
und rennen gegen den Wind»

Die Spießer regen sich tierisch auf
und reden von Beklopptomanie
Doch wir kichern uns eins und wissen
die wahren Bekloppten, das sind die

Gegen die Strömung, gegen den Wind
lass sie doch labern, blöd wie sie sind
Gegen die Strömung, gegen den Wind
Dass ich nicht lache, wir wär'n die Meister
im Sichdanebenbenehmen
Diese schlaffen, gebügelten Affen
guck sie dir an, sie sollten sich was schämen
Gegen die Strömung, gegen den Wind

Udo Lindenberg

FRISCHE FAHRT

Laue Luft kommt blau geflossen,
Frühling, Frühling soll es sein!
Waldwärts Hörnerklang geschossen,
Mut'ger Augen lichter Schein;
Und das Wirren bunt und bunter
Wird ein magisch wilder Fluß,
In die schöne Welt hinunter
Lockt dich dieses Stromes Gruß.

Und ich mag mich nicht bewahren!
Weit von Euch treibt mich der Wind,
Auf dem Strome will ich fahren,
Von dem Glanze selig blind!
Tausend Stimmen lockend schlagen,
Hoch Aurora flammend weht,
Fahre zu! ich mag nicht fragen,
Wo die Fahrt zu Ende geht!

Joseph von Eichendorff

DER GEGENWART

Ei, wer schilt die Jugend euch?
Ihr sind alle Lebensgüter,
vor der Freuden Zauberreich
steht sie als des Gartens Hüter.

Sie ist stolz und stark und kühn,
reich an Streben und an Taten,
braucht's doch auch erst Frühlings
Blühn,
eh' der Sommer reift die Saaten.

Aber eines weiß sie nicht
und wird's, oft getäuscht, erkennen:
daß, was heut am lautsten spricht,
wofür alle Herzen brennen,

was in jeder Meinung steht
als für ewig eingegraben,
kaum, daß ein Jahrzehnt vergeht,
nur ein Spott noch ist der Knaben.

Daß, wie Mode formt das Kleid,
auch der Geist tauscht seine
Trachten,
und ein Richter nur: die Zeit,
als ein letzter sei zu achten.

Darum wirkt mit rascher Tat,
übergebt euch Strom und Lüften,
doch das Urteil und den Rat
laßt den Reifern und Geprüften!

Franz Grillparzer

DER JÜNGLING

Nun wird der junge Herr von seinem Mentor frei.
Wie froh ist ihm die Welt, und die Natur wie neu!
Nun sucht er Luft und Lust, schweift aus, flucht allem Zwange:
Verschwendet hoffnungsreich: ist zornig, doch nicht lange;
Oft scherzhaft, selten klug: voll Sprünge, wie sein Gaul.
Auf Tanz und Jagd erhitzt: zu kühler Arbeit faul.
Nur Chloris unterthan, die ihn so schön regieret,
Bis ihren Augen ihn Serpinens Wink entführet,
Dem ihn Elisa raubt. Sein Herz wird übereilt,
Das seine Weichlichkeit mit zwanzig Freunden theilt.
Er wählt unüberlegt, bleibt keiner Wahl ergeben,
Und denkt kaum an den Tod, und lebt nur, um zu leben.

Friedrich von Hagedorn

DER JÜNGLING

Mein Mädchen mit dem schwarzen Haare
Vollendet heute sechszehn Jahre
Und ich nur achtzehn: Welch ein Glück!
Die Sehnsucht weckt uns jeden Morgen,
Und die Unwissenheit der Sorgen
Versüßt uns jeden Augenblick.

Wir wachsen und mit uns die Triebe,
Denn unsrer Jugend gönnt die Liebe
Viel Unschuld, aber nicht zu viel.
Verstand kömmt freilich nicht vor Jahren,
Allein was wir bereits erfahren,
Ist gleichwohl auch kein Kinderspiel.

Der Liebreiz, der uns früh verbunden,
Beschäftigt unsre frohen Stunden
Und bringt dich wieder, güldne Zeit!
Zwar lehren wir und lernen beide,
Doch unsre Wissenschaft ist Freude
Und unsre Kunst Gefälligkeit.

Ich will die besten Blumen pflücken,
Euch, Wunder der Natur, zu schmücken:
Dich, freies Haar! dich, schöne Brust!
Wir wollen, diesen Tag zu feiern,
Den allerschönsten Bund erneuern,
Den Bund der Jugend und der Lust.

Dann soll ein Bad in sichern Flüssen,
Auf dieses Bad ein frisches Küssen,
Auf frische Küsse frischer Wein,
Auf Wein ein Tanz, bei Spiel und Liedern,

Mit regen Schwestern, muntern Brüdern:
Das alles soll mich heut erfreun.

So fröhlich soll der Tag verstreichen!
Ihm soll kein Tag an Freude gleichen.
Nichts übertreff ihn als die Nacht!
Die Zeit erwünschter Finsternisse,
Die wacher Schönen stille Küsse
Den Müttern unerforschlich macht.

Friedrich von Hagedorn

DU SCHLANK und rein wie eine flamme
Du wie der morgen zart und licht
Du blühend reis vom edlen stamme
Du wie ein quell geheim und schlicht

Begleitest mich auf sonnigen matten
Umschauerst mich im abendrauch
Erleuchtest meinen weg im schatten
Du kühler wind du heisser hauch

Du bist mein wunsch und mein gedanke
Ich atme dich mit jeder luft
Ich schlürfe dich mit jedem tranke
Ich küsse dich mit jedem duft

Du blühend reis vom edlen stamme
Du wie ein quell geheim und schlicht
Du schlank und rein wie eine flamme
Du wie der morgen zart und licht.

Stefan George

GRUND ZU SCHAFEN

Kochbirnen Walnüsse Gras
es war weiß es war rot es war grau
Mosaike aus Bauschutt verlorenes
Material wir verhielten uns unsichtbar

späte Ware die Nachkriegsmatratzen
wie Altersflecken im Garten
bekamen wir Schwachstellen unsere
T-Shirts auch tagsüber noch voller Nacht

die Birnen verrechneten wir
mit den Wespen ein Blumenstau gratis
zum Ende des Sommers war weiß oder rot
jede Hitze vermehrte sich

eine Wiese mit Bäumen man wuchs
unter Blitzen auf dunkelte nach war
das Auftragen alter Bekleidung kein Grund
zu Schafen

Marion Poschmann

PHIDILE

Ich war erst sechzehn Sommer alt,
unschuldig und nichts weiter,
und kannte nichts als unsern Wald,
als Blumen, Gras und Kräuter.

Da kam ein fremder Jüngling her;
ich hatt' ihn nicht verschrieben,
und wußte nicht, wohin noch her;
der kam und sprach von Lieben.

Er hatte schönes langes Haar
um seinen Nacken wehen;
und einen Nacken, als der war,
hab' ich noch nie gesehen.

Sein Auge, himmelblau und klar!
Schien freundlich was zu flehen;
so blau und freundlich, als das war,
hab' ich noch keins gesehen.

Und sein Gesicht, wie Milch und
Blut!
Ich hab's nie so gesehen;
auch, was er sagte, war sehr gut,
nur konnt' ich's nicht verstehen.

Er ging mir allenthalben nach
und drückte mir die Hände,
und sagte immer O und Ach
und küßte sie behende.

Ich sah ihn einmal freundlich an
und fragte, was er meinte;
da fiel der junge schöne Mann
mir um den Hals, und weinte.

Das hatte niemand noch getan;
doch war's mir nicht zuwider,
und meine beiden Augen sahn
in meinen Busen nieder.

Ich sagt' ihm nicht ein einzig Wort,
als ob ich's übelnähme,
kein einzigs, und – er flohe fort;
wenn er doch wiederkäme!

Matthias Claudius

WANDERLIED DER PRAGER STUDENTEN

Nach Süden nun sich lenken
Die Vöglein allzumal,
Viel Wandrer lustig schwenken
Die Hüt im Morgenstrahl.
Das sind die Herrn Studenten,
Zum Tor hinaus es geht,
Auf ihren Instrumenten
Sie blasen zum Valet:
Ade in die Läng und Breite
O Prag, wir ziehn in die Weite:
Et habeat bonam pacem,
Qui sedet post fornacem!

Nachts wir durchs Städtlein schweifen,
Die Fenster schimmern weit,
Am Fenster drehn und schleifen

Viel schön geputzte Leut.
Wir blasen vor den Türen
Und haben Durst genung,
Das kommt vom Musizieren,
Herr Wirt, einen frischen Trunk!
Und siehe über ein kleines
Mit einer Kanne Weines
Venit ex sua domo –
Beatus ille homo!

Nun weht schon durch die Wälder
Der kalte Boreas,
Wir streichen durch die Felder,
Von Schnee und Regen naß,
Der Mantel fliegt im Winde,
Zerrissen sind die Schuh,
Da blasen wir geschwinde
Und singen noch dazu:
Beatus ille homo
Qui sedet in sua domo
Et sedet post fornacem
Et habet bonam pacem!

Joseph von Eichendorff

ICH MÖCHTE über alle Bänke springen
und jeden grünen Baum umarmen
und vor den staunenden Gendarmen
mich lächelnd in die Lüfte schwingen.

Ich möchte eine Bogenlampe schlank
zum Spaß mit einer Hand ausreißen,
ich könnte einen Kassenschrank
mit Grazie zu den Sternen schmeißen.

Lichten sich auf meinem Haupt die Haare?
Was schiert mich der Chor der Spötter:
heute bin ich zwanzig Jahre
und ich kenne nur noch Götter!

Otto Mainzer

DIE GÖTTER BEI ALDI

Jahr für Jahr, wenn ich mich recht erinnere
bildeten wir kurz vor Sonnenaufgang
jene Klasse der Betörten
noch über den Vögeln
zogen unsere Gedanken, wie blinkende Pfeile
und es folgten die Finger
    der Entasis der Schenkel
        wie Huskies dem Schnee
unsere Claims waren abgesteckt
    (beide alles!)
        und zwar bis zum Erreichen
des Planeten Tuisto
wenn es hell wurde hörten wir
Isoldes Liebestod
    (Margaret Price als Isolde)
dann traten wir
mit nichts als Luft zwischen den Ohren
    hinaus in die Tagesvorstellung
die Häuser leuchteten voll
selbst bei Aldi
    standen die Götter Schlange

Gerhard Falkner

1.
KINT, BEREITET IUCH der sliten ûf daz îs!
da ist der leide winder kalt:
der hât uns der wünneclîchen bluomen vil benomen.
manger grüenen linden stênt ir tolden grîs,
unbesungen ist der walt.
daz ist allez von des rîfen ungenâden komen.
mugt ir schouwen, wie er hât die heide erzogen?
diust von sînen schulden val.
dar zuo sint die nahtigal
alle ir wec geflogen.

2.
Wol bedörfte ich mîner wîsen friunde rât
umbe ein dinc, als ich iu sage,
daz si rieten, wâ diu kint ir freuden solten phlegen.
Megenwart der wîten stuben eine hât.
obz iu allen wol behage,
dar sul wir den gofenanz des vîretages legen.
ez ist sîner tohter wille, kom wir dar.
ir sultz alle ein ander sagen.
einen tanz alum die schragen
brüevet Engelmâr.

3.
Wer nâch Künegunde gê, des wert enein!
der was ie nâch tanze wê.
ez wirt uns verwizzen, ist daz man ir niht enseit.
Gîsel, ginc nâch Jiuten hin und sage in zwein,
sprich, daz Elle mit in gê!
ez ist zwischen mir und in ein starkiu sicherheit.
kint, vergiz durch niemen Hädewîgen dâ,
bit sie balde mit in gân!
einen site si sulen lân:
binden ûf die brâ.

4.
Got gebiete den jungen wîben über al,
die der mâze wellen sîn,
daz si hôchgemuoten mannen holdez herze tragen,
ruckenz vorne hôher, hinden hin ze tal,
decken baz daz näckelîn!
war zuo sol ein tehtier âne ein collier umbe den kragen?
wîp sint sicher um daz houbet her gewesen,
daz et in daz niemand brach.
swaz in anderswâ geschach,
des sints ouch genesen.

5.
Eppe zuhte Geppen Gumpen ab der hant,
des half im sîn drischelstap.
doch geschiet ez mit der riutel meister Adelber.
daz was allez umbe ein ei, daz Ruopreht vant.
jâ, waen, imz der tievel gap.
dâ mit drôte er im ze werfen allez jenenther.
Eppe der was beidiu zornic unde kal.
übellîchen sprach er: <tratz!>
Ruopreht warf imz an den glatz,
daz ez ran ze tal.

6.
Frideliep bî Götelinde wolde gân.
des het Engelmâr gedâht.
wils iuch niht verdriezen, ich sag iu daz ende gar:
Eberhart der meier muoste ez understân.
der wart zuo der suone brâht.
anders waere ir beider hende ein ander in daz hâr.
zwein vil oeden ganzen giengen sî gelîch
gein ein ander al den tac.
der des voresingens phlac,
daz was Friderîch.

7.
Hie envor dô stuont sô schône mir mîn hâr,
umbe und umbe gie der spân.
des vergaz ich, sît man mich ein hûs besorgen hiez.
salz und koren muoz ich koufen durch daz jâr.
wê, waz het ich im getân,
der mich tumben ie von êrste in disen kumber stiez?
mîne schulde wâren kleine wider in.
mîne flüeche sint niht smal,
swanne ich dâ ze Riuwental
unberâten bin.

Neidhart von Reuental

1.
IHR JUNGEN LEUTE, macht euch die Schlitten fertig für das Eis!
Da ist nun der böse Winter kalt.
Der hat uns die vielen wunderschönen Blumen geraubt.
Die Kronen vieler grüner Linden stehen grau da.
Im Wald gibt es keinen Gesang mehr.
Das ist alles durch die Unerbittlichkeit des Frostes gekommen.
Wollt ihr sehen, wie er die Heide verwandelt hat?
Die ist durch ihn fahl geworden.
Überdies sind die Nachtigallen
alle schon weggeflogen.

2.
Gut könnte ich den Rat meiner verständigen Freunde
gebrauchen in einer Sache, die ich euch jetzt nenne:
daß sie nämlich rieten, wo die jungen Leute
ihren Vergnügungen nachgehen könnten.
Megenwart hat eine weiträumige Stube.
Wenn ihr alle einverstanden seid,
werden wir den Gofenanz des Feiertages dorthin verlegen.

Es ist der Wunsch seiner Tochter, daß wir dorthin kommen.
Ihr sollt es alle einander weitersagen.
Einen Tanz rund um die Tische,
so etwas bereitet Engelmar vor.

3.
Wer zu Kunigunde gehen soll, darüber werdet euch einig!
Die war schon immer scharf aufs Tanzen.
Wir werden ausgescholten, wenn man ihr nichts davon sagt.
Gisel, geh zu Jiute und sage den beiden,
Daß Elle mit ihnen kommen soll!
Zwischen mir und ihnen besteht eine feste Verabredung.
Mädchen, vergiß auf gar keinen Fall Hedwig,
bitte sie, daß sie sofort mit ihnen kommen soll.
Einen Brauch sollen sie lieber lassen:
die Haube bis auf die Augenbrauen herabziehen.

4.
Gott möge allen jungen Frauen,
die sich so verhalten,
daß sie edlen, stolzen Männern gewogen sind, gebieten,
die Hauben vorne etwas höher, hinten etwas tiefer zu ziehen,
und lieber den Nacken zu verdecken.
Wozu braucht man eine Sturmhaube, die den Hals freiläßt?
Um den Kopf herum sind Frauen bisher stets sicher gewesen,
daß niemand ihnen den zermalmt hat.
Was ihnen anderswo zustieß,
das haben sie auch überlebt.

5.
Eppe zog dem Gumpe die Geppe aus der Hand,
dabei half ihm sein Dreschflegel.
Aber Meister Adelber brachte sie mit dem Stock auseinander.
Alles drehte sich um ein Ei, das Ruprecht gefunden hatte.
Wirklich, ich glaube, der Teufel hatte es ihm gegeben.

Damit drohte er ihm zu werfen durch die ganze Länge des Saales.
Eppe, der war beides: zornig und kahl.
Bösartig sagte er: «Feigling!»
Ruprecht warf es ihm an den Glatzkopf,
daß es herunterrann.

6.
Friedlieb wollte bei Gotelind tanzen,
das hatte Engelmar im Sinn gehabt.
Wenn es euch nicht langweilt, dann erzähle ich euch sogleich das Ende:
Eberhard, der Meier, mußte den Streit schlichten.
Der wurde zur Versöhnung herbeigeholt.
Sonst wären sie einander mit den Händen in die Haare gefahren.
Wie zwei widerwärtige Gänseriche fuhren sie
den ganzen Tag aufeinander los.
Wer übrigens Vorsänger war,
das war Friedrich.

7.
Vor einiger Zeit noch stand mir das Haar so gepflegt,
rundherum waren Locken.
Das habe ich völlig aufgegeben, seit man mir auftrug, ein Haus zu versorgen.
Salz und Korn muß ich nun das ganze Jahr über kaufen.
Ach, was hatte ich dem getan,
der mich törichten Mann zuerst in dieses Unglück stieß?
Ich habe mir nichts gegen ihn zuschulden kommen lassen.
Meine Flüche sind nicht gerade zahm,
wenn ich dort in Riuwental
völlig hilflos sitze.

Neidhart von Reuental
(Übertragung von Helmut Brackert)

AN DIE JÜNGLINGE

Trinkt des Weines dunkle Kraft,
die euch durch die Seele fließt
und zu heilger Rechenschaft
sie im Innersten erschließt!
Blickt hinab nun in den Grund,
dem das Leben still entsteigt,
forscht mit Ernst, ob es gesund
jedem Höchsten sich verzweigt!

Geht an einen schaurgen Ort,
denkt an aller Ehren Strauß,
sprecht dann laut das Schöpfungswort,
sprecht das Wort: es werde! aus.
Ja, es werde! spricht auch Gott,
und sein Segen senkt sich still,
denn den macht er nicht zum Spott,
der sich selbst vollenden will.

Betet dann, doch betet nur
zu euch selbst, und ihr beschwört
aus der eigenen Natur
einen Geist, der euch erhört.
Leben heißt, tief einsam sein;
in die spröde Knospe drängt
sich kein Tropfe Taus hinein,
eh sie innre Glut zersprengt.

Gott dem Herrn ists ein Triumph,
wenn ihr nicht vor ihm vergeht,
wenn ihr, statt im Staube dumpf
hinzuknien, herrlich steht,
wenn ihr stolz, dem Baume gleich,
euch nicht unter Blüten bückt,
wenn die Last des Segens euch
erst hinab zur Erde drückt.

Fort den Wein! Wer noch nicht flammt,
ist nicht seines Kusses wert,
und wer selbst vom Feuer stammt,
steht schon lange glutverklärt.
Euch geziemt nur *eine* Lust,
nur ein Gang durch Sturm und Nacht,
der aus eurer dunklen Brust
einen Sternenhimmel macht.

Friedrich Hebbel

ALS DER ERSTE SCHNEE FIEL

Gleich einem König, der in seine Staaten
Zurück als Sieger kehrt, empfängt ein Jubel dich!
Der Knabe balgt um deine Flocken sich,
Wie bei der Krönung um Dukaten.

Selbst mir, obschon ein Mädchen und der Rute
Lang nicht mehr untertan, bist du ein lieber Gast;
Denn siehst du nicht, seit du die Erde hast
So weich belegt, wie ich mich spute?

Zu fahren, ohne Segel, ohne Räder,
Auf einer Muschel hin durch deinen weißen Flor,
So sanft und doch so leicht, so schnell, wie vor
Dem Westwind eine Flaumenfeder.

Aus allen Fenstern und aus allen Türen
Sieht mir der bleiche Neid aus hohlen Augen nach;
Selbst die Matrone wird ein leises Ach!
Und einen Wunsch um mich verlieren.

Denn der, um den wir Mädchen oft uns stritten,
Wird hinter mir, so schlank wie eine Tanne, stehn,
Und sonst auf nichts mit seinen Augen sehn,
Als auf das Mädchen in dem Schlitten.

Leopold Friedrich Günther
von Goeckingk

SEIT ICH IHN GESEHEN,
glaub' ich blind zu sein;
wo ich hin nur blicke,
seh' ich ihn allein.
Wie im wachen Traume
schwebt sein Bild mir vor,
taucht aus tiefstem Dunkel
heller nur empor.

Sonst ist licht- und farblos
alles um mich her,
nach der Schwestern Spiele
nicht begehr' ich mehr.
Möchte lieber weinen
still im Kämmerlein;
seit ich ihn gesehen,
glaub' ich blind zu sein.

Adelbert von Chamisso

DIE PASSION

Früh hob ich meine Seele in den Händen
Göttern zur Gabe hin
Und bin wie aus mir selber fortgegeben.

Was weiß ich sonst von meinem jungen Leben:
Daß ich ein Opfer bin
Und daß die andern Götter mich verschwenden.

Um jenes Gottes willen, der mich traf,
Da ich noch wehrlos war und wie im Schlaf.

Lonja Stehelin-Holzing

SPÄTES ERWACHEN

So wie ein Mensch nach lärmendem Gelag
Noch spät zu Mitternacht nicht schlafen mag
Und seine Ruh' erst findet knapp vor Tag,

Und süß erst schläft beim hellen Morgenschein,
So reichte in die Jugend mir hinein
Versäumter Schlaf von einem vorgen Sein.

O wüßt' ich doch, was mich nicht schlafen ließ!
Ob mich ein Gott vom Bacchanal verstieß?
Ob ich betrunken kam vom Paradies? –

Christian Wagner

«FRÖUT IUCH, junge und alte!
der meie mit gewalte
den winder hât verdrungen,
die bluomen sint entsprungen.
wie schôn diu nahtegal
ûf dem rîse ir süeze wîse singet, wünneclîchen schal!

Walt nu schône loubet.
mîn muoter niht geloubet,
der joch mit einem seile»,
sô sprach ein maget geile,
«mir bunde einen fuoz,
mit den kinden zuo der linden ûf den anger ich doch muoz.»

Daz gehôrte ir muoter:
«jâ swinge ich dir daz fuoter
mit stecken umbe den rugge,
vil kleine grasemugge.
wâ wilt dû hüpfen hin
ab dem neste? sitze und beste mir den ermel wider in!»

«Muoter, mit dem stecken
sol man die runzen recken
den alten als eim sumber.
noch hiuwer sît ir tumber,
dan ir von sprunge vart.
ir sît tôt vil kleiner nôt, ist iu der ermel abe gezart.»

Ûf spranc sî vil snelle.
«der tievel ûz dir belle!
ich wil mich dîn verzîhen;
dû wilt vil übel gedîhen.»
«muoter, ich lebe iedoch,
swie iu troume; bî dem soume durch den ermel gât daz loch.»

Neidhart von Reuental

«FREUT EUCH, ihr Jungen und Alten!
Der Mai hat mit Macht
den Winter vertrieben,
die Blumen sind entsprossen.
Wie schön die Nachtigall
auf dem Zweig ihr liebliches Lied singt, Freudenjubel!

Der Wald bedeckt sich mit frischem Laub.
Meine Mutter glaubt nicht,
daß, selbst wenn man mit einem Strick»,
so sprach ein fröhliches Mädchen,
«mir den Fuß festbände,
ich doch mit den Mädchen zur Linde auf den Anger muß.»

Das hörte ihre Mutter:
«Wahrlich, ich werde dir schon das Futter
mit dem Stock auf den Rücken schwingen,
winzige Grasmücke.
Wo willst du hinhüpfen
aus deinem Nest? Bleib sitzen und näh mir den Ärmel wieder fest!»

«Mutter, mit dem Stecken
soll man den Alten
die Runzeln glätten wie einer Trommel.
Ihr werdet dümmer
von Jahr zu Jahr.
Ihr sterbt noch an einer Lappalie, wenn euch bloß der Ärmel abgerissen ist.»

Geschwind sprang sie auf.
«Der Teufel soll in dich fahren!
Ich will nichts mehr mit dir zu schaffen haben,
du drohst ganz schlimm auszuarten.»
«Mutter, ich bin wach und bei Verstand,
während ihr träumt. Am Saum geht das Loch durch den Ärmel.»

Neidhart von Reuental
(Übertragung von Helmut Lomnitzer)

EILE ZUM LIEBEN

Ach, Liebste, laß uns eilen,
wir haben Zeit!
Es schadet das Verweilen
uns beiderseit.

Der edlen Schönheit Gaben
fliehn Fuß für Fuß,
daß alles, was wir haben,
verschwinden muß.

Der Wangen Zier verbleichet,
das Haar wird greis,
der Augen Feuer weichet,
die Brunst wird Eis.

Das Mündlein von Korallen
wird ungestalt,
die Händ' als Schnee verfallen,
und du wirst alt.

Drum laß uns jetzt genießen
der Jugend Frucht,
eh' denn wir folgen müssen
der Jahre Flucht.

Wo du dich selber liebest,
so liebe mich.
Gib mir, daß, wann du gibest,
verlier' auch ich.

Martin Opitz

DIE JUBELND NIE den überschäumten Becher
gehoben in der heiligen Mitternacht,
und denen nie ein dunkles Mädchenauge,
zur Sünde lockend, sprühend zugelacht –
die nie den ernsten Tand der Welt vergaßen
und freudig nie dem Strudel sich vertraut –
oh, sie sind klug, sie bringen's weit im Leben …
Ich kann nicht sagen, wie mir davor graut!

Otto Erich Hartleben

NACH DEM BALLE

Setz in des Wagens Finsternis
getrost den Atlasschuh!
Die Füchse schäumen ins Gebiß;
Und nun, Johann, fahr zu!
Es ruht an meiner Schulter aus
und schläft, ein müder Veilchenstrauß,
die kleine blonde Komtesse.

Die Nacht versinkt in Sumpf und Moor,
ein erster roter Streif.
Der Kiebitz schüttelt sich im Rohr
aus Schopf und Pelz den Reif.
Noch hört im Traum der Rosse Lauf,
dann schlägt die blauen Augen auf
die kleine blonde Komtesse.

Die Sichel klingt vom Wiesengrund,
der Tauber girrt und lacht,
am Rade kläfft der Bauernhund,
all Leben ist erwacht.
Ach, wie die Sonne köstlich schien,
wir fuhren schnell nach Gretna Green;
ich und die kleine Komtesse.

Detlev von Liliencron

EWIG JUNG IST NUR DIE SONNE

Heute fanden meine Schritte mein vergeßnes Jugendtal,
Seine Sohle lag verödet, seine Berge standen kahl.
Meine Bäume, meine Träume, meine buchendunkeln Höhn –
Ewig jung ist nur die Sonne, sie allein ist ewig schön.

Drüben dort in schilfgem Grunde, wo die müde Lache liegt,
Hat zu meiner Jugendstunde sich lebendge Flut gewiegt,
Durch die Heiden, durch die Weiden ging ein wandernd Herdgetön –
Ewig jung ist nur die Sonne, sie allein ist ewig schön.

Conrad Ferdinand Meyer

DER LETZTE BAUM

So wie die Sonne untergeht,
Gibt's einen letzten Baum,
Der, wie in Morgenflammen, steht
Am fernsten Himmelssaum.

Es ist ein Baum und weiter Nichts
Doch denkt man in der Nacht
Des letzten wunderbaren Lichts,
So wird auch sein gedacht.

Auf gleiche Weise denk ich Dein,
Nun mich die Jugend lässt,
Du hältst mir ihren letzten Schein
Für alle Zeiten fest.

Friedrich Hebbel

DER NACHWUCHSENGEL

Verankert im Büro sind meine Schwestern,
wo sie die Akten singend kehren
und bald dahin sind. Auf dem Fensterbrett
die schwache Spur von grauem Seufzerstaub.

Als Zahnradengel leben meine Brüder
ihr stark veröltes Leben im Metall,
nur hoffend, daß, wenn sie die Messer fräßen,
von ihnen noch ein kleiner Splitter Licht

abspränge mit den Spänen. Lieber Gott.
Wie reih ich mich in diese Schöpfung ein.
Wozu hab ich mein Abitur gemacht,
wenn ich vergehn soll wie ein Fingerschnippen.

Thomas Rosenlöcher

AUS DER HÖHE

Schreitend meinen Höhenpfad,
Seh' ich statt lebendger Flut
Unter mir des Eises Flur,
Drauf der Wettlauf Tausender
Unermüdlich sich ergötzt.
Horch! Ein dunkel Geisterlied,
Wie des Bienenkorbs Gesumms:
Dröhnend sonder Unterbruch
Durch die reine Winterluft
Des gestählten Schuhes Ton –
Meiner Jugend einzge Lust
Läutet dumpf zu mir empor.

Conrad Ferdinand Meyer

AN HERMANN

Unter Tränen rissest du dich von meinem Halse!
In die Finsternis lang sah ich verworren dir nach.
Wie? auf ewig? sagtest du so? Dann lässet auf ewig
meine Jugend von mir, lässet mein Genius mich!
Und warum? bei allem, was heilig, weißt du es selber,
wenn es der Übermut schwärmender Jugend nicht ist?
O verwegenes Spiel! Komm! nimm dein Wort noch zurücke!
– Aber du hörtest nicht, ließest mich staunend allein.

Monde vergingen und Jahre; die heimliche Sehnsucht im Herzen,
standen wir fremd, es fand keiner ein mutiges Wort,
um den kindischen Bann, den luftgewebten, zu brechen,
und der gemeine Tag löschte bald jeglichen Wunsch.
Aber heutige Nacht erschien mir wieder im Traume
deine Knabengestalt – Wehe! wo rett' ich mich hin
vor dem lieblichen Bild? Ich sah dich unter den hohen
Maulbeerbäumen im Hof, wo wir zusammen gespielt.
Und du wandtest dich ab, wie beschämt, ich strich dir die Locken
aus der Stirne: «O du», rief ich, «was kannst du dafür!»
Weinend erwacht ich zuletzt, trüb schien der Mond auf mein Lager,
aufgerichtet im Bett saß ich und dachte dir nach.
Oh, wie tobte mein Herz! Du fülltest wieder den Busen
mir, wie kein Bruder vermag, wie die Geliebte nicht kann!

Eduard Mörike

LIED DER FREUNDSCHAFT

Der Mensch hat nichts so eigen,
so wohl steht ihm nichts an,
als daß er Treu' erzeigen
und Freundschaft halten kann;
wann er mit seinesgleichen
soll treten in ein Band,
verspricht sich, nicht zu weichen
mit Herzen, Mund und Hand.

Die Red' ist uns gegeben,
damit wir nicht allein
für uns nur sollen leben
und fern von Leuten sein;
wir sollen uns befragen
und sehn auf guten Rat,
das Leid einander klagen,
so uns betreten hat.

Was kann die Freude machen,
die Einsamkeit verhehlt?
Das gibt ein doppelt Lachen,
was Freunden wird erzählt;
der kann sein Leid vergessen,
der es von Herzen sagt;
der muss sich selbst auffressen,
der in geheim sich nagt.

Gott stehet mir vor allen,
die meine Seele liebt;
dann soll mir auch gefallen,
der mir sich herzlich gibt.
Mit diesem Bunds-Gesellen
verlach' ich Pein und Not,
geh' auf den Grund der Höllen
und breche durch den Tod.

Ich hab', ich habe Herzen,
so treue wie gebührt,
die Heuchelei und Scherzen
nie wissentlich berührt;
ich bin auch ihnen wieder
von Grund der Seelen hold;
ich lieb' euch mehr, ihr Brüder,
als aller Erden Gold.

Simon Dach

KLEINE FÜHRUNG DURCH DIE JUGEND

Und plötzlich steht man wieder in der Stadt,
in der die Eltern wohnen und die Lehrer
und andre, die man ganz vergessen hat.
Mit jedem Schritt fällt das Gehen schwerer.

Man sieht die Kirche, wo man sonntags sang.
(Man hat seitdem fast gar nicht mehr gesungen.)
Dort sind die Stufen, über die man sprang.
Man blickt hinüber. Es sind andre Jungen.

Der Fleischer Kurzhals lehnt an seinem Haus.
Nun ist er alt. Man winkt ihm wie vor Jahren.
Er nickt zurück. Und sieht verwundert aus.
Man kennt ihn noch. Er ist sich nicht im klaren.

Dann fährt man Straßenbahn und hat viel Zeit.
Der Schaffner ruft die kommenden Stationen.
Es sind Stationen der Vergangenheit!
Man dachte, sie sei tot. Sie blieb hier wohnen.

Dann steigt man aus. Und zögert. Und erschrickt.
Der Wind steht still, und alle Wolken warten.
Man biegt um eine Ecke. Und erblickt
ein schwarzes Haus in einem kahlen Garten.

Das ist die Schule. Hier hat man gewohnt.
Im Schlafsaal brennen immer noch die Lichter.
Im Amselpark schwimmt immer noch der Mond.
Und an die Fenster pressen sich Gesichter.

Das Gitter blieb. Und nun steht man davor.
Und sieht dahinter neue Kinderherden.
Man fürchtet sich. Und legt den Kopf ans Tor.
(Es ist, als ob die Hosen kürzer werden.)

Hier floh man einst. Und wird jetzt wieder fliehn.
Was nützt der Mut? Hier wagt man nicht, zu retten.
Man geht, denkt an die kleinen Eisenbetten
und fährt am besten wieder nach Berlin.

Erich Kästner

HÖHEN UND TIEFEN DER LIEBE

DÛ BIST MÎN, ich bin dîn,
des solt dû gewis sîn.
dû bist beslossen in mînem herzen.
verlorn ist das slusselîn,
dû muost och immer dar inne sîn.

Anonym

DU BIST MEIN, ich bin dein,
dessen sollst du sicher sein.
Du bist eingeschlossen in meinem Herzen.
Das Schlüsselchen ist verloren,
du musst nun immer drin bleiben.

Anonym
(Übertragung von Horst Brunner)

‹UNDER DER LINDEN
an der heide,
dâ unser zweier bette was,
dâ mugent ir vinden
schône beide
gebrochen bluomen unde gras.
vor dem walde in einem tal,
tandaradei,
schône sanc diu nahtegal.

Ich kam gegangen
zuo der ouwe,
dô was mîn friedel komen ê.
dâ wart ich enpfangen,
– hêre frouwe! –
daz ich bin sælic iemer mê.

er kuste mich wol tûsent stunt,
tandaradei,
seht wie rôt mir ist der munt.

Dô hât er gemachet
alsô rîche
von bluomen eine bette stat.
des wirt noch gelachet
inneclîche,
kumt iemen an daz selbe pfat.
bî den rôsen er wol mac,
tandaradei,
merken wâ mirz houbet lac.

Daz er bî mir læge,
wessez iemen,
(nû enwelle got!) sô schamt ich mich.
wes er mit mir pflæge,
niemer niemen
bevinde daz wan er und ich
und ein kleinez vogellîn,
tandaradei,
daz mac wol getriuwe sîn.›

Walther von der Vogelweide

«UNTER DER LINDE,
auf der Heide,
dort wo unser beider Bett war,
da könnt Ihr finden,
lieblich beides
niedergedrückt: Blumen und Gras.
Vor dem Wald in einem Tal,
tandaradei,
sang schön die Nachtigall.

Ich kam gegangen
zu der Aue,
dahin war mein Freund schon gekommen.
Dort wurde ich empfangen
– Heilige (Jung-)Frau! –
so dass ich immerzu glücklich bin.
    Er küsste mich wohl tausendmal,
        tandaradei,
    seht, wie rot mein Mund ist.

Dann hat er gemacht
so prächtig
aus Blumen ein Lager.
Darüber wird noch gelacht,
inniglich,
wenn jemand eben dieses Weges kommt.
    An den Rosen kann er wohl,
        tandaradei,
    erkennen, wo mein Haupt lag.

Dass er bei mir lag –
wüsste es jemand –
(das nun wolle Gott nicht!), dann schämte ich mich.
Was er mit mir machte –
niemals möge jemand
das erfahren, nur er und ich
    und ein kleines Vöglein,
        tandaradei,
    das wird wohl verschwiegen sein.»

Walther von der Vogelweide
(Übertragung von Günther Schweikle)

AN ANNA BLUME

Oh Du, Geliebte meiner 27 Sinne, ich liebe Dir!
Du, Deiner, Dich Dir, ich Dir, Du mir, – – – – wir?
Das gehört beiläufig nicht hierher!

Wer bist Du, ungezähltes Frauenzimmer, Du bist, bist Du?
Die Leute sagen, Du wärest.
Laß sie sagen, sie wissen nicht, wie der Kirchturm steht.

Du trägst den Hut auf Deinen Füßen und wanderst auf die Hände,
Auf den Händen wanderst Du.

Halloh, Deine roten Kleider, in weiße Falten zersägt,
Rot liebe ich Anna Blume, rot liebe ich Dir.
Du, Deiner, Dich Dir, ich Dir, Du mir, – – – – – wir?
Das gehört beiläufig in die kalte Glut!
Anna Blume, rote Anna Blume, wie sagen die Leute?

Preisfrage:

1.) Anna Blume hat ein Vogel,
2.) Anna Blume ist rot.
3.) Welche Farbe hat der Vogel.

Blau ist die Farbe Deines gelben Haares,
Rot ist die Farbe Deines grünen Vogels.
Du schlichtes Mädchen im Alltagskleid,
Du liebes grünes Tier, ich liebe Dir!
Du Deiner Dich Dir, ich Dir, Du mir, – – – – wir!
Das gehört beiläufig in die – – – Glutenkiste.

Anna Blume, Anna, A – – – – N – – – – N – – – – A!
Ich träufle Deinen Namen.
Dein Name tropft wie weiches Rindertalg.

Weißt Du es Anna, weißt Du es schon,
Man kann Dich auch von hinten lesen.
Und Du, Du Herrlichste von allen,
Du bist von hinten, wie von vorne:
A – – – – – – N – – – – – – – N – – – – – – – A.
Rindertalg träufelt STREICHELN über meinen Rücken.
Anna Blume,
Du tropfes Tier,
Ich – – – – – – – – liebe – – – – – – – – Dir!

Kurt Schwitters

BEGEGNUNG

Was doch heut nacht ein Sturm gewesen,
Bis erst der Morgen sich geregt!
Wie hat der ungebetne Besen
Kamin und Gassen ausgefegt!

Da kommt ein Mädchen schon die Straßen,
Das halb verschüchtert um sich sieht;
Wie Rosen, die der Wind zerblasen,
So unstet ihr Gesichtchen glüht.

Ein schöner Bursch tritt ihr entgegen,
Er will ihr voll Entzücken nahn:
Wie sehn sich freudig und verlegen
Die ungewohnten Schelme an!

Er scheint zu fragen, ob das Liebchen
Die Zöpfe schon zurecht gemacht,
Die heute Nacht im offnen Stübchen
Ein Sturm in Unordnung gebracht.

Der Bursche träumt noch von den Küssen,
Die ihm das süße Kind getauscht,
Er steht, von Anmuth hingerissen,
Derweil sie um die Ecke rauscht.

Eduard Mörike

ERINNERUNG AN DIE MARIE A.

1
An jenem Tag im blauen Mond September
Still unter einem jungen Pflaumenbaum
Da hielt ich sie, die stille bleiche Liebe
In meinem Arm wie einen holden Traum.
Und über uns im schönen Sommerhimmel
War eine Wolke, die ich lange sah
Sie war sehr weiß und ungeheuer oben
Und als ich aufsah, war sie nimmer da.

2
Seit jenem Tag sind viele, viele Monde
Geschwommen still hinunter und vorbei.
Die Pflaumenbäume sind wohl abgehauen
Und fragst du mich, was mit der Liebe sei?
So sag ich dir: ich kann mich nicht erinnern
Und doch, gewiß, ich weiß schon, was du meinst.
Doch ihr Gesicht, das weiß ich wirklich nimmer
Ich weiß nur mehr: ich küßte es dereinst.

3
Und auch den Kuß, ich hätt ihn längst vergessen
Wenn nicht die Wolke dagewesen wär
Die weiß ich noch und werd ich immer wissen
Sie war sehr weiß und kam von oben her.

Die Pflaumenbäume blühn vielleicht noch immer
Und jene Frau hat jetzt vielleicht das siebte Kind
Doch jene Wolke blühte nur Minuten
Und als ich aufsah, schwand sie schon im Wind.

Bertolt Brecht

WO HAST DU all die Schönheit hergenommen,
du Liebesangesicht, du Wohlgestalt!
Um dich ist alle Welt zu kurz gekommen.
Weil du die Jugend hast, wird alles alt,
weil du das Leben hast, muß alles sterben,
weil du die Kraft hast, ist die Welt kein Hort,
weil du vollkommen bist, ist sie ein Scherben,
weil du der Himmel bist, gibt's keinen dort!

Ricarda Huch

LIEB OHNE WORTE

Mich erfüllt Liebestoben zu dir!
Ich bin deinst,
als ob einst
wir vereinigst.

Sei du meinst!
Komm Liebchenstche zu mir! –
Ich vergehste sonst
sehnsuchtstgepeinigst.

Achst, achst, schwachst schwachst arms
Wortleinstche, was? – –
Genug denn, auch du, auch du
liebsest.
Fühls, fühls ganzst ohne Worte: sei
Meinstlein!
Ich sehne dich sprachlosestest.

Christian Morgenstern

MAN MUSS SICH DEN BÄCKER

man muss sich den Bäcker
als einen glücklichen Menschen vorstellen
jeden Morgen sorgst du in seinem Laden
zwischen Weltmeisterbrötchen und Schrippen
für Sonnenaufgang

man muss sich die Schrippen
als glückliche Schrippen vorstellen
in einer Tüte aus Papier liegen sie
dir am Herzen knisternd und warm
steigst du in die nächste Ringbahn

man muss sich die Ringbahn
als glückliche Ringbahn vorstellen
während Höfe und Himmel in deinen Augen
vorbeiziehen teilt ihr Tag für Tag
ein Stück ihres Kreislaufs
durch die pulsierende Stadt

man muss sich Berlin
als eine glückliche Stadt vorstellen
die jährliche Sonnenscheindauer sprunghaft
gestiegen der Pegel des Lichts die Musikalität
der Bewohner die Stare denken nicht mehr
daran im Winter das Feld zu räumen

man muss sich die Stare
als glückliche Stare vorstellen
jeden Abend bewunderst du ihren Gesang
entzündest auf dem Balkon eine Glut
lässt lächelnd das Ende des Tages
in purpurnem Rauch aufgehen

«man muss sich den Bäcker»
habe ich eben geschrieben
als du wie jeden Abend zu mir hereintrittst
und lösche das Licht
«als einen glücklichen Menschen vorstellen»
ich aber beneide ihn nicht

Sybil Volks

NEUE LIEBE, NEUES LEBEN

Herz, mein Herz, was soll das geben?
Was bedränget dich so sehr?
Welch ein fremdes, neues Leben!
Ich erkenne dich nicht mehr.
Weg ist alles was du liebtest,
weg, warum du dich betrübtest,
weg dein Fleiß und deine Ruh –
ach, wie kamst du nur dazu!

Fesselt dich die Jugendblüte,
diese liebliche Gestalt,
dieser Blick voll Treu und Güte
mit unendlicher Gewalt?

Will ich rasch mich ihr entziehen,
mich ermannen, ihr entfliehen,
führet mich im Augenblick,
ach, mein Weg zu ihr zurück.

Und an diesem Zauberfädchen,
das sich nicht zerreißen läßt,
hält das liebe, lose Mädchen
mich so wider Willen fest:
muß in ihrem Zauberkreise
leben nun auf ihre Weise.
Die Verändrung, ach, wie groß!
Liebe! Liebe! laß mich los!

Johann Wolfgang Goethe

SULEIKA

Hochbeglückt in deiner Liebe
Schelt ich nicht Gelegenheit,
Ward sie auch an dir zum Diebe
Wie mich solch ein Raub erfreut!

Und wozu denn auch berauben?
Gieb dich mir aus freyer Wahl,
Gar zu gerne möcht ich glauben –
Ja! ich bin's die dich bestahl.

Was so willig du gegeben
Bringt dir herrlichen Gewinn,
Meine Ruh, mein reiches Leben
Geb' ich freudig, nimm es hin.

Scherze nicht! Nichts von Verarmen!
Macht uns nicht die Liebe reich?
Halt ich dich in meinen Armen,
Jedem Glück ist meines gleich.

Johann Wolfgang Goethe/
Marianne von Willemer

OWÊ,
sol aber mir iemer mê
geliuhten dur die naht
noch wîzer danne ein snê
ir lîp vil wol geslaht?
der trouc diu ougen mîn:
ich wânde, ez solde sîn
des liehten mânen schîn.
dô tagte ez.

Owê,
si kuste âne zal
in dem slâfe mich.
dô vielen hin ze tal
ir trehene nider sich.
iedoch getrôste ich sie,
daz sî ir weinen lie
und mich al umbevie.
dô tagte ez.

<Owê,
sol aber er iemer mê
den morgen hie betagen?
als uns diu naht engê,
daz wir niht durfen klagen:
<owê, nu ist ez tac!>
als er mit klage pflac,
dô er júngest bî mir lac.
dô tagte ez.>

<Owê,
daz er sô dicke sich
bî mir ersehen hât!
als er endahte mich,
sô wolt er sunder wât
mîn arme schouwen blôz.
ez was ein wunder grôz,
daz in des nie verdrôz.
dô tagte ez.>

Heinrich von Morungen

ACH,
soll mir denn nie mehr
leuchten durch die Nacht
noch heller als der Schnee
ihre so schöne Gestalt?
Die täuschte meine Augen:
ich glaubte, es wäre
der Schein des hellen Mondes.
Da tagte es.

«Ach,
soll er denn nie mehr
den Morgen hier erleben?
So möge uns die Nacht
dahingehen,
daß wir nicht zu klagen brauchen:
‹Ach jetzt ist es Tag!›
wie er es schmerzvoll tat,
als er unlängst bei mir lag.
Da tagte es.»

Ach,
sie küßte mich unzählige Male,
als ich noch schlief.
Da rannen ihre Tränen
herab ohne Ende.
Jedoch tröstete ich sie,
ihr Weinen zu lassen
und mich ganz fest zu umfangen.
Da tagte es.

«Ach,
daß er sich so oft
in meinen Anblick verloren hat!
Als er mich aufdeckte,
da wollte er meine Arme
unbekleidet sehen, ganz nackt.
Es war ein unbegreifliches Wunder,
daß er dessen niemals überdrüssig
wurde.
Da tagte es.»

Heinrich von Morungen
(Übertragung von Helmut Brackert)

V. RÖMISCHE ELEGIE

Froh empfind' ich mich nun auf klassischem Boden begeistert;
Vor- und Mitwelt spricht lauter und reizender mir.
Hier befolg' ich den Rat, durchblättre die Werke der Alten
Mit geschäftiger Hand, täglich mit neuem Genuß.
Aber die Nächte hindurch hält Amor mich anders beschäftigt;
Werd' ich auch halb nur gelehrt, bin ich doch doppelt beglückt.
Und belehr' ich mich nicht, indem ich des lieblichen Busens
Formen spähe, die Hand leite die Hüften hinab?

Dann versteh' ich den Marmor erst recht; ich denk' und vergleiche,
Sehe mit fühlendem Aug', fühle mit sehender Hand.
Raubt die Liebste denn gleich mir einige Stunden des Tages,
Gibt sie Stunden der Nacht mir zur Entschädigung hin.
Wird doch nicht immer geküßt, es wird vernünftig gesprochen;
Überfällt sie der Schlaf, lieg' ich und denke mir viel.
Oftmals hab' ich auch schon in ihren Armen gedichtet,
Und des Hexameters Maß, leise mit fingernder Hand,
Ihr auf den Rücken gezählt. Sie atmet in lieblichem Schlummer,
Und es durchglühet ihr Hauch mir bis ins Tiefste die Brust.
Amor schüret die Lamp' indes und denket der Zeiten,
Da er den nämlichen Dienst seinen Triumvirn getan.

Johann Wolfgang Goethe

‹SLÂFEST DÛ, friedel ziere?
wan weket uns leider schiere.
ein vogellîn sô wolgetân
daz ist der linden an daz zwî gegân.›

«Ich was vil sanfte entslâfen –
nû rüefestû, kint, wâfen.
lieb âne leit mag niht sîn.
swaz dû gebiutest, daz leiste ich, friundîn mîn.»

Diu frouwe begunde weinen:
‹dû rîtest hinnen und lâst mich eine.
wenne wilt dû wider her zuo mir?
owê, dû füerest mîne fröide sant dir!›

Dietmar von Aist

‹SCHLÄFST DU, schöner Geliebter?
Zu meinem Kummer weckt man uns bereits.
Ein schönes Vöglein
ist auf den Lindenzweig geflattert.›

«Ich war sehr angenehm eingeschlafen –
nun schlägst du, Mädchen, Alarm.
Liebe ohne Leid kann es nicht geben.
Alles, was du willst, das tu ich, meine Freundin.»

Die Dame fing an zu weinen:
‹Du reitest weg und lässt mich allein.
Wann willst du wieder zurückkommen?
Oweh, du nimmst meine Freude mit dir fort.›

Dietmar von Aist
(Übertragung von Horst Brunner)

IM ERSTEN LICHT

Wenn wir uns gedankenlos getrunken haben
aus einem langen Sommerabend
in eine kurze heiße Nacht
wenn die Vögel dann früh
davonjagen aus gedämpften Färbungen
in den hellen tönenden frischgespannten Himmel

wenn ich dann über mir in den Lüften
weit und feierlich mich dehne
in den mächtigen Armen meiner Toccata

wenn du dann neben mir im Bett
deinen ausladenden Klangkörper bewegst
dich dumpf aufrichtest und zur Tür gehst

und wenn ich dann im ersten Licht
deinen fetten Arsch sehe
deinen Arsch
verstehst du
deinen trüben verstimmten ausgeleierten Arsch
dann weiß ich wieder
daß ich dich nicht liebe
wirklich
daß ich dich einfach nicht liebe

Karin Kiwus

DU KAMST ZU MIR, mein Abgott, meine Schlange,
in dunkler Nacht, die um dich her erglühte.
Ich diente dir mit Liebesüberschwange
und trank das Feuer, das dein Atem sprühte.
Du flohst, ich suchte lang in Finsternissen.
Da kannten mich die Götter und Dämonen
an jenem Glanze, den ich dir entrissen,
und führten mich ins Licht, mit dir zu thronen.

Ricarda Huch

GISELHEER DEM TIGER

Über dein Gesicht schleichen die Dschungeln.
O, wie du bist!

Deine Tigeraugen sind süß geworden
In der Sonne.

Ich trag dich immer herum
Zwischen meinen Zähnen.

Du mein Indianerbuch,
Wild West,
Siouxhäuptling!

Im Zwielicht schmachte ich
Gebunden am Buxbaumstamm –

Ich kann nicht mehr sein
Ohne das Scalpspiel.

Rote Küsse malen deine Messer
Auf meine Brust –

Bis mein Haar an deinem Gürtel flattert.

Else Lasker-Schüler

RUF- UND FLUCHFORMEL

Eu Regen Schnee Gewitter Hagelschlangen
Steigt aus des Meeres bodenloser Brut
Und haltet euch in Lüften eng umfangen
Bis er auf meinem roten Sofa ruht.

Wenn er den Stab hebt, dürft ihr draußen toben
Je mehr je lieber, schließet mir das Haus
Und schlagt und dreht euch, ändert Unten, Oben
Der Hof sieht wie ein Jahrmarkt aus

Dieweil wir uns in unsrer Lieb erproben.

Sarah Kirsch

GLEICHGEWICHT

Wir gehen
jeder für sich
den schmalen Weg
über den Köpfen der Toten
– fast ohne Angst –
im Takt unsres Herzens,
als seien wir beschützt,
solange die Liebe
nicht aussetzt.

So gehen wir
zwischen Schmetterlingen und Vögeln
in staunendem Gleichgewicht
zu einem Morgen von Baumwipfeln
– grün, gold und blau –
und zu dem Erwachen
der geliebten Augen.

Hilde Domin

1.

ALBANIE, GEBRAUCHE deiner zeit,
Und laß den Liebes-Lüsten freien Zügel,
Wenn uns der Schnee der Jahre hat beschneit,
So schmeckt kein Kuß, der Liebe wahres Siegel,
Im grünen Mai grünt nur der bunte Klee.
Albanie.

2.

Albanie, der schönen Augen Licht,
Der Leib, und was auf den beliebten Wangen,
Ist nicht vor dich, vor uns nur zugericht,
Die Äpfel, so auf deinen Brüsten prangen,
Sind unsre Lust, und süße Anmuts-See.
Albanie.

3.

Albanie, was quälen wir uns viel,
Und züchtigen die Nieren und die Lenden?
Nur frisch gewagt das angenehme Spiel,

Jedwedes Glied ist ja gemacht zum Wenden,
Und wendet doch die Sonn sich in die Höh.
Albanie.

4.

Albanie, soll denn dein warmer Schoß
So öd und wüst, und unbebauet liegen?
Im Paradies da ging man nackt und bloß,
Und durfte frei die Liebes-Äcker pflügen,
Welch Menschen-Satz macht uns dies neue Weh?
Albanie.

5.

Albanie, wer kann die Süßigkeit
Der zwei vermischten Geister recht entdecken?
Wenn Lieb und Lust ein Essen uns bereit,
Das wiederholt am besten pflegt zu schmecken,
Wünscht nicht ein Herz, daß es dabei vergeh?
Albanie.

6.

Albanie, weil noch der Wollust-Tau
Die Glieder netzt, und das Geblüte springet,
So laß doch zu, daß auf der Venus-Au
Ein brünstger Geist dir kniend Opfer bringet,
Daß er vor dir in voller Andacht steh.
Albanie.

Christian Hoffmann
von Hoffmannswaldau

EIN TRAUM

O Traum, der mich entzücket!
Was hab' ich nicht erblicket!
Ich warf die müden Glieder
in einem Tale nieder,
wo einen Teich, der silbern floß,
ein schattigtes Gebüsch umschloß.

Da sah ich durch die Sträuche
mein Mädchen bei dem Teiche;
das hatte sich, zum Baden,
der Kleider meist entladen,
bis auf ein untreu weiß Gewand,
das keinem Lüftchen widerstand.

Der freie Busen lachte,
den Jugend reizend machte.
Mein Blick blieb lüstern stehen
bei diesen regen Höhen,
wo Zephir unter Lilien blies
und sich die Wollust fühlen ließ.

Sie fing nun an, o Freuden!
sich vollends auszukleiden:
doch ach! indem's geschiehet,
erwach' ich, und sie fliehet.
O, schlief' ich doch von neuem ein!
Nun wird sie wohl im Wasser sein!

Johann Peter Uz

WIE ER WOLLE GEKÜSSET SEIN

Nirgends hin, als auf den Mund,
da sinkts in des Herzen Grund.
Nicht zu frei, nicht zu gezwungen,
nicht mit gar zu fauler Zungen.

Nicht zu wenig nicht zu viel.
Beides wird sonst Kinder-spiel.
Nicht zu laut, und nicht zu leise,
Bei der Maß' ist rechte weise.

Nicht zu nahe, nicht zu weit.
Dies macht Kummer, jenes Leid.
Nicht zu trocken, nicht zu feuchte,
wie Adonis Venus reichte.

Nicht zu harte, nicht zu weich.
Bald zugleich, bald nicht zugleich.
Nicht zu langsam, nicht zu schnelle.
Nicht ohn Unterscheid der Stelle.

Halb gebissen, halb gehaucht.
Halb die Lippen eingetaucht.
Nicht ohn Unterscheid der Zeiten.
Mehr alleine, denn bei Leuten.

Küsse nun ein Jedermann,
wie er weiß, will, soll und kann.
Ich nur, und die Liebste wissen,
wie wir uns recht sollen küssen.

Paul Fleming

WIE DU SOLLTEST GEKÜSST SEIN

(nach einem Gedichttitel von
Paul Fleming 1609–1640)
für Elisabeth

Wenn ich dich küsse
ist es nicht nur dein Mund
nicht nur dein Nabel
nicht nur dein Schoß
den ich küsse
Ich küsse auch deine Fragen
und deine Wünsche
ich küsse dein Nachdenken
deine Zweifel
und deinen Mut
deine Liebe zu mir
und deine Freiheit von mir
deinen Fuß
der hergekommen ist
und der wieder fortgeht
ich küsse dich
wie du bist
und wie du sein wirst
morgen und später
und wenn meine Zeit vorbei ist

Erich Fried

‹SWENNE ICH STÂN ALEINE in mînem hemede,
unde ich gedenke an dich, ritter edele,
sô erblüet sich mîn varwe, als der rôse an dem dorne tuot,
und gewinnet daz herze vil manigen trûrìgen muot›.

Der von Kürenberg

«IMMER WENN ICH ALLEINE in meinem Hemd dastehe
und an dich, edler Ritter, denke,
so erblüht meine Farbe wie die Rose am Dorn
und in mein Herz ziehen manch sehnsüchtig-traurige Gedanken.»

Der von Kürenberg
(Übertragung von Helmut Brackert)

I

AIN TUNKLE FARB   in occident
mich senleichen erschrecket,
seid ich ir darb   und lig ellend
des nachtes ungedecket.
Die mich zu fleiss   mit ermlein weiss   und hendlein gleiss
kan fröleich zu ir smucken,
die ist so lang,   das ich von pang   in dem gesang
mein clag nicht mag verdrucken.
Von strecken   krecken   mir die pain,
wenn ich die lieb beseufte
die mir   mein gir   neur went allain
darzu meins vatters teuchte.

II

Durch winkenwankh   ich mich verker
des nachtes ungeslaffen.
gierleich gedankh   mir nahent ferr
mit unhiflichem waffen.
Wann ich mein hort   an seinem ort   nit find alldort,
wie offt ich nach im greife,
so ist neur, ach,   mit ungemach   feur in dem tach,
als ob mich prenn der reife.
Und winden,   pinden   sunder sail
tuet si mich gar gen tage.
ir mund   all stund   weckt mir die gail
mit seniclicher clage.

III

Also vertreib   ich, liebe Gret,
die nacht piss an den morgen.
dein zarter leib   mein herz durchget,
das sing ich unverporgen.
Chum, höchster schatz   mich schreckt ain ratz   mit grossem tratz,
davon ich dick erwache,
die mir kain rue   lat spat noch frue,   lieb, darzu tue,

damit das bettlin krache.
Die freud geud ich auf hohem stuel,
wenn daz mein herz bedenket,
und mich hoflich mein schöner puel
gen tag freuntlichen schrenket.

Oswald von Wolkenstein

I

DIE DUNKELHEIT im Westen
schreckt mich mit Liebessehnen,
da sie mir fehlt und ich einsam liege
bei Nacht, bloß und verlassen.
Die unermüdlich mich mit hellen Armen, schimmernden Händen
lustvoll an sich schmiegen kann,
die ist so fern, daß ich vor Angst in meinem Lied
das Klagen nicht unterdrücken kann.
Vom Wälzen knacken mir die Glieder,
wenn ich nach der Lieben seufze,
die allein mir mein Verlangen stillen kann
und auch den Krampf meiner Lenden.

II

Ich wälze, werfe mich hin und her
des Nachts und kann nicht schlafen.
Verlangende Gedanken dringen aus der Ferne
unwiderstehlich mächtig auf mich ein.
Wenn ich dann meinen Schatz nicht finde dort
an seinem Platz, sooft ich auch nach ihr greife,
so ist bei mir, ach große Plage, Feuer im Dach,
als ob der Frost mich brennte.
Dann fesselt sie mich ohne Seil
und quält mich bis zum Morgen.
Ihr Mund weckt immer wieder mir den Trieb
mit Sehnen und mit Schmerz.

III
So, liebe Gret, verbringe ich
die Nacht bis gegen Morgen.
Dein lieber Körper geht mir durch das Herz,
das singe ich vor allen Leuten.
Komm, höchstes Gut! Mich schreckt eine Ratte und neckt mich bös,
so daß ich oft davon erwache;
sie läßt zu keiner Stunde mich in Ruhe.
Sieh zu, mein Lieb, daß unser Bettlein kracht.
Vor Freude juble ich, fühl mich auf einem Thron,
wenn ich im Herzen mir ausmale,
wie mich mein schönes Lieb mit feinem Anstand
am Morgen liebevoll umarmt.

Oswald von Wolkenstein
(Übertragung von Burghart Wachinger)

AN FRIEDERIKE BRION

Wo bist du itzt, mein unvergeßlich Mädchen,
wo singst du itzt?
Wo lacht die Flur, wo triumphiert das Städtchen,
das dich besitzt?

Seit du entfernt, will keine Sonne scheinen,
und es vereint
der Himmel sich, dir zärtlich nachzuweinen,
mit deinem Freund.

All unsre Lust ist fort mit dir gezogen,
still überall
ist Stadt und Feld. Dir nach ist sie geflogen,
die Nachtigall.

O komm zurück! Schon rufen Hirt und Herden
dich bang herbei.
Komm bald zurück! Sonst wird es Winter werden
im Monat Mai.

Jakob Michael Reinhold Lenz

DAS ZERBROCHENE RINGLEIN

In einem kühlen Grunde,
da geht ein Mühlenrad,
mein' Liebste ist verschwunden,
die dort gewohnet hat.

Sie hat mir Treu' versprochen,
gab mir ein'n Ring dabei,
sie hat die Treu gebrochen,
mein Ringlein sprang entzwei.

Ich möcht' als Spielmann reisen
weit in die Welt hinaus
und singen meine Weisen
und gehn von Haus zu Haus.

Ich möcht' als Reiter fliegen
wohl in die blut'ge Schlacht,
um stille Feuer liegen
im Feld bei dunkler Nacht.

Hör' ich das Mühlrad gehen:
ich weiß nicht, was ich will –
ich möcht' am liebsten sterben,
da wär's auf einmal still!

Joseph von Eichendorff

HEIMLICHER LIEBE PEIN

Mein Schatz, der ist auf die Wanderschaft hin,
ich weiß aber nicht, was ich so traurig bin,
vielleicht ist er tot und liegt in guter Ruh,
drum bring' ich meine Zeit so traurig zu.

Als ich mit mei'm Schatz in die Kirch wollt' gehn,
viel falsche, falsche Zungen unter der Türe stehn.

Die eine redt dies, die andre redt das,
das macht mir gar oft die Äugelein naß.

Die Disteln und Dornen, die stechen also sehr,
die falschen, falschen Zungen aber noch viel mehr,
kein Feuer auf Erden auch brennet also heiß
als heimliche Liebe, die niemand nicht weiß.

Ach herzlieber Schatz, ich bitte dich noch eins,
du wollest auch bei meiner Begräbnis sein,
bei meiner Begräbnis bis ins kühle Grab,
dieweil ich dich so treulich geliebet hab.

Ach Gott, was hat mein Vater und Mutter getan,
sie haben mich gezwungen zu einem ehelichen Mann,
zu einem ehelichen Mann, den ich nicht geliebt,
das macht mir ja mein Herz so betrübt.

Anonym

NACH MEINER LIEB' viel hundert Knaben trachten,
allein der, den ich lieb', will mein nicht achten.
Ach weh mir armen Maid, vor Lieb' muß ich verschmachten.

Jeder begehrt zu mir sich zu verpflichten,
allein der, den ich lieb', tut mich vernichten.
Ach weh mir armen Maid, was soll ich denn anrichten?

Von allen keiner mag mir widerstreben,
allein der, den ich lieb', will sich nicht geben.
Ach weh mir armen Maid, was soll mir dann das Leben?

Anonym

OHNE DIE LIEBSTE IST KEINE FREUDE

Kann die Welt auch wohl bestehen
ohn der Sonnen klares Licht?
kann man in der Nacht auch sehen,
wenn da Stern und Mond gebricht?
kann ein Schiffmann auch wohl lachen
wenn sein Schiff begündt zu krachen?
Eben wenig kann ich leben,
wenn mir meine Dorile,
nicht ihr klares Licht will geben;
Eben wenig ich besteh,
wenn sie nicht mein Schiff regieret,
und durch ihre Freundschaft führet.
Springt ein Rehbock bei der Mutter,
mehr nicht, als er sonsten tut?
hat ein Pferd bei vollem Futter,
auch nicht einen frischen Mut?
Also kann ich besser leben,
wenn ihr Licht mir wird gegeben.
Zweien Herzen, die sich lieben,
ist die allerhöchste Pein,
und das größeste Betrüben,
wenn sie nicht zusammen sein,
weil sie sonsten nichts gedenken,
als nur Arm in Arm zu schränken.
Wie die Ulmen um den Reben
gleichsam als verliebt sich drehn:
Also wünsch ich auch, mein Leben,
bei dir umgefasst zu stehn,
und dir etwas vorzusagen
von den süßen Liebes-Plagen.
Darum will ich mich bemühen
auf mein Fretow hinzuziehn,
und mein Leben selbst nicht fliehen,

weil ich sonst erstorben bin,
als denn wird sie mich erfreuen,
und mir meinen Geist verneuen.
Darum will ich gerne lassen
der Tollense Liebligkeit,
will mein Leben selbst nicht hassen,
weil es nur erlaubt die Zeit;
weg mit diesen schlechten Auen,
ich will bald mein Fretow schauen.

Sibylla Schwarz

IM GARTEN

Die hohen Himbeerwände
trennten dich und mich,
doch im Laubwerk unsre Hände
fanden von selber sich.

Die Hecke konnt' es nicht wehren,
wie hoch sie immer stund:
Ich reichte dir die Beeren,
und du reichtest mir deinen Mund.

Ach, schrittest du durch den Garten
noch einmal im raschen Gang,
wie gerne wollt' ich warten,
warten stundenlang.

Theodor Fontane

EFEU UND EIN ZÄRTLICH GEMÜT
heftet sich an und grünt und blüht.
Kann es weder Stamm noch Mauer finden,
es muß verdorren, es muß verschwinden.

Johann Wolfgang Goethe

ALS ER VOR BETRÜBTEN LIEBES-GRILLEN NICHT SCHLAFEN KONNTE

1. Itzt ruht und schläft die ganze Welt,
Was See und Feld
In den verliebten Armen hält,
Nur ich empfinde keine Ruh,
Und bringe nicht ein Auge zu.
Denn weil der Tag zu Ende geht,
Eh meine Sonne vor mir steht,
So bricht der Abend auch herein,
Und muß gedoppelt finster sein.

2. Ich habe manche lange Nacht
Umsonst gewacht,
Und meinem Schmerzen nachgedacht,
Wiewohl je mehr ich denken muß
Jemehr empfind ich Überdruß,
Weil niemand die erwünschte Bahn,
Zu meiner Hoffnung finden kann,
Und dennoch hab ich diesen Trieb
Der traurigen Gedanken lieb.

3. Ich bin verliebt in meine Pein,
Und nicht allein
In ihren hochgeschätzten Schein,
Dann wann der Schlaf ein sanftes Ziel
In meinen Sorgen setzen will,
So stellt sich meine Mattigkeit
Noch immer in den Gegenstreit,
Bis sich ein Traum ins Herze spielt,
Daß er mir die Gedanken stiehlt.

4. In diesem Schatten kömmet mir
Die liebste Zier
In ihrer höchsten Schönheit für,
Und strahlt mein Herz dermaßen an,
Daß ich es kaum vertragen kann;
Jedoch wenn ich ein gleiches Spiel
Mit meinen Armen machen will,
So greif ich an die kalte Wand
Und sie entwischt mir aus der Hand.

5. Itzt sehn ich mich nach meiner Ruh,
Und schließe nu
Die Augen von mir selber zu,
Komm wieder, komm du süßer Traum,
Und mache meiner Wollust Raum.
Denn wird der Kummer nicht gestillt
Durch ein erdichtes Schatten-Bild,
So weicht auf eine kleine Zeit
Zum minsten die Empfindlichkeit.

6. Ach aber ach es geht nicht an,
Daß ich daran
Ein rechtes Labsal haben kann.
Mein Schmerzen geht mir viel zu nah
Ach wäre nur der Morgen da,
Vielleicht ist dies der liebe Tag
Da ich mich wieder rühmen mag,
Daß eine die mich sonst betrübt
Mir Ruh und Leben wieder gibt.

Christian Weise

NUN LASS MICH RUFEN über die verschneiten
Gefilde wo du wegzusinken drohst:
Wie du mich unbewusst durch die gezeiten
Gelenkt – im anfang spiel und dann mein trost.

Du kamst beim prunk des blumigen geschmeides ·
Ich sah dich wieder bei der ersten mahd
Und unterm rauschen rötlichen getreides
Wand immer sich zu deinem haus mein pfad.

Dein wort erklang mir bei des laubes dorren
So traulich dass ich ganz mich dir befahl
Und als du schiedest lispelte verworren
In seufzertönen das verwaiste tal.

So hat das schimmern eines augenpaares
Als ziel bei jeder wanderung geglimmt.
So ward dein sanfter sang der sang des jahres
Und alles kam weil du es so bestimmt.

Stefan George

LASS RAUSCHEN, LIEB, LASS RAUSCHEN

(mündlich)

Ich hört ein Sichlein rauschen,
Wohl rauschen durch das Korn,
Ich hört ein Mägdlein klagen,
Sie hätt ihr Lieb verlorn.

Lass rauschen, Lieb, lass rauschen,
Ich acht nicht, wie es geht,
Ich tät mein Lieb vertauschen
In Veilchen und im Klee.

Du hast ein Mägdlein worben
In Veilchen und im Klee,
So steh ich hier alleine,
Tut meinem Herzen weh.

Ich hör ein Hirschlein rauschen
Wohl rauschen durch den Wald,
Ich hör mein Lieb sich klagen,
Die Lieb verrauscht so bald.

Lass rauschen, Lieb, lass rauschen,
Ich weiß nicht, wie mir wird,
Die Bächlein immer rauschen,
Und keines sich verirrt.

Achim von Arnim/
Clemens Brentano

DAT DU MIEN LEEWSTEN BÜST,

dat du wull weest!
Kumm bi de Nacht, kumm bi de Nacht,
segg, wo du heest.

Kumm du um Middernacht,
kumm du Klock een!
Vader slöpt, Moder slöpt
ik slaap' alleen.

Klopp an de Kamerdör,
faat an de Klink!
Vader meent, Moder meent,
dat deit de Wind.

Wenn denn de Morgen kummt,
kreiht de ol Hahn,
Leewster min, Leewster min,
denn mußt du gahn.

Anonym

GANZ ODER GAR NICHT

Wer da will der Liebe leben,
muß sich ganz der Liebe geben,
sich nicht teilen, nicht zersplittern,

ganz im Kuß hinüberzittern;
muß des Herzens ganzes Drängen
auf des Mundes Spitze zwängen;
muß nicht denken, rechnen, klügeln,
sich nicht fesseln oder zügeln;
muß den Arm nicht ängstlich halten,
gilt es, Hüften zu umfalten;
nicht voll Scheu die Hand befühlen,
gilt's, im seidnen Haar zu wühlen;
muß im seligen Versenktsein
unklar, ob er ist und denkt, sein.

Friedrich Rückert

ANNCHEN VON THARAU ist, die mir gefällt;
Sie ist mein Leben, mein Gut und mein Geld.

Annchen von Tharau hat wieder ihr Herz
Auf mich gerichtet in Lieb' und in Schmerz.

Annchen von Tharau, mein Reichthum, mein Gut,
Du meine Seele, mein Fleisch und mein Blut!

Käm' alles Wetter gleich auf uns zu schlahn,
Wir sind gesinnet bei einander zu stahn.

Krankheit, Verfolgung, Betrübniß und Pein
Soll unsrer Liebe Verknotigung seyn.

Recht als ein Palmenbaum über sich steigt,
Je mehr ihn Hagel und Regen anficht;

So wird die Lieb' in uns mächtig und groß
Durch Kreuz, durch Leiden, durch allerlei Noth.

Würdest du gleich einmal von mir getrennt,
Lebtest, da wo man die Sonne kaum kennt;

Ich will dir folgen durch Wälder, durch Meer,
Durch Eis, durch Eisen, durch feindliches Heer.

Annchen von Tharau, mein Licht, meine Sonn,
Mein Leben schließ' ich um deines herum.

Was ich gebiete, wird von dir gethan,
Was ich verbiete, das läst du mir stahn.

Was hat die Liebe doch für ein Bestand,
Wo nicht Ein Herz ist, Ein Mund, Eine Hand?

Wo man sich peiniget, zanket und schlägt,
Und gleich den Hunden und Kazen beträgt?

Annchen von Tharau, das woll'n wir nicht thun;
Du bist mein Täubchen, mein Schäfchen, mein Huhn.

Was ich begehre, ist lieb dir und gut;
Ich laß den Rock dir, du läßt mir den Hut!

Dies ist uns Annchen die süsseste Ruh.
Ein Leib und Seele wird aus Ich und Du.

Dies macht das Leben zum himmlischen Reich,
Durch Zanken wird es der Hölle gleich.

Anonym/Simon Dach/
Johann Gottfried Herder

ICH DENKE DEIN

Ich denke dein, wenn sich im Blütenregen
Der Frühling malt,
Und wenn des Sommers mildgereifter Segen
In Ähren strahlt.

Ich denke dein, wenn sich das Weltmeer tönend
Gen Himmel hebt,
Und vor der Wogen Wut das Wasser strömend
Zurücke bebt.

Ich denke dein, wenn sich der Abend rötend
Im Hain verliert,
Und Filomelens Klage leise flötend
Die Seele rührt.

Beim trüben Lampenschein in bittren Leiden
Gedacht ich dein;
Die bange Seele flehte nah am Scheiden:
Gedenke mein!

Ich denke dein, bis wehende Zypressen
Mein Grab umziehn;
Und auch in Tempes Hain soll unvergessen
Dein Name blühn.

Friederike Brun

NÄHE DES GELIEBTEN

Ich denke dein, wenn mir der Sonne Schimmer
Vom Meere strahlt;
Ich denke dein, wenn sich des Mondes Flimmer
In Quellen malt.

Ich sehe dich, wenn auf dem fernen Wege
Der Staub sich hebt;
In tiefer Nacht, wenn auf dem schmalen Stege
Der Wandrer bebt.

Ich höre dich, wenn dort mit dumpfem Rauschen
Die Welle steigt.
Im stillen Haine geh' ich oft zu lauschen,
Wenn alles schweigt.

Ich bin bei dir, du seist auch noch so ferne,
Du bist mir nah!
Die Sonne sinkt, bald leuchten mir die Sterne.
O wärst du da!

Johann Wolfgang Goethe

AM ENDE DENK ICH IMMER NUR AN DICH

Auf einem Spielplatz ruft ein Kind nach seiner Mutter
Damit die sieht, wie hoch das Kind schon schaukeln kann
Und es wirft die Beine vor und hoch zum Himmel
Bis ein Schuh davonfliegt und der landet dann

Auf einem Auto, das am Straßenrand geparkt ist
Auf dessen Windschutzscheibe «Schwein» geschrieben steht
Und das, metallic-braun und glatt wie deine Haare
Genau wie du sein wahres Alter nicht verrät

Ganz egal, woran ich gerade denke
Am Ende denk ich immer nur an dich

Die deutsche Mutter stürzt nach vorn in heller Panik
Und übersieht dabei ein Kindesbein im Sand

Und schlägt lang hin, da lacht der Kindesbeinbesitzer
Der hat ein Erdbeereis in seiner rechten Hand

Das hängt bedenklich schräg nach vorn in seiner Waffel
Und tropft sich selbst verschwendend auf die Haute Couture
Am Leib des ganzen Stolzes seiner schönen Eltern
Und wird zu Dreck dort, genau wie ich bei dir

Ganz egal, woran ich gerade denke
Am Ende denk ich immer nur an dich

Warum blutet Mutter aus der Nase?
Warum ist ihr Kind so dumm wie klein?
Darf ein metallic-braunes Auto denn da parken?
Und warum kann ich ohne dich nicht glücklich sein?

Wieviele Erdbeereise muß der Mensch noch essen
Bevor er endlich einmal sagt: Ich bin dafür
Die böse Tat des Beinestellens zu unterlassen
Und darf ich irgendwann noch mal zurück zu dir

Ganz egal, woran ich grade denke
Am Ende denk ich immer nur an dich

Sven Regener (Element of Crime)

MANCHMAL BEI IRGENDWELCHEN zufälligen Bewegungen
streift meine Hand deine Hand deinen Handrücken
oder mein Körper der in Kleidern steckt lehnt fast ohne es zu wissen
einen Augenblick gegen deinen Körper in Kleidern
diese kleinsten beinahe pflanzlichen Bewegungen
dein abgewinkelter Blick und dein Auge absichtlich ins Leere wandernd
deine im Ansatz noch unterbrochene Frage wohin fährst du im Sommer
was liest du gerade

gehen mir mitten durchs Herz
und durch die Kehle hindurch wie ein süszes Messer
und ich trockne aus wie ein Brunnen in einem heiszen Sommer

Friederike Mayröcker

AN LUISE. 1816

Ich wollt' in Liedern oft dich preisen,
Die wunderstille Güte,
Wie du ein halbverwildertes Gemüte
Dir liebend hegst und heilst auf tausend süße Weisen,
Des Mannes Unruh und verworrnem Leben
Durch Tränen lächelnd bis zum Tod ergeben.

Doch wie den Blick ich dichtend wende,
So schön in stillem Harme
Sitz'st du vor mir, das Kindlein auf dem Arme,
Im blauen Auge Treu und Frieden ohne Ende,
Und alles laß ich, wenn ich dich so schaue –
Ach, wen Gott lieb hat, gab er solche Fraue!

Joseph von Eichendorff

EWIGE LIEBE

Nicht im Paradiese,
nicht in den Gefilden
ew'ger Seligkeiten,
wenn dahin mit milden
Worten Gott mich wiese,
würd' ich freudig schreiten,
wenn ich liegen könnte
dir im Grab zur Seite,
wo von dir mich trennte
keines Fingers Breite.
Wenn von dir auch schwände
alles Fleisch, das warme,
Knochen deine Hände,
Knochen deine Arme,

wärst mit Glück und Frieden,
wenn uns nur beschieden
alle hundert Jahre
eine Stunde käme,
die den Schlaf der Bahre
von uns beiden nähme,
dass wir uns erkennten
trotz des Todes Walten
und in unsrer alten
Liebe jäh entbrennten.

Ricarda Huch

IM WINDES-WEBEN
War meine frage
Nur träumerei.
Nur lächeln war
Was du gegeben.
Aus nasser nacht
Ein glanz entfacht –
Nun drängt der mai ·
Nun muss ich gar
Um dein aug und haar
Alle tage
In sehnen leben.

Stefan George

IST LIEB EIN FEUR, und kann das Eisen schmiegen,
bin ich voll Feur, und voller Liebes Pein,
wovon mag doch der Liebsten Herze sein?
wenn's eisern wär, so würd es mir erliegen,

wenn's gülden wär, so würd ichs können biegen
durch meine Glut; solls aber fleischern sein,
so schließ ich fort: Es ist ein fleischern Stein:
doch kann mich nicht ein Stein, wie sie, betrügen.

Ists dann wie Frost, wie kalter Schnee und Eis,
wie presst sie dann aus mir den Liebesschweiß?

Mich deucht: Ihr Herz ist wie die Lorbeerblätter,
die nicht berührt ein starker Donnerkeil,
sie, sie verlacht, Cupido, deine Pfeil;
und ist befreit vor deinem Donnerwetter.

Sibylla Schwarz

AGNES

Rosenzeit! wie schnell vorbei,
schnell vorbei
bist du doch gegangen!
Wär' mein Lieb nur blieben treu,
blieben treu,
sollte mir nicht bangen.

Um die Ernte wohlgemut,
wohlgemut
Schnitterinnen singen.
Aber, ach! mir kranken Blut,
mir kranken Blut
will nichts mehr gelingen.

Schleiche so durchs Wiesental,
so durchs Tal,
als im Traum verloren,
nach dem Berg, da tausendmal,
tausendmal
er mir Treu geschworen.

Oben auf des Hügels Rand,
abgewandt,
wein' ich bei der Linde;
an dem Hut mein Rosenband,
von seiner Hand,
spielet in dem Winde.

Eduard Mörike

DIES BILDNIS ist bezaubernd schön,
wie noch kein Auge je gesehn!
Ich fühl es, wie dies Götterbild
mein Herz mit neuer Regung füllt.
Dies Etwas kann ich zwar nicht nennen,
doch fühl ich's hier wie Feuer brennen.
Soll die Empfindung Liebe sein?
Ja, ja, die Liebe ist's allein. –
O wenn ich sie nur finden könnte!
O wenn sie doch schon vor mir stände!
Ich würde – würde – warm und rein –
was würde ich? – ich würde sie voll Entzücken
an diesen heißen Busen drücken,
und ewig wäre sie dann mein.

Emanuel Schikaneder

NEUE LIEBE

Herz, mein Herz, warum so fröhlich,
So voll Unruh und zerstreut,
Als käm' über Berge selig
Schon die schöne Frühlingszeit?

Weil ein liebes Mädchen wieder
Herzlich an dein Herz sich drückt,
Schaust du fröhlich auf und nieder,
Erd' und Himmel dich erquickt.

Und ich hab' die Fenster offen,
Neu zieh in die Welt hinein
Altes Bangen, altes Hoffen!
Frühling, Frühling soll es sein!

Still kann ich hier nicht mehr bleiben,
Durch die Brust ein Singen irrt,
Doch zu licht ist's mir zum schreiben,
Und ich bin so froh verwirrt.

Also schlendr' ich durch die Gassen,
Menschen gehen her und hin,
Weiß nicht, was ich tu und lasse,
Nur, daß ich so glücklich bin.

Joseph von Eichendorff

WAS BEDEUTET die Bewegung?
Bringt der Ostwind frohe Kunde?
Seiner Schwingen frische Regung
Kühlt des Herzens tiefe Wunde.

Kosend spielt er mit dem Staube,
Jagt ihn auf in leichten Wölkchen,
Treibt zur sichern Rebenlaube
Der Insekten frohes Völkchen.

Lindert sanft der Sonne Glühen,
Kühlt auch mir die heißen Wangen,
Küsst die Reben noch im Fliehen
Die auf Feld und Hügel prangen.

Und mich soll sein leises Flüstern
Von dem Freunde lieblich grüßen,
Eh noch diese Hügel düstern,
Sitz ich still zu seinen Füßen.

Und du magst nun weiter ziehen,
Diene Frohen und Betrübten!
Dort, wo hohe Mauern glühen,
Finde ich den Vielgeliebten.

Ach, die wahre Herzenskunde,
Liebeshauch, erfrischtes Leben
Wird mir nur aus seinem Munde,
Kann mir nur sein Atem geben.

Marianne von Willemer

SOLIDUS

Die Einsen bei Heine / der Einstieg zu Heinse / der
Kottbusser Damm / die trippende Nadel / der Gang durch
das Zimmer / der Deckel / das Gähnen / die gleißenden
Dächer / die Schritte des Typen der neben mir geht / die
Schritte auf Treppen / die Flecken auf Treppen / das
Knacken der Gänge / die Liebe der Dielen / das Schöne am
Versmaß / das Irren im Versmaß / das Skansionshaus / der
Trickster / der Klempner / das lügende Bett / die
fahrende Werbung / der Seiler auf Reisen / das vorletzte
Blättchen / das vorletzte Blatt / der Regen auf Dächern / die
Tauben auf Schildern / die Schläge von Sätzen / das richtige
Maß / die kippende Fläche / die dampfende Kippe / der
Spiegel / der Hafen / die Falte / der Arm
Die Schräge des Setzens / die Hand unter Wasser / das
Radikale
das Kippen der Flasche / das Knipsen im Gang / das
Schnipsen im Himmel / die strömende Luft / der
verbesserte Witz / und Käfer / und Brüche / und
Trinken / und Kufen
und Räder im Stehen
und Ränder / und Seuchen / und Stiefel / Atome / Atome
in Banken / Verbindungen / Werbung / und
Schiebung / und Speicher mit Rehen und
Heu / Verwischung im Schlafen / Verfrachtung in
Kisten / Insomnia / Kraken / und Volume Control / und
Dämme / und Blöken / und Blicke, gerissen / sich
leerende Kisten / und Wissen / und Schismen / Tropismen
und Poppen / entrutschende Socken / das Schwirren
von Tieren / die Liste von Sachen / das Kleistern von
Backen / die Ziehung beim Lachen / die Kante von
Witzen / das Fehlen von Wein / das Wischen von
Böden / das Sehen von Striemen / das Du-Wort / das
Blähen / das Lösen von Riemen / der Hochbau / das

Hündchen / Verteiler / Vertreter / und Kämmen / und
Küsschen / und Raspeln / und Kiemen / die Lungen in
Auslagen / liegen herum

Ann Cotten

DENKMAL

Komm mal ans Fenster komm her zu mir
Siehst du da drüben gleich da hinterm Wellblechzaun
Da drüben auf dem Platz vor Aldi haben sie
Unser Abbild in Stein gehaun

Komm auf die Straße komm her zu mir
Überall Blumen und Girlanden halb zerknüllt
Sieht so aus als hätten die unser Denkmal heute Nacht
Schon ohne uns enthüllt

Hol den Vorschlaghammer
Sie haben uns ein Denkmal gebaut
Und jeder Vollidiot weiß
Dass das die Liebe versaut
Ich werd die schlechtesten Sprayer
Dieser Stadt engagieren
Die sollen nachts noch die Trümmer
Mit Parolen beschmieren

Komm auf die Beine komm her zu mir
Es wird bald hell und wir haben nicht ewig Zeit
Wenn uns jetzt hier wer erwischt sind wir für immer vereint
In Beton und Seligkeit

Hol den Vorschlaghammer
Sie haben uns ein Denkmal gebaut
[...]

Siehst du die Inschrift da unten bei den Schuhen
Da steht in goldener Schrift wir sollen in Ewigkeit ruhen

Hol den Vorschlaghammer
Sie haben uns ein Denkmal gebaut
[...]

Sie haben uns ein Denkmal gebaut
Und jeder Vollidiot weiß
Dass das die Liebe versaut
Ich werd die schlechtesten Sprayer
Dieser Stadt engagieren
Die sollen nachts noch die Trümmer
Mit Parolen beschmieren

Judith Holofernes (Wir sind Helden)

TERZINEN ÜBER DIE LIEBE

Sieh jene Kraniche in großem Bogen!
Die Wolken, welche ihnen beigegeben
Zogen mit ihnen schon, als sie entflogen

Aus einem Leben in ein andres Leben.
In gleicher Höhe und mit gleicher Eile
Scheinen sie alle beide nur daneben.

Daß also keines länger hier verweile
Daß so der Kranich mit der Wolke teile
Den schönen Himmel, den sie kurz befliegen

Und keines andres sehe als das Wiegen
Des andern in dem Wind, den beide spüren
Die jetzt im Fluge beieinander liegen.

So mag der Wind sie in das Nichts entführen;
Wenn sie nur nicht vergehen und sich bleiben
So lange kann sie beide nichts berühren

So lange kann man sie von jedem Ort vertreiben
Wo Regen drohen oder Schüsse schallen.
So unter Sonn und Monds wenig verschiedenen Scheiben

Fliegen sie hin, einander ganz verfallen.

Wohin, ihr?
Nirgendhin.

Von wem entfernt?
Von allen.

Ihr fragt, wie lange sind sie schon beisammen?
Seit kurzem.
Und wann werden sie sich trennen?
Bald.
So scheint die Liebe Liebenden ein Halt.

Bertolt Brecht

‹ICH ZÔCH MIR einen valken mêre danne ein jâr.
dô ich in gezamete als ich in wolte hân,
und ich im sîn gevidere mit golde wol bewant:
er huob sich ûf vil hôhe und floug in anderiu lant.

Sît sach ich den valken schône fliegen.
er fuorte an sînem fuosse sîdîne riemen
und waz im sîn gevidere alrôt guldîn.
got sende si zesamene, die gelieb wellen gerne sîn!›

Der von Kürenberg

‹LÄNGER ALS EIN JAHR lang richtete ich mir einen Falken ab.
Als ich ihn gezähmt hatte, wie ich ihn haben wollte,
und ihm sein Gefieder schön mit Goldfäden durchwunden hatte:
da erhob er sich in große Höhe und entflog in andere Länder.

Seither sah ich den Falken herrlich fliegen.
Er führte an seinem Fuß Seidenbänder
und sein Gefieder war über und über rotgolden:
Gott bringe die zusammen, die einander innig lieb haben wollen!›

Der von Kürenberg
(Übertragung von Horst Brunner)

DIE NACHTIGALL

Das macht, es hat die Nachtigall
die ganze Nacht gesungen;
da sind von ihrem süßen Schall,
da sind in Hall und Widerhall
die Rosen aufgesprungen.

Sie war doch sonst ein wildes Blut;
nun geht sie tief in Sinnen,
trägt in der Hand den Sommerhut
und duldet still der Sonne Glut
und weiß nicht, was beginnen.

Das macht, es hat die Nachtigall
die ganze Nacht gesungen;
da sind von ihrem süßen Schall,
da sind in Hall und Widerhall
die Rosen aufgesprungen.

Theodor Storm

DIE HASEL

Es wollt' ein Mägdlein tanzen gehn,
sucht' Rosen auf der Heide,
was fand sie da am Wege stehn?
Eine Hasel, die war grüne.

«Nun grüß dich Gott, Frau Haselin!
Von was bist du so grüne?»
«Nun grüß dich Gott, feins Mägdelein!
Von was bist du so schöne?»

«Von was daß ich so schöne bin,
das kann ich dir wohl sagen:
Ich iss' weiß Brot, trink' kühlen Wein,
davon bin ich so schöne.»

«Ißt du weiß Brot, trinkst kühlen Wein,
und bist davon so schöne,
auf mich so fällt der kühle Tau,
davon bin ich so grüne.»

«Hüt dich, hüt dich, Frau Haselin,
und tu dich wohl umschauen!
Ich hab daheim zween Brüder stolz,
die wollen dich abhauen.»

«Und haun sie mich im Winter ab,
im Sommer grün' ich wieder;
verliert ein Mägdlein ihren Kranz,
den findt sie nie mehr wieder.»

Anonym

FRAGE UND ANTWORT

Fragst du mich, woher die bange
Liebe mir zum Herzen kam,
Und warum ich ihr nicht lange
Schon den bittern Stachel nahm?

Sprich, warum mit Geisterschnelle
Wohl der Wind die Flügel rührt,
Und woher die süße Quelle
Die verborgnen Wasser führt?

Banne du auf seiner Fährte
Mir den Wind in vollem Lauf!
Halte mit der Zaubergerte
Du die süßen Quellen auf!

Eduard Mörike

WAS ES IST

Es ist Unsinn
sagt die Vernunft
Es ist was es ist
sagt die Liebe

Es ist Unglück
sagt die Berechnung
Es ist nichts als Schmerz

sagt die Angst
Es ist aussichtslos
sagt die Einsicht
Es ist was es ist
sagt die Liebe

Es ist lächerlich
sagt der Stolz
Es ist leichtsinnig
sagt die Vorsicht
Es ist unmöglich
sagt die Erfahrung
Es ist was es ist
sagt die Liebe

Erich Fried

AN CHARLOTTE VON STEIN

Warum gabst du uns die tiefen Blicke,
unsre Zukunft ahndungsvoll zu schaun,
unsrer Liebe, unserm Erdenglücke
wähnend selig nimmer hinzutraun?
Warum gabst uns, Schicksal, die Gefühle,
uns einander in das Herz zu sehn,
um durch all die seltenen Gewühle
unser wahr Verhältnis auszuspähn?

Ach, so viele tausend Menschen kennen,
dumpf sich treibend, kaum ihr eigen Herz,
schweben zwecklos hin und her und rennen
hoffnungslos in unversehnem Schmerz;
jauchzen wieder, wenn der schnellen Freuden
unerwart'te Morgenröte tagt.

Nur uns armen liebevollen beiden
ist das wechselseit'ge Glück versagt,
uns zu lieben, ohn' uns zu verstehen,
in dem andern sehn, was er nie war,
immer frisch auf Traumglück auszugehen
und zu schwanken auch in Traumgefahr.

Glücklich, den ein leerer Traum beschäftigt!
Glücklich, dem die Ahndung eitel wär'!
Jede Gegenwart und jeder Blick bekräftigt
Traum und Ahndung leider uns noch mehr.
Sag', was will das Schicksal uns bereiten?
Sag', wie band es uns so rein genau?
Ach, du warst in abgelebten Zeiten
meine Schwester oder meine Frau;

Kanntest jeden Zug in meinem Wesen,
spähtest, wie die reinste Nerve klingt,
konntest mich mit *einem* Blicke lesen,
den so schwer ein sterblich Aug' durchdringt.
Tropftest Mäßigung dem heißen Blute,
richtetest den wilden irren Lauf,
und in deinen Engelsarmen ruhte
die zerstörte Brust sich wieder auf;

Hieltest zauberleicht ihn angebunden
und vergaukeltest ihm manchen Tag.
Welche Seligkeit glich jenen Wonnestunden,
da er dankbar dir zu Füßen lag,
fühlt' sein Herz an deinem Herzen schwellen,
fühlte sich in deinem Auge gut,
alle seine Sinnen sich erhellen
und beruhigen sein brausend Blut.

Und von allem dem schwebt ein Erinnern
nur noch um das ungewisse Herz,
fühlt die alte Wahrheit ewig gleich im Innern,
und der neue Zustand wird ihm Schmerz.
Und wir scheinen uns nur halb beseelet,
dämmernd ist um uns der hellste Tag.
Glücklich, daß das Schicksal, das uns quälet,
uns doch nicht verändern mag.

Johann Wolfgang Goethe

LIEBE

Wenn wir uns nicht haben und uns sehnen,
dann ist's als hätten wir uns endlich ganz.
Doch wenn wir nahe sind und uns geborgen wähnen,
verdunkelt sich die Lust, verblaßt der Glanz.

Die Ferne ist es nicht und nicht die Nähe.
Ach, immer lebt das Innigste allein.
Laß uns, wie gut es auch, wie schlimm es um uns stehe,
laß uns barmherzig zueinander sein!

Manfred Hausmann

PLÄDOYER EINER FRAU

Du darfst mir das, was war, nicht übelnehmen.
Ich sag es dir, obwohl du mich nicht fragst.
Sieh mich dabei nicht an! Ich will mich schämen
und tun, als ob die Toten wiederkämen.
Ich glaube nicht, daß du mich dann noch magst.

Ich will nicht sagen, daß ich mir verzeihe.
Denn darauf kommt es im Moment nicht an.
Ich wartete und kam nicht an die Reihe.
Wer keinen Mann hat, hat auf einmal zweie!
Doch fünf von diesen wären noch kein Mann.

Man fühlt: man könnte Einem was bedeuten.
Es ist nur traurig, daß es ihn nicht gibt.
Und dann umarmt man sich mit fremden Leuten.
Und wird zu einer von den vielen Bräuten,
die sich nur lieben läßt und selbst nicht liebt.

Die Zeit vergeht. Geduld ist keine Ware.
Man sucht nicht mehr. Man findet ab und zu.
Man sieht vom Fenster aus die Jagd der Jahre.
Man wartet nicht mehr auf das Wunderbare.
Und plötzlich kommt es doch! Denn nun kommst du!

Was war, das bleibt. Wie soll ich mich erneuen?
Mir wird ein Schmerz mit Nadeln zugenäht.
Was war, das bleibt. Mann kann es nur bereuen.
Nun bist du da. Nun sollte ich mich freuen!
Ich bin nicht froh. Ist es denn schon zu spät?

Erich Kästner

ICH WEISS NICHT, WIE MAN DIE LIEBE MACHT

Wie ich weiss, <macht> man die Liebe nicht.
Sie weint bei einem Wachslicht im Dach.
Ach, sie waechst im Lichten, im Winde bei
Nacht. Sie wacht im weichen Bilde, im Eis
des Niemals, im Bitten: wache, wie ich. Ich
weiss, wie ich macht man die Liebe nicht.

Unica Zürn

ERKLÄR MIR, LIEBE

Dein Hut lüftet sich leis, grüßt, schwebt im Wind,
dein unbedeckter Kopf hat's Wolken angetan,
dein Herz hat anderswo zu tun,
dein Mund verleibt sich neue Sprachen ein,
das Zittergras im Land nimmt überhand,
Sternblumen bläst der Sommer an und aus,
von Flocken blind erhebst du dein Gesicht,
du lachst und weinst und gehst an dir zugrund,
was soll dir noch geschehen –

Erklär mir, Liebe!

Der Pfau, in feierlichem Staunen, schlägt sein Rad,
die Taube stellt den Federkragen hoch,
vom Gurren überfüllt, dehnt sich die Luft,
der Entrich schreit, vom wilden Honig nimmt
das ganze Land, auch im gesetzten Park
hat jedes Beet ein goldner Staub umsäumt.

Der Fisch errötet, überholt den Schwarm
und stürzt durch Grotten ins Korallenbett.
Zur Silbersandmusik tanzt scheu der Skorpion.
Der Käfer riecht die Herrlichste von weit;
hätt ich nur seinen Sinn, ich fühlte auch,
daß Flügel unter ihrem Panzer schimmern,
und nähm den Weg zum fernen Erdbeerstrauch!

Erklär mir, Liebe!

Wasser weiß zu reden,
die Welle nimmt die Welle an der Hand,
im Weinberg schwillt die Traube, springt und fällt.
So arglos tritt die Schnecke aus dem Haus!

Ein Stein weiß einen andern zu erweichen!

Erklär mir, Liebe, was ich nicht erklären kann:
sollt ich die kurze schauerliche Zeit
nur mit Gedanken Umgang haben und allein
nichts Liebes kennen und nichts Liebes tun?
Muß einer denken? Wird er nicht vermißt?

Du sagst: es zählt ein andrer Geist auf ihn ...
Erklär mir nichts. Ich seh den Salamander
durch jedes Feuer gehen.
Kein Schauer jagt ihn, und es schmerzt ihn nichts.

Ingeborg Bachmann

TEICH

sagt er: das leid ist ein teich.
sag ich: ja, das leid ist ein teich.
weil das leid von fischen durchschossen
in einer mulde liegt und faulig riecht.
sagt er: und die schuld ist ein teich.
sag ich: ja, die schuld auch teich.
weil die schuld in einer senke schwappt
und mir bei hochgerecktem arm bereits
zur aufgedehnten achselhöhle reicht.
sagt er: die lüge ist ein teich.
sag ich: ja die lüge ebenso teich.
weil man im sommer des nachts
am ufer der lüge picknicken kann
und immer dort etwas vergißt.

Monika Rinck

AN DEN DOMHERRN VON ROCHOW

als er gesagt hatte, die Liebe müsse sie gelehrt haben,
so schöne Verse zu machen

Kenner von dem sapphischen Gesange!
Unter deinem weißen Überhange
Klopft ein Herze, voller Glut in dir!
Von der Liebe ward es unterrichtet,
Dieses Herze, aber ganz erdichtet
Nennst du sie die Lehrerin von mir!

Meine Jugend ward gedrückt von Sorgen,
Seufzend sang an manchem Sommermorgen
Meine Einfalt ihr gestammelt Lied;
Nicht dem Jüngling töneten Gesänge,
Nein, dem Gott, der auf der Menschen Menge,
Wie auf Ameishaufen niedersieht!

Ohne Regung, die ich oft beschreibe,
Ohne Zärtlichkeit ward ich zum Weibe,
Ward zur Mutter! wie im wilden Krieg,
Unverliebt ein Mädchen werden müsste,
Die ein Krieger halb gezwungen küsste,
Der die Mauer einer Stadt erstieg.

Sing ich Lieder für der Liebe Kenner:
Dann denk ich den zärtlichsten der Männer,
Den ich immer wünschte, nie erhielt;
Keine Gattin küsste je getreuer,
Als ich in der Sappho sanftem Feuer
Lippen küsste, die ich nie gefühlt.

Was wir heftig lange wünschen müssen,
Und was wir nicht zu erhalten wissen,

Drückt sich tiefer unserm Herzen ein;
Rebensaft verschwendet der Gesunde,
Und erquickend schmeckt des Kranken Munde
Auch im Traum der ungetrunkne Wein.

Anna Louisa Karsch

SILVIA IST WOHL GEMACHT.
Ihre Glieder sind wie Ketten
und ich wollte sicher wetten,
daß von hundert Amouretten
drei nicht ihre Schönheit hätten,
noch ihr holdes Angesicht –
nur ihr Herze tauget nicht.

Ach du ungezognes Herz!
Wenn du denn allein mißfällest,
wenn du ihren Geist verstellest,
wenn du ihren Mund vergällest,
und mit Trotze von dir prellest,
was sich dir und ihr verpflicht' –
warum ändert sie sich nicht?

Benjamin Neukirch

AN SEINE LIEB- UND HOLDSELIGE ADELMUND

Gegen-hüpfendes Lied

Wie ist es, hat Liebe mein Leben besessen?
Wie? Oder befind't Sie sich leiblich in mir?
O liebliches Leben, wem soll ich's zumessen,
Daß meine Gebeine so zittern für Ihr?

Ich gehe verirret, verwirret und trübe
Und stehe vertiefet in lieblicher Liebe.

Die ächzenden Lüfte, die seufzenden Winde,
Die lechzende Zunge, der Augen Gewirr,
Das Beben der Glieder macht, daß ich verschwinde,
Daß ich mich in meinen Gedanken verirr?
Ach! Schöne, Sie schone der schwächlichen Seelen,
Wann Sie das gebrechliche Herze will quälen.

Ihr übliches Lieblen, o liebliches Leben,
Der lieblenden Äugelein fröhlicher Blitz
Macht, daß ich verzücket herumher muß schweben,
Ja, daß ich verliere Gedanken und Witz.
Das liebliche Singen der zitternden Zungen
Hat mir das Herze durchdrungen, bezwungen.

Sie lieb ich, Sie lob ich, Ihr leb ich zuliebe,
Sie ehr ich, Sie hör ich, Ihr kehr ich mich zu.
Sie machet es, daß ich im Lieben mich übe,
Daß ich verscherze die herzliche Ruh.
Sie schreib ich, mich treib ich, Ihr bleib ich ergeben,
Sie denk ich, mich kränk ich, Ihr schenk ich mein Leben.

Philipp von Zesen

AMORS PFEIL hat Widerspitzen.
Wen er traf, der lass' ihn sitzen,
und erduld' ein wenig Schmerz!
Wer geprüften Rat verachtet
und ihn auszureißen trachtet,
der zerfleischet ganz sein Herz.

Gottfried August Bürger

AN SIE

Je enger wir uns aneinander banden,
je ferner voneinander rückten wir;
da unsere Pfühle noch beisammen standen,
berghohe Tiefe schied mich da von dir.

Seit ich, so schwerem Bann mich zu entziehen,
von dir ins Weite bin hinausgerannt,
bleibt dir, ich mag zur fernsten Küste fliehen,
dies Herz, ein treuer Kompaß, zugewandt.

Was soll ich nun aus diesem Wechsel lernen?
Was tun zur Heilung solcher Seelenpein?
Mich nähern, um mich wieder zu entfernen?
Fern bleiben, um dir ewig nah zu sein?

David Friedrich Strauß

DER TUNKEL STERNE der birget sich.
als tuo dû, frouwe schoene: sô du sehest mich,
sô lâ du dîniu ougen gên an einen andern man.
sôn weiz doch lützel ieman, wiez under uns zwein ist getân.

Der von Kürenberg

DER DUNKELSTERN, der verbirgt sich.
Genauso sollst du es tun, schöne Herrin: wenn du mich siehst,
so laß du deine Augen hin zu einem andern Mann schweifen.
Dann weiß doch niemand, wie es um uns beide steht.

Der von Kürenberg
(Übertragung von Helmut Brackert)

DER BRIEF, den du geschrieben,
er macht mich gar nicht bang;
du willst mich nicht mehr lieben,
aber dein Brief ist lang.

Zwölf Seiten, eng und zierlich!
Ein kleines Manuskript!
Man schreibt nicht so ausführlich,
wenn man den Abschied gibt.

Heinrich Heine

DIE JAHRE KOMMEN und gehen,
Geschlechter steigen ins Grab,
Doch nimmer vergeht die Liebe,
Die ich im Herzen hab.

Nur einmal noch möcht ich dich sehen,
Und sinken vor dir aufs Knie,
Und sterbend zu dir sprechen:
Madame, ich liebe Sie!

Heinrich Heine

LIEBE, DA CAPO …

Auf einmal also bist du wieder da,
Und jeder brave Vorsatz ist verloren.
Ich hatte es mir diesmal zugeschworen;
… Und kämst du selbst aus Innerafrika:

Aus und vorbei! – Doch schon ist es zu spät.
Nun sitz ich, wie das heißt, in deinen ‹Netzen›.

Man sollte meine Seele strafversetzen
In ein Revier, das dir nicht untersteht.

Wußt ich denn nicht, daß es sehr ratsam ist,
Dich mit gut eingeübter Kühle fortzutreiben?
Wie aber soll ich denn vernünftig bleiben,
Wenn du mir leider so sympathisch bist?!

Als wäre nichts geschehn, tauchst du nun auf,
Mein kleines bißchen Ruhe zu zerstören.
Es ist so schwer, das Böse abzuwehren.
– Ich geb es auf

Und weiß: ein Herz, das man schon mal verlor,
Reist nur noch in getragenen Gefühlen.
Und, während wir noch einmal <Liebe> spielen,
Bereit ich mich zum nächsten Abschied vor.

Mascha Kaléko

LIEBE

Was die Liebe kann begehren,
Liebe darf es frei gewähren.

Was von Liebe ward verschuldet,
gern von Liebe wird's geduldet.

Alles Fehlen, alles Irren,
Liebe weiß es zu entwirren;

trägt mit seliger Gebärde
alle Not und Schuld der Erde;

am Geliebten jeden Flecken
weiß sie sorgsam zu verdecken;

ja, ihn völlig freizusprechen,
lächelnd teilt sie sein Verbrechen.

Robert Prutz

DIE LIEB' IST WIE'S WETTER,
bald stürmisch, bald still;
a Narr, der durchs Bitten
was ausrichten will.

Anonym

UND WANN MEI SCHATZ HEIRAT,
was hab nacha i?
Nacha hab i an Dreck
und a Fotografie.

Anonym

UND D' LIEB' IST A HAUS,
da geht d' Freud' ein und aus,
und i woaß nit, was s' treibt,
daß s' nit allweil drin bleibt.

Anonym

«WANN DARF I DENN KEMMA
ans Fenster zu dir
und denk dra, daß's kalt is,
daß i net derfrier!»

«Na kimmst halt um neuni,
dees werd des recht' sei,
da kimmt aa mei Vater,
der hoazt dir schon ei.»

Franz von Kobell

AM GRAB DER GATTIN sprach zum trauernden Geleite
der Leichenredner viel von Wiedersehn;
beim Heimweg sprach der Mann zum Pastor: «Scherz beiseite,
wird meine Frau denn wirklich auferstehn?»

Gottlieb Konrad Pfeffel

BARBARAZWEIGE

Am Barbaratage holt' ich
drei Zweiglein vom Kirschenbaum,
die setzt' ich in eine Schale,
drei Wünsche sprach ich im Traum.

Der erste, daß einer mich werbe,
der zweite, daß er noch jung,
der dritte, daß er auch habe
des Geldes wohl genung.

Weihnachten vor der Mette
zwei Stöcklein nur blühten zur Frist:
ich weiß einen armen Gesellen,
den nähm' ich, wie er ist.

Martin Greif

SIE SASSEN UND TRANKEN am Teetisch,
Und sprachen von Liebe viel.
Die Herren, die waren ästhetisch,
Die Damen von zartem Gefühl.

Die Liebe muß sein platonisch,
Der dürre Hofrat sprach.
Die Hofrätin lächelt ironisch,
Und dennoch seufzet sie: Ach!

Der Domherr öffnet den Mund weit:
Die Liebe sei nicht zu roh,
Sie schadet sonst der Gesundheit.
Das Fräulein lispelt: Wie so?

Die Gräfin spricht wehmütig:
Die Liebe ist eine Passion!
Und präsentieret gütig
Die Tasse dem Herrn Baron.

Am Tische war noch ein Plätzchen;
Mein Liebchen, da hast du gefehlt.
Du hättest so hübsch, mein Schätzchen,
Von deiner Liebe erzählt.

Heinrich Heine

ICH HABE DICH SO LIEB

Ich habe dich so lieb!
Ich würde dir ohne Bedenken
Eine Kachel aus meinem Ofen
Schenken.

Ich habe dir nichts getan.
Nun ist mir traurig zu Mut.
An den Hängen der Eisenbahn
Leuchtet der Ginster so gut.

Vorbei – verjährt –
Doch nimmer vergessen.
Ich reise.
Alles, was lange währt,
Ist leise.

Die Zeit entstellt
Alle Lebewesen.
Ein Hund bellt.
Er kann nicht lesen.
Er kann nicht schreiben.
Wir können nicht bleiben.

Ich lache.
Die Löcher sind die Hauptsache
An einem Sieb.

Ich habe dich so lieb.

Joachim Ringelnatz

DAS TAGEBUCH. 1810

– aliam tenui, sed iam quum gaudia adirem,
Admonuit dominae deseruitque Venus.

I

Wir hören's oft und glauben's wohl am Ende
Das Menschenherz sei ewig unergründlich
Und wie man auch sich hin und wieder wende
So sei der Christe wie der Heide sündlich.
Das Beste bleibt, wir geben uns die Hände
Und nehmen's mit der Lehre nicht empfindlich:
Denn zeigt sich auch ein Dämon uns versuchend,
So waltet was, gerettet ist die Tugend.

II

Von meiner Trauten lange Zeit entfernet,
Wie's öfters geht, nach irdischem Gewinne
Und was ich auch gewonnen und gelernet,
So hatt ich doch nur immer Sie im Sinne,
Und wie zu Nacht der Himmel erst sich sternet
Erinn'rung uns umleuchtet ferner Minne:
So ward im Federzug des Tags Ereignis
Mit süßen Worten Ihr ein freundlich Gleichnis.

III

Ich eilte nun zurück. Zerbrochen sollte
Mein Wagen mich noch eine Nacht verspäten
Schon dacht' ich mich wie ich zu Hause rollte;
Allein da war Geduld und Werk von nöten
Und wie ich auch mit Schmied und Wagner tollte
Sie hämmerten verschmähten viel zu reden
Ein jedes Handwerk hat nun seine Schnurren.
Was blieb mir nun zu weilen und zu murren.

IV

So stand ich nun! Der Stern des nächsten Schildes
Berief mich hin, die Wohnung schien erträglich
Ein Mädchen kam, des seltensten Gebildes,
Das Licht erleuchtend. Mir ward gleich behäglich.
Hausflur und Treppe sah' ich als ein Mildes,
Die Zimmerchen erfreuten mich unsäglich.
Den sündigen Menschen der im Freien schwebet
Die Schönheit spinnt, sie ist's die ihn umwebet.

V

Nun setzt' ich mich zu meiner Tasch' und Briefen
Und meines Tagebuchs Genauigkeiten,
Um so wie sonst, wenn alle Menschen schliefen,
Mir und der Trauten Freude zu bereiten;
Doch weiß ich nicht, die Tintenworte liefen
Nicht so wie sonst in alle Kleinigkeiten:
Das Mädchen kam, des Abendessens Bürde
Verteilte sie gewandt mit Gruß und Würde.

VI

Sie geht und kommt; ich spreche, sie erwiedert.
Mit jedem Wort erscheint sie mir geschmückter.
Und wie sie leicht mir nun das Huhn zergliedert
Bewegend Hand und Arm, geschickt, geschickter.
Was auch das tolle Zeug in uns befiedert,
Genug ich bin verworr'ner bin verrückter,
Den Stuhl umwerfend spring' ich auf und fasse
Das schöne Kind; sie lispelt: Lasse, lasse!

VII

Die Muhme drunten lauscht, ein alter Drache,
Sie zählt bedächtig des Geschäfts Minute;
Sie denkt sich unten, was ich oben mache,
Bei jedem Zögern schwenkt sie frisch die Rute.

Doch schließe deine Türe nicht und wache
So kommt die Mitternacht uns wohl zu Gute.
Rasch meinem Arm entwindet sie die Glieder,
Und eilet fort und kommt nur dienend wieder;

VIII

Doch blickend auch! so daß aus jedem Blicke
Sich himmlisches Versprechen mir entfaltet.
Den stillen Seufzer drängt sie nicht zurücke,
Der ihren Busen herrlicher gestaltet.
Ich sehe, daß am Ohr, um Hals und G'nicke
Der flüchtigen Röte Liebesblüte waltet,
Und da sie nichts zu leisten weiter findet,
Geht sie und zögert, sieht sich um, verschwindet.

IX

Der Mitternacht gehören Haus und Straßen,
Mir ist ein weites Lager aufbereitet,
Wovon den kleinsten Teil mir anzumaßen
Die Liebe rät, die alles wohl bereitet.
Ich zaudre noch die Kerzen auszublasen
Nun hör' ich sie, wie leise sie auch gleitet,
Mit gierigem Blick die Hochgestalt umschweif' ich
Sie legt sich bei, die Wohlgestalt ergreif' ich.

X

Sie macht sich los: Vergönne daß ich rede
Damit ich dir nicht völlig fremd gehöre.
Der Schein ist wider mich, sonst war ich blöde
Stets gegen Männer setzt' ich mich zur Wehre
Mich nennt die Stadt, mich nennt die Gegend spröde;
Nun aber weiß ich, wie das Herz sich kehre:
Du bist mein Sieger, laß Dich's nicht verdrießen,
Ich sah, ich liebte, schwur dich zu genießen.

XI

Du hast mich rein, und wenn ich's besser wüßte
So gäb' ich's Dir; ich tue was ich sage.
So schließt sie mich an ihre süßen Brüste
Als ob ihr nur an meiner Brust behage.
Und wie ich Mund und Aug' und Stirne küßte
So war ich doch in wunderbarer Lage:
Denn der so hitzig sonst den Meister spielet
Weicht schülerhaft zurück und abgekühlet.

XII

Ihr scheint ein süßes Wort, ein Kuß zu g'nügen,
Als wär' es alles was ihr Herz begehrte
Wie keusch sie mir, mit liebevollem Fügen,
Des süßen Körpers Fülleform gewährte!
Entzückt und froh in allen ihren Zügen
Und ruhig dann, als wenn sie nichts entbehrte.
So ruht' ich auch, gefällig sie beschauend,
Noch auf den Meister hoffend und vertrauend.

XIII

Doch als ich länger mein Geschick bedachte,
Von tausend Flüchen mir die Seele kochte,
Mich selbst verwünschend, grinsend mich belachte
Nichts besser ward, wie ich auch zaudern mochte:
Da lag sie schlafend, schöner als sie wachte;
Die Lichter dämmerten mit langem Dochte.
Der Tages-Arbeit, jugendlicher Mühe
Gesellt sich gern der Schlaf und nie zu frühe.

XIV

So lag sie himmlisch an bequemer Stelle,
Als wenn das Lager ihr allein gehörte,
Und an die Wand gedrückt, gequetscht zur Hölle
Ohnmächtig Jener, dem sie nichts verwehrte.

Vom Schlangenbisse fällt zunächst der Quelle
Ein Wanderer so, den schon der Durst verzehrte.
Sie atmet lieblich holdem Traum entgegen;
Er hält den Atem, sie nicht aufzuregen.

XV

Gefaßt bei dem was ihm noch nie begegnet,
Spricht er zu sich: so mußt du doch erfahren
Warum der Bräutigam sich kreuzt und segnet,
Vor Nestelknüpfen scheu sich zu bewahren.
Weit lieber da wo's Hellebarden regnet
Als hier im Schimpf! So war es nicht vor Jahren,
Als Deine Herrin Dir zum ersten Male
Vor's Auge trat im Prachterhellten Saale.

XVI

Da quoll dein Herz, da quollen deine Sinnen
So daß der ganze Mensch entzückt sich regte.
Zum raschen Tanze trugst du sie von hinnen,
Die kaum der Arm und schon der Busen hegte.
Als wolltest Du Dir selbst sie abgewinnen,
Vervielfacht war was sich für sie bewegte:
Verstand und Witz und alle Lebensgeister
Und rascher als die andern jener Meister.

XVII

So immerfort wuchs Neigung und Begierde
Brautleute wurden wir im frühen Jahre
Sie selbst des Maien schönste Blum' und Zierde
Wie wuchs die Kraft zur Lust im jungen Paare!
Und als ich endlich sie zur Kirche führte:
Gesteh' ich's nur, vor Priester und Altare,
Vor deinem Jammerkreuz blutrünstger Christe,
Verzeih mir's Gott! es regte sich der Iste.

XVIII

Und ihr, der Brautnacht reiche Bettgehänge,
Ihr Pfühle, die ihr euch so breit erstrecktet,
Ihr Teppiche, die Lieb' und Lustgedränge
Mit euren seidnen Fittigen bedecktet
Ihr Käfigvögel, deren Zwitzer Sänge
Zu neuer Lust und nie zu früh uns wecktet
Ihr kanntet uns von euerem Schutz umfriedet
Teilnehmend sie, mich immer unermüdet.

XIX

Und wie wir oft sodann im Raub genossen
Nach Buhlenart des Ehstands heilige Rechte
Von reifer Saat umwogt, vom Rohr umschlossen
An manchem Unort wo ich's mich erfrechte
Wir waren augenblicklich, unverdrossen
Und wiederholt bedient vom braven Knechte!
Verfluchter Knecht, wie unerwecklich liegst Du!
Und deinen Herrn um's schönste Glück betriegst du.

XX

Doch Meister Iste hat nun seine Grillen
Und läßt sich nicht befehlen noch verachten.
Auf einmal ist er da und ganz im Stillen
Erhebt er sich zu allen seinen Prachten.
So steht es nun dem Wandrer ganz zu Willen,
Nicht lechzend mehr am Quell zu übernachten.
Er neigt sich hin, er will die Schläferin küssen,
Allein er stockt, er fühlt sich weggerissen.

XXI

Wer hat zur Kraft ihn wieder aufgestählet?
Als jenes Bild, das ihm auf ewig teuer,
Mit dem er sich in Jugendlust vermählet
Dort leuchtet her ein frisch erquicklich Feuer

Und wie er erst in Ohnmacht sich gequälet;
So wird nun hier dem Starken nicht geheuer,
Er schaudert weg, vorsichtig, leise, leise
Entzieht er sich dem holden Zauberkreise,

XXII

Sitzt, schreibt: Ich nahte mich der heimischen Pforte
Entfernen wollten mich die letzten Stunden,
Da hab' ich nun am sonderbarsten Orte
Mein treues Herz aufs neue dir verbunden.
Zum Schlusse findest du geheime Worte:
Die Krankheit erst bewähret den Gesunden.
Dies Büchlein soll dir manches Gute zeigen,
Das Beste nur, muß ich zuletzt verschweigen.

XXIII

Da kräht der Hahn. Das Mädchen schnell entwindet
Der Decke sich und wirft sich rasch ins Mieder.
Und da sie sich so seltsam wiederfindet,
So stutzt sie, blickt und schlägt die Augen nieder,
Und da sie ihm zum letzten Mal verschwindet
Im Auge bleiben ihm die schönen Glieder;
Das Posthorn tönt, er wirft sich in den Wagen
Und läßt getrost sich zu der Liebsten tragen.

XXIV

Und weil zuletzt bei jeder Dichtungsweise
Moralien uns ernstlich fördern sollen;
So will auch ich in so beliebtem Gleise
Euch gern bekennen was die Verse wollen:
Wir stolpern wohl auf unsrer Lebensreise,
Und doch vermögen in der Welt, der tollen,
Zwei Hebel viel auf's irdische Getriebe:
Sehr viel die Pflicht, unendlich mehr die Liebe.

Johann Wolfgang Goethe

LIEGEN, BEI DIR

ich liege bei dir. deine arme
halten mich. deine arme
halten mehr als ich bin.
deine arme halten, was ich bin
wenn ich bei dir liege und
deine arme mich halten.

Ernst Jandl

HABE NIEMAND wo ich liegen kann wenn
öffnen die Blumen wenn öffnen die Sterne der Mond
habe niemand dasz ich sprechen kann wie
damals zu dir weil kein Wort ist zu jenen
die noch am Leben. Kalt ist und einsam
die Nacht, 1 wenig Ende der Lippenzauber
in 1 Café

für Ernst Jandl
Friederike Mayröcker

DIE EINE KLAGE

Wer die tiefste aller Wunden
Hat in Geist und Sinn empfunden
Bittrer Trennung Schmerz;
Wer geliebt was er verloren,
Lassen muss was er erkoren,
Das geliebte Herz,

Der versteht in Lust die Tränen
Und der Liebe ewig Sehnen
Eins in Zwei zu sein,
Eins im Andern sich zu finden,
Dass der Zweiheit Grenzen schwinden
Und des Daseins Pein.

Wer so ganz in Herz und Sinnen
Konnt ein Wesen liebgewinnen
O! den tröstet's nicht
Dass für Freuden, die verloren,
Neue werden neu geboren:
Jene sind's doch nicht.

Das geliebte, süße Leben,
Dieses Nehmen und dies Geben,
Wort und Sinn und Blick,
Dieses Suchen und dies Finden,
Dieses Denken und Empfinden
Gibt kein Gott zurück.

Karoline von Günderrode

DAS LETZTE MAL

… Den Abend werde ich wohl nie vergessen,
Denn mein Gedächtnis ist oft sehr brutal.
Du riefst: ‹Auf Wiedersehn›. Ich nickte stumm. – Indessen
Ich wußte: dieses war das letzte Mal.

Als ich hinaustrat, hingen ein paar Sterne
Wie tot am Himmel. Glanzlos kalt wie Blech.
Und eine unscheinbare Gaslaterne
Stach in die Augen unbekümmert frech.

Ich fühlte deinen Blick durch Fensterscheiben.
Er ging noch manche Straße mit mir mit.
– Jetzt gab es keine Möglichkeit zu bleiben.
Die Zahl ging auf. Wir waren beide quitt.

Da lebt man nun zu zweien so daneben …
Was bleibt zurück? – Ein aufgewärmter Traum
Und außerdem ein unbewohnter Raum
In unserm sogenannten Innenleben.

Das ist ein neuer Abschnitt nach drei Jahren,
– Hab ich erst kühl und sachlich überlegt.
Dann bin ich mit der Zwölf nach Haus gefahren
Und hab mich schweigend in mein Bett gelegt …

Ich weiß, mir ging am 4. Januar
Ein ziemlich guterhaltnes Herz verloren.
– Und dennoch: Würd ich noch einmal geboren,
Es käme alles wieder, wie es war …

Mascha Kaléko

DIE ZEIT IST HIN

Die Zeit ist hin, du löst dich unbewußt
und leise mehr und mehr von meiner Brust;
ich suche dich mit sanftem Druck zu fassen,
doch fühl' ich wohl, ich muß dich gehen lassen.

So laß mich denn, bevor du weit von mir
im Leben gehst, noch einmal danken dir;
und magst du nie, was rettungslos vergangen,
in schlummerlosen Nächten heimverlangen.

Hier steh' ich nun und schaue bang zurück;
vorüber rinnt auch dieser Augenblick,
und wieviel Stunden dir und mir gegeben,
wir werden keine mehr zusammen leben.

Theodor Storm

EINE ART VERLUST

Gemeinsam benutzt: Jahreszeiten, Bücher und eine Musik.
Die Schlüssel, die Teeschalen, den Brotkorb, Leintücher und ein Bett.
Eine Aussteuer von Worten, von Gesten, mitgebracht, verwendet, verbraucht.
Eine Hausordnung beachtet. Gesagt. Getan. Und immer die Hand gereicht.

In Winter, in ein Wiener Septett und in Sommer habe ich mich verliebt.
In Landkarten, in ein Bergnest, in einen Strand und in ein Bett.
Einen Kult getrieben mit Daten, Versprechen für unkündbar erklärt,
angehimmelt ein Etwas und fromm gewesen vor einem Nichts,

(– der gefalteten Zeitung, der kalten Asche, dem Zettel mit einer Notiz)
furchtlos in der Religion, denn die Kirche war dieses Bett.

Aus dem Seeblick hervor ging meine unerschöpfliche Malerei.
Von dem Balkon herab waren die Völker, meine Nachbarn, zu grüßen.
Am Kaminfeuer, in der Sicherheit, hatte mein Haar seine äußerste Farbe.
Das Klingeln an der Tür war der Alarm für meine Freude.

Nicht dich habe ich verloren,
sondern die Welt.

Ingeborg Bachmann

DER ABSCHIED

Trennen wollten wir uns? wähnten es gut und klug?
Da wirs taten, warum schröckte, wie Mord, die Tat?
Ach! wir kennen uns wenig,
Denn es waltet ein Gott in uns.

Den verraten? ach ihn, welcher uns alles erst,
Sinn und Leben erschuf, ihn, den beseelenden
Schutzgott unserer Liebe,
Dies, dies Eine vermag ich nicht.

Aber anderen Fehl denket der Menschen Sinn,
Andern ehernen Dienst übt er und anders Recht,
Und es fodert die Seele
Tag für Tag der Gebrauch uns ab.

Wohl! ich wußt' es zuvor. Seit der gewurzelte
Allentzweiende Haß Götter und Menschen trennt,
Muß, mit Blut sie zu sühnen,
Muß der Liebenden Herz vergehn.

Laß mich schweigen! o laß nimmer von nun an mich
Dieses Tödliche sehn, daß ich im Frieden doch
Hin ins Einsame ziehe,
Und noch unser der Abschied sei!

Reich die Schale mir selbst, daß ich des rettenden
Heilgen Giftes genug, daß ich des Lethetranks
Mit dir trinke, daß alles
Haß und Liebe vergessen sei!

Hingehn will ich. Vielleicht seh' ich in langer Zeit
Diotima! dich hier. Aber verblutet ist
Dann das Wünschen und friedlich
Gleich den Seligen, fremd sind wir,

Und ein ruhig Gespräch führet uns auf und ab,
Sinnend, zögernd, doch itzt faßt die Vergessenen
Hier die Stelle des Abschieds,
Es erwarmet ein Herz in uns,

Staunend seh' ich dich an, Stimmen und süßen Sang,
Wie aus voriger Zeit hör' ich und Saitenspiel,
Und befreiet, in Lüfte
Fliegt in Flammen der Geist uns auf.

Friedrich Hölderlin

DIE VERLASSENE

(an K. J.)

Du irrst dich. Glaubst du, daß du fern bist
Und daß ich dürste und dich nicht mehr finden kann?
Ich fasse dich mit meinen Augen an,
Mit diesen Augen, deren jedes finster und ein Stern ist.

Ich zieh' dich unter dieses Lid
Und schließ' es zu und du bist ganz darinnen.
Wie willst du gehn aus meinem Sinnen,
Dem Jägergarn, dem nie ein Wild entflieht?

Du läßt mich nicht aus deiner Hand mehr fallen
Wie einen welken Strauß,
Der auf die Straße niederweht, vorm Haus
Zertreten und bestäubt von allen.

Ich hab' dich liebgehabt. So lieb.
Ich habe so geweint ... mit heißen Bitten ...
Und liebe dich noch mehr, weil ich um dich gelitten,
Als deine Feder keinen Brief, mir keinen Brief mehr schrieb.

Ich nannte Freund und Herr und Leuchtturmwächter
Auf schmalem Inselstrich,
Den Gärtner meines Früchtegartens dich,
Und waren tausend weiser, keiner war gerechter.

Ich spürte kaum, daß mir der Hafen brach,
Der meine Jugend hielt – und kleine Sonnen,
Daß sie vertropft, in Sand verronnen.
Ich stand und sah dir nach.

Dein Durchgang blieb in meinen Tagen,
Wie Wohlgeruch in einem Kleide hängt,
Den es nicht kennt, nicht rechnet, nur empfängt,
Um immer ihn zu tragen.

Gertrud Kolmar

DIE GESCHIEDENE FRAU

Ja ... da wär nun also wieder einer ...
    das ist komisch!
Vor fünf Jahren, da war meiner;
dann war eine ganze Weile keiner ...
    Und jetzt geht ein Mann in meiner Wohnung um,
    findet manches, was ich sage, dumm –
    lobt und tadelt, spricht vom Daseinszwecke
    und macht auf das Tischtuch Kaffeeflecke –
        Ist das alles nötig –?

Ja ... er sorgt. Und liebt. Und ists ein trüber
Morgen, reich ich meine Hand hinüber ...
    Das ist komisch:
Männer ... so in allen ihren Posen ...
und frühmorgens, in den Unterhosen ...
    Plötzlich wohnt da einer auch in meiner Seele –
    quält mich; liebt mich; will, daß ich ihn quäle;
    dreht mein Leben anders – lastet – läßt mich fliegen –
    siegt, und weil ich klug bin, laß ich mich besiegen ...
        Habe ich das nötig –?

Ich war ausgeglichen. Bleiben wir allein,
    ... komisch ...
sind wir stolz – so sollt es immer sein!
    Flackerts aber, knistern kleine Flammen,

fällt das alles jäh in sich zusammen.
Er braucht uns. Und wir, wir brauchen ihn.
Liebe ist: Erfüllung, Last und Medizin.
Denn ein Mann ist Mann und Gott und Kind,
weil wir so sehr Hälfte sind.
Aber das ist schließlich überall:
der erste Mann ist stets ein Unglücksfall.
Die wahre Erkenntnis liegt unbestritten
etwa zwischen dem zweiten und dem dritten.
Dann weißt du. Vom Wissen wird man nicht satt,
aber notdürftig zufrieden, mit dem, was man hat.
Amen.

Kurt Tucholsky

DIE NACHFOLGERIN

Ich hab meinen ersten Mann gesehn –
der ging mit einer!
Hütchen, Rock und Bluse (Indanthren)
und zwei Kopf kleiner!
Sie muß ihn wohl ins Bureau begleiten …
Über den Geschmack ist nicht zu streiten.
Na, herzlichen Glückwunsch!

Sein Gehirn ist bei der Liebeswahl
ganz verkleistert;
wenn er siegt, dann ist er allemal
schwer begeistert.
Ob Languettenhemd, ob teure Seiden –
seinetwegen kann man sich in Säcke kleiden …
Na, herzlichen Glückwunsch!

Frau ist Frau ... wie glücklich ist der Mann,
dem das gleich ist!
Und für sowas zieht man sich nun an!
Als ob man reich ist!
Das heißt: für ihn?
Wir ziehen unsre Augenbrauen
für und gegen alle andern Frauen.
Immerhin erwart ich, daß ers merken kann;
ich will fühlen, daß ich reizvoll bin.
Dreifach spiegeln will ich mich: im Glas, im Neid, im Mann.
Der guckt gar nicht hin.
Liebe kostet manche Überwindung ...
Männer sind eine komische Erfindung.

Kurt Tucholsky

SACHLICHE ROMANZE

Als sie einander acht Jahre kannten
(und man darf sagen: sie kannten sich gut),
kam ihre Liebe plötzlich abhanden.
Wie andern Leuten ein Stock oder Hut.

Sie waren traurig, betrugen sich heiter,
versuchten Küsse, als ob nichts sei,
und sahen sich an und wußten nicht weiter.
Da weinte sie schließlich. Und er stand dabei.

Vom Fenster aus konnte man Schiffen winken.
Er sagte, es wäre schon Viertel nach Vier
und Zeit, irgendwo Kaffee zu trinken. –
Nebenan übte ein Mensch Klavier.

Sie gingen ins kleinste Café am Ort
und rührten in ihren Tassen.
Am Abend saßen sie immer noch dort.
Sie saßen allein, und sie sprachen kein Wort
und konnten es einfach nicht fassen.

Erich Kästner

ABSCHIED VON SEINER UNGETREUEN LIEBSTEN

Wie gedacht,
vor geliebt, jetzt ausgelacht.
Gestern in den Schoß gerissen,
heute von der Brust geschmissen,
morgen in die Gruft gebracht.
Wie gedacht,
vor geliebt, jetzt ausgelacht.

Dieses ist
aller Jungfern Hinterlist:
Viel versprechen, wenig halten;
sie entzünden und erkalten
öfters, eh ein Tag verfließt.
Dieses ist
aller Jungfern Hinterlist.

Dein Betrug,
falsche Seele, macht mich klug;
keine soll mich mehr umfassen,
keine soll mich mehr verlassen,
einmal ist fürwahr genug.
Dein Betrug,
falsche Seele, macht mich klug.

Denke nur,
ungetreue Kreatur,
denke, sag ich, nur zurücke
und betrachte deine Tücke
und erwäge deinen Schwur.
Denke nur,
ungetreue Kreatur!

Hast du nicht
ein Gewissen, das dich sticht,
wenn die Treue meines Herzens,
wenn die Größe meines Schmerzens
deinem Wechsel widerspricht?
Hast du nicht
ein Gewissen, das dich sticht?

Bringt mein Kuß
dir so eilends Überdruß,
ei so geh und küsse diesen,
welcher dir sein Geld gewiesen,
das dich wahrlich blenden muß,
bringt mein Kuß
dir so eilends Überdruß. –

Bin ich arm,
dieses macht mir wenig Harm;
Tugend steckt nicht in dem Beutel,
Geld und Schmuck macht nur die Scheitel,
aber nicht die Liebe warm.
Bin ich arm,
dieses macht mir wenig Harm.

Und wie bald
mißt die Schönheit die Gestalt!
Rühmst du gleich von deiner Farbe,
daß sie ihres gleichen darbe,
auch die Rosen werden alt.
Und wie bald
mißt die Schönheit die Gestalt!

Weg mit dir,
falsches Herze, weg von mir!
Ich zerreiße deine Kette,
denn die kluge Henriette
stellet mir was Bessers für.
Weg mit dir,
falsches Herze, weg von mir!

Johann Christian Günther

DER ASRA

Täglich ging die wunderschöne
Sultanstochter auf und nieder
um die Abendzeit am Springbrunn,
wo die weißen Wasser plätschern.

Täglich stand der junge Sklave
um die Abendzeit am Springbrunn,
wo die weißen Wasser plätschern;
täglich ward er bleich und bleicher.

Eines Abends trat die Fürstin
auf ihn zu mit raschen Worten:
«Deinen Namen will ich wissen,
deine Heimat, deine Sippschaft!»

Und der Sklave sprach: «Ich heiße
Mohammed, ich bin aus Yemen,
und mein Stamm sind jene Asra,
welche sterben, wenn sie lieben.»

Heinrich Heine

ELEGIE. SEPTEMBER 1823

Und wenn der Mensch in seiner Qual verstummt,
gab mir ein Gott zu sagen, was ich leide.

Was soll ich nun vom Wiedersehen hoffen,
von dieses Tages noch geschloßner Blüte?
Das Paradies, die Hölle steht dir offen;
wie wankelsinnig regt sich's im Gemüte! –
Kein Zweifeln mehr! Sie tritt ans Himmelstor,
zu ihren Armen hebt sie dich empor.

So warst du denn im Paradies empfangen,
als wärst du wert des ewig schönen Lebens;
dir blieb kein Wunsch, kein Hoffen, kein Verlangen,
hier war das Ziel des innigsten Bestrebens,
und in dem Anschaun dieses einzig Schönen
versiegte gleich der Quell sehnsüchtiger Tränen.

Wie regte nicht der Tag die raschen Flügel,
schien die Minuten vor sich her zu treiben!
Der Abendkuß, ein treu verbindlich Siegel:
so wird es auch der nächsten Sonne bleiben.
Die Stunden glichen sich in zartem Wandern
Wie Schwestern zwar, doch keine ganz den andern.

Der Kuß, der letzte, grausam süß, zerschneidend
ein herrliches Geflecht verschlungner Minnen.
Nun eilt, nun stockt der Fuß, die Schwelle meidend,
als trieb' ein Cherub flammend ihn von hinnen;
das Auge starrt auf düstrem Pfad verdrossen,
es blickt zurück, die Pforte steht verschlossen.

Und nun verschlossen in sich selbst, als hätte
dies Herz sich nie geöffnet, selige Stunden
mit jedem Stern des Himmels um die Wette

an ihrer Seite leuchtend nicht empfunden;
und Mißmut, Reue, Vorwurf, Sorgenschwere
belasten's nun in schwüler Atmosphäre.

Ist denn die Welt nicht übrig? Felsenwände,
sind sie nicht mehr gekrönt von heiligen Schatten?
Die Ernte, reift sie nicht? Ein grün Gelände,
zieht sich's nicht hin am Fluß durch Busch und Matten?
Und wölbt sich nicht das überweltlich Große,
Gestaltenreiche, bald Gestaltenlose?

Wie leicht und zierlich, klar und zart gewoben
schwebt seraphgleich, aus ernster Wolken Chor,
als glich' es ihr, am blauen Äther droben
ein schlank Gebild aus lichtem Duft empor;
so sahst du sie in frohem Tanze walten,
die lieblichste der lieblichsten Gestalten.

Doch nur Momente darfst dich unterwinden,
ein Luftgebild statt ihrer festzuhalten;
ins Herz zurück, dort wirst du's besser finden,
dort regt sie sich in wechselnden Gestalten;
zu vielen bildet Eine sich hinüber,
so tausendfach und immer, immer lieber.

Wie zum Empfang sie an den Pforten weilte
und mich von dannauf stufenweis beglückte;
selbst nach dem letzten Kuß mich noch ereilte,
den letztesten mir auf die Lippen drückte:
So klar beweglich bleibt das Bild der Lieben,
mit Flammenschrift ins treue Herz geschrieben.

Ins Herz, das fest, wie zinnenhohe Mauer
sich ihr bewahrt und sie in sich bewahret,
für sie sich freut an seiner eignen Dauer,

nur weiß von sich, wenn sie sich offenbaret,
sich freier fühlt in so geliebten Schranken
und nur noch schlägt, für alles ihr zu danken.

War Fähigkeit zu lieben, war Bedürfen
von Gegenliebe weggelöscht, verschwunden;
ist Hoffnungslust zu freudigen Entwürfen,
Entschlüssen, rascher Tat sogleich gefunden!
Wenn Liebe je den Liebenden begeistet,
ward es an mir aufs lieblichste geleistet;

Und zwar durch sie! – Wie lag ein innres Bangen
auf Geist und Körper, unwillkommner Schwere:
von Schauerbildern rings der Blick umfangen
im wüsten Raum beklommner Herzensleere;
nun dämmert Hoffnung von bekannter Schwelle,
sie selbst erscheint in milder Sonnenhelle.

Dem Frieden Gottes, welcher euch hienieden
mehr als Vernunft beseliget – wir lesen's –,
vergleich' ich wohl der Liebe heitern Frieden
in Gegenwart des allgeliebten Wesens;
da ruht das Herz, und nichts vermag zu stören
den tiefsten Sinn, den Sinn, ihr zu gehören.

In unsers Busens Reine wogt ein Streben,
sich einem Höhern, Reinern, Unbekannten
aus Dankbarkeit freiwillig hinzugeben,
Enträtselnd sich den ewig Ungenannten;
wir heißen's: fromm sein! – Solcher seligen Höhe
fühl' ich mich teilhaft, wenn ich vor ihr stehe.

Vor ihrem Blick, wie vor der Sonne Walten,
vor ihrem Atem, wie vor Frühlingslüften,
zerschmilzt, so längst sich eisig starr gehalten,

der Selbstsinn tief in winterlichen Grüften;
kein Eigennutz, kein Eigenwille dauert,
vor ihrem Kommen sind sie weggeschauert.

Es ist, als wenn sie sagte: «Stund' um Stunde
wird uns das Leben freundlich dargeboten,
das Gestrige ließ uns geringe Kunde,
das Morgende, zu wissen ist's verboten;
Und wenn ich je mich vor dem Abend scheute,
die Sonne sank und sah noch, was mich freute.

Drum tu wie ich und schaue, froh-verständig,
dem Augenblick ins Auge! Kein Verschieben!
Begegn' ihm schnell, wohlwollend wie lebendig,
im Handeln sei's, zur Freude, sei's dem Lieben;
nur wo du bist, sei alles, immer kindlich,
so bist du alles, bist unüberwindlich.»

Du hast gut reden, dacht' ich, zum Geleite
gab dir ein Gott die Gunst des Augenblickes,
und jeder fühlt an deiner holden Seite
sich augenblicks den Günstling des Geschickes;
mich schreckt der Wink, von dir mich zu entfernen,
was hilft es mir, so hohe Weisheit lernen!

Nun bin ich fern! Der jetzigen Minute,
was ziemt denn der? Ich wüßt' es nicht zu sagen;
sie bietet mir zum Schönen manches Gute,
das lastet nur, ich muß mich ihm entschlagen;
mich treibt umher ein unbezwinglich Sehnen,
da bleibt kein Rat als grenzenlose Tränen.

So quellt denn fort und fließet unaufhaltsam!
Doch nie geläng's, die innre Glut zu dämpfen!
Schon rast's und reißt in meiner Brust gewaltsam,

wo Tod und Leben grausend sich bekämpfen.
Wohl Kräuter gäb's, des Körpers Qual zu stillen;
allein dem Geist fehlt's am Entschluß und Willen,

fehlt's am Begriff: wie sollt' er sie vermissen?
Er wiederholt ihr Bild zu tausendmalen.
Das zaudert bald, bald wird es weggerissen,
undeutlich jetzt und jetzt im reinsten Strahlen;
wie könnte dies geringstem Troste frommen,
die Ebb' und Flut, das Gehen wie das Kommen?

Verlaßt mich hier, getreue Weggenossen!
Laßt mich allein am Fels, in Moor und Moos;
nur immer zu! euch ist die Welt erschlossen,
die Erde weit, der Himmel hehr und groß;
betrachtet, forscht, die Einzelheiten sammelt,
Naturgeheimnis werde nachgestammelt.

Mir ist das All, ich bin mir selbst verloren,
der ich noch erst den Göttern Liebling war;
sie prüften mich, verliehen mir Pandoren,
so reich an Gütern, reicher an Gefahr;
sie drängten mich zum gabeseligen Munde,
sie trennen mich, und richten mich zu Grunde.

Johann Wolfgang Goethe

DIE LIEBE

Die Liebe hemmet nichts; sie kennt nicht Tür noch Riegel,
Und dringt durch alles sich;
Sie ist ohn Anbeginn, schlug ewig ihre Flügel,
Und schlägt sie ewiglich.

Matthias Claudius

FRAU SEIN, MANN SEIN?

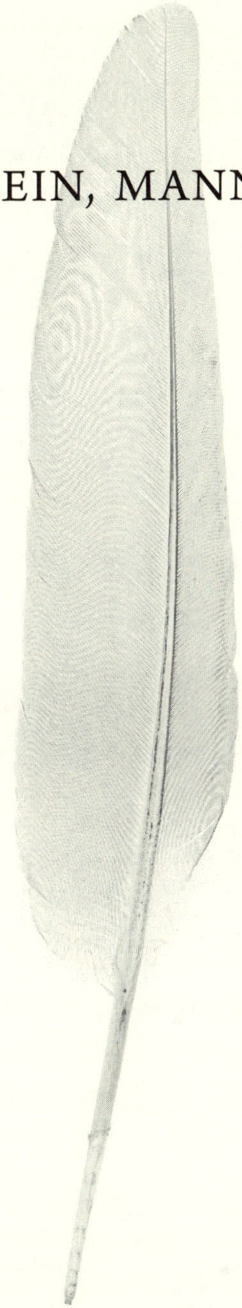

AM TURME

Ich steh auf hohem Balkone am Turm,
Umstrichen vom schreienden Stare,
Und laß gleich einer Mänade den Sturm
Mir wühlen im flatternden Haare;
O wilder Geselle, o toller Fant,
Ich möchte dich kräftig umschlingen,
Und, Sehne an Sehne, zwei Schritte vom Rand
Auf Tod und Leben dann ringen!

Und drunten seh ich am Strand, so frisch
Wie spielende Doggen, die Wellen
Sich tummeln rings mit Geklaff und Gezisch
Und glänzende Flocken schnellen.
O, springen möcht ich hinein alsbald,
Recht in die tobende Meute,
Und jagen durch den korallenen Wald
Das Walroß, die lustige Beute!

Und drüben seh ich ein Wimpel wehn
So keck wie eine Standarte,
Seh auf und nieder den Kiel sich drehn
Von meiner luftigen Warte;
O, sitzen möcht ich im kämpfenden Schiff,
Das Steuerruder ergreifen
Und zischend über das brandende Riff
Wie eine Seemöwe streifen.

Wär ich ein Jäger auf freier Flur,
Ein Stück nur von einem Soldaten,
Wär ich ein Mann doch mindestens nur,
So würde der Himmel mir raten;
Nun muß ich sitzen so fein und klar,
Gleich einem artigen Kinde,

Und darf nur heimlich lösen mein Haar
Und lassen es flattern im Winde!

Annette von Droste-Hülshoff

MEIN KLEINER GRÜNER KAKTUS

Pamparam, paramparam, paramparam
Paramparam, paramparam, pampampampampam

Blumen im Garten, so zwanzig Arten
Von Rosen, Tulpen und Narzissen
Leisten sich heute die kleinsten Leute
Das will ich alles gar nicht wissen

Mein kleiner grüner Kaktus steht draußen am Balkon
Hollari, hollari, hollaro
Was brauch' ich rote Rosen, was brauch' ich roten Mohn?
Hollari, hollari, hollaro
Und wenn ein Bösewicht was ungezog'nes spricht
Dann hol' ich meinen Kaktus und der sticht, sticht, sticht
Mein kleiner grüner Kaktus steht draußen am Balkon
Hollari, hollari, hollaro

Man find't gewöhnlich die Frauen ähnlich
Den Blumen, die sie gerne haben
Doch ich sag' täglich, das ist nicht möglich
Was soll'n die Leut' sonst von mir sagen

Mein kleiner grüner Kaktus steht draußen am Balkon
Hollalari, hollalari, hollalaro
Was brauch' ich rote Rosen, was brauch' ich roten Mohn?
Hollalari, hollalari, hollalaro
Und wenn ein Bösewicht was ungezog'nes spricht
Dann hol' ich meinen Kaktus und der sticht, sticht, sticht

Mein kleiner grüner Kaktus steht draußen am Balkon
Hollari, hollari, hollaro

Pipipipipipipipi

Heute um viere klopft's an die Türe
Nanu, Besuch so früh am Tage?
Es war Herr Krause vom Nachbarhause
Er sagt: «Verzeih'n sie, wenn ich frage

Sie hab'n doch einen Kaktus auf ihrem klein' Balkon
Hollari, hollari, hollaro
Der fiel soeben runter, was halten sie davon
Hollari, hollari, hollaro
Er fiel mir aufs Gesicht, obs' glauben oder nicht
Jetzt weiß ich, dass ihr kleiner grüner Kaktus sticht
Bewahr'n sie ihren Kaktus gefälligst anderswo
Hollari, hollari, hollaro»

Hans Herda
(Comedian Harmonists)

DIE SEERÄUBER-JENNY

1
Meine Herren, heute sehen Sie mich Gläser abwaschen
Und ich mache das Bett für jeden.
Und Sie geben mir einen Penny und ich bedanke mich schnell
Und Sie sehen meine Lumpen und dies lumpige Hotel
Und Sie wissen nicht, mit wem Sie reden.
Aber eines Abends wird ein Geschrei sein am Hafen
Und man fragt: Was ist das für ein Geschrei?
Und man wird mich lächeln sehn bei meinen Gläsern
Und man sagt: Was lächelt die dabei?

Und ein Schiff mit acht Segeln
Und mit fünfzig Kanonen
Wird liegen am Kai.

2

Man sagt: Geh, wisch deine Gläser, mein Kind
Und man reicht mir den Penny hin.
Und der Penny wird genommen, und das Bett wird gemacht!
(Es wird keiner mehr drin schlafen in dieser Nacht.)
Und Sie wissen immer noch nicht, wer ich bin.
Aber eines Abends wird ein Getös sein am Hafen
Und man fragt: Was ist das für ein Getös?
Und man wird mich stehen sehen hinterm Fenster
Und man sagt: Was lächelt die so bös?
Und das Schiff mit acht Segeln
Und mit fünfzig Kanonen
Wird beschießen die Stadt.

3

Meine Herren, da wird wohl Ihr Lachen aufhörn
Denn die Mauern werden fallen hin
Und die Stadt wird gemacht dem Erdboden gleich
Nur ein lumpiges Hotel wird verschont von jedem Streich
Und man fragt: Wer wohnt Besonderer darin?
Und in dieser Nacht wird ein Geschrei um das Hotel sein
Und man fragt: Warum wird das Hotel verschont?
Und man wird mich sehen treten aus der Tür gen Morgen
Und man sagt: Die hat darin gewohnt?
Und das Schiff mit acht Segeln
Und mit fünfzig Kanonen
Wird beflaggen den Mast.

4

Und es werden kommen hundert gen Mittag an Land
Und werden in den Schatten treten

Und fangen einen jeglichen aus jeglicher Tür
Und legen ihn in Ketten und bringen vor mir
Und fragen: Welchen sollen wir töten?
Und an diesem Mittag wird es still sein am Hafen
Wenn man fragt, wer wohl sterben muß.
Und dann werden Sie mich sagen hören: Alle!
Und wenn dann der Kopf fällt, sag ich: Hoppla!
  Und das Schiff mit acht Segeln
  Und mit fünfzig Kanonen
  Wird entschwinden mit mir.

Bertolt Brecht

ROSA MEINUNG

In des Landgerichtes Fotze
geh ich als ein blasser Traum,
Frau ist alles, was ich kotze,
lauter Wahrheit dieser Raum.

Dass man mir mein Schwärmen nähme
denk ich, aber glaub es kaum:
Dieser Prunk im schmalen Schoße
ist der Trödelväter Schaum.

Wenn ich nur die Arme breite,
ächzt er wie ein Eichenbaum,
kracht in brüchig tausend Scheite,
schäumt, dass ich, Blitz, ihn ableite.

Brenn zu Asche, mich zu wärmen!
(Denn ich will von Deutschland lernen.)

Ann Cotten

OB EINER DAME ERLAUBET IN WAFFEN SICH ZU ÜBEN

Wer will nicht nach Verdienst die Amazonin preisen?
Die noch die heutge Welt muss heldenmütig heißen?
    In Männer-Herzen wohnt nicht Herz und Mut allein,
    Das Frauenzimmer kann auch Heroinen sein.
Wie viele können uns davon ein Zeugnis stellen,
Die mit beherzter Faust den Feind im Treffen fällen.
    Was dort Semiramis, was Fulvia, getan,
    Das hört man Wunders-voll und mit Erstaunen an.
Ismenens Tapferkeit, Zenobiens Beginnen,
Besinget heute noch der Chor der Pierinnen,
    Und wie Lädusia den blanken Degen führt,
    Das hat schon mancher Kiel vor langer Zeit berührt.
Und mein! wer wollte dies den Frauenvolk verwehren?
Die Pallas, die zu uns notwendig muss gehören,
    Dieweil sie weiblich ist, führt Lanze, Schild und Schwert,
    Zum Zeichen, dass sie dies von andern auch begehrt.
Bellona gibet durch ihr heldenmütges Wesen,
Als Krieges-Göttin, dies ohnstreitig auch zu lesen,
    Lucina schenkt uns nicht das Licht der Welt allein
    Dass wir der Liebe bloß die Herzen sollten weihn.
Die Damen so sich nur in Amors Waffen üben,
Und süßen Zeitvertreib statt edler Arbeit lieben,
    Sind Gänse-Blumen gleich gemein und ganz veracht,
    Da man hingegen die zu Kaiser-Kronen macht.
Mars ist deswegen nicht ein Unhold zu benennen,
Ob gleich sein Auge pflegt vor Wut und Zorn zu brennen;
    Er kann deswegen doch, lässt ihm sein Handwerk ruhn,
    Mit Frauenzimmer schön und unvergleichlich tun,
So bald er seinen Helm und Kürass hingeschmissen,
So weiß er in der Tat die Venus so zu küssen,
    Dass mancher Spaß-Galan, der doch die Kunst versteht,
    Sich überwunden sieht, von ihm beschämet geht.

Christiana Mariana von Ziegler

EPIGRAMMA

Du meinst ich soll dein noch gedenken und dich lieben,
ob du mich schon verlässt, ei sei doch nicht so toll,
Ich habe dir ja oft vor diesem schon geschrieben:
daß niemand Eisen, Stein und Klötze lieben soll.

Sibylla Schwarz

SIND DAS WOHL MENSCHEN ? – Wie man das vergißt!
Sie werfen Schatten vor dem Sonnenbaum,
sehr grobe Schatten und – sie haben Stimmen.
Wie sonderbar: – ich glaub, sie hießen «Männer».
Männer? – Ein Mann? – und kam der Aufschrei «Liebe»
nicht gleich danach und Schmerz, nicht wahr, mein Traumbuch,
Schmerz sagtest du sehr lange, fort und glitzernd,
Bänder von Schmerz wie Schienen zu den Menschen.
Dann kamen Tiere, große dunkle Tiere,
in die man einstieg, weil ihr Kopf so heulte,
und innen sagte jemand dann: «Wir fahren!»
Die, die sich Mädchen nannten, saßen flüsternd
nah beieinander, und es klang wie Laubfall,
wenn sie erzählten, daß ihr Liebster warte.
«Liebster» – was ist das –, geht das rasch vorüber,
läßt es sich fassen, ohne Schmerz zu machen,
und bleibt an einem hinterher dann etwas
wie Blütenstaub und ein Geruch verhaftet
oder vergeht daran nur das Gefühl für gestern?
Ein Traumkraut also? – Sicherlich – ein Traumkraut!
Man hätte niemals davon kosten dürfen,
ehe man heimging in die liebe Erde,
heim zu den Zwiebelchen.

Christine Lavant

DIE LANDSTREICHERIN

Ein Leben hab ich umkrampft,
Bin zwanzig Tode gestorben,
Ward mit den Blumen zerstampft
Und mit dem Unkraut verdorben.
Die Klette fliegt nicht aus dem Schopf
Mit Gräsern und Stengeln und Strängen;
Mich schüttelt die Welt vom Kopf,
Und ich bleibe doch an ihr hängen!

Mein sind die Feuer der Erde
Und Wind, der zum Hüpfen geblasen;
Der Schäfer treibt morgen die Herde
Auf bröselig schwärzlichen Rasen;
Ich ward mit den Flammen vergossen
Und bin mit den Lüften verzittert,
Ich fraß meinen Feldgenossen
Und hab ihn wie Dürrholz zersplittert.

Die Leute kramen in Büchern
Und reißen aus jedem Gesetze
Und reiben mit sanftesten Tüchern
Nur blank ihre schuftende Hetze;
Sie haben kein Huhn gestohlen
Und schirren ergaunerten Schimmel,
Ich laufe doch nur mit den Sohlen,
Und mein Sinn steht klar wie der Himmel.

Sie hüten so manches Ding
Noch neben dem Essenrauche,
Darüber ich stolpre und spring
Und das ich vor allem nicht brauche.
Sie bauen wie Straßen sich aus
Und wissen nicht, wo sie enden:
Ich bin nur ein Ackerstrauß
Und halte mich selber in Händen.

Gertrud Kolmar

DIE ALTE

Zu meiner Zeit
bestand noch Recht und Billigkeit.
Da wurden auch aus Kindern Leute,
da wurden auch aus Jungfern Bräute,
doch alles mit Bescheidenheit.
Es ward kein Liebling zum Verräter,
und unsre Jungfern freiten später,
sie reizten nicht der Mütter Neid.
O gute Zeit!

Zu meiner Zeit
befliß man sich der Heimlichkeit.
Genoß der Jüngling ein Vergnügen,
so war er dankbar und verschwiegen,
und itzt entdeckt er's ungescheut.
Die Regung mütterlicher Triebe,
der Fürwitz und der Geist der Liebe
fährt oftmals schon ins Flügelkleid,
o schlimme Zeit!

Zu meiner Zeit
ward Pflicht und Ordnung nicht entweiht.
Der Mann ward, wie es sich gebühret,
von einer lieben Frau regieret,
trotz seiner stolzen Männlichkeit.
Die Fromme herrschte nur gelinder,
uns blieb der Hut und ihm die Kinder.
Das war die Mode weit und breit.
O gute Zeit!

Zu meiner Zeit
war noch in Ehen Einigkeit.
Jetzt darf der Mann uns fast gebieten,

uns widersprechen und uns hüten,
wo man mit Freunden sich erfreut.
Mit dieser Neuerung im Lande,
mit diesem Fluch im Ehestande
hat ein Komet uns längst bedräut.
O schlimme Zeit!

Friedrich von Hagedorn

EBENBILDER

Schönere Menschen laß uns erfinden
nach unserem Bild
das keiner Postkarte gleicht
Menschen mit flatterndem Haar
Husarenröcken, Pfauenfedern
Magnetnadeln zwischen den Zehen
und dünner brauner Haut
in die ritz ich Herzen
du legst ihnen die Hände auf
ich bett sie in Löschpapier
Mischwälder grüßen die
erleuchteten Fenster
wir tragen Strümpfe mit Löchern
in der Tasche ein Meer

Honigbrot und Pferdchen
sitzen auf Wolkenbänken
Klippschüler sind uns die liebsten
wir lehren sie fliegen
über den Lehranstalten
immer kühner ins übernommene
Blau

und abends warmgefroren
tragen wir alte Hüte zum Spaß
brühen frischen Tee
du sprichst in Versen
auf die mach ich mir keinen Reim
den Ofen lecken die säuberlichsten
Flammen auch Nachrichten
erfinden wir:
wir lügen wie gedruckt
schlüpfen durch die Maschen
unserer blauwollenen Strümpfe
aus der Erfindung heraus.

Ursula Krechel

AN LEVIN SCHÜCKING

Zum zweiten Male will ein Wort
Sich zwischen unsre Herzen drängen,
Den felsbewachten Erzeshort
Will eines Knaben Mine sprengen.
Sieh mir ins Auge, hefte nicht
Das deine an des Fensters Borden,
Ist denn so fremd dir mein Gesicht,
Denn meine Sprache dir geworden?

Sieh freundlich mir ins Auge, schuf
Natur es gleich im Eigensinne
Nach harter Form, muß ihrem Ruf
Antworten ich mit scharfer Stimme;
Der Vogel singt, wie sie gebeut,
Libelle zieht die farb'gen Ringe,
Und keine Seele hat bis heut
Sie noch gezürnt zum Schmetterlinge.

Still ließ an meiner Jahre Rand
Die Parze ihre Spindel schlüpfen,
Zu strecken meint ich nur die Hand,
Um alte Fäden anzuknüpfen,
Allein den deinen fand ich reich,
Ich fand ihn vielbewegt verschlungen,
Darf es dich wundern, wenn nicht gleich
So Ungewohntes mir gelungen?

Daß manches schroff in mir und steil,
Wer könnte, ach, wie ich es wissen!
Es ward, zu meiner Seele Heil,
Mein zweites zarteres Gewissen,
Es hat den Übermut gedämpft,
Der mich Giganten gleich bezwungen,

Hat glühend, wie die Reue kämpft,
Mit dem Dämone oft gerungen.

Doch du, das tief versenkte Blut
In meinem Herzen, durftest denken,
So wolle ich mein eignes Gut,
So meine eigne Krone kränken?
O, sorglos floß mein Wort und bunt,
Im Glauben, daß es dich ergötze,
Daß nicht geschaffen dieser Mund
Zu einem Hauch, der dich verletze.

Du zweifelst an der Sympathie
Zu einem Wesen dir zu eigen?
So sag ich nur, du konntest nie
Zum Gletscher ernster Treue steigen,
Sonst wüßtest du, daß auf den Höhn
Das schnöde Unkraut schrumpft zusammen,
Und daß wir dort den Phönix sehn,
Wo unsre liebsten Zedern flammen.

Sieh her, nicht eine Hand dir nur,
Ich reiche beide dir entgegen,
Zum Leiten auf verlorne Spur,
Zum Liebespenden und zum Segen,
Nur ehre ihn, der angefacht
Das Lebenslicht an meiner Wiege,
Nimm mich, wie Gott mich hat gemacht,
Und leih mir keine fremden Züge!

Annette von Droste-Hülshoff

WIE GUT, DASS ICH verborgen bin
und niemals wieder sichtbar werde.
Mein Kern – im Widerspruch zur
Erde –
begab sich selbst zum Monde hin,
jetzt kannst du ruhig schlafen.
Der Ort, wo wir uns trafen,
war niemals wirklich in der Zeit.
Verzeih mir dies – aus Einsamkeit
herausgeschälte – Wissen.
Vielleicht fühlt sich dein Kissen
trotzdem auch manchmal tauig an,
vielleicht verkündet dir der Hahn
vom Hühnerbaum her oft zu grell,
daß jetzt der Morgen wieder hell
gläsern über deinem Dach
heraufsteigt, während du ganz
schwach
und übernächtig bist?
Ich bin es nicht, die dich dann
quält,
ich bin die Magd, die Äpfel schält
im Mond und keinen ißt.

Christine Lavant

VON BANK IN BELVEDERE

steht da in gras ein amsel
da nähern sich das amselbock
von sankt elisabeth das clock
irgendwann machen gong gong

dies rühren nicht das amselpaar
besser zu sagen das amselzwei
denn zwischen ihnen das distanz
schon überwunden noch nicht sei

sie zweifellos ihn merken
und das amselbock ebenso sie
und er ein paar schritten jetzt machen
und sehr gespannt sein das sein sie

dann er machen den fortflug hops
haben gesehen von das amsel genug
und ich zu amselbock sagen brav mann
du haben wie ich es hätten getan

denn ein nähern sein ein sich ängsten
doch ein fliehen ein sich ermutigen sei
so ich hassen den längsten lebensteil mein
und den blutigen sonnenschein ich fliehen

Ernst Jandl

MANIGER GRÜEZET mich alsô
– der gruoz tuot mich ze mâze frô –:
‹Hartman, gên wir schouwen
ritterlîche frouwen!›
mac er mich mit gemache lân
und île er zuo den frouwen gân!
bî frouwen triuwe ich niht vervân,
wan daz ich müede vor in stân.

Ze frouwen habe ich einen sin:
als sî mir sint, als bin ich in,
wand ich mac baz vertrîben
die zît mit armen wîben.
swar ich kum, dâ ist ir vil,
dâ vinde ich die, diu mich dâ wil.
diu ist ouch mînes herzen spil.
waz touc mir ein ze hôhez zil?

In mîner tôrheit mir beschach,
daz ich zuo zeiner frouwen gesprach:
‹frouwe, ích hân mîne sinne
gewant an iuwer minne.›

dô wart ich twerhes an gesehen.
des wil ich, des sî iu bejehen,
mir wîp in solher mâze spehen,
diu mir des niht enlânt beschehen.

Hartmann von Aue

MANCHER SPRICHT mich munter an
(aber darüber freue ich mich nur mäßig):
«Komm Hartmann, laß uns
den edlen Damen den Hof machen!»
Soll er mich doch in Ruhe lassen
und zu den Damen eilen!
Ich traue mir nicht zu, bei ihnen anderes zu schaffen,
als matt und müde vor ihnen zu stehen.

Den Damen gegenüber habe ich eine Einstellung:
wie sie zu mir sind, so bin ich zu ihnen,
denn ich kann mir meine Zeit
mit Frauen geringerer Herkunft besser vertreiben.
Wohin ich auch komme, da gibt es viele von ihnen;
dort finde ich die, die auch mich will.
Und die ist dann auch die Wonne meines Herzens.
Was nützt es mir, mein Ziel zu hoch zu stecken?

In meiner Unerfahrenheit ist es mir einmal geschehen,
daß ich zu einer Dame sagte:
«Herrin, all mein Begehren
ist auf Eure Minne gerichtet.»
Da wurde ich vielleicht komisch von der Seite angesehen,
und deshalb, das sage ich euch in aller Deutlichkeit,
werde ich mein Auge nur auf solche Damen werfen,
bei denen mir so etwas nicht geschehen kann.

Hartmann von Aue
(Übertragung von Helmut Brackert)

SERGEANT WAURICH

Das ist nun ein Dutzend Jahre her,
da war er unser Sergeant.
Wir lernten bei ihm: «Präsentiert das Gewehr!»
Wenn einer umfiel, lachte er
und spuckte vor ihm in den Sand.

«Die Knie beugt!» war sein liebster Satz.
Den schrie er gleich zweihundertmal.
Da standen wir dann auf dem öden Platz
und beugten die Knie wie die Goliaths
und lernten den Haß pauschal.

Und wer schon auf allen vieren kroch,
dem riß er die Jacke auf
und brüllte: «Du Luder frierst ja noch!»
Und weiter ging's. Man machte doch
in Jugend Ausverkauf...

Er hat mich zum Spaß durch den Sand gehetzt
und hinterher lauernd gefragt:
«Wenn du nun meinen Revolver hättst –
brächtst du mich um, gleich hier und gleich jetzt?»
Da hab ich «Ja!» gesagt.

Wer ihn gekannt hat, vergißt ihn nie.
Den legt man sich auf Eis!
Er war ein Tier. Und er spie und schrie.
Und Sergeant Waurich hieß das Vieh,
damit es jeder weiß.

Der Mann hat mir das Herz versaut.
Das wird ihm nie verziehn.
Es sticht und schmerzt und hämmert laut.
Und wenn mir nachts vorm Schlafen graut,
dann denke ich an ihn.

Erich Kästner

LASST MICH WEINEN! umschränkt von Nacht,
In unendlicher Wüste.
Camele ruhn, die Treiber desgleichen,
Rechnend still wacht der Armenier;
Ich aber, neben ihm, berechne die Meilen
Die mich von Suleika trennen, wiederhole
Die wegeverlängernden ärgerlichen Krümmungen.
Lasst mich weinen! das ist keine Schande.
Weinende Männer sind gut.
Weinte doch Achill um seine Briseis!
Xerxes beweinte das unerschlagene Heer,
Über den selbstgemordeten Liebling
Alexander weinte.
Lasst mich weinen! Thränen beleben den Staub.
Schon grunelts.

Johann Wolfgang Goethe

ICH BIN WIE LEIB dem Geist, wie Geist dem Leibe dir!
Ich bin wie Weib dem Mann, wie Mann dem Weibe dir!
Wen darfst du lieben sonst, da von der Lippe weg
Mit ew'gen Küssen ich den Tod vertreibe dir?

Ich bin dir Rosenduft, dir Nachtigallgesang,
Ich bin der Sonne Pfeil, des Mondes Scheibe dir;
Was willst du noch? was blickt die Sehnsucht noch umher?
Wirf alles, alles hin: du weißt, ich bleibe dir!

August von Platen

FÜR MICH SOLL'S ROTE ROSEN REGNEN

Mit sechzehn sagte ich still: Ich will,
will groß sein, will siegen,
will froh sein, nie lügen.
Mit sechzehn sagte ich still: Ich will,
will alles – oder nichts …

Für mich soll's rote Rosen regnen,
mir sollten sämtliche Wunder begegnen;
die Welt sollte sich umgestalten
und ihre Sorgen für sich behalten.

Und später sagte ich noch: Ich möcht'
verstehen, viel sehen,
erfahren, bewahren;
und später sagte ich noch: Ich möcht'
nicht allein sein – und doch frei sein …

Für mich soll's rote Rosen regnen,
mir sollten sämtliche Wunder begegnen;
das Glück sollte sich sanft verhalten,
es soll mein Schicksal mit Liebe verwalten.

Und heute sage ich still: Ich sollt'
mich fügen, begnügen,
ich kann mich nicht fügen,
kann mich nicht begnügen,

will immer noch siegen,
will alles – oder nichts …

Für mich soll's rote Rosen regnen,
mir sollten sämtliche Wunder begegnen,
mich fern vom Alten neu entfalten,
von dem, was erwartet, das meiste halten.

Ich will, ich will …

Hildegard Knef/
Hans Hammerschmid

WALDESGESPRÄCH

Es ist schon spät, es wird schon kalt,
Was reit'st du einsam durch den Wald?
Der Wald ist groß, du bist allein,
Du schöne Braut, ich führ' dich heim!

«Groß ist der Männer Trug und List,
Vor Schmerz mein Herz gebrochen ist,
Wohl irrt das Waldhorn her und hin,
O flieh, Du weißt nicht wer ich bin!»

So reich geschmückt ist Roß und Weib,
So wunderschön der junge Leib,
Jetzt kenn' ich dich – Gott steh mir bei!
Du bist die Hexe Lorelay.

«Du kennst mich wohl – vom hohen Stein
Schaut still mein Schloß in tiefen Rhein;
Es ist schon spät, es wird schon kalt,
Kommst nimmermehr aus diesem Wald!»

Joseph von Eichendorff

TRIEB

Es treiben mich brennende Lebensgewalten,
Gefühle, die ich nicht zügeln kann,
Und Gedanken, die sich zur Form gestalten,
Fallen mich wie Wölfe an!

Ich irre durch duftende Sonnentage …
Und die Nacht erschüttert von meinem Schrei.
Meine Lust stöhnt wie eine Marterklage
Und reißt sich von ihrer Fessel frei.

Und schwebt auf zitternden, schimmernden Schwingen
Dem sonn'gen Thal in den jungen Schoß,
Und läßt sich von jedem Mai'nhauch bezwingen
Und giebt der Natur sich willenlos.

Else Lasker-Schüler

STADTNACHT

Mädchen, die zum Vögeln gehen
Nicht, daß sie gevögelt würden
Diese vögeln selber. Hürden
Überspringen sie gleich Rehen

Die dem Bock beweisen müssen
Daß er ungleich mehr genösse
Wenn er sich nur nicht verschlösse
Ihren Wünschen, ihren Küssen –:

Und so ward er denn genommen.
Morgens aber in den Städten
Sieht man stolz ins Zwielicht treten
Mädchen, die vom Vögeln kommen.

Robert Gernhardt

SOLDATENMÄDCHEN

Und wenn du Männer zwingen willst,
So mußt du rasch dich rüsten
Und, eh' im West der Schnee noch schmilzt,
Marschier'n nach Frankreichs Küsten.
Und wenn du Mädchen zwingen willst,
So weck' nur dein Gelüsten,
Und ruh' heut' nacht, daß du es stillst,
An meinen weißen Brüsten.

Und was der Leute Mund drob' red't,
Den Spott will ich ertragen;
Wenn dir der Feind nicht widersteht,
Wie sollt's dein Lieb wohl wagen?
Ein heißes Herz ist noch kein Fehl,
Ein' tapf're Seel' kein Schaden,
Und wenn sich fanden Herz und Seel',
Wird uns der Himmel gnaden.

Denn so ist dein und mein Geschick:
Dir schuf der Schmied die Waffen;
Den ros'gen Mund, den dunklen Blick,
Die hat mir Gott geschaffen.
Der Schuster hat die Schuh' gemacht,
Die deinen Weg betraten,
Vom Schneider hab' ich meine Tracht,
Mein Kindlein vom Soldaten.

Gertrud Kolmar

ICH BIN VON KOPF BIS FUSS AUF LIEBE EINGESTELLT

Ein rätselhafter Schimmer,
Ein «Je ne sais pas quoi»
Liegt in den Augen immer
Bei einer schönen Frau.
Doch wenn sich meine Augen
Bei einem Vis-a-vis
Ganz tief in seine saugen,
Was sprechen dann sie?

Ich bin von Kopf bis Fuß auf Liebe eingestellt,
Denn das ist meine Welt
Und sonst gar nichts!
Das ist, was soll ich machen, meine Natur:
Ich kann halt lieben nur
Und sonst gar nichts!
Männer umschwirrn mich wie Motten das Licht,
Und wenn sie verbrennen, ja, dafür kann ich nicht!
Ich bin von Kopf bis Fuß auf Liebe eingestellt
Denn das ist meine Welt
Und sonst gar nichts!

Was bebt in meinen Händen
In ihrem heißen Druck?
Sie möchten sich verschwenden,
Sie haben nie genug!
Ihr werdet mir verzeihen,
Ihr müßt es halt verstehn:
Es lockt mich stets von neuem,
Ich find es so schön!

Ich bin von Kopf bis Fuß auf Liebe eingestellt ...

Friedrich Hollaender/
Marlene Dietrich

ICH WEISS NICHT, ZU WEM ICH GEHÖRE

Sprechen die Männer von Treue,
Lächle ich nur vor mich hin.
Liebe ist ewig das Neue.
Treue hat gar keinen Sinn.
Heute schon ist mir entschwunden,
Was ich noch gestern besaß.
Liebe macht selige Stunden.
Treue macht gar keinen Spaß.
    Ich weiß nicht, zu wem ich gehöre,
    Ich bin doch zu schade für einen allein –
    Wenn ich jetzt grad dir Treue schwöre,
    Wird wieder ein andrer ganz unglücklich sein.
    Ja, soll denn etwas so Schönes nur einem gefallen?
    Die Sonne, die Sterne gehörn doch auch allen …
    Ich weiß nicht, zu wem ich gehöre,
    Ich glaub, ich gehöre nur mir ganz allein.

Einer hat zärtliche Hände,
Einer packt kräftiger zu.
Wenn ich den Richtigen fände,
Bringt er mir auch keine Ruh.
Bin ich bei einem geborgen,
Glücklich, zufrieden und still,
Lockt mich ein anderer morgen.
Nie hab ich das, was ich will.
    Ich weiß nicht, zu wem ich gehöre …

Friedrich Hollaender/
Marlene Dietrich

MANNEQUINS

Inserat:
«Mannequin 42er Figur, leichte,
angenehme Arbeit, gesucht ... »

Nur lächeln und schmeicheln den endlosen Tag ...
Das macht schon müde.
– Was man uns immer versprechen mag:
Wir bleiben solide.
Wir prunken in Seide vom «dernier cri»
Und wissen: gehören wird sie uns nie.
Das bleibt uns verschlossen.
Wir tragen die Fähnchen der «Inventur»
Und sagen zu Dämchen mit Speckfigur:
«Gnäfrau, ... wie angegossen!»

Wir leben am Tage von Stullen und Tee.
Denn das ist billig.
Manch einer spendiert uns ein feines Souper,
... Ist man nur willig.
Was nützt schon der Fummel aus Crêpe Satin –
Du bleibst, was du bist: Nur ein Mannequin.
Da gibt's nichts zu lachen.
Wir rechnen, ob's Geld noch bis Ultimo langt,
Und müssen trotzdem, weil's die Kundschaft verlangt,
Das sorglose Püppchen machen.

Die Beine, die sind uns Betriebskapital
Und Referenzen.
Gehalt: so *hoch* wie die Hüfte *schmal.*
Logische Konsequenzen ...
Bedingung: stets vollschlank, diskret und – lieb.
(Denn das ist der Firma Geschäftsprinzip.)
– Und wird mal ein Wort nicht gewogen,

Dann sei nicht gleich prüde und schrei nicht gleich «Nee!»
Das gehört doch nun mal zum Geschäftsrenommée
Und ist im Gehalt einbezogen.

Mascha Kaléko

DIE BRAUT

Vergiß die Mühsal dieses Tags, du Lieber!
Sie ist vorbei. Es geht auf sieben Uhr.
Vergiß sie doch! Sieh nicht so fremd an mir vorüber,
nimm mich in deinen Arm! Ich lebe nur,

wenn ich dich spüre, deine Wärme spüre
wie jetzt. Vielleicht bin ich ein wenig blaß,
da ich die liebe Hand an meine Brüste führe.
Ach, denke nicht, ich wollte wunder was!

Nur eine Weile so am Fenster stehen
in diesem Duft von Abend und April,
und auf die Wiesen und den Fluß hinuntersehen,
das ist schon alles, was ich will;

und dann ein bißchen für den Sommer planen
und tiefer atmen, wenn das Ohr vernimmt,
wie das hinbrodelnde Geräusch der Eisenbahnen
im fernen Schweigen dieser Nacht verschwimmt.

Manfred Hausmann

ULTRASCHALL

Wie Höhlenforscher
nähern wir uns
deinem Geheimnis

leuchten
mit flackernder Lampe
in deine Dunkelheit –

Tiefer und tiefer
dringen wir ein
bis in die Kammern
deines schlagenden
Herzens –

und wissen doch
wir werden blind sein
wenn du uns
entgegenstürzt
im Hellen

Ludwig Steinherr

NICHTS WIRD MEHR SEIN

Wie du uns unter
die Haut wächst

unmerklich
tiefer und tiefer –

(Schon weiß ich nicht mehr
wen ich berühre
leg ich die Hand
auf den Leib deiner Mutter –)

Wie du uns ins
Wort fällst mit
deinem Schweigen

Wie du alle Gegenstände
um uns ins
Vibrieren bringst

alle Zimmer erfüllst
mit erregtem Licht

mit Festlichkeit
und Bangen
des einen Satzes:

Nichts wird mehr sein
wie es war

Ludwig Steinherr

DIE FEINEN OHREN

Meiner Mutter

Du warst allein.
Ich sah durchs Schlüsselloch
den matten Schein
der späten Lampe noch.

Was stand ich nur und trat nicht ein?
Und brannte doch,
und war mir doch, es müßte sein,
daß ich noch einmal deine Stirne strich
und zärtlich flüsterte: Wie lieb' ich dich.

Die alte böse Scheu,
dir ganz mein Herz zu zeigen,
sie quält mich immer neu.
Nun lieg' ich durch die lange Nacht
und horche in das Schweigen,
ob wohl ein weißes Haupt noch wacht?

Und einmal hab ich leis gelacht:
was sorgst du noch,
sie weiß es doch,
sie hat gar feine Ohren,
ihr geht von deines Herzens Schlag,
obwohl die Lippe schweigen mag,
auch nicht ein leiser Ton verloren.

Gustav Falke

MEINER MUTTER

Wie oft sah ich die blassen Hände nähen,
ein Stück für mich – wie liebevoll du sorgtest!
Ich sah zum Himmel deine Augen flehen,
ein Wunsch für mich – wie liebevoll du sorgtest!
Und an mein Bett kamst du mit leisen Zehen,
ein Schutz für mich – wie sorgenvoll du horchtest!
Längst schon dein Grab die Winde überwehen,
ein Gruß für mich – wie liebevoll du sorgtest!

Detlev von Liliencron

MUTTER

Ich sehe dich in einer Kerze Licht
im Rahmen einer dunklen Türe stehn.
Du spürst die Kühle von den Bergen wehn.
Du frierst ja, Mutter ... dennoch weichst du nicht.

Du schaust mir nach, der in die Nacht enteilt,
In dunklen Schicksals ungewisse Frist,
mit einem Lächeln, das nur Weinen ist,
mit einem Schmerz, den kein Vertrauen heilt.

Ich sehe dich in deiner Liebe Licht
im Zittern deiner weißen Haare stehn,
du spürst die große, dunkle Kühle wehn –

und langsam, langsam senkt sich dein Gesicht.
Noch immer leuchtet fern der Kerze Schein –
du frierst ja, Mutter ... Mutter – geh hinein ...

Albrecht Haushofer

VATER UND SOHN

Wie wir einst in grenzenlosem Lieben
Späße der Unendlichkeit getrieben
zu der Seligen Lust –
Uranos erschloß des Busens Bläue,
und vereint in lustiger Kindertreue
schaukelten wir da durch seine Brust.

Aber weh! Der Äther ging verloren,
Welt erbraust und Körper ward geboren,
nun sind wir entzweit.
Düster von erbosten Mittagsmählern
treffen sich die Blicke stählern,
feindlich und bereit.

Und in seinem schwarzen Mantelschwunge
trägt der Alte wie der Junge
Eisen hassenswert.
Die sie reden, Worte, sind von kalter
Feindschaft der geschiedenen Lebensalter,
fahl und aufgezehrt.

Und der Sohn harrt, daß der Alte sterbe,
und der Greis verhöhnt mich jauchzend: Erbe!
daß der Orkus widerhallt.
Und schon klirrt in unsern wilden Händen
jener Waffen – kaum noch abzuwenden –
höllische Gewalt.

Doch auch uns sind Abende beschieden
an des Tisches hauserhabenem Frieden,
wo das Wirre schweigt,
wo wir's nicht verwehren trauten Mutes,
daß, gedrängt von Wallung gleichen Blutes,
Träne auf- und niedersteigt.

Wie wir einst in grenzenlosem Lieben
Späße der Unendlichkeit getrieben,
ahnen wir im Traum.
Und die leichte Hand zuckt nach der greisen,
und in einer wunderbaren, leisen
Rührung stürzt der Raum.

Franz Werfel

IN DER LEBENSMITTE

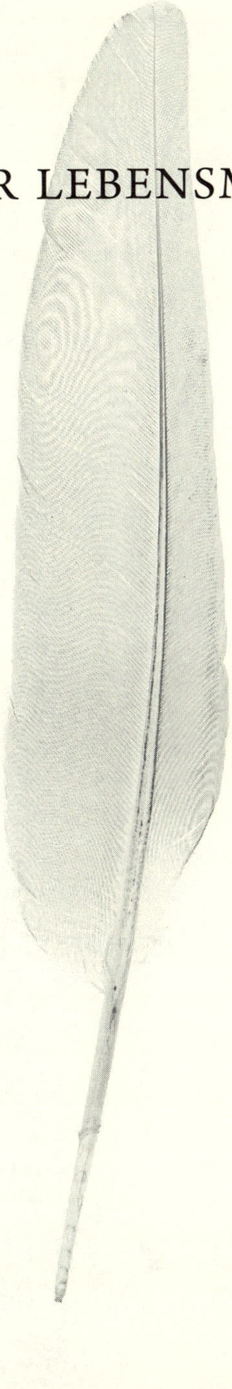

WIEDERSEHEN

Die Geißblattlaube – Ein Sommerabend –
Wir saßen wieder wie ehmals am Fenster –
Der Mond ging auf, belebend und labend –
Wir aber waren wie zwei Gespenster.

Zwölf Jahre schwanden, seitdem wir beisammen
Zum letzten Male hier gesessen;
Die zärtlichen Gluten, die großen Flammen,
Sie waren erloschen unterdessen.

Einsilbig saß ich. Die Plaudertasche,
Das Weib hingegen schürte beständig
Herum in der alten Liebesasche.
Jedoch kein Fünkchen ward wieder lebendig.

Und sie erzählte: wie sie die bösen
Gedanken bekämpft, eine lange Geschichte,
Wie wackelig schon ihre Tugend gewesen –
Ich machte dazu ein dummes Gesichte.

Als ich nach Hause ritt, da liefen
Die Bäume vorbei in der Mondenhelle,
Wie Geister. Wehmütige Stimmen riefen –
Doch ich und die Toten, wir ritten schnelle.

Heinrich Heine

DER POSTILLION

Lieblich war die Maiennacht,
Silberwölklein flogen,
ob der holden Frühlingspracht
freudig hingezogen.

Schlummernd lagen Wies' und Hain,
jeder Pfad verlassen;
niemand als der Mondenschein
wachte auf der Straßen.

Leise nur das Lüftchen sprach,
und es zog gelinder
durch das stille Schlafgemach
all der Frühlingskinder.

Heimlich nur das Bächlein schlich;
denn der Blüten Träume
dufteten gar wonniglich
durch die stillen Räume.

Rauher war mein Postillion
ließ die Geißel knallen,
über Berg und Tal davon
frisch sein Horn erschallen.

Und von flinken Rossen vier
scholl der Hufe Schlagen,
die durchs blühende Revier
trabten mit Behagen.

Wald und Flur im schnellen Zug
kaum gegrüßt – gemieden;
und vorbei, wie Traumesflug,
schwand der Dörfer Frieden.

Mitten in dem Maienglück
lag ein Kirchhof innen,
der den raschen Wanderblick
hielt zu ernstem Sinnen.

Hingelehnt an Bergesrand
war die bleiche Mauer,
und das Kreuzbild Gottes stand
hoch, in stummer Trauer.

Schwager ritt auf seiner Bahn
stiller jetzt und trüber;
und die Rosse hielt er an,
sah zum Kreuz hinüber:

«Halten muß hier Roß und Rad!
Mag's Euch nicht gefährden;
drüben liegt mein Kamerad
in der kühlen Erden!

Ein gar herzlieber Gesell!
Herr, 's ist ewig schade!
Keiner blies das Horn so hell
wie mein Kamerade!

Hier ich immer halten muß,
dem dort unterm Rasen
zum getreuen Brudergruß
sein Leiblied zu blasen!»

Und dem Kirchhof sandt' er zu
frohe Wandersänge,
daß es in die Grabesruh'
seinem Bruder dränge.

Und des Hornes heller Ton
klang vom Berge wieder,
ob der tote Postillion
stimmt' in seine Lieder.–

Weiter ging's durch Feld und Hag
mit verhängtem Zügel;
lang mir noch im Ohre lag
jener Klang vom Hügel.

Nikolaus Lenau

ABSCHIED

Laß du doch das Klavier in Ruhe;
Das hat dir nichts getan;
Nimm lieber deine Gummischuhe
Und bring mich an die Bahn.

Der Wind bläst ei'm ans Eingeweide;
Die Straßen voller Schlamm.
Mein Herze und das Wetter, beide
Sind wenig auf dem Damm.

Das Wetter, weil wir Oktober schreiben,
Wo's meistens greulich ist;
Mein Herz, weil wir aus'nander treiben
Und man sich halb vergißt.

Wirst du im Album einst entdecken
Mein Antlitz, rund vor Bier,
So sage: Wo mag der nun stecken!
Das war ein Freund von mir.

Konrad Weichberger

AUF EINE UNBEKANNTE

Die Dämmerung war längst hereingebrochen,
Ich hatt' dich nie gesehn, du tratst heran,
Da hat dein Mund manch mildes Wort gesprochen
In heil'gem Ernst, der dir mein Herz gewann.
Still, wie du nahtest, hast du dich erhoben
Und sanft uns allen gute Nacht gesagt,

Dein Bild war tief von Finsternis umwoben,
Nach deinem Namen hab ich nicht gefragt.

Nun wird mein Auge nimmer dich erkennen,
Wenn du auch einst vorübergehst an mir,
Und hör ich dich von fremder Lippe nennen,
So sagt dein Name selbst mir nichts von dir.
Und dennoch wirst du ewig in mir leben,
Gleichwie ein Ton lebt in der stillen Luft,
Und kann ich Form dir und Gestalt nicht geben,
So reißt auch keine Form dich in die Gruft.

Das Leben hat geheimnisvolle Stunden,
Drin tut, selbst herrschend, die Natur sich kund;
Da bluten wir und fühlen keine Wunden,
Da freun wir uns und freun uns ohne Grund.
Vielleicht wird dann zu flüchtigstem Vereine
Verwandtes dem Verwandten nahgerückt,
Vielleicht, ich schaudre, jauchze oder weine,
Ist's dein Empfinden, welches mich durchzückt!

Friedrich Hebbel

SIE SCHLÄFT

Morgens, vom letzten Schlaf ein Stück,
nimm mich ein bißchen mit –
auf deinem Traumboot zu gleiten ist Glück –
die Zeituhr geht ihren harten Schritt …
pick-pack …

«Sie schläft mit ihm» ist ein gutes Wort.
Im Schlaf fließt das Dunkle zusammen.

Zwei sind keins. Es knistern die kleinen Flammen,
– aber dein Atem fächelt immerfort.
Ich bin aus der Welt. Ich will nie wieder in sie zurück –
jetzt, wo du nicht bist, bist du ganz mein.
Morgens, im letzten Schlummer ein Stück,
kann ich dein Gefährte sein.

Kurt Tucholsky

MANCHE FREILICH …

Manche freilich müssen drunten sterben,
Wo die schweren Ruder der Schiffe streifen,
Andre wohnen bei dem Steuer droben,
Kennen Vogelflug und die Länder der Sterne.

Manche liegen immer mit schweren Gliedern
Bei den Wurzeln des verworrenen Lebens,
Andern sind die Stühle gerichtet
Bei den Sibyllen, den Königinnen,
Und da sitzen sie wie zu Hause,
Leichten Hauptes und leichter Hände.

Doch ein Schatten fällt von jenen Leben
In die anderen Leben hinüber,
Und die leichten sind an die schweren
Wie an Luft und Erde gebunden:

Ganz vergessener Völker Müdigkeiten
Kann ich nicht abtun von meinen Lidern,
Noch weghalten von der erschrockenen Seele
Stummes Niederfallen ferner Sterne.

Viele Geschicke weben neben dem meinen,
Durcheinander spielt sie alle das Dasein,
Und mein Teil ist mehr als dieses Lebens
Schlanke Flamme oder schmale Leier.

Hugo von Hofmannsthal

DIE FRÜHEN GRÄBER

Willkommen, o silberner Mond,
Schöner, stiller Gefährt' der Nacht!
Du entfliehst? Eile nicht, bleib, Gedankenfreund!
Sehet, er bleibt, das Gewölk wallte nur hin.

Des Maies Erwachen ist nur
Schöner noch, wie die Sommernacht,
Wenn ihm Tau, hell wie Licht, aus der Locke träuft,
Und zu dem Hügel herauf rötlich er kömmt.

Ihre Edleren, ach, es bewächst
Eure Male schon ernstes Moos!
O, wie war glücklich ich, als ich noch mit euch
Sahe sich röten den Tag, schimmern die Nacht!

Friedrich Gottlieb Klopstock

NICHT JEDE BESSERUNG ist Tugend;
oft ist sie nur das Werk der Zeit.
Die wilde Hitze roher Jugend
wird mit den Jahren Sittsamkeit.
Und was Natur und Zeit getan,
sieht unser Stolz für Tugend an.

Christian Fürchtegott Gellert

JETZT REDE DU

Du warest mir ein täglich Wanderziel,
viellieber Wald, in dumpfen Jugendtagen,
ich hatte dir geträumten Glücks so viel
anzuvertraun, so wahren Schmerz zu klagen.

Und wieder such ich dich, du dunkler Hort,
und deines Wipfelmeers gewaltig Rauschen –
jetzt rede du! Ich lasse dir das Wort!
Verstummt ist Klag' und Jubel. Ich will lauschen

Conrad Ferdinand Meyer

WIE RAFFT' ICH MICH AUF

Wie rafft' ich mich auf in der Nacht, in der Nacht
und fühlte mich fürder gezogen,
die Gassen verließ ich, vom Wächter bewacht,
durchwandelte sacht
in der Nacht, in der Nacht
das Tor mit dem gotischen Bogen.

Der Mühlbach rauschte durch felsigen Schacht,
ich lehnte mich über die Brücke,
tief unter mir nahm ich der Wogen in acht,
die wallten so sacht
in der Nacht, in der Nacht,
doch wallte nicht eine zurücke.

Es drehte sich oben, unzählig entfacht,
melodischer Wandel der Sterne,
mit ihnen der Mond in beruhigter Pracht,
sie funkelten sacht

in der Nacht, in der Nacht,
durch täuschend entlegene Ferne.

Ich blickte hinauf in der Nacht, in der Nacht,
ich blickte hinunter aufs neue:
o wehe, wie hast du die Tage verbracht,
nun stille du sacht
in der Nacht, in der Nacht
im pochenden Herzen die Reue!

August von Platen

HUNDEKUR

Früh war ich aufgewacht verdroßnen Muts;
vom ganzen Tag verhieß ich mir nichts Guts.
Mit Knurren fiel zuerst mein Weib ich an,
dann kam die Magd und dann die Kinder dran.
So ward ein Stündchen um und um gebellt,
Und endlich trollt' ich bissig mich ins Feld.

An einem Bauernhaus stapft' ich vorbei.
Ei, guter Tyras, welch ein wüst Geschrei!
Ich kam doch oft daher auf diesen Wegen:
Mit Wedeln sprang der Hund mir sonst entgegen,
ließ sich behaglich kraun die zott'ge Mähne,
heut aber knurrt' er muffig, fletscht' die Zähne;
und allen Ernstes, wenig fehlte nur,
daß schnappend er mir in die Waden fuhr.

Der Bauer schimpft' zurück das grobe Tier
und sprach, sich knapp entschuldigend, zu mir:
«Der kommt nun, merk' ich, auch zum Schinder bald.
Er ist seit kurzem so. Das Biest wird alt.»

Ich grüßte dankend, schritt nun hast'ger aus
und trollte neu verärgert mich nach Haus.
Ich murrte weiter, Stimmung grau in grau.
Fast ängstlich aber sagte meine Frau:
«Du bist seit kurzem so. Was hast du nur?» –
Ein Schreck da seltsam mir zum Herzen fuhr;
und heimlich dräuend eine Stimme schalt
von seitwärts mir ins Ohr: «Das Biest wird alt.»

Und jählings ward verwandelt mir der Sinn:
Gott Lob und Dank, daß ich so jung noch bin!
Mit sechzig mag man knurren gut und gern;
ich aber bin den Fünfzigen noch fern! –
Ich küßte meine Frau, ich lächelt' heiter.
An diesem Tage quält' ich sie nicht weiter.

Hans Hoffmann

DAS IDEAL

Ja, das möchste:
Eine Villa im Grünen mit großer Terrasse,
vorn die Ostsee, hinten die Friedrichstraße;
mit schöner Aussicht, ländlich-mondän,
vom Badezimmer ist die Zugspitze zu sehn –
aber abends zum Kino hast du's nicht weit.

Das Ganze schlicht, voller Bescheidenheit:

Neun Zimmer, – nein, doch lieber zehn!
Ein Dachgarten, wo die Eichen drauf stehn,
Radio, Zentralheizung, Vakuum,
eine Dienerschaft, gut gezogen und stumm,
eine süße Frau voller Rasse und Verve –

(und eine fürs Wochenend, zur Reserve) –,
eine Bibliothek und drumherum
Einsamkeit und Hummelgesumm.

Im Stall: Zwei Ponys, vier Vollbluthengste,
acht Autos, Motorrad – alles lenkste
natürlich selber – das wär' ja gelacht!
Und zwischendurch gehst du auf Hochwildjagd.

Ja, und das hab' ich ganz vergessen:
Prima Küche – erstes Essen –
alte Weine aus schönem Pokal –
und egalweg bleibst du dünn wie ein Aal.
Und Geld. Und an Schmuck eine richtige Portion.
Und noch 'ne Million und noch 'ne Million.
Und Reisen. Und fröhliche Lebensbuntheit.
Und famose Kinder. Und ewige Gesundheit.

Ja, das möchste!

Aber, wie das so ist hienieden:
manchmal scheint's so, als sei es beschieden
nur pöapö, das irdische Glück.
Immer fehlt dir irgendein Stück.
Hast du Geld, dann hast du nicht Käten;
hast du die Frau, dann fehl'n dir Moneten –
hast du die Geisha, dann stört dich der Fächer:
bald fehlt uns der Wein, bald fehlt uns der Becher.

Etwas ist immer.

Tröste dich.

Jedes Glück hat einen kleinen Stich.
Wir möchten so viel: Haben. Sein. Und gelten.
Daß einer alles hat:
das ist selten.

Kurt Tucholsky

«WAS DRÜCKT DICH, lieber Freund?» – «Ich wollt', ich könnte fliegen
und alle Lebenslast und Erdenpein besiegen.
Ich bin so voll davon und wiege, ach, so schwer!
Warum bin ich nicht leicht?» – «Warum bist du nicht leer?»

Owlglass

ALS ER SICH MIT VIERZIG IM SPIEGEL SAH

Seht mich an: Der Fuß der Zeit
trat mir meine Wangen breit.
Schaut mein Ohr! Die vielen Jahre
drehten es ins Sonderbare!
Ach des Kinns! Es scheint zu fliehn,
will die Lippen nach sich ziehn!
Ach der Stirn! Die vielen Falten
drohen mir den Kopf zu spalten!
Die Nase! Oh, wie vorgezogen!
Der Mund! So seltsam eingebogen!
Der Hals! So krumm! Die Haut! So rot!
Das Haar! So stumpf! Das Fleisch! So tot!
Nur die Augen, lidumrändert,
strahlen blau und unverändert,
schauen forschend, klar und mild
aufs und aus dem Spiegelbild,
leuchten wie zwei Edelsteine –
sind das überhaupt noch meine?

Robert Gernhardt

DREISSIGJÄHRIGE PÄRCHEN

Klaus und Beate sind ein Paar.
Uschi und Dirk sind auch ein Paar.
Klaus, Beate, Uschi und Dirk sitzen da
und essen Sushi.
Die Sushi hat der Klaus ganz allein gemacht.
Kompliment, Klaus!

Reich mir mal den Rettich rüber, den Rettich rüber.
Reich mir mal den Rettich rüber, den Rettich rüber.

Klaus sagt: Sushi ist gar nicht schwer.
Das Erotische beim Kochen ist das Zubehör.
Meine Mörser sollten aus Keramik sein.
Meine Pfeffermühle ist so groß wie ein afrikanisches Männerbein.

Reich mir mal den Rettich rüber, den Rettich rüber.
Reich mir mal den Rettich rüber, den Rettich rüber.

Beate redet gern über Möbel
und sagt: Ikea kommt mir nicht ins Haus!
Bis auf den Tisch da, der is von Ikea,
der sieht aber nicht nach Ikea aus!
Respekt verdienen Menschen, die bei Ikea einkaufen,
ohne dass es nachher nach Ikea aussieht!
Klaus, Beate, Uschi und Dirk
sitzen da in ihrem Szenebezirk.
Klaus, Beate, Dirk und Uschi
sitzen da und essen Sushi.
Dreißigjährige Pärchen, oho, oho.
Dreißigjährige Pärchen, oho, oho.

Wir wollten nie wie unsre Eltern werden
und sind es ja auch nicht geworden.

Unsre Eltern sind ja älter
und ziemlich provinziell.
Roher Fisch auf kaltem Reis mit Algen
tun die doch in den Müll.

Reich mir mal den Rettich rüber, den Rettich rüber.
Reich mir mal den Rettich rüber, den Rettich rüber.

Dirk hat ein buntes Hemd an und war schon überall.
Er sagt Sätze wie: Asien is nicht mehr mein Fall.
Asien is total überlaufen.
Uschi sagt: Das, was der Dirk da sagt,
dass der Dirk doch damit Recht hat damit.
Der Dirk, der hat so viel erlebt, der sollte schreiben, der Dirk.
Klaus sagt nur: Wenn die Liebe geht, die Hobbys bleiben.

Reich mir mal den Rettich rüber, den Rettich rüber.
Reich mir mal den Rettich rüber, den Rettich rüber.

Dirk findet Uschi sehr öde, er hat sich dran gewöhnt.
Wann hab ich mich das letzte Mal nach dieser Frau gesehnt?
Wie lange wir wohl noch zusammen sind?
Na, wir machen Schluss oder ein Kind.
Dirk, Beate, Uschi und Klaus
gingen nie die Gesprächsthemen aus.
Von ihrer Kleinstadt bis hierher war es ein weiter Weg,
jeder ist so wertvoll wie ein kleines Steak.
Dreißigjährige Pärchen, oho, oho.
Dreißigjährige Pärchen, oho, oho.

Wir wollten nie wie unsre Eltern werden
[...]

Irgendwann werden sie sterben,
wenn sie nicht schon gestorben sind.

Wir werden ihre Häuser erben,
aber keine neuen bauen.

Reich mir mal den Rettich rüber, den Rettich rüber.
Reich mir mal den Rettich rüber, den Rettich rüber.

Um halb eins warn sie betrunken
oder ham sich betrunken genug gefühlt
um zu gehn.
Danke für den schönen Abend!
Zum Abschied hat der Dirk auf der Pfeffermühle Luftgitarre gespielt.

Reich mir mal den Rettich rüber, den Rettich rüber.
Reich mir mal den Rettich rüber, den Rettich rüber.
Reich mir mal den Rettich rüber.

Rainald Grebe

FRÜHES FOTO DER ELTERN

Da bin ich noch nicht dabei,
da waren sie erst verlobt,
da hätten sie's noch
verhindern können.

Wie gern bin ich da.

Peter Horst Neumann

JETZT GEHT MEIN VATER ABENDS

Jetzt geht mein Vater abends
über die Wiesen im Herbstdampf,
neben sich den Hund.

In der Nacht verdarben
die schönen vergänglichen Kelche
der Herbstzeitlosen.

Im Hohlweg stehen die Apfelbäume
im feuchten Atem.
In sein einsames Antlitz sieht kein
Mensch.

Wenn er heimkehrt,
haftet die lehmige Erde
an seinen groben Schuhen.

Er tritt an die Bücherstände
und legt die verbrannte Hand
langsam auf die Lederbände,
mit goldenen Blumen gepreßt.

Ich lebe hier in der Stadt
und bin nicht einsamer als du und
alle.

Aber den trüben Geruch
der Nußbäume wieder zu spüren,
den Weg um die runde Mauer
wieder zu fahren,

neben dir, Vater, –
auf deine große Hand
meine zu legen,

um wieder fortzugehen –
es wäre schön.

Lonja Stehelin-Holzing

MEIN VATER

Spät komme ich zu dir.
Wenn Staub mich riefe – aber höre nur
im Spiel der feuchten, meiner Lippen,
diese gehorsame Stimme rufen.

Wo niemand wartet, Vater, im Schweigen, wo
in Salz und Asche kenne ich deinen Mund,
der nach den Kindern ruft und ächzend
bittet um Gnade die Menschensöhne.

Die ehmals gute Jacke verriet den Herrn.
Du ohne Mantel, war auch kein Tier dabei
noch Gott: wie sorgsam führtest du in
zwiefacher Kälte dein Kind zur Grube.

Dein Aug, die Stirne, Tafel vom Sinai,
der Nase starker Bogen – ich sehe nichts
und halte Nase, Stirn und deine
Bitternis doch in den hohlen Händen.

Ja, diese Hand, die unschlüssig Wort auf Wort
hier fügt, sie ahmte lange die Bögen nach
von deinem Namen, übte heimlich
Strenge und Mut des gerechten Mannes,

dem ich nie sagen konnte: ich bin dein Sohn.
Man hieß uns Fremde. Unsere Sprache war
ein Blick, ein Händetausch, und später
Auflehnung, bleiche Gewalt des Zornes.

Genügt die Trauer? Atem, Begeisterung,
die Liebesnächte danke ich deinem Grab
und auch die Kinder: unerschöpflich
höre sie lachen ... Ich komme, Vater.

Ludwig Greve

BEI DEM GRABE MEINES VATERS

Friede sei um diesen Grabstein her!
Sanfter Friede Gottes! Ach, sie haben
Einen guten Mann begraben,
Und mir war er mehr;

Träufte mir von Segen, dieser Mann,
Wie ein milder Stern aus bessern Welten!
Und ich kann's ihm nicht vergelten,
Was er mir getan.

Er entschlief; sie gruben ihn hier ein.
Leiser, süßer Trost, von Gott gegeben,
Und ein Ahnden von dem ew'gen Leben
Düft um sein Gebein!

Bis ihn Jesus Christus, groß und hehr!
Freundlich wird erwecken – – ach, sie haben
Einen guten Mann begraben,
Und mir war er mehr.

Matthias Claudius

SÜSS IST'S, DEN REIZ der Welt zu saugen,
wenn Herz und Sinn in Blüte stehn,
doch süßer noch, mit deines Kindes Augen,
die Welt noch einmal frisch zu sehn.

Emanuel Geibel

GEH FLEISSIG UM mit deinen Kindern! habe
sie Tag und Nacht um dich, und liebe sie,
und laß dich lieben einzig-schöne Jahre;
denn nur den engen Traum der Kindheit sind
sie dein, nicht länger! Mit der Jugend schon
durchschleicht sie Vieles bald – was du nicht bist,
und lockt sie mancherlei – was du nicht hast.
Erfahren sie von einer alten Welt,
die ihren Geist erfüllt; die Zukunft schwebt

nun ihnen vor. So geht die Gegenwart
verloren. Mit dem Wandertäschchen dann
voll Nötigkeiten zieht der Knabe fort.
Du siehst ihm weinend nach, bis er verschwindet,
und nimmer wird er wieder dein! Er kehrt
zurück, er liebt, er wählt der Jungfrau'n eine,
er lebt! Sie leben. Andre leben auf
aus ihm – du hast nun einen Mann an ihm,
hast einen Menschen – aber mehr kein Kind!
Die Tochter bringt vermählt dir ihre Kinder
aus Freude gern noch manchmal in dein Haus!
Du hast die Mutter – aber mehr kein Kind. –
Geh fleißig um mit deinen Kindern! habe
sie Tag und Nacht um dich, und liebe sie,
und laß dich lieben einzig-schöne Jahre!

Leopold Schefer

AN GRETCHEN

Jüngst, als unsere Mädchen, zur Fastnacht beide verkleidet,
Im Halbdunkel sich scheu erst an der Türe gezeigt,
Dann sich die Blonde als Schäferin dir, mir aber die kleine
Mohrin mit Lachen zumal warf in den offenen Arm,
Und du, Liebste, von fern mein Gefühl nicht ahnend, ins Ohr mir
(Der ich verblüfft dasaß) flüstertest «lobe sie doch» –:
O wie gedacht ich der Zeit, da *diese* nicht waren, und *wir* uns
Beide noch fremd, ja du selber noch hießest ein Kind.
Einst und Jetzt im Wechsel – ein fliegender Blitz der Gedanken
Machte mich stumm, und hoch wallte vor Freuden mein Herz.

Eduard Mörike

ELTERNLIED

Kinder laufen fort.
Lang her kann's noch gar nicht sein,
kamen sie zur Tür herein,
saßen zwistiglich vereint
alle um den Tisch.

Kinder laufen fort.
Und es ist schon lange her.
Schlechtes Zeugnis kommt nicht mehr,
Stunden Ärgers, Stunden schwer:
Scharlach, Diphtherie!

Kinder laufen fort.
Söhne hangen Weibern an.
Töchter haben ihren Mann.
Briefe kommen, dann und wann,
nur auf einen Sprung.

Kinder laufen fort.
Etwas nehmen sie doch mit.
Wir sind ärmer, sie sind quitt.
Und die Uhr geht Schritt für Schritt
um den leeren Tisch.

Franz Werfel

AN GEORGE FONTANE

Mein lieber George! und kann ich dir auch
am heutigen Tage nichts schenken,
so will ich doch nach altem Brauch
in Versen deiner gedenken.

In Versen, worin dein Dichter-Papa
sich immerdar ergossen,
wenn ihm, was just nicht selten geschah,
die Pfennige spärlich flossen.

Ich wünsche dir tüchtig Fleisch und Speck
und immer dickere Waden,
und wächst dein Herz am rechten Fleck,
so kann das auch nicht schaden.

Dein Vater ist nicht schlecht, nicht gut,
nur grade kein Menschenfresser;
drum sage nicht: «Es liegt im Blut» –
sondern werde ein bissel besser.

Die Schulen leisten jetzt so viel,
so klug wird unsre Jugend,
so komm denn auch, du höchstes Ziel
der eingetrichterten Tugend.

Ach, wenn du dann in Prima sitzt
und unter den Sextaknaben
gewahrest, wie dein Vater schwitzt –
so wolle Mitleid haben.

Blick auf den Ulx – der dein Papa –
mit nachsichtsvollen Augen,
denn «ehren sollst du die Eltern ja»,
auch wenn sie gar nichts taugen ...

Theodor Fontane

LIED AN MEINEN SOHN

Der Sturm behorcht mein Vaterhaus,
mein Herz klopft in die Nacht hinaus,
laut; so erwacht' ich vom Gebraus
des Forstes schon als Kind.
Mein junger Sohn, hör zu, hör zu:
in deine ferne Wiegenruh
stöhnt meine Worte dir im Traum der Wind.

Einst hab ich auch im Schlaf gelacht,
mein Sohn, und bin nicht aufgewacht
vom Sturm: bis eine graue Nacht
wie heute kam.
Dumpf brandet heut im Forst der Föhn
wie damals, als ich sein Getön
vor Furcht wie meines Vaters Wort vernahm.

Horch, wie der knospige Wipfelsaum
sich sträubt, sich beugt, von Baum zu Baum;
mein Sohn, in deinen Wiegentraum
zornlacht der Sturm – hör zu, hör zu!
Er hat sich nie vor Furcht gebeugt!
Horch, wie er durch die Kronen keucht:
sei Du! sei Du! –

Und wenn dir einst von Sohnespflicht,
mein Sohn, dein alter Vater spricht,
gehorch ihm nicht, gehorch ihm nicht:
horch, wie der Föhn im Forst den Frühling braut!
Horch, er bestürmt mein Vaterhaus,
mein Herz tönt in die Nacht hinaus,
laut …

Richard Dehmel

IN SO UND SO VIEL WOCHEN

Als ich von Reisen heimgekehrt,
wie froh begrüßt' ich Haus und Herd!
Die Zeit ist hingeschlendert,
hat nirgend nichts verändert.

Zum Willkomm trug mein Weib herein
dieselbe Flasche Cyperwein,
die wir mit Herzenspochen
beim Abschied angestochen.

Die Bettchen hab ich still beschaut,
drin lagen unsre Kinder traut
mit rotgeschlafnen Wangen,
wie da ich fortgegangen.

Rings alles an der alten Statt,
im Buch noch eingemerkt das
Blatt,
bei dem ich abgebrochen
vor so und so viel Wochen.

Doch morgens, horch! was trippelt
da?
Was ruft mir: Guten Tag, Papa!
Der Tausend! Ernst, mein Junge!
Wer löste dir die Zunge?

Wer half dir auf die Beine flink?
Du rutschtest kaum noch, als ich
ging,
und hast kein Wort gesprochen
vor so und so viel Wochen.

Ach freilich, deine Welt, mein
Kind,
verwandelt noch sich
blitzgeschwind.
Erst wenn wir älter werden,
geht's fein im Schritt auf Erden.

Dann klärt der Siebenmeilenlauf
der Jugend wunderlich uns auf,
daß wir auch vorwärts krochen
um so und so viel Wochen.

Paul Heyse

DIE MUTTER BEI DER WIEGE

Schlaf, süßer Knabe, süß und mild!
Du deines Vaters Ebenbild!
Das bist du; zwar dein Vater
spricht,
du habest seine Nase nicht.

Nur eben itzo war er hier
und sah dir ins Gesicht
und sprach: Viel hat er zwar von mir,
doch meine Nase nicht.

Mich dünkt es selbst, sie ist zu klein,
doch muß es seine Nase sein;
denn wenn's nicht seine Nase wär',
wo hätt'st du denn die Nase her?

Schlaf, Knabe; was dein Vater
spricht,
spricht er wohl nur im Scherz;
hab immer seine Nase nicht,
und habe nur sein Herz!

Matthias Claudius

BROMBEERRANKEN

am letzten warmen tag im august ging ich noch einmal
den weg zur mühle. wo seinerzeit die rodung war, sah
ich den berghang wild überwuchert. morgen war mariä

himmelfahrt, da leuchten die lila blumen so zart, da blühen
sie unter den brombeerranken da hängen die früchte wie
schwarze gedanken u. um mich ist wieder gewitterschwüle

wie damals als alles noch vor mir lag unendlich zog sich
der nachmittag in windungen führte der weg zu tal.
wanderer kamen uns grüßend entgegen. bäche tauschten

die seite mit mir, schatten u. licht, ich spielte hier. oben
im dorf lag groß eine wiese u. günther der konnte alles
am ball täuschte nach links u. zog rechts vorbei. harvester-

traktoren fuhren im feld. am letzten warmen tag im august
auf dem geteerten weg zum wald steht einer da der hütet
drei schafe, bitburger pils in der einen hand, raucht täglich

zwei schachteln stuyvesant, sagt: irgendwann hört man
die vögel nit mehr, dat geht mir im kopp rum, dat fällt mir
so schwer. ich wollte nit mehr in so einer welt aber dann

hat der hund so gebellt . . früher die zeit dat war schon topp,
aber die sach' geht mir nit aus dem kopp . . ist es denn bis
zu der mühle noch weit . . alles in mir ist vergangene zeit

zieht u. zerrt mich das kind an der hand das bin nicht ich ist
ein fremdes land . . alles hängt an den brombeerranken die
süßen schwarzen sind meine gedanken die roten sind unreif

drüben am hang da wo der wind weht ist alles verwüstet
unten die mühle da wollen wir lang. u. morgen ist
mariä himmelfahrt, da leuchten die lila blumen so zart.

Norbert Hummelt

WO WIR DIE BEEREN mit den Vögeln teilten
und mit dem Eidechs unterm Busche schliefen
und mit dem Kuckuck um die Wette riefen
und an den Bächen bei den Fischen weilten,

wo uns der Teich empfing mit seinen bleichen
und traumversunkenen Rosen, wo die Schwäne
das Wasser adeln und im Schilf die Kähne
verschwiegen warten, wo geheime Zeichen

in alten Linden weiterwachsen. Haben
wir nicht den Schwur getan als Knaben,
daß groß und rein das Leben werden muß?

Und gingen hin und haben ihn vergessen
und haben das vertan, was wir besessen,
als hätten wir davon im Überfluß.

Rudolf Hagelstange

RAUCHERECKE

Ihr Langen, wo seid ihr? Ich hab
nicht mal mehr eure Nummern.
Gibt es denn Besseres als am Morgen
eine Schar,
eng zusammen,
frierend;
ich glaube, wir froren fast immer.
Damals sprach keiner zu viel,
sondern stand, den Rücken zur Welt,
in Mänteln aus Stoff,
ihr Dünnen.
Nur der verhangene Blick
sieht tief, kennt sein Schicksal,
das traurige Pochen
ferner Hügel,
sieht freudig erschreckt
sich am seligen Busen erwachen.
Wie ihr den Rauch
ausstoßen konntet,
ihr Edlen, ach,
alles war gut, als ich mit euch
sah sich röten den Tag, viertel vor acht.

Dirk von Petersdorff

KLEINES RASENSTÜCK

100 g Gras, wie Licht, das sich bewegte,
Licht, das knitterte, schnelle Lebensläufe
ohne Höhepunkt, Schwarzweißaufnahmen:
nickende Blitze.

Gras spritzte auf, fiel über, Gras, von Winden
hingekritzelt, von Winden ausgedehnt nach
Zentimetern, Gras, dieser strenge Glanz, zu
Halmen gefaltet,

Gras überwog uns schon – wuchs Gras darüber,
hob sich, senkte sich, wimmelnd, flimmernd, Gras, so
haltlos wurzelnd über dem hellen Abgrund
unserer Hirne.

Marion Poschmann

HÄLFTE DES LEBENS

Mit gelben Birnen hänget
Und voll mit wilden Rosen
Das Land in den See,
Ihr holden Schwäne,
Und trunken von Küssen
Tunkt ihr das Haupt
Ins heilignüchterne Wasser.

Weh mir, wo nehm' ich, wenn
Es Winter ist, die Blumen, und wo
Den Sonnenschein,
Und Schatten der Erde?
Die Mauern stehn
Sprachlos und kalt, im Winde
Klirren die Fahnen.

Friedrich Hölderlin

AUFBRÜCHE, UMBRÜCHE

MEERES STILLE

Tiefe Stille herrscht im Wasser,
Ohne Regung ruht das Meer,
Und bekümmert sieht der Schiffer
Glatte Fläche rings umher.

Keine Luft von keiner Seite!
Todesstille fürchterlich!
In der ungeheuern Weite
Reget keine Welle sich.

Johann Wolfgang Goethe

GLÜCKLICHE FAHRT

Die Nebel zerreißen,
Der Himmel ist helle
Und Aeolus löset
Das ängstliche Band.
Es säuseln die Winde,

Es rührt sich der Schiffer.
Geschwinde! Geschwinde!
Es teilt sich die Welle,
Es naht sich die Ferne;
Schon seh' ich das Land!

Johann Wolfgang Goethe

DER FROHE WANDERSMANN

Wem Gott will rechte Gunst erweisen,
Den schickt er in die weite Welt,
Dem will er seine Wunder weisen
In Berg und Wald und Strom und Feld.

Die Trägen, die zu Hause liegen,
Erquicket nicht das Morgenrot,
Sie wissen nur vom Kinderwiegen
Von Sorgen, Last und Not um Brot.

Die Bächlein von den Bergen springen,
Die Lerchen schwirren hoch vor Lust,

Was sollt' ich nicht mit ihnen singen
Aus voller Kehl' und frischer Brust?

Den lieben Gott laß ich nur walten;
Der Bächlein, Lerchen, Wald und Feld
Und Erd' und Himmel will erhalten,
Hat auch mein' Sach' auf's Best' bestellt!

Joseph von Eichendorff

ABSCHIED

O Täler weit, o Höhen,
O schöner grüner Wald,
Du meiner Lust und Wehen
Andächt'ger Aufenthalt!
Da draußen, stets betrogen,
Saus't die geschäft'ge Welt,
Schlag' noch einmal die Bogen
Um mich, du grünes Zelt!

Wenn es beginnt zu tagen,
Die Erde dampft und blinkt,
Die Vögel lustig schlagen,
Daß dir dein Herz erklingt:
Da mag vergehn, verwehen
Das trübe Erdenleid,
Da sollst du auferstehen,
In junger Herrlichkeit!

Da steht im Wald geschrieben,
Ein stilles, ernstes Wort
Von rechtem Tun und Lieben,
Und was des Menschen Hort.
Ich habe treu gelesen
Die Worte schlicht und wahr,
Und durch mein ganzes Wesen
Ward's unaussprechlich klar.

Bald werd' ich dich verlassen,
Fremd in der Fremde geh'n,
Auf buntbewegten Gassen
Des Lebens Schauspiel sehn;
Und mitten in dem Leben
Wird deines Ernst's Gewalt
Mich Einsamen erheben,
So wird mein Herz nicht alt.

Joseph von Eichendorff

WANDERSCHAFT

Das Wandern ist des Müllers Lust,
Das Wandern!
Das muß ein schlechter Müller sein,
Dem niemals fiel das Wandern ein,
Das Wandern.

Vom Wasser haben wir's gelernt,
Vom Wasser!
Das hat nicht Rast bei Tag und Nacht,
Ist stets auf Wanderschaft bedacht,
Das Wasser.

Das sehn wir auch den Rädern ab,
Den Rädern!
Die gar nicht gerne stille stehn,
Die sich mein Tag nicht müde drehn,
Die Räder.

Die Steine selbst, so schwer sie sind,
Die Steine!
Sie tanzen mit den muntern Reihn
Und wollen gar noch schneller sein,
Die Steine.

O Wandern, Wandern, meine Lust,
O Wandern!
Herr Meister und Frau Meisterin,
Laßt mich in Frieden weiter ziehn
Und wandern.

Wilhelm Müller

SCHWALBENSICILIANE

Zwei Mutterarme, die das Kindchen wiegen,
Es jagt die Schwalbe weglang auf und nieder.
Maitage, trautes Aneinanderschmiegen,
Es jagt die Schwalbe weglang auf und nieder.
Des Mannes Kampf: Sieg oder Unterliegen,
Es jagt die Schwalbe weglang auf und nieder.
Ein Sarg, auf den drei Handvoll Erde fliegen,
Es jagt die Schwalbe weglang auf und nieder.

Detlev von Liliencron

IN DEN AUTOS

Wir waren ruhig,
hockten in den alten Autos,
drehten am Radio
und suchten die Straße
nach Süden.

Einige schrieben uns Postkarten aus der Einsamkeit,
um uns zu endgültigen Entschlüssen aufzufordern.

Einige saßen auf dem Berg,
um die Sonne auch nachts zu sehen.

Einige verliebten sich,
wo doch feststeht, daß ein Leben
keine Privatsache darstellt.

Einige träumten von einem Erwachen,
das radikaler sein sollte als jede Revolution.

Einige saßen da wie tote Filmstars
und warteten auf den richtigen Augenblick,
um zu leben.

Einige starben,
ohne für ihre Sache gestorben zu sein.

Wir waren ruhig,
hockten in den alten Autos,
drehten am Radio
und suchten die Straße
nach Süden.

Wolf Wondratschek

AN DEN MISTRAL

Mistral-Wind, du Wolken-Jäger,
Trübsal-Mörder, Himmels-Feger,
Brausender, wie lieb' ich dich!
Sind wir zwei nicht eines Schoßes
Erstlingsgabe, eines Loses
Vorbestimmte ewiglich?

Hier auf glatten Felsenwegen
lauf' ich tanzend dir entgegen,
tanzend, wie du pfeifst und singst:
Der du ohne Schiff und Ruder
als der Freiheit freister Bruder
über wilde Meere springst.

Kaum erwacht, hört' ich dein Rufen,
stürmte zu den Felsenstufen,
hin zur gelben Wand am Meer.
Heil! da kamst du schon gleich hellen
diamantnen Stromesschnellen
sieghaft von den Bergen her.

Auf den ebnen Himmels-Tennen
sah ich deine Rosse rennen,
sah den Wagen, der dich trägt,
sah die Hand dir selber zücken,
wenn sie auf der Rosse Rücken
blitzesgleich die Geißel schlägt. –

Sah dich aus dem Wagen springen,
schneller dich hinabzuschwingen,
sah dich wie zum Pfeil verkürzt
senkrecht in die Tiefe stoßen, –
wie ein Goldstrahl durch die Rosen
erster Morgenröten stürzt.

Tanze nun auf tausend Rücken,
Wellen-Rücken, Wellen-Tücken –
heil, wer neue Tänze schafft!
Tanzen wir in tausend Weisen,
frei – sei unsre Kunst geheißen,
fröhlich – unsre Wissenschaft!

Raffen wir von jeder Blume
eine Blüte uns zum Ruhme
und zwei Blätter noch zum Kranz!
Tanzen wir gleich Troubadouren
zwischen Heiligen und Huren,
zwischen Gott und Welt den Tanz!

Wer nicht tanzen kann mit Winden,
wer sich wickeln muss mit Binden,
angebunden, Krüppel-Greis,
wer da gleicht den Heuchel-Hänsen,
Ehren-Tölpeln, Tugend-Gänsen,
fort aus unsrem Paradeis!

Wirbeln wir den Staub der Straßen
allen Kranken in die Nasen,
scheuchen wir die Kranken-Brut!
Lösen wir die ganze Küste
von dem Odem dürrer Brüste,
von den Augen ohne Mut!

Jagen wir die Himmels-Trüber,
Welten-Schwärzer, Wolken-Schieber,
hellen wir das Himmelreich!
Brausen wir … o aller freien
Geister Geist, mit dir zu zweien
braust mein Glück dem Sturme
gleich. –

Und daß ewig das Gedächtnis
solchen Glücks, nimm sein
Vermächtnis
nimm den Kranz hier mit hinauf!
Wirf ihn höher, ferner, weiter,
stürm empor die Himmelsleiter,
häng ihn – an den Sternen auf!

Friedrich Nietzsche

DIE GROSSE FRACHT

Die große Fracht des Sommers ist verladen,
das Sonnenschiff im Hafen liegt bereit,
wenn hinter dir die Möwe stürzt und schreit.
Die große Fracht des Sommers ist verladen.

Das Sonnenschiff im Hafen liegt bereit,
und auf die Lippen der Galionsfiguren

tritt unverhüllt das Lächeln der Lemuren.
Das Sonnenschiff im Hafen liegt bereit.

Wenn hinter dir die Möwe stürzt und schreit,
kommt aus dem Westen der Befehl zu sinken;
doch offnen Augs wirst du im Licht ertrinken,
wenn hinter dir die Möwe stürzt und schreit.

Ingeborg Bachmann

MEINE ALTE SCHIFFSUHR

In meinem Zimmer hängt eine runde,
alte, achteckige Segelschiffsuhr.
Sie schlägt weder Glasen noch Stunde,
sie schlägt, wie sie will, und auch nur,

wann sie will. Die Uhrmacher gaben
sie alle ratlos mir zurück;
sie wollten mit solchem Teufelsstück
gar nichts zu tun haben.

Und gehe sie, wie sie wolle,
ich freue mich, weil sie noch lebt.
Nur schade, daß nie eine tolle
Dünung sie senkt oder hebt

oder schüttert. Nein, sie hängt sicher
geborgen. Doch in ihr kreist
ein ruhelos wunderlicher
Freibeuter-Klabautergeist.

Nachts, wenn ich still vor ihr hocke,
dann höre ich mehr als Ticktack.
dann klingt was wie Nebelglocke
und ferner Hundswachenschnack.

Und manche Zeit versäume
ich vor der spukenden, unkenden Uhr,
indem ich davon träume,
wie ich mit ihr nach Westindien fuhr.

Joachim Ringelnatz

WILLKOMMEN UND ABSCHIED

Mir schlug das Herz; geschwind zu Pferde,
Und fort, wild, wie ein Held zur Schlacht!

Der Abend wiegte schon die Erde,
Und an den Bergen hing die Nacht;
Schon stund im Nebelkleid die Eiche,
Ein aufgetürmter Riese, da,
Wo Finsternis aus dem Gesträuche
Mit hundert schwarzen Augen sah.

Der Mond von seinem Wolkenhügel,
Schien kläglich aus dem Duft hervor;
Die Winde schwangen leise Flügel,
Umsausten schauerlich mein Ohr;
Die Nacht schuf tausend Ungeheuer –
Doch tausendfacher war mein Mut;
Mein Geist war ein verzehrend Feuer,
Mein ganzes Herz zerfloß in Glut.

Ich sah dich, und die milde Freude
Floß aus dem süßen Blick auf mich.
Ganz war mein Herz an deiner Seite,
Und jeder Atemzug für dich.
Ein rosenfarbes Frühlings Wetter
Lag auf dem lieblichen Gesicht,
Und Zärtlichkeit für mich, ihr Götter!
Ich hofft' es, ich verdient' es nicht.

Der Abschied, wie bedrängt, wie trübe!
Aus deinen Blicken sprach dein Herz.
In deinen Küssen, welche Liebe,
O welche Wonne, welcher Schmerz!
Du gingst, ich stund, und sah zur Erden,
Und sah dir nach mit nassem Blick;
Und doch, welch Glück! geliebt zu werden,
Und lieben, Götter, welch ein Glück.

Johann Wolfgang Goethe

WAS IST GESCHEHN dass ich mich kaum noch kenne
Kein andrer bin und mehr doch als ich war?
Wer mich geliebt geehrt tut es nicht minder
Gefährten suchen mich mit schöner scheu.
Kein frühres fehlt mir: meiner sommer freuden
Und stolzer traum und weicher lippe kuss . .
Ein kühnres wallen pocht in meinem blute –
Ich war noch arm als ich noch wahrt und wehrte
Seitdem ich ganz mich gab hab ich mich ganz.

Stefan George

ACH, WIE SOLLEN WIR die kleine Rose buchen?
Plötzlich dunkelrot und jung und nah?
Ach, wir kamen nicht, sie zu besuchen.
Aber als wir kamen, war sie da.

Eh sie da war, ward sie nicht erwartet.
Als sie da war, ward sie kaum geglaubt.
Ach, zum Ziele kam, was nie gestartet.
Aber war es so nicht überhaupt?

Bertolt Brecht

«SÎNE KLÂWEN
durch die wolken sint geslagen,
er stîget ûf mit grôzer kraft;
ich sich in grâwen
tegelîch, als er wil tagen:
den tac, der im geselleschaft
Erwenden wil, dem werden man,
den ich mit sorgen în [ ] verliez.
ich bringe in hinnen, ob ich kan.
sîn vil manigiu tugent mich daz leisten hiez.»

‹Wahtaer, du singest,
daz mir manige vreude nimt
unde mêret mîn klage.
maer du bringest,
der mich leider niht gezimt,
immer morgens gegen dem tage.
Diu solt du mir verswîgen gar.
daz gebiut ich den triuwen dîn.
des lôn ich dir, als ich getar,
sô belîbet hie der geselle mîn.›

«Er muoz et hinnen
balde und ân sûmen sich.
nu gip im urloup, süezez wîp.
lâze in minnen
her nâch sô verholn dich,
daz er behalte êre unde den lîp.
Er gap sich mîner triuwen alsô,
daz ich in braehte ouch wider dan.
ez ist nu tac. naht was ez, dô
mit drucken an [ ] brust dîn kus mir in an gewan.»

‹Swaz dir gevalle,
wahtaer, sinc und lâ den hie,
der minne brâht und minne enpfienc.
von dînem schalle
ist er und ich erschrocken ie,
sô ninder der morgenstern ûf gienc
Ûf in, der her nâch minne ist komen,
noch ninder lûhte tages lieht.
du hâst in dicke mir benomen
von blanken armen, und ûz herzen niht.›

Von den blicken,
die der tac tet durch diu glas,
und dô wahtaere warnen sanc,

si muose erschricken
durch den, der dâ bî ir was.
ir brüstlîn an brust si dwanc.
Der rîter ellens niht vergaz;
des wold in wenden wahtaers dôn:
urloup nâh und nâher baz
mit kusse und anders gap in minne lôn.

Wolfram von Eschenbach

«SEINE KLAUEN
haben die Wolken durchschlagen,
er steigt auf mit großer Kraft.
Tag für Tag sehe ich ihn heraufdämmern,
wenn er anbrechen will,
den Tag, der dem edlen Mann,
den ich voller Sorge hereingelassen habe,
das Zusammensein mit der Geliebten nehmen wird.
Ich bringe ihn fort, wenn ich kann.
Seine große Vorbildlichkeit hat mich dazu verpflichtet.»

‹Wächter, was du singst,
nimmt mir mein ganzes Glück
und vergrößert meinen Schmerz.
Jeden Morgen bringst du mir
bei Tagesanbruch eine Nachricht,
die mir nicht gefällt und mich unglücklich macht.
Die sollst du mir ganz und gar verschweigen.
Das befehle ich dir, wenn du mir treu ergeben sein willst.
Ich belohne dich dafür, so gut ich kann.
Dann bleibt mein Geliebter hier.›

«Er muss aber fort,
sogleich und ohne zu zögern.
Nun lass ihn gehen, schöne Frau.
Lass ihn später noch einmal dich so heimlich lieben,
damit er Ansehen und Leben behält.
Er verließ sich ganz auf meine Treue in der Erwartung,
dass ich ihn auch wieder fortbringen würde.
Es ist nun Tag. Nacht war es, als
unter Umarmungen dein Kuss ihn mir entführte.»

‹Sing, Wächter, was immer dir gefällt,
aber lass den hier,
der Liebe schenkte und Liebe empfing.
Dein lautes Rufen
hat ihn und mich immer schon aufgeschreckt,
wenn der Morgenstern noch nicht über dem,
der um der Liebe willen herkam,
aufgegangen war und das Tageslicht noch keineswegs leuchtete.
Du hast ihn mir oft
aus meinen nackten Armen gerissen, aber nicht aus dem Herzen.›

Die Strahlen,
die der Tag durch die Fenster warf,
und der Warngesang des Wächters
jagten ihr Angst ein um den,
der dort mit ihr zusammen war.
Sie presste ihre kleinen Brüste an seine Brust.
Der Ritter spürte noch einmal heftige Leidenschaft.
Dies hatte der Gesang des Wächters verhindern wollen.
Der Abschied, nah und immer näher, brachte ihnen
mit Küssen und auf andere Weise die Erfüllung ihrer Liebe.

Wolfram von Eschenbach
(Übertragung von Martina Backes)

VOR TAG

Nun liegt und zuckt am fahlen Himmelsrand
in sich zusammgesunken das Gewitter.
Nun denkt der Kranke: «Tag! jetzt werd' ich schlafen!»
und drückt die heißen Lider zu. Nun streckt
die junge Kuh im Stall die starken Nüstern
nach kühlem Frühduft. Nun im stummen Wald
hebt der Landstreicher ungewaschen sich
aus weichem Bett vorjährigen Laubes auf
und wirft mit frecher Hand den nächsten Stein
nach einer Taube, die schlaftrunken fliegt,
und graust sich selber, wie der Stein so dumpf
und schwer zur Erde fällt. Nun rennt das Wasser,
als wollte es der Nacht, der fortgeschlichnen, nach
ins Dunkel stürzen, unteilnehmend, wild
und kalten Hauches hin, indessen droben
der Heiland und die Mutter leise, leise
sich unterreden auf dem Brücklein: leise,
und doch ist ihre kleine Rede ewig
und unzerstörbar wie die Sterne droben.
Er trägt sein Kreuz und sagt nur: «Meine Mutter!»
Und sieht sie an, und: «Ach, mein lieber Sohn!»
sagt sie. – Nun hat der Himmel mit der Erde
ein stumm beklemmend Zwiegespräch. Dann geht
ein Schauer durch den schweren, alten Leib:
sie rüstet sich, den neuen Tag zu leben.
Nun steigt das geisterhafte Frühlicht. Nun
schleicht einer ohne Schuh' von einem Frauenbett,
läuft wie ein Schatten, klettert wie ein Dieb
durchs Fenster in sein eignes Zimmer, sieht
sich im Wandspiegel und hat plötzlich Angst
vor diesem blassen, übernächtigen Fremden,
als hätte dieser selbe heute nacht
den guten Knaben, der er war, ermordet

und käme jetzt, die Hände sich zu waschen
im Krüglein seines Opfers wie zum Hohn,
und darum sei der Himmel so beklommen
und alles in der Luft so sonderbar.
Nun geht die Stalltür. Und nun ist auch Tag.

Hugo von Hofmannsthal

HOFFNUNG

Und dräut der Winter noch so sehr
mit trotzigen Gebärden,
und streut er Eis und Schnee umher,
es muß *doch* Frühling werden.

Und drängen die Nebel noch so dicht
sich vor den Blick der Sonne,
sie wecket doch mit ihrem Licht
einmal die Welt zur Wonne.

Blast nur ihr Stürme, blast mit Macht,
mir soll darob nicht bangen,
auf leisen Sohlen über Nacht
kommt doch der Lenz gegangen.

Da wacht die Erde grünend auf,
weiß nicht, wie ihr geschehen,
und lacht in den sonnigen Himmel hinauf,
und möchte vor Lust vergehen.

Sie flicht sich blühende Kränze ins Haar
und schmückt sich mit Rosen und Ähren,
und läßt die Brünnlein rieseln klar,
als wären es Freudenzähren.

Drum still! Und wie es frieren mag,
o Herz, gib dich zufrieden;
es ist ein großer Maientag
der ganzen Welt beschieden.

Und wenn dir oft auch bangt und graut,
als sei die Höll' auf Erden,
nur unverzagt auf Gott vertraut!
Es muß *doch* Frühling werden.

Emanuel Geibel

VORFRÜHLING

In dieser Märznacht trat ich spät aus meinem Haus.
Die Straßen waren aufgewühlt von Lenzgeruch und grünem Saatregen.
Winde schlugen an. Durch die verstörte Häusersenkung ging ich weit hinaus
Bis zu dem unbedeckten Wall und spürte: meinem Herzen schwoll ein neuer Takt entgegen.

In jedem Lufthauch war ein junges Werden ausgespannt.
Ich lauschte, wie die starken Wirbel mir im Blute rollten.
Schon dehnte sich bereitet Acker. In den Horizonten eingebrannt
war schon die Bläue hoher Morgenstunden, die ins Weite führen sollten.

Die Schleusen knirschten. Abenteuer brach aus allen Fernen.
Überm Kanal, den junge Ausfahrtwinde wellten, wuchsen helle Bahnen,
in deren Licht ich trieb. Schicksal stand wartend in umwehten Sternen.
In meinem Herzen lag ein Stürmen wie von aufgerollten Fahnen.

Ernst Stadler

FRÜHLINGSGLAUBE

Die linden Lüfte sind erwacht,
Sie säuseln und weben Tag und Nacht,
Sie schaffen an allen Enden.
O frischer Duft, o neuer Klang!
Nun, armes Herze, sei nicht bang!
Nun muß sich alles, alles wenden.

Die Welt wird schöner mit jedem Tag,
Man weiß nicht, was noch werden mag,
Das Blühen will nicht enden.
Es blüht das fernste, tiefste Tal:
Nun, armes Herz, vergiß die Qual!
Nun muß sich alles, alles wenden.

Ludwig Uhland

ER ISTS

Frühling läßt sein blaues Band
Wieder flattern durch die Lüfte;
Süße, wohlbekannte Düfte
Streifen ahnungsvoll das Land.
Veilchen träumen schon,
Wollen balde kommen.
– Horch, von fern ein leiser
Harfenton!
Frühling, ja du bists!
Dich hab ich vernommen!

Eduard Mörike

FRÜHLINGSFAHRT

Es zogen zwei rüst'ge Gesellen
Zum ersten Mal von Haus
So jubelnd recht in die hellen
Klingenden, singenden Wellen
Des vollen Frühlings hinaus.

Die strebten nach hohen Dingen,
Die wollten trotz Lust und Schmerz,
Was Recht's in der Welt vollbringen,
Und wem sie vorübergingen
Dem lachten Sinnen und Herz. –

Der Erste, der fand ein Liebchen,
Die Schwieger kauft' Hof und Haus;
Der wiegte gar bald ein Bübchen,
Und sah aus heimlichen Stübchen
Behaglich in's Feld hinaus.

Dem zweiten sangen und logen
Die tausend Stimmen im Grund,
Verlockend' Sirenen, und zogen
Ihn in der buhlenden Wogen
Farbig klingenden Schlund.

Und wie er auftaucht vom Schlunde
Da war er müde und alt,
Sein Schifflein das lag im Grunde,
So still war's rings in die Runde
Und über die Wasser weht's kalt.

Es singen und klingen die Wellen
Des Frühlings wohl über mir;
Und seh ich so kecke Gesellen,
Die Tränen im Auge mir schwellen –
Ach Gott, führ' uns liebreich zu Dir!

Joseph von Eichendorff

GENERATIONEN

Wie die Sonne, wie der Mond am Himmel
üben Eltern sich im Untergehen,
während Kinder den Zenith erreichen,
dort am höchsten Punkt des Himmels stehen,
während Enkel schon vom Horizonte
höher sich am Firmament bewegen,
ihre Eltern himmelabwärts treiben
auf des Alterns wohlbekannten Wegen.
Jeder Stern hat seine eignen Bahnen,
muß erstaunt den eignen Weg erfüllen,
wenn die Stufen seiner Lebensreise
oft so unwahrscheinlich sich enthüllen.
Kinder kamen, Enkel sind geboren,
doch die eigne Strahlung geht zur Neige.
Eltern schwinden unterm Horizonte,
damit Neues in die Höhe steige.

Emma Kann

SOMMER-GESANG

1.
Geh aus mein Herz und suche Freud
In dieser lieben Sommerzeit
An deines Gottes Gaben:
Schau an der schönen Garten-Zier,
Und siehe, wie sie mir und dir
Sich ausgeschmücket haben.

2.
Die Bäume stehen voller Laub,
Das Erdreich decket seinen Staub,
Mit einem grünen Kleide:
Narcissus und die Tulipan
Die ziehen sich viel schöner an
Als Salomonis Seide.

3.
Die Lerche schwingt sich in die Luft,
Das Täublein fliegt aus seiner Kluft
Und macht sich in die Wälder:
Die hochbegabte Nachtigall
Ergötzt und füllt mit ihrem Schall
Berg, Hügel, Tal und Felder.

4.
Die Glucke führt ihr Völklein aus,
Der Storch baut und bewohnt sein Haus,
Das Schwälblein speist ihr Jungen:
Der schnelle Hirsch, das leichte Reh'
Ist froh und kommt aus seiner Höh
Ins tiefe Gras gesprungen.

5.
Die Bächlein rauschen in dem Sand
Und mahlen sich und ihren Rand
    Mit schattenreichen Myrten:
Die Wiesen liegen hart dabei
Und klingen ganz vom Lust-Geschrei
    Der Schaf und ihrer Hirten.

6.
Die unverdroßne Bienenschaar
Zeucht hin und her, sucht hier und dar
    Ihr edle Honigspeise:
Des süßen Weinstocks starker Saft
Kriegt täglich neue Stärk und Kraft
    In seinem schwachen Reise.

7.
Der Weizen wächset mit Gewalt
Darüber jauchzet Jung und Alt,
    Und rühmt die große Güte
Deß, der so überflüssig labt'
Und mit so manchem Gut begabt
    Das menschliche Gemüte.

8.
Ich selbsten kann und mag nicht ruhn:
Des großen Gottes großes Tun
    Erweckt mir alle Sinnen:
Ich singe mit, wenn alles singt,
Und lasse was dem höchsten klingt,
    Aus meinem Herzen rinnen.

9.
Ach denk ich, bist du hier so schön,
Und läßt du's uns so lieblich gehn

Auf dieser armen Erden:
Was will doch wohl nach dieser Welt
Dort in dem reichen Himmelszelt
Und güldnem Schlosse werden?

10.
Welch hohe Lust, welch heller Schein
Wird wohl in Christi Garten sein?
Wie muß es da wohl klingen,
Da so viel tausend Seraphim,
Mit eingestimmtem Mund und Stimm
Ihr Alleluja singen.

11.
O wär ich da! o stünd ich schon,
Ach süßer Gott, für deinem Thron
Und trüge meine Palmen;
So wollt' ich nach der Engel Weis
Erhöhen deines Namens Preis
Mit tausend schönen Psalmen.

12.
Doch will ich gleichwohl, weil ich noch
Hier trage dieses Leibes-Joch,
Auch nicht gar stille schweigen:
Mein Herze soll sich fort und fort,
An diesem und an allem Ort,
Zu deinem Lobe neigen.

13.
Hilf nur, und segne meinen Geist
Mit Segen, der vom Himmel fleußt,
Daß ich dir stetig blühe:
Gib, daß der Sommer deiner Gnad'
In meiner Seele früh und spat
Viel Glaubensfrücht erziehe.

14.
Mach in mir deinem Geiste Raum,
Daß ich dir werd' ein guter Baum,
Und laß mich wohl bekleiben:
Verleihe, daß zu deinem Ruhm
Ich deines Gartens schöne Blum
Und Pflanze möge bleiben.

15.
Erwähle mich zum Paradeis,
Und laß mich bis zur letzten Reis
An Leib und Seele grünen:
So will ich dir und deiner Ehr
Allein, und sonsten keinem mehr,
Hier und dort Ewig dienen.

Paul Gerhardt

SPRICH NICHT IMMER
Von dem laub ·
Windes raub ·
Vom zerschellen
Reifer quitten ·
Von den tritten
Der vernichter
Spät im jahr.
Von dem zittern
Der libellen
In gewittern
Und der lichter
Deren flimmer
Wandelbar.

Stefan George

WOLKENBRUCH

fort zieht ein Sog aus dem fernen verrammelten Garten
die Schaffner die Schirme die glücklichen Fans von St. Pauli
die Scherben der Bierflaschen fügen sich wundersam wieder

zusammen kein Ding bleibt jetzt ohne bestimmten Artikel
und niemand entzweit doch vom Glück redet keiner und
demnächst ist Pfingsten

den Himmel zerreißt es vor Blau hinterm Autohaus Elmshorn
die Eisenbahn kurz vor Neumünster schweift aus ins verwunschne Gelände
und die Wörter die fremden finden ins Niemandsland heim

Heinrich Detering

AUF REISEN

Es ist eine Stunde, die macht dir den Staub zum Gefolge,
dein Haus in Paris zur Opferstatt deiner Hände,
dein schwarzes Aug zum schwärzesten Auge.

Es ist ein Gehöft, da hält ein Gespann für dein Herz.
Dein Haar möchte wehn, wenn du fährst – das ist ihm verboten.

Die bleiben und winken, wissen es nicht.

Paul Celan

LEGENDE VON DER ENTSTEHUNG DES BUCHES TAOTEKING AUF DEM WEG DES LAOTSE IN DIE EMIGRATION

1

Als er Siebzig war und war gebrechlich
Drängte es den Lehrer doch nach Ruh
Denn die Güte war im Lande wieder einmal schwächlich
Und die Bosheit nahm an Kräften wieder einmal zu.
Und er gürtete den Schuh.

2
Und er packte ein, was er so brauchte:
Wenig. Doch es wurde dies und das.
So die Pfeife, die er immer abends rauchte
Und das Büchlein, das er immer las.
Weißbrot nach dem Augenmaß.

3
Freute sich des Tals noch einmal und vergaß es
Als er ins Gebirg den Weg einschlug.
Und sein Ochse freute sich des frischen Grases
Kauend, während er den Alten trug.
Denn dem ging es schnell genug.

4
Doch am vierten Tag im Felsgesteine
Hat ein Zöllner ihm den Weg verwehrt:
«Kostbarkeiten zu verzollen?» – «Keine.»
Und der Knabe, der den Ochsen führte, sprach: «Er hat gelehrt.»
Und so war auch das erklärt.

5
Doch der Mann in einer heitren Regung
Fragte noch: «Hat er was rausgekriegt?»
Sprach der Knabe: «Daß das weiche Wasser in Bewegung
Mit der Zeit den mächtigen Stein besiegt.
Du verstehst, das Harte unterliegt.»

6
Daß er nicht das letzte Tageslicht verlöre
Trieb der Knabe nun den Ochsen an
Und die drei verschwanden schon um eine schwarze Föhre
Da kam plötzlich Fahrt in unsern Mann
Und er schrie: «He, du! Halt an!

7
Was ist das mit diesem Wasser, Alter?»
Hielt der Alte: «Intressiert es dich?»
Sprach der Mann: «Ich bin nur Zollverwalter
Doch wer wen besiegt, das intressiert auch mich.
Wenn du's weißt, dann sprich!

8
Schreib mir's auf! Diktier es diesem Kinde!
So was nimmt man doch nicht mit sich fort.
Da gibt's doch Papier bei uns und Tinte
Und ein Nachtmahl gibt es auch: ich wohne dort.
Nun, ist das ein Wort?»

9
Über seine Schulter sah der Alte
Auf den Mann: Flickjoppe. Keine Schuh.
Und die Stirne eine einzige Falte.
Ach, kein Sieger trat da auf ihn zu.
Und er murmelte: «Auch du?»

10
Eine höfliche Bitte abzuschlagen
War der Alte, wie es schien, zu alt.
Denn er sagte laut: «Die etwas fragen
Die verdienen Antwort.» Sprach der Knabe: «Es wird auch schon kalt.»
«Gut, ein kleiner Aufenthalt.»

11
Und von seinem Ochsen stieg der Weise
Sieben Tage schrieben sie zu zweit.
Und der Zöllner brachte Essen (und er fluchte nur noch leise
Mit den Schmugglern in der ganzen Zeit).
Und dann war's soweit.

12
Und dem Zöllner händigte der Knabe
Eines Morgens einundachtzig Sprüche ein.
Und mit Dank für eine kleine Reisegabe
Bogen sie um jene Föhre ins Gestein.
Sagt jetzt: kann man höflicher sein?

13
Aber rühmen wir nicht nur den Weisen
Dessen Name auf dem Buche prangt!
Denn man muß dem Weisen seine Weisheit erst entreißen.
Darum sei der Zöllner auch bedankt:
Er hat sie ihm abverlangt.

Bertolt Brecht

DER OSTEN SAGTE zu dir
erzähl mir deine Herkunft
der Westen sagte zu dir
erzähl mir deine Wandlung
doch der eine ließ dich nicht
der andere fiel dir ins Wort
Laßt dem Alten
sein graues Haar
er will etwas erzählen
was euch beiden gefällt

Cyrus Atabay

RONDEAU ALLEMAGNE

Ich harre aus im Land und geh, ihm fremd,
Mit einer Liebe, die mich über Grenzen treibt,
Zwischen den Himmeln. Sehe jeder, wo er bleibt;
Ich harre aus im Land und geh ihm fremd.

Mit einer Liebe, die mich über Grenzen treibt,
Will ich die Übereinkünfte verletzen

Und lachen, reiß ich mir das Herz in Fetzen
Mit jener Liebe, die mich über Grenzen treibt.

Zwischen den Himmeln sehe jeder, wo er bleibt:
Ein blutig Lappen wird gehißt, das Luftschiff fällt.
Kein Land in Sicht; vielleicht ein Seil, das hält
Zwischen den Himmeln. Sehe jeder, wo er bleibt.

Barbara Köhler

DER MENSCH IST STUMM

Ich habe dir den Abschiedskuß gegeben
Und klammre mich nervös an deine Hand.
Schon mahn ich dich, auf Dies und Jenes Acht zu geben.
Der Mensch ist stumm.

Will denn der Zug, der Zug nicht endlich pfeifen?
Mir ist, als dürfte ich dich nie mehr wiedersehn.
Ich rede runde Sätze, ohne zu begreifen ...
Der Mensch ist stumm.

Ich weiß, wenn ich dich nicht mehr hätte,
Das wär' der Tod, der Tod, der Tod!
Und dennoch möcht' ich fliehn. Gott, eine Zigarette!
Der Mensch ist stumm.

Dahin! Jetzt auf der Straße würgt mich Weinen.
Verwundert blicke ich mich um.
Denn auch das Weinen sagt nicht, was wir meinen.
Der Mensch ist stumm.

Franz Werfel

DAS SPIEGELBILD

Schaust du mich an aus dem Kristall
Mit deiner Augen Nebelball,
Kometen gleich, die im Verbleichen;
Mit Zügen, worin wunderlich
Zwei Seelen wie Spione sich
Umschleichen, ja, dann flüstre ich:
Phantom, du bist nicht meinesgleichen!

Bist nur entschlüpft der Träume Hut,
Zu eisen mir das warme Blut,
Die dunkle Locke mir zu blassen;
Und dennoch, dämmerndes Gesicht,
Drin seltsam spielt ein Doppellicht,
Trätest du vor, ich weiß es nicht,
Würd ich dich lieben oder hassen?

Zu deiner Stirne Herrscherthron,
Wo die Gedanken leisten Fron
Wie Knechte, würd ich schüchtern blicken;
Doch von des Auges kaltem Glast,
Voll toten Lichts, gebrochen fast,
Gespenstig, würd, ein scheuer Gast,
Weit, weit ich meinen Schemel rücken.

Und was den Mund umspielt so lind,
So weich und hülflos wie ein Kind,
Das möcht in treue Hut ich bergen;
Und wieder, wenn er höhnend spielt,
Wie von gespanntem Bogen zielt,
Wenn leis es durch die Züge wühlt,
Dann möcht ich fliehen wie vor Schergen.

Es ist gewiß, du bist nicht Ich,
Ein fremdes Dasein, dem ich mich
Wie Moses nahe, unbeschuhet,
Voll Kräfte, die mir nicht bewußt,
Voll fremden Leides, fremder Lust;
Gnade mir Gott, wenn in der Brust
Mir schlummernd deine Seele ruhet!

Und dennoch fühl ich, wie verwandt,
Zu deinen Schauern mich gebannt,
Und Liebe muß der Furcht sich einen.
Ja, trätest aus Kristalles Rund,
Phantom, du lebend auf den Grund,
Nur leise zittern würd ich, und
Mich dünkt – ich würde um dich weinen!

Annette von Droste-Hülshoff

STROPHE

Ich rufe Wehe über diese Welt:
Ich rufe Wehe, weil sie mir gefällt;
Ich rufe dreimal Wehe, weil sie, grausam,
was sie verspricht, dem Hungernden nicht hält.

Paul de Lagarde

FREISINN

Laßt mich nur auf meinem Sattel gelten!
Bleibt in euren Hütten, euren Zelten!
Und ich reite froh in alle Ferne,
über meiner Mütze nur die Sterne.

Johann Wolfgang Goethe

ERMUTIGUNG UND TROST

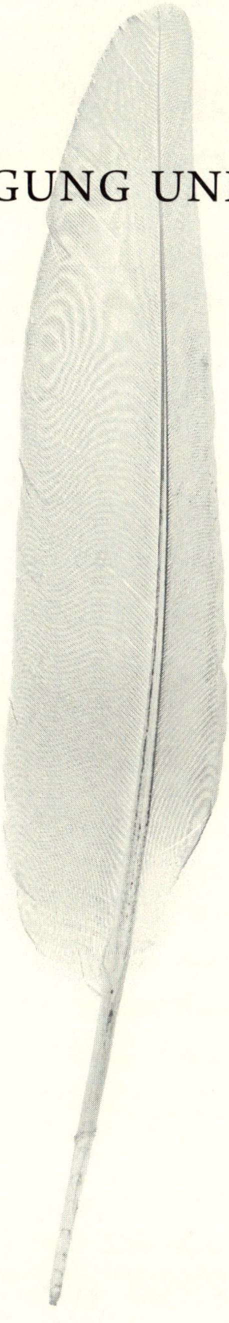

ERMUTIGUNG

Peter Huchel gewidmet

Du, lass dich nicht verhärten
In dieser harten Zeit
Die all zu hart sind, brechen
Die all zu spitz sind, stechen
Und brechen ab sogleich

Du, lass dich nicht verbittern
In dieser bittren Zeit
Die Herrschenden erzittern
– Sitzt du erst hinter Gittern –
Doch nicht vor deinem Leid

Du, lass dich nicht erschrecken
In dieser Schreckenszeit
Das wolln sie doch bezwecken
Dass wir die Waffen strecken
Schon vor dem großen Streit

Du, lass dich nicht verbrauchen
Gebrauche deine Zeit
Du kannst nicht untertauchen
Du brauchst uns, und wir brauchen
Grad deine Heiterkeit

Wir wolln es nicht verschweigen
In dieser Schweigezeit
Das Grün bricht aus den Zweigen
Wir wolln das allen zeigen
Dann wissen sie Bescheid

Wolf Biermann

TROSTARIA

Endlich bleibt nicht ewig aus,
Endlich wird der Trost erscheinen;
Endlich grünt der Hoffnungsstrauß,
Endlich hört man auf zu weinen.
Endlich bricht der Tränenkrug,
Endlich spricht der Tod: Genug!

Endlich wird aus Wasser Wein,
Endlich kommt die rechte Stunde,
Endlich fällt der Kerker ein,
Endlich heilt die tiefste Wunde,
Endlich macht die Sklaverei
Den gefangnen Joseph frei.

Endlich, endlich kann der Neid,
Endlich auch Herodes sterben,
Endlich Davids Hirtenkleid
Seinen Saum in Purpur färben,
Endlich macht die Zeit den Saul
Zur Verfolgung schwach und faul.

Endlich nimmt der Lebenslauf
Unsers Elends auch ein Ende,
Endlich steht der Heiland auf,
Der das Joch der Knechtschaft wende,
Endlich machen vierzig Jahr
Die Verheißung zeitig wahr.

Endlich blüht die Aloe,
Endlich trägt der Palmbaum Früchte,
Endlich schwindet Furcht und Weh,
Endlich wird der Schmerz zunichte,
Endlich sieht man Freudental,
Endlich, endlich kommt einmal.

Johann Christian Günther

EIN WINTERABEND

Wenn der Schnee ans Fenster fällt,
Lang die Abendglocke läutet,
Vielen ist der Tisch bereitet
Und das Haus ist wohlbestellt.

Mancher auf der Wanderschaft
Kommt ans Tor auf dunklen Pfaden.
Golden blüht der Baum der Gnaden
Aus der Erde kühlem Saft.

Wanderer tritt still herein;
Schmerz versteinerte die Schwelle.
Da erglänzt in reiner Helle
Auf dem Tische Brot und Wein.

Georg Trakl

ABENDLIED (1816)

Müde bin ich, geh zur Ruh
Schließe beide Augen zu –
Vater! laß die Augen dein
Über meinem Bette sein.

Hab ich Unrecht heut getan,
Sieh es, lieber Gott! nicht an;
Deine Gnad' und Jesu Blut
Machen allen Schaden gut.

Alle, die mir sind verwandt,
Gott! laß ruhn in deiner Hand.
Alle Menschen groß und klein
Sollen dir befohlen sein.

Müden Herzen sende Ruh,
Nasse Augen schließe zu
Laß den Mond am Himmel stehn
Und die stille Welt besehn.

Luise Hensel

ABENDLIED

Der Mond ist aufgegangen
Die goldnen Sternlein prangen
    Am Himmel hell und klar;
Der Wald steht schwarz und schweiget,
Und aus den Wiesen steiget
    Der weiße Nebel wunderbar.

Wie ist die Welt so stille,
Und in der Dämmrung Hülle
    So traulich und so hold!
Als eine stille Kammer,
Wo ihr des Tages Jammer
    Verschlafen und vergessen sollt.

Seht ihr den Mond dort stehen? –
Er ist nur halb zu sehen,
    Und ist doch rund und schön!
So sind wohl manche Sachen,
Die wir getrost belachen,
    Weil unsre Augen sie nicht sehn.

Wir stolze Menschenkinder
Sind eitel arme Sünder,
    Und wissen gar nicht viel;
Wir spinnen Luftgespinste,
Und suchen viele Künste,
    Und kommen weiter von dem Ziel.

Gott, lass uns *dein* Heil schauen,
Auf nichts Vergänglichs trauen,
    Nicht Eitelkeit uns freun!
Laß uns einfältig werden,
Und vor dir hier auf Erden
    Wie Kinder fromm und fröhlich sein!

Wollst endlich sonder Grämen
Aus dieser Welt uns nehmen
Durch einen sanften Tod!
Und, wenn du uns genommen,
Lass uns in Himmel kommen,
Du unser Herr und unser Gott!

So legt euch denn, ihr Brüder,
In Gottes Namen nieder;
Kalt ist der Abendhauch.
Verschon uns, Gott! mit Strafen,
Und lass uns ruhig schlafen!
Und unsern kranken Nachbar auch!

Matthias Claudius

SOMMERNACHT

Es wallt das Korn weit in die Runde
Und wie ein Meer dehnt es sich aus;
Doch liegt auf seinem stillen Grunde
Nicht Seegewürm noch andrer Graus;
Da träumen Blumen nur von Kränzen
Und trinken der Gestirne Schein.
O goldnes Meer, dein friedlich Glänzen
Saugt meine Seele gierig ein!

In meiner Heimat grünen Talen,
Da herrscht ein alter schöner Brauch:
Wann hell die Sommersterne strahlen,
Der Glühwurm schimmert durch den Strauch,
Dann geht ein Flüstern und ein Winken,
Das sich dem Ährenfelde naht,
Da geht ein nächtlich Silberblinken
Von Sicheln durch die goldne Saat.

Das sind die Bursche jung und wacker,
Die sammeln sich im Feld zuhauf
Und suchen den gereiften Acker
Der Witwe oder Waise auf,
Die keines Vaters, keiner Brüder
Und keines Knechtes Hilfe weiß –
Ihr schneiden sie den Segen nieder,
Die reinste Lust ziert ihren Fleiß.

Schon sind die Garben fest gebunden
Und rasch in einen Ring gebracht;
Wie lieblich flohn die kurzen Stunden,
Es war ein Spiel in kühler Nacht!
Nun wird geschwärmt und hell gesungen
Im Garbenkreis, bis Morgenluft
Die nimmermüden braunen Jungen
Zur eignen schweren Arbeit ruft.

Gottfried Keller

WAS REIF IN DIESEN ZEILEN STEHT,
Was lächelnd winkt und sinnend fleht,
Das soll kein Kind betrüben,
Die Einfalt hat es ausgesäet,
Die Schwermut hat hindurch geweht,
Die Sehnsucht hat's getrieben;
Und ist das Feld einst abgemäht,
Die Armut durch die Stoppeln geht,
Sucht Ähren, die geblieben,
Sucht Lieb, die für sie untergeht,
Sucht Lieb, die mit ihr aufersteht,
Sucht Lieb, die sie kann lieben,
Und hat sie einsam und verschmäht
Die Nacht durch dankend in Gebet

Die Körner ausgerieben,
Liest sie, als früh der Hahn gekräht,
Was Lieb erhielt, was Leid verweht,
Ans Feldkreuz angeschrieben,
O Stern und Blume, Geist und Kleid,
Lieb, Leid und Zeit und Ewigkeit!

Clemens Brentano

ABENDLIED

Nun ruhen alle Wälder,
Vieh, Menschen, Städt' und Felder,
es schläft die ganze Welt.
Ihr aber, meine Sinnen,
auf, auf, ihr sollt beginnen,
was eurem Schöpfer wohlgefällt.

Wo bist du, Sonne, blieben?
Die Nacht hat dich vertrieben,
die Nacht, des Tages Feind.
Fahr hin, ein andre Sonne,
mein Jesus, meine Wonne,
gar hell in meinem Herzen scheint.

Der Tag ist nun vergangen,
die güldnen Sterne prangen
am blauen Himmelssaal.
Also werd' ich auch stehen,
wenn mich wird heißen gehen
mein Gott aus diesem Jammertal.

Der Leib eilt nun zur Ruhe,
legt ab das Kleid und Schuhe,
das Bild der Sterblichkeit.
Die zieh' ich aus; dagegen
wird Christus mir anlegen
den Rock der Ehr und Herrlichkeit.

Nun geht, ihr matten Glieder,
geht, geht und legt euch nieder,
der Betten ihr begehrt.
Es kommen Stund' und Zeiten,
da man euch wird bereiten
zur Ruh ein Bettlein in der Erd.

Mein Augen stehn verdrossen,
im Nu sind sie geschlossen;
wo bleibt dann Leib und Seel?
Nimm sie zu deinen Gnaden,
sei gut für allen Schaden,
du Aug' und Wächter Israel.

Breit aus die Flügel beide,
o Jesu, meine Freude,
und nimm dein Küchlein ein.
Will Satan mich verschlingen,

so laß die Englein singen:
Dies Kind soll unverletzet sein.

Auch euch, ihr meine Lieben
soll heute nicht betrüben
kein Unfall noch Gefahr.
Gott laß euch selig schlafen,
stell' euch die güldnen Waffen
ums Bett und seiner Engel Schar.

Paul Gerhardt

ES LACHT in dem steigenden jahr dir
Der duft aus dem garten noch leis.
Flicht in dem flatternden haar dir
Eppich und ehrenpreis.

Die wehende saat ist wie gold noch ·
Vielleicht nicht so hoch mehr und reich ·
Rosen begrüssen dich hold noch ·
Ward auch ihr glanz etwas bleich.

Verschweigen wir was uns verwehrt ist ·
Geloben wir glücklich zu sein
Wenn auch nicht mehr uns beschert ist
Als noch ein rundgang zu zwein.

Stefan George

AUF DEM KRANKENBETTE

Gleichwie ein Vogel am Fenster vorbei mit sonnebeglänztem
Flügel den blitzenden Schein wirft in ein schattig Gemach,
Also, mitten im Gram um verlorene Jahre des Siechbetts,
Überraschet und weckt leuchtende Hoffnung mich oft.

Eduard Mörike

DER GENESENE

Jetzt, da ich's bestanden habe,
leuchtet mir's erst deutlich ein:
Krankheit, du bist Gottes Gabe,
er soll drum gepriesen sein!

Wie der Mensch dich schwer bekämpfe:
doch im Ringen allzumal
lösen sich der Seele Krämpfe –
innrer Schmerz in äußrer Qual.

Besserst an der Menschheit Bilde,
scharfe Züge mäßigst du;
war sonst rauh, jetzt bin ich milde,
unstet sonst und jetzt in Ruh'.

Auch die andern, die da kamen,
waren alle gut und weich;
weil sie mich als Gleichen nahmen –
gleiches Leiden macht ja gleich.

Ob man sonst nach Fernem jage,
setzest du ein näher Ziel,
machst den Tag zum Ziel dem Tage,
eine ruh'ge Nacht scheint viel.

Das Gemüt verstockt, verquollen,
von so manchem, das es trug,
öffnet sich, wie Ackers-Schollen,
aufgelockert durch den Pflug.

Und als ob der Lenz erwache
all mit seiner Freuden Chor,
treibt es nach der langen Brache
grüne Spitzen neu hervor.

Und, erquickt von all der Labe,
ruf' ich froh im Sonnenschein:
Krankheit auch ist Gottes Gabe!
Er soll drum gepriesen sein!

Franz Grillparzer

AUF DEM SEE

Und frische Nahrung, neues Blut
Saug' ich aus freier Welt;
Wie ist Natur so hold und gut,
Die mich am Busen hält!
Die Welle wieget unsern Kahn
Im Rudertakt hinauf,
Und Berge, wolkig himmelan,
Begegnen unserm Lauf.

Aug', mein Aug', was sinkst du nieder?
Goldne Träume, kommt ihr wieder?
Weg, du Traum! so Gold du bist;
Hier auch Lieb' und Leben ist.

Auf der Welle blinken
Tausend schwebende Sterne,
Weiche Nebel trinken

Rings die türmende Ferne;
Morgenwind umflügelt
Die beschattete Bucht,
Und im See bespiegelt
Sich die reifende Frucht.

Johann Wolfgang Goethe

DEIN KERKER BIST DU SELBST

Die Welt die hält dich nicht, du selber bist die Welt,
Die dich in dir mit dir so stark gefangen hält.

Angelus Silesius

ZURUF

Alles kann sich umgestalten!
Mag das dunkle Schicksal walten.
Mutig! auf der steilsten Bahn.
Trau dem Glücke! Trau den Göttern!
Steig, trotz Wogendrang und Wettern,
kühn, wie Cäsar, in den Kahn.

Laß den Schwächling angstvoll zagen!
Wer um Hohes kämpft, muß wagen,
Leben gelt' es oder Tod!
Laß die Woge donnernd branden!
Nur bleib immer, magst du landen
oder scheitern, selbst Pilot!

Friedrich von Matthisson

EIGENHEITEN, die werden schon haften;
kultiviere deine Eigenschaften!

Johann Wolfgang Goethe

DER BESCHRIFTETE SESSEL

für harry & angelika

ich haben ein sessel
stehn JANDL groß hinten drauf
wenn ich mal nicht wissen
sein ich's oder sein ich's nicht

ich mich nur hinsetzen müssen
und warten bis von hinten wer
kommen und mir's flüstern

Ernst Jandl

ARTHUR SCHOPENHAUER

Was er lehrte, ist abgetan,
was er lebte, wird bleiben stahn:
seht ihn nur an –
Niemandem war er untertan!

Friedrich Nietzsche

DER ALTE LANDMANN AN SEINEN SOHN

Üb immer Treu und Redlichkeit
bis an dein kühles Grab
und weiche keinen Finger breit
von Gottes Wegen ab!

Dann wirst du wie auf grünen Aun
durchs Pilgerleben gehn,

dann kannst du sonder Furcht und Graun
dem Tod ins Auge sehn.

Dann suchen Enkel deine Gruft
und weinen Tränen drauf,
und Sommerblumen, voll von Duft,
blühn aus den Tränen auf.

Ludwig Christoph Heinrich Hölty

TROST

Bald denki, 's isch e bösi Zit,
und weger 's End isch nümme wit;
bald denki wieder: loß es goh,
wenn's gnug isch, wird's schon anderst cho.
Doch wenni näumen ane gang
und 's tönt mer Lied und Vogelsang,
so meini fast, i hör e Stimm:
«Bis z'fride! 's isch jo nit so schlimm.»

Johann Peter Hebel

DIE FLÖHE und die Wanzen
gehören auch zum Ganzen.

Johann Wolfgang Goethe

GESCHEIT GEDACHT und dumm gehandelt,
so bin ich mein' Tage durchs Leben gewandelt.

Franz Grillparzer

ERDGEIST

Greife wacker nach der Sünde;
aus der Sünde wächst Genuß.
Ach, du gleichest einem Kinde,
dem man alles zeigen muß.

Meide nicht die ird'schen Schätze:
Wo sie liegen, nimm sie mit.
Hat die Welt doch nur Gesetze,
daß man sie mit Füßen tritt.

Glücklich, wer geschickt und heiter
über frische Gräber hopst.
Tanzend auf der Galgenleiter
hat sich keiner noch gemopst.

Frank Wedekind

SO UNVERMEIDBAR ein Geschick dir scheine,
neig ihm dein Haupt in frommer Demut nie.
Was heute sich des Schicksals Maske lieh,
war gestern vieler Möglichkeiten eine,
und wird heut ohne dich die Wahl gefällt –
von morgen die ist dir anheimgestellt.

Arthur Schnitzler

IST AUCH DAS DASEIN voller harter Schmerzen,
spielt ewig die Tragödie auch hinein,
mein Gott, wir haben Sonnenschein im Herzen,
laßt nur die Freude sommerfroh gedeihn,
denn so viel Lust, sie ist nicht auszumerzen,
sie soll, sie muß der Plagen uns befrein.
Hinauf, hinab, wie tolle Kinder spielen,
wer sich das wahrt, der kommt zu hohen Zielen.

Singt durch den Wald! Seid Füllen auf der Wiese!
Geht mit dem Handwerksburschen, mit dem Jäger,
besteigt den Hengst, tanzt mit der braunen Lise,

seid meinethalb bei Bacchus Beckenschläger.
Reist durch die Welt, sie wird zum Paradiese,
Beelzebub dient euch als Kofferträger.
Habt ihr im Portemonnaie gar drei Mark achtzig,
da gilt der alte Reim: die Sache macht sich.

Hoch! Sursum corda! Hurra, schwenkt die Mützen!
Schmeißt alle Sorgen in den Tartarus!
Dann wird der Frohsinn euer Zelt beschützen,
im Sturm verfliegen Ärger und Verdruß.
Zum Schluß mag «folgende Moral» auch nützen,
des Siebes letzter Tropfen nach dem Guß:
Des Lebens Blume heißt die Gegenwart,
pflückst du sie nicht, hast du dich selbst genarrt!

Detlev von Liliencron

WILLST DU DICH deines Wertes freuen,
so mußt der Welt du Wert verleihen.

Johann Wolfgang Goethe

KOMM, SAGE MIR, WAS DU FÜR SORGEN HAST

Es zwitschert eine Lerche im Kamin,
wenn du sie hörst.
Ein jeder Schutzmann in Berlin
verhaftet dich, wenn du ihn störst.

Im Faltenwurfe einer Decke
klagt ein Gesicht,
wenn du es siehst.
Der Posten im Gefängnis schießt,

wenn du als kleiner Sträfling ihm entfliehst.
Ich tät' es nicht.

In eines Holzes Duft
lebt fernes Land.
Gebirge schreiten durch die blaue Luft.
Ein Windhauch streicht wie Mutter deine Hand.
Und eine Speise schmeckt nach Kindersand.
Die Erde hat ein freundliches Gesicht,
so groß, daß man's von weitem nur erfaßt.
Komm, sage mir, was du für Sorgen hast.
Reich willst du werden? – Warum bist du's nicht?

Joachim Ringelnatz

WILLST DU IMMER weiter schweifen?
Sieh, das Gute liegt so nah.
Lerne nur das Glück ergreifen,
denn das Glück ist immer da.

Johann Wolfgang Goethe

MUT

Sorglos über die Fläche weg,
Wo vom kühnsten Wager die Bahn
Dir nicht vorgegraben du siehst,
Mache dir selber Bahn!

Stille, Liebchen, mein Herz!
Kracht's gleich, bricht's doch nicht!
Bricht's gleich, bricht's nicht mit dir!

Johann Wolfgang Goethe

ICH SING FÜR DIE VERRÜCKTEN
Die seitlich Umgeknickten
Die eines Tags nach vorne fallen
Und unbemerkt von allen

An ihrem Tisch in Küchen sitzen
Und keiner Weltanschauung nützen
Die tagelang durch Städte streifen
Und die Geschichte nicht begreifen

Die sich vom Kirchturm stürzen
Die Welt noch mit Gelächter würzen
Und für den Tod beizeiten
Sich selbst die Glocken läuten

Die an den Imbißtheken hängen
Sich weder vor- noch rückwärtsdrängen
Und still die Tagessuppe essen
Dann alles wieder schnell vergessen

Die mit den Zügen sich beeilen
Um nirgendwo zu lang zu weilen
Die jeden Abschied aus der Nähe kennen
Weil sie das Leben Abschied nennen

Die auf den Schiffen sich verdingen
Und mit den Kindern Lieder singen
Die suchen und die niemals finden
Und nachts vom Erdboden verschwinden

Die Wärter stehen schon bereit mit Jacken
Um werkgerecht die Irrenden zu packen
Die freundlich auf den Dächern springen
Für diese Leute will ich singen

Die in den großen Wüsten sterben
Den Schädel schon in tausend Scherben
Der Sand verwischt bald alle Spuren
Das Nichts läuft schon auf vollen Touren

Die sich durchs rohe Dickicht schieben
Vom Wahnsinn wund und krank gerieben
Die durch den Urwald aller Seelen blicken
Den ganzen Schwindel auf dem Rücken

Ich sing für die Verrückten
Die seitlich Umgeknickten
Die eines Tags nach vorne fallen
Und unbemerkt von allen

Sich aus der Schöpfung schleichen
Weil Trost und Kraft nicht reichen
Und einfach die Geschichte überspringen
Für diese Leute will ich singen.

Hanns Dieter Hüsch

HOMMAGE À GÖDEL

Münchhausens Theorem, Pferd, Sumpf und Schopf,
ist bezaubernd, aber vergiß nicht:
Münchhausen war ein Lügner.

Gödels Theorem wirkt auf den ersten Blick
etwas unscheinbar, doch bedenk:
Gödel hat recht.

«In jedem genügend reichhaltigen System
lassen sich Sätze formulieren,

die innerhalb des Systems
weder beweis- noch widerlegbar sind,
es sei denn das System
wäre selber inkonsistent.»

Du kannst deine eigene Sprache
in deiner eigenen Sprache beschreiben:
aber nicht ganz.
Du kannst dein eignes Gehirn
mit deinem eignen Gehirn erforschen:
aber nicht ganz.
Usw.

Um sich zu rechtfertigen
muß jedes denkbare System
sich transzendieren,
d. h. zerstören.

«Genügend reichhaltig» oder nicht:
Widerspruchsfreiheit
ist eine Mangelerscheinung
oder ein Widerspruch.
(Gewißheit = Inkonsistenz.)

Jeder denkbare Reiter,
also auch Münchhausen,
also auch du bist ein Subsystem
eines genügend reichhaltigen Sumpfes.

Und ein Subsystem dieses Subsystems
ist der eigene Schopf,
dieses Hebezeug
für Reformisten und Lügner.

In jedem genügend reichhaltigen System,
also auch in diesem Sumpf hier,
lassen sich Sätze formulieren,
die innerhalb des Systems
weder beweis- noch widerlegbar sind.

Diese Sätze nimm in die Hand
und zieh!

Hans Magnus Enzensberger

GEDICHT

Zerstörte Landschaft mit
Konservendosen, die Hauseingänge
leer, was ist darin? Hier kam ich

mit dem Zug nachmittags an,
zwei Töpfe an der Reisetasche
festgebunden. Jetzt bin ich aus

den Träumen raus, die über eine
Kreuzung wehn. Und Staub,
zerstückelte Pavane, aus totem

Neon, Zeitungen und Schienen
dieser Tag, was krieg ich jetzt,
einen Tag älter, tiefer und tot?

Wer hat gesagt, daß sowas Leben
ist? Ich gehe in ein
anderes Blau.

Rolf Dieter Brinkmann

GELBES DIENSTRAD wie es hoch durch die Luft schoß
hinüber herüber Briefträger stiegen auf Dächern
geschwinder als oben die Wolken die Stadt
überquerten
holla sagte ich mir heute tragen sie sicher
die schwindelerregenden leichten die frohen
Botschaften aus
wartete ungeduldig, ihr könnt es euch denken
unterm Himmel aus lauter segelnden Briefen
Rauchzeichen bliesen Kamine Tauben kamen
mit Telegrammen geflogen ach weiß bedeckt
war bald die Gegend und der Kohlenkeller
zugeschüttet
mir jedoch war nichts ins Haus geflattert
keine kleinste Nachricht Fäßchen Trauer
trank ich und beschwor dies Liebchen Untreu:
meine Hoffnung, mich nicht zu verlassen

Jan Koneffke

MORGENWONNE

Ich bin so knallvergnügt erwacht.
Ich klatsche meine Hüften.
Das Wasser lockt. Die Seife lacht
Es dürstet mich nach Lüften.

Ein schmuckes Laken macht einen Knicks
Und gratuliert mir zum Baden.
Zwei schwarze Schuhe in blankem Wichs
Betiteln mich «Euer Gnaden».

Aus meiner tiefsten Seele zieht
Mit Nasenflügelbeben
Ein ungeheurer Appetit
Nach Frühstück und nach Leben.

Joachim Ringelnatz

FRÜHLING

Nun ist er endlich kommen doch
in grünem Knospenschuh;
«Er kam, er kam ja immer noch»,
die Bäume nicken sich's zu.

Sie konnten ihn all erwarten kaum,
nun treiben sie Schuß auf Schuß;
im Garten der alte Apfelbaum,
er sträubt sich, aber er muß.

Wohl zögert auch das alte Herz
und atmet noch nicht frei,
es bangt und sorgt: «Es ist erst März,
und März ist noch nicht Mai.»

O schüttle ab den schweren Traum
und die lange Winterruh:
es wagt es der alte Apfelbaum,
Herze, wag's auch du.

Theodor Fontane

TROST

So komme, was da kommen mag!
So lang du lebest, ist es Tag.

Und geht es in die Welt hinaus,
Wo du mir bist, bin ich zu Haus.

Ich seh' dein liebes Angesicht,
Ich sehe die Schatten der Zukunft nicht.

Theodor Storm

NA EINER MUSS JA AUCH DIE BATTLERAPPER TRÖSTEN

komm lass mich meinen kopf in deinen legen
ich bin der spiele so müde, selbst die messer
haben das stechen satt und das schneiden
und das steak will wachsen zum tier

und einer muss doch auch die battlerapper trösten
wenn sie in tränen aufgelöst in ihren jaguaren
kauern, und einer muss doch die berge glätten
bis sie flach sind wie hotelbetten gegen drei am nachmittag

Juliane Liebert

AUS DEM ALLTAG

EINEN JENER KLASSISCHEN

schwarzen Tangos in Köln, Ende des
Monats August, da der Sommer
schon

ganz verstaubt ist, kurz nach Laden
Schluß aus der offenen Tür einer

dunklen Wirtschaft, die einem
Griechen gehört, hören, ist beinahe

ein Wunder: für einen Moment eine
Überraschung, für einen Moment

Aufatmen, für einen Moment
eine Pause in dieser Straße,

die niemand liebt und atemlos
macht, beim Hindurchgehen. Ich

schrieb das schnell auf, bevor
der Moment in der verfluchten

dunstigen Abgestorbenheit Kölns
wieder erlosch.

Rolf Dieter Brinkmann

VORSTADT IM FÖHN

Am Abend liegt die Stätte öd und braun,
Die Luft von gräulichem Gestank durchzogen.
Das Donnern eines Zugs vom Brückenbogen –
Und Spatzen flattern über Busch und Zaun.

Geduckte Hütten, Pfade wirr verstreut,
In Gärten Durcheinander und Bewegung,
Bisweilen schwillt Geheul aus dumpfer Regung,
In einer Kinderschar fliegt rot ein Kleid.

Am Kehricht pfeift verliebt ein Rattenchor.
In Körben tragen Frauen Eingeweide,
Ein ekelhafter Zug voll Schmutz und Räude,
Kommen sie aus der Dämmerung hervor.

Und ein Kanal speit plötzlich feistes Blut
Vom Schlachthaus in den stillen Fluss hinunter.
Die Föhne färben karge Stauden bunter
Und langsam kriecht die Röte durch die Flut.

Ein Flüstern, das in trübem Schlaf ertrinkt.
Gebilde gaukeln auf aus Wassergräben,
Vielleicht Erinnerung an ein früheres Leben,
Die mit den warmen Winden steigt und sinkt.

Aus Wolken tauchen schimmernde Alleen,
Erfüllt von schönen Wägen, kühnen Reitern.
Dann sieht man auch ein Schiff auf Klippen scheitern
Und manchmal rosenfarbene Moscheen.

Georg Trakl

BEGEGNUNG MIT EINEM TROCKENPLATZ

Wie sehr sich solche Plätze gleichen.
Wie eng verwandt sie miteinander sind.
Gestänge, Stricke, Wäsche, Klammern, Wind
und sieben Büschel Gras zum Bleichen,
bei diesem Anblick wird man wieder Kind.

Wie gern ich mich daran erinnern lasse.
Ich schob den Wagen. Und die Mutter zog.
Ich knurrte, weil die Wäsche so viel wog.
Wie hieß doch jene schmale Gasse,
die dicht vorm Bahnhof in die Gärten bog?

Dort war die Wiese, die ich meine,
dort setzten wir den Korb auf eine Bank
und hängten unsern ganzen Wäscheschrank

auf eine kreuz und quer gezogne Leine.
Und Wind und Wäsche führten Zank.

Ich saß im Gras. Die Mutter ging nach Hause.
Die Wäsche wogte wie ein weißes Zelt.
Dann kam die Mutter mit Kaffee und Geld.
Ich kaufte Kuchen für die Mittagspause
in dieser fast geheimnisvollen Welt.

Die Hemden zuckten hin und her,
als wollten sie herab und mit uns essen.
Die Sonne schien. Die Strümpfe hingen schwer.
O, ich erinnere mich an alles sehr
genau und will es nie vergessen.

Erich Kästner

KLEINES GLÜCK

Sie geht in aller Frühe,
noch eh' die Dämmrung schwand,
den Weg zur Tagesmühe
im ärmlichen Gewand;
die dunklen Nebel feuchten
noch in der Straße dicht,

sonst sähe man beleuchten
ein Lächeln ihr Gesicht;
die Götter mögen wissen,
warum sie heimlich lacht –
es weiß es nur das Kissen,
was ihr geträumt heut nacht.

Hermann Lingg

NACH HAUSE KOMMEN

öffnet die tür sich
lacht sich entgegen
umarmt sich

küßt sich
springt an sich hoch als das kind
springt an sich hoch als der hund

streichelt sich den kopf
nimmt die tasche sich aus der hand
hilft sich aus dem mantel

erzählt sich was alles war draußen
hört sich zu wie alles war zuhaus

Ernst Jandl

MEIN FAMILI

mein schwester strickt am grünen
strumpf
so heiß und groß so dick und weich
so seltsam übers knie gebeugt
mein schwester mit dem roten rumpf

mein oma liebe oma so
so faltig pergament so dünn
so vogel hals so fistel stimm
so mürrisch mittags abends froh

mein famili im zimmer lung
wo um den schwarzen tisch und rund
mit topf und fisch und zwiebelbrüh
mit hand mit mund mit großem hung

mein vater mit der nickelbrill
mein mutter auf dem küchenstuhl
mein starker bruder mit dem bart
mein kleine schwester blaß und still

mein famili mein ganze fam
ili mein ganze zwei drei und
mein vier und fünf und zwei und ein
mein famili wie wundersam

wie wundersam wie wir am tisch
am runden tisch von rundem holz
wie faust und gabel hier und hier
faust gabel hier mund da und fisch

mund da und fisch und fisch und kloß
am runden tisch der vater spricht
und ißt den kloß und ißt den fisch
vom tisch und spricht und zwiebelsoß

und zwiebelsoß rinnt ab vom mund
wischt ab ach wischt und wischt und
spricht
die schwester hörts an ihrem strumpf
die mutter hörts der bruder und

großvater dort auf dem abort
der hund der hund bunt hinterm
schirm
die laus in seinem pelz und ich
ich hörs ich hab im ohr die wort

wie altes brot die wort wie brot
wie schwarzes brot die mutter nimmts
vom küchenbord und lächelt wild
denn trocken brot macht wangen rot

wie glotzt aus seinem leib das brot
wie rollt es rollt es durch die tür
die base sitzt vor dem klavier
und spielt ohn brot ist große not

die schürz der mutter weht herum
die uhr platzt an der wand und da
grinst unterm bottich grinst die schab
der vater spricht seht euch nicht um

Ror Wolf

GRABSCHRIFT EINES HUNDES

Die Diebe lief ich an, den Buhlen schwieg ich stille,
So ward verbracht des Herrn und auch der Frauen Wille.

Martin Opitz

HÄUSERVERLASSEN

Oft sieht man jetzt erwachsene Männer
Ihre Häuser verlassen, die sie doch
Selber gebaut haben für eine
Krisensichere Zukunft.
Solide Fundamente.
Gehälter. Auch teure Möbel
Die Kinder auf gutem Weg.
Was ist nur in sie gefahren?
Die Nachbarn haben zu reden.
Auch das stört sie nicht.
Nur nachts haben sie Träume, in denen
Gärten sind blühende Wiesen
Manchmal Gesichter ihre
Eigenen, die ihnen
Zusehen.

Rolf Haufs

DIE GROSSELTERN HABEN BESUCH

Für seine Kinder hat man keine Zeit.
(Man darf erst sitzen, wenn man nicht mehr gehn kann.)
Erst bei den Enkeln ist man dann soweit,
daß man die Kinder ungefähr verstehn kann.

Spielt hübsch mit Sand und backt euch Sandgebäck!
Ihr seid so fern und trotzdem in der Nähe,
als ob man über einen Abgrund weg
in einen fremden bunten Garten sähe.

Spielt brav mit Sand und baut euch Illusionen!
Ihr und wir Alten wissen ja Bescheid:
Man darf sie bauen, aber nicht drin wohnen.
Ach, bleibt so klug, wenn ihr erwachsen seid.

Wir möchten euch auch später noch beschützen.
Denn da ist vieles, was euch dann bedroht.
Doch unser Wunsch wird uns und euch nichts nützen.
Wenn ihr erwachsen seid, dann sind wir tot.

Erich Kästner

DER KIRCHENBESUCH

Wie ein Fischlein in dem Garn
Hat der Dom mich eingefangen,
Und da bin ich festgebannt,
Warum bin ich drein gegangen?
Ach, wie unter breiten Malven
Taubesprengt ein Röslein blitzt,
Zwischen guten Bürgerfrauen
Hier mein feines Liebchen sitzt!

Die Gemeinde schnarcht so sanft,
Wie das Laub im Walde rauschet,
Und der Bettler an der Tür'
Als ein Räuber guckt und lauschet;
Doch wie eines Bächleins Faden
Murmelnd durch's Gebüsche fließt,
So die lange dünne Predigt
Um die Pfeiler sich ergießt.

Eichenbäume, hoch und schlank,
All' die gotischen Pfeiler ragen;
Ein gewölbtes Blätterdach
Ihre krausen Äste tragen;
Untenher spielt hin und wieder
Dämmerhaft ein Sonnenschein;
Wachend sind in dieser Stille
Nur mein Lieb und ich allein.

Zwischen uns webt sich ein Netz
Von des Lichts gebrochnem Strahle,
Drin der Taufstein, grün und rot,
Wandelt sich zur Blumenschale;
Ein geflügelt Knäblein flattert
Auf des Deckels altem Knauf,
Und es gehen uns im Busen
Auch der Sehnsucht Rosen auf.

Weit hinaus, ins Morgenland,
Komm, mein Kind, und laß uns fliegen,
Wo die Palmen schwanken am Meer
Und die sel'gen Inseln liegen,
Flutend um die große Sonne
Grundlos tief die Himmel blau'n:
Angesichts der freien Wogen
Uns're Seelen frei zu trau'n!

Gottfried Keller

DIE SCHATZGRÄBER

Ein Winzer, der am Tode lag,
rief seine Kinder an und sprach:
«In unserm Weinberg liegt ein Schatz,
grabt nur danach!» – «An welchem Platz?»
schrie alles laut den Vater an.
«Grabt nur!» – O weh! da starb der Mann.

Kaum war der Alte beigeschafft,
so grub man nach aus Leibeskraft.
Mit Hacke, Karst und Spaten ward
der Weinberg um und um gescharrt.
Da war kein Kloß, der ruhig blieb;
man warf die Erde gar durchs Sieb,
und zog die Harken kreuz und quer
nach jedem Steinchen hin und her.

Allein da ward kein Schatz verspürt,
und jeder hielt sich angeführt.

Doch kaum erschien das nächste Jahr,
so nahm man mit Erstaunen wahr,
daß jede Rebe dreifach trug.
Da wurden erst die Söhne klug
und gruben nun jahrein jahraus
des Schatzes immer mehr heraus.

Gottfried August Bürger

WENN SICH DIE SPRÜCHE widersprechen,
ist's eine Tugend und kein Verbrechen.
Du lernst nur wieder von Blatt zu Blatt,
daß jedes Ding zwei Seiten hat.

Paul Heyse

VON ALLEN WERKEN

Von allen Werken die liebsten
sind mir die gebrauchten.
Die Kupfergefäße mit den Beulen und den abgeplatteten Rändern
die Messer und Gabeln, deren Holzgriffe
abgegriffen sind von vielen Händen: solche Formen
schienen mir die edelsten. So auch die Steinfliesen um alte Häuser
welche niedergetreten sind von vielen Füßen, abgeschliffen
und zwischen denen Grasbüschel wachsen, das
sind glückliche Werke.
Eingegangen in den Gebrauch der vielen
oftmals verändert, verbessern sie ihre Gestalt und werden köstlich
weil oftmals gekostet.

Selbst die Bruchstücke von Plastiken
mit ihren abgehauenen Händen liebe ich. Auch sie
lebten mir. Wenn auch fallen gelassen, wurden sie doch getragen.
Wenn auch überrannt, standen sie doch nicht zu hoch.
Die halbzerfallenen Bauwerke
haben wieder das Aussehen von noch nicht vollendeten
groß geplanten: ihre schönen Maße
sind schon zu ahnen; sie bedürfen aber
noch unseres Verständnisses. Andrerseits
haben sie schon gedient, ja sind schon überwunden. Dies alles
beglückt mich.

Bertolt Brecht

DAS HOBELLIED

Da streiten sich die Leut herum
oft um den Wert des Glücks,
der eine heißt den andern dumm,
am End weiß keiner nix.
Das ist der allerärmste Mann,
der andre oft zu reich,
das Schicksal setzt den Hobel an
und hobelt s' beide gleich.

Die Jugend will halt stets mit Gwalt
in allem glücklich sein,
doch wird man nur ein bissel alt,
da gibt man sich schon drein.

Oft zankt mein Weib mit mir, o Graus!
Das bringt mich nicht in Wut,
da klopf' ich meinen Hobel aus
und denk', du brummst mir gut.

Zeigt sich der Tod einst mit Verlaub
und zupft mich: <Brüderl, kumm>,
da stell' ich mich im Anfang taub
und schau' mich gar nicht um
Doch sagt er: <Lieber Valentin,
mach keine Umständ, geh!>,
dann leg' ich meinen Hobel hin
und sag' der Welt ade.

Ferdinand Raimund

DIE ALTE WASCHFRAU

Du siehst geschäftig bei dem Linnen
die Alte dort in weißem Haar,
die rüstigste der Wäscherinnen
im sechsundsiebenzigsten Jahr.
So hat sie stets mit sauerm Schweiß
ihr Brot in Ehr und Zucht gegessen
und ausgefüllt mit treuem Fleiß
den Kreis, den Gott ihr zugemessen.

Sie hat in ihren jungen Tagen
geliebt, gehofft und sich vermählt;
sie hat des Weibes Los getragen,
die Sorgen haben nicht gefehlt;
sie hat den kranken Mann gepflegt,
sie hat drei Kinder ihm geboren;
sie hat ihn in das Grab gelegt
und Glaub' und Hoffnung nicht verloren.

Da galt's, die Kinder zu ernähren;
sie griff es an mit heiterm Mut,
sie zog sie auf in Zucht und Ehren,
der Fleiß, die Ordnung sind ihr Gut.
Zu suchen ihren Unterhalt
entließ sie segnend ihre Lieben,
so stand sie nun allein und alt,
ihr war ihr heitrer Mut geblieben.

Sie hat gespart und hat gesonnen
und Flachs gekauft und nachts gewacht,
den Flachs zu feinem Garn gesponnen,
das Garn dem Weber hingebracht;
der hat's gewebt zu Leinewand.
Die Schere brauchte sie, die Nadel,
und nähte sich mit eigner Hand
ihr Sterbehemde sonder Tadel.

Ihr Hemd, ihr Sterbehemd, sie schätzt es,
verwahrt's im Schrein am Ehrenplatz;
es ist ihr Erstes und ihr Letztes,
ihr Kleinod, ihr ersparter Schatz.
Sie legt es an, des Herren Wort
am Sonntag früh sich einzuprägen;
dann legt sie's wohlgefällig fort,
bis sie darin zur Ruh sie legen.

Und ich, an meinem Abend, wollte,
ich hätte, diesem Weibe gleich,
erfüllt, was ich erfüllen sollte
in meinen Grenzen und Bereich;
ich wollt', ich hätte so gewußt
am Kelch des Lebens mich zu laben,
und könnt' am Ende gleiche Lust
an meinem Sterbehemde haben.

Adelbert von Chamisso

ABENDLIED EINES BAUERSMANNS

Das schöne große Tag-Gestirne
vollendet seinen Lauf.
Komm, wisch den Schweiß mir
von der Stirne,
lieb Weib, und dann tisch auf.

Kannst hier auf der Erde decken,
hier unterm Apfelbaum:
Da pflegt es abends gut zu
schmecken,
und ist am besten Raum.

Und rufe flugs die kleinen Gäste,
denn hör, mich hungert's sehr;
bring auch den kleinsten aus dem
Neste,
wenn er nicht schläft, mit her.

Dem König bringt man viel zu
Tische;
er, wie die Rede geht,
hat alle Tage Fleisch und Fische
und Panzen und Pastet;

und ist ein eigner Mann erlesen,
von andrer Arbeit frei,
der ordert ihm sein Tafelwesen
und präsidiert dabei.

Gott lass' ihm alles wohl gedeihen!
Er hat auch viel zu tun
und muß sich Tag und Nacht
kasteien,
daß wir in Frieden ruhn.

Und haben wir nicht Herrenfutter;
so haben wir doch Brot
und schöne frische, reine Butter
und Milch, was denn für Not?

Das ist genug für Bauersleute,
wir danken Gott dafür,
und halten offne Tafel heute
vor allen Sternen hier.

Es präsidiert bei unserm Mahle
der Mond, so silberrein!
Und guckt von oben in die Schale
und tut den Segen h'nein.

Nun Kinder, esset, eßt mit
Freuden,
und Gott gesegn' es euch!
Sieh, Mond! ich bin wohl zu
beneiden,
bin glücklich und bin reich!

Matthias Claudius

GARTENTAG

Von unsern Zitterpappeln fliegt noch immer
der Samenflaum, das Gras ist wie verschneit.
Ein Rittersporn versendet seinen Schimmer,
als käme eine Frau in blauem Kleid.

Am Brunnenrand begegnen sich die Schatten,
das erste Dunkel nistet im Geheg.
Noch fehlt uns viel: komm, fügen wir die Platten
von hellem Schiefer in den neuen Weg,

der bei den Fliederbüschen dort im Bogen
zum Gitter führt! Bald werden wir ihn gehn
und über flimmernden Getreidewogen
das ferne Kuppelgrün der Stromstadt sehn.

O langer Gartentag! Duftender Abend,
halbfertiges Beet, noch ohne Form und Flor –
wie wohl wird uns! Die schwere Erde grabend
bereiten wir den Traum der Jahre vor.

Hans Carossa

BITTGANG

Im Sonnenfeuer lechzt die Flur,
versengt stehn Wälder und Almen,
verschmachten muß die Kreatur,
die Frucht verbrennt an den Halmen.

Das Bächlein, das ihr Kühle gesandt,
verlernte sein muntres Rieseln;
es glüht und glastet Julibrand
über den staubigen Kieseln.

Ein Bauer stapft entlang dem Rain,
ist einer von den Frommen,
und flucht doch still in den Bart hinein;
da sieht er den Pfarrer kommen.

Er zieht die Kappe und weist umher:
«Zugrund geht all der Segen.
Hochwürden, das Gescheitste wär,
einen Bittgang tun um Regen.»

Der Pfarrer nickt: «Ein fromm Gebet
tät not. Doch warten wir, Peter,
zwei Täglein noch. Einstweilen steht
zu hoch noch der Barometer.»

Paul Heyse

HAUSINSCHRIFT

Gottes Gnade, ein gesunder Leib,
ein gutes Bett, ein schönes Weib,
tausend Dukaten in der Not,
fröhliche Urständ nach dem Tod,
wer die sechs Glück zusammen hat,
der komm' und lösch' den Reimen ab.

Anonym

GEFUNDEN

Ich ging im Walde
so für mich hin,
und nichts zu suchen,
das war mein Sinn.

Im Schatten sah ich
ein Blümlein stehn,
wie Sterne leuchtend,
wie Äuglein schön.

Ich wollt' es brechen,
da sagt' es fein:
Soll ich zum Welken
gebrochen sein?

Ich grub's mit allen
den Würzlein aus,
zum Garten trug ich's
am hübschen Haus.

Ich pflanzt' es wieder
am stillen Ort;
nun zweigt es immer
und blüht so fort.

Johann Wolfgang Goethe

DEN 22. JUNI 1761, MORGENS 7 UHR

Freund, zeichne diesen Tag mit einem größern Strich!
Er war doch ganz für Dich und mich!
Wir wandelten im Hain und hörten Vögel singen
In dicken Fichten, wo der Mann das Weibchen hascht.
Gut war's, daß über uns nicht Edens Äpfel hingen!
Indem wir Hand an Hand durch das Gebüsche gingen,
Da hätten Du und ich genascht
Und im Entzücken nicht die Folge von dem Bissen
Nur einen Augenblick bedacht.
So hat es Eva einst gemacht,
So machen's heute noch Verliebte, die sich küssen.
Bald werd ich nichts zu schwatzen wissen,
Als ewig von dem Kuß. Und meiner Mutter Mann,
Durch den ich ward, ist schuld daran,
Daß ich so gern von Küssen sing und sage,
Denn er verküßte sich des Lebens schwere Plage.
Allein ich wende mich nun wieder zu dem Tage,
Von dem ich reden will, schreib ihn mit goldnen Strich!
Er war doch ganz für Dich und mich!

Anna Louisa Karsch

SCHWARZSCHATTENDE KASTANIE

Schwarzschattende Kastanie,
Mein windgeregtes Sommerzelt,
Du senkst zur Flut dein weit Geäst,
Dein Laub, es durstet und es trinkt,
Schwarzschattende Kastanie!
Im Porte badet junge Brut
Mit Hader oder Lustgeschrei,
Und Kinder schwimmen leuchtend weiß

Im Gitter deines Blätterwerks,
Schwarzschattende Kastanie!
Und dämmern See und Ufer ein
Und rauscht vorbei das Abendboot,
So zuckt aus roter Schiffslatern
Ein Blitz und wandert auf dem Schwung
Der Flut, gebrochnen Lettern gleich,
Bis unter deinem Laub erlischt
Die rätselhafte Flammenschrift,
Schwarzschattende Kastanie!

Conrad Ferdinand Meyer

EIN JÜNGLING LIEBT ein Mädchen,
Die hat einen andern erwählt;
Der andre liebt eine andre,
Und hat sich mit dieser vermählt.

Das Mädchen heiratet aus Ärger
Den ersten besten Mann,
Der ihr in den Weg gelaufen;
Der Jüngling ist übel dran.

Es ist eine alte Geschichte,
Doch bleibt sie immer neu;
Und wem sie just passieret,
Dem bricht das Herz entzwei.

Heinrich Heine

ENDSTATION

Ich stand an der Bushaltestelle
und wartete;
und als der Bus kam, stieg ich ein
und wartete wieder.
Vor mir kümmerte sich ein Mädchen um ihren Kerl
und weil ich nichts zu tun hatte, schaute ich zu
wie sie an seinem Hals hing und manchmal nach hinten

schaute zu mir, der nach vorne schaute zu ihr.
Ich stand im Bus,
schaukelte mit den Beinen die Straße aus
und dachte an gar nichts;
irgendwann stieg ich aus, ging nachhause
und dachte
‹Es gibt nichts, was einen Mann einsamer macht
als das leise Lachen am Ohr eines andern.›

Wolf Wondratschek

MENSCHEN GETROFFEN

Ich habe Menschen getroffen, die,
wenn man sie nach ihrem Namen fragte,
schüchtern – als ob sie gar nicht beanspruchen könnten,
auch noch eine Benennung zu haben –
«Fräulein Christian» antworteten und dann:
«wie der Vorname», sie wollten einem die Erfassung erleichtern,
kein schwieriger Name wie «Popiol» oder «Babendererde» –
«wie der Vorname» – bitte, belasten Sie Ihr Erinnerungsvermögen nicht!

Ich habe Menschen getroffen, die
mit Eltern und vier Geschwistern in einer Stube
aufwuchsen, nachts, die Finger in den Ohren,
am Küchenherde lernten,
hochkamen, äußerlich schön und ladylike wie Gräfinnen –
und innerlich sanft und fleißig wie Nausikaa,
die reine Stirn der Engel trugen.

Ich habe mich oft gefragt und keine Antwort gefunden,
woher das Sanfte und das Gute kommt,
weiß es auch heute nicht und muß nun gehn.

Gottfried Benn

EIN ALTER TIBETTEPPICH

Deine Seele, die die meine liebet,
Ist verwirkt mit ihr im Teppichtibet.

Strahl in Strahl, verliebte Farben,
Sterne, die sich himmellang umwarben.

Unsere Füße ruhen auf der Kostbarkeit
Maschentausendabertausendweit.

Süßer Lamasohn auf Moschuspflanzenthron
Wie lange küßt dein Mund den meinen wohl
Und Wang die Wange buntgeknüpfte Zeiten schon?

Else Lasker-Schüler

EINEN FREMDEN IM POSTAMT UMARMEN

Wir fahren zurück.
Auf eine oder zwei Stunden kommt es nicht an.
Wir haben einen Kaffee getrunken in der Raststätte
und ausgelassen Bierfilze vom Tischrand hochgeschlagen
und in der Luft gefangen.
Nachher werden wir uns am Steuer ablösen.

Es ist Nacht, und es regnet leicht,
aber im Auto ist es warm.
Das Zischen des Fahrtwinds,
das beständige Orgeln der Reifen,
das Wiegen der Stoßdämpfer
macht müde, aber nicht schläfrig.

Ich fühle mich wie ein Tier in seinem Fell,
ein Tier in einer runden Höhle, in einem Fell,

durch das keine Nässe dringt und keine Angst.
An meiner Schulter lehnt ein Mädchen,
bewegungslos, in den Kurven
wird es leichter oder schwerer.
Für diese Zärtlichkeit
muß sich keine Hand rühren.

Die schnell vorbeifliegenden weißen Lichter
und die langsam vorbeiziehenden roten Leuchten,
das sind die anderen. Sie gehören dazu,
mit dem üblichen Risikofaktor,
aber überschaubar und auf Distanz.
Es gibt nichts Verläßlicheres
als die weißen Streifen am Fahrbahnrand.
Was die Scheinwerfer einen Augenblick lang erfassen,
ist vergessen, bevor es hinter uns liegt.
Durch meine offenen Augen schaut einer,
der mir ähnlich ist, mit einem weiten und unzerstörbaren Blick.
Der Mond bescheint die Wolken von hinten.
Ein stiller Schleier, hinter dem sich nichts verbirgt.

Ein Gefühl macht sich breit
wie die Wärme des Mädchens an meiner Seite,
schwebend, unbeirrbar, tonlos:
Ich möchte einmal in meinem Leben
mit einem Ballon still über Wälder und Wasserfälle fliegen.
Ich möchte einmal einen Fremden im Postamt umarmen.
Ich möchte einmal ohne Angst an jeden Tag denken.

In zwei Stunden kommen wir an.
Im Zimmer wird der dumpfe Geruch hängen.
Haare mit Staubflocken werden am Boden liegen.
Aber noch sind wir unterwegs. Das Mädchen wird wieder spürbar.
Der Mond scheint von vorn. Der Fahrtwind rauscht.

Roman Ritter

UNTERGRUNDBAHN OBEN

Ich sitze still auf einer Polsterbank
und schaue drei Minuten zwischen Grau und Grau
und Zeitungen, die sich entfalten
und Stehfahrgästen, die lange Stangen in den Händen halten
ins Grüne und ins Blaue.

Ich sitze still auf einer Polsterbank.
Die Welt bewegt mich.

Ernst Jandl

FOUR IN HAND

Vorne vier nickende Pferdeköpfe,
Neben mir zwei blonde Mädchenzöpfe,
Hinten der Groom mit wichtigen Mienen,
An den Rädern Gebell.

In den Dörfern windstillen Lebens Genüge,
Auf den Feldern fleißige Eggen und Pflüge,
Alles das von der Sonne beschienen
So hell, so hell.

Detlev von Liliencron

SCHRECKLICH SCHÖNER TAG

«für dich!»

Ein paar Inseln gibt's vor der Küste
von North Carolina, eine Serie an Sandbänken, nicht
viel breiter als die Straße, jedoch

fast zweihundert Meilen lang! nichts
als Leuchttürme, Dünen und graugelbes Gras
und Möwen, natürlich, mit weißen
und mit schwarzen Köpfen

Nun stell dir mal vor, wie ich
in meinem glitzergrünen Chevrolet sitze
und ziemlich oberlässig so durchs Meer fahre:
Der Mann im Radio spielt die passende Musik,
die Aircondition schnurrt ganz sanft dazu, sogar die
Geschwindigkeit hab ich am Lenkrad eingestellt,
im Grunde brauch ich bloß noch
die Augen aufzureißen und die Ohren

Verstehst du,
die Welt hat sich an diesem Tag,
ich will mich wirklich nicht beschwer'n,
hat sich verteufelt angestrengt für mich:
so viele Wellen, so viel leerer Raum darüber,
so viel an weichem Wind und ... trotzdem!

Wenn ich daheim bald wieder bin
(in ein, zwei Wochen, vielleicht drei),
dann wird es keinen geben, der
meine Erinn'rung teilt an diesen fastperfekten Tag.
«Ah, interessant», wird man mir bestenfalls
ein Nicken gönnen «so 'ne Art Sylt
auf am'rikanisch» ...
Aber weißt du,
dieser Tag auf der Straße, im Meer,
der *war* nicht interessant –
der war vielmehr so schön,
daß ich fast lauthals losgeheult hätte
mit meinen vierundvierzig Jahren,
weil ich ja wußte,

weil ich in jeder Sekunde wußte,
daß ich den Rest des Lebens
verdammt alleine bleiben würde mit
all diesen Leuchttürmen, den Möwen, den Wellen,
mit all den Brownies, die ich dabei gegessen,
dem Rootbeer, das ich dabei getrunken,

in meinem fetten Glitzerchevrolet
an diesem schrecklich schönen Tag

Matthias Politycki

DER EISLAUF

Vergraben ist in ewige Nacht
Der Erfinder großer Name zu oft!
Was ihr Geist grübelnd entdeckt, nutzen wir;
Aber belohnt Ehre sie auch?

Wer nannte dir den kühneren Mann,
Der zuerst am Maste Segel erhob?
Ach verging selber der Ruhm dessen nicht,
Welcher dem Fuß Flügel erfand!

Und sollte der unsterblich nicht sein,
Der Gesundheit uns und Freuden erfand,
Die das Ross mutig im Lauf niemals gab,
Welche der Rhein selber nicht hat?

Unsterblich ist mein Name dereinst!
Ich erfinde noch dem schlüpfenden Stahl
Seinen Tanz! Leichteres Schwungs fliegt er hin,
Kreiset umher, schöner zu sehn.

Du kennest jeden reizenden Ton
Der Musik, drum gib dem Tanz Melodie!
Mond, und Wald höre den Schall ihres Horns,
Wenn sie des Flugs Eile gebeut,

O Jüngling, der den Wasserkothurn
Zu beseelen weiß, und flüchtiger tanzt,
Lass der Stadt ihren Kamin! Komm mit mir,
Wo des Krystalls Ebne dir winkt!

Sein Licht hat er in Düfte gehüllt,
Wie erhellt des Winters werdender Tag
Sanft den See! Glänzenden Reif, Sternen gleich,
Streute die Nacht über ihn aus!

Wie schweigt um uns das weiße Gefild!
Wie ertönt vom jungen Froste die Bahn!
Fern verrät deines Kothurns Schall dich mir,
Wenn du dem Blick, Flüchtling, enteilst.

Wir haben doch zum Schmause genung
Von des Halmes Frucht? und Freuden des Weins?
Winterluft reizt die Begier nach dem Mahl;
Flügel am Fuß reizen sie mehr!

Zur Linken wende du dich, ich will
Zu der Rechten hin halbkreisend mich drehn;
Nimm den Schwung, wie du mich ihn nehmen siehst:
Also! nun fleug schnell mir vorbei!

So gehen wir den schlängelnden Gang
An dem langen Ufer schwebend hinab.
Künstle nicht! Stellung, wie die, lieb' ich nicht,
Zeichnet dir auch Preisler nicht nach.

Was horchst du nach der Insel hinauf?
Unerfahrne Läufer tönen dort her!
Huf und Last gingen noch nicht übers Eis,
Netze noch nicht unter ihm fort.

Sonst späht dein Ohr ja alles; vernimm,
Wie der Todeston wehklagt auf der Flut!
O wie tönts anders! wie hallts, wenn der Frost
Meilen hinab spaltet den See!

Zurück! lass nicht die schimmernde Bahn
Dich verführen, weg vom Ufer zu gehn!
Denn wo dort Tiefen sie deckt, strömts vielleicht,
Sprudeln vielleicht Quellen empor.

Den ungehörten Wogen entströmt,
Dem geheimen Quell entrieselt der Tod!
Glittst du auch leicht, wie dies Laub, ach dorthin;
Sänkest du doch, Jüngling, und stürbst!

Friedrich Gottlieb Klopstock

ERKANNTE WOHLTAT

Ich danke Gott, daß ich zu Fuß muß gehen,
Nicht fahren und nicht reiten kann!
Der Gemse Klippen und des Adlers Höhen
Klimmt keines Fürsten Roß hinan.

Ich aber höre auf des Brockens Spitze
Von meinem Fuß hinab ins Land
Die Donner rollen, und die Blitze
Greif ich am Saum mit meiner Hand.

Mir ist, als müßt ich mich an diese hangen,
Als sollten sie mich nach sich ziehn;
Denn jeder Erdenwunsch ist mir vergangen,
Und klein, was sonst so groß mir schien.

Wie magst du dieses nur einmal verstehen,
Wie vollends fühlen, reicher Mann?
Drum dank ich Gott, daß ich zu Fuß muß gehen,
Nicht fahren und nicht reiten kann.

Leopold Friedrich Günther von Goeckingk

DER STREICHHOLZJUNGE

Streichhölzer! Kaufen Sie Streichhölzer!
Drei Schachteln zwanzig!

Sie lachen, statt was zu kaufen.
Oder sie sind entrüstet
und knurren, während sie weiterlaufen.
Wenn ihr nur wüßtet ...

Streichhölzer! Kaufen Sie Streichhölzer!
Drei Schachteln zwanzig!

Vater kriegt zehn Mark Unterstützung
und Mutter ein kleines Gesicht.
Wir haben ein Zimmer mit Küchenbenützung.
Aber wir benützen die Küche gar nicht.

Gestern trank Vater paar Flaschen Bier.
Mutter hat nicht mittrinken gemocht.
Vater sang: «Ein freies Leben führen wir!»
Und dann hat er das Fenster zerpocht.

Streichhölzer! Kaufen Sie Streichhölzer!
Drei Schachteln zwanzig!

Mein Pappkarton wird nicht leer.
Den Aufsatz muß ich noch machen.
Wenn ich bloß nicht so müde wär.
Kaufen Sie Streichhölzer, statt zu lachen!

Mit braunen und schwarzen Schnürsenkeln
verdient man natürlich mehr.
Doch da brauchte ich erst mal drei Mark.
Und wo nehm ich die her?

Streichhölzer! Braune und schwarze Streichhölzer!
Drei Paar zwanzig …

Erich Kästner

DER HAUER

Die breite Brust schweratmend hingestemmt,
hämmert er Schlag für Schlag die Eisenpflöcke
in das Gestein, bis aus dem Sprung der Blöcke
Staub sprudelt und den Kriechgang überschwemmt.

Im schwanken Flackerblitz des Grubenlichts
blänkert der nackte Körper wie metallen;
Schweißtropfen stürzen, perlenrund im Fallen,
aus den weit offenen Poren des Gesichts.

Der Hauer summt ein dummes Lied zum Takt
des Hammers und zum Spiel der spitzen Eisen
und stockt nur, wie von jähem Schreck gepackt,

wenn hinten weit im abgeteuften Stollen
Sprengschüsse dumpf wie Donnerschläge rollen,
und stockt, und läßt die Lampe dreimal kreisen.

Paul Zech

EIN LIED HINTERM OFEN ZU SINGEN

Der Winter ist ein rechter Mann,
Kernfest und auf die Dauer;
Sein Fleisch fühlt sich wie Eisen an,
Und scheut nicht Süß noch Sauer.

War je ein Mann gesund, ist er's;
Er krankt und kränkelt nimmer,
Weiß nichts von Nachtschweiß noch Vapeurs,
Und schläft im kalten Zimmer.

Er zieht sein Hemd im Freien an,
Und läßt's vorher nicht wärmen;
Und spottet über Fluß im Zahn
Und Kolik in Gedärmen.

Aus Blumen und aus Vogelsang
Weiß er sich nichts zu machen,
Haßt warmen Drang und warmen Klang
Und alle warme Sachen.

Doch wenn die Füchse bellen sehr,
Wenn's Holz im Ofen knittert,
Und um den Ofen Knecht und Herr
Die Hände reibt und zittert;

Wenn Stein und Bein vor Frost zerbricht
Und Teich' und Seen krachen;

Das klingt ihm gut, das haßt er nicht,
Denn will er sich tot lachen. –

Sein Schloß von Eis liegt ganz hinaus
Beim Nordpol an dem Strande;
Doch hat er auch ein Sommerhaus
Im lieben Schweizerlande.

Da ist er denn bald dort bald hier,
Gut Regiment zu führen.
Und wenn er durchzieht, stehen wir
Und sehn ihn an und frieren.

Matthias Claudius

AUF EIN GRAB

Der hier begraben liegt, hat nicht viel Geld erworben
und außer dieser hier nie eine Liegenschaft.
Er ist wie jedermann geboren und gestorben,
und niemand rühmte ihn um Tat- und Geisteskraft.

Da er nichts hinterließ, ist er wohl längst vergessen.
Du, Fremder, bleibe stehn und merk auf diese Schrift.
Dann sag mir, ob sein Lob nicht manches übertrifft,
das in der Leute Mund und ihrem Ohr gesessen.

Daß jedes Jahr geblüht, war seine größte Lust!
Da schritt er ohne Hut gemächlich über Land.
Und wenn zur Winterszeit er erstmals heizen mußt',
dann hat er wie den Schlaf den Ofen Freund genannt.

Er teilte brüderlich sein Brot mit Hund und Meise
und wer es sonst begehrt'. Hat niemanden verdammt,

hat niemanden gehaßt als nur das Steueramt,
sprach nie vom Börsenkurs und selten über Preise.

Versichert war er nicht und nicht im Sportvereine.
Er ging zu keiner Wahl, er diente keinem Herrn,
sang nicht im Kirchenchor. Zeitungen hielt er keine.
Doch daß ich's nicht vergeß: er hatte Rettich gern.

Er rauchte Caporal. Ist wenig nur gereist.
Dafür hat's ihn gefreut, in jungem Gras zu ruhn.
Dann war er noch bemüht, gar niemand wehzutun,
und lobte Gottes Treu' und Zuger Kirschengeist.

Du, Wandrer, bitt für ihn. Und bleibe eingedenk,
daß Gott dein Kämmrer ist, dein Truchseß und dein Schenk.

Werner Bergengruen

ICH LEB UND WEISS NIT wie lang,
ich stirb und weiß nit wann,
ich fahr und weiß nit wohin:
Mich wundert, daß ich fröhlich bin.

Magister Martinus

RUDERN, GESPRÄCHE

Es ist Abend. Vorbei gleiten
Zwei Faltboote, darinnen
Zwei nackte junge Männer: Nebeneinander rudernd
Sprechen sie. Sprechend
Rudern sie nebeneinander.

Bertolt Brecht

DER RAUCH

Das kleine Haus unter Bäumen am See.
Vom Dach steigt Rauch.
Fehlte er
Wie trostlos dann wären
Haus, Bäume und See.

Bertolt Brecht

EINLADUNG ZU EINER TASSE JASMINTEE

Treten Sie ein, legen Sie Ihre
traurigkeit ab, hier
dürfen Sie schweigen

Reiner Kunze

IN DER FRÜHE

Kein Schlaf noch kühlt das Auge mir
dort gehet schon der Tag herfür
an meinem Kammerfenster.
Es wühlet mein verstörter Sinn
noch zwischen Zweifeln her und hin
und schaffet Nachtgespenster.
– Ängste, quäle
dich nicht länger, meine Seele!
Freu dich! Schon sind da und dorten
Morgenglocken wach geworden.

Eduard Mörike

LANGSCHLÄFERS MORGENLIED

Der Wecker surrt. Das alberne Geknatter
Reißt mir das schönste Stück des Traums entzwei.
Ein fleißig Radio übt schon sein Geschnatter.
Pitt äußert, daß es Zeit zum Aufstehn sei.

Mir ist vor Frühaufstehern immer bange.
... Das können keine wackern Männer sein:
Ein guter Mensch schläft meistens gern und lange.
– Ich bild mir diesbezüglich etwas ein ...

Das mit der goldgeschmückten Morgenstunde
Hat sicher nur das Lesebuch erdacht.
Ich ruhe sanft. – Aus einem kühlen Grunde:
Ich hab mir niemals was aus Gold gemacht.

Der Wecker surrt. Pitt malt in düstern Sätzen
Der Faulheit Wirkung auf den Lebenslauf.
Durchs Fenster hört man schon die Autos hetzen.
– Ein warmes Bett ist nicht zu unterschätzen.
... Und dennoch steht man alle Morgen auf.

Mascha Kaléko

LOB DER FAULHEIT

Faulheit, jetzo will ich dir
Auch ein kleines Loblied bringen. –
O – – wie – – sau – – er – – wird es mir, – –
Dich – – nach Würden – – zu besingen!
Doch, ich will mein Bestes tun,
Nach der Arbeit ist gut ruhn.

Höchstes Gut! wer dich nur hat,
Dessen ungestörtes Leben – –
Ach! – – ich – – gähn' – – ich – – werde matt – –
Nun – – so – – magst du – – mirs vergeben,
Daß ich dich nicht singen kann;
Du verhinderst mich ja dran.

Gotthold Ephraim Lessing

WENN DICH DIE LÄSTERZUNGE STICHT,
so laß dir dies zum Troste sagen:
Die schlecht'sten Früchte sind es nicht,
woran die Wespen nagen.

Gottfried August Bürger

KRANKGESCHRIEBEN

Man liegt im Bett mit einer Halskompresse,
Erschöpft und blaß ist man heraufgeschwankt.
Man ist des ganzen Hauses Interesse,
Und jemand sorgt, daß man das Fieber messe.
Man fehlt heut im Büro. – Man ist <erkrankt>.

Man fühlt sich wohl auf weichen, weißen Kissen.
– Von Zeit zu Zeit tut irgendwo was weh –.
Und diese Schmerzen streicheln das Gewissen,
Heut einmal seine Pflicht nicht tun zu müssen.
... Dies sühnt man außerdem mit Fliedertee.

Man sieht die Möbel an und die Gardinen.
– Man kennt sein Zimmer nur vom Abend her –.
Am Tage, wenn es hell und lichtbeschienen,
Da ist man irgendwo, um zu verdienen.
Und abends gibt es keine Sonne mehr.

Durchs Fenster dringen Stimmen von Passanten
Und der Vormittagslärm von Groß-Berlin.
Man wird besucht von Freunden und Bekannten.
Zweimal am Tage kommen die Verwandten
Und dreimal täglich kommt die Medizin ...

So gegen elf hört man die Bolle-Glocken,
Zuweilen läutet's an der Eingangstür.

Ein Reisender empfiehlt uns Mako-Socken.
Vom Hof her klingt des Scherenschleifers Locken
Und auch der Leiermann ist wieder hier.

Man liegt im Bett. Und draußen ‹pulst das Leben›
– Wie es so herrlich in Romanen heißt.
Man hat sich diesem Zwange gern ergeben
Und wird gesund mit leisem Widerstreben,
Als wär man in die Kindheit heimgereist …

Mascha Kaléko

DAS ZAHNWEH, subjektiv genommen,
ist ohne Zweifel unwillkommen;
doch hat's die gute Eigenschaft,
dass sich dabei die Lebenskraft,
die man nach außen oft verschwendet,
auf einen Punkt nach innen wendet
und hier energisch konzentriert.
Kaum wird der erste Stich verspürt,
kaum fühlt man das bekannte Bohren,
das Rucken, Zucken und Rumoren –
und aus ist's mit der Weltgeschichte,
vergessen sind die Kursberichte,
die Steuern und das Einmaleins,
kurz jede Form gewohnten Seins,
die sonst real erscheint und wichtig,
wird plötzlich wesenlos und nichtig.
Ja, selbst die alte Liebe rostet –
man weiß nicht, was die Butter kostet –
denn einzig in der engen Höhle
des Backenzahnes weilt die Seele,
und unter Toben und Gesaus
reift der Entschluss: Er muss heraus!! –

Wilhelm Busch

DER ZAHN

Um größre Schmerzen zu vermeiden,
Entschloß ich mich, daß mir ein Zahn,
Der mir bishero weh getan,
Würd' ausgebrochen, zu erleiden.

Weil aber die Natur bei starken Gliedern
(So ich dem Schöpfer nie durch Dank kann gnug erwiedern)
Auch starke Zähne mir verliehen;
So schien es erst, als ob, ihn auszuziehen
Der kluge *Carpser* selbst, der an Geschicklichkeit
Kaum seines gleichen kennt, sich etwas scheut'; allein,
Weil ich darauf bestund, war er dazu bereit.

Ich nahm mir vor, die strenge Pein,
Ohn' alles Zucken, sonder Schrein
Beherzt und standhaft auszustehen.
Er setze drauf den Pelican,
Den ich vorhero wohl besehen,
Mit Kraft und Vorsicht an.

Wir hielten uns im Anfang beide gut:
Er brach; ich hielte fest, noch fester doch der Zahn.
Er knackt', ich wiche nicht. Doch endlich war mein Muth
Noch eher, als der Zahn, gebrochen.
Es riss ein grässliches Gekrach,
Wodurch des ganzen Hauptes Knochen
Zu spalten schien, ein kurz doch kläglich Ach
Mir aus der Brust. Die feurig wilde Pein,
Der bittre Schmerz, durchdrang so Fleisch als Bein,
Dies splittert, jenes riss, jedoch, zu meinem Leide,
Kein einzigs ganz entzwei;
Der Sehnen Zähigkeit band sie noch alle beide.

Den meist gelösten Zahn ergriff der Arzt aufs neu',
Und ich vor Unmut Mut. Er wählt aus zweien Bösen
Das kleinest', und fing an, das Zahn-Fleisch abzulösen.
Ob ich nun gleich die scharfen Schmerzen fühlte,
Wie er mir dazumal in frischer Wunde wühlte,
Wie er das Fleisch zerschnitt, so wirkete jedoch
Der noch weit größre Schmerz, den, wie es so gekracht,
Der Bruch mir kurz vorher gemacht,
Zusammt der Furcht, es würd' annoch
Dergleichen grässliches Geknirsch von neuen kommen,
Daß ich die Pein des Schnitts, wie herbe sie auch war,
Doch nicht so gar
Empfindlich aufgenommen.

Allein,
Mit welcher Lust nahm ich, bei aller Pein,
Den Ursprung meiner Qual, den nunmehr losen Zahn
Aus *Carpsers* blutgen Händen an!
Kaum konnte mir, ihn hin und her zu kehren,
Die Zacken anzusehn, ein kalter Schauer wehren,
Der plötzlich mich befiel. Ich leget' ihn denn nieder.

Itzt aber nehm' ich ihn aufs neue wieder,
Beschaue seine Kron' und messe
Derselben Breit' und Festigkeit,
Beseh' der Wurzeln Stärk und Größe,
Betrachte die Beschaffenheit
Wie er im Fleisch gesteckt,
Und werde nun so gar
Dadurch, weil etwas Fleisch daran geblieben war,
Wie eine Haut annoch den ganzen Knochen deckt,
Erstaunt gewahr, woraus ganz klar erscheinet,
Auf welche Weise Fleisch und Knochen sich vereinet.

Es zeiget mir der Rest
Von einer Sehn', auf welche Weise

An dieser zarten Haut so Fleisch als Sehne fest;
Doch geht sie nur so weit, als im Gehäuse
Der Zahn vorher gesteckt. Dies stellt mir nun von neuen
Ein weises Wunder dar; es scheint absonderlich
So künstlich zugericht, damit die Haut nicht sich
Verschöb' und nicht verletzet würd' im Käuen.

Noch mehr, es kann in der Natur
An freier Luft ein Knochen nicht bestehen:
Daher wir denn, o Wunder! sehen,
Wie eine künstliche besondere Glasur,
Die ihn so zieret als ihm nützet,
Den Zahn von außen deckt und schützet.

Daß aus des Kiefers fester Lade
Man Zähne hebet sonder Schade,
Und daß die Wunden, ohn Verweilen
Und fernre Schmerzen, wieder heilen;
Ist auch ein großes Glück.

Je mehr ich nun auf unsre Zähne merke,
Je mehr find' ich ihnen Wunder-Werke.
Daß unsre vordre Zähn' im Munde
Die dünnsten, scharf und schneidend sein;
Das hat vermutlich dies zum Grunde,
Und gibt es selbst der Augenschein:
Damit die Speisen desto besser,
Ja gleichsam als mit einem Messer,
Dadurch geschnitten werden können.

Bewundernd seh' ich auch die andern Spitzen,
Die nahe bei den ersten sitzen,
Und die wir Hunde-Zähne nennen.
Durch diese wird, was zäh', ereilet,
Zerdrückt, zermalmt, zerteilet.

Ist dieses noch nicht Weisheit gnug;
So laßt uns auch die Backen-Zähn',
Und ihre sondre Form besehn!

Daß wir bequemlich und mit Fug
Das Essen
Zermalmen können, reiben, pressen;
Sind diese nicht nur platt und breit,
Nein zu besondrer Nutzbarkeit,
Mit kleinen Tiefen und mit Höhn
Recht wunderbar versehn.

Wenn nur allein die scharf- und spitzen Zähne hinden,
Die breiten vorn, im Munde stünden;
Wie mühsam würd' alsdann uns allen
Das itzt so leichte Käuen fallen!

Bewundre doch, o Mensch, dies Wunder! stell' es dir
Dem Schöpfer, ders gemacht, zum Ruhm, doch öfters für!
Bei jedem Bissen freu dich seiner Güte,
Und weil er ja für das, was er bescheret,
Nichts als ein fröhlichs Herz begehret,
So opfer' ihm ein dankbares Gemüte!

Barthold Heinrich Brockes

IMPROMPTU AN JOLI

Die ganz' Welt ist in dich verliebt
Und läßt dir keine Ruh,
Und wenns im Himmel Hundle gibt,
So sind sie grad wie du.

Eduard Mörike

NACHRUF

Einem Liebling

Es bellt nicht mehr der weiße Kleine
Läuft vor der Türe nicht mehr Sturm;
Geht nicht mehr traurig an der Leine,
Tobt nicht mehr bös als Tatzelwurm.

Das Köpfchen, das so schmuck sich drehte,
In holder Wendung immer jung,
Das schöne Tier, das stets umwehte
Vielteuere Erinnerung:

Das drückten sechzehn Jahre nieder;
Ein ganzer Winter noch darauf –
Dann lähmt' es ihm die zarten Glieder,
Nahm allen Pfötchen ihren Lauf.

Da lag er todeskrank im Freien,
Vom nahen Walde kam der Duft;
Es war ein schöner Tag im Maien –
Die Zeit, um die der Kuckuck ruft.

Er stand nicht auf mehr von der Stelle,
Die Sonnenstrahlen wärmten ihn –
Doch er erstarrt' in seinem Felle,
Das noch im Tod wie Hermelin.

Wo sein Gebieter saß im Alter,
Wo grün die Eiche biegt den Ast,
Wo goldig streift der Sommerfalter,
Dort trug man ihn zur letzten Rast.

Und ich, ich denk auf meinen Wegen
Gedanken, die mir eigen sind:

Vielleicht im Jenseits kommt entgegen
Er wieder mir, dem Pilgerkind.

Und eilt voran, wie einst auf Erden,
Dem Oheim, den ich treu geliebt,
Im Lande, wo wir glücklich werden,
Wo Gott Verlornes wiedergibt.

Josephine von Knorr

ALS DER HUND TOT WAR

Alard ist hin, und meine Augen fließen
Mit Tränen der Melancholie!
Da liegt er tot zu meinen Füßen!
Das gute Vieh!

Er tat so freundlich, klebt' an mich wie Kletten,
Noch als er starb an seiner Gicht.
Ich wollt ihn gern vom Tode retten,
Ich konnte nicht.

Am Eichbaum ist er oft mit mir gesessen,
In stiller Nacht mit mir allein;
Alard, ich will dich nicht vergessen,
Und scharr dich ein,

Wo du mit mir oft saß'st, bei unsrer Eiche,
Der Freundin meiner Schwärmerei. –
Mond, scheine sanft auf seine Leiche!
Er war mir treu.

Matthias Claudius

ALTE WINKELMAUER

Alte Mauer, die ich oft benässe,
Weil's dort dunkel ist.
Himmlisches Gefunkel ist
In deiner Blässe.

Pilz und Feuchtigkeiten
Und der Wetterschliff der Zeiten
Gaben deiner Haut
Wogende Gesichter,
Die nur ein Dichter
Oder ein Künstler
Oder Nureiner schaut.

«Können wir uns wehren?»
Fragt's aus dir mild.
Ach, kein Buch, kein Bild
Wird mich so belehren.

Was ich an dir schaute,
Etwas davon blieb
Immer. Nie vertraute
Mauer, dich hab' ich lieb.

Weil du gar nicht predigst.
Weil du nichts erledigst.
Weil du gar nicht willst sein.
Weil mir deine Flecken
Ahnungen erwecken.
Du, eines Schattens Schein.

Nichts davon wissen
Die, die sonst hier pissen,
Doch mir winkt es: Komm!
Seit ich dich gefunden,
Macht mich für Sekunden
Meine Notdurft an dir fromm.

Joachim Ringelnatz

MAN SOLLTE SCHLAFEN GEHN

Man sollte etwas früher schlafen gehn ...
Und anstatt dessen wird es immer später.
Sehr viele gibt es, die das nicht verstehn,
Doch mancher sagt mir auch: ja, das versteht er. –

Man macht nichts mehr; man trödelt bloß so rum ...
Man sollte endlich seine Briefe schreiben.
Doch plötzlich ist die Zeit dann wieder um;
Man hat nicht Lust; man läßt es wieder bleiben.

Die tiefe Nacht sieht Dich vertraulich an;
Man raucht schon wieder eine Zigarette.
Man hat ja schließlich seine Pflicht getan,
Was tut man jetzt? – Nichts mehr, man geht zu Bette.

Man tut es nicht; man fühlt sich so privat …
Und eigentlich wird man jetzt richtig munter.
Die Tage sind doch manchmal desperat …
Man ist auch mit den Nerven runter. –

Man hört: die Leute oben geh'n zur Ruh.
(Die Frau mit ihrem Tritt bringt mich zum Rasen!)
Was noch? Ja, richtig, ist der Gashahn zu?
Und in die Küche mit den Blumen-Vasen!

Ist's Licht aus? Und die Türe zugemacht? –
Man muß, weiß Gott, nach allem selber sehn …
Worüber hab' ich heute so gelacht? –
Ich weiß nicht mehr; – man sollte schlafen gehn.

Lessie Sachs

WAS SCHLIMM IST

Wenn man kein Englisch kann,
von einem guten englischen Kriminalroman zu hören,
der nicht ins Deutsche übersetzt ist.

Bei Hitze ein Bier sehn,
das man nicht bezahlen kann.

Einen neuen Gedanken haben,
den man nicht in einen Hölderlinvers einwickeln kann,
wie es die Professoren tun.

Nachts auf Reisen Wellen schlagen hören
und sich sagen, daß sie das immer tun.

Sehr schlimm: eingeladen sein,
wenn zu Hause die Räume stiller,
der Café besser
und keine Unterhaltung nötig ist.

Am schlimmsten:
nicht im Sommer sterben,
wenn alles hell ist
und die Erde für Spaten leicht.

Gottfried Benn

FALTEN UND FALLEN

Leute mit besseren Nerven als jedes Tier, flüchtiger, unbewußter
Waren sie's endlich gewohnt, den Tag zu zerlegen. Die Pizza
Aus Stunden aßen sie häppchenweise, meist kühl, und nebenbei
Hörten sie plappernd CDs oder fönten das Meerschwein,
Schrieben noch Briefe und gingen am Bildschirm auf Virusjagd.
Zwischen Stapeln Papier auf dem Schreibtisch, Verträgen, Kopien,
Baute der Origami-Kranich sein Nest, eine raschelnde Falle.
Jeder Tag brachte, am Abend berechnet, ein anderes Diagramm
Fraktaler Gelassenheit, später in traumlosem Kurzschlaf gelöscht.
Sah man genauer hin, mit der aus Filmen bekannten Engelsgeduld,
Waren es Farben, verteilt wie die Hoch- und Tiefdruckzonen
Über Europas Kartentisch. Sie glichen dem Fell des Geparden
Im Säugetier-Lexikon, den Blättern fixierten Graphitstaubs
Mit Fingerabdrücken in der Kartei für Gewalttäter. Deutlich
War diese Spur von Vergessen in allen Hirnen, Falten, Gesichtern,
Flüsternd, bis auf den Lippen das dünne Apfelhäutchen zerriß.

Durs Grünbein

KUNSTAUSSTELLUNG IN DER PROVINZ

Lächeln ist leicht
in einer Ausstellung wie dieser.

Immer die gleichen
Früchte,
Segel
und unsicheren Deformationen
in den Porträts.

Versuche, zu Wort zu kommen
in Sparkassen und Wandelhallen
– ein Malerleben lang.

Aber die mächtigen Stimmen
allein,
die von den Wänden der großen
Museen
zu uns herabsprechen,
sind nichts.

Erst wenn die schwachen
sich mit ihnen mischen,
in der Summe mit allen
Stummen und Stammlern,
wird hörbar,
was gesagt werden kann
vom Leben.

Rainer Malkowski

AUF GOLDGRUND

Ins Museum bin zu später
Stunde heut ich noch gegangen,
Wo die Heilgen, wo die Beter
Auf den goldnen Gründen prangen.

Dann durchs Feld bin ich geschritten
Heißer Abendglut entgegen,
Sah, die heut das Korn geschnitten,
Garben auf die Wagen legen.

Um die Lasten in den Armen,
Um den Schnitter und die Garbe
Floß der Abendglut, der warmen,
Wunderbare Goldesfarbe.

Auch des Tages letzte Bürde,
Auch der Fleiß der Feierstunde
War umflammt von heilger Würde,
Stand auf schimmernd goldnem
Grunde.

Conrad Ferdinand Meyer

GESANG VOM HERBST

Ich erwache des nachts; da kräht der Hahn,
Ganz heiser gluckert das Huhn,
Sie rücken zusammen, sie schmiegen sich dicht
Es läßt sie der Sturm nicht ruhn;
Sie spüren, etwas ist turbulent
Und es wird ihnen etwas tun.

Sie fühlen, daß es gefährlich ist
Am Tage und in der Nacht;
Es krümmt sich die Kralle, es schlottert der Kamm,
Die Nacht ist wie ein Schacht:
Da schnuppert der Fuchs und der Marder schleicht
Die verpestete Ratte wacht.

Der Tag kommt mit dem Messer; es nimmt
Die Frau das gehütete Ei,
Sie grummelt, daß es nur eines ist
Und wünscht es wären zwei;
Sie sagt auch, wenn die Henne nicht legt
Dann ist es mit ihr vorbei ...

Martha Saalfeld

BETRACHTUNG DER ZEIT

Mein sind die Jahre nicht, die mir die Zeit genommen,
Mein sind die Jahre nicht, die etwa möchten kommen
Der Augenblick ist mein, und nehm' ich den in acht
So ist der mein, der Jahr und Ewigkeit gemacht.

Andreas Gryphius

DER RADWECHSEL

Ich sitze am Straßenrand
Der Fahrer wechselt das Rad.
Ich bin nicht gern, wo ich herkomme.
Ich bin nicht gern, wo ich hinfahre.
Warum sehe ich den Radwechsel
Mit Ungeduld?

Bertolt Brecht

MATTI WECHSELT DAS RAD

während ich den reifen abmontiere
haut sich der chef auf die wiese, sieht dauernd rüber.
als fahrer verwartest du stunden, warum
wird er nervös, wenn er einmal
auf mich warten muß? wenn die panne
ihn zuviel zeit kostet: er
kann mir ja helfen.

Yaak Karsunke

DER JUNKER UND DER BAUER

Ein Bauer trat mit seiner Klage
vor Junker Alexander hin:
«Vernehmt, Herr, daß ich heut am Tage
recht übel angekommen bin:
Mein Hund hat Eure Kuh gebissen.
Wer wird den Schaden tragen müssen?»
«Schelm, das sollst du!», fuhr hier der Junker auf,
«für dreißig Taler war mit nicht die Kuh zu Kauf,

die sollst du diesen Augenblick erlegen.
Das sei hiermit erkannt von Rechtes wegen!»
«Ach nein, gestrenger Herr! Ich bitte, hört»,
rief ihm der Bauer wieder zu,
«ich hab' es in der Angst verkehrt;
nein, Euer Hund biß meine Kuh.» –
Und wie hieß nun das Urteil Alexanders?
«Ja Bauer! Das ist ganz was anders.»

Karl Wilhelm Ramler

DER MAI

Im Galarock des heiteren Verschwenders,
ein Blumenzepter in der schmalen Hand,
fährt nun der Mai, der Mozart des Kalenders,
aus seiner Kutsche grüßend, über Land.

Es überblüht sich, er braucht nur zu winken.
Er winkt! Und rollt durch einen Farbenhain.
Blaumeisen flattern ihm voraus und Finken.
Und Pfauenaugen flügeln hinterdrein.

Die Apfelbäume hinterm Zaun erröten.
Die Birken machen einen grünen Knicks.
Die Drosseln spielen, auf ganz kleinen Flöten,
das Scherzo aus der Symphonie des Glücks.

Die Kutsche rollt durch atmende Pastelle.
Wir ziehn den Hut. Die Kutsche rollt vorbei.
Die Zeit versinkt in einer Fliederwelle.
O, gäb es doch ein Jahr aus lauter Mai!

Melancholie und Freude sind wohl Schwestern.
Und aus den Zweigen fällt verblühter Schnee.
Mit jedem Pulsschlag wird aus Heute Gestern.
Auch Glück kann weh tun. Auch der Mai tut weh.

Er nickt uns zu und ruft: «Ich komm ja wieder!»
Aus Himmelblau wird langsam Abendgold.
Er grüßt die Hügel, und er winkt dem Flieder.
Er lächelt. Lächelt. Und die Kutsche rollt.

Erich Kästner

DIE SORGLICHEN

Im Frühling, als der Märzwind ging,
als jeder Zweig voll Knospen hing,
da fragten sie mit Zagen:
Was wird der Sommer sagen?

Und als das Korn in Fülle stand,
in lauter Sonne briet das Land,
da seufzten sie und schwiegen:
Bald wird der Herbstwind fliegen.

Der Herbstwind blies die Bäume an
und ließ auch nicht ein Blatt daran.
Sie sahn sich an: Dahinter
kommt nun der böse Winter.

Das war nicht eben falsch gedacht,
der Winter kam auch über Nacht.
Die armen, armen Leute,
was sorgen sie nur heute?

Sie sitzen hinterm Ofen still
und warten, ob's nicht tauen will,
und bangen sich und sorgen
um morgen.

Gustav Falke

DAS LIED VON DER GLOCKE

Vivos voco. Mortuos plango. Fulgura frango.

Fest gemauert in der Erden
steht die Form aus Lehm gebrannt.
Heute muß die Glocke werden!
Frisch, Gesellen, seid zur Hand!
Von der Stirne heiß
rinnen muß der Schweiß,
soll das Werk den Meister loben;
doch der Segen kommt von oben.

Zum Werke, das wir ernst bereiten,
geziemt sich wohl ein ernstes Wort;
wenn gute Reden sie begleiten,
dann fließt die Arbeit munter fort.
So laß uns jetzt mit Fleiß betrachten,
was durch die schwache Kraft entspringt;
den schlechten Mann muss man verachten,
der nie bedacht, was er vollbringt.
Das ist's ja, was den Menschen zieret,
und dazu war ihm der Verstand,
daß er im innern Herzen spüret,
was er erschafft mit seiner Hand.

Nehmet Holz vom Fichtenstamme,
doch recht trocken laßt es sein,
daß die eingepreßte Flamme
schlage zu dem Schwalch hinein!
Kocht des Kupfers Brei,
schnell das Zinn herbei,
daß die zähe Glockenspeise
fließe nach der rechten Weise!

Was in des Dammes tiefer Grube
die Hand mit Feuers Hilfe baut,
hoch auf des Turmes Glockenstube,
da wird es von uns zeugen laut.
Noch dauern wird's in späten Tagen
und rühren vieler Menschen Ohr
und wird mit dem Betrübten klagen
und stimmen zu der Andacht Chor.
Was unten tief dem Erdensohne
das wechselnde Verhängnis bringt,
das schlägt an die metallne Krone,
die es erbaulich weiterklingt.

Weiße Blasen seh' ich springen,
wohl! die Massen sind im Fluß.
Laßt's mit Aschensalz durchdringen,
das befördert schnell den Guß.
Auch von Schaume rein
muß die Mischung sein,
daß vom reinlichen Metalle
rein und voll die Stimme schalle.

Denn mit der Freude Feierklange
begrüßt sie das geliebte Kind
auf seines Lebens erstem Gange,
den es in Schlafes Arm beginnt.
Ihm ruhen noch im Zeitenschoße
die schwarzen und die heitern Lose;
der Mutterliebe zarte Sorgen
bewachen seinen goldnen Morgen. –
Die Jahre fliehen pfeilgeschwind.
Vom Mädchen reißt sich stolz der Knabe,
er stürmt ins Leben wild hinaus,
durchmißt die Welt am Wanderstabe.
Fremd kehrt er heim ins Vaterhaus,

und herrlich in der Jugend Prangen,
wie ein Gebild aus Himmelshöhn,
mit züchtigen, verschämten Wangen
sieht er die Jungfrau vor sich stehn.
Da faßt ein namenloses Sehnen
des Jünglings Herz, er irrt allein,
aus seinen Augen brechen Tränen,
er flieht der Brüder wilden Reihn.
Errötend folgt er ihren Spuren
und ist von ihrem Gruß beglückt,
das Schönste sucht er auf den Fluren,
womit er seine Liebe schmückt.
O zarte Sehnsucht, süßes Hoffen,
der ersten Liebe goldne Zeit!
Das Auge sieht den Himmel offen,
es schwelgt das Herz in Seligkeit –
o daß sie ewig grünen bliebe,
die schöne Zeit der jungen Liebe!

Wie sich schon die Pfeifen bräunen!
Dieses Stäbchen tauch' ich ein:
Sehn wir's überglast erscheinen,
wird's zum Gusse zeitig sein.
Jetzt, Gesellen, frisch!
prüft mir das Gemisch,
ob das Spröde mit dem Weichen
sich vereint zum guten Zeichen.

Denn wo das Strenge mit dem Zarten,
wo Starkes sich und Mildes paarten,
da gibt es einen guten Klang.
Drum prüfe, wer sich ewig bindet,
ob sich das Herz zum Herzen findet!
Der Wahn ist kurz, die Reu' ist lang. –
Lieblich in der Bräute Locken

spielt der jungfräuliche Kranz,
wenn die hellen Kirchenglocken
laden zu des Festes Glanz.
Ach! des Lebens schönste Feier
endigt auch den Lebensmai,
mit dem Gürtel, mit dem Schleier
reißt der schöne Wahn entzwei.
Die Leidenschaft flieht,
die Liebe muß bleiben,
die Blume verblüht,
die Frucht muß treiben.
Der Mann muß hinaus
ins feindliche Leben,
muß wirken und streben
und pflanzen und schaffen,
erlisten, erraffen,
muß wetten und wagen,
das Glück zu erjagen.
Da strömet herbei die unendliche Gabe,
es füllt sich der Speicher mit köstlicher Habe,
die Räume wachsen, es dehnt sich das Haus.

Und drinnen waltet
die züchtige Hausfrau,
die Mutter der Kinder,
und herrschet weise
im häuslichen Kreise,
und lehret die Mädchen
und wehret den Knaben
und reget ohn' Ende
die fleißigen Hände
und mehrt den Gewinn
mit ordnendem Sinn,
und füllet mit Schätzen die duftenden Laden
und dreht um die schnurrende Spindel den Faden,

und sammelt im reinlich geglätteten Schrein
die schimmernde Wolle, den schneeigten Lein,
und füget zum Guten den Glanz und den Schimmer,
und ruhet nimmer.

Und der Vater mit frohem Blick
von des Hauses weitschauendem Giebel
überzählet sein blühend Glück,
siehet der Pfosten ragende Bäume
und der Scheunen gefüllte Räume
und die Speicher, vom Segen gebogen,
und des Kornes bewegte Wogen,
rühmt sich mit stolzem Mund:
Fest, wie der Erde Grund,
gegen des Unglücks Macht
steht mir des Hauses Pracht! –
Doch mit des Geschickes Mächten
ist kein ew'ger Bund zu flechten,
und das Unglück schreitet schnell.

Wohl! nun kann der Guß beginnen,
schön gezacket ist der Bruch.
Doch, bevor wir's lassen rinnen,
betet einen frommen Spruch!
Stoßt den Zapfen aus!
Gott bewahr' das Haus!
Rauchend in des Henkels Bogen
schießt's mit feuerbraunen Wogen.

Wohltätig ist des Feuers Macht,
wenn sie der Mensch bezähmt, bewacht,
und was er bildet, was er schafft,
das dankt er dieser Himmelskraft;
doch furchtbar wird die Himmelskraft,
wenn sie der Fessel sich entrafft,

einhertritt auf der eignen Spur
die freie Tochter der Natur.
Wehe, wenn sie losgelassen,
wachsend ohne Widerstand
durch die volkbelebten Gassen
wälzt den ungeheuren Brand!
Denn die Elemente hassen
das Gebild der Menschenhand.
Aus der Wolke
quillt der Segen,
strömt der Regen
aus der Wolke, ohne Wahl
zuckt der Strahl!
Hört ihr's wimmern hoch vom Turm?
Das ist Sturm!
Rot wie Blut
ist der Himmel,
das ist nicht des Tages Glut!
Welch Getümmel
Straßen auf!
Dampf wallt auf!
Flackernd steigt die Feuersäule,
durch der Straße lange Zeile
wächst es fort mit Windeseile,
kochend, wie aus Ofens Rachen,
glühn die Lüfte, Balken krachen,
Pfosten stürzen, Fenster klirren,
Kinder jammern, Mütter irren,
Tiere wimmern
unter Trümmern.
Alles rennet, rettet, flüchtet,
taghell ist die Nacht gelichtet.
Durch der Hände lange Kette
um die Wette
fliegt der Eimer, hoch im Bogen

spritzen Quellen, Wasserwogen.
Heulend kommt der Sturm geflogen,
der die Flamme brausend sucht.
Prasselnd in die dürre Frucht
fällt sie, in des Speichers Räume,
in der Sparren dürre Bäume,
und als wollte sie im Wehen
mit sich fort der Erde Wucht
reißen in gewaltger Flucht,
wächst sie in des Himmels Höhen
riesengroß. –
Hoffnungslos
weicht der Mensch der Götterstärke,
müßig sieht er seine Werke
und bewundernd untergehen.

Leergebrannt
ist die Stätte,
wilder Stürme rauhes Bette.
In den öden Fensterhöhlen
wohnt das Grauen,
und des Himmels Wolken schauen
hoch hinein.

Einen Blick
nach dem Grabe
seiner Habe
sendet noch der Mensch zurück –
greift fröhlich dann zum Wanderstabe.
Was Feuers Wut ihm auch geraubt,
ein süßer Trost ist ihm geblieben:
Er zählt die Häupter seiner Lieben,
und sieh! ihm fehlt kein teures Haupt.

In die Erd' ist's aufgenommen,
glücklich ist die Form gefüllt;

wird's auch schön zutage kommen,
daß es Fleiß und Kunst vergilt?
Wenn der Guß mißlang?
Wenn die Form zersprang?
Ach, vielleicht, indem wir hoffen,
hat uns Unheil schon getroffen.

Dem dunkeln Schoß der heil'gen Erde
vertrauen wir der Hände Tat,
vertraut der Sämann seine Saat
und hofft, daß sie entkeimen werde
zum Segen, nach des Himmels Rat.
Noch köstlicheren Samen bergen
wir trauernd in der Erde Schoß
und hoffen, daß er aus den Särgen
erblühen soll zu schönerm Los.

Von dem Dome
schwer und bang
tönt die Glocke
Grabgesang.
Ernst begleiten ihre Trauerschläge
einen Wandrer auf dem letzten Wege.

Ach! die Gattin ist's, die teure,
ach! es ist die treue Mutter,
die der schwarze Fürst der Schatten
wegführt aus dem Arm des Gatten,
aus der zarten Kinder Schar,
die sie blühend ihm gebar,
die sie an der treuen Brust
wachsen sah mit Mutterlust –
ach! des Hauses zarte Bande
sind gelöst auf immerdar;
denn sie wohnt im Schattenlande,
die des Hauses Mutter war;

denn es fehlt ihr treues Walten,
ihre Sorge wacht nicht mehr;
an verwaister Stätte schalten
wird die Fremde, liebeleer.

Bis die Glocke sich verkühlet,
laßt die strenge Arbeit ruhn.
Wie im Laub der Vogel spielet,
mag sich jeder gütlich tun.
Winkt der Sterne Licht,
ledig aller Pflicht
hört der Bursch die Vesper schlagen,
Meister muß sich immer plagen.

Munter fördert seine Schritte
fern im wilden Forst der Wandrer
nach der lieben Heimathütte.
Blökend ziehen
heim die Schafe,
und der Rinder
breitgestirnte, glatte Scharen
kommen brüllend,
die gewohnten Ställe füllend.
Schwer herein
schwankt der Wagen,
kornbeladen;
bunt von Farben
auf den Garben
liegt der Kranz,
und das junge Volk der Schnitter
fliegt zum Tanz.
Markt und Straße werden stiller,
um des Lichts gesell'ge Flamme
sammeln sich die Hausbewohner,
und das Stadttor schließt sich knarrend.

Schwarz bedecket
sich die Erde;
doch den sichern Bürger schrecket
nicht die Nacht,
die den Bösen gräßlich wecket;
denn das Auge des Gesetzes wacht.

Heil'ge Ordnung, segenreiche
Himmelstochter, die das Gleiche
frei und leicht und freudig bindet,
die der Städte Bau gegründet,
die herein von den Gefilden
rief den ungesell'gen Wilden,
eintrat in der Menschen Hütten,
sie gewöhnt zu sanften Sitten
und das teuerste der Bande
wob, den Trieb zum Vaterlande!

Tausend fleiß'ge Hände regen,
helfen sich in munterm Bund,
und in feurigem Bewegen
werden alle Kräfte kund.
Meister rührt sich und Geselle
in der Freiheit heil'gem Schutz;
jeder freut sich seiner Stelle,
bietet dem Verächter Trutz.
Arbeit ist des Bürgers Zierde,
Segen ist der Mühe Preis;
ehrt den König seine Würde,
ehret *uns* der Hände Fleiß.

Holder Friede,
süße Eintracht,
weilet, weilet
freundlich über dieser Stadt!
Möge nie der Tag erscheinen,

wo des rauhen Krieges Horden
dieses stille Tal durchtoben;
wo der Himmel,
den des Abends sanfte Röte
lieblich malt,
von der Dörfer, von der Städte
wildem Brande schrecklich strahlt!

Nun zerbrecht mir das Gebäude,
seine Absicht hat's erfüllt,
daß sich Herz und Auge weide
an dem wohlgelungnen Bild.
Schwingt den Hammer, schwingt,
bis der Mantel springt!
Wenn die Glock' soll auferstehen,
muß die Form in Stücke gehen.

Der Meister kann die Form zerbrechen
mit weiser Hand, zur rechten Zeit;
doch wehe, wenn in Flammenbächen
das glühnde Erz sich selbst befreit!
Blindwütend, mit des Donners Krachen,
zersprengt es das geborstne Haus,
und wie aus offnem Höllenrachen
speit es Verderben zündend aus.
Wo rohe Kräfte sinnlos walten,
da kann sich kein Gebild gestalten;
wenn sich die Völker selbst befrein,
da kann die Wohlfahrt nicht gedeihn.

Weh, wenn sich in dem Schoß der Städte
der Feuerzunder still gehäuft,
das Volk, zerreißend seine Kette,
zur Eigenhilfe schrecklich greift!
Da zerret an der Glocke Strängen
der Aufruhr, daß sie heulend schallt

und, nur geweiht zu Friedensklängen,
die Losung anstimmt zur Gewalt.

Freiheit und Gleichheit! hört man schallen,
der ruh'ge Bürger greift zur Wehr,
die Straßen füllen sich, die Hallen,
und Würgerbanden ziehn umher.
Da werden Weiber zu Hyänen
und treiben mit Entsetzen Scherz;
noch zuckend, mit des Panthers Zähnen,
zerreißen sie des Feindes Herz.
Nichts Heiliges ist mehr, es lösen
sich alle Bande frommer Scheu;
der Gute räumt den Platz dem Bösen,
und alle Laster walten frei.
Gefährlich ist's, den Leu zu wecken,
verderblich ist des Tigers Zahn;
jedoch der schrecklichste der Schrecken,
das ist der Mensch in seinem Wahn.
Weh denen, die dem Ewigblinden
des Lichtes Himmelsfackel leihn!
Sie strahlt ihm nicht, sie kann nur zünden
und äschert Städt' und Länder ein.

Freude hat mir Gott gegeben!
Sehet! wie ein goldner Stern
aus der Hülse, blank und eben,
schält sich der metallne Kern.
Von dem Helm zum Kranz
spielt's wie Sonnenglanz,
auch des Wappens nette Schilder
loben den erfahrnen Bilder.

Herein! Herein!
Gesellen alle, schließt den Reihen,
daß wir die Glocke taufend weihen!

‹Concordia› soll ihr Name sein.
Zur Eintracht, zu herzinnigem Vereine
versammle sie die liebende Gemeine.

Und dies sei fortan ihr Beruf,
wozu der Meister sie erschuf:
Hoch überm niedern Erdenleben
soll sie in blauem Himmelszelt,
die Nachbarin des Donners, schweben
und grenzen an die Sternenwelt,
soll eine Stimme sein von oben,
wie der Gestirne helle Schar,
die ihren Schöpfer wandelnd loben
und führen das bekränzte Jahr.
Nur ewigen und ernsten Dingen
sei ihr metallner Mund geweiht,
und stündlich mit den schnellen Schwingen
berühr' im Fluge sie die Zeit.
Dem Schicksal leihe sie die Zunge;
selbst herzlos, ohne Mitgefühl,
begleite sie mit ihrem Schwunge
des Lebens wechselvolles Spiel.
Und wie der Klang im Ohr vergehet,
der mächtig tönend ihr entschallt,
so lehre sie, daß nichts bestehet,
daß alles Irdische verhallt.

Jetzo mit der Kraft des Stranges
wiegt die Glock' mir aus der Gruft,
daß sie in das Reich des Klanges
steige, in die Himmelsluft.
Ziehet, ziehet, hebt!
Sie bewegt sich, schwebt.
Freude dieser Stadt bedeute,
Friede sei ihr erst Geläute.

Friedrich Schiller

DIE HEINZELMÄNNCHEN

Wie war zu Köln es doch vordem
mit Heinzelmännchen so bequem!
Denn, war man faul – man legte sich
hin auf die Bank und pflegte sich.
Da kamen bei Nacht,
ehe man's gedacht,
die Männlein und schwärmten
und klappten und lärmten
und rupften
und zupften
und hüpften und trabten
und putzten und schabten.
Und eh' ein Faulpelz noch erwacht',
war all sein Tagewerk bereits gemacht.

Die Zimmerleute streckten sich
hin auf die Spän und reckten sich.
Indessen kam die Geisterschar
und sah, was da zu zimmern war.
Nahm Meißel und Beil
und die Säg' in Eil';
sie sägten und stachen
und hieben und brachen,
berappten
und kappten,
visierten wie Falken
und setzten die Balken.
Eh' sich's der Zimmermann versah …
klapp, stand das ganze Haus schon fertig da.

Beim Bäckermeister war nicht Not,
die Heinzelmännchen backten Brot.
Die faulen Burschen legten sich,

die Heinzelmännchen regten sich –
und ächzten daher
mit den Säcken schwer!
Und kneteten tüchtig
und wogen es richtig
und hoben
und schoben
und fegten und backten
und klopften und hackten.
Die Burschen schnarchten noch im Chor:
Da rückte schon das Brot, das neue, vor!

Beim Fleischer ging es just so zu:
Gesell und Bursche lag in Ruh'.
Indessen kamen die Männlein her
und hackten das Schwein die kreuz und quer.
Das ging so geschwind
wie die Mühl' im Wind!
Die klappten mit Beilen,
die schnitzten an Speilen,
die spülten,
die wühlten
und mengten und mischten
und stopften und wischten.
Tat der Gesell die Augen auf –
wapp! hing die Wurst da schon im Ausverkauf!

Beim Schenken war es so: es trank
der Küfer bis er niedersank,
am hohlen Fasse schlief er ein,
die Männlein sorgten um den Wein
und schwefelten fein
alle Fässer ein
und rollten und hoben
mit Winden und Kloben

und schwenkten
und senkten
und gossen und panschten
und mengten und manschten.
Und eh' der Küfer noch erwacht',
war schon der Wein geschönt und fein gemacht.

Einst hatt' ein Schneider große Pein:
Der Staatsrock sollte fertig sein;
warf hin das Zeug und legte sich
hin auf das Ohr und pflegte sich.
Da schlüpften sie frisch
in den Schneidertisch;
und schnitten und rückten
und nähten und stickten
und faßten
und paßten
und strichen und guckten
und zupften und ruckten,
und eh' mein Schneiderlein erwacht',
war Bürgermeisters Rock bereits gemacht.

Neugierig war des Schneiders Weib,
und macht sich diesen Zeitvertreib:
Streut Erbsen hin die andre Nacht.
Die Heinzelmännchen kommen sacht;
eins fährt nun aus,
schlägt hin im Haus,
die gleiten von Stufen
und plumpen in Kufen,
die fallen
mit Schallen,
die lärmen und schreien
und vermaledeien!
Sie springt hinunter auf den Schall
mit Licht: husch husch husch husch! – verschwinden all!

O weh! Nun sind sie alle fort
und keines ist mehr hier am Ort!
Man kann nicht mehr wie sonsten ruhn,
man muß nun alles selber tun!
Ein jeder muß fein
selbst fleißig sein
und kratzen und schaben
und rennen und traben
und schniegeln
und bügeln
und klopfen und hacken
und kochen und backen.
Ach, daß es noch wie damals wär'!
Doch kommt die schöne Zeit nicht wieder her!

August Kopisch

ZWEITER MERSEBURGER ZAUBERSPRUCH (PFERDESEGEN)

Phol ende Uuodan uuorun zi holza.
du uuart demo Balderes uolon sin uuoz birenkit.
thu biguol en Sinthgunt, Sunna era suister,
thu biguol en Friia, Uolla era suister.
thu biguol en Uuodan, so he uuola conda:
sose benrenki, sose bluotrenki, sose lidirenki,
ben zi bena, bluot zi bluoda,
lid zi geliden, sose gelimida sin!

Anonym

ZWEITER MERSEBURGER ZAUBERSPRUCH (PFERDESEGEN)

Phol und Wodan ritten in den Wald.
Da verrenkte sich Balders Fohlen einen Fuß.
Da besprach ihn Sindgund und Sunna, ihre Schwester,
da besprach ihn Frija und Volla, ihre Schwester,
da besprach ihn Wodan, so gut wie nur er es konnte:
wie die Verrenkung des Knochens, so die des Blutes, so die des ganzen Gliedes!
Knochen an Knochen, Blut zu Blut,
Glied an Glied, als ob sie zusammengeleimt wären!

Anonym
(Übertragung von Horst Dieter Schlosser)

LORSCHER BIENENSEGEN

Kirst, imbi ist huze!   nu fliuc du, uihu minaz, hera
fridu frono in godes munt   heim zi commone gisunt.

sizi, sizi, bina: inbot dir sancte Maria
hurolob ni habe du   zi holce ni fluc du,
noh du mir nindrinnes,   noh du mir nintuuinest.
sizi uilu stillo,   uuirki godes uuillon!

Anonym

LORSCHER BIENENSEGEN

Christus! das Bienenvolk ist ausgeschwärmt! Nun fliegt, meine Tiere, wieder her,
damit ihr im Frieden des Herrn, in Gottes Schutz gesund heimkommt!

Sitz, sitz, Biene! Das hat dir die heilige Maria befohlen:
du sollst keine Erlaubnis haben, in den Wald zu fliegen,
du sollst mir weder entwischen noch entweichen!
Sitz ganz still und tu, was Gott will!

Anonym
(Übertragung von Horst Dieter Schlosser)

DAS ALTER

MEIN AUGENLICHT ist nichts
mehr wert,
auch das Gehör geht langsam ein,
bald werde ich so sinnlos sein
wie ein verbrauchtes Gruben-Pferd,
doch niemals so ergeben.
Mein Wille macht mich beben,
er ist im ganzen Leib zugleich
und fordert wild das Himmelreich
mit jeder Fingerkuppe.
Vom Boden zieht er Kräfte hoch,
und zeigt er auf das Wetterloch,
fällt eine Sternenschnuppe
oft, wie befohlen, nahe her;
dies alles macht mein Herz so
schwer
und alt und seltsam schuldig.
Es wäre gern geduldig
und ginge gern vorzeitig ein,
doch muß es tief gehorchsam sein
und stark und stählern werden.
Viel Furcht verfolgt mich Tag und
Nacht,
ich träume oft vom Kohlenschacht
und von den Gruben-Pferden.
Indessen geht mein Wille um
und überschätzt sein Eigentum
im Himmel und auf Erden.

Christine Lavant

ZUM LAZARUS

Wie langsam kriechet sie dahin,
Die Zeit, die schauderhafte
Schnecke!
Ich aber, ganz bewegungslos
Blieb ich hier auf demselben Flecke.

In meine dunkle Zelle dringt
Kein Sonnenstrahl, kein
Hoffnungsschimmer;
Ich weiß, nur mit der Kirchhofsgruft
Vertausch ich dies fatale Zimmer.

Vielleicht bin ich gestorben längst;
Es sind vielleicht nur Spukgestalten
Die Phantasien, die des Nachts
Im Hirn den bunten Umzug halten.

Es mögen wohl Gespenster sein,
Altheidnisch göttlichen Gelichters;
Sie wählen gern zum Tummelplatz
Den Schädel eines toten Dichters. –

Die schaurig süßen Orgia,
Das nächtlich tolle Geistertreiben,
Sucht des Poeten Leichenhand
Manchmal am Morgen
aufzuschreiben.

Heinrich Heine

ICH SICH UND HÖR

I

Ich sich und hör,
das mancher clagt verderben seines guetes;
so clag ich neur die jungen tag,
verderben freies muetes,
des ich vor zeiten dar inn phlag
und clain *empfant,* do mich die erde trueg.
Mit kranker stör
haubt, ruck und pain, hend, füess das alder meldet.
was ich verfrävelt hab an not,
her leib, den muetwill geldet
mit plaicher farb und augen rot,
gerumpfen gra; euer sprüng sein worden clueg.
Mir swärt herz, muet, zung und die trit,
gepogen ist mein gank.
das zittern swechet mir all gelid.
awe ist mein gesangk,
dasselb quintir ich tag und nacht,
mein tenor ist mit rimpfen wol bedacht.

II

Ein kraus weiss har
von locken dick hett ainst mein haubt bedecket;
das selb plasnirt sich swarz und gra,
von schilden kal durchschecket.
mein roter mund wil werden pla,
darumb was ich der lieben widerzam.
Plöd, ungevar
sind mir die zend und slaunt mir nit ze keuen,
und het ich aller welde guet,
ich kunt ir nit verneuen
noch kaufen ainen freien muet,
es widerfüer mir dann in wanes tram.
Mein ringen und das laufen snell

hat einen widersturz.
mit huesten sing ich durch die kel,
der atem ist mir kurz,
und gieng mir not der küelen erd,
seit ich pin worden swach und schir unwert.

III
Ach jüngelingk,
nim war pei dem: tröst dich nit deiner schöne,
gered noch sterk! halt dich empor
mit gaistleichem gedöne!
wer du itzund pist, der was ich vor.
kumst du zu mir, dein guettat reut dich nicht.
Für alle dingk
solt ich itzt leben got zu wolgevallen
mit vasten, peten, *kirchengan*,
auf knien venien vallen.
so mag ich kainem bei gestan,
seit mir der leib von alder ist enwicht.
Für ainen sich *ich* alzeit vier
und hör durch groben stain.
die kinder spotten mein nu schir,
darzue die fräulein rain.
mit anewitz ich das verschuld.
nu füeg uns got das end mit seiner huld.

Oswald von Wolkenstein

ICH SEH UND HÖRE

I
Ich seh und höre,
wie mancher um verlorene Güter klagt;
doch ich beklage nur die Jugendtage,

Verlust des ungebundnen Sinns,
den ich damals in jener Zeit besaß,
da ich kaum bemerkte, wo ich auf der Erde stand.
Mit Schwäche und Beschwerden zeigen mir
Kopf, Rücken, Beine, Hände, Füße das Alter an.
Was ich gesündigt habe ohne Not,
Herr Leib, für diesen Mutwillen zahlt Ihr jetzt
mit Blässe, roten Augen und runzligem Grau.
Eure Sprünge sind jetzt vorsichtig geworden.
Mir werden Herz, Gemüt, Zunge und Schritte schwer,
gebeugt ist mein Gang,
und Zittern schwächt mir alle Glieder.
Mein Singen lautet nur <o weh>,
das musizier ich Tag und Nacht.
Meine Stimme ist von Runzeln ganz bedeckt.

II
Krauses, blondes Haar
wuchs einst in dichten Locken mir auf dem Haupt;
das präsentiert sich jetzt ganz schwarz und grau,
mit kahlen Flecken durchsetzt.
Mein roter Mund beginnt sich blau zu färben.
Drum war ich meiner Liebsten widerwärtig.
Stumpf und mißfarbig sind meine Zähne
und taugen mir kaum noch zum Kauen;
und hätt ich den Reichtum der ganzen Welt,
ich könnte sie nicht erneuern
noch mir Unbeschwertheit kaufen
außer vielleicht in einem trügerischen Traum.
Meine Bewegungen und mein schnelles Laufen
sind stockend und stolpernd geworden.
Beim Singen hust ich durch die Kehle,
der Atem ist mir kurz,
und angemessen wäre mir die kühle Erde,
seit ich schwach und ganz verächtlich geworden bin.

III
Ach, junger Mann,
daran erkenne: Vertraue nicht auf Schönheit,
auf Stärke oder geraden Wuchs! Wende dich nach oben
mit geistlichem Gesang!
Was du jetzt bist, das war ich früher. Wenn du so wirst
wie ich, dann werden gute Werke dich nicht reuen.
Vor allen Dingen
müßt ich jetzt leben nach Gottes Wohlgefallen
mit Fasten, Beten, zur Kirche Gehen
und auf den Knien büßen.
Jedoch vermag ich bei all dem nicht auszuharren,
seit mir der Leib vom Alter unbrauchbar geworden ist.
Statt einem seh ich immer vier
und höre wie durch eine dicke Wand.
Bald spotten schon die Kinder über mich
und auch die hübschen jungen Damen.
Das bringt mir meine Torheit ein.
Nun geb uns Gott gnädig ein gutes Ende!

Oswald von Wolkenstein
(Übertragung von Burghart Wachinger)

MEIN BODY UND ICH

Willst 'n Kaffee, kleinen Whiskey oder 'n Joint?
Ich muss in Ruhe mal mit Dir reden, mein alter Freund
Ey, Du mein armer Körper, was hab' ich Dir schon alles angetan?
Volle Kanne, hoch die Tassen, ey, das tut mir ziemlich leid
ich muss Dir jetzt mal danken nach all der Zeit

Ey, mein Body, Du und ich
ich weiß, Du lässt mich nicht im Stich
And're hätten bei so 'nem Leben

längst den Löffel abgegeben
Ich hab' geraucht so wie ein Schlot
und gesoffen wie ein Loch
ich hab' Dich superhart geschunden
doch Du lebst immer noch

Bin ein Feiervogel der durch sein Leben rennt
wie 'ne Kerze, die von beiden Seiten brennt
Ich war für Dich kein guter, kein guter Bodyguard
doch was uns nicht killt, das macht uns extrahart
Ich hab' alles eingeschmissen, was mir in die Finger kam
auch die chemischen Keulen törnten sehr gut an

Ey, Du mein armer Körper, wie hast Du das bloß hingekriegt?
Kein Gift und kein Exzess hat Dich besiegt

Du mein Body – Du und ich
ich weiß Du lässt mich nicht im Stich
And're hätten bei so 'nem Leben
längst den Löffel abgegeben
Ich hab' geraucht so wie ein Schlot
und gesoffen wie ein Loch
Ich hab' Dich superhart geschunden
trotzdem leben wir immer noch
Ich muss Dir jetzt was sagen, ich zoll' Dir meinen Respekt
Du hast den ganzen Wahnsinn weggesteckt

Ey, mein Body, Du und ich
hey, wir lassen uns nicht im Stich
Und sind die Zeiten auch manchmal hart
wir bleiben lange noch am Start
Mein Körper, Du und ich
sowas wird's nie wieder geben
Weißt Du, was wir beide sind?
wir sind die Meister im Überleben

Ey, mein Body, Du und ich,
ich weiß, Du lässt mich nicht im Stich
And're hätten bei so 'nem Leben
längst den Löffel abgegeben

Udo Lindenberg

EIN ALTIU diu begunde springen
hôhe alsam ein kitze enbor. sie
wolde bluomen bringen.
‹tohter, reich mir mîn gewant!
ich muoz an eines knappen hant,
der ist von Riuwental genant.
traranuretun traranuriruntundeie.›

‹Muoter, ir hüetet iuwer sinne!
erst ein knappe sô gemuot, er
pfliget niht staeter minne.›
‹tohter, lâ mich âne nôt!
ich weiz wol, waz er mir enbôt.
nâch sîner minne bin ich tôt.
traranuretun traranuriruntundeie.›

Dô sprachs' ein alte in ir geile:
‹trûtgespil, wol dan mit mir! ja
ergât ez uns ze heile.
wir suln beid nâch bluomen gân.
war umbe solte ich hie bestân,
sît ich sô vil geverten hân?
traranuretun traranuriruntundeie.›

Neidhart von Reuental

EINE ALTE FRAU sprang
hoch wie ein Rehkitz in die Lüfte.
Sie wollte Blumen bringen.
«Tochter, reich mir mein Kleid!
Ich muß an die Hand eines
Knappen,
der ‹von Riuwental› heißt.
Traranuretun
traranuriruntundeie.»

«Mutter, verliert nicht völlig den
Verstand!
Der Knappe gehört zu denen, die
nicht treu sein können.»
«Tochter, laß mich in Ruhe!
Ich weiß, was er mir angeboten hat.
Nach seiner Minne bin ich ganz
krank.
Traranuretun
traranuriruntundeie.»

Da rief sie einer anderen Alten in
ihrer Ausgelassenheit zu:
«Liebste, komm doch mit! Das tut
uns beiden gut.
Wir werden uns beide der
Sommerlust hingeben.

Weshalb sollte ich hier bleiben,
wo ich doch so viele Gespielen
habe?
Traranuretun
traranuriruntundeie.»

Neidhart von Reuental
(Übertragung von Helmut Brackert)

BEI ERINNERUNG IHRES ERSTEN FREUNDES

Er ist mein Wunsch, ich sein Gedanke,
Ihn such ich auf, wo er sich immer hin begiebt,
Er wird gedacht, er wird geliebt
Bis ich zum Rand des Grabes wanke.

Anna Louisa Karsch

DIE TAXUSWAND

Ich stehe gern vor dir,
Du Fläche schwarz und rauh,
Du schartiges Visier
Vor meines Liebsten Brau,
Gern mag ich vor dir stehen,
Wie vor grundiertem Tuch,
Und drüber gleiten sehen
Den bleichen Krönungszug;

Als mein die Krone hier,
Von Händen, die nun kalt;
Als man gesungen mir
In Weisen, die nun alt;
Vorhang am Heiligtume,
Mein Paradiesestor,
Dahinter alles Blume,
Und alles Dorn davor.

Denn jenseits weiß ich sie,
Die grüne Gartenbank,
Wo ich das Leben früh
Mit glühen Lippen trank,
Als mich mein Haar umwallte
Noch golden wie ein Strahl,

Als noch mein Ruf erschallte,
Ein Hornstoß, durch das Tal.

Das zarte Efeureis,
So Liebe pflegte dort,
Sechs Schritte – und ich weiß,
Ich weiß dann, daß es fort.
So will ich immer schleichen
Nur an dein dunkles Tuch
Und achtzehn Jahre streichen
Aus meinem Lebensbuch.

Du starrtest damals schon
So düster treu wie heut,
Du, unsrer Liebe Thron
Und Wächter manche Zeit;
Man sagt, daß Schlaf, ein schlimmer,
Dir aus den Nadeln raucht –
Ach, wacher war ich nimmer,
Als rings von dir umhaucht!

Nun aber bin ich matt
Und möcht an deinem Saum
Vergleiten wie ein Blatt,
Geweht vom nächsten Baum;
Du lockst mich wie ein Hafen,
Wo alle Stürme stumm:
O, schlafen möcht ich, schlafen,
Bis meine Zeit herum!

Annette von Droste-Hülshoff

AN LEVIN SCHÜCKING

O frage nicht, was mich so tief bewegt,
Seh ich dein junges Blut so freudig wallen,
Warum, an deine klare Stirn gelegt,
Mir schwere Tropfen aus den Wimpern fallen.

Mich träumte einst, ich sei ein albern Kind,
Sich emsig mühend an des Tisches Borden;
Wie übermächtig die Vokabeln sind,
Die wieder Hieroglyphen mir geworden!

Und als ich dann erwacht, da weint ich heiß,
Daß mir so klar und nüchtern jetzt zu Mute,
Daß ich so schrankenlos und überweis',
So ohne Furcht vor Schelten und vor Rute.

So, wenn ich schaue in dein Antlitz mild,
Wo tausend frische Lebenskeime walten,
Da ist es mir, als ob Natur mein Bild
Mir aus dem Zauberspiegel vorgehalten;

Und all mein Hoffen, meiner Seele Brand
Und meiner Liebessonne dämmernd Scheinen,
Was noch entschwinden wird und was entschwand,
Das muß ich alles dann in dir beweinen.

Annette von Droste-Hülshoff

NUN SAGEN ALLE, DASS ICH ALT GEWORDEN

Nun sagen alle, daß ich alt geworden.
Als ich dich traf, da war ich junges Weib.
Doch was ein heimlich peinergötztes Morden
mir töte, sei nicht Angesicht noch Leib;
mein dunkles Auge sei es, das verwelke,
sich müder, trüber senke, Tag für Tag,
wie auf gedörrtem, sandigem Beet die Nelke,
die niemand sieht, die keiner tränken mag.

Nicht seltsam wäre, wenn es so verglühte,
denn Hagel schlug es hart, und Hundsglut stach,
bis, der es trug, ein Glaub an Gottes Güte,
der feine Stengel, niederbog und brach.
Vom Strahle kehrt sich's , klaglos zu verdorren,
zur Erde hängt es, noch ihr nicht gesellt,
nicht dem Gestein, dem Staub, den Wurzelknorren,
weil der zerknickte Schaft es lange hält.

Es hat geglänzt, gefreut, den Herrn gepriesen,
sich froh erhoben, duldend sich geneigt,

gegrüßt die grün- und lichtgewirkten Wiesen,
dem blausten Himmel seinen Kelch gezeigt.
Nun muß es Sonne, Sturm und Regen leiden
ganz ohne Willen, Ausdruck, Bitt und Dank;
so wartend blickt es auf sein eignes Scheiden,
verkümmert, taumelig und stumpf und krank.

Drum mag ich wohl mein Auge Blume nennen. –
Fehlt ihm ihr Duft, doch trug es ihren Tau.
Die Sonne sog und ließ es durstig brennen,
verzehren sich vor ewig gleicher Schau.
Denn Rahmen ward ihm alles Sein und Treiben
und Bild die eine glückliche Gestalt;
es fand sie einst, um jung an ihr zu bleiben,
es fand nur sie und wurde matt und alt.

Sie ist sein Maß, ein jedes Ding zu messen,
und ist ein Mantel, der die Welt ihm hüllt,
Mond jeder Nacht, den's schauend schon vergessen,
der, immer neu gesucht, es neu erfüllt.
Und Last wie Lust ist ihres Fußes Gehen,
des Armes Ruck ihm und des Mundes Zug,
denn was es liebt, hat es zuviel gesehen,
und was es liebte, sah es nicht genug.

Gertrud Kolmar

DIE SCHÖNE STUNDE

Nicht schelt' ich dich, du schöne Stunde,
weil du so schnell entwichen bist!
Du brachtest mir die süße Kunde,
daß noch mein Herz kein totes ist.

Wie sollt' ich mit dem Becher hadern,
weil er von meinem Mund sich trennt;
er goß durch alle meine Adern
den Wein, aus dem die Sonne brennt.

Friedrich Hebbel

WELTLAUF

Ein Mensch, erst zwanzig Jahre alt,
beurteilt Greise ziemlich kalt
und hält sie für verkalkte Deppen,
die zwecklos sich durchs Dasein schleppen.
Der Mensch, der junge, wird nicht jünger:
Nun, was wuchs denn auf seinem Dünger?
Auch er sieht, daß trotz Sturm und Drang,
was er erstrebt, zumeist mißlang,
daß, auf der Welt als Mensch und Christ
zu leben, nicht ganz einfach ist,
hingegen leicht, an Herrn mit Titeln
und Würden schnöd herumzukritteln.
Der Mensch, nunmehr bedeutend älter,
beurteilt jetzt die Jugend kälter,
vergessend frühres Sich-Erdreisten:
«Die Rotzer sollen erst was leisten!»
Die Jugend wiedrum hält ...
Genug – das ist der Lauf der Welt.

Eugen Roth

DES MENSCHEN ALTER

Ein Kind – vergißt sich selbst; ein Knabe – kennt sich nicht;
ein Jüngling – acht't sich schlecht; ein Mann – hat immer Pflicht;
ein Alter – nimmt Verdruß; ein Greis – wird wieder Kind:
Was meinst du, was doch dies für Herrlichkeiten sind?

Friedrich von Logau

DIE ALTEN UND DIE JUNGEN

«Unverständlich sind uns die Jungen»
Wird von den Alten beständig gesungen;
Meinerseits möcht ich's damit halten:
«Unverständlich sind mir die Alten.»
Dieses am Ruderbleibenwollen
In allen Stücken und allen Rollen,
Dieses sich Unentbehrlichvermeinen
Samt ihrer «Augen stillem Weinen»,
Als wäre der Welt ein Weh getan –
Ach ich kann es nicht verstahn.
Ob unsre Jungen, in ihrem Erdreisten,
Wirklich was Besseres schaffen und leisten,
Ob dem Parnasse sie näher gekommen
Oder bloß einen Maulwurfshügel erklommen,
Ob sie, mit andern Neusittenverfechtern,
Die Menschheit bessern oder verschlechtern,
Ob sie Frieden sä'n oder Sturm entfachen,
Ob sie Himmel oder Hölle machen –
Eins läßt sie stehn auf siegreichem Grunde:
Sie haben den Tag, sie haben die Stunde;
Der Mohr kann gehn, neu Spiel hebt an,
Sie beherrschen die Szene, *sie* sind dran.

Theodor Fontane

«WAS MAN IN DER JUGEND wünscht, hat man im Alter genug»,
so sagen die Reichbegabten mit Fug;
wir aber, mindern Pfunds Verwalter,
was wir jung hatten, wünschen wir im Alter.

Franz Grillparzer

HAT DIR DER TAG was gebracht? so fragt sich am Abend der Jüngling;
hat dir der Tag was geraubt? fragt sich der Mann und der Greis.

Friedrich Hebbel

EIN MENSCH AM ENDE seiner Kraft,
hat sich noch einmal aufgerafft.
Statt sich im Schmerze zu vergeuden
beschließt er, selbst sich zu befreuden,
und tut dies nun durch die Erdichtung
von äußerst peinlicher Verpflichtung.
So ist ihm Reden eine Qual:
Sitzt er nun wo als Gast im Saal,
befiehlt er streng sich in den Wahn,
er käm' jetzt gleich als Redner dran,
macht selber Angst sich bis zum Schwitzen –
und bleibt dann glücklich lächelnd sitzen.
Dann wieder bildet er sich ein,
mit einem Weib vermählt zu sein,
das trotz erbostem Scheidungsrütteln
auf keine Weise abzuschütteln.
Wenn er die Wut, daß sie sich weigert,
bis knapp zum Mord hinaufgesteigert,
so lacht er über seine List
und freut sich, daß er ledig ist.
Ein Mensch, ein bißchen eigenwillig,
schafft so sich Wonnen, gut und billig.

Eugen Roth

DIE TUGEND WILL nicht immer passen,
im ganzen läßt sie etwas kalt,
und daß man eine unterlassen,
vergißt man bald.

Doch schmerzlich denkt manch alter Knaster,
der von vergangnen Zeiten träumt,
an die Gelegenheit zum Laster,
die er versäumt.

Wilhelm Busch

MAN WIRD NICHT BESSER mit den Jahren –
wie sollt' es auch? Man wird bequem
und bringt, um sich die Reu' zu sparen,
die Fehler all in ein System.

Das gibt dann eine glatte Fläche,
man gleitet unbehindert fort,
und «allgemeine Menschenschwäche»
wird unser Trost- und Losungswort.

Die Fragen alle sind erledigt,
das eine geht, das andre nicht,
nur manchmal eine stumme Predigt
hält uns der Kinder Angesicht.

Theodor Fontane

WAS IM WEINENDEN AUGE mir oft die Tränen zurückhält,
ist ein spielendes Kind oder ein Vogel im Flug.

Justinus Kerner

DAS ALTER

Das Alter ist ein höflich Mann:
Einmal übers andre klopft er an,
aber nun sagt niemand: Herein!
Und vor der Türe will er nicht sein.
Da klinkt er auf, tritt ein so schnell,
und nun heißt's, er sei ein grober Gesell.

Johann Wolfgang Goethe

IN JÜNGERN TAGEN war ich des Morgens froh,
des Abends weint' ich; jetzt, da ich älter bin,
beginn' ich zweifelnd meinen Tag, doch
heilig und heiter ist mir sein Ende.

Friedrich Hölderlin

WELKE ROSE

In einem Buche blätternd, fand
ich eine Rose welk, zerdrückt,
und weiß auch nicht mehr, wessen Hand
sie einst für mich gepflückt.

Ach, mehr und mehr im Abendhauch
verweht Erinnrung; bald zerstiebt
mein Erdenlos, dann weiß ich auch
nicht mehr, wer mich geliebt.

Nikolaus Lenau

AUS DER JUGENDZEIT

Aus der Jugendzeit, aus der Jugendzeit
klingt ein Lied mir immerdar;
o wie liegt so weit, o wie liegt so weit,
was mein einst war!

Was die Schwalbe sang, was die Schwalbe sang,
die den Herbst und Frühling bringt;
ob das Dorf entlang, ob das Dorf entlang
das jetzt noch klingt?

«Als ich Abschied nahm, als ich Abschied nahm,
waren Kisten und Kasten schwer;
als ich wieder kam, als ich wieder kam,
war alles leer.»

O du Kindermund, o du Kindermund,
unbewusster Weisheit froh,
vogelsprachekund, vogelsprachekund,
wie Salomo!

O du Heimatflur, o du Heimatflur,
lass zu deinem heil'gen Raum
mich noch einmal nur, mich noch einmal nur
entfliehn im Traum!

Als ich Abschied nahm, als ich Abschied nahm,
war die Welt mir voll so sehr;
als ich wieder kam, als ich wieder kam,
war alles leer.

Wohl die Schwalbe kehrt', wohl die Schwalbe kehrt',
und der leere Kasten schwoll,
ist das Herz geleert, ist das Herz geleert,
wird's nie mehr voll.

Keine Schwalbe bringt, keine Schwalbe bringt
dir zurück, wonach du weinst;
doch die Schwalbe singt, doch die Schwalbe singt
im Dorf wie einst:

«Als ich Abschied nahm, als ich Abschied nahm,
waren Kisten und Kasten schwer;
als ich wieder kam, als ich wieder kam,
war alles leer.»

Friedrich Rückert

STILL ZU WISSEN, du gehst
bald hinab zu den Vätern.
Oben im heiligen Blau
fahren die Wolken im Wind.

Beug dich über die Strömung,
höre die Wasser schweigen!
Hast du je vorher
ähnlich wie diesmal geliebt?

Wer noch Zeit hat, der weiß nichts.
Tiefes Leben! O Abschied,
bittre Schwäche des Herzens
unter der Blumengewalt.

Nicht zu fassen und traurig.
Süße, süße Gestalten!
Ach, mit Blüten beschwert ihm
nicht seine letzte Fahrt!

Dunklerer, brauner Herbst,
laß dich noch einmal umarmen!
Fallen die Früchte, vielleicht
bricht gelaßner das Herz.

Fortgehn im Frühling ist schwer.
Wachsam sind aber die Toten.
Schöne Blume, ich darf nicht.
Strenge Mutter, ich geh …

Josef Weinheber

DER MENSCH

Empfangen und genähret
vom Weibe wunderbar,
kömmt er und sieht und höret
und nimmt des Trugs nicht wahr;
gelüstet und begehret,
und bringt sein Tränlein dar;
verachtet und verehret,
hat Freude und Gefahr;
glaubt, zweifelt, wähnt und lehret,
hält nichts und alles wahr;
erbauet und zerstöret
und quält sich immerdar;
schläft, wachet, wächst und zehret,
trägt braun und graues Haar.
Und alles dieses währet,
wenn's hoch kömmt, achtzig Jahr.
Dann legt er sich zu seinen Vätern
nieder,
und er kömmt nimmer wieder.

Matthias Claudius

EIN LEBENS-LIED

Daß einmal mein dies Leben war,
daß in ihm jene Kiefern standen
und Ufer schlafend sich vorüberwanden,
daß ich in Wäldern aufschrie sonderbar,
daß einmal mein dies Leben war!

Wo Ufer schlafend sich vorüberwanden,
was trug der Fluß mit Schilf und Wolk' davon?
Wo bin ich – und ich höre noch den Ton
von Ruderbooten, wie sie lachend landen,
wo Ufer schlafend sich vorüberwanden.

Wo bin ich – und ich höre noch den Ton
von Equipagen, dicht im Kies verfahren,
Kastanien- und Laternensprache waren
noch da und Worte – doch wo sind sie schon?
Wo bin ich – und ich höre noch den Ton?

Kastanien- und Laternensprache waren
noch da und Atem einer breiten Schar.
Und mein war ein Gefühl von Gang und Haaren.
O Ewigkeit! – Und werd' ich es bewahren,
daß einmal mein dies Leben war!

Franz Werfel

DER STROM, DER NEBEN MIR verrauschte, wo ist er nun?
Der Vogel, dessen Lied ich lauschte, wo ist er nun?
Wo ist die Rose, die die Freundin am Herzen trug,
und jener Kuß, der mich berauschte, wo ist er nun?
Und jener Mensch, der ich gewesen, und den ich längst
mit einem andern Ich vertauschte, wo ist er nun?

August von Platen

ÜBER DIE HEIDE

Über die Heide hallet mein Schritt;
Dumpf aus der Erde wandert es mit.

Herbst ist gekommen, Frühling ist weit –
Gab es denn einmal selige Zeit?

Brauende Nebel geisten umher,
Schwarz ist das Kraut und der Himmel so leer.

Wär' ich hier nur nicht gegangen im Mai!
Leben und Liebe – wie flog es vorbei!

Theodor Storm

SCHLAF

Nun trifft es mich, wie's jeden traf,
ich liege wach, es meidet mich der Schlaf,
nur im Vorbeigehn flüstert er mir zu:
«Sei nicht in Sorg', ich sammle deine Ruh',
und tret' ich ehstens wieder in dein Haus,
so zahl' ich alles dir auf einmal aus.»

Theodor Fontane

NACHTGEFÜHL

Wenn ich mich abends entkleide,
gemachsam, Stück für Stück,
so tragen die müden Gedanken
mich vorwärts oder zurück.

Ich denke der alten Tage,
da zog die Mutter mich aus;
sie legte mich still in die Wiege,
die Winde brausten ums Haus.

Ich denke der letzten Stunde,
da werden's die Nachbarn tun;
sie senken mich still in die Erde,
dann werd' ich lange ruhn.

Schließt nun der Schlaf mein Auge,
wie träum' ich oftmals das:
es wäre eins von beidem,
nur wüßt' ich selber nicht, was.

Friedrich Hebbel

IR REINIU WÎB, ir werden man,
es stât alsô daz man mir muos
ērę und minneklîchen gruos
nû vollekîcher bieten an!
des habent ir von schulden nû grôsser reht dannę ê.
welt ir vernemen, ich sagę iu wes:
wol vierzec jâr hab ich gesungen unde mê
von minnen als iemen sol.

dô was ich sîn mit den andern geil –
nû enwirt mirs niht, es wirt iu gar.
mîn minnensanc der diene iu dar,
und iuwer hulde sî mîn teil.

Lât mich an einem stabe gân
und werben umbe werdekeit
mit unverzagter arebeit
als ich von kinde hân getân,
sô bin ich doch, swie nider ich sî, der werden ein,
gnuoc in mîner mâsse hô.
das hazzent die nidern. ob mich daz icht swache? nein.
die werden hânt mich deste bas.
diu werde wirde diu ịst sô guot
daz man irs beste lob sol geben.
ez wart nie lobelîcher leben
denne swâ man dem ende rehte tuot.

Welt, ich hân dînen lôn ersehen:
swas dû mir gîst, daz nimst dû mir.
wir scheiden alle blôs von dir.
schamẹ dich, sul mir alsam geschehen!
ich hân lîb und sêle – des waz gar ze vil –
gewâget tûsent stunt dur dich.
nû bin ich alt und hâst mit mir dîn gumpelspil,
und zürnẹ ich daz, sô lachest dû.
lachẹ uns eine wîle noch,
dîn jâmertac wil schiere komen
und nimt dir, daz dû uns hâst genomen,
und brennet dich darumbe iedoch.

Mîn sêle muesse wol gevarn,
ich hân zer welte manigen lîb
gemachet frô, man und wîb –
kunde ich dar under mich bewarn!

lobe ich des lîbes minne, daz ist der sêle leit
und giht, es sî eine lugę, ich tobe.
der wâren minne giht si ganzer stêtekeit,
wie guot si sî, wie sį iemer wer.
lîb, lâ die minne, diu dich lât
und habe die stêten minne wert.
mich dunket, der dû hâst gegert.
diu ensî niht visch unz an den grât.

Ich hât ein schoene bildę erkorn,
und ôwê daz ichs ie gesach
und ouch sô vil zuo ime gesprach!
es hât schoenę und rede verlorn –
dâ was ein wunder inne, das fuor ine weiz war.
dâ von gesweic das bildę iesâ.
sîn lilienrôse varwe wart sô karcher var,
daz es verlôs smac und schîn.
mîn bildę, ob ich gekerchet bin
in dir, sô lâ mich ûs alsô,
daz wir einander vinden frô,
wan ich muos aber wider in.

Walther von der Vogelweide

IHR REINEN FRAUEN, ihr edlen Männer,
es verhält sich so, dass man mir
Achtung und liebenswürdiges Entgegenkommen
jetzt in noch höherem Maß erbieten muss!
Dazu seid ihr nunmehr von Rechts wegen mehr verpflichtet als früher.
Wollt ihr es hören, so sage ich euch, weshalb das so ist:
vierzig Jahre und länger habe ich
von der Liebe gesungen und davon, wie man sich verhalten soll.
Früher freute ich mich darüber mit den anderen –
nun habe ich nichts mehr davon, es gehört ganz und gar euch.

Meine Liebesdichtung diene künftig allein euch,
mein Anteil sei euere Zuneigung.

Lasst mich an einem Krückstock gehen
und mich dennoch um Würde bemühen
mit unablässiger Mühe,
wie ich es seit meiner Kindheit getan habe,
so bin ich doch – wie niedergebeugt ich bin – einer der Edlen,
nach meinem Maßstab hinreichend aufrecht.
Die Leute von niedriger Gesinnung ärgert das. Ob mich das etwa herabsetzt? Nein.
Die Edlen schätzen mich umso mehr.
Dauerhaftes Ansehen ist so wertvoll.
dass man es aufs höchste loben soll.
Nie wurde ein Leben mehr gerühmt
als dort, wo man dem Ende gerecht wird.

Welt, ich habe deinen Lohn kennengelernt:
alles, was du mir gibst, nimmst du mir wieder.
Wir scheiden alle nackt von dir.
Schäm dich, wenn es mir ebenso ergehen wird!
Ich habe Leib und Seele – zu viel davon –
unzählige Male deinetwegen aufs Spiel gesetzt.
Nun bin ich alt und du treibst dein Spielchen mit mir,
und wenn ich zornig bin, dann lachst du.
Lach nur noch ein Weilchen:
dein Schreckenstag wird bald kommen
und er wird dir rauben, was du uns geraubt hast,
und dafür verbrennt er dich auch noch.

Meine Seele reise angenehm,
ich habe auf dieser Welt viele
froh gemacht, Männer und Frauen –
hätte ich nur gewusst, wie ich mein Seelenheil bewahre!
Rühme ich die irdische Liebe, schmerzt das die Seele

und sie behauptet, es sei eine Lüge, ich sei nicht bei Trost.
Der wahren Liebe spricht sie völlige Beständigkeit zu,
wie gut sie ist, wie ewigwährend.
Mensch, lass die Liebe, die dich verlassen wird
und schätze die dauerhafte Liebe.
Mir scheint, die Liebe, nach der du verlangt hast,
die ist nicht Fisch, nur Gräte.

Ich hatte eine schöne Gestalt erwählt,
o weh, dass ich sie jemals erblickte
und noch dazu so viel zu ihr gesprochen habe!
Sie hat ihre Schönheit und ihre Redegabe verloren –
davon wohnte ein wahres Wunder in ihr, die kam abhanden, ich weiß nicht wohin.
Davon verstummte die Gestalt sogleich.
Ihre Lilienrosenfarbe wurde so kerkergrau,
dass sie Duft und Glanz verlor.
Du meine Gestalt, wenn ich eingekerkert bin
in dir, so lass mich heraus,
damit wir fröhlich wieder zueinanderfinden,
denn ich muss ja wieder zurück in dich.

Walther von der Vogelweide
(Übertragung von Horst Brunner)

ANDENKEN

Der Nordost wehet,
Der liebste unter den Winden
Mir, weil er feurigen Geist
Und gute Fahrt verheißet den Schiffern.
Geh aber nun und grüße
Die schöne Garonne,
Und die Gärten von Bourdeaux

Dort, wo am scharfen Ufer
Hingehet der Steg und in den Strom
Tief fällt der Bach, darüber aber
Hinschauet ein edel Paar
Von Eichen und Silberpappeln;

Noch denket das mir wohl und wie
Die breiten Gipfel neiget
Der Ulmwald, über die Mühl',
Im Hofe aber wächset ein Feigenbaum.
An Feiertagen gehn
Die braunen Frauen daselbst
Auf seidnen Boden,
Zur Märzenzeit,
Wenn gleich ist Nacht und Tag,
Und über langsamen Stegen,
Von goldenen Träumen schwer,
Einwiegende Lüfte ziehen.

Es reiche aber,
Des dunkeln Lichtes voll,
Mir einer den duftenden Becher,
Damit ich ruhen möge; denn süß
Wär' unter Schatten der Schlummer.
Nicht ist es gut,
Seellos von sterblichen
Gedanken zu sein. Doch gut
Ist ein Gespräch und zu sagen
Des Herzens Meinung, zu hören viel
Von Tagen der Lieb',
Und Taten, welche geschehen.

Wo aber sind die Freunde? Bellarmin
Mit dem Gefährten? Mancher
Trägt Scheue, an die Quelle zu gehn;

Es beginnet nämlich der Reichtum
Im Meere. Sie,
Wie Mahler, bringen zusammen
Das Schöne der Erd' und verschmähn
Den geflügelten Krieg nicht, und
Zu wohnen einsam, jahrlang, unter
Dem entlaubten Mast, wo nicht die Nacht durchglänzen
Die Feiertage der Stadt,
Und Saitenspiel und eingeborener Tanz nicht.

Nun aber sind zu Indiern
Die Männer gegangen,
Dort an der luftigen Spitz'
An Traubenbergen, wo herab
Die Dordogne kommt,
Und zusammen mit der prächt'gen
Garonne meerbreit
Ausgehet der Strom. Es nehmet aber
Und gibt Gedächtnis die See,
Und die Lieb' auch heftet fleißig die Augen,
Was bleibet aber, stiften die Dichter.

Friedrich Hölderlin

HILF MIR, SONNE, denn ich bin fast blind!
Nimm den Teller meiner linken Hand,
zeichne ein das hochgelobte Land
und die Wege, die noch gangbar sind
für Erblindete und für Ertaubte.
Alle Zeichen, denen ich einst glaubte,
sind schon lange in mir abgeblüht
und verdorrt samt Wurzelwerk und Samen;
keines hinterließ mir einen Namen,
dem ich folgen könnte durchs Gemüt,

das sehr steinig wurde und sehr steil.
Deine Wärme treibt jetzt einen Keil
in die Adern meiner linken Hand
bis zum Herzen, das ein wenig bebt.
Sonne – bist du sicher, daß es lebt?
Bist du sicher, daß ich dort das Land
und den Samen aller Namen finde,
während ich ertaube und erblinde?

Christine Lavant

GEDANKEN BEI ANTRETUNG DES FÜNFZIGSTEN JAHRES

1. Mein Auge hat den alten Glanz verloren,
Ich bin nicht mehr, was ich vor diesem war,
Es klinget mir fast stündlich in den Ohren:
Vergiß der Welt, und denk auf deine Bar,
Und ich empfinde nun aus meines Lebens Jahren,
Daß fünfzig schwächer sind als fünfundzwanzig waren.

2. Du hast, mein Gott, mich in des Vaters Lenden,
Als rohen Zeug, genädig angeschaut,
Und nachmals auch in den verdeckten Wänden,
Ohn alles Licht, durch Allmacht aufgebaut,
Du hast als Steuermann und Leitstern mich geführet,
Wo man der Wellen Sturm, und Berge Schrecken spüret.

3. Du hast den Dorn in Rosen mir verkehret,
Und Kieselstein zu Kristallin gebracht,
Dein Segen hat den Unwert mir verzehret,
Und Schlackenwerk zu gleichem Erz gemacht.
Du hast als Nulle mich den Zahlen zugesellet,
Der Welt Gepränge gilt nach dem es Gott gefället.

4. Ich bin zu schlecht, für dieses Dank zu sagen,
Es ist zu schlecht was ich dir bringen kann.
Nimm diesen doch, den du hast jung getragen
Als Adlern itzt auch in dem Alter an.
Ach! stütze Leib und Geist, und laß bei grauen Haaren,
Nicht grüne Sündenlust sich meinem Herzen paaren.

5. Laß mich mein Amt mit Freudigkeit verwalten,
Laß Trauersucht nicht stören meine Ruh,
Laß meinen Leib nicht wie das Eis erkalten
Und lege mir noch etwas Kräfte zu.
Hilf daß mich Siechtum nicht zu Last und Ekel mache,
Der Morgen mich bewein, der Abend mich verlache.

6. Laß mich die Lust des Feindes nicht berücken,
Die Wermut oft mit Zucker überlegt,
Verwirr ihn selbst im Garne seiner Tücken,
Daß der Betrug nach seinem Meister schlägt.
Laß mich bei guter Sach ohn alles Schrecken stehen,
Und unverdienten Haß zu meiner Lust vergehen.

7. Verjüng in mir des schwachen Geistes Gaben,
Der ohne dich ohn alle Regung liegt,
Laß mit der Zeit mich diesen Nachklang haben:
Daß Eigennutz mich niemals eingewiegt,
Daß mir des Nächsten Gut hat keinen Neid erwecket,
Sein Ach mich nicht erreicht, sein Weinen nicht beflecket.

8. Hilf, daß mein Geist zum Himmel sich geselle,
Und ohne Seid und Schminke heilig sei;
Bist du doch, Herr, die gute reine Quelle;
So mache mich von bösen Flecken frei.
Wie leichtlich läßt sich doch des Menschen Auge blenden!
Du weißt, wie schwach es ist, es kommt aus deinen Händen.

9. Denn führe mich zu der erwählten Menge,
Und in das Licht durch eine kurze Nacht:
Ich suche nicht ein großes Leichgepränge,
Aus Eitelkeit, und stolzer Pracht erdacht.
Ich will kein ander Wort um meinen Leichstein haben,
Als dies: *Der Kern ist weg, die Schalen sind vergraben.*

Christian Hoffmann
von Hoffmannswaldau

DER GREIS

Die bösen Tage sind kommen;
da sind sie nun, die Jahre,
von denen ich sagen muß:
Leer sind sie mir von Freuden!
Sonne, Licht, Mond und Sterne
dunkeln um mich; ich sehe nur Wolken
und höre nur rasselnden Regen.
Die Hüter meiner Leibeshütte, die Hände, zittern.
Es krümmen sich die Starken, meine Füße.
Meine Zähne, die Mühlenmägde,
haben Feierabend gemacht.
Aus den Fenstern der Augen blicken nicht mehr
freundlich lächelnde Geister.
Verschlossen sind die Türen nach der Straße,
denn vergebens horcht das Ohr nach Vogellaut;
verstummt sind ihm die Töchter des Gesangs.
Schwindelnd fürcht' ich mich auf dem Hügel
und schrecke beim Tritte auf ebenem Wege.
Gleich dem Mandelbaume blüht mein Scheitelhaar.
An meinem Stabe zusammengekrümmt,
bin ich der Heuschrecke gleich.
Vertrocknet ist in mir die Lust.

Bald werd' ich beziehen mein ewiges Haus –
und die Kläger werden beflort gehen auf den Gassen.

Doch einst wird des Lebens Silberstrick wieder geflochten,
neugeschaffen mein Herz, die güldene Kugel.
Dann rasselt wieder am Rade des Brunnens der Eimer
und schöpft aus dem Quelle lebendes Wasser.
Geselle dich immer zur Erde, mein Staub;
bist ja mit ihr verwandt.
Du aber, mein Geist,
fleugst auf zu Gott, der dich gegeben hat.

Christian Friedrich Daniel Schubart

JA, DAS MÖCHT ICH NOCH ERLEBEN

Eigentlich ist mir alles gleich,
Der eine wird arm, der andre wird reich,
Aber mit Bismarck – was wird das noch geben?
Das mit Bismarck, das möcht ich noch erleben.

Eigentlich ist alles soso,
Heute traurig, morgen froh,
Frühling, Sommer, Herbst und Winter,
Ach, es ist nicht viel dahinter.

Aber mein Enkel, soviel ist richtig,
Wird mit nächstem vorschulpflichtig,
Und in etwa vierzehn Tagen
Wird er eine Mappe tragen,
Löschblätter will ich ins Heft ihm kleben –
Ja, das möcht ich noch erleben.

Eigentlich ist alles nichts,
Heute hält's, und morgen bricht's,
Hin stirbt alles, ganz geringe
Wird der Wert der ird'schen Dinge;
Doch wie tief herabgestimmt
Auch das Wünschen Abschied nimmt,
Immer klingt es noch daneben:
Ja, das möcht ich noch erleben.

Theodor Fontane

«DIE JAHRE NAHMEN DIR, du sagst, so vieles:
die eigentliche Lust des Sinnespieles,
Erinnerung des allerliebsten Tandes
von gestern, weit und breiten Landes
durchschweifen frommt nicht mehr; selbst nicht von oben
der Ehren anerkannte Zier, das Loben,
erfreulich sonst. Aus eignem Tun Behagen
quillt nicht mehr auf, dir fehlt ein dreistes Wagen!
Nun wüßt ich nicht, was dir Besondres bliebe?»

Mir bleibt genug! Es bleibt Idee und Liebe!

Johann Wolfgang Goethe

ANFANG DES WINTERS

mit dem herannahenden Alter verglichen

Im Winter, wenn ich mit Vergnügen
Den noch nicht dick gefallnen Schnee
Nur dünn auf flachen Äckern liegen,
Sie decken und nicht decken seh,

Indem der Furchen Tiefen nur
Vom Schaum der Luft die weiße Spur
Uns in geraden Strichen zeigen,
Und daß wir die erhabnen Höhn,
Als ob sie aus den Tiefen steigen,
In einem braunen Schmuck noch sehn;
So kommt der ganze Acker mir
In einer sprenklig-grauen Zier,
Als wie bei uns ein sprenkligt Haar
Bei noch nicht vollem Alter für.
Man wird nur einzeln hier und dar
Ein glänzend Silberhaar gewahr,
Das noch die braunen unterdrücken.
Ob sie nun gleich die Scheitel schmücken,
Ist doch in der noch seltnen Pracht
(Wie hier des Winters kalte Nacht)
Das nahe Alter zu erblicken.
Doch schrecket beides mein Gesicht,
Da ich auf meines Scheitels Höhe
Auch schon dergleichen Schimmer sehe,
Mich, durch die Furcht vors Künftge, nicht.
Ich seh, gottlob!, auch hier die Spur
Der weisen Ordnung der Natur
Und denke, wenn die Felder weiß
Und unser Haupt-Schmuck völlig greis,
Daß wir dem Lenzen näher kommen,
Hier einem, der veränderlich,
Dort aber einem, welcher sich
Nicht ändert, der uns nie entnommen.

Ich seh indes, solang ich kann,
Des frühen Winters sanftes Prangen,
Das sich nur eben angefangen,
Als einen holden Vorwurf an:
Vergnüge mich nicht nur allein

An seinem silbergleichen Schein,
Ich denk auch, daß sein gleiches Bild,
So mir bereits mein Haupt erfüllt,
Mir, wenn ich nur vernünftig lebe,
Mehr Anmut noch als Schrecken gebe.

Da ich dort Gottes Ordnung sehe
Im frohen Wechsel unsrer Zeit;
So seh ich hier der Ewigkeit
Beglückten Frühling in der Nähe,
Den unsers Schöpfers Liebe fest
Nach meiner kurzen Tage Rest
Voll Zuversicht mich hoffen läßt.
Mich kränkt dabei kein Zweifel mehr,
Da Gottes Ordnung feste stehet:
Denn hier sowohl als dorten gehet
Der Winter vor dem Frühling her.

Barthold Heinrich Brockes

MÄRZ. BRIEF NACH MERAN

Blüht nicht zu früh, ach blüht erst, wenn ich komme,
dann sprüht erst euer Meer und euren Schaum,
Mandeln, Forsythien, unzerspaltene Sonne –
dem Tal den Schimmer und dem Ich den Traum.

Ich, kaum verzweigt, im Tiefen unverbunden,
Ich, ohne Wesen, doch auch ohne Schein,
meistens im Überfall von Trauerstunden,
es hat schon seinen Namen überwunden,
nur manchmal fällt er ihm noch flüchtig ein.

So hin und her – ach blüht erst, wenn ich komme,
ich suche so und finde keinen Rat,
daß einmal noch das Reich, das Glück, das fromme,
der abgeschlossenen Erfüllung naht.

Gottfried Benn

DER KÖNIG IN THULE

Es war ein König in Thule
Gar treu bis in das Grab,
Dem sterbend seine Buhle
Einen goldnen Becher gab.

Es ging ihm nichts darüber,
Er leert' ihn jeden Schmaus;
Die Augen gingen ihm über,
So oft er trank daraus.

Und als er kam zu sterben,
Zählt' er seine Städt' im Reich,
Gönnt' Alles seinem Erben,
Den Becher nicht zugleich.

Er saß beim Königsmahle,
Die Ritter um ihn her,
Auf hohem Vätersaale,
Dort auf dem Schloß am Meer.

Dort stand der alte Zecher,
Trank letzte Lebensglut,
Und warf den heil'gen Becher
Hinunter in die Flut.

Er sah ihn stürzen, trinken
Und sinken tief ins Meer.
Die Augen täten ihm sinken;
Trank nie einen Tropfen mehr.

Johann Wolfgang Goethe

DER VERSPÄTETE WANDRER

Wo werd' ich sein im künft'gen Lenze?
So frug ich sonst wohl, wenn beim Hüteschwingen
In's Tal wir ließen unser Lied erklingen,
Denn jeder Wipfel bot mir frische Kränze.

Ich wußte nur, daß rings der Frühling glänze,
Daß nach dem Meer die Ströme funkelnd gingen,
Von fernem Wunderland die Vögel singen,
Da hatt' das Morgenrot noch keine Grenze.

Jetzt aber wird's schon Abend, alle Lieben
Sind wandermüde längst zurückgeblieben,
Die Nachtluft rauscht durch meine welken Kränze,

Und heimwärts rufen mich die Abendglocken,
Und in der Einsamkeit frag' ich erschrocken:
Wo werd' ich sein im künft'gen Lenze?

Joseph von Eichendorff

GEDANKEN AN DEN TOD

DENK ES, O SEELE!

Ein Tännlein grünet wo,
Wer weiß, im Walde,
Ein Rosenstrauch, wer sagt,
In welchem Garten?
Sie sind erlesen schon,
Denk es, o Seele,
Auf deinem Grab zu wurzeln
Und zu wachsen.

Zwei schwarze Rößlein weiden
Auf der Wiese,
Sie kehren heim zur Stadt
In muntern Sprüngen.
Sie werden schrittweis gehn
Mit deiner Leiche;
Vielleicht, vielleicht noch eh
An ihren Hufen
Das Eisen los wird,
Das ich blitzen sehe!

Eduard Mörike

GELIEBTE, WILLST DU doppelt leben,
so sei des Todes gern gedenk
und nimm, was dir die Götter geben,
tagtäglich hin wie ein Geschenk.

Mach dich vertraut mit dem Gedanken,
daß doch das Letzte kommen muß,
und statt in Trübsinn hinzukranken,
wird dir das Dasein zum Genuß.

Du magst nicht länger mehr vergeuden
die Spanne Zeit in eitlem Haß,
du freust dich reiner deiner Freuden
und sorgst nicht mehr um dies und das.

Du setzest an die rechte Stelle
das Hohe, Göttliche der Zeit,
und jede Stunde wird die Quelle
gesteigert neuer Dankbarkeit.

Theodor Fontane

ABENDLIED

Augen, meine lieben Fensterlein,
Gebt mir schon so lange holden Schein,
Lasset freundlich Bild um Bild herein:
Einmal werdet ihr verdunkelt sein!

Fallen einst die müden Lider zu,
Löscht ihr aus, dann hat die Seele Ruh';
Tastend streift sie ab die Wanderschuh',
Legt sich auch in ihre finst're Truh'.

Noch zwei Fünklein sieht sie glimmend steh'n
Wie zwei Sternlein, innerlich zu seh'n,
Bis sie schwanken und dann auch vergeh'n,
Wie von eines Falters Flügelweh'n.

Doch noch wandl' ich auf dem Abendfeld,
Nur dem sinkenden Gestirn gesellt;
Trinkt, o Augen, was die Wimper hält,
Von dem goldnen Überfluß der Welt!

Gottfried Keller

GEDANKEN BEI DEM FALL DER BLÄTTER IM HERBST

In einem angenehmen Herbst, bei ganz entwölktem heitern Wetter,
Indem ich im verdünnten Schatten, bald Blätter-loser Bäume, geh',
Und des so schön gefärbten Laubes annoch vorhandnen Rest beseh;
Befällt mich schnell ein sanfter Regen, von selbst herab gesunkner Blätter.
Ein reges Schweben füllt die Luft. Es zirkelt, schwärmt' und drehte sich,
Ihr bunt, sanft abwärts sinkend Heer; doch selten im geraden Strich.
Es schien die Luft, sich zu bemühn, den Schmuck, der sie bisher gezieret,
So lang es möglich zu behalten, und hindert' ihren schnellen Fall.

Hiedurch ward ihre leichte Last, im weiten Luft-Kreis überall,
In kleinen Zirkelchen bewegt, in sanften Wirbeln umgeführet,
Bevor ein jedes seinen Zweck, und seiner Mutter Schooß berühret;
Um sie, bevor sie aufgelöst, und sich dem Sichtlichen entrücken,
Mit Decken, die weit schöner noch, als persianische, zu schmücken.

Ich hatte diesem sanften Sinken, der Blätter lieblichem Gewühl,
Und dem dadurch, in heitrer Luft, erregten angenehmen Spiel,
Der bunten Tropfen schwebendem, in lindem Fall formiertem, Drehn,
Mit offnem Aug', und ernstem Denken, nun eine Zeitlang zugesehn;
Als ihr von dem geliebten Baum freiwilligs Scheiden (da durch Wind,
Durch Regen, durch den scharfen Nord, sie nicht herab gestreifet sind;
Nein, willig ihren Sitz verlassen, in ihren ungezwungnen Fällen)
Nach ernstem Denken mich bewog, sie mir zum Bilde vorzustellen,
Von einem wohlgeführten Alter, und sanftem Sterben: Die hingegen,
Die, durch der Stürme strengen Hauch, durch scharfen Frost durch schweren Regen,
Von ihren Zweigen abgestreift und abgerissen, kommen mir,
Wie Menschen, die durch Krieg und Brand und Stahl gewaltsam fallen, für.

Wie glücklich, dacht' ich sind die Menschen, die den freiwill'gen Blättern gleichen,
Und, wenn sie ihres Lebens Ziel, in sanfter Ruh' und Fried', erreichen;
Der Ordnung der Natur zufolge, gelassen scheiden, und erbleichen!

Barthold Heinrich Brockes

GRABSCHRIFT

Freust du dich deines Lebens, o Wandrer, so soll es mir lieb seyn,
Auch ich lebte, auch ich hab mich des Lebens gefreut.

Friedrich Schiller

EIN KÜRBIS SPRICHT

Mit der Zeit ich kommen bin,
Fall auch mit der Zeit dahin.

Mensch, hierinnen sind wir gleich,
Du magst schön sein, jung und reich:
Unsre Pracht kann nicht bestehn,
Beide müssen wir vergehn.

Nun ich jung noch bin und grüne,
O so hält man mich im Wert!
Bin ich welk und nicht mehr diene,
Wer ist dann, der mein begehrt?

Mensch, ich kann es leichtlich gläuben,
Daß du wünschst, ich möchte bleiben;
Nicht dein Will, auch meiner nicht,
Gottes Wille nur geschicht.

Wenn der rauhe Herbst nun kömmt,
Fall ich ab und muß verderben.
Wenn dein Ziel dir ist bestimmt,
Armer Mensch, so mußt du sterben.

Sieh mich an
Und denke dran:
Ich muß fort
Von diesem Ort!
Mit dir hält auch
Gott solchen Brauch.

Dem Herbst verlangt nach mir,
Mich zu verderben,
Dem Tod, o Mensch, nach dir,
Auch du mußt sterben.

Wer wird nach kurzen Tagen
Mich beklagen,
Wenn ich verwelkt nun bin?
Auch dir wird's widerfahren
Nach wenig Jahren,
Wenn dich der Tod nimmt hin.

Die Zeit und wir vergehn!
Was wir hie sehen stehn
In diesem grünen Garten,
Verwelkt in kurzer Zeit,
Weil schon des Herbstes Neid
Scheint drauf zu warten.

Ich und meine Blätter wissen,
Daß wir dann erst fallen müssen,
Wenn der rauhe Herbst nun kömmt.
Aber du, Mensch, weißt ja nicht,
Ob's nicht heute noch geschicht,
Daß dir Gott das Leben nimmt.

Ob ich gleich muß bald von hier,
Kriegst du dennoch Frucht von mir;
Wenn man dich, Mensch, wird begraben,
Was wirst du für Früchte haben?

O, ich habe schon vernommen,
Daß mein Feind, der Herbst wird
kommen,
Dessen Raub ich werden soll.
Lieber Mensch, gehab dich wohl!

Heinrich Albert

DER LIEBE DAUER

O lieb, solang du lieben kannst!
O lieb, solang du lieben magst!
Die Stunde kommt, die Stunde
kommt,
Wo du an Gräbern stehst und klagst!

Und sorge, daß dein Herze glüht
und Liebe hegt und Liebe trägt,
solang ihm noch ein ander Herz
in Liebe warm entgegenschlägt.

Und wer dir seine Brust erschließt,
o tu ihm, was du kannst, zulieb!
Und mach ihm jede Stunde froh,
und mach ihm keine Stunde trüb!

Und hüte deine Zunge wohl,
bald ist ein böses Wort gesagt!
O Gott, es war nicht bös gemeint –
der andre aber geht und klagt.

O lieb, solang du lieben kannst!
O lieb, solang du lieben magst!
Die Stunde kommt, die Stunde
kommt,
wo du an Gräbern stehst und klagst!

Dann kniest du nieder an der Gruft,
und birgst die Augen, trüb und naß,
– sie sehn den andern nimmermehr –
ins lange, feuchte Kirchhofsgras.

Und sprichst: O schau auf mich herab,
der hier an deinem Grabe weint!
Vergib, daß ich gekränkt dich hab'!
O Gott, es war nicht bös gemeint!

Er aber sieht und hört dich nicht,
kommt nicht, daß du ihn froh
umfängst;
der Mund, der oft dich küßte, spricht
nie wieder: ich vergab dir längst!

Er tat's, vergab dir lange schon,
doch manche heiße Träne fiel
um dich und um dein herbes Wort.
Doch still – er ruht, er ist am Ziel!

O lieb, solang du lieben kannst!
O lieb, solang du lieben magst!
Die Stunde kommt, die Stunde
kommt,
wo du an Gräbern stehst und klagst!

Ferdinand Freiligrath

IN DER FREMDE

Aus der Heimat hinter den Blitzen rot
da kommen die Wolken her,
aber Vater und Mutter sind lange tot,
es kennt mich dort keiner mehr.
Wie bald, wie bald kommt die stille Zeit,
da ruhe ich auch, und über mir
rauschet die stille Waldeinsamkeit
und keiner mehr kennt mich auch hier.

Joseph von Eichendorff

AN DIE SONNE

Ich friere so, komm wieder zu der Bank,
da her zum Bahnhof, wo ich auf dich warte,
ich will auch nie mehr eitles Pfaurad sagen.
Mein Mantel ist schon dünn und abgetragen,
und dieser Hundewind quält meine Schwarte,
ich werde sicherlich bald elend krank.

Dann kann ich nimmer dich erwarten gehn.
Und wie mein Fenster klein ist, wirst wohl wissen,
auch wächst der Birnenbaum so in die Breite.
Dann hat mein Bett gar keine Sonnenseite,
und nur das Fensterkreuz kriecht auf die Kissen,
zwei Schattenbalken, die mich sterben sehn.

Christine Lavant

BALD

Es währt noch eine kurze Weile,
daß du durch diese Straße gehst
hinauf, herab die lange Zeile,
und manchmal grüßend stillestehst.

Bald wird der ein' und andre sagen:
den Alten sehen wir nicht mehr,
er ging an kalt' und warmen Tagen
doch hier sein Stündchen hin und her.

Es sei! Des Lebens volle Schalen
hab' ich geneigt an meinen Mund,
und auch des Lebens ganze Qualen
hab' ich geschmeckt bis auf den Grund.

Getan ist manches, was ich sollte,
nicht spurlos lass' ich meine Bahn;
doch manches, was ich sollt' und wollte,
wie manches ist noch ungetan!

Wohl sinkt sie immer noch zu frühe
herab, die wohlbekannte Nacht,
doch wer mit aller Sorg und Mühe
hat je sein Tagewerk vollbracht!

Schau um dich! Sieh die hellen Blicke,
der Wangen jugendfrisches Blut,
und sage dir: In jede Lücke
ergießt sich junge Lebensglut.

Es ist gesorgt, brauchst nicht zu sorgen;
mach Platz, die Menschheit stirbt nicht aus.
Sie feiert ewig neue Morgen,
du steige fest ins dunkle Haus!

Friedrich Theodor Vischer

VERSCHRIENER TOD, für mich bist du so schön!
Schon morgens denk ich dich als Hütte aus,
in die ich einziehn werde schon am Abend,
und daß ein Stern darüber scheinen wird.
Nicht einmal vor dem Umzug hab ich Angst!
Man wird zwar viel vorher verbrennen müssen,
den Leib gewiß mit allen seinen Süchten
und von der Seele das, was sie sich hier
zusammentrug an Mut und Freudigkeit.
Nur meine Liebe, Tod, die bring ich mit!
Für die mußt du, wenn du mein Obdach bist,

den besten Winkel meiner Hütte richten
und, wenn es sein kann, baue auch ein Fenster,
damit der Stern, der gute, den ich meine,
ihr dort zu Diensten geht mit allem Trost,
den ich ihr hier niemals hab' geben können.

Christine Lavant

AN DEN FRIEDEN

Süßer Friede, süßer Friede,
Komm herab von oben her!
Sieh dies Auge tränenmüde,
Süßer Friede, süßer Friede!
Und dies Herze kummerschwer.

Sieh, ich kannte nicht das Leide,
Sonnte mich im Strahl der Lust: –
Einsam wohnt im Trauerkleide
Die Erinnrung noch der Freude
In der kalten Nacht der Brust.

Fröhlich griff ich in die Saiten,
Fröhlich in die volle Welt,
Die des Menschen Lust bereiten,
Lieb und Sang zu meinen Seiten; –
Sieh, die Harfe ist zerschellt!

Leer ist dieses Haus geworden,
Ach die Götter zogen aus!
Sorgen, Drang und Not in Horden,
Meine Ruhe hinzumorden,
Ziehen jubelnd ein und aus.

Sieh, zerknickt ist all mein Streben,
Und ich geh ein wandelnd Grab! –
Sonne mit dem Kuss voll Leben!
Komm, dies Herze aufzuheben,
Senke deinen Blick herab!

Friedrich Begemann

DIE KAPELLE

Droben stehet die Kapelle,
schauet still ins Tal hinab.
Drunten singt bei Wies' und Quelle
froh und hell der Hirtenknab'.

Traurig tönt das Glöcklein nieder,
schauerlich der Leichenchor,
stille sind die frohen Lieder,
und der Knabe lauscht empor.

Droben bringt man sie zu Grabe,
die sich freuten in dem Tal.
Hirtenknabe, Hirtenknabe!
Dir auch singt man dort einmal.

Ludwig Uhland

AN M.

Der du meine Wege mit mir gehst,
Jede Laune meiner Wimper spürst,
Meine Schlechtigkeiten duldest und verstehst – –.
Weißt du wohl, wie heiß du oft mich rührst?

Wenn ich tot bin, darfst du gar nicht trauern.
Meine Liebe wird mich überdauern
Und in fremden Kleidern dir begegnen
Und dich segnen.

Lebe, lache gut!
Mache deine Sache gut!

Joachim Ringelnatz

AN DIE ENGEL

Das ist der böse Thanatos,
Er kommt auf einem fahlen Roß;
Ich hör den Hufschlag, hör den Trab,

Der dunkle Reiter holt mich ab –
Er reißt mich fort, Mathilden soll ich lassen,
O, den Gedanken kann mein Herz nicht fassen!

Sie war mir Weib und Kind zugleich,
Und geh ich in das Schattenreich,
Wird Witwe sie und Waise sein!
Ich laß in dieser Welt allein
Das Weib, das Kind, das, trauend meinem Mute,
Sorglos und treu an meinem Herzen ruhte.

Ihr Engel in den Himmelshöhn,
Vernehmt mein Schluchzen und mein Flehn:
Beschützt, wenn ich im öden Grab,
Das Weib, das ich geliebet hab;
Seid Schild und Vögte eurem Ebenbilde,
Beschützt, beschirmt mein armes Kind, Mathilde.

Bei allen Tränen, die ihr je
Geweint um unser Menschenweh,
Beim Wort, das nur der Priester kennt
Und niemals ohne Schauder nennt,
Bei eurer eignen Schönheit, Huld und Milde,
Beschwör ich euch, ihr Engel, schützt Mathilde.

Heinrich Heine

SPAZIERGANG ZU ALLEN JAHRESZEITEN

Für E.

Noch arm in arm
entfernen wir uns voneinander

Bis eines wintertags
auf dem ärmel des einen
nur schnee sein wird

Reiner Kunze

LETZTE TAGE

Ausgelaufen ist der Krug.
Erde spricht, es ist genug.

Chrysanthemen hat ein Freund vors Bett gestellt,
Lockenhäupter, Würzgeruch der Welt.

Ehe meine Finger kalten,
Fühlen sie die Lust, die Stengel festzuhalten.

Halt ich so das letzte Stück der Zeit noch aus,
Bringt das große Qualenlose mich nach Haus.

Wilhelm Lehmann

NACH DER KRANKHEIT

Ich lag und schlief; da fiel ein böses Fieber
im Schlaf auf mich daher,
und stach mir in der Brust und nach dem Rücken über,
und wütete fast sehr.

Es sprachen Trost, die um mein Bette saßen;
lieb Weibel grämte sich,
ging auf und ab, wollt' sich nicht trösten lassen,
und weinte bitterlich.

Da kam Freund Hein: «Lieb Weib, mußt nicht so grämen,
ich bring' ihn sanft zur Ruh»;
und trat ans Bett, mich in den Arm zu nehmen,
und lächelte dazu.

«Sei mir willkommen, sei gesegnet, Lieber!
Weil du so lächelst; doch –
doch, guter Hein, hör an, darfst du vorüber,
so geh und laß mich noch!»

«Bist bange, Asmus? – Darf vorübergehen
auf dein Gebet und Wort.
Leb also wohl, und bis auf Wiedersehen!»
Und damit ging er fort.

Und ich genas! Wie sollt' ich Gott nicht loben!
Die Erde ist doch schön,
ist herrlich doch wie seine Himmel oben,
und lustig drauf zu gehn!

Will mich denn freun noch, wenn auch Lebensmühe
mein wartet, will mich freun!
Und wenn du wiederkommst, spät oder frühe,
so lächle wieder, Hein!

Matthias Claudius

BEFÜRCHTUNG

Es stirbt ein großer Tragöde
vorm eignen unzählige Töde
von Hamlet bis Faust;
doch mit Recht du mißtraust:
im Ernstfall versagt er wohl schnöde.

Eugen Roth

ALS ICH IN WEISSEM KRANKENZIMMER der Charité
Aufwachte gegen Morgen zu
Und die Amsel hörte, wußte ich
Es besser. Schon seit geraumer Zeit
Hatte ich keine Todesfurcht mehr. Da ja nichts
Mir je fehlen kann, vorausgesetzt
Ich selber fehle. Jetzt
Gelang es mir, mich zu freuen
Alles Amselgesanges nach mir auch.

Bertolt Brecht

KOMM DU, DU LETZTER, den ich anerkenne,
heilloser Schmerz im leiblichen Geweb:
wie ich im Geiste brannte, sieh, ich brenne
in dir; das Holz hat lange widerstrebt,
der Flamme, die du loderst, zuzustimmen,
nun aber nähr' ich dich und brenn in dir.
Mein hiesig Mildsein wird in deinem Grimmen
ein Grimm der Hölle nicht von hier.
Ganz rein, ganz planlos frei von Zukunft stieg
ich auf des Leidens wirren Scheiterhaufen,
so sicher nirgend Künftiges zu kaufen
um dieses Herz, darin der Vorrat schwieg.
Bin ich es noch, der da unkenntlich brennt?
Erinnerungen reiß ich nicht herein.
O Leben, Leben: Draußensein.
Und ich in Lohe. Niemand der mich kennt.

[Verzicht. Das ist nicht so wie Krankheit war
einst in der Kindheit. Aufschub. Vorwand um
größer zu werden. Alles rief und raunte.
Misch nicht in dieses was dich früh erstaunte]

Rainer Maria Rilke

VON DEN STILLEN TAGEN

So geisterhaft sind diese späten Tage
Gleichwie der Blick von Kranken, hergesendet
Ins Licht. Doch ihrer Augen stumme Klage
Beschattet Nacht, der sie schon zugewendet.

Sie lächeln wohl und denken ihrer Feste,
Wie man nach Liedern bebt, die halb vergessen,
Und Worte sucht für eine traurige Geste,
Die schon verblaßt in Schweigen ungemessen.

So spielt um kranke Blumen noch die Sonne
Und läßt von einer todeskühlen Wonne
Sie schauern in den dünnen, klaren Lüften.

Die roten Wälder flüstern und verdämmern,
Und todesnächtiger hallt der Spechte Hämmern
Gleichwie ein Wiederhall aus dumpfen Grüften.

Georg Trakl

TODESFURCHT

Hab verlangend alles schon empfangen,
allen Wechsel, den es gibt auf Erden:
aller Lust und allerlei Beschwerden
froh und unfroh immer wieder werden.
Und dazwischen ist die Zeit vergangen.

Neugier regt sich nach dem andern Kreise,
wie mags, frag ich, drüben nur bestellt sein;
und ob schwierig die besondre Reise,
und ob ich auf wunderbare Weise
werde wiederum auf meiner Welt sein.

Immer das Erlebte zu erleben,
lüstet mich, ich will es frei bekennen;
immer dieses zwischen Feuern schweben,
dieses atemlose Lastenheben
und dies hoffnungslose Herzverbrennen.

Ist's dort grün wie meine Kinderstunden?
Ist der Tag dort grau wie meine Tage?
Warten alle Wunder, aller Wunden
Wonnefieber, schmerzliches Gesunden,
aller Wollust wechselvolle Plage?

Bleib ich aller Feuerflammen Beute
und erhitzt von allen Hindernissen?
Glüht mir dort der helle Haß des Heute,
und entflammen mich die kalten Bräute?
Ach ich brenne schon, es nur zu wissen!

Was sich so lebendig mir verdichtet,
was mit Aug und Ohr ich je erworben,
nimmer sei von mir darauf verzichtet!
Anders werde dieser Streit geschlichtet
und das Leben nur zum Teil gestorben!

Einverleibt der Welt, der es entbrannte,
will es nimmer sich vom Leben trennen.
Wenn ich sie nicht mehr mit Namen nannte,
die ich bis zum letzten Blick erkannte,
würde sie sich selbst nicht mehr erkennen.

Wortverbunden bleib ich den Gestalten,
gegen die ich mich des Geistes wehre.
Nimmer würde anderen Gewalten
wehrlos ich mich zur Verfügung halten
dort in einer wortverlassnen Leere.

Dreist entreiß ich mich dem faulen Frieden,
nichts zu haben als die Totenstille.
Sie zu meiden, will ich nicht ermüden;
da zu bleiben, wenn ich abgeschieden,
fortzuleben sei mein letzter Wille.

Todesfurcht ist, daß Natur mich bringe
einst um alles mir lebendige Grauen.
Jener ewigen Ruh ist nicht zu trauen.
Ich will leiden, lieben, hören, schauen:
Ewig ruhlos, daß das Werk gelinge!

Karl Kraus

EIN HEIDNISCHES SPRÜCHLEIN

Heut fiel mir wieder ein – ich weiß nicht wie –
ein Spruch aus Sokrates' Apologie:

«Was wartet unser, wann des Erdeseins
unruhig Licht erlischt? – Von zweien eins:

für sel'gen Wandel ein bequemer Raum?
Ein ungekränkter Schlummer ohne Traum?»

Wir Christen haben ein gewisses Licht,
doch auch ein Heidensprüchlein schadet nicht.

Conrad Ferdinand Meyer

EIN CHRISTLICHES SPRÜCHLEIN

In meinen Leidensnächten ohne Stern
erlab' ich mich an guter Sprüche Kern.

Sankt Paule, der du mir zu jeder Frist
aus dem Apostelbund der liebste bist,

eins deiner Sprüchlein so von ungefähr
in bittern Nöten bet' ich vor mir her:

«Es ängstet sich, es sehnt sich allezeit
die Kreatur in ihrer Endlichkeit!»

Oft wird der edle Leib, das schöne Sein
zum dumpfen Kerker ohne Licht und Schein.

Dann ist es nicht ein hergebracht Gebet,
es ist der Geist, der in uns seufzt und fleht,

und wärst Du, Gott und Herr, nicht ewiglich,
ein solches Stoßgebet erschüfe Dich.

Conrad Ferdinand Meyer

NÄNIE

Auch das Schöne muß sterben! Das Menschen und Götter bezwinget,
nicht die eherne Brust rührt es des stygischen Zeus.
Einmal nur erweichte die Liebe den Schattenbeherrscher,
und an der Schwelle noch, streng, rief er zurück sein Geschenk.
Nicht stillt Aphrodite dem schönen Knaben die Wunde,
die in den zierlichen Leib grausam der Eber geritzt.

Nicht errettet den göttlichen Held die unsterbliche Mutter,
wann er, am skäischen Tor fallend, sein Schicksal erfüllt.
Aber sie steigt aus dem Meer mit allen Töchtern des Nereus,
und die Klage hebt an um den verherrlichten Sohn.
Siehe! Da weinen die Götter, es weinen die Göttinnen alle,
daß das Schöne vergeht, daß das Vollkommene stirbt.
Auch ein Klaglied zu sein im Mund der Geliebten, ist herrlich,
denn das Gemeine geht klanglos zum Orkus hinab.

Friedrich Schiller

ERNTELIED

Katholisches Kirchenlied

Es ist ein Schnitter, der heißt Tod,
Hat Gewalt vom höchsten Gott,
Heut wetzt er das Messer,
Es schneidt schon viel besser,
Bald wird er drein schneiden,
Wir müssen's nur leiden.
Hüte dich schöns Blümelein!

Was heut noch grün und frisch da steht,
Wird morgen schon hinweggemäht:
Die edlen Narzissen,
Die Zierden der Wiesen,
Die schön' Hyazinten,
Die türkischen Binden.
Hüte dich schöns Blümelein!

Viel hundert tausend ungezählt,
Was nur unter die Sichel fällt,
Ihr Rosen, ihr Liljen,
Euch wird er austilgen,
Auch die Kaiser-Kronen,
Wird er nicht verschonen.
Hüte dich schöns Blümelein!

Das himmelfarbe Ehrenpreis,
Die Tulipanen gelb und weiß,
Die silbernen Glocken,
Die goldenen Flocken,
Senkt alles zur Erden,
Was wird daraus werden?
Hüte dich schöns Blümelein!

Ihr hübsch Lavendel, Rosmarein,
Ihr vielfärbige Röselein.
Ihr stolze Schwerdliljen,
Ihr krause Basiljen,
Ihr zarte Violen,
Man wird euch bald holen.
Hüte dich schöns Blümelein!

Trotz! Tod, komm her, ich fürcht
dich nicht,
Trotz, eil daher in einem Schnitt.
Werd ich nur verletzet,
So werd ich versetzet
In den himmlischen Garten,
Auf den alle wir warten.
Freu dich du schöns Blümelein.

*Achim von Arnim/
Clemens Brentano*

TRAUERGESANG VON DER NOT CHRISTI AM ÖLBERG IN DEM GARTEN

Bei stiller Nacht zur ersten Wacht
ein Stimm sich gund zu klagen;
ich nahm in acht, was die doch sagt;
tat hin mit Augen schlagen.

Ein junges Blut, von Sitten gut,
alleinig, ohn Gefährten,
in großer Not, fast halber tot,
im Garten lag auf Erden.

Es war der liebe Gottessohn,
sein Haupt er hat in Armen,
viel weiß und bleicher dann der
Mon,
ein Stein es möcht erbarmen.

«Ach, Vater, liebster Vater mein,
und muß den Kelch ich trinken?
Und mags dann ja nit anders sein?
Mein Seel nit laß versinken!»

«Ach, liebes Kind, trink aus
geschwind,
dirs laß in Treuen sagen:
Sei wohl gesinnt, bald überwind,
den Handel mußt du wagen.»

«Ach, Vater mein, und kanns nit sein,
und muß ichs je dann wagen,
will trinken rein den Kelch allein,
kann dirs ja nit versagen.

Doch Sinn und Mut erschrecken tut,
soll ich mein Leben lassen?
O bitter Tod! mein Angst und Not
ist über alle Maßen.

Maria zart, jungfräulich Art,
sollst du mein Schmerzen wissen,
mein Leiden hart zu dieser Fahrt,
dein Herz wär schon gerissen.

Ach, Mutter mein, bin ja kein Stein,
das Herz mir dürft zerspringen;
sehr große Pein muß nehmen ein,
mit Tod und Marter ringen.

Ade, ade, zu guter Nacht,
Maria, Mutter milde!
Ist niemand, der denn mit mir wacht
in dieser Wüsten wilde?

Der schöne Mon will untergohn,
vor Leid nit mehr mag scheinen;
die Sternen lan ihr Glitzen stahn,
mit mir sie wollen weinen.

Kein Vogelsang noch Freudenklang
man höret in den Lüften,
die wilden Tier traurn auch mit mir
in Steinen und in Klüften.»

Friedrich von Spee

DER TOD

Ach, es ist so dunkel in des Todes Kammer,
tönt so traurig, wenn er sich bewegt
und nun aufhebt seinen schweren Hammer
und die Stunde schlägt.

Matthias Claudius

DORFMUSIK

Letztes Boot darin ich fahr
keinen Hut mehr auf dem Haar
in vier Eichenbrettern weiß
mit der Handvoll Rautenreis
meine Freunde gehn umher
    einer bläst auf der Trompete
    einer bläst auf der Posaune
Boot werd mir nicht überschwer
hör die andern reden laut:
dieser hat auf Sand gebaut

Ruft vom Brunnenbaum die Krähe
von dem ästelosen: wehe
von dem kahlen ohne Rinde:
nehmt ihm ab das Angebinde
nehmt ihm fort den Rautenast
    doch es schallet die Trompete
    doch es schallet die Posaune
keiner hat mich angefaßt
alle sagen: aus der Zeit
fährt er und er hats nicht weit

Also weiß ichs und ich fahr
keinen Hut mehr auf dem Haar
Mondenlicht um Brau und Bart
abgelebt zuendgenarrt
lausch auch einmal in die Höhe
denn es tönet die Trompete
denn es tönet die Posaune
und von weitem ruft die Krähe
ich bin wo ich bin: im Sand
mit der Raute in der Hand

Johannes Bobrowski

STERBELIED

Es ist genug! mein matter Sinn
sehnt sich dahin,
wo meine Väter schlafen;
ich hab' es endlich guten Fug,
es ist genug!
Ich muß mir Rast verschaffen.

Ich bin ermüdt, ich hab geführt
die Tages Bürd',
es muß einst Abend werden.
Erlös mich, Herr, spann aus den Pflug,
es ist genug!
Nimm von mir die Beschwerden.

Die große Last hat mich gedrückt,
ja, schier erstickt,
so viele lange Jahre.
Ach, laß mich finden, was ich such';
es ist genug!
mit solches Kreuzes Ware.

Nun gute Nacht, ihr meine Freund',
ihr meine Feind',
ihr Guten und ihr Bösen!
Euch folg' die Treu, euch folg' der Trug,
es ist genug!
Mein Gott will mich auflösen.

So nimm nun, Herr, hin meine Seel',
die ich befehl'
in deine Händ' und Pflege;
schreib sie ein in dein Lebensbuch,
es ist genug!
daß ich mich schlafen lege.

Nicht besser soll es mir ergehn,
als wie geschehn
den Vätern, die erworben
durch ihren Tod des Lebens Ruch.
Es ist genug!
Es sei also gestorben.

Anton Ulrich Herzog von Braunschweig

STERBEGEDICHT

Zeuch aus, gefangne Seele!
weil Stahl und Kerker bricht;
des Leibes Jammerhöhle
hemmt deine Freiheit nicht;
das Grab, mein Ruhekissen,
begräbt die Sklaverei;
da nun der Strick zerrissen,
so wird der Vogel frei.

Mein Ohr vernimmt das Zeichen,
so mir zu Schiffe ruft,
laßt nun die Segel streichen,
der Hafen meiner Gruft
macht, daß ich nicht mehr strande,
der Himmel wird mein Haus;
wohlan! wir sind am Lande,
steig, müder Geist! steig aus.

Johann Christian Günther

DIE ERSTE NACHT

Jetzt kommt die Nacht, die erste Nacht im Grab.
O, wo ist aller Glanz, der dich umgab?
In kalter Erde ist dein Bett gemacht.
Wie wirst du schlummern diese Nacht?

Vom letzten Regen ist dein Kissen feucht,
Nachtvögel schrein, vom Wind emporgescheucht,
kein Lämpchen brennt dir mehr, nur kalt und fahl
spielt auf der Schlummerstatt der Mondenstrahl.

Die Stunden schleichen – schläfst du bis zum Tag?
Horchst du wie ich auf jeden Glockenschlag?
Wie kann ich ruhn und schlummern kurze Frist,
wenn du, mein Lieb, so schlecht gebettet bist?

Isolde Kurz

VOM TOD DER TIERE

Vom Tod der Tiere ist die Heide voll.
Da blüht ein Flügel, schimmert ein Gebein.
Wie sind im riesgen Licht die Toten klein!
O schöner Fittich, Augen ohne Groll …

Des Hasen sanftes Fell erweckt der Wind.
Es pludert sich am Vogelleib der Flaum,
und keine Trauer bleibt. Es rührt sich kaum
ein Laut der Klage. Denn vorüber sind

die winzgen Toten. Doch der Wolken Zug
ist ohne Ende. Ewig ist das Licht.
Der Regen kühlt ein glühendes Gesicht
und immer bleiben Wind und Vogelflug.

Martha Saalfeld

NÄCHTLICHE STUNDE

Nächtliche Stunde, die mir vergeht,
da ich's ersinne, bedenke und wende,
und diese Nacht geht schon zu Ende.
Draußen ein Vogel sagt: es ist Tag.

Nächtliche Stunde, die mir vergeht,
da ich's ersinne, bedenke und wende,
und dieser Winter geht schon zu Ende.
Draußen ein Vogel sagt: es ist Frühling.

Nächtliche Stunde, die mir vergeht,
da ich's ersinne, bedenke und wende,
und dieses Leben geht schon zu Ende.
Draußen ein Vogel sagt: es ist Tod.

Karl Kraus

SCHLAFEN, SCHLAFEN, nichts als Schlafen!
Kein Erwachen, keinen Traum!
Jener Wehen, die mich trafen,
leisestes Erinnern kaum!
Daß ich, wenn des Lebens Fülle
niederklingt in meine Ruh,
nur noch tiefer mich verhülle,
fester tu' die Augen zu.

Friedrich Hebbel

DAS LETZTE ZIEL

Ich glaub' nicht an die Dauer
jenseits der Kirchhofsmauer,
doch wünsch' ich nur so viel
mir als das letzte Ziel:
wenn abgetan des Lebens Last,
zu fühlen meine tiefe Rast.

Hieronymus Lorm

ICH MÖCHTE HINGEHN wie das Abendrot
und wie der Tag in seinen letzten Gluten –
o leichter, sanfter, ungefühlter Tod!
Mich in den Schoß des Ewigen verbluten.

Ich möchte hingehn wie der heitre Stern,
im vollsten Glanz, in ungeschwächtem Blinken;
so stille und so schmerzlos möchte gern
ich in des Himmels blaue Tiefen sinken.

Du wirst nicht hingehn wie das Abendrot,
du wirst nicht stille wie der Stern versinken,
du stirbst nicht einer Blume leichten Tod,
kein Morgenstrahl wird deine Seele trinken.

Wohl wirst du hingehn, hingehn ohne Spur,
doch wird das Elend deine Kraft erst schwächen,
sanft stirbt es einzig sich in der Natur,
das arme Menschenherz muß stückweis brechen.

Georg Herwegh

DIE JUNGE MUTTER

Im grün verhangnen duftigen Gemach
auf weißen Kissen liegt die junge Mutter;
wie brennt die Stirn! sie hebt das Auge schwach
zum Bauer, wo die Nachtigall das Futter
den nackten Jungen reicht: «Mein armes Tier»,
so flüstert sie, «und bist du auch gefangen
gleich mir, wenn draußen Lenz und Sonne prangen,
so hast du deine Kleinen doch bei dir.»

Den Vorhang hebt die graue Wärterin
und legt die Finger mahnend auf die Lippen;
die Kranke dreht das schwere Auge hin,
gefällig will sie von dem Tranke nippen;
er mundet schon, und ihre bleiche Hand
faßt fester den Kristall – o milde Labe! –
«Elisabeth, was macht mein kleiner Knabe?»
«Er schläft», versetzt die Alte abgewandt.

Wie mag er zierlich liegen! – Kleines Ding! –
und selig lächelnd sinkt sie in die Kissen;
ob man den Schleier um die Wiege hing,
den Schleier, der am Erntefest zerrissen?
Man sieht es kaum, sie flickte ihn so nett,
daß alle Frauen höchlich es gepriesen,
und eine Ranke ließ sie drüber sprießen.
«Was läutet man im Dom, Elisabeth?»

«Madame, wir haben heut Mariatag.»
So hoch im Mond? sie kann sich nicht besinnen. –
Wie war es nur? – doch ihr Gehirn ist schwach,
und leise suchend zieht sie aus dem Linnen
ein Häubchen, in dem Strahle kümmerlich
läßt sie den Faden in die Nadel gleiten;
so ganz verborgen will sie es bereiten,
und leise, leise zieht sie Stich um Stich.

Da öffnet knarrend sich die Kammertür,
vorsicht'ge Schritte übern Teppich schleichen.
«Ich schlafe nicht, Rainer, komm her, komm hier!
Wann wird man endlich mir den Knaben reichen?»
Der Gatte blickt verstohlen himmelwärts,
küßt wie ein Hauch die kleinen heißen Hände:
«Geduld, Geduld, mein Liebchen, bis zum Ende!
Du bist noch gar zu leidend, gutes Herz.»

«Du duftest Weihrauch, Mann.» – «Ich war im Dom;
schlaf, Kind!» und wieder gleitet er von dannen.
Sie aber näht, und liebliches Phantom
spielt um ihr Aug von Auen, Blumen, Tannen. –
Ach, wenn du wieder siehst die grüne Au,
siehst über einem kleinen Hügel schwanken
den Tannenzweig und Blumen drüber ranken,
dann tröste Gott dich, arme junge Frau!

Annette von Droste-Hülshoff

VERGESSENE ZEILE

Gestern sehr früh fiel mir eine Zeile ein
Sie handelte vom Tod und begann *Der Tod ...*
dann folgte etwas wie eine Behauptung

Sie schien mir gut und tröstete mich zugleich
so daß ich liegen blieb und mein Glück genoß

Dann stand ich auf *Der Tod ist ...* probierte ich
und hatte vergessen wie es weiterging

Der Tod ist eine vergessene Zeile

Harald Hartung

GEH NICHT HINEIN

Im Flügel oben hinterm Korridor,
Wo es so jählings einsam worden ist,
– Nicht in dem ersten Zimmer, wo man sonst
Ihn finden mochte, in die blasse Hand
Das junge Haupt gestützt, die Augen träumend
Entlang den Wänden streifend, wo im Laub
Von Tropenpflanzen ausgebälgt Getier
Die Flügel spreizte und die Tatzen reckte,
Halb Wunder noch, halb Wissensrätsel ihm,
– Nicht dort; der Stuhl ist leer, die Pflanzen lassen
Verdürstend ihre schönen Blätter hängen;
Staub sinkt herab; – nein, nebenan die Tür,
In jenem hohen dämmrigen Gemach,
– Beklommne Schwüle ist drin eingeschlossen –
Dort hinterm Wandschirm auf dem Bette liegt
Etwas – geh nicht hinein! Es schaut dich fremd
Und furchtbar an.
Vor wenig Stunden noch
Auf jenen Kissen lag sein blondes Haupt;
Zwar bleich von Qualen, denn des Lebens Fäden
Zerrissen jäh; doch seine Augen sprachen
Noch zärtlich, und mitunter lächelt' er,

Als säh' er noch in goldne Erdenferne.
Da plötzlich losch es aus; er wußt' es plötzlich,
– Und ein Entsetzen schrie aus seiner Brust,
Daß ratlos Mitleid, die am Lager saßen,
In Stein verwandelte – er lag am Abgrund;
Bodenlos, ganz ohne Boden. – «Hilf!
Ach, Vater, lieber Vater!» Taumelnd schlug
Er um sich mit den Armen; ziellos griffen
In leere Luft die Hände; noch ein Schrei –
Und dann verschwand er.
Dort, wo er gelegen,
Dort hinterm Wandschirm, stumm und einsam liegt
Jetzt etwas – bleib! Geh nicht hinein! Es schaut
Dich fremd und furchtbar an; für viele Tage
Kannst du nicht leben, wenn du es erblickt.

«Und weiter – du, der du ihn liebtest – hast
Nichts weiter du zu sagen?»
Weiter nichts.

Theodor Storm

GLÜCKLICH, GLÜCKLICH nenn' ich den,
dem des Daseins letzte Stunde
schlägt in seiner Kinder Mitte.
Solches Scheiden heißt nicht Sterben,
denn er lebt im Angedenken,
lebt in seines Wirkens Früchten,
lebt in seiner Kinder Taten,
lebt in seiner Enkel Mund.

Franz Grillparzer

GRABSCHRIFT MARIANAE GRYPHIAE SEINES BRUDERN PAULI TÖCHTERLEIN

Geboren in der Flucht, umringt mit Schwert und Brand,
Schier in dem Rauch erstickt, der Mutter herbes Pfand,
Des Vatern höchste Furcht, die an das Licht gedrungen,
Als die ergrimmte Glut mein Vaterland verschlungen.
Ich habe diese Welt beschaut und bald gesegnet:
Weil mir auf einen Tag all Angst der Welt begegnet.
Wo ihr die Tage zählt; so bin ich jung verschwunden,
Sehr alt; wofern ihr schätzt, was ich für Angst empfunden.

Andreas Gryphius

AUF MEINES KINDES TOD

Von fern die Uhren schlagen,
Es ist schon tiefe Nacht,
Die Lampe brennt so düster,
Dein Bettlein ist gemacht.

Die Winde nur noch gehen
Wehklagend um das Haus,
Wir sitzen einsam drinne
Und lauschen oft hinaus.

Es ist, als müßtest leise
Du klopfen an die Tür,
Du hättst dich nur verirret,
Und kämst nun müd zurück.

Wir armen, armen Toren!
Wir irren ja im Graus
Des Dunkels noch verloren –
Du fandst dich längst nach Haus.

Joseph von Eichendorff

KINDERTODTENLIEDER (AUSZÜGE)

DU BIST EIN SCHATTEN am Tage
Und in der Nacht ein Licht;
Du lebst in meiner Klage
Und stirbst im Herzen nicht.

Wo ich mein Zelt aufschlage,
Da wohnst du bei mir dicht;
Du bist mein Schatten am Tage
Und in der Nacht mein Licht.

Wo ich auch nach dir frage,
Find ich von dir Bericht,
Du lebst in meiner Klage
Und stirbst im Herzen nicht.

Du bist ein Schatten am Tage
Und in der Nacht ein Licht;
Du lebst in meiner Klage
Und stirbst im Herzen nicht.

UNTERGEHT DIE SONN am Abend
Und der Mond um Mitternacht,
Doch am Morgen kommt die Sonne
Und zu Nacht der Mond zurück.
Aber ihr, o meiner Tage
Sonne, meiner Nächte Mond,
Kehret mir an keinem Morgen,
Keinem Abend mir zurück.

Schwalbe wandert im September,
Im Oktober Nachtigall,
Doch die Schwalbe kehrt im Märze,
Nachtigall im Mai zurück.

Euch, die Nachtigall und Schwalbe
Dieses Hauses, dieser Flur,
Bringt zum Haus der März nicht wieder
Noch der Mai zur Flur zurück.

Mit dem Frühling starb das Veilchen
Und die Rose vor dem Herbst;
Ros und Veilchen in dem Garten
Bringt des Sommers Hauch zurück.
Sommerhauch, im Frost des Winters
In des Herzens Gartenbeet
Starb mein Veilchen, meine Rose,
Und du bringst sie nie zurück!

ICH HAB ES ALLEN Büschen gesagt,
Und hab es allen Bäumen geklagt,
Und jeder grünenden Pflanze,
Und jeder Blum im Glanze.

Und wieder von neuem klag ich es,
Und immer von neuem sag ich es,
Und immer haben indessen
Sie wieder mein Leid vergessen.

Vergessen bist du in diesem Raum
Von Blum und Pflanze, Busch und Baum,
Nur nicht von diesem Herzen,
Kind meiner Wonnen und Schmerzen.

OFT DENK ICH, sie sind nur ausgegangen,
Bald werden sie wieder nach Haus gelangen,
Der Tag ist schön, o sei nicht bang,
Sie machen nur einen weitern Gang.

Jawohl, sie sind nur ausgegangen,
Und werden jetzt nach Haus gelangen,
O sei nicht bang, der Tag ist schön,
Sie machen den Gang zu jenen Höhn.

Sie sind uns nur vorausgegangen,
Und werden nicht hier nach Haus verlangen,
Wir holen sie ein auf jenen Höhn
Im Sonnenschein, der Tag ist schön.

Friedrich Rückert

KINDERTODTENLIED

Yes, you were still-born,
yet you are still born.

Wir hätten dir gerne von früher erzählt,
wie es war, als wir dich noch nicht kannten.
Wir hatten nicht mal einen Namen gewählt,
ehe sie dich verbrannten.

Jetzt sticht jedes Wort, das vom Tod spricht,
«müde zum Sterben», «todschick»,
«Freund Hein sitzt ihm im Genick» –
leichthin gesagt, aber jedes Wort sticht.

Ich warte, ob einmal der Tod spricht,
und hoffe: aus ihm vielleicht du.
Ich stehe am Grab, höre zu,
und vor mir steht groß dein Gesicht.

Doch als er dann spricht, bist nicht du es,
der Tod regt sich mitten in mir.
Du aber antwortest (bist du es): Tu es!
(Bist du es?) Tu es für mich und bleib hier.

Steffen Jacobs

NACH DEM TODE

Vielleicht ist unsre Seele dann
Das Kind, dem Sonntags nach dem Bade
Die Mutter Wäsche bringt frisch aus der Lade
Und zieht ihm Hemd und Strümpfe an.
Der Knabe aber, sonst so wild,
Sitzt ruhig jetzt und ernst-gestillt
Und spürt, die schnell vergehn wird, eine Gnade.
O reines frisches Hemdgefühl,
O kurzer Schreck, o Lust, nicht lang zu halten,
Wenn sich der Leinwand fast noch feuchte Falten
Dem Leib anschmiegen, fremd und kühl.
Weiß dann die Seele ernst-gestillt,
Daß unser strenger Vater mild
Auch unsre Mutter ist mit ewigem Sorgewalten?

Franz Werfel

MEINE GRÄBER

Kein Erbbegräbnis mich stolz erfreut,
Meine Gräber liegen weit zerstreut,
Weit zerstreut über Stadt und Land,
Aber all in märkischem Sand.

Verfallene Hügel, die Schwalben ziehn,
Vorüber schlängelt sich der Rhin,
Über weiße Steine, zerbröckelt all,
Blickt der alte Ruppiner Wall,
Die Buchen stehn, die Eichen rauschen,
Die Gräberbüsche Zwiesprach tauschen,
Und Haferfelder weit auf und ab –
Da ist meiner Mutter Grab.

Und ein andrer Platz, dem verbunden ich bin:
Berglehnen, die Oder fließt dran hin,
Zieht vorüber in trägem Lauf,
Gelbe Mummeln schwimmen darauf,
Am Ufer Werft und Schilf und Rohr,
Und am Abhange schimmern Kreuze hervor,
Auf eines fällt heller Sonnenschein –
Da hat mein Vater seinen Stein.

Der dritte, seines Todes froh,
Liegt auf dem weiten Teltow-Plateau,
Dächer von Ziegel, Dächer von Schiefer,
Dann und wann eine Krüppelkiefer,
Ein stiller Graben die Wasserscheide,
Birken hier, und da eine Weide,
Zuletzt eine Pappel am Horizont,
Im Abendstrahle sie sich sonnt.
Auf den Gräbern Blumen und Aschenkrüge,
Vorüber in Ferne rasseln die Züge,
Still bleibt das Grab und der Schläfer drin –
Der Wind, der Wind geht drüber hin.

Theodor Fontane

WOHL DEM, auf dessen Grabgewölb zu lesen,
ob auch gering war seines Schaffens Stärke:
«Sein Leben selbst ist seine Kunst gewesen,
und seine Tage waren seine Werke.»

Oskar Blumenthal

EINES LASTERHAFTIGEN

Die Leber ist zu Wien, das Glied zu Rom geblieben,
Das Herz in einer Schlacht, und das Gehirn im Lieben.
Doch daß der Leib nicht ganz verloren möchte sein,
So legte man den Rest hier unter diesen Stein.

Christian Hoffmann von Hoffmannswaldau

GRABINSCHRIFTEN

Im Leben rot wie Zinnober,
im Tode wie Kreide so bleich,
gestorben am 12. Oktober,
am 14. war die Leich!

Der Weg zur Ewigkeit
ist gar nicht so sehr weit,
um neun Uhr bin ich fort,
um elf Uhr war ich dort.

Hier ruhet Gottlieb Merkel
in sin Jugend was hei'n Ferkel,
in sin Oller was hei'n Swin,
min Gott, wat mag hei nu woll sin?

Hier liegt der Förster Rupert Huß,
er starb an einem Büchsenschuß,
der auf der Jagd von ohngefähr
ihn hat getroffen folgenschwer.
Zum Glück konnt' man ihn noch versehn.
Gott lass' ihn fröhlich auferstehn!
Ich nannt' ihn oben Rupert Huß,
um hinzuweisen auf den Schuß,
doch hieß er in der Tat Franz Leim,
das aber paßte nicht zum Reim.
Was hätt' ich mit dem Leim gemacht?
Wie hätt' den Schuß ich angebracht,
an dem er doch verschieden ist
als Jägersmann und guter Christ.

Anonym

GRABSCHRIFT EINES JUNGEN BÄREN, DER GEHETZET WORDEN WAR

Ich, der ich klein und jung von meiner Mutter kam,
Von welcher mich die Macht der strengen Bauern nahm,
Ward in der Stadt verkauft, daselbsten mich zu üben,
Was in der Dienstbarkeit für Freiheit wird getrieben,
Für wilde ward ich zahm; begriffe manche Kunst,
Doch täte mir die Welt dafür gar kleine Gunst.
Ich weiß von keiner Schuld, als daß ich Allzukühner
Erhascht hab und verzehrt so manche schöne Hühner.
Mein ganzes Leben war ein steter, langer Tanz.
Zuletzte kriegt ich noch darvon den Märtrerkranz.
Soll euch nicht sein wie mir, ihr Brüder und ihr Schwestern,
So bleibet, wie ihr sollt, in euren wilden Nestern!

Paul Fleming

GRABSPRUCH

Gott ist wahrhaftig und gerecht,
hier ruht der Herr und auch sein Knecht;
nun, ihr Weltweise, tret't herbei
und sagt, wer Knecht und Herr da sei.

Anonym

KLEINE ASTER

Ein ersoffener Bierfahrer wurde auf den Tisch gestemmt.
Irgendeiner hatte ihm eine dunkelhellila Aster
zwischen die Zähne geklemmt.
Als ich von der Brust aus

unter der Haut
mit einem langen Messer
Zunge und Gaumen herausschnitt,
muß ich sie angestoßen haben, denn sie glitt
in das nebenliegende Gehirn.
Ich packte sie ihm in die Brusthöhle
zwischen die Holzwolle,
als man zunähte.
Trinke dich satt in deiner Vase!
Ruhe sanft,
kleine Aster!

Gottfried Benn

ÜBER ALLE GRÄBER wächst zuletzt das Gras,
alle Wunden heilt die Zeit, ein Trost ist das,
wohl der schlechteste, den man dir kann erteilen;
armes Herz, du willst nicht, daß die Wunden heilen.
Etwas hast du noch, solang es schmerzlich brennt;
das Verschmerzte nur ist tot und abgetrennt.

Friedrich Rückert

HERRN PAULI FLEMINGI DER MED. DOCT. GRABSCHRIFT, SO ER IHM SELBST GEMACHT IN HAMBURG, DEN 28. TAG DES MÄRZENS 1640 AUF SEINEM TODBETTE DREI TAGE VOR SEINEM SEEL. ABSTERBEN

Ich war an Kunst, und Gut, und Stande groß und reich.
Des Glückes lieber Sohn. Von Eltern guter Ehren.
Frei; Meine. Konnte mich aus meinen Mitteln nähren.
Mein Schall floh überweit. Kein Landsmann sang mir gleich.

Von Reisen hochgepreist; für keiner Mühe bleich.
Jung, wachsam, unbesorgt. Man wird mich nennen hören,
Bis daß die letzte Glut dies alles wird verstören.
Dies, deutsche Klarien, dies Ganze dank' ich Euch.

Verzeiht mir, bin ichs wert, Gott, Vater, Liebste, Freunde.
Ich sag' Euch gute Nacht, und trete willig ab.
Sonst alles ist getan, bis an das schwarze Grab.

Was frei dem Tode steht, das tu er seinem Feinde.
Was bin ich viel besorgt, den Othem aufzugeben?
An mir ist minder nichts, das lebet, als mein Leben.

Paul Fleming

CHRISTLICHE GELASSENHEIT, GEDULD UND TROST

Einer hochbetrübten Mutter Schmerz, über den Tödlichen Hintritt ihres herzliebsten, gehorsamen und wohlgeratenen Kindes, an einem edlen wohl-riechenden Blümlein, Schassemine genannt, abgemerket, nach der bekannten Singe-Art des Davidischen Buß-Lieds, O Herre Gott begnade mich.

1.

Des Menschen ganze Lebens-Zeit,
Sein Ehre, Freud und Sterblichkeit,
Und was an Kreuz herstreichet,
Sich einer Blum vergleichet:
Zur Himmels-Freude, Zierd und Ehr,
Die tausendmal ja mehr als mehr
Das Hiesig überschreitet,
Der Blumen Schmuck uns leitet,
Darum auch Gott der gute Geist,
Den Menschen eine Blume heißt,

Zur Lehre, Trost, Geduld und Mut,
Wann Sonnen-Schein und Kreuzes-Flut
All hier sich wollen wechseln.

2.

Die Blume wächst durchs Himmels Saft,
Den Menschen machet Gottes Kraft,
Daß diese beiden leben,
Das hat Gott selbst gegeben,
Ein jedes in der Farbe steht,
Ein jedes in der Ehre steht;
Wie's Gott hat angekleidet,
Drum keins das ander neidet;
Dem König Gott den Purpur gibt,
Der Bauer seinen Kittel liebt,
Gott zeucht sie an und wieder aus
Im Lebens- und im Todes-Haus,
Gott gibt's und nimmets wieder.

3.

Drum sei es GOTT anheim gestellt,
Er macht es wie es ihm gefällt,
Ich laß ihm seine Gaben,
Will er sie wieder haben,
Zumalen weil so manche Hitz,
Sturm, Hagel, Wind und Donner-Blitz
Die Blum und Gottes Lieben,
Oft pflege zu betrüben,
Wie wohl geschiehet solchem Kind,
Daß Gott in Gnaden fein gelind
Hinrückt aus aller Angst und Not,
Durch einen früh- und sanften Tod,
Zu sichren Ruh und Freuden.

4.

Die Blum hat keineswegs Bestand,
Die Jungfer gehet aus dem Land,
 Dieselbig abzubrechen,
 Der Herbst pflegt sie zu schwächen:
Daß sie verwelket und vergeht,
Der Mensch noch ungewisser steht,
 Der Tod sticht ihme Wunden,
 Gott weiß zu welcher Stunden.
O selig ist, der das bedenkt,
Und sich mit wahrem Glauben senkt
In JESU Wunden, Tod und Blut,
Der Tod ihm keinen Schaden tut,
 In JESU wird er selig.

5.

Wer so in JESU stirbet hin,
Dem ist der Tod nichts als Gewinn,
 Er steht in wehrten Ehren:
 Und darf nichts mehr begehren.
Er sterb' in Frieden oder Krieg,
Mit JESU er behält den Sieg,
 Es sei an fremden Orten,
 In seines Vaters Pforten,
Und wo es nur geschehen mag,
Daraus entstehet keine Plag,
Er lege sich fein sanft zur Ruh,
Es gehe gleich gewaltsam zu,
 Und wie es sonst geschiehet.

6.

Geruch und Liebe gehn zugleich,
Dann eine Blum ist worden bleich,
 Ins Grabe bei dem Leuten,
 Das hat nichts zu bedeuten,

So aber nicht die Frömmigkeit,
Dieselbe bleibet allezeit
  In dies- und jenem Leben,
  Die kann noch immer geben
Den Liebs-Geruch und Herzens-Lust,
Dieselbe drücken an die Brust,
Welch' ihrem Gott ergeben sind,
Die Mutter liebet ja ihr Kind
  Im Tod und in dem Leben.

7.

Ist nicht in unserm Christentum
Ein frommes Kind ein edle Blum?
  Der auch die Engel pflegen
  Auf allen Weg- und Stegen,
Bricht gleich der Tod mein Blümlein ab,
Beliebt es mir doch in dem Grab,
  Es bleibt in meinem Herzen,
  Obwohl nicht ohne Schmerzen;
Ach! der Geruch der Frömmigkeit,
Erquicket mich in meinem Leid,
Daß ich demselben Blümlein muß
Hingeben einen Herzens-Kuß,
  Das gibt mir Trost und Leben.

8.

Die Blum im Winter man nicht sieht,
Im Frühling sie doch wieder blüht,
  Der Sommer damit pranget,
  Da sie den Schmuck erlanget,
Ich seh' jetzt meine Blume nicht,
Die mir der Tod hat hingericht,
  Wann aber wird ankommen
  Der Frühling aller Frommen,
Der Jüngste Tag, so werd' ich sehn

Mein Blümlein wieder auferstehn,
Mit höchstem Schmuck an Seel und Leib,
Auf daß ich bei demselben bleib
Im Freuden-vollen Sommer.

Barbara Elisabeth von Lützow

EINFÄLTIGE TRAUER- UND TROST-REIMCHEN

bei [...] Ableiben des liebreichen Kindes Agnes, des Hn. Reinhold Derschawen, der Rechten Dr. und Hofgerichtsrats und Fr. Sophien geb. von Stein jüngsten Töchterleins, welches 1650. 21. Weinmond geboren und den 28. Christmond selig eingeschlafen, an die hochbetrübten Eltern geschrieben.

Wie ich berichtet werde
Mag, Kindlein, wohl die Erde
Dein allerbestes sein,
Hie endst du deine Schmerzen
Und machst der Eltern Herzen
Nicht mehr so große Pein.

Der Weinmond hat gegeben
Dich diesem armen Leben,
O kurzer Lust Gewinn!
Neun Wochen nur verflissen,
Dein Faden wird zerrissen,
Der Christmond nimmt dich hin.

So wenig Zeit verlaufen
Kam doch dein Leid mit Haufen,
Wann ruhtst du eine Nacht
In diesen vierzehn Tagen?
Du hast mit harten Plagen
Die ganze Zeit verbracht.

Wir wissen uns wir Alten
Auf den Fall schlecht zu halten,
Wer trägt bisher die Not
Des Hustens ganz bescheiden?
Wie mancher wünscht für Leiden
Des Dampfes ihm den Tod?

Wir können durch die Nasen
Schier nicht den Atem blasen
Vor zähem Schlamm und Wust:
Wir taugen kaum zu sprechen,
Die Kraft will uns gebrechen
Aus großem Weh der Brust.

Wie sollt' in solchen Fällen
Ein zartes Kind sich stellen
Das außerhalb der Treu
Der Eltern, die es laben,
Nichts kann zum Vorteil haben,
Als einzig sein Geschrei?

Es weiß nicht Ruh zu finden,
Muß wie ein Wurm sich winden:
Was all' Arznei-Kunst hat,
Die Milch, sonst sein Verlangen,
Kann nichts allhie verfangen,
Hie ist kein' Hilf', kein Rat.

Man hebt es an zu wiegen,
Es kann für Angst nicht liegen,
Man wiegt es auf der Hand
Mit ängstigen Gebärden,
Was daraus solle werden
Ist Gott allein bekannt.

Den Eltern will zerspringen
Das Herz bei solchen Dingen,
Sie gehn oft Schemen gleich:
Bis Gott ein Mittel findet.
Des Kindes Geist entbindet
Und nimmt ihn in sein Reich.

Wie kommt es, daß ohn Leiden
Kein Kind auch ab kann scheiden?
Bei dem kein Wunsch, kein Wahn
Und kein Verstand zu spüren,
Von dem kann nichts auch rühren
Das Übel sei getan.

Es muß für allen Sachen
Es ja der Himmel machen,
Der ist so heilig-rein,
Daß nichts ihm taug zu werden
Es muß von Sünd und Erden
Zuvor gesäubert sein.

Will wer mit Christo erben,
Der muß mit ihm auch sterben,
Muß manchen Krankheit-Wind
Und ander Leid ertragen,
Auch wär' es so zu sagen
Noch so ein zartes Kind.

Herr, den das Recht muß ehren,
Und dessen Spruch wir hören
Mit sonderlicher Lust,
Laß deinen Sinn nicht wanken,
Komm bald auf die Gedanken
Des Trosts, der dir bewußt.

Das Kind hat überwunden
Der Krankheit lange Stunden,
Und alle Not dazu,
Da, wo es jetzund lebet
Dem reinen Geist nach, schwebet
Die stets gesunde Ruh.

Es ist dem Leid entgangen,
Und hat nun angefangen
Das rechte neue Jahr,
Das rein von allen zehren
Und aller Angst soll wehren
Ohn End und immerdar.

Und du, O Preis der Frauen,
Laß deine Hoffnung schauen,
Dein Kind, wenn mit der Zeit
Du wirst zu ihm genommen,
Wird dir entgegen kommen,
Mit höchster Fröhlichkeit.

Jetzt läßt es dort sich küssen
Und tausend Engel grüßen,
Es lobt den heil'gen Christ
Mit süßem Freuden Schalle,
Der willig für uns alle
Ein Mensch geboren ist.

Sprecht nach den langen Schmerzen
Auch Trost ein eurem Herzen!
Senkt es im Glauben ein,
Folgt nach der Kleinen Leichen,
Und lasst die Trauer Zeichen
Auch mit begraben sein!

Simon Dach

EINER TOTEN

Wie fühl' ich heute deine Macht,
als ob sich deine Wimper schatte
vor mir auf diesem ampelhellen Blatte
um Mitternacht!
Dein Auge sieht
begierig mein entstehend Lied.

Dein Wesen neigt sich meinem zu,
du bist's! Doch deine Lippen schweigen,
und liesest du ein Wort, das zart und eigen,
bist's wieder du,
dein Herzensblut,
indes dein Staub im Grabe ruht.

Mir ist, wann mich dein Atem streift,
der ich erstarkt' an Kampf und Wunden,
als seist in deinen stillen Grabesstunden
auch du gereift
an Liebeskraft,
an Willen und an Leidenschaft.

Die Marmorurne setzten dir
die Deinen – um dich zu vergessen,

sie erbten, bauten, freiten unterdessen,
du lebst in mir!
Wozu beweint?
Du lebst und fühlst mit mir vereint!

Conrad Ferdinand Meyer

TRAUERODE BEIM ABSTERBEN SEINER GELIEBTEN MARIANE

Nov. 1736

Soll ich von deinem Tode singen?
O Mariane, welch ein Lied!
Wann Seufzer mit den Worten ringen
Und ein Begriff den andern flieht!
Die Lust, die ich an dir empfunden,
Vergrößert jetzund meine Not;
Ich öffne meines Herzens Wunden
Und fühle nochmals deinen Tod.

Doch meine Liebe war zu heftig,
Und du verdienst sie allzu wohl,
Dein Bild bleibt in mir viel zu kräftig,
Als daß ich von dir schweigen soll.
Es wird im Ausdruck meiner Liebe
Mir etwas meines Glückes neu,
Als wann von dir mir etwas bliebe,
Ein zärtlich Abbild unsrer Treu.

Nicht Reden, die der Witz gebieret,
Nicht Dichterklagen fang ich an;
Nur Seufzer, die ein Herz verlieret,
Wann es sein Leid nicht fassen kann.

Ja, meine Seele will ich schildern,
Von Lieb und Traurigkeit verwirrt,
Wie sie, ergötzt an Trauerbildern,
In Kummerlabyrinthen irrt.

Ich seh dich noch, wie du erblaßtest,
Wie ich verzweiflend zu dir trat,
Wie du die letzten Kräfte faßtest
Um noch ein Wort, das ich erbat.
O Seele voll der reinsten Triebe!
Wie ängstig warst du für mein Leid!
Dein letztes Wort war Huld und Liebe,
Dein letztes Tun Gelassenheit.

Wo flieh ich hin? In diesen Toren
Hat jeder Ort, was mich erschreckt!
Das Haus hier, wo ich dich verloren;
Der Tempel dort, der dich bedeckt;
Hier Kinder – – – Ach! mein Blut muß lodern
Beim zarten Abdruck deiner Zier,
Wann sie dich stammelnd von mir fodern;
Wo flieh ich hin? Ach! Gern zu dir.

O soll mein Herz nicht um dich weinen?
Hier ist kein Freund dir nah als ich.
Wer riß dich aus dem Schoß der Deinen?
Du ließest sie und wähltest mich.
Dein Vaterland, dein Recht zum Glücke,
Das dein Verdienst und Blut dir gab,
Die sind's, wovon ich dich entrücke;
Wohin zu eilen? In dein Grab.

Dort in den bittern Abschiedsstunden,
Wie deine Schwester an dir hing,
Wie, mit dem Land gemach verschwunden,

Sie unserm letzten Blick entging,
Sprachst du zu mir mit holder Güte,
Die mit gelassner Wehmut stritt:
Ich geh mit ruhigem Gemüte,
Was fehlt mir? Haller kömmt ja mit.

Wie kann ich ohne Tränen denken
An jenen Tag, der dich mir gab?
Noch jetzt mischt Lust sich mit dem Kränken,
Entzückung löst mit Wehmut ab.
Wie zärtlich war dein Herz im Lieben,
Das Schönheit, Stand und Gut vergaß
Und mich allein nach meinen Trieben
Und nicht nach meinem Glücke maß.

Wie bald verließest du die Jugend
Und flohst die Welt, um mein zu sein;
Du miedst den Weg gemeiner Tugend
Und warest schön für mich allein.
Dein Herz hing ganz an meinem Herzen
Und sorgte nicht für dein Geschick;
Voll Angst bei meinem kleinsten Schmerzen,
Entzückt auf einen frohen Blick.

Ein nie am Eiteln fester Wille,
Der sich nach Gottes Fügung bog;
Vergnüglichkeit und sanfte Stille,
Die weder Glück noch Leid bewog;
Ein Vorbild kluger Zucht an Kindern,
Ein ohne Blindheit zartes Herz;
Ein Herz, gemacht, mein Leid zu lindern,
War meine Lust und ist mein Schmerz.

Ach! Herzlich hab ich dich geliebet,
Weit mehr als ich dir kund gemacht,

Mehr als die Welt mir Glauben gibet,
Mehr als ich selbst vorhin gedacht.
Wie oft, wann ich dich innigst küßte,
Erzitterte mein Herz und sprach:
Wie! Wann ich sie verlassen müßte!
Und heimlich folgten Tränen nach.

Ja, mein Betrübnis soll noch währen,
Wann schon die Zeit die Tränen hemmt;
Das Herz kennt andre Arten Zähren
Als die, die Wangen überschwemmt.
Die erste Liebe meiner Jugend,
Ein innig Denkmal deiner Huld,
Und die Verehrung deiner Tugend
Sind meines Herzens stete Schuld.

Im dicksten Wald, bei finstern Buchen,
Wo niemand meine Klagen hört,
Will ich dein holdes Bildnis suchen,
Wo niemand mein Gedächtnis stört.
Ich will dich sehen, wie du gingest,
Wie traurig, wann ich Abschied nahm;
Wie zärtlich, wann du mich umfingest;
Wie freudig, wann ich wieder kam.

Auch in des Himmels tiefer Ferne
Will ich im Dunkeln nach dir sehn
Und forschen, weiter als die Sterne,
Die unter deinen Füßen drehn.
Dort wird an dir die Unschuld glänzen
Vom Licht verklärter Wissenschaft;
Dort schwingt sich aus den alten Grenzen
Der Seele neu entbundne Kraft.

Dort lernst du Gottes Licht gewöhnen,
Sein Rat wird Seligkeit für dich;

Du mischest mit der Engel Tönen
Dein Lied und ein Gebet für mich.
Du lernst den Nutzen meines Leidens,
Gott schlägt des Schicksals Buch dir auf;
Dort steht die Absicht unsers Scheidens
Und mein bestimmter Lebenslauf.

Vollkommenste, die ich auf Erden
So stark und doch nicht gnug geliebt;
Wie liebenswürdig wirst du werden,
Nun dich ein himmlisch Licht umgibt.
Mich überfällt ein brünstigs Hoffen,
O sprich zu meinem Wunsch nicht nein!
O halt die Arme für mich offen!
Ich eile, ewig dein zu sein.

Albrecht von Haller

ALLERSEELEN

Stell auf den Tisch die duftenden Reseden,
die letzten roten Astern trag herbei
und laß uns wieder von der Liebe reden
wie einst im Mai.

Gib mir die Hand, daß ich sie heimlich drücke,
und wenn man's sieht, mir ist es einerlei,
gib mir nur einen deiner süßen Blicke
wie einst im Mai.

Es blüht und funkelt heut auf jedem Grabe,
ein Tag im Jahre ist den Toten frei;
komm an mein Herz, daß ich dich wieder habe,
wie einst im Mai.

Hermann von Gilm

DAS WIEDERSEHN

Der Weltraum fernt mich weit von dir,
so fernt mich nicht die Zeit.
Wer überlebt das Siebzigste
schon hat, ist nah bei dir.

Lang sah ich, Meta, schon dein Grab
und seine Linde wehn;
die Linde wehet einst auch mir,
streut ihre Blum auch mir.

Nicht mir! Das ist mein Schatten nur,
worauf die Blüte sinkt,
so, wie es nur dein Schatten war,
worauf sie oft schon sank.

Dann kenn ich auch die höhre Welt,
in der du lange warst;
dann sehn wir froh die Linde wehn,
die unsre Gräber kühlt.

Dann ... Aber, ach, ich weiß ja nicht,
was du schon lange weißt;
nur daß es hell von Ahnungen
mir um die Seele schwebt,

mit wonnevollen Hoffnungen
die Abendröte kommt,
mit frohem, tiefem Vorgefühl
die Sonnen auferstehn!

Friedrich Gottlieb Klopstock

ORPHEUS. EURYDIKE. HERMES

Das war der Seelen wunderliches Bergwerk.
Wie stille Silbererze gingen sie
als Adern durch sein Dunkel. Zwischen Wurzeln
entsprang das Blut, das fortgeht zu den Menschen,
und schwer wie Porphyr sah es aus im Dunkel.
Sonst war nichts Rotes.

Felsen waren da
und wesenlose Wälder. Brücken über Leeres
und jener große graue blinde Teich,
der über seinem fernen Grunde hing
wie Regenhimmel über einer Landschaft.

Und zwischen Wiesen, sanft und voller Langmut,
erschien des einen Weges blasser Streifen,
wie eine lange Bleiche hingelegt.

Und dieses einen Weges kamen sie.

Voran der schlanke Mann im blauen Mantel,
der stumm und ungeduldig vor sich aussah.
Ohne zu kauen fraß sein Schritt den Weg
in großen Bissen; seine Hände hingen
schwer und verschlossen aus dem Fall der Falten
und wußten nicht mehr von der leichten Leier,
die in die Linke eingewachsen war
wie Rosenranken in den Ast des Ölbaums.
Und seine Sinne waren wie entzweit:
indes der Blick ihm wie ein Hund vorauslief,
umkehrte, kam und immer wieder weit
und wartend an der nächsten Wendung stand, –
blieb sein Gehör wie ein Geruch zurück.
Manchmal erschien es ihm als reichte es
bis an das Gehen jener beiden andern,
die folgen sollten diesen ganzen Aufstieg.
Dann wieder wars nur seines Steigens Nachklang
und seines Mantels Wind was hinter ihm war.
Er aber sagte sich, sie kämen doch;
sagte es laut und hörte sich verhallen.
Sie kämen doch, nur wärens zwei
die furchtbar leise gingen. Dürfte er
sich einmal wenden (wäre das Zurückschaun
nicht die Zersetzung dieses ganzen Werkes,
das erst vollbracht wird), müßte er sie sehen,
die beiden Leisen, die ihm schweigend nachgehn:

Den Gott des Ganges und der weiten Botschaft,
die Reisehaube über hellen Augen,
den schlanken Stab hertragend vor dem Leibe

und flügelschlagend an den Fußgelenken;
und seiner linken Hand gegeben: *sie*.

Die So-geliebte, daß aus einer Leier
mehr Klage kam als je aus Klagefrauen;
daß eine Welt aus Klage ward, in der
alles noch einmal da war: Wald und Tal
und Weg und Ortschaft, Feld und Fluß und Tier;
und daß um diese Klage-Welt, ganz so
wie um die andre Erde, eine Sonne
und ein gestirnter stiller Himmel ging,
ein Klage-Himmel mit entstellten Sternen –:
Diese So-geliebte.

Sie aber ging an jenes Gottes Hand,
den Schritt beschränkt von langen Leichenbändern,
unsicher, sanft und ohne Ungeduld.
Sie war in sich, wie Eine hoher Hoffnung,
und dachte nicht des Mannes, der voranging,
und nicht des Weges, der ins Leben aufstieg.
Sie war in sich. Und ihr Gestorbensein
erfüllte sie wie Fülle.
Wie eine Frucht von Süßigkeit und Dunkel
so war sie voll von ihrem großen Tode,
der also neu war, daß sie nichts begriff.

Sie war in einem neuen Mädchentum
und unberührbar; ihr Geschlecht war zu
wie eine junge Blume gegen Abend,
und ihre Hände waren der Vermählung
so sehr entwöhnt, daß selbst des leichten Gottes
unendlich leise, leitende Berührung
sie kränkte wie zu sehr Vertraulichkeit.

Sie war schon nicht mehr diese blonde Frau,
die in des Dichters Liedern manchmal anklang,
nicht mehr des breiten Bettes Duft und Eiland
und jenes Mannes Eigentum nicht mehr.

Sie war schon aufgelöst wie langes Haar
und hingegeben wie gefallner Regen
und ausgeteilt wie hundertfacher Vorrat.

Sie war schon Wurzel.

Und als plötzlich jäh
der Gott sie anhielt und mit Schmerz im Ausruf
die Worte sprach: Er hat sich umgewendet –,
begriff sie nichts und sagte leise: *Wer?*

Fern aber, dunkel vor dem klaren Ausgang,
stand irgend jemand, dessen Angesicht
nicht zu erkennen war. Er stand und sah,
wie auf dem Streifen eines Wiesenpfades
mit trauervollem Blick der Gott der Botschaft
sich schweigend wandte, der Gestalt zu folgen,
die schon zurückging dieses selben Weges,
den Schritt beschränkt von langen Leichenbändern,
unsicher, sanft und ohne Ungeduld.

Rainer Maria Rilke

GEDÄCHTNISFEIER

Keine Messe wird man singen,
Keinen Kadosch wird man sagen,
Nichts gesagt und nichts gesungen
Wird an meinen Sterbetagen.

Doch vielleicht an solchem Tage,
Wenn das Wetter schön und milde,
Geht spazieren auf Montmartre
Mit Paulinen Frau Mathilde.

Mit dem Kranz von Immortellen
Kommt sie mir das Grab zu
schmücken,
Und sie seufzet: Pauvre homme!
Feuchte Wehmut in den Blicken.

Leider wohn ich viel zu hoch,
Und ich habe meiner Süßen
Keinen Stuhl hier anzubieten;
Ach! sie schwankt mit müden
Füßen.

Süßes, dickes Kind, du darfst
Nicht zu Fuß nach Hause gehen;
An dem Barrieregitter
Siehst du die Fiaker stehen.

Heinrich Heine

NÖRDLICHER JUNI

Die Nächte haben ihre
Eigenschaften verloren:
Weiße Stufen die
Horizonte mit
Rostroten Tüchern.
Wer hier hinaufspringt
Kann glücklich werden.
Dreimal rufe ich dich aber
Du bist nicht
Auf Erden.

Sarah Kirsch

DREIMAL

Dreimal ging die Witwe übers Oedland.
Da war kein Frühling, kein Sommer, kein Herbst noch Winter.
Mitten im Oedland saß ihr Mann, ihr Liebster,
und das erste Mal kniete sie nieder, umfing seinen Schoß,
sagte, wir haben die Kürbisse eingelegt
sauer und süß. Wir sammeln die ersten Nüsse.
Die Kinder schreiben das A und das O.
Leb wohl, und der Tote nickte.

Dreimal ging die Witwe übers Oedland.
Da war kein Tag, keine Nacht, kein Morgen noch Abend.
Mitten im Oedland saß ihr Mann, ihr Liebster,
und das zweitemal legte sie ihm ihre Hand auf die Brust,
sagte, ein Schnee ist gefallen, die Fenster blühn,
der Igel hält seinen Winterschlaf,
die Kinder backen Monde und Sterne.
Leb wohl, und der Tote nickte.

Dreimal ging die Witwe übers Oedland.
Da war kein Wasser, kein Feuer, keine Luft noch Erde.
Mitten im Oedland saß ihr Mann, ihr Liebster,
und das drittemal sah sie ihn an, berührte ihn nicht.
Sagte, wir haben die Beete abgedeckt,
die Erde in unserem Garten ist schwarz und fett,
die Kinder verbrennen den Winter.
Leb wohl, und der Tote nickte.

Zum andernmal ging die Witwe, fand das Oedland nicht mehr.
Hoch stand das Gras, verwachsen starrten die Hecken,
Margeriten blühten und Rosen, die Sichel ging.
Leb wohl, und die Sonne nickte.

Marie Luise Kaschnitz

ALTER FRIEDHOF

Urnen füllen sich und Krüge
mit der Jahre grünem Moose.
Es verliert im Busch der Weg sich,
es verwilderte die Rose.

Rost stürzt durch die Tür der Grüfte,
wo die Gräser fröhlich sprießen,
Schloß und Riegel bröckeln nieder.
Was ist hier noch zu verschließen?

Nutzlos sind die Lebenslettern
denen, die so tief hier schlafen.
Namen lösen sich und Zahlen
von den alten Epitaphen.

An den Steinen, die zerfallen,
an den Kreuzen, die sich neigen,
merkst du, daß die Totenklagen
längst geheilt sind durch das
Schweigen.

Denn es löst die Zeit die Schmerzen,
die uns bleiben als Vermächtnis.
Länger währt das Reich der Toten
als der Lebenden Gedächtnis.

Friedrich Georg Jünger

IM ERNSTEN BEINHAUS war's wo ich beschaute
Wie Schädel Schädeln angeordnet paßten;
Die alte Zeit gedacht' ich, die ergraute.
Sie stehn in Reih' geklemmt, die sonst sich haßten,
Und derbe Knochen die sich tödlich schlugen
Sie liegen kreuzweis, zahm allhier zu rasten.
Entrenkte Schulterblätter! was sie trugen
Fragt niemand mehr, und zierlich tät'ge Glieder,
Die Hand, der Fuß zerstreut aus Lebensfugen.
Ihr Müden also lagt vergebens nieder,
Nicht Ruh im Grabe ließ man euch, vertrieben
Seid ihr herauf zum lichten Tage wieder,
Und niemand kann die dürre Schale lieben,
Welch herrlich edlen Kern sie auch bewahrte.
Doch mir Adepten war die Schrift geschrieben,
Die heil'gen Sinn nicht jedem offenbarte,
Als ich in Mitten solcher starren Menge
Unschätzbar herrlich ein Gebild gewahrte,
Daß in des Raumes Moderkält und Enge
Ich frei und wärmefühlend mich erquickte,
Als ob ein Lebensquell dem Tod entspränge.
Wie mich geheimnisvoll die Form entzückte!
Die gottgedachte Spur, die sich erhalten!
Ein Blick der mich an jenes Meer entrückte
Das flutend strömt gesteigerte Gestalten.
Geheim Gefäß! Orakelsprüche spendend,
Wie bin ich wert dich in der Hand zu halten?

Dich höchsten Schatz aus Moder fromm entwendend,
    Und in die freie Luft, zu freiem Sinnen,
    Zum Sonnenlicht andächtig hin mich wendend.
Was kann der Mensch im Leben mehr gewinnen
    Als daß sich Gott-Natur ihm offenbare?
    Wie sie das Feste läßt zu Geist verrinnen,
    Wie sie das Geisterzeugte fest bewahre.

Johann Wolfgang Goethe

KANN KEINE TRAUER SEIN

In jenem kleinen Bett, fast Kinderbett, starb die Droste
(zu sehn in ihrem Museum in Meersburg),
auf diesem Sofa Hölderlin im Turm bei einem Schreiner,
Rilke, George wohl in Schweizer Hospitalbetten,
in Weimar lagen die großen schwarzen Augen
Nietzsches auf einem weißen Kissen
bis zum letzten Blick –
alles Gerümpel jetzt oder garnicht mehr vorhanden,
unbestimmbar, wesenlos,
im schmerzlos-ewigen Zerfall.

Wir tragen in uns Keime aller Götter,
das Gen des Todes und das Gen der Lust –
wer trennte sie: die Worte und die Dinge,
wer mischte sie: die Qualen und die Statt,
auf der sie enden, Holz mit Tränenbächen,
für kurze Stunden ein erbärmlich Heim.

Kann keine Trauer sein. Zu fern, zu weit,
zu unberührbar Bett und Tränen,
kein Nein, kein Ja,

Geburt und Körperschmerz und Glauben
ein Wallen, namenlos, ein Huschen,
ein Überirdisches, im Schlaf sich regend,
bewegte Bett und Tränen –
schlafe ein!

Gottfried Benn

ALLES, WAS GESCHIEHT,
ist nur Leid und Lied.
Gott spielt auf der Harfe Trost sich zu.
Welle fällt und steigt.
Ach, wie bald schon neigt
sich dein Haupt im Tod. Dann lächle du.

Klabund

FÜR KLABUND

Nehmen Sie jene erste
tauende Nacht im Jahr
und die strömenden blauen
Streifen des Februar,

nehmen Sie jene Verse,
Reime, Strophen, Gedicht,
die unsere Jugend erhellten
und man vergaß sie dann nicht,

nehmen Sie von den Wesen,
die man liebte und so,
jenen Hauch des Erlöschens
und dann salue und Chapeau –

ach, diese spärlichen vollen
Schläge des Herzens und
über uns fallen die Schollen –
leben Sie wohl, Klabund!

Gottfried Benn

MENSCHLICHES ELENDE

Was sind wir Menschen doch? ein Wohnhaus grimmer Schmerzen?
Ein Ball des falschen Glücks, ein Irrlicht dieser Zeit.
Ein Schauplatz herber Angst, besetzt mit scharfem Leid,
Ein bald verschmelzter Schnee und abgebrannte Kerzen.

Dies Leben fleucht davon wie ein Geschwätz und Scherzen.
Die vor uns abgelegt des schwachen Leibes Kleid
Und in das Toten-Buch der großen Sterblichkeit
Längst eingeschrieben sind, sind uns aus Sinn und Herzen.

Gleich wie ein eitel Traum leicht aus der Acht hinfällt,
Und wie ein Strom verscheust, den keine Macht aufhält:
So muß auch unser Nam, Lob, Ehr und Ruhm verschwinden.

Was itzund Atem holt, muß mit der Luft entfliehn,
Was nach uns kommen wird, wird uns ins Grab nachziehn.
Was sag ich? wir vergeh'n wie Rauch von starken Winden.

Andreas Gryphius

NATUR ERFAHREN

UNS HÂT DER WINTER geschât über al:
heide unde walt sint beide nû val,
dâ manic stimme vil suoze inne hal.
Sæhe ich die megde an der strâze den bal
werfen! sô kæme uns der vogele schal.

Möhte ich verslâfen des winters zît!
wache ich die wîle, sô hân ich sîn nît,
daz sîn gewalt ist sô breit und sô wît.
weizgot er lât ouch dem meien den strît:
sô lise ich bluomen dâ rîfe nû lît.

Walther von der Vogelweide

UNS HAT DER WINTER überall geschadet:
Heide und Wald sind nun beide fahl,
wo sonst manche Stimme äußerst süß wiederhallte.
Sähe ich nur die Mädchen an der Straße Ball
spielen! Dann käme auch bald der Vogelsang zu uns.

Ich möchte die Winterzeit verschlafen!
Solange ich wach bin, nehme ich es ihm übel,
daß seine Macht so groß und weitreichend ist.
Weiß Gott, auch er muss sich einmal dem Mai geschlagen geben:
Dann lese ich Blumen auf, wo jetzt Raureif liegt.

Walther von der Vogelweide
(Übertragung von Bettina Göbels)

GEDICHT ÜBER SCHNEE IM APRIL

April-Schnee; schnell; noch einmal
ist fünfzehn Minuten
Winter und völliges Verschwinden
der Krokus-Gebiete
und
fünfzehn Minuten, in Zukunft,
sagt Warhol, ist Ruhm. Schnell,
ein Gedicht über Schnee im April,
denn schnell ist weg
Stimmung und Schnee
und plötzlich,
metaphorisch gesagt,
ist Schnee-Herrschaft verschwunden
im Krokusgebiet
und die Regierung des Frühlings regiert.
Nun Frühlings-Gedicht.
Und schnell. Winter ist morgen, wieder,
und neue Herrschaft,
nein,
nicht morgen: in fünfzehn Minuten,
mit Schnee, wie schnelles Leben,
sagt Warhol, metaphorisch gesagt,
wie Schnee, Verschwinden, April.

Jürgen Becker

MAILIED

Wie herrlich leuchtet
Mir die Natur!
Wie glänzt die Sonne!
Wie lacht die Flur!

Es dringen Blüten
Aus jedem Zweig,
Und tausend Stimmen
Aus dem Gesträuch.

Und Freud' und Wonne
Aus jeder Brust.
O Erd'! o Sonne!
O Glück! o Lust!

O Lieb'! o Liebe!
So golden-schön,
Wie Morgenwolken
Auf jenen Höhn!

Du segnest herrlich
Das frische Feld,
Im Blütendampfe
Die volle Welt.

O Mädchen, Mädchen,
Wie lieb' ich dich!
Wie blickt dein Auge!
Wie liebst du mich!

So liebt die Lerche
Gesang und Luft,
Und Morgenblumen
Den Himmelsduft.

Wie ich dich liebe
Mit warmem Blut,
Die du mir Jugend
Und Freud' und Mut

Zu neuen Liedern
Und Tänzen gibst.
Sei ewig glücklich,
Wie du mich liebst!

Johann Wolfgang Goethe

KIRSCH-BLÜTE BEI DER NACHT

Ich sahe mit betrachtendem Gemüte
Jüngst einen Kirschbaum, welcher blühte,
In kühler Nacht beim Mondenschein;
Ich glaubt', es könne nichts von größrer Weiße sein.
Es schien, ob wär' ein Schnee gefallen.
Ein jeder, auch der kleinste, Ast
Trug gleichsam eine schwere Last
Von zierlich weißen runden Ballen.
Es ist kein Schwan so weiß, da nämlich jedes Blatt,
Indem daselbst des Mondes sanftes Licht
Selbst durch die zarten Blätter bricht,
So gar den Schatten weiß und sonder Schwärze hat.

Unmöglich, dacht ich, kann auf Erden
Was Weißers angetroffen werden.

Indem ich nun bald hin und her
Im Schatten dieses Baumes gehe;
Sah' ich von ungefähr
Durch alle Blumen in die Höhe,
Und ward noch einen weißern Schein,
Der tausendmal so weiß, der tausendmal so klar,
Fast halb darob erstaunt, gewahr.
Der Blüte Schnee schien schwarz zu sein
Bei diesem weißen Glanz. Es fiel mir ins Gesicht
Von einem hellen Stern ein weißes Licht,
Das mir recht in die Seele strahlte.

Wie sehr ich mich am Irdischen ergetze,
Dacht' ich, hat Gott dennoch weit größre Schätze.
Die größte Schönheit dieser Erden
Kann mit der himmlischen doch nicht verglichen werden.

Barthold Heinrich Brockes

SOMMER

Am Abend schweigt die Klage
des Kuckucks im Wald.
Tiefer neigt sich das Korn,
der rote Mohn.

Schwarzes Gewitter droht
über dem Hügel.
Das alte Lied der Grille
erstirbt im Feld.

Nimmer regt sich das Laub
der Kastanie.
Auf der Wendeltreppe
rauscht dein Kleid.

Stille leuchtet die Kerze
im dunklen Zimmer;
eine silberne Hand
löschte sie aus;
windstille, sternlose Nacht.

Georg Trakl

IM SOMMER

Dünnbesiedelt das Land.
Trotz riesigen Feldern und Maschinen
Liegen die Dörfer schläfrig
In Buchsbaumgärten; die Katzen
Trifft selten ein Steinwurf.

Im August fallen Sterne.
Im September bläst man die Jagd an.
Noch fliegt die Graugans, spaziert der Storch
Durch unvergiftete Wiesen. Ach, die Wolken
Wie Berge fliegen sie über die Wälder.

Wenn man hier keine Zeitung hält
Ist die Welt in Ordnung.
In Pflaumenmuskesseln
Spiegelt sich schön das eigne Gesicht und
Feuerrot leuchten die Felder.

Sarah Kirsch

DER SOMMER ist fürchterlich:
Siehst du ihn toben?
Wie kann man ihn loben,
der seine Lanzen wirft,
uns zu erstechen –
und daß sie aus Gold sind
und nicht aus Eisen
wie sonst die Messer,
macht es nicht besser!

Wie kann man ihn preisen,
den blauen Himmel
mit seinen weißen
Wolken im Freudentanz?
Er tut den Augen weh,
all dieser Glanz!
Die wilden Blumen sind
wie Feuerräder
über dem Gras im Wind.
Später, am Abend, glüht
schrecklich der Mond.

Es blitzen die Schlangen
durch Dorn und Gesträuche.
Zwar die Kreuzotter
im spiegelnden glatten
Kleid kannst du erschlagen –
grün surren die Fliegen dann
über dem Aas!
Hätt' er nicht den schwarzen
Schatten, der Wald,
und die Quelle froschkalt,
wär' nicht zu ertragen
die hitzige Zeit.

Georg Britting

VOR DEM GEWITTER

Es stufen sich die Wolken zu Basteien
und Festungen aus Wasser. Regen kennt
die Blättersprache. Donner regt
sich träge in der Ferne, wo das Wasser
grau in der Schwebe hängt, ein Bleigewicht.

Die Zuckungen der Luft an deiner Haut,
das Knäuelgras, das deine Knie berührt,
vermischen sich mit einem Bussardschrei.
Ein Flügelflattern ist so leise wie
Erinnerung ans Wetzen einer Sense.

Die Lämmer hüpfen, wenn die Sonne sticht.
In Klumpen stehen Schafe. Alle haben
die Köpfe dicht beisammen überm Boden,
und niemand weiß, wie es sich mischt: Der Regen,
die Erde und das Gras, der Wind, das Licht.

Hermann Lenz

VOR DEM GEWITTER

Die Schwalbe peitscht die Wege.
Noch ist der Himmel frei.
Schon hör ich dumpfe Schläge.
Im Mühlgrund knarrt die Säge.
Vom Feld der Wachtel Schrei.

Die schwarzen Wolkenberge
reißt jäh ein Blitz entzwei.
Weiß nicht, wo ich mich berge.
Die Stuben dumpf wie Särge.
Herr, steh mir bei!

Richard Billinger

IM GEWITTER DER ROSEN

Wohin wir uns wenden im Gewitter der Rosen,
ist die Nacht von Dornen erhellt, und der Donner
des Laubs, das so leise war in den Büschen,
folgt uns jetzt auf dem Fuß.

Ingeborg Bachmann

DIE ROSE

Ich sahe jüngst, mit fast erstaunten Blicken,
Die Sonn' im Garten, nach dem Regen,
Der Blumen Heer mit heitern Strahlen schmücken,
Und ihren reinen Glanz in nasse Blätter prägen.

Indem mein Auge nun, durch ihre Zahl verwirrt,
Durch ihren Schmuck entzückt, von der zu jener irrt,
Der spielenden Natur gefärbtes Kleid betrachtet,
Bald die, bald jene, höher achtet;
Sich bald an dieser hier, und bald an der, ergetzet;
Bald beide gleiche schön, bald die noch schöner, schätzet;
Reißt endlich Augen, Herz und Sinn
Ein Rosen-Busch auf sich nur einzig hin.

Ich seh' ihn kaum aufmerksam in der Nähe;
So deucht mich, als ob ich in seiner Zier
Nichts Irdisches, nein gar aus Edens Lust-Revier
Annoch ein Überbleibsel, sähe.

Barthold Heinrich Brockes

GEWITTERREGEN

gewitterregen bringt das jahr in flor.
das grabland saugt sich satt an wolkenbrüsten.
schmatzend saufen die ackerbreiten sich grün.

in den traufen gurgelt das wasser.
dann hinterm scheunentor warten, auf eine gabel gelehnt,
und die schlingernden blasen davontrudeln sehn!

zu den handreichungen des himmels
trommeln die regenfinger einen hymnus
auf die härenen flanken des wiesenfells.

die verschlämmten regenfurchen aufgehackt
und das flutband über die pflugwende gezogen.
im gleichklang strudeln die schleusen.

stroh und hünerfedern treiben im gerinne.
die rote erdspinne läuft über den roggenstein.
barfüßig schurren kinder im straßenschlamm.

dolden und rispen glinstern tropfnaß.
die kuckucksblume, mit allen wassern gewaschen,
bietet dem donner die tageszeit.

mit voller stimmkraft durchdringt der zaunkönig
die mit birkenruten gereinigte luft.
ein psalm, auf sonnensäulen gestützt.

das adernetz der wasserwege liegt verschlämmt.
die hügel dampfen wie schweißige gäule.
der himmel glänzt wie gloriaseide.

Wulf Kirsten

REGENLIED

Walle, Regen, walle nieder,
wecke mir die Träume wieder,
die ich in der Kindheit träumte,
wenn das Naß im Sande schäumte!

Wenn die matte Sommerschwüle
lässig stritt mit frischer Kühle
und die blanken Blätter tauten
und die Saaten dunkler blauten.

Welche Wonne, in dem Fließen
dann zu stehn mit nackten Füßen!
An dem Grase hinzustreifen
und den Schaum mit Händen greifen.

Oder mit den heißen Wangen
kalte Tropfen aufzufangen
und den neuerwachten Düften
seine Kinderbrust zu lüften!

Wie die Kelche, die da troffen,
stand die Seele atmend offen,
wie die Blumen düftetrunken
in den Himmelstau versunken.

Schauernd kühlte jeder Tropfen
tief bis an des Herzens Klopfen,
und der Schöpfung heilig Weben
drang bis ins verborgne Leben.

Walle, Regen, walle nieder,
wecke meine alten Lieder,
die wir in der Türe sangen,
wenn die Tropfen draußen klangen!

Möchte ihnen wieder lauschen,
ihrem süßen, feuchten Rauschen,
meine Seele sanft betauen
mit dem frommen Kindergrauen.

Klaus Groth

AUF DIE FRUCHTBRINGENDE HERBST-ZEIT

Freud'-erfüller, Früchte-bringer, vielbeglückter Jahres-Koch,
Grünung-Blüh und Zeitung-Ziel, Werkbeseeltes Lustverlangen!
Lange Hoffnung, ist in dir in die Tat-Erweisung gangen.
Ohne dich, wird nur beschauet, aber nichts genossen noch.

Du Vollkommenheit der Zeiten! mache bald vollkommen doch,
Was von Blüh' und Wachstums-Kraft halbes Leben schon empfangen.
Deine Wirkung kann allein mit der Werk-Vollziehung prangen.
Werter Zeiten-Schatz! ach bringe jenes Blühen auch so hoch.

Schütt' aus deinem reichen Horn hochverhoffte Freuden-Früchte.
Lieblich süßer Mund-Ergetzer! lab' auch unsern Geist zugleich:
So erhebt mit jenen er deiner Früchte Ruhm-Gerüchte.

Zeitig die verlangten Zeiten, in dem Oberherrschungs-Reich.
Laß die Anlas-Kerne schwarz, Schickungs-Äpfel saftig werden:
daß man Gottes Gnaden-Frücht froh genießt und isst auf Erden.

Catharina Regina von Greiffenberg

SEPTEMBERMORGEN

Im Nebel ruhet noch die Welt,
noch träumen Wald und Wiesen:
bald siehst du, wenn der Schleier fällt,
den blauen Himmel unverstellt,
herbstkräftig die gedämpfte Welt
in warmem Golde fließen.

Eduard Mörike

KOMM IN DEN TOTGESAGTEN PARK und schau:
Der schimmer ferner lächelnder gestade ·
Der reinen wolken unverhofftes blau
Erhellt die weiher und die bunten pfade.

Dort nimm das tiefe gelb · das weiche grau
Von birken und von buchs · der wind ist lau ·
Die späten rosen welkten noch nicht ganz ·
Erlese küsse sie und flicht den kranz ·

Vergiss auch diese lezten astern nicht ·
Den purpur um die ranken wilder reben
Und auch was übrig blieb von grünem leben
Verwinde leicht im herbstlichen gesicht.

Stefan George

ASTERN

Astern – schwälende Tage,
alte Beschwörung, Bann,
die Götter halten die Waage
eine zögernde Stunde an.

Noch einmal die goldenen Herden
der Himmel, das Licht, der Flor,
was brütet das alte Werden
unter den sterbenden Flügeln vor?

Noch einmal das Ersehnte,
den Rausch, der Rosen Du –
der Sommer stand und lehnte
und sah den Schwalben zu,

noch einmal ein Vermuten,
wo längst Gewißheit wacht:
die Schwalben streifen die Fluten
und trinken Fahrt und Nacht.

Gottfried Benn

HERBSTBILD

Dies ist ein Herbsttag, wie ich keinen sah!
Die Luft ist still, als atmete man kaum,
Und dennoch fallen raschelnd, fern und nah,
Die schönsten Früchte ab von jedem Baum.

O stört sie nicht, die Feier der Natur!
Dies ist die Lese, die sie selber hält,
Denn heute löst sich von den Zweigen nur,
Was vor dem milden Strahl der Sonne fällt.

Friedrich Hebbel

VERKLÄRTER HERBST

Gewaltig endet so das Jahr
Mit goldnem Wein und Frucht der Gärten.
Rund schweigen Wälder wunderbar
Und sind des Einsamen Gefährten.

Da sagt der Landmann: Es ist gut.
Ihr Abendglocken lang und leise
Gebt noch zum Ende frohen Mut.
Ein Vogelzug grüßt auf der Reise.

Es ist der Liebe milde Zeit.
Im Kahn den blauen Fluß hinunter
Wie schön sich Bild an Bildchen reiht –
Das geht in Ruh und Schweigen unter.

Georg Trakl

HERBST

Schon in's Land der Pyramiden
Flohn die Störche über's Meer;
Schwalbenflug ist längst geschieden,
Auch die Lerche singt nicht mehr.

Seufzend in geheimer Klage
Streift der Wind das letzte Grün;
Und die süßen Sommertage,
Ach, sie sind dahin, dahin!

Nebel hat den Wald verschlungen,
Der dein stillstes Glück gesehn;
Ganz in Duft und Dämmerungen
Will die schöne Welt vergehn.

Nur noch einmal bricht die Sonne
Unaufhaltsam durch den Duft,
Und ein Strahl der alten Wonne
Rieselt über Tal und Kluft.

Und es leuchten Wald und Heide,
Daß man sicher glauben mag,
Hinter allem Winterleide
Lieg' ein ferner Frühlingstag.

Theodor Storm

AM GRÜNEN HANG ENTLANG

Landschaftliches Lehrgedicht für M. R.-R. zum siebzigsten Geburtstag

Ach, grüner Hang so schön,
anhaltend langer schöner grüner Hang,
mit Margeriten im Gefolge, Geißblatt, Schafgarbe undsoweiter, Klee,
dient er, im Gegensatz zu uns,
einem sonst überhaupt nicht Darstellbaren.

Straßen, die keine gute Wendung nehmen,
kennen wir zur Genüge.
Woher des Wegs? Aus der Irre.
Wohin die Fahrt? In den Dreck.
Vorbei an Motocross, Autocrash, Burkhardt's Rollender Sommerdisco –
Ich nicht, ich will mich noch ein Stückchen
an der Böschung hochziehn,
Trauerweiden kitzeln meinen Augenrand.

Ins Nichts hinein schaffen können nur Göttinnen,
die keinen Begriff von sich haben;
wir müssen uns weiterhangeln:
langsam den Hang entlang,
den Augen nach,
den Blicken – bis sie innehalten – wo? –
DA! eine Blume scharf wie ein Brandy, Gott wie heißt sie?
Wenn sich wie unterm Einfluß von Sonne plötzlich
dein gesamtes Gesicht zum Lachen verzieht ...

Und jetzt gehen wir doch noch über in einen Bereich,
wo die Kultur ihr Recht verloren hat
und keine Kritik mehr zuständig ist.

Peter Rühmkorf

DIE SCHÖNE BUCHE

Ganz verborgen im Wald kenn ich ein Plätzchen, da stehet
Eine Buche, man sieht schöner im Bilde sie nicht.
Rein und glatt, in gediegenem Wuchs erhebt sie sich einzeln,
Keiner der Nachbarn rührt ihr an den seidenen Schmuck.
Rings, soweit sein Gezweig der stattliche Baum ausbreitet,
Grünet der Rasen, das Aug still zu erquicken, umher;
Gleich nach allen Seiten umzirkt er den Stamm in der Mitte;
Kunstlos schuf die Natur selber dies liebliche Rund.
Zartes Gebüsch umkränzet es erst; hochstämmige Bäume,
Folgend in dichtem Gedräng, wehren dem himmlischen Blau.
Neben der dunkleren Fülle des Eichbaums wieget die Birke
Ihr jungfräuliches Haupt schüchtern im goldenen Licht.
Nur wo, verdeckt vom Felsen, der Fußsteig jäh sich hinabschlingt,
Lässet die Hellung mich ahnen das offene Feld.
– Als ich unlängst einsam, von neuen Gestalten des Sommers
Ab dem Pfade gelockt, dort im Gebüsch mich verlor,

Führt' ein freundlicher Geist, des Hains auflauschende Gottheit,
 Hier mich zum erstenmal, plötzlich, den Staunenden, ein.
Welch Entzücken! Es war um die hohe Stunde des Mittags,
 Lautlos alles, es schwieg selber der Vogel im Laub.
Und ich zauderte noch, auf den zierlichen Teppich zu treten;
 Festlich empfing er den Fuß, leise beschritt ich ihn nur.
Jetzo gelehnt an den Stamm (er trägt sein breites Gewölbe
 Nicht zu hoch), ließ ich rundum die Augen ergehn,
Wo den beschatteten Kreis die feurig strahlende Sonne,
 Fast gleich messend umher, säumte mit blendendem Rand.
Aber ich stand und rührte mich nicht; dämonischer Stille,
 Unergründlicher Ruh lauschte mein innerer Sinn.
Eingeschlossen mit dir in diesem sonnigen Zauber –
 Gürtel, o Einsamkeit, fühlt ich und dachte nur dich!

Eduard Mörike

DIE ACHTE DUINESER ELEGIE

Rudolf Kassner zugeeignet

Mit allen Augen sieht die Kreatur
das Offene. Nur unsre Augen sind
wie umgekehrt und ganz um sie gestellt
als Fallen, rings um ihren freien Ausgang.
Was draußen *ist*, wir wissens aus des Tiers
Antlitz allein; denn schon das frühe Kind
wenden wir um und zwingens, daß es rückwärts
Gestaltung sehe, nicht das Offne, das
im Tiergesicht so tief ist. Frei von Tod.
Ihn sehen wir allein; das freie Tier
hat seinen Untergang stets hinter sich
und vor sich Gott, und wenn es geht, so gehts
in Ewigkeit, so wie die Brunnen gehen.

Wir haben nie, nicht einen einzigen Tag,
den reinen Raum vor uns, in den die Blumen
unendlich aufgehn. Immer ist es Welt
und niemals Nirgends ohne Nicht: das Reine,
Unüberwachte, das man atmet und
unendlich *weiß* und nicht begehrt. Als Kind
verliert sich eins im Stilln an dies und wird
gerüttelt. Oder jener stirbt und *ists*.
Denn nah am Tod sieht man den Tod nicht mehr
und starrt *hinaus*, vielleicht mit großem Tierblick.
Liebende, wäre nicht der andre, der
die Sicht verstellt, sind nah daran und staunen...
Wie aus Versehn ist ihnen aufgetan
hinter dem andern... Aber über ihn
kommt keiner fort, und wieder wird ihm Welt.
Der Schöpfung immer zugewendet, sehn
wir nur auf ihr die Spiegelung des Frein,
von uns verdunkelt. Oder daß ein Tier,
ein stummes, aufschaut, ruhig durch uns durch.
Dieses heißt Schicksal: gegenüber sein
und nichts als das und immer gegenüber.

Wäre Bewußtheit unsrer Art in dem
sicheren Tier, das uns entgegenzieht
in anderer Richtung –, riß es uns herum
mit seinem Wandel. Doch sein Sein ist ihm
unendlich, ungefaßt und ohne Blick
auf seinen Zustand, rein, so wie sein Ausblick.
Und wo wir Zukunft sehn, dort sieht es Alles
und sich in Allem und geheilt für immer.

Und doch ist in dem wachsam warmen Tier
Gewicht und Sorge einer großen Schwermut.
Denn ihm auch haftet immer an, was uns
oft überwältigt, – die Erinnerung,

als sei schon einmal das, wonach man drängt,
näher gewesen, treuer und sein Anschluß
unendlich zärtlich. Hier ist alles Abstand,
und dort wars Atem. Nach der ersten Heimat
ist ihm die zweite zwitterig und windig.
　　O Seligkeit der *kleinen* Kreatur,
die immer *bleibt* im Schooße, der sie austrug;
o Glück der Mücke, die noch *innen* hüpft,
selbst wenn sie Hochzeit hat: denn Schooß ist Alles.
Und sieh die halbe Sicherheit des Vogels,
der beinah beides weiß aus seinem Ursprung,
als wär er eine Seele der Etrusker,
aus einem Toten, den ein Raum empfing,
doch mit der ruhenden Figur als Deckel.
Und wie bestürzt ist eins, das fliegen muß
und stammt aus einem Schooß. Wie vor sich selbst
erschreckt, durchzuckts die Luft, wie wenn ein Sprung
durch eine Tasse geht. So reißt die Spur
der Fledermaus durchs Porzellan des Abends.

Und wir: Zuschauer, immer, überall,
dem allen zugewandt und nie hinaus!
Uns überfüllts. Wir ordnens. Es zerfällt.
Wir ordnens wieder und zerfallen selbst.

Wer hat uns also umgedreht, daß wir,
was wir auch tun, in jener Haltung sind
von einem, welcher fortgeht? Wie er auf
dem letzten Hügel, der ihm ganz sein Tal
noch einmal zeigt, sich wendet, anhält, weilt –,
so leben wir und nehmen immer Abschied.

Rainer Maria Rilke

SOMMERFRISCHE

Zupf dir ein Wölkchen aus dem Wolkenweiß,
Das durch den sonnigen Himmel schreitet.
Und schmücke den Hut, der dich begleitet,
Mit einem grünen Reis.

Verstecke dich faul in die Fülle der Gräser.
Weil's wohltut, weil's frommt.
Und bist du ein Mundharmonikabläser
Und hast eine bei dir, dann spiel, was dir kommt.

Und lass deine Melodien lenken
Von dem freigegebenen Wolkengezupf.
Vergiß dich. Es soll dein Denken
Nicht weiter reichen als ein Grashüpferhupf.

Joachim Ringelnatz

IRONISCHE LANDSCHAFT

Gleich einem Zuge grau zerlumpter Strolche
Bedrohlich schwankend wie betrunkne Särge
Gehn Abendwolken über jene Berge,
In ihren Lumpen blitzen rote Sonnendolche.

Da wächst, ein schwarzer Bauch, aus dem Gelände
Der Landgendarm, daß er der Ordnung sich beflisse,
Und scheucht mit einem bösen Schütteln seiner Hände
Die Abendwolkenstrolche fort ins Ungewisse.

Klabund

VOM SCHWIMMEN IN SEEN UND FLÜSSEN

1
Im bleichen Sommer, wenn die Winde oben
Nur in dem Laub der großen Bäume sausen
Muß man in Flüssen liegen oder Teichen
Wie die Gewächse, worin Hechte hausen.
Der Leib wird leicht im Wasser. Wenn der Arm
Leicht aus dem Wasser in den Himmel fällt
Wiegt ihn der kleine Wind vergessen
Weil er ihn wohl für braunes Astwerk hält.

2
Der Himmel bietet mittags große Stille.
Man macht die Augen zu, wenn Schwalben kommen.
Der Schlamm ist warm. Wenn kühle Blasen quellen
Weiß man: ein Fisch ist jetzt durch uns geschwommen.
Mein Leib, die Schenkel und der stille Arm
Wir liegen still im Wasser, ganz geeint
Nur wenn die kühlen Fische durch uns schwimmen
Fühl ich, daß Sonne überm Tümpel scheint.

3
Wenn man am Abend von dem langen Liegen
Sehr faul wird, so, daß alle Glieder beißen
Muß man das alles, ohne Rücksicht, klatschend
In blaue Flüsse schmeißen, die sehr reißen.
Am besten ist's, man hält's bis Abend aus.
Weil dann der bleiche Haifischhimmel kommt
Bös und gefräßig über Fluß und Sträuchern
Und alle Dinge sind, wie's ihnen frommt.

4

Natürlich muß man auf dem Rücken liegen
So wie gewöhnlich. Und sich treiben lassen.
Man muß nicht schwimmen, nein, nur so tun, als
Gehöre man einfach zu Schottermassen.
Man soll den Himmel anschaun und so tun
Als ob einen ein Weib trägt, und es stimmt.
Ganz ohne großen Umtrieb, wie der liebe Gott tut
Wenn er am Abend noch in seinen Flüssen schwimmt.

Bertolt Brecht

FÜLLE

Genug ist nicht genug! Gepriesen werde
der Herbst! Kein Ast, der seiner Frucht entbehrte!
Tief beugt sich mancher allzureich beschwerte,
der Apfel fällt mit dumpfem Laut zur Erde.

Genug ist nicht genug! Es lacht im Laube!
Die saftige Pfirsche winkt dem durstigen Munde!
Die trunknen Wespen summen in die Runde:
«Genug ist nicht genug!» um eine Traube.

Genug ist nicht genug! Mit vollen Zügen
schlürft Dichtergeist am Borne des Genusses,
das Herz, auch es bedarf des Überflusses,
genug kann nie und nimmermehr genügen!

Conrad Ferdinand Meyer

DIE MERGELGRUBE

Stoß deinen Scheit drei Spannen in den Sand,
Gesteine siehst du aus dem Schnitte ragen,
Blau, gelb, zinnoberrot, als ob zur Gant
Natur die Trödelbude aufgeschlagen.
Kein Pardelfell war je so bunt gefleckt,
Kein Rebhuhn, keine Wachtel so gescheckt,
Als das Gerölle, gleißend wie vom Schliff,
Sich aus der Scholle bröckelt bei dem Griff
Der Hand, dem Scharren mit des Fußes Spitze.
Wie zürnend sturt dich an der schwarze Gneis,
Spatkugeln kollern nieder, milchig weiß,
Und um den Glimmer fahren Silberblitze;
Gesprenkelte Porphyre, groß und klein,
Die Ockerdruse und der Feuerstein –
Nur wenige hat dieser Grund gezeugt,
Der sah den Strand, und der des Berges Kuppe;
Die zorn'ge Welle hat sie hergescheucht,
Leviathan mit seiner Riesenschuppe,
Als schäumend übern Sinai er fuhr,
Des Himmels Schleusen dreißig Tage offen,
Gebirge schmolzen ein wie Zuckerkand,
Als dann am Ararat die Arche stand,
Und, eine fremde, üppige Natur,
Ein neues Leben quoll aus neuen Stoffen.
Findlinge nennt man sie, weil von der Brust,
Der mütterlichen, sie gerissen sind,
In fremde Wiege schlummernd unbewußt,
Die fremde Hand sie legt' wie's Findelkind.
O welch ein Waisenhaus ist diese Heide,
Die Mohren, Blaßgesicht und rote Haut
Gleichförmig hüllet mit dem braunen Kleide!
Wie endlos ihre Zellenreihn gebaut!

Tief ins Gebröckel, in die Mergelgrube
War ich gestiegen, denn der Wind zog scharf;
Dort saß ich seitwärts in der Höhlenstube
Und horchte träumend auf der Luft Geharf.
Es waren Klänge, wie wenn Geisterhall
Melodisch schwinde im zerstörten All;
Und dann ein Zischen, wie von Moores Klaffen,
Wenn brodelnd es in sich zusamm'gesunken;
Mir überm Haupt ein Rispeln und ein Schaffen,
Als scharre in der Asche man den Funken.
Findlinge zog ich Stück auf Stück hervor
Und lauschte, lauschte mit berauschtem Ohr.

Vor mir, um mich der graue Mergel nur;
Was drüber, sah ich nicht; doch die Natur
Schien mir verödet, und ein Bild erstand
Von einer Erde, mürbe, ausgebrannt;
Ich selber schien ein Funken mir, der doch
Erzittert in der toten Asche noch,
Ein Findling im zerfallnen Weltenbau.
Die Wolke teilte sich, der Wind ward lau;
Mein Haupt nicht wagt ich aus dem Hohl zu strecken,
Um nicht zu schauen der Verödung Schrecken,
Wie Neues quoll und Altes sich zersetzte –
War ich der erste Mensch oder der letzte?

Ha, auf der Schieferplatte hier Medusen –
Noch schienen ihre Strahlen sie zu zücken,
Als sie geschleudert von des Meeres Busen
Und das Gebirge sank, sie zu zerdrücken.
Es ist gewiß, die alte Welt ist hin,
Ich Petrefakt, ein Mammutsknochen drin!
Und müde, müde sank ich an den Rand
Der staub'gen Gruft; da rieselte der Grand
Auf Haar und Kleider mir, ich ward so grau

Wie eine Leich im Katakomben-Bau,
Und mir zu Füßen hört ich leises Knirren,
Ein Rütteln, ein Gebröckel und ein Schwirren.
Es war der Totenkäfer, der im Sarg
Soeben eine frische Leiche barg;
Ihr Fuß, ihr Flügelchen empor gestellt
Zeigt eine Wespe mir von dieser Welt.
Und anders ward mein Träumen nun gewandet,
Zu einer Mumie ward ich versandet,
Mein Linnen Staub, fahlgrau mein Angesicht,
Und auch der Skarabäus fehlte nicht.

Wie, Leichen über mir? – so eben gar
Rollt mir ein Byssusknäuel in den Schoß;
Nein, das ist Wolle, ehrlich Lämmerhaar –
Und plötzlich ließen mich die Träume los.
Ich gähnte, dehnte mich, fuhr aus dem Hohl,
Am Himmel stand der rote Sonnenball,
Getrübt von Dunst, ein glüher Karneol,
Und Schafe weideten am Heidewall.
Dicht über mir sah ich den Hirten sitzen,
Er schlingt den Faden, und die Nadeln blitzen,
Wie er bedächtig seinen Socken strickt.
Zu mir hinunter hat er nicht geblickt.
«Ave Maria» hebt er an zu pfeifen,
So sacht und schläfrig, wie die Lüfte streifen
Er schaut so seelengleich die Herde an,
Daß man nicht weiß, ob Schaf er oder Mann.
Ein Räuspern dann, und langsam aus der Kehle
Schiebt den Gesang er in das Garngesträhle:

«Es stehet ein Fischlein in einem tiefen See,
Danach tu ich wohl schauen, ob es kommt in die Höh;
Wandl' ich über Grunheide bis an den kühlen Rhein,
Alle meine Gedanken bei meinem Feinsliebchen sein.

«Gleich wie der Mond ins Wasser schaut hinein,
Und gleich wie die Sonne im Wald gibt güldenen Schein
Also sich verborgen bei mir die Liebe findt,
Alle meine Gedanken, sie sind bei dir, mein Kind.

«Wer da hat gesagt, ich wollte wandern fort,
Der hat sein Feinsliebchen an einem andern Ort;
Trau nicht den falschen Zungen, was sie dir blasen ein,
Alle meine Gedanken, sie sind bei dir allein.»

Ich war hinaufgeklommen, stand am Bord,
Dicht vor dem Schäfer, reichte ihm den Knäuel;
Er steckt' ihn an den Hut und strickte fort,
Sein weißer Kittel zuckte wie ein Weihel.
Im Moose lag ein Buch; ich hob es auf –
«Bertuchs Naturgeschichte; lest Ihr das?»
Da zog ein Lächeln seine Lippen auf:
«Der lügt mal, Herr! Doch das ist just der Spaß!
Von Schlangen, Bären, die in Stein verwandelt,
Als, wie Genesis sagt, die Schleusen offen;
Wärs nicht zur Kurzweil, wär es schlecht gehandelt:
Man weiß ja doch, daß alles Vieh versoffen.»
Ich reichte ihm die Schieferplatte: «Schau,
Das war ein Tier.» Da zwinkert' er die Brau
Und hat mir lange pfiffig nachgelacht –
Daß ich verrückt sei, hätt er nicht gedacht! –

Annette von Droste-Hülshoff

DIE EICHBÄUME

Aus den Gärten komm' ich zu euch, ihr Söhne des Berges!
Aus den Gärten, da lebt die Natur geduldig und häuslich,
Pflegend und wiedergepflegt mit den fleißigen Menschen zusammen.

Aber ihr, ihr Herrlichen! steht, wie ein Volk von Titanen
In der zahmeren Welt und gehört nur euch und dem Himmel,
Der euch nährt' und erzog und der Erde, die euch geboren.
Keiner von euch ist noch in die Schule der Menschen gegangen,
Und ihr drängt euch fröhlich und frei, aus der kräftigen Wurzel,
Unter einander herauf und ergreift, wie der Adler die Beute,
Mit gewaltigem Arme den Raum, und gegen die Wolken
Ist euch heiter und groß die sonnige Krone gerichtet.
Eine Welt ist jeder von euch, wie die Sterne des Himmels
Lebt ihr, jeder ein Gott, in freiem Bunde zusammen.
Könnt' ich die Knechtschaft nur erdulden, ich neidete nimmer
Diesen Wald und schmiegte mich gern ans gesellige Leben.
Fesselte nur nicht mehr ans gesellige Leben das Herz mich,
Das von Liebe nicht läßt, wie gern würd' ich unter euch wohnen!

Friedrich Hölderlin

AN DIE SONNE

Schöner als der beachtliche Mond und sein geadeltes Licht,
schöner als die Sterne, die berühmten Orden der Nacht,
viel schöner als der feurige Auftritt eines Kometen
und zu weit Schönrem berufen als jedes andre Gestirn,
weil dein und mein Leben jeden Tag an ihr hängt, ist die Sonne.

Schöne Sonne, die aufgeht, ihr Werk nicht vergessen hat
und beendet, am schönsten im Sommer, wenn ein Tag
an den Küsten verdampft und ohne Kraft gespiegelt die Segel
über dein Aug ziehn, bis du müde wirst und das letzte verkürzt.

Ohne die Sonne nimmt auch die Kunst wieder den Schleier,
du erscheinst mir nicht mehr, und die See und der Sand,
von Schatten gepeitscht, fliehen unter mein Lid.

Schönes Licht, das uns warm hält, bewahrt und wunderbar sorgt,
daß ich wieder sehe und daß ich dich wiederseh!

Nichts Schönres unter der Sonne als unter der Sonne zu sein …

Nichts Schönres als den Stab im Wasser zu sehn und den Vogel oben,
der seinen Flug überlegt, und unten die Fische im Schwarm,
gefärbt, geformt, in die Welt gekommen mit einer Sendung von Licht,
und den Umkreis zu sehn, das Geviert eines Felds, das Tausendeck
meines Lands
und das Kleid, das du angetan hast. Und dein Kleid, glockig und blau!

Schönes Blau, in dem die Pfauen spazieren und sich verneigen,
Blau der Fernen, der Zonen des Glücks mit den Wettern für mein Gefühl,
blauer Zufall am Horizont! Und meine begeisterten Augen
weiten sich wieder und blinken und brennen sich wund.

Schöne Sonne, der vom Staub noch die größte Bewundrung gebührt,
drum werde ich nicht wegen dem Mond und den Sternen und nicht,
weil die Nacht mit Kometen prahlt und in mir einen Narren sucht,
sondern deinetwegen und bald endlos und wie um nichts sonst
Klage führen über den unabwendbaren Verlust meiner Augen.

Ingeborg Bachmann

DER ABEND

Schweigt der Menschen laute Lust:
Rauscht die Erde wie in Träumen
wunderbar mit allen Bäumen,
was dem Herzen kaum bewußt,
alte Zeiten, linde Trauer,
und es schweifen leise Schauer
wetterleuchtend durch die Brust.

Joseph von Eichendorff

SYRINGEN

Fast überirdisch dünkt mich euer Grüßen,
Syringen ihr, mit eurem Duft, dem süßen.

Nach Geisterweise weiß ich euch zu werten:
ein Duftgesang er ist mirs von Verklärten.

Gott, wie ich doch in dieser blauen Kühle
der Blumenwolke hier mich wohlig fühle!

Süß heimlich ahnend was hineinverwoben;
wie fühl ich mich so frei, so stolz gehoben!

Ha, bin ichs selbst, des einstig Erdenwesen
nun auch einmal zu solchem Glanz genesen?

Sinds meine Lieben, die, ach längst begraben,
in diesen Düften Fühlung mit mir haben?

Christian Wagner

MEERESSTRAND

An's Haf nun fliegt die Möwe,
Und Dämm'rung bricht herein;
Über die feuchten Watten
Spiegelt der Abendschein.

Graues Geflügel huschet
Neben dem Wasser her;
Wie Träume liegen die Inseln
Im Nebel auf dem Meer.

Ich höre des gärenden Schlammes
Geheimnisvollen Ton,
Einsames Vogelrufen –
So war es immer schon.

Noch einmal schauert leise
Und schweiget dann der Wind;
Vernehmlich werden die Stimmen,
Die über der Tiefe sind.

Theodor Storm

DER HUND IN DER KIRCHE

Wie gedacht' ich jenes Tages der Worte,
die das Weib aus Kanaan gesprochen:
«Fressen doch die Hündlein von den Brocken,
die von ihrer Herren Tische fallen!»

In der dörflich bunten, halbgefüllten,
in der sommerlich geschmückten Kirche
betete der Priester am Altare:
«Dieses reine, unbefleckte Opfer,
milder Vater, wollest Du gesegnen!»

Durch die Stille, die der Bitte folgte,
klang ein dünnes, trippelndes Bewegen
von der Tür, im Rücken der Gemeinde,
zaghaft erst, verlegen, dann geschwinder.
Viele Augen wandten sich zur Seite.
Manche Fromme runzelte die Stirne,
gern bereit, ein Ärgernis zu nehmen. –

Auf den schwarz und weiß geschachten Fliesen
kam ein kleiner Hund auf kurzen Beinen
flink den Mittelgang entlanggelaufen,
ohne Abkunft, bäuerlicher Artung,
mißgefärbt und haarig wie ein Wollknäul,
aber drollig, jung und voller Neugier.

Tief am Boden lag die schwarze Nase,
witternd, schnuppernd suchte er die Richtung.
Er verhielt, er hob die rechte Pfote
eingewinkelt an, er hob die Ohren
und mit freudigem Kläffen schoß er schräge
ganz nach vorne zu den linken Bänken,
wo gedrängt die kleinen Mädchen knieten.

Ihrer eine, sonntäglich gekleidet,
siebenjährig, schlank und schmalgesichtig,
ward von jäher Röte überflutet,
und behend den dunkelbraunen Scheitel
neigte tief sie über ihr Gebetbuch.
Doch nun stießen sie die Nachbarinnen
kichernd an, voll Eifer und nicht ohne
eine kleine heilige Schadenfreude.

Selig, daß die Herrin er gefunden,
mit dem Stummelschwänzchen munter wedelnd,
suchte durchs Gewirr der Kinderfüße
sich der Hund zu ihr hindurchzuzwängen.
Kein Verleugnen half mehr, und die Kleine,
zitternd fast und nicht mehr fern den Tränen,
schnellte auf und schob sich widerwillig
durch die Reihe, schon den Hund im Arme,
knickste in des Hochaltares Richtung
und begann geschwind zur Tür zu flüchten
auf den schwarz und weiß geschachten Fliesen.
Und ein Sonnenstrahl fiel durch das bunte
Fenster und beglänzte ihre Haare
und das rote, glühende Gesichtchen.

Doch noch war der Ausgang nicht gewonnen,
als das Glöckchen hell zur Wandlung schellte,
alle knieten. Und das Kind hielt inne,
wandte sich und mit gesenktem Scheitel
ging es hurtig in die Knie nieder.
Sorglich mit der Linken hielt die Kleine
eng den Hund gepreßt an ihre Brüstchen
und bekreuzte gläubig mit der Rechten
sich und ihn.

Da lächelte am Pfeiler fromm der Löwe Hieronymi.
Das Getier der heiligen Geschichten,
dieses schneller, jenes erst mit Zögern,
schwer verstehend, wie es manches Art ist
tat's ihm nach auf Bildern und Altären
überall. Es hoben an zu lächeln
Ochs' und Esel und der Fisch des Jonas,
Lucä Stier und des Johannes Adler,
Hund und Hirsch des heiligen Hubertus,
Martins Pferd und des Georgius Streithengst,
Lamm und Taube, endlich die gekrümmte
Schlange unterm Fuß der Gottesmutter.

Aus der Orgel aber stieg verstohlen
silberhell ein winziges Gelächter,
tropfte, perlte, wenigen vernehmlich.
Doch dann schwoll sie auf und rief mit Jauchzen:
«Lobt Ihn, alle Kreatur!»

Werner Bergengruen

DAS HUHN

In der Bahnhofhalle, nicht für es gebaut,
geht ein Huhn
hin und her ...
Wo, wo ist der Herr Stationsvorsteh'r?
Wird dem Huhn
man nichts tun?
Hoffen wir es! Sagen wir es laut:
Daß ihm unsre Sympathie gehört,
selbst an dieser Stätte, wo es – ‹stört›!

Christian Morgenstern

DURCH DIE MITTE der Natur
zieht sich eine Pappelschnur.
Rechts sind Bäume, links sind Bäume
und dazwischen Zwischenräume.
In der Mitte fließt ein Bach –
Ach!

Anonym

WETTERREGELN

Ist's in der Neujahrsnacht finster und still,
fehlt es am Geld oder am guten Will'.

Sonnt sich der Dachs in der Lichtmeß-Woch',
wird ihm warm oder es friert ihn noch.

Ist der März naß,
füllt er dem Bauern das Regenfaß.

Im ganzen April
kann's wettern, wie's will.

Donnert's im Mai,
ist der April vorbei.

Juni kalt und sonnenarm,
macht den Bauern nicht sonderlich warm.

Juli trocken und heiß,
klebt dem Bauern die Hose am Steiß.

Herrscht im August eine Bärenhitze,
vertrocknet manchmal die letzte Pfütze.

Ist im September der Krebs nimmer gut,
man keinen zu essen besser tut.

Schaut im Oktober die Maus aus dem Loch,
hat sie schon g'fressen oder's hungert sie noch.

Guckt an Martini die Sonne hervor,
schwitzt die Gans im Ofenrohr.

Dezemberwind
macht die Nasen rot, die es nicht schon sind.

Anonym

ABSEITS

Es ist so still, die Heide liegt
im warmen Mittagssonnenstrahle,
ein rosenroter Schimmer fliegt
um ihre alten Gräbermale;
die Kräuter blühn; der Heideduft
steigt in die blaue Sommerluft.

Laufkäfer hasten durchs Gesträuch
in ihren goldnen Panzerröckchen,
die Bienen hängen Zweig um Zweig
sich an der Edelheide Glöckchen,
die Vögel schwirren aus dem Kraut –
die Luft ist voller Lerchenlaut.

Ein halbverfallen niedrig Haus
steht einsam hier und sonnbeschienen;
der Kätner lehnt zur Tür hinaus,
behaglich blinzelnd nach den Bienen;
sein Junge auf dem Stein davor
schnitzt Pfeifen sich aus Kälberrohr.

Kaum zittert durch die Mittagsruh
ein Schlag der Dorfuhr, der entfernten;
dem Alten fällt die Wimper zu,
er träumt von seinen Honigernten.
– Kein Klang der aufgeregten Zeit
drang noch in diese Einsamkeit.

Theodor Storm

SOMMER

Dein ist Alles, all und jede Wonne,
wann sie aufgeht dir als eigne Sonne;
jeder Tag vom Licht emporgetragen,
wann er aufgeht dir als eignes Tagen.

Dein ist Alles, all der Blumen Glühen,
wann hervor sie aus dir selber blühen;
all die Rosenknospen auf der Erden,
wann sie Rosen in dir selber werden.

Dein ist Alles, was in Tal und Hügeln
lichtvoll sich in dir kann widerspiegeln;
dein die Himmel selbst, und selbst die Sterne,
wann du Glanz hast für den Glanz der Ferne.

Christian Wagner

DÄMMRUNG SENKTE SICH
von oben,
schon ist alle Nähe fern;
doch zuerst emporgehoben
holden Lichts der Abendstern!
Alles schwankt ins Ungewisse,
Nebel schleichen in die Höh;
schwarzvertiefte Finsternisse
widerspiegelnd ruht der See.

Nun am östlichen Bereiche
ahn' ich Mondenglanz und -glut,
schlanker Weiden Haargezweige
scherzen auf der nächsten Flut.
Durch bewegter Schatten Spiele
zittert Lunas Zauberschein,
und durchs Auge schleicht die
Kühle
sänftigend ins Herz hinein.

Johann Wolfgang Goethe

UND WIE MANCHE NACHT
bin ich aufgewacht,
lag so hell der Mond auf Bett und Schrein!
Sah ins Tal hinaus –
traumhell stand dein Haus –
tiefer träumend schlief ich wieder ein.

Hans Carossa

AN DEN MOND

Füllest wieder Busch und Tal
Still mit Nebelglanz,
Lösest endlich auch einmal
Meine Seele ganz;

Breitest über mein Gefild
Lindernd deinen Blick,
Wie des Freundes Auge, mild
Über mein Geschick.

Jeden Nachklang fühlt mein Herz
Froh- und trüber Zeit,
Wandle zwischen Freud' und Schmerz
In der Einsamkeit.

Fließe, fließe, lieber Fluß,
Nimmer werd' ich froh,
So verrauschte Scherz und Kuß,
Und die Treue so.

Ich besaß es doch einmal,
Was so köstlich ist!
Daß man doch zu seiner Qual
Nimmer es vergißt!

Rausche, Fluß, das Tal entlang,
Ohne Rast und Ruh,
Rausche, flüstre meinem Sang
Melodien zu!

Wenn du in der Winternacht
Wütend überschwillst
Oder um die Frühlingspracht
Junger Knospen quillst.

Selig, wer sich vor der Welt
Ohne Haß verschließt,
Einen Freund am Busen hält
Und mit dem genießt,

Was von Menschen nicht gewußt,
Oder nicht bedacht,
Durch das Labyrinth der Brust
Wandelt in der Nacht.

Johann Wolfgang Goethe

WEG

Mit dem Monde will ich wandeln:
Schlangenwege über Berge
führen Träume, bringen Schritte
durch den Wald dem Monde zu.

Durch Zypressen staunt er plötzlich,
dass ich ihm entgegengeh'.
Aus dem Ölbaum blaut er lächelnd,
wenn mich's friedlich talwärts zieht.

Schlangenwege durch die Wälder
bringen mich zum Silbersee:
nur ein Nachen auf dem Wasser
heilig oben unser Mond.

Schlangenwege durch die Wälder
führen mich zu einem Berg.
Oben steht der Mond und wartet
und ich steige leicht empor.

Theodor Däubler

DIE ROHRDOMMEL IST WACH,
ihr liederbuch
in der mitte aufgeschlagen,
seltsame schatten
ergehen sich
hinter
mannshohen fuchsien,
der fingerhut blüht
aus weggeworfenen lumpen,
ginster und farn
liegen sich heftig im haar;
worte höre ich,
die meinen verstand schärfen
oder aber mein herz
umspinnen
wie honigfäden ..

Hans Carl Artmann

UM MITTERNACHT

Um Mitternacht ging ich, nicht eben gerne,
klein, kleiner Knabe, jenen Kirchhof hin
zu Vaters Haus, des Pfarrers; Stern am Sterne,
sie leuchteten doch alle gar zu schön;
um Mitternacht.

Wenn ich dann ferner, in des Lebens Weite,
zur Liebsten mußte, mußte, weil sie zog,
Gestirn und Nordschein über mir im Streite,
ich gehend, kommend Seligkeiten sog;
um Mitternacht.

Bis dann zuletzt des vollen Mondes Helle
so klar und deutlich mir ins Finstre drang,
auch der Gedanke willig, sinnig, schnelle
sich ums Vergangne wie ums Künftige schlang;
um Mitternacht.

Johann Wolfgang Goethe

DIE LAUBWOLKE

Beständig ist das leicht Verletzliche.

Lange hing die grüne Wolke über der Erde,
Wohin ging sie?

Im neuen Frühling schwebt sie wieder an
Und erfüllt ihren Ort
Zwischen Grund und Höhe.
Vom Winde gesteuert,
Vom Regen gedrängt,
Vom Licht gehoben,
Kehrt sie immer zurück
Und bleibt so viele Jahre.

Jedesmal in den herbstlichen Lichtern
Klagts aus ihr: ich sinke, warum ich?
Und lauter mit dem Sinn von Dichtern:
Es stürzt mich, ja, warum nicht mich?

Wird es dann Winter –
Im Himmel kriecht gekrümmtes Gestäbe,
Den einmal gewachsenen Abstand nicht ändernd,
Eins des andern vielleicht nicht gewahr,
Doch beisammen in gleicher Spreizung.

Zwischen Grund und Höhe,
Von der Säge des Gärtners unzerrissen,
Von der Axt des Fällers nicht getroffen,
Bleibt das Gesetz:
Beständig ist das leicht Verletzliche.

Oskar Loerke

DER PANTHER

Im Jardin des Plantes, Paris

Sein Blick ist vom Vorübergehn der Stäbe
so müd geworden, daß er nichts mehr hält.
Ihm ist, als ob es tausend Stäbe gäbe
und hinter tausend Stäben keine Welt.

Der weiche Gang geschmeidig starker Schritte,
der sich im allerkleinsten Kreise dreht,
ist wie ein Tanz von Kraft um eine Mitte,
in der betäubt ein großer Wille steht.

Nur manchmal schiebt der Vorhang der Pupille
sich lautlos auf –. Dann geht ein Bild hinein,
geht durch der Glieder angespannte Stille –
und hört im Herzen auf zu sein.

Rainer Maria Rilke

EINEM OKAPI IM MÜNCHNER ZOO

Daß eine Stahltür sich öffnet, und seinen letzten Käfig
Betritt ein Fabeltier, zitternd, weil es Zeit ist zum Füttern,
Weil der Pfleger nach Hause will und das Publikum lacht,
Steht in keiner der Einhorn-Legenden verzeichnet. Okapi, –
Ein Wort aus den Urwaldsprachen, die niemand mehr spricht.
Zu kurz für Savannen, hat dieser geduldige, rostbraune Hals
Die Strohballen verdient, den vergitterten Schlafstall.
Denn die gerodete Welt wird ihm fremd sein, so fremd
Wie dem zerstreuten Besucher ein kombiniertes Tier,
Halb Giraffe, halb Zebra, und von den kindlichen Schatten,
Den Bilderbuch-Silhouetten beider, gleich weit entfernt.
Noch so ein Wiederkäuer verlorener Zeiten, ein Posten
Am zoologischen Wegrand aufgestellt, wie zur Warnung
Vor der Exotik der Hinterbliebenen, einsam in ihrer Art.

Durs Grünbein

DIE VÖGEL UND DER TEST

Zeitungen melden, daß unter dem Einfluß der
Wasserstoffbombenversuche die Zugvögel über der Südsee
ihre herkömmlichen Routen ändern.

Von den Savannen übers Tropenmeer
Trieb sie des Leibes Notdurft mit den Winden,
Wie taub und blind, von weit- und altersher,
Um Nahrung und um ein Geäst zu finden.

Nicht Donner hielt sie auf, Taifun nicht, auch
Kein Netz, wenn sie was rief zu großen Flügen,
Strebend nach gleichem Ziel, ein schreiender Rauch,
Auf gleicher Bahn und stets in gleichen Zügen.

Die nicht vor Wasser zagten noch Gewittern
Sahn eines Tags im hohen Mittagslicht
Ein höhres Licht. Das schreckliche Gesicht

Zwang sie von nun an ihren Flug zu ändern.
Da suchten sie nach neuen sanfteren Ländern.
Laßt diese Änderung euer Herz erschüttern ...

Stephan Hermlin

LAIKA

In einer Kugel aus Metall,
Dem besten, das wir besitzen,
Fliegt Tag für Tag ein toter Hund
Um unsre Erde
Als Warnung,
Daß so einmal kreisen könnte
Jahr für Jahr um die Sonne,
Beladen mit einer toten Menschheit,
Der Planet Erde,
Der beste, den wir besitzen.

Günter Kunert

ÜBERLEGUNG

Eigentlich wollte ich dir den Faun
und den Wald mit dem Bussard vererben,
nicht nur den Stacheldrahtzaun
und das Fischesterben.

Eigentlich dachte ich, Frieden sei Glück
und nicht bloß eine Vokabel.
Doch immer kehren die Tauben zurück
ohne den Ölzweig im Schnabel.

Vielleicht ist der Ölbaum schon umgehaun,
da machen Worte nichts besser.
Auch die Brücken, die wir aus Worten baun,
gehn über totes Gewässer.

Jetzt klagen mich deine Augen an
und wollen mir nicht vergeben.
Vielleicht hab ich doch nicht genug getan
für das Leben.

Dagmar Nick

AUSSER DIESEM STERN

Außer diesem Stern, dachte ich, ist nichts und er
Ist so verwüstet.
Er allein ist unsere Zuflucht und die
Sieht so aus.

Bertolt Brecht

FREIES GELEIT

Mit schlaftrunkenen Vögeln
und winddurchschossenen Bäumen
steht der Tag auf, und das Meer
leert einen schäumenden Becher auf ihn.

Die Flüsse wallen ans große Wasser,
und das Land legt Liebesversprechen
der reinen Luft in den Mund
mit frischen Blumen.

Die Erde will keinen Rauchpilz tragen,
kein Geschöpf ausspeien vorm Himmel,
mit Regen und Zornesblitzen abschaffen
die unerhörten Stimmen des Verderbens.

Mit uns will sie die bunten Brüder
und grauen Schwestern erwachen sehn,
den König Fisch, die Hoheit Nachtigall
und den Feuerfürsten Salamander.

Für uns pflanzt sie Korallen ins Meer.
Wäldern befiehlt sie, Ruhe zu halten,
dem Marmor, die schöne Ader zu schwellen,
noch einmal dem Tau, über die Asche zu gehn.

Die Erde will ein freies Geleit ins All
jeden Tag aus der Nacht haben,
daß noch tausend und ein Morgen wird
von der alten Schönheit jungen Gnaden.

Ingeborg Bachmann

JUNGE PFERDE

Wer die blühenden Wiesen kennt
Und die hingetragene Herde,
Die, das Maul am Winde, rennt:
Junge Pferde! Junge Pferde!

Über Gräben, Gräserstoppel
Und entlang den Rotdornhecken
Weht der Trab der scheuen Koppel,
Füchse, Braune, Schimmel, Schecken!

Junge Sommermorgen zogen
Weiß davon, sie wieherten.
Wolke warf den Blitz, sie flogen
Voll von Angst hin, galoppierten.

Selten graue Nüstern wittern,
Und dann nähern sie und nicken,
Ihre Augensterne zittern
In den engen Menschenblicken.

Paul Boldt

STADT, LAND, FLUSS

DORFKIRCHE IM SOMMER

Schläfrig singt der Küster vor,
Schläfrig singt auch die Gemeinde,
Auf der Kanzel der Pastor
Betet still für seine Feinde.

Dann die Predigt, wunderbar,
Eine Predigt ohne Gleichen.
Die Baronin weint sogar
Im Gestühl, dem wappenreichen.

Amen, Segen, Thüren weit,
Orgelton und letzter Psalter.
Durch die Sommerherrlichkeit
Schwirren Schwalben, flattern Falter.

Detlev von Liliencron

KLEINE STADT

Die vielen kleinen Gassen, die die langgestreckte Hauptstraße überqueren,
laufen alle ins Grüne. Überall fängt Land an.
Überall strömt Himmel ein und Geruch von Bäumen und der starke Duft der Äcker.
Überall erlischt die Stadt in einer feuchten Herrlichkeit von Wiesen,
und durch den grauen Ausschnitt niedrer Dächer schwankt
Gebirge, über das die Reben klettern, die mit hellen Stützen in die Sonne leuchten.
Darüber aber schließt sich Kiefernwald: der stößt
wie eine breite dunkle Mauer an die rote Fröhlichkeit der Sandsteinkirche.

Am Abend, wenn die Fabriken schließen, ist die große Straße mit Menschen gefüllt.
Sie gehen langsam oder bleiben mitten auf der Gasse stehn.
Sie sind geschwärzt von Arbeit und Maschinenruß. Aber ihre Augen tragen
noch Scholle, zähe Kraft des Bodens und das feierliche Licht der Felder.

Ernst Stadler

OH, FRIEDLICHER MITTAG

mitten in der Stadt, mit den verschiedenen
Mittagessengerüchen im Treppenhaus. Die Fahrräder
stehen im Hausflur, abgeschlossen, neben
dem Kinderwagen, kein Laut ist zu hören.

Die Prospekte sind aus den Briefkästen
genommen und weggeworfen worden. Die Briefkästen
sind leer. Sogar das Fernsehen hat die türkische
Familie abgestellt, deren Küchenfenster

zum Lichtschacht hin aufgeht. Ich höre
Porzellan, Teller und Bestecke, dahinter
liegen Gärten, klar und kühl, in einem blassen
Frühlingslicht. Es sind überall die seltsamen

Erzählungen von einem gewöhnlichen Leben ohne
Schrecken am Mittwoch, genau wie heute. Der Tag
ist regenhell, verwehte Laute: oh friedlicher
Mittwoch, mit Zwiebeln auf dem Tisch,

mit Tomaten und Salat.
Die Vorhaben und Schindereien sind
zerfallen, und man denkt, wie friedlich
der Mittwoch ist.

Wolken über dem Dach, blau, und
Stille in den Zimmern, friedlich und still und
genauso offen wie Porree, wie Petersilie grün ist
und die Erbsen heiß sind.

Rolf Dieter Brinkmann

DIE SILHOUETTE VON LÜBECK

Damit die erde hafte am himmel, schlugen die menschen
kirchtürme in ihn

Sieben kupferne nägel, nicht aufzuwiegen
mit gold

Reiner Kunze

BRÜCKE ZUM ZOO

Im Tiergarten, auf einer Bank,
behaglich,
ein Knie über das andere, bequem-nachlässig zurückgelehnt,
sitze ich
und rauche und
freue mich über die schöne Vormittagssonne!

Vor mir,
glitzernd, der Kanal:
den
Himmel spiegelnd, beide Ufer
leise schaukelnd.
Über die Brücke, langsam Schritt, reitet ein Leutnant.
Unter ihm,
zwischen den dunkelen, schwimmenden, blütenkerzigen Kastanienkronen,
pfropfenzieherartig,
ins
Wasser gedreht,
den Kragen siegellackrot,
sein
Spiegelbild.

Aus den hohen Uferulmen
schmettern die Finken,
vom nahen
Zoo,
erfreulich ohrenbeleidigend, metallischschrillgell, markdurchdringlich,
verliebt,
erhebt sich ein Affengekreisch;
ein ganz
wahrhaftiger,
wahrer und wirklicher
Kuckuck,
irgendwo, hinter mir,
siebenmal,
ruft.

Arno Holz

JUNI IN BERLIN

Lieber Gott, die Linden blühn!
Lieber Gott, was hab' ich getan,
daß ich in Mauern wohnen muß?
Draußen im Land deine Bäume
sind grün,
hier hängt alles voll Ruß.

Ich kaufte mir eine Rose um Geld –
Rosen sind besser als Brot.
Ich habe sie neben mein Kissen
gestellt,
sie blüht und duftet sich tot.

Lieber Gott, in mein Zimmer
scheint jetzt der Mond –
ach, warum hab' ich immer,
immer in Städten gewohnt?

Ina Seidel

DER GOTT DER STADT

Auf einem Häuserblocke sitzt er breit.
Die Winde lagern schwarz um seine Stirn.
Er schaut voll Wut, wo fern in Einsamkeit
Die letzten Häuser in das Land verirrn.

Vom Abend glänzt der rote Bauch dem Baal,
Die großen Städte knieen um ihn her.
Der Kirchenglocken ungeheure Zahl
Wogt auf zu ihm aus schwarzer Türme Meer.

Wie Korybanten-Tanz dröhnt die Musik
Der Millionen durch die Straßen laut.
Der Schlote Rauch, die Wolken der Fabrik
Ziehn auf zu ihm, wie Duft von Weihrauch blaut.

Das Wetter schwält in seinen Augenbrauen.
Der dunkle Abend wird in Nacht betäubt.
Die Stürme flattern, die wie Geier schauen
Von seinem Haupthaar, das im Zorne sträubt.

Er streckt ins Dunkel seine Fleischerfaust.
Er schüttelt sie. Ein Meer von Feuer jagt
Durch eine Straße. Und der Glutqualm braust
Und frisst sie auf, bis spät der Morgen tagt.

Georg Heym

STADT

Zehntausend starre Blöcke sind im Tal errichtet,
aus: Stein auf Stein um Holz- und Eisenroste hochgeschichtet;
und Block an Block zu einem Berg gedrückt,

von Dampfrohr, Turm und Bahn noch überbrückt,
von Draht, der Netz an Netze spinnt.
Der Berg, von vielen Furchen tief durchwühlt:
Das ist das große Labyrinth,
dadurch das Schicksal Mensch um Menschen spült.

Fünfhunderttausend rollt im Kreis das große Leben
durch alle Rinnen fort und fort in ungeheurem Streben:
In Kaufhaus, Werkstatt, Saal und Bahnhofshalle,
in Schule, Park, am Promenadenwalle,
im Fahrstuhlschacht, im Bau am Kran,
treppauf und -ab, durch Straßen über Plätze,
auf Wagen, Rad und Straßenbahn:
Da schäumt des Menschenstrudels wirre Hetze.

Fünfhunderttausend Menschen rollt das große Leben
durch alle Rinnen fort und fort in ungeheurem Streben.
Und karrt der Tod auch hundert täglich fort,
es braust der Lärm wie sonst an jedem Ort.
Schleppt er vom Hammerblock den Schmied,
schleppt er vom Kurvengleis den Wagenleiter:
Noch stärker brüllt das Straßenlied:
Der Wagen fährt – der Hammer dröhnt weiter.

Gerrit Engelke

AN BERLINER KINDER

Was meint ihr wohl, was eure Eltern treiben,
Wenn ihr schlafen gehen müßt?
Und sie angeblich noch Briefe schreiben.
Ich kann's euch sagen: Da wird geküßt,
Geraucht, getanzt, gesoffen, gefressen,
Da schleichen verdächtige Gäste herbei.

Da wird jede Stufe der Unzucht durchmessen
Bis zur Papagei-Sodomiterei.
Da wird hasardiert um unsagbare Summen.
Da dampft es von Opium und Kokain.
Da wird gepaart, daß die Schädel brummen.
Ach schweigen wir lieber. – Pfui Spinne, Berlin!

Joachim Ringelnatz

BERLIN

Bahnhof Zoo, mein Zug fährt ein
Ich steig aus, gut wieder da zu sein
Zur U-Bahn runter am Alkohol vorbei
Richtung Kreuzberg, die Fahrt ist frei
Cottbuser Tor, ich spring vom Zug
Zwei Kontrolleure ahnen Betrug
Im Affenzahn die Rolltreppe rauf
Zwei Türken halten die Beamten auf
Oranienstraße, hier lebt der Koran
Dahinten fängt die Mauer an
Mariannenplatz, rot verschrien
Ich fühl mich gut
Ich steh auf Berlin

Ich fühl mich gut
(Wir steh'n auf Berlin)
Ich fühl mich gut
(Wir steh'n auf Berlin)

Graue Häuser, ein Junkie im Tran
Es riecht nach Oliven und Majoran
Zum Kanal an Ruinen vorbei
Dahinten das Büro der Partei

Auf dem Gehweg Hundekot
Ich trink Kaffee im Morgenrot
Später dann in die alte Fabrik
Die mit dem Ost-West-Überblick
Zweiter Stock, vierter Hinterhof
Neben mir wohnt ein Philosoph
Fenster auf, ich hör Türkenmelodien
Ich fühl mich gut
Ich steh auf Berlin

Ich fühl mich gut
(Wir steh'n auf Berlin)
[...]

Wir fühl'n uns gut
(Ich steh auf Berlin)

Nachts um elf auf dem Kurfürstendamm
Läuft für Touristen Kulturprogramm
Teurer Ramsch am Straßenstand
Ich ess die Pizza aus der Hand
Ein Taxi fährt zum Romy Haag
Flasche Sekt hundertfünfzig Mark
Fürn Westdeutschen, der sein Geld versäuft
Mal sehn, was im Dschungel läuft
Musik ist heiß, das Neonlicht strahlt
Irgendjemand hat mir 'nen Gin bezahlt
Die Tanzfläche kocht, hier trifft sich die Scene
Ich fühl mich gut
Ich steh auf Berlin

Ich fühl mich gut
(Wir steh'n auf Berlin)
[...]

Annette Humpe (Ideal)

WIEPERSDORF (AUSZÜGE)

2

Hinter Jüterbog öffneten sich
Der erste, der zweite Himmel, ließen herab-
Strömen, was sich gesammelt hat, siehe
Es wurde ein mächtiger blasenschlagender
Landregen draus, es goß sogar Schwefel.
Später in Wiepersdorf, als zwischen zwei
Windhosen die Möglichkeit war sich zu ergehen
Das liebe freie Land
Recht ins Auge zu fassen, war Freude
Freude. Die schönen Fenster im Malsaal
Öfters sechs mal vier kleine Scheiben, die Flügel
Von zierlichen Knebeln gehalten. Innen
Bizarres altes schlängelndes zipfelbemütztes
Kakteengewirr, außen
Maifrischer Park.
Die Steinbilder lächeln – ich ging
Gleich bis zum Zeus, der hielt den Blitz an der Stelle
Wo der Park mit dem Wald schläft. Englischer Rasen
Den bläuliches Waldgras verstrickt hat, es reckt
Noch ein Fliederbusch wirklich!
Vergißmeinnichtblaue Finger zum Himmel und
Selbstverständlich Unmassen Vögel ringsum
In Büsche und Bäume geworfen. Ich staunte
Vor Stunden noch enge im Hochhaus
In der verletzenden viereckigen Gegend, nun
Das – ich dachte bloß noch: Bettina! Hier
Hast du mit sieben Kindern gesessen, und wenn
Landregen abging
Muß es genauso geklappert haben Ende Mai
Auf die frischaufgespannten Blätter – ich sollte
Mal an den König schreiben

5

Ehrwürdiges schönes Haus
Mit dem zwiefachen Dach – doppelt
Allein bin ich da und dem Wetter, dem hellen
Dem knatternden Hagel, so mildem Mond
Ausgesetzt. Ach ich gedenke
Der rührenden Zeit, als fast eines Bruders
Zärtliche Hand mich morgens geweckt hat und fröhlich
Ein Tag der Zwilling des vorigen war. Was bin ich
Inzwischen umhergefahren. Und eifrig
War ich bemüht, Apollon zu fassen und gleichfalls
Ein hübsch klopfendes menschliches Herze erbeuten –
Vergebens. Deshalb
Hab ich nur mich, einen winzigen Knaben und die sich mehrende
Anzahl der Jahre und hin und wieder
Schön schwimmendes Wolkengetier

6

Nun beginnen die Frösche; Scharen
Weißflügliger Motten und größerer Schwärmer
Stürzen sich in mein Licht – nichts los
In diesem frühschlafenden Land-Strich hinter den Wäldern.
Mitunter wenn ich so wach bin, und
Angewidert vom Pflichtbewußtsein, lediglich ich
Bekam keinen Schlüssel, das Bargeld gezählt hab, renne ich
In flatternden Mondschein hin durch den Wald.
Der Mensch ist hier gut, das Geld stimmt immer:
Hier rollen nur gegen Morgen um vier
Drei Stunden Panzer vorbei und die Landschaft
Sieht am Tage verwunschen aus. Wo ein Weg war
Jetzt eine Schlucht. Schwarze Bauersfrauen auf Rädern
Rufen: es muß
Abwechslung geben.
Wo ich nach Seifenlappen frage im Konsum erfahr ich
Ein Haus und zwei Mann überfahren, es war
Eine mondlose Nacht.

9
Dieser Abend, Bettina, es ist
Alles beim alten. Immer
Sind wir allein, wenn wir den Königen schreiben
Denen des Herzens und jenen
Des Staats. Und noch
Erschrickt unser Herz
Wenn auf der anderen Seite des Hauses
Ein Wagen zu hören ist.

Sarah Kirsch

AN DIE STADT WITTENBERG, ALS ER AUF DER REISE NACH SEINER ROSIMENEN

Neun Sommer sind vorbei, seithero ich dich, Schöne,
Nicht einmal nur gesehn; Itzt wirft die Luft um sich,
Den Schnee das zehnte Mal, und ruft mit Freuden mich,
Nach solcher langen Zeit, zu meiner Rosimene.

Du glaubst nicht, wie ich mich nach deinen Augen sehne,
Ich seh' die Spitzen an vom weiten sehniglich,
Und weist mir jeder Turm fast, Rosimene, dich,
Mich meldt der Elbstrom an durch sein erfreut Getöne.

Gott grüß dich Wittenberg! Gott grüß dich edler Strand!
Ach seid von mir gegrüßt ihr schönen Najadinnen!
Gott grüß dich, Rosilis, in deinen Mauren drinnen!

Ich habe mich zu dir nun wieder hergewandt.
Ach lauft ihr Wellen fort; Ich trage groß Verlangen,
Nach solcher langen Zeit sie wieder zu umfangen.

Johann Georg Schoch

BRANDENBURG

Es gibt Länder, wo was los ist.
Es gibt Länder, wo richtig was los ist.
Und es gibt: Brandenburg. Brandenburg.

In Brandenburg, in Brandenburg
ist wieder jemand gegen einen Baum gegurkt.
Was soll man auch machen mit 17, 18 in Brandenburg?
Es ist nicht alles Chanel, es ist meistens Schlecker.
Kein Wunder, dass so viele von hier weggehn,
aus Brandenburg.

Da stehn drei Nazis auf dem Hügel
und finden keinen zum Verprügeln in Brandenburg.
Brandenburg,
ich fühl mich heut so leer, ich fühl mich brandenburg.
In Berlin bin ich einer von 3 Millionen,
in Brandenburg kann ich bald alleine wohnen.
Brandenburg!
Im Adlon is Brad Pitt und der Washington Denzel,
im Autohaus in Schwedt is heut Achim Mentzel.
Brandenburg!
Berlin! Halleluja, Berlin! Halleluja, Berlin!
Alle wollen dahin, deshalb will ich das auch!

In Brandenburg, in Brandenburg
is wieder jemand voll in die Allee gegurkt.
Was soll man auch machen mit 17, 18 in Brandenburg?
Es is nicht alles Lafayette, es is meistens Lidl.
Kein Wunder, dass der Bogen nicht mehr fiedelt
in Brandenburg.

Wenn man Bisamratten im Freibad sieht,
dann ist man im Naturschutzgebiet Mark Brandenburg.

Brandenburg,
ich fühl mich heut so ausgebrandenburg.
In Berlin, da kann man so viel erleben,
in Brandenburg soll es wieder Wölfe geben.
Brandenburg!
Im Adlon ist heut Nacht Hillary Clinton,
in Schwedt kann Achim Mentzel das Autohaus nicht finden.
Brandenburg!
Berlin! Halleluja, Berlin! Halleluja, Berlin!
Alle wollen dahin, Berlin!
Halleluja, Berlin! Halleluja, Berlin!
Alle wollen dahin, deshalb will ich das auch!

Lassen Sie mich durch, ich bin Chirurg, ich muss nach Brandenburg!
Nimm dir Essen mit, wir fahrn nach Brandenburg!
Wenn man zur Ostsee will, muss man durch Brandenburg!

Rainald Grebe

MEI FRANKFORT

Es ist kää Stadt uff der weite Welt,
die so mer wie mei Frankfort gefällt,
un es will mer net in mei Kopp enei:
Wie kann nor e Mensch net von Frankfort sei!
Un wär'sch e Engel un Sonnekalb,
e Fremder is immer von außerhalb!
Der beste Mensch is es Ärgernis,
wann er net ääch von Frankfort is.

Friedrich Stoltze

BOCHUM

Glück auf! Glück auf! Der Steiger kommt
und er hat sein helles Licht bei der Nacht,
und er hat sein helles Licht bei der Nacht,
schon angezünd't, schon angezünd't.

Tief im Westen
wo die Sonne verstaubt!
Ist es besser, viel besser, als man glaubt!

Tief im Westen.
Tief im Westen.

Du bist keine Schönheit,
vor Arbeit ganz grau!
Du liebst dich ohne Schminke;
bist 'ne ehrliche Haut;
leider total verbaut,
aber grade das macht dich aus!

Du hast 'n Pulsschlag aus Stahl.
Man hört ihn laut in der Nacht.
Du bist einfach zu bescheiden!
Dein Grubengold hat uns wieder hochgeholt,
du Blume im Revier!

Bochum, ich komm' aus dir!
Bochum, ich häng' an dir!
Glück auf, Bochum

Du bist keine Weltstadt!
Auf deiner Königsallee
finden keine Modenschaun statt.
Hier, wo das Herz noch zählt, nicht

das große Geld!
Wer wohnt schon in Düsseldorf?

Bochum, ich komm' aus dir
Bochum, ich häng' an dir
[...]

Du bist das Himmelbett für Tauben!
Und ständig auf Koks!
Hast im Schrebergarten deine Laube.
Machst mit 'nem Doppelpaß jeden Gegner naß,
du und dein VfL!

Bochum, ich komm' aus dir
Bochum, ich häng' an dir
[...]

Herbert Grönemeyer

JENA

«Jena vor uns im lieblichen Tale»
schrieb meine Mutter von einer Tour
auf einer Karte vom Ufer der Saale,
sie war in Kösen im Sommer zur Kur;
nun längst vergessen, erloschen die Ahne,
selbst ihre Handschrift, Graphologie,
Jahre des Werdens, Jahre der Wahne,
nur diese Worte vergesse ich nie.

Es war kein berühmtes Bild, keine Klasse,
für lieblich sah man wenig blühn,
schlechtes Papier, keine holzfreie Masse,
auch waren die Berge nicht rebengrün,

doch kam man vom Lande, von kleinen Hütten,
so waren die Täler wohl lieblich und schön,
man brauchte nicht Farbdruck, man brauchte nicht Bütten,
man glaubte, auch andere würden es sehn.

Es war wohl ein Wort von hoher Warte,
ein Ausruf hatte die Hand geführt,
sie bat den Kellner um eine Karte,
so hatte die Landschaft sie berührt,
und doch – wie oben – erlosch die Ahne
und das gilt allen und auch für den,
die – Jahre des Werdens, Jahre der Wahne –
heute die Stadt im Tale sehn.

Gottfried Benn

ABSCHIED AN DORNBURG

Du Berg, der frei die hohe Stirn erhebt,
wo oft der Strahl des Morgens mich umwebt,
du Welle, die das Ufer spielend neckt,
wie Menschenstimmen oft mich leicht erschreckt,
du Abendrot, das auf der Welle schwimmt,
ihr Würmchen, die, in Dämmerung entglimmt,
durch Busch und Flur in schnellen, leichten Tänzen,
mir, wie herabgefallne Sterne glänzen,
du ewig unbewegter Tannenwald,
der stillen Sorge trauter Aufenthalt,
der Hain, wo einsam Philomele girrt,
worin ich oft mutwillig mich verirrt,
der Weide Duft, der still die Lüfte küßt,
– seid alle mir zum letztenmal gegrüßt!
Lebt wohl! Ihr habt mit unschuldvollem Scherz,
mit goldnem Traum oft mein Gemüt entschleiert,

und meine Ruhe fühlend mitgefeiert!
Auch ihr vermisst der Freundin leichte Spur,
denn was ist, ohne das empfindungsvolle Herz,
das sie versteht, die lieblichste Natur?

Sophie Mereau

DEM AUFGEHENDEN VOLLMONDE

Dornburg, 25. August 1828

Willst du mich sogleich verlassen!
Warst im Augenblick so nah!
Dich umfinstern Wolkenmassen
Und nun bist du gar nicht da.

Doch du fühlst wie ich betrübt bin,
Blickt dein Rand herauf als Stern!
Zeugest mir daß ich geliebt bin,
Sei das Liebchen noch so fern.

So hinan denn! hell und heller,
Reiner Bahn, in voller Pracht!
Schlägt mein Herz auch schmerzlich schneller,
Überselig ist die Nacht.

Johann Wolfgang Goethe

HEIDELBERG

Lange lieb ich dich schon, möchte dich, mir zur Lust,
Mutter nennen und dir schenken ein kunstlos Lied,
Du der Vaterlandsstädte
Ländlichschönste, so viel ich sah.

Wie der Vogel des Walds über die Gipfel fliegt,
Schwingt sich über den Strom, wo er vorbei dir glänzt
Leicht und kräftig die Brücke
Die von Wagen und Menschen tönt.

Wie von Göttern gesandt, fesselt ein Zauber einst
Auf der Brücke mich an, da ich vorüber ging
Und herein in die Berge
Mir die reizende Ferne schien,

Und der Jüngling der Strom fort in die Ebne zog
Traurigfroh, wie das Herz, wenn es, sich selbst zu schön
Liebend unterzugehen
In die Fluten der Zeit sich wirft.

Quellen hattest du ihm, hattest dem Flüchtigen
Kühle Schatten geschenkt, und die Gestade sahn
All ihm nach, und es bebte
Aus den Wellen ihr lieblich Bild.

Aber schwer in das Tal hing die gigantische
Schicksalskundige Burg nieder bis auf den Grund
Von den Wettern zerrissen;
Doch die ewige Sonne goß

Ihr verjüngendes Licht über das alternde
Riesenbild, und umher grünte lebendiger
Epheu; freundliche Wälder
Rauschten über die Burg herab.

Sträuche blühten herab, bis wo im heitern Tal,
An den Hügel gelehnt, oder dem Ufer hold,
Deine fröhlichen Gassen
Unter duftenden Gärten ruhn.

Friedrich Hölderlin

NYMPHENBURG IM MÄRZ

Die kahlen Kronen und
die Krähen drin ein
Flügelschlag
hebt sie hinweg
Leibeigenschaften
leichthin aufgehoben
ein Federstrich der
Schloßherr hat sich
aus dem Staub gemacht

Schwärme von Fremden
fallen ein wir
gehn hindurch sie
flattern auf
Märzhinab der Weg
am Fluß Verzweigungen
von dir zu mir ein
Flügelschlag
hebt mich hinweg

Albert von Schirnding

DAS WEISSE WIRTSHAUS

Vom Fluß, der unten schnalzt, hat man den Sand,
den Ahorntisch, die Bänke weiß zu reiben.
Der Tisch steht fest. Hier magst du gerne bleiben,
vor dem Sankt Georg an der weißen Wand.

Sie ist gekalkt, ist weiß wie Eierschalen.
Es riecht so reinlich und es wird dir wohl.
Der Wein ist gut. Das ist kein Grund zu prahlen –
er wächst nicht hier, er kommt aus Südtirol.

Das Tal ist grün. Der Berg ist weiß beschneit.
Kann sein, der sieht nach Südtirol hinein.
Das ist voll Wein und Laub und Üppigkeit.

Hier drängt aus jedem Grünen noch der Stein.
Mit Kieseln schiebt und reibt der Fluß: das Leiern
tönt schwach herauf zu uns. Wir sind in Baiern.

Georg Britting

ÖSTERREICHISCHES LIED

Wo sich der ewige Schnee
spiegelt im Alpensee,
Sturzbach am Fels zerstäubt,
eingedämmt Werke treibt,

wo in der Berge Herz
dämmert das Eisenerz,
Hammer Gestein zerstampft,
zischend die Schmelzglut dampft,

wo durch der Ebene Gold
silbern der Strom hinrollt,
Ufer von Früchten schwillt,
hügelan Rebe quillt,

Pflügerschweiß, Städtefleiß
hat da die rechte Weis',
was auch Geschick beschied,
immer noch blüht ein Lied.

Österreich heißt das Land!
Da er's mit gnädiger Hand
schuf, und so reichbegabt,
Gott hat es liebgehabt!

Anton Wildgans

VENEDIG LIEGT nur noch im Land der Träume
Und wirft nur Schatten her aus alten Tagen,
Es liegt der Leu der Republik erschlagen,
Und öde feiern seines Kerkers Räume.

Die ehrnen Hengste, die, durch salz'ge Schäume
Dahergeschleppt, auf jener Kirche ragen,
Nicht mehr dieselben sind sie, ach, sie tragen
Des korsikanschen Überwinders Zäume.

Wo ist das Volk von Königen geblieben,
Das diese Marmorhäuser durfte bauen,
Die nun verfallen und gemach zerstieben?

Nur selten finden auf des Enkels Brauen
Der Ahnen große Züge sich geschrieben,
An Dogengräbern in den Stein gehauen.

August von Platen

VENEDIG

An der Brücke stand
jüngst ich in brauner Nacht.
Fernher kam Gesang:
goldener Tropfen quoll's
über die zitternde Fläche weg.
Gondeln, Lichter, Musik –
trunken schwamm's in die Dämm'rung hinaus …

Meine Seele, ein Saitenspiel,
sang sich, unsichtbar berührt,
heimlich ein Gondellied dazu,
zitternd vor bunter Seligkeit.
Hörte jemand ihr zu?

Friedrich Nietzsche

AUF DEM CANAL GRANDE

Auf dem Canal grande betten
Tief sich ein die Abendschatten,
Hundert dunkle Gondeln gleiten
Als ein flüsterndes Geheimnis.

Aber zwischen zwei Palästen
Glüht herein die Abendsonne,
Flammend wirft sie einen grellen
Breiten Streifen auf die Gondeln.

In dem purpurroten Lichte
Laute Stimmen, hell Gelächter,
Überredende Gebärden
Und das frevle Spiel der Augen.

Eine kurze kleine Strecke
Treibt das Leben leidenschaftlich
Und erlischt im Schatten drüben
Als ein unverständlich Murmeln.

Conrad Ferdinand Meyer

SPÄTHERBST IN VENEDIG

Nun treibt die Stadt schon nicht mehr wie ein Köder,
der alle aufgetauchten Tage fängt.
Die gläsernen Paläste klingen spröder
an deinen Blick. Und aus den Gärten hängt

der Sommer wie ein Haufen Marionetten
kopfüber, müde, umgebracht.
Aber vom Grund aus alten Waldskeletten
steigt Willen auf: als sollte über Nacht

der General des Meeres die Galeeren
verdoppeln in dem wachen Arsenal,
um schon die nächste Morgenluft zu teeren

mit einer Flotte, welche ruderschlagend
sich drängt und jäh, mit allen Flaggen tagend,
den großen Wind hat, strahlend und fatal.

Rainer Maria Rilke

I. RÖMISCHE ELEGIE

Wie wir einst so glücklich waren!
Müssens jetzt durch euch erfahren.

Saget, Steine, mir an, o! sprecht, ihr hohen Paläste!
    Straßen, redet ein Wort! Genius, regst du dich nicht?
Ja, es ist Alles beseelt in deinen heiligen Mauern,
    Ewige Roma; nur mir schweiget noch Alles so still.
O! wer flüstert mir zu, an welchem Fenster erblick' ich
    Einst das holde Geschöpf, das mich versengend erquickt?
Ahn' ich die Wege noch nicht, durch die ich immer und immer,
    Zu ihr und von ihr zu gehn, opfre die köstliche Zeit?

Noch betracht' ich Kirch' und Palast, Ruinen und Säulen,
Wie ein bedächtiger Mann schicklich die Reise benutzt.
Doch bald ist es vorbei; dann wird ein einziger Tempel,
Amors Tempel nur sein, der den Geweihten empfängt.
Eine Welt zwar bist du, o Rom; doch ohne die Liebe
Wäre die Welt nicht die Welt, wäre denn Rom auch nicht Rom.

Johann Wolfgang Goethe

DER RÖMISCHE BRUNNEN

Aufsteigt der Strahl und fallend gießt
Er voll der Marmorschale Rund,
Die, sich verschleiernd, überfließt
In einer zweiten Schale Grund;
Die zweite gibt, sie wird zu reich,
Der dritten wallend ihre Flut,
Und jede nimmt und gibt zugleich
Und strömt und ruht.

Conrad Ferdinand Meyer

DER LUFTSCHIFFER

Gefahren bin ich in schwankendem Kahne
Auf dem blaulichen Ozeane,
Der die leuchtenden Sterne umfließt,
Habe die himmlischen Mächte begrüßt.
War in ihrer Betrachtung versunken,
Habe den ewigen Äther getrunken,
Habe dem Irdischen ganz mich entwandt,
Droben die Schriften der Sterne erkannt
Und in ihrem Kreisen und Drehen
Bildlich den heiligen Rhythmus gesehen,
Der gewaltig auch jeglichen Klang
Reißt zu des Wohllauts wogendem Drang.
Aber ach! es ziehet mich hernieder,

Nebel überschleiert meinen Blick,
Und der Erde Grenzen seh ich wieder,
Wolken treiben mich zurück.
Wehe! Das Gesetz der Schwere
Es behauptet nur sein Recht,
Keiner darf sich ihm entziehen
Von dem irdischen Geschlecht.

Karoline von Günderrode

UNTER DEM HIMMEL

Laßt mich in Gras und Blumen liegen
und schaun dem blauen Himmel zu:
Wie goldne Wolken ihn durchfliegen,
in ihm ein Falke kreist in Ruh'.

Die blaue Stille stört dort oben
kein Dampfer und kein Segelschiff,
kein Menschentritt, kein Pferdetoben,
nicht des Dampfwagens wilder Pfiff.

Laßt satt mich schauen in die Klarheit,
in diesem stillen, sel'gen Raum:
Denn bald könnt' werden ja zur Wahrheit
das Fliegen, der unsel'ge Traum.

Dann flieht der Vogel aus den Lüften,
wie aus dem Rhein der Salme schon,
und wo einst singend Lerchen schifften,
schifft grämlich stumm Britannias Sohn.

Blick' ich gen Himmel, zu gewahren,
warum's so plötzlich dunkel sei,

erblick' ich einen Zug von Waren,
der an der Sonne schifft vorbei.

Fühl' Regen ich im Sonnenscheine,
such' ich den Regenbogen keck,
ist es nicht Regen, wie ich meine,
ward in der Luft ein Ölfaß leck.

Laßt schaun mich von dem Erdgetümmel
zum Himmel, eh' es ist zu spät,
eh' wie vom Erdball, so vom Himmel
die Poesie still trauernd geht.

Verzeiht dies Lied des Dichters Grolle,
träumt er von solchem Himmelsgraus,
er, den die Zeit, die dampfestolle,
schließt von der Erde lieblos aus.

Justinus Kerner

ERWIDERUNG AN KERNER

Dein Lied ist rührend, edler Sänger,
doch zürne dem Genossen nicht,
wird ihm darob das Herz nicht bänger,
das, dir erwidernd, also spricht:

Die Poesie ist angeboren,
und sie erkennt kein Dort und Hier!
Ja, ging' die Seele mir verloren,
sie führ' zur Hölle selbst mit mir.

Inzwischen sieht's auf dieser Erde
noch lange nicht so graulich aus,

und manchmal scheint mir, daß das: Werde!
ertön' erst recht dem «Dichterhaus».

Schon schafft der Geist sich Sturmesschwingen
und spannt Eliaswagen an;
willst träumend du im Grase singen,
wer hindert dich, Poet, daran?

Ich grüße dich im Schäferkleide,
herfahrend, – doch mein Feuerdrach'
trägt mich vorbei, die dunkle Heide
und deine Geister schaun uns nach.

Was deine alten Pergamente
von tollem Zauber kund dir tun,
das seh' ich durch die Elemente
in Geistes Dienst verwirklicht nun.

Ich seh' sie keuchend glühn und sprühen
stahlschimmernd bauen Land und Stadt,
indes das Menschenkind zu blühen
und singen wieder Muße hat.

Und wenn vielleicht in hundert Jahren
ein Luftschiff hoch mit Griechenwein
durchs Morgenrot käm' hergefahren –
wer möchte da nicht Fährmann sein?

Dann bög' ich mich, ein sel'ger Zecher,
wohl über Bord von Kränzen schwer,
und gösse langsam meinen Becher
hinab in das verlaßne Meer.

Gottfried Keller

AUSGESETZT AUF DEN BERGEN des Herzens. Siehe, wie klein dort,
siehe: die letzte Ortschaft der Worte, und höher,
aber wie klein auch, noch ein letztes
Gehöft von Gefühl. Erkennst du's?
Ausgesetzt auf den Bergen des Herzens. Steingrund
unter den Händen. Hier blüht wohl
einiges auf; aus stummem Absturz
blüht ein unwissendes Kraut singend hervor.
Aber der Wissende? Ach, der zu wissen begann
und schweigt nun, ausgesetzt auf den Bergen des Herzens.
Da geht wohl, heilen Bewußtseins,
manches umher, manches gesicherte Bergtier,
wechselt und weilt. Und der große geborgene Vogel
kreist um der Gipfel reine Verweigerung. – Aber
ungeborgen, hier auf den Bergen des Herzens …

Rainer Maria Rilke

WOHIN?

Ich hört ein Bächlein rauschen
Wohl aus dem Felsenquell,
Hinab zum Tale rauschen
So frisch und wunderhell.

Ich weiß nicht, wie mir wurde,
Nicht, wer den Rat mir gab,
Ich mußte gleich hinunter
Mit meinem Wanderstab.

Hinunter und immer weiter,
Und immer dem Bache nach,
Und immer frischer rauschte,
Und immer heller der Bach.

Ist das denn meine Straße?
O Bächlein, sprich, wohin?
Du hast mit deinem Rauschen
Mir ganz berauscht den Sinn.

Was sag ich denn von Rauschen?
Das kann kein Rauschen sein:
Es singen wohl die Nixen
Dort unten ihren Reihn.

Laß singen, Gesell, laß rauschen,
Und wandre fröhlich nach!
Es gehn ja Mühlenräder
In jedem klaren Bach.

Wilhelm Müller

DER KNABE IM MOOR

O schaurig ists übers Moor zu gehn,
Wenn es wimmelt vom Heiderauche,
Sich wie Phantome die Dünste drehn
Und die Ranke häkelt am Strauche,
Unter jedem Tritte ein Quellchen springt,
Wenn aus der Spalte es zischt und singt,
O schaurig ists übers Moor zu gehn,
Wenn das Röhricht knistert im Hauche!

Fest hält die Fibel das zitternde Kind
Und rennt, als ob man es jage;
Hohl über die Fläche sauset der Wind –
Was raschelt drüben am Hage?
Das ist der gespenstische Gräberknecht,
Der dem Meister die besten Torfe verzecht;
Hu, hu, es bricht wie ein irres Rind!
Hinducket das Knäblein zage.

Vom Ufer starret Gestumpf hervor,
Unheimlich nicket die Föhre,
Der Knabe rennt, gespannt das Ohr,
Durch Riesenhalme wie Speere;
Und wie es rieselt und knittert darin!
Das ist die unselige Spinnerin,
Das ist die gebannte Spinnlenor',
Die den Haspel dreht im Geröhre!

Voran, voran! nur immer im Lauf,
Voran, als woll es ihn holen!
Vor seinem Fuße brodelt es auf,
Es pfeift ihm unter den Sohlen
Wie eine gespenstige Melodei;
Das ist der Geigemann ungetreu,

Das ist der diebische Fiedler Knauf,
Der den Hochzeitheller gestohlen!

Da birst das Moor, ein Seufzer geht
Hervor aus der klaffenden Höhle;
Weh, weh, da ruft die verdammte Margret:
«Ho, ho, meine arme Seele!»
Der Knabe springt wie ein wundes Reh;
Wär nicht Schutzengel in seiner Näh,
Seine bleichenden Knöchelchen fände spät
Ein Gräber im Moorgeschwele.

Da mählich gründet der Boden sich,
Und drüben, neben der Weide,
Die Lampe flimmert so heimatlich,
Der Knabe steht an der Scheide.
Tief atmet er auf, zum Moor zurück
Noch immer wirft er den scheuen Blick:
Ja, im Geröhre wars fürchterlich,
O schaurig wars in der Heide!

Annette von Droste-Hülshoff

NEBELLAND

Im Winter ist meine Geliebte
unter den Tieren des Waldes.
Daß ich vor Morgen zurückmuß,
weiß die Füchsin und lacht.
Wie die Wolken erzittern! Und mir
auf den Schneekragen fällt
eine Lage von brüchigem Eis.

Im Winter ist meine Geliebte
ein Baum unter Bäumen und lädt
die glückverlassenen Krähen
ein in ihr schönes Geäst. Sie weiß,
daß der Wind, wenn es dämmert,
ihr starres, mit Reif besetztes
Abendkleid hebt und mich heimjagt.

Im Winter ist meine Geliebte
unter den Fischen und stumm.
Hörig den Wassern, die der Strich
ihrer Flossen von innen bewegt,

steh ich am Ufer und seh,
bis mich Schollen vertreiben,
wie sie taucht und sich wendet.

Und wieder vom Jagdruf des Vogels
getroffen, der seine Schwingen
über mir steift, stürz ich
auf offenem Feld: sie entfiedert
die Hühner und wirft mir ein weißes
Schlüsselbein zu. Ich nehm's um den
Hals
und geh fort durch den bitteren Flaum.

Treulos ist meine Geliebte,
ich weiß, sie schwebt manchmal
auf hohen Schuh'n nach der Stadt,
sie küßt in den Bars mit dem
Strohhalm
die Gläser tief auf den Mund,
und es kommen ihr Worte für alle.
Doch diese Sprache verstehe ich nicht.

Nebelland hab ich gesehen,
Nebelherz hab ich gegessen.

Ingeborg Bachmann

ALLE LANDSCHAFTEN haben
sich mit Blau erfüllt.
Alle Büsche und Bäume des Stromes,
der weit in den Norden schwillt.

Leichte Geschwader, Wolken,
weiße Segel dicht,
die Gestade des Himmels dahinter
zergehen in Wind und Licht.

Wenn die Abende sinken
und wir schlafen ein,
gehen die Träume, die schönen,
mit leichten Füßen herein.

Zymbeln lassen sie klingen
in den Händen licht.
Manche flüstern und halten
Kerzen vor ihr Gesicht.

Georg Heym

DER SPAZIERGANG

Sei mir gegrüßt, mein Berg mit dem rötlich strahlenden Gipfel!
Sei mir, Sonne, gegrüßt, die ihn so lieblich bescheint!
Dich auch grüß ich, belebte Flur, euch, säuselnde Linden,
und den fröhlichen Chor, der auf den Ästen sich wiegt,

ruhige Bläue, dich auch, die unermeßlich sich ausgießt
    um das braune Gebirg, über den grünenden Wald,
auch um mich, der endlich entflohn des Zimmers Gefängnis
    und dem engen Gespräch freudig sich rettet zu dir.
Deiner Lüfte balsamischer Strom durchrinnt mich erquickend,
    und den durstigen Blick labt das energische Licht.
Kräftig auf blühender Au erglänzen die wechselnden Farben,
    aber der reizende Streit löset in Anmut sich auf.
Frei empfängt mich die Wiese mit weithin verbreitetem Teppich,
    durch ihr freundliches Grün schlingt sich der ländliche Pfad,
um mich summt die geschäftige Bien, mit zweifelndem Flügel
    wiegt der Schmetterling sich über dem rötlichen Klee,
glühend trifft mich der Sonne Pfeil, still liegen die Weste,
    nur der Lerche Gesang wirbelt in heiterer Luft.
Doch jetzt brausts aus dem nahen Gebüsch, tief neigen der Erlen
    Kronen sich, und im Wind wogt das versilberte Gras.
Mich umfängt ambrosische Nacht; in duftende Kühlung
    nimmt ein prächtiges Dach schattender Buchen mich ein,
in des Waldes Geheimnis entflieht mir auf einmal die Landschaft,
    und ein schlängelnder Pfad leitet mich steigend empor.
Nur verstohlen durchdringt der Zweige laubigtes Gitter
    sparsames Licht, und es blickt lachend das Blaue herein.
Aber plötzlich zerreißt der Flor. Der geöffnete Wald gibt
    überraschend des Tags blendendem Glanz mich zurück.
Unabsehbar ergießt sich vor meinen Blicken die Ferne,
    und ein blaues Gebirg endigt im Dufte die Welt.
Tief an des Berges Fuß, der gählings unter mir abstürzt,
    wallet des grünlichten Stroms fließender Spiegel vorbei.
Endlos unter mir seh ich den Äther, über mir endlos,
    blicke mit Schwindeln hinauf, blicke mit Schaudern hinab.
Aber zwischen der ewigen Höh und der ewigen Tiefe
    trägt ein geländerter Steig sicher den Wandrer dahin.
Lachend fliehen an mir die reichen Ufer vorüber,
    und den fröhlichen Fleiß rühmet das prangende Tal.
Jene Linien, sieh! die des Landmanns Eigentum scheiden,
    in den Teppich der Flur hat sie Demeter gewirkt.

Freundliche Schrift des Gesetzes, des menschenerhaltenden Gottes,
seit aus der ehernen Welt fliehend die Liebe verschwand,
aber in freieren Schlangen durchkreuzt die geregelten Felder,
jetzt verschlungen vom Wald, jetzt an den Bergen hinauf
klimmend, ein schimmernder Streif, die Länder verknüpfende Straße,
auf dem ebenen Strom gleiten die Flöße dahin.
Vielfach ertönt der Herden Geläut im belebten Gefilde,
und den Widerhall weckt einsam des Hirten Gesang.
Muntre Dörfer bekränzen den Strom, in Gebüschen verschwinden
andre, vom Rücken des Bergs stürzen sie gäh dort herab.
Nachbarlich wohnet der Mensch noch mit dem Acker zusammen,
seine Felder umruhn friedlich sein ländliches Dach,
traulich rankt sich die Reb empor an dem niedrigen Fenster,
einen umarmenden Zweig schlingt um die Hütte der Baum.
Glückliches Volk der Gefilde! noch nicht zur Freiheit erwachet,
teilst du mit deiner Flur fröhlich das enge Gesetz.
Deine Wünsche beschränkt der Ernten ruhiger Kreislauf,
wie dein Tagwerk, gleich, windet dein Leben sich ab!
Aber wer raubt mir auf einmal den lieblichen Anblick? Ein fremder
Geist verbreitet sich schnell über die fremdere Flur!
Spröde sondert sich ab, was kaum noch liebend sich mischte,
und das Gleiche nur ists, was an das Gleiche sich reiht.
Stände seh ich gebildet, der Pappeln stolze Geschlechter
ziehn in geordnetem Pomp vornehm und prächtig daher.
Regel wird alles, und alles wird Wahl und alles Bedeutung,
dieses Dienergefolg meldet den Herrscher mir an.
Prangend verkündigen ihn von fern die beleuchteten Kuppeln,
aus dem felsigen Kern hebt sich die türmende *Stadt*.
In die Wildnis hinaus sind des Waldes Faunen verstoßen,
aber die Andacht leiht höheres Leben dem Stein.
Näher gerückt ist der Mensch an den Menschen. Enger wird um ihn,
reger erwacht, es umwälzt rascher sich in ihm die Welt.
Sieh, da entbrennen in feurigem Kampf die eifernden Kräfte,
Großes wirket ihr Streit, Größeres wirket ihr Bund.
Tausend Hände belebt *ein* Geist, hoch schläget in tausend
Brüsten, von *einem* Gefühl glühend, ein einziges Herz,

schlägt für das Vaterland und glüht für der Ahnen Gesetze,
hier auf dem teuren Grund ruht ihr verehrtes Gebein.
Nieder steigen vom Himmel die seligen Götter und nehmen
in dem geweihten Bezirk festliche Wohnungen ein,
herrliche Gaben bescherend erscheinen sie; Ceres vor allen
bringet des Pfluges Geschenk, Hermes den Anker herbei,
Bacchus die Traube, Minerva des Ölbaums grünende Reiser,
auch das kriegrische Roß führet Poseidon heran,
Mutter Cybele spannt an des Wagens Deichsel die Löwen,
in das gastliche Tor zieht sie als Bürgerin ein.
Heilige Steine! Aus euch ergossen sich Pflanzer der Menschheit,
fernen Inseln des Meers sandtet ihr Sitten und Kunst,
Weise sprachen das Recht an diesen geselligen Toren,
Helden stürzten zum Kampf für die Penaten heraus.
Auf den Mauren erschienen, den Säugling im Arme, die Mütter,
blickten dem Heerzug nach, bis ihn die Ferne verschlang.
Betend stürzten sie dann vor der Götter Altären sich nieder,
flehten um Ruhm und Sieg, flehten um Rückkehr für euch.
Ehre ward euch und Sieg, doch der Ruhm nur kehrte zurücke,
eurer Taten Verdienst meldet der rührende Stein:
«Wanderer, kommst du nach Sparta, verkündige dorten, du habest
uns hier liegen gesehn, wie das Gesetz es befahl.»
Ruhet sanft, ihr Geliebten! Von eurem Blute begossen,
grünet der Ölbaum, es keimt lustig die köstliche Saat.
Munter entbrennt, des Eigentums froh, das freie Gewerbe,
aus dem Schilfe des Stroms winket der bläuliche Gott.
Zischend fliegt in den Baum die Axt, es erseufzt die Dryade,
hoch von des Berges Haupt stürzt sich die donnernde Last.
Aus dem Felsbruch wiegt sich der Stein, vom Hebel beflügelt,
in der Gebirge Schlucht taucht sich der Bergmann hinab.
Mulcibers Amboß tönt von dem Takt geschwungener Hämmer,
unter der nervigten Faust spritzen die Funken des Stahls.
Glänzend umwindet der goldene Lein die tanzende Spindel,
durch die Saiten des Garns sauset das webende Schiff.
Fern auf der Reede ruft der Pilot, es warten die Flotten,
die in der Fremdlinge Land tragen den heimischen Fleiß,

andre ziehn frohlockend dort ein, mit den Gaben der Ferne,
hoch von dem ragenden Mast wehet der festliche Kranz.
Siehe, da wimmeln die Märkte, der Kran von fröhlichem Leben,
seltsamer Sprachen Gewirr braust in das wundernde Ohr.
Auf den Stapel schüttet die Ernten der Erde der Kaufmann,
was dem glühenden Strahl Afrikas Boden gebiert,
was Arabien kocht, was die äußerste Thule bereitet,
hoch mit erfreuendem Gut füllt Amalthea das Horn.
Da gebieret das Glück dem Talente die göttlichen Kinder,
von der Freiheit gesäugt, wachsen die Künste der Lust.
Mit nachahmendem Leben erfreuet der Bildner die Augen,
und vom Meißel beseelt, redet der fühlende Stein,
künstliche Himmel ruhn auf schlanken jonischen Säulen,
und den ganzen Olymp schließet ein Pantheon ein.
Leicht wie der Iris Sprung durch die Luft, wie der Pfeil von der Senne,
hüpfet der Brücke Joch über den brausenden Strom.
Aber im stillen Gemach entwirft bedeutende Zirkel
sinnend der Weise, beschleicht forschend den schaffenden Geist,
prüft der Stoffe Gewalt, der Magnete Hassen und Lieben,
folgt durch die Lüfte dem Klang, folgt durch den Äther dem Strahl,
sucht das vertraute Gesetz in des Zufalls grausenden Wunden,
sucht den ruhenden Pol in der Erscheinungen Flucht.
Körper und Stimme leiht die Schrift dem stummen Gedanken,
durch der Jahrhunderte Strom trägt ihn das redende Blatt.
Da zerrinnt vor dem wundernden Blick der Nebel des Wahnes,
und die Gebilde der Nacht weichen dem tagenden Licht.
Seine Fesseln zerbricht der Mensch. Der Beglückte! Zerriss' er
mit den Fesseln der Furcht nur nicht den Zügel der Scham!
Freiheit ruft die Vernunft, Freiheit die wilde Begierde,
von der heilgen Natur ringen sie lüstern sich los.
Ach, da reißen im Sturm die Anker, die an dem Ufer
warnend ihn hielten, ihn faßt mächtig der flutende Strom,
ins Unendliche reißt er ihn hin, die Küste verschwindet,
hoch auf der Fluten Gebirg wiegt sich entmastet der Kahn,
hinter Wolken erlöschen des Wagens beharrliche Sterne,
bleibend ist nichts mehr, es irrt selbst in dem Busen der Gott.

Aus dem Gespräche verschwindet die Wahrheit, Glauben und Treue
aus dem Leben, es lügt selbst auf der Lippe der Schwur.
In der Herzen vertraulichsten Bund, in der Liebe Geheimnis
drängt sich der Sykophant, reißt von dem Freunde den Freund,
auf die Unschuld schielt der Verrat mit verschlingendem Blicke,
mit vergiftendem Biß tötet des Lästerers Zahn.
Feil ist in der geschändeten Brust der Gedanke, die Liebe
wirft des freien Gefühls göttlichen Adel hinweg.
Deiner heiligen Zeichen, o Wahrheit, hat der Betrug sich
angemaßt, der Natur köstlichste Stimmen entweiht,
die das bedürftige Herz in der Freude Drang sich erfindet,
kaum gibt wahres Gefühl noch durch Verstummen sich kund.
Auf der Tribüne prahlet das Recht, in der Hütte die Eintracht,
des Gesetzes Gespenst steht an der Könige Thron.
Jahrelang mag, jahrhundertelang die Mumie dauern,
mag das trügende Bild lebender Fülle bestehn,
bis die Natur erwacht, und mit schweren ehernen Händen
an das hohle Gebäu rühret die Not und die Zeit,
einer Tigerin gleich, die das eiserne Gitter durchbrochen
und des numidischen Walds plötzlich und schrecklich gedenkt,
aufsteht mit des Verbrechens Wut und des Elends die Menschheit
und in der Asche der Stadt sucht die verlorne Natur.
O, so öffnet euch, Mauren, und gebt den Gefangenen ledig,
zu der verlassenen Flur kehrt er gerettet zurück!
Aber wo bin ich? Es birgt sich der Pfad. Abschüssige Gründe
hemmen mit gähnender Kluft hinter mir, vor mir den Schritt.
Hinter mir blieb der Gärten, der Hecken vertraute Begleitung,
hinter mir jegliche Spur menschlicher Hände zurück.
Nur die Stoffe seh ich getürmt, aus welchen das Leben
keimet, der rohe Basalt hofft auf die bildende Hand.
Brausend stürzt der Gießbach herab durch die Rinne der Felsen,
unter den Wurzeln des Baums bricht er entrüstet sich Bahn.
Wild ist es hier und schauerlich öd. Im einsamen Luftraum
hängt nur der Adler und knüpft an das Gewölke die Welt.
Hoch herauf bis zu mir trägt keines Windes Gefieder
den verlorenen Schall menschlicher Mühen und Lust.

Bin ich wirklich allein? In deinen Armen, an deinem
Herzen wieder, Natur, ach! und es war nur ein Traum,
der mich schaudernd ergriff mit des Lebens furchtbarem Bilde,
mit dem stürzenden Tal stürzte der finstre hinab.
Reiner nehm ich mein Leben von deinem reinen Altare,
nehme den fröhlichen Mut hoffender Jugend zurück!
Ewig wechselt der Wille den Zweck und die Regel, in ewig
wiederholter Gestalt wälzen die Taten sich um.
Aber jugendlich immer, in immer veränderter Schöne
ehrst du, fromme Natur, züchtig das alte Gesetz,
immer dieselbe, bewahrst du in treuen Händen dem Manne,
was dir das gaukelnde Kind, was dir der Jüngling vertraut,
nährest an gleicher Brust die vielfach wechselnden Alter;
unter demselben Blau, über dem nämlichen Grün
wandeln die nahen und wandeln vereint die fernen Geschlechter,
und die Sonne Homers, siehe! sie lächelt auch uns.

Friedrich Schiller

MAHOMETS GESANG

Seht den Felsenquell,
Freudehell,
Wie ein Sternenblick;
Über Wolken
Nährten seine Jugend
Gute Geister
Zwischen Klippen im Gebüsch.

Jünglingfrisch
Tanzt er aus der Wolke
Auf die Marmorfelsen nieder,
Jauchzet wieder
Nach dem Himmel.

Durch die Gipfelgänge
Jagt er bunten Kieseln nach,
Und mit frühem Führertritt
Reißt er seine Bruderquellen
Mit sich fort.

Drunten werden in dem Tal
Unter seinem Fußtritt Blumen,
Und die Wiese
Lebt von seinem Hauch.

Doch ihn hält kein Schattental,
Keine Blumen,
Die ihm seine Knie' umschlingen,
Ihm mit Liebes-Augen schmeicheln:
Nach der Ebne dringt sein Lauf
Schlangenwandelnd.

Bäche schmiegen
Sich gesellig an. Nun tritt er
In die Ebne silberprangend,
Und die Ebne prangt mit ihm,
Und die Flüsse von der Ebne,
Und die Bäche von den Bergen,
Jauchzen ihm und rufen: Bruder!
Bruder, nimm die Brüder mit,
Mit zu deinem alten Vater,
Zu dem ew'gen Ozean,
Der mit ausgespannten Armen
Unser wartet,
Die sich ach! vergebens öffnen,
Seine Sehnenden zu fassen;
Denn uns frißt in öder Wüste
Gier'ger Sand; die Sonne droben
Saugt an unserm Blut; ein Hügel
Hemmet uns zum Teiche! Bruder,
Nimm die Brüder von der Ebne,
Nimm die Brüder von den Bergen
Mit, zu deinem Vater mit!

Kommt ihr alle! –
Und nun schwillt er
Herrlicher; ein ganz Geschlechte
Trägt den Fürsten hoch empor!
Und im rollenden Triumphe
Gibt er Ländern Namen, Städte
Werden unter seinem Fuß.

Unaufhaltsam rauscht er weiter,
Läßt der Türme Flammengipfel,
Marmorhäuser, eine Schöpfung
Seiner Fülle, hinter sich.

Zedernhäuser trägt der Atlas
Auf den Riesenschultern: sausend
Wehen über seinem Haupte
Tausend Flaggen durch die Lüfte,
Zeugen seiner Herrlichkeit.

Und so trägt er seine Brüder,
Seine Schätze, seine Kinder,
Dem erwartenden Erzeuger
Freudebrausend an das Herz.

Johann Wolfgang Goethe

JUNI

Schön wie niemals sah ich jüngst die Erde.
Einer Insel gleich trieb sie im Winde.
Prangend trug sie durch den reinen Himmel
ihrer Jugend wunderbaren Glanz.

Funkelnd lagen ihre blauen Seen,
ihre Ströme zwischen Wiesenufern.
Rauschen ging durch ihre lichten Wälder,
große Vögel folgten ihrem Flug.

Voll von jungen Tieren war die Erde.
Fohlen jagten auf den grellen Weiden,
Vögel reckten schreiend sich im Neste,
gurrend rührte sich im Schilf die Brut.

Bei den roten Häusern im Holunder
trieben Kinder lärmend ihre Kreisel;
singend flochten sie auf gelben Wiesen
Ketten sich aus Halm und Löwenzahn.

Unaufhörlich neigten sich die grünen
jungen Felder in des Windes Atem,
drehten sich der Mühlen schwere Flügel,
neigten sich die Segel auf dem Haff.

Unaufhörlich trieb die junge Erde
durch das siebenfache Licht des Himmels;
flüchtig nur wie einer Wolke Schatten
lag auf ihrem Angesicht die Nacht.

Marie Luise Kaschnitz

KEIN SCHÖNER LAND IN DIESER ZEIT

Kein schöner Land in dieser Zeit,
als hier das unsre weit und breit,
wo wir uns finden
wohl unter Linden zur Abendzeit,
wo wir uns finden
wohl unter Linden zur Abendzeit.

Da haben wir so manche Stund
gesessen da in froher Rund
und taten singen,
die Lieder klingen
im Talesgrund.

Dass wir uns hier in diesem Tal
noch treffen so viel hundertmal,
Gott mag es schenken,
Gott mag es lenken,
er hat die Gnad.

Jetzt, Brüder, eine gute Nacht!
Der Herr im hohen Himmel wacht!
in seiner Güte
uns zu behüten,
ist er bedacht.

Anonym

DER RHEIN

An Isaak von Sinklair

Im dunkeln Epheu saß ich, an der Pforte
Des Waldes, eben, da der goldene Mittag
Den Quell besuchend, herunterkam
Von Treppen des Alpengebirgs,
Das mir die göttlichgebaute,
Dic Burg der Himmlischen heißt
Nach alter Meinung, wo aber
Geheim noch manches entschieden
Zu Menschen gelanget; von da
Vernahm ich ohne Vermuten
Ein Schicksal, denn noch kaum
War mir im warmen Schatten
Sich manches beredend, die Seele
Italia zu geschweift
Und fernhin an die Küsten Moreas.

Jetzt aber drinn im Gebirg,
Tief unter den silbernen Gipfeln
Und unter fröhlichem Grün,
Wo die Wälder schauernd zu ihm
Und der Felsen Häupter übereinander
Hinabschaun, taglang, dort
Im kältesten Abgrund hört'
Ich um Erlösung jammern
Den Jüngling, es hörten ihn, wie er tobt',
Und die Mutter Erd' anklagt',
Und den Donnerer, der ihn gezeuget,
Erbarmend die Eltern, doch
Die Sterblichen flohn von dem Ort,
Denn furchtbar war, da lichtlos er
In den Fesseln sich wälzte,
Das Rasen des Halbgotts.

Die Stimme wars des edelsten der Ströme,
Des freigeborenen Rheins,
Und anderes hoffte der, als droben von den Brüdern,
Dem Tessin und dem Rhodanus
Er schied und wandern wollt', und ungeduldig ihn
Nach Asia trieb die königliche Seele.
Doch unverständig ist
Das Wünschen vor dem Schicksal.
Die Blindesten aber
Sind Göttersöhne. Denn es kennet der Mensch
Sein Haus und dem Tier ward, wo
Es bauen solle, doch jenen ist
Der Fehl, daß sie nicht wissen, wohin
In die unerfahrne Seele gegeben.

Ein Rätsel ist Reinentsprungenes. Auch
Der Gesang kaum darf es enthüllen. Denn
Wie du anfingst, wirst du bleiben,

So viel auch wirket die Not,
Und die Zucht, das meiste nemlich
Vermag die Geburt,
Und der Lichtstrahl, der
Dem Neugebornen begegnet.
Wo aber ist einer,
Um frei zu bleiben
Sein Leben lang, und des Herzens Wunsch
Allein zu erfüllen, so
Aus günstigen Höhn, wie der Rhein,
Und so aus heiligem Schoße
Glücklich geboren, wie jener?

Drum ist ein Jauchzen sein Wort.
Nicht liebt er, wie andere Kinder,
In Wickelbanden zu weinen;
Denn wo die Ufer zuerst
An die Seit ihm schleichen, die krummen,
Und durstig umwindend ihn,
Den Unbedachten, zu ziehn
Und wohl zu behüten begehren
Im eigenen Zahne, lachend
Zerreißt er die Schlangen und stürzt
Mit der Beut und wenn in der Eil'
Ein Größerer ihn nicht zähmt,
Ihn wachsen läßt, wie der Blitz, muß er
Die Erde spalten, und wie Bezauberte fliehn
Die Wälder ihm nach und zusammensinkend die Berge.

Ein Gott will aber sparen den Söhnen
Das eilende Leben und lächelt,
Wenn unenthaltsam, aber gehemmt
Von heiligen Alpen, ihm
In der Tiefe, wie jener, zürnen die Ströme.
In solcher Esse wird dann

Auch alles Lautre geschmiedet,
Und schön ists, wie er drauf,
Nachdem er die Berge verlassen,
Stillwandelnd sich im deutschen Lande
Begnüget und das Sehnen stillt
Im guten Geschäfte, wenn er das Land baut
Der Vater Rhein, und liebe Kinder nährt
In Städten, die er gegründet.

Doch nimmer, nimmer vergißt ers.
Denn eher muß die Wohnung vergehn,
Und die Satzung und zum Unbild werden
Der Tag der Menschen, ehe vergessen
Ein solcher dürfte den Ursprung
Und die reine Stimme der Jugend.
Wer war es, der zuerst
Die Liebesbande verderbt
Und Stricke von ihnen gemacht hat?
Dann haben des eigenen Rechts
Und gewiß des himmlischen Feuers
Gespottet die Trotzigen, dann erst
Die sterblichen Pfade verachtend
Verwegnes erwählt
Und den Göttern gleich zu werden getrachtet.

Es haben aber an eigner
Unsterblichkeit die Götter genug, und bedürfen
Die Himmlischen eines Dings,
So sinds Heroen und Menschen
Und Sterbliche sonst. Denn weil
Die Seeligsten nichts fühlen von selbst,
Muß wohl, wenn solches zu sagen
Erlaubt ist, in der Götter Namen
Teilnehmend fühlen ein Andrer,
Den brauchen sie; jedoch ihr Gericht

Ist, daß sein eigenes Haus
Zerbreche der und das Liebste
Wie den Feind schelt' und sich Vater und Kind
Begrabe unter den Trümmern,
Wenn einer, wie sie, sein will und nicht
Ungleiches dulden, der Schwärmer.

Drum wohl ihm, welcher fand
Ein wohlbeschiedenes Schicksal,
Wo noch, der Wanderungen
Und süß der Leiden Erinnerung
Aufrauscht am sichern Gestade,
Daß da und dorthin gern
Er sehn mag bis an die Grenzen
Die bei der Geburt ihm Gott
Zum Aufenthalte gezeichnet.
Dann ruht er, seligbescheiden,
Denn alles, was er gewollt,
Das Himmlische, von selber umfängt
Es unbezwungen, lächelnd
Jetzt, da er ruhet, den Kühnen.

Halbgötter denk' ich jetzt
Und kennen muß ich die Teuern,
Weil oft ihr Leben so
Die sehnende Brust mir beweget.
Wem aber, wie, Rousseau, dir,
Unüberwindlich die Seele
Die starkausdauernde ward
Und sicherer Sinn
Und süße Gaabe zu hören,
Zu reden so, daß er aus heiliger Fülle
Wie der Weingott, thörig göttlich
Und gesetzlos sie die Sprache der Reinesten giebt
Verständlich den Guten, aber mit Recht

Die Achtungslosen mit Blindheit schlägt
Die entweihenden Knechte, wie nenn ich den Fremden?

Die Söhne der Erde sind, wie die Mutter,
Alliebend, so empfangen sie auch
Mühlos, die Glücklichen, Alles.
Drum überraschet es auch
Und schreckt den sterblichen Mann,
Wenn er den Himmel, den
Er mit den liebenden Armen
Sich auf die Schultern gehäuft
Und die Last der Freude bedenket;
Dann scheint ihm oft das Beste
Fast ganz vergessen da,
Wo der Strahl nicht brennt,
Im Schatten des Walds
Am Bielersee in frischer Grüne zu sein,
Und sorglosarm an Tönen,
Anfängern gleich, bei Nachtigallen zu lernen.

Und herrlich ists, aus heiligem Schlafe dann
Erstehen und aus Waldes Kühle
Erwachend, Abends nun
Dem milderen Licht entgegenzugehn,
Wenn, der die Berge gebaut
Und den Pfad der Ströme gezeichnet,
Nachdem er lächelnd auch
Der Menschen geschäftiges Leben
Das othemarme, wie Segel
Mit seinen Lüften gelenkt hat,
Auch ruht und zu der Schülerin jetzt
Versöhnend zu der Braut
Der Bildner sich
Der Tagsgott zu unserer Erde sich neiget.

Dann feiern das Brautfest Menschen und Götter
Es feiern die Lebenden all,
Und ausgeglichen
Ist eine Weile das Schicksal.
Und die Flüchtlinge suchen die Herberg,
Und süßen Schlummer die Tapfern,
Die Liebenden aber
Sind, was sie waren, sie sind
Zu Hause, wo die Blume sich freuet
Unschädlicher Glut und die finsteren Bäume
Der Geist umsäuselt, aber die Unversöhnten
Sind umgewandelt und eilen
Die Hände sich ehe zu reichen,
Bevor das freundliche Licht
Hinuntergeht und die Nacht kommt.

Doch einigen eilt
Dies schnell vorüber, andere
Behalten es länger.
Die ewigen Götter sind
Voll Lebens allzeit; bis in den Tod
Kann aber ein Mensch auch
Im Gedächtnis doch das Beste behalten,
Und dann erlebt er das Höchste.
Nur hat ein jeder sein Maß.
Denn schwer ist zu tragen
Das Unglück, aber schwerer das Glück.
Ein Weiser aber vermocht es
Vom Mittag bis in die Mitternacht,
Und bis der Morgen erglänzte
Beim Gastmahl helle zu bleiben.

Dir mag auf heißem Pfade unter Tannen oder
Im Dunkel des Eichwalds gehüllt
In Stahl, mein Sinklair! Gott erscheinen oder

In Wolken, du kennst ihn, da du kennest
Des Guten Kraft, und nimmer ist dir
Verborgen das Lächeln des Herrschers
Bei Tage, wenn
Es fieberhaft und angekettet das
Lebendige scheinet oder auch
Bei Nacht, wenn alles gemischt
Ist ordnungslos und wiederkehrt
Uralte Verwirrung.

Friedrich Hölderlin

FAHRT ÜBER DIE KÖLNER RHEINBRÜCKE BEI NACHT

Der Schnellzug tastet sich und stößt die Dunkelheit entlang.
Kein Stern will vor. Die ganze Welt ist nur ein enger, nachtumschienter
Minengang,
Darein zuweilen Förderstellen blauen Lichtes jähe Horizonte reißen:
Feuerkreis
Von Kugellampen, Dächern, Schloten, dampfend, strömend .. nur
sekundenweis ..
Und wieder alles schwarz. Als führen wir ins Eingeweid der Nacht
zur Schicht.
Nun taumeln Lichter her .. verirrt, trostlos vereinsamt .. mehr .. und
sammeln sich .. und werden dicht.
Gerippe grauer Häuserfronten liegen bloß, im Zwielicht bleichend, tot –
etwas muss kommen .. o, ich fühl es schwer
Im Hirn. Eine Beklemmung singt im Blut. Dann dröhnt der Boden
plötzlich wie ein Meer:
Wir fliegen, aufgehoben, königlich durch nachtentrissne Luft, hoch übern
Strom. O Biegung der Millionen Lichter, stumme Wacht,
Vor deren blitzender Parade schwer die Wasser abwärts rollen. Endloses
Spalier, zum Gruß gestellt bei Nacht!

Wie Fackeln stürmend! Freudiges! Salut von Schiffen über blauer See!
Bestirntes Fest!
Wimmelnd, mit hellen Augen hingedrängt! Bis wo die Stadt mit letzten
Häusern ihren Gast entlässt.
Und dann die langen Einsamkeiten. Nackte Ufer. Stille. Nacht. Besinnung.
Einkehr. Kommunion. Und Glut und Drang
Zum Letzten, Segnenden. Zum Zeugungsfest. Zur Wollust. Zum Gebet.
Zum Meer. Zum Untergang.

Ernst Stadler

FAHRT AUF DEM RHEIN

Wer will mit uns treiben
auf singenden Wellen,
wer will sich verschreiben
dem strudelnden, hellen
Herzen des Rheins?

Wir kommen, zu loben
die Ufer, die bunten,
die Heiligen droben,
die Irdischen drunten,
all Kinder des Rheins.

Von Burg und Kapelle
soll Antwort uns schallen:
Das Kreuz in der Zelle,
der Wein in den Hallen
zum Gruße geeint.

Wer will mit uns treiben
auf singenden Wellen,
wer will sich verschreiben
dem strudelnden, hellen
Herzen des Rheins?

Stefan Andres

DIE ALSTER

Befördrer vieler Lustbarkeiten
Du angenehmer Alsterfluß!
Du mehrest Hamburgs Seltenheiten
Und ihren fröhlichen Genuß.

Dir schallen zur Ehre,
Du spielende Flut,
Die singenden Chöre,
Der jauchzende Mut.

Der Elbe Schiffahrt macht uns reicher;
Die Alster lehrt gesellig sein!
Durch jene füllen sich die Speicher;
Auf dieser schmeckt der fremde Wein.
In treibenden Nachen
Schifft Eintracht und Lust,
Und Freiheit und Lachen
Erleichtern die Brust.

Das Ufer ziert ein Gang von Linden
In dem wir holde Schönen sehn,
Die dort, wann Tag und Hitze schwinden,
Entzückend auf und nieder gehn.
Kaum haben vorzeiten
Die Nymphen der Jagd
Dianen zur Seiten
So reizend gelacht.

O siehst du jemals ohn Ergetzen,
Hammonia, des Walles Pracht,
Wann ihn die blauen Wellen netzen
Und jeder Frühling schöner macht?
Wann jenes Gestade,
Das Flora geschmückt,
So manche Najade
Gefällig erblickt?

Ertönt, ihr scherzenden Gesänge,
Aus unserm Lustschiff um den Strand!
Den steifen Ernst, das Wortgepränge

Verweist die Alster auf das Land.
Du leeres Gewäsche,
Dem Menschenwitz fehlt!
O fahr in die Frösche,
Nur uns nicht gequält!

Hier lärmt in Nächten voll Vergnügen
Der Pauken Schlag, des Waldhorns Schall;
Hier wirkt bei Wein und süßen Zügen
Die rege Freiheit überall.
Nichts lebet gebunden,
Was Freundschaft hier paart.
O glückliche Stunden!
O liebliche Fahrt!

Friedrich von Hagedorn

AN DER SAALE hellem Strande
Stehen Burgen stolz und kühn.
Ihre Dächer sind gefallen,
Und der Wind streicht durch die Hallen,
Wolken ziehen drüber hin.

Zwar die Ritter sind verschwunden,
Nimmer klingen Speer und Schild;
Doch dem Wandersmann erscheinen
In den altbemoosten Steinen
Oft Gestalten zart und mild.

Droben winken holde Augen,
Freundlich lacht manch rother Mund.
Wandrer schaut wohl in die Ferne,
Schaut in holder Augen Sterne,
Herz ist heiter und gesund.

Und der Wandrer zieht von dannen,
Denn die Trennungsstunde ruft;
Und er singet Abschiedslieder,
Lebewohl tönt ihm hernieder,
Tücher wehen in der Luft.

Franz Kugler

ODER, MEIN FLUSS

1

Oder, mein Fluß,
der keine Quelle hat:
In Tropfen sickert es
aus Gebirgen von Zeit,
Wasser, das nach Kindheit schmeckt.

Oder, mein Fluß,
eine Breite, um Holüber zu rufen,
ein November für Regen.

Schleier, über die Rübenäcker gezogen,
nicht unterscheidbar Wiesenufer und Bergufer,
Stimmen auf Buhnen und Treidelweg,
bei den strähnigen Weiden und dem Schilfrohr,
Glocken aus Frankfurt und die Sagen der Reitweiner Berge,
die Fähre in Lebus und das Haus
rechts der Oder, wo ich geboren bin,
die Schmiede in Podelzig und die Erzählungen
der Großmutter, die den Mörder Sternickel sah,
die Ferne fährt in Kähnen vorbei,
gleichgültig und mit Flaggen am Bug.

Unruhe bei Windstille und Wind,
eine Besonderheit im Klang der Uhren,
das Mehl des Holzwurmes als Hieroglyphe,
die Brennereien in den Gutshöfen,
Unzufriedenheit, die sich in Schnaps ertränkt.
Er kommt, geht bald wieder fort.
In Küstrin sah Friedrich, wie Katte enthauptet ward.
In Freienwalde besuchte Fontane seinen Vater.
Zerstört ist das Haus,
wo Kleist seine Kindheit verbrachte.

Unruhe in Ackerfurchen und Holundergebüsch,
Unverständliches in den Herzen.
Das Vollkommene gedeiht nicht,
hier bändigt keiner zu edlem Maß das Ungebärdige,
und das Dunkle ist wie vor der Schöpfung
ungeschieden vom Hellen.

2

Über meinem Fluß
stehen Mond und Sternbilder wie anderswo.
Ein ähnlicher Wind wie landein, landaus
weht Staub auf die Weiden
Das Wasser hat seine Fische,
die Luft ihre Vögel.
Nicht hier wurde die Welt benannt.

Aber hier wurden die Stunden in Wasser verwandelt,
meine Jahre wachsen als Gras,
aus Augenblicken baute man Häuser.
Hier wohnen nun die Abschiede und die Wiederkehr,
hier wurde die Zeit seßhaft,
wie ein Kätner, der zu arm ist,
um wegzuziehen. Er bleibt.

Doch ein schwimmendes Holz,
ein schwebendes Teilchen Sand,
Schuppe des Fisches und ein Menschenhaar,
rascher schwemmt alles mein Fluß hinweg,
den drei Mündungen zu, der See und dem Salz.

Günter Eich

DER ZÜRCHERSEE

Schön ist, Mutter Natur, deiner Erfindung Pracht
Auf die Fluren verstreut, schöner ein froh Gesicht,
Das den großen Gedanken
Deiner Schöpfung noch Einmal denkt.

Von des schimmernden Sees Traubengestaden her,
Oder, flohest du schon wieder zum Himmel auf,
Komm in rötendem Strahle
Auf dem Flügel der Abendluft,

Komm, und lehre mein Lied jugendlich heiter sein,
Süße Freude, wie du! gleich dem beseelteren
Schnellen Jauchzen des Jünglings,
Sanft, der fühlenden Fanny gleich.

Schon lag hinter uns weit Uto, an dessen Fuß
Zürch in ruhigem Tal freie Bewohner nährt;
Schon war manches Gebirge
Voll von Reben vorbeigeflohn.

Jetzt entwölkte sich fern silberner Alpen Höh,
Und der Jünglinge Herz schlug schon empfindender,
Schon verriet es beredter
Sich der schönen Begleiterin.

«Hallers Doris», die sang, selber des Liedes wert,
Hirzels Daphne, den Kleist innig wie Gleimen liebt;
Und wir Jünglinge sangen,
Und empfanden, wie Hagedorn.

Jetzo nahm uns die Au in die beschattenden
Kühlen Arme des Walds, welcher die Insel krönt;
Da, da kamest du, Freude!
Volles Maßes auf uns herab!

Göttin Freude, du selbst! dich, wir empfanden dich!
Ja, du warest es selbst, Schwester der Menschlichkeit,
Deiner Unschuld Gespielin,
Die sich über uns ganz ergoss!

Süß ist, fröhlicher Lenz, deiner Begeistrung Hauch,
Wenn die Flur dich gebiert, wenn sich dein Odem sanft
In der Jünglinge Herzen,
Und die Herzen der Mädchen gießt.

Ach du machst das Gefühl siegend, es steigt durch dich
Jede blühende Brust schöner, und bebender,
Lauter redet der Liebe
Nun entzauberter Mund durch dich!

Lieblich winket der Wein, wenn er Empfindungen,
Bessre sanftere Lust, wenn er Gedanken winkt,
Im sokratischen Becher
Von der tauenden Ros umkränzt;

Wenn er dringt bis ins Herz, und zu Entschließungen,
Die der Säufer verkennt, jeden Gedanken weckt,
Wenn er lehret verachten,
Was nicht würdig des Weisen ist.

Reizvoll klinget des Ruhms lockender Silberton
In das schlagende Herz, und die Unsterblichkeit
Ist ein großer Gedanke,
Ist des Schweißes der Edlen wert!

Durch der Lieder Gewalt, bei der Urenkelin
Sohn und Tochter noch sein; mit der Entzückung Ton
Oft beim Namen genennet,
Oft gerufen vom Grabe her,

Dann ihr sanfteres Herz bilden, und, Liebe, dich,
Fromme Tugend, dich auch gießen ins sanfte Herz,
Ist, beim Himmel! nicht wenig!
Ist des Schweißes der Edlen wert!

Aber süßer ist noch, schöner und reizender,
In dem Arme des Freunds wissen ein Freund zu sein!
So das Leben genießen,
Nicht unwürdig der Ewigkeit!

Treuer Zärtlichkeit voll, in den Umschattungen,
In den Lüften des Walds, und mit gesenktem Blick
Auf die silberne Welle,
Tat ich schweigend den frommen Wunsch:

Wäret ihr auch bei uns, die ihr mich ferne liebt,
In des Vaterlands Schoß einsam von mir verstreut,
Die in seligen Stunden
Meine suchende Seele fand;

O so bauten wir hier Hütten der Freundschaft uns!
Ewig wohnten wir hier, ewig! Der Schattenwald
Wandelt' uns sich in Tempe,
Jenes Tal in Elysium!

Friedrich Gottlieb Klopstock

ZÜRICH, ZUM STORCHEN

Für Nelly Sachs

Vom Zuviel war die Rede, vom
Zuwenig. Von Du
und Aber-Du, von
der Trübung durch Helles, von

Jüdischem, von
deinem Gott.

Da-
von.
Am Tag einer Himmelfahrt, das
Münster stand drüben, es kam
mit einigem Gold übers Wasser.

Von deinem Gott war die Rede, ich sprach
gegen ihn, ich
ließ das Herz, das ich hatte,
hoffen:
auf
sein höchstes, umröcheltes, sein
haderndes Wort –

Dein Aug sah mir zu, sah hinweg,
dein Mund
sprach sich dem Aug zu, ich hörte:

Wir
wissen ja nicht, weißt du,
wir
wissen ja nicht,
was
gilt.

Paul Celan

GESANG DER GEISTER ÜBER DEN WASSERN

Des Menschen Seele
Gleicht dem Wasser:
Vom Himmel kommt es,
Zum Himmel steigt es,
Und wieder nieder
Zur Erde muß es,
Ewig wechselnd.

Strömt von der hohen,
Steilen Felswand
Der reine Strahl,
Dann stäubt er lieblich
In Wolkenwellen
Zum glatten Fels,
Und leicht empfangen,
Wallt er verschleiernd,
Leisrauschend,
Zur Tiefe nieder.

Ragen Klippen
Dem Sturz' entgegen,
Schäumt er unmutig
Stufenweise
Zum Abgrund.

Im flachen Bette
Schleicht er das Wiesental hin,
Und in dem glatten See
Weiden ihr Antlitz
Alle Gestirne.

Wind ist der Welle
Lieblicher Buhler;
Wind mischt vom Grund aus
Schäumende Wogen.

Seele des Menschen,
Wie gleichst du dem Wasser!
Schicksal des Menschen,
Wie gleichst du dem Wind!

Johann Wolfgang Goethe

UM MITTERNACHT

Gelassen stieg die Nacht ans Land,
Lehnt träumend an der Berge Wand,
Ihr Auge sieht die goldne Waage nun
Der Zeit in gleichen Schalen stille ruhn;
Und kecker rauschen die Quellen hervor,
Sie singen der Mutter, der Nacht, ins Ohr
Vom Tage,
Vom heute gewesenen Tage.

Das uralt alte Schlummerlied,
Sie achtets nicht, sie ist es müd;
Ihr klingt des Himmels Bläue süßer noch,
Der flüchtgen Stunden gleichgeschwungnes Joch.

Doch immer behalten die Quellen das Wort,
Es singen die Wasser im Schlafe noch fort
Vom Tage,
Vom heute gewesenen Tage.

Eduard Mörike

LEUCHTFEUER

I
Dieses Feuer beweist nichts,
es leuchtet, bedeutet:
dort ist ein Feuer.
Kennung: alle dreißig Sekunden
drei Blitze weiß. Funkfeuer:
automatisch, Kennung SR.
Nebelhorn, elektronisch gesteuert:
alle neunzig Sekunden ein Stoß.

II
Fünfzig Meter hoch über dem Meer
das Insektenauge,
so groß wie ein Mensch:
Fresnel-Linsen und Prismen,
vier Millionen Hefnerkerzen,
zwanzig Seemeilen Sicht,
auch bei Dunst.

III
Dieser Turm aus Eisen ist rot,
und weiß, und rot.
Diese Schäre ist leer.
Nur für Feuermeister und Lotsen
drei Häuser, drei Schuppen aus
Holz,
weiß, und rot, und weiß. Post
einmal im Monat, im Luv
ein geborstner Wacholder,
verkrüppelte Stachelbeerstauden.

IV
Weiter bedeutet es nichts.
Weiter verheißt es nichts.
Keine Lösungen, keine Erlösung.
Das Feuer dort leuchtet,
ist nichts als ein Feuer,
bedeutet: dort ist ein Feuer,
dort ist der Ort wo das Feuer ist,
dort wo das Feuer ist ist der Ort.

Hans Magnus Enzensberger

BÖHMEN LIEGT AM MEER

Sind hierorts Häuser grün, tret ich noch in ein Haus.
Sind hier die Brücken heil, geh ich auf gutem Grund.
Ist Liebesmüh in alle Zeit verloren, verlier ich sie hier gern.

Bin ich's nicht, ist es einer, der ist so gut wie ich.

Grenzt hier ein Wort an mich, so laß ich's grenzen.
Liegt Böhmen noch am Meer, glaub ich den Meeren wieder.
Und glaub ich noch ans Meer, so hoffe ich auf Land.

Bin ich's, so ist's ein jeder, der ist soviel wie ich.
Ich will nichts mehr für mich. Ich will zugrunde gehn.

Zugrund – das heißt zum Meer, dort find ich Böhmen wieder.
Zugrund gerichtet, wach ich ruhig auf.
Von Grund auf weiß ich jetzt, und ich bin unverloren.

Kommt her, ihr Böhmen alle, Seefahrer, Hafenhuren und Schiffe
unverankert. Wollt ihr nicht böhmisch sein, Illyrer, Veroneser,
und Venezianer alle. Spielt die Komödien, die lachen machen

Und die zum Weinen sind. Und irrt euch hundertmal,
wie ich mich irrte und Proben nie bestand,
doch hab ich sie bestanden, ein um das andre Mal.

Wie Böhmen sie bestand und eines schönen Tags
ans Meer begnadigt wurde und jetzt am Wasser liegt.

Ich grenz noch an ein Wort und an ein andres Land,
ich grenz, wie wenig auch, an alles immer mehr,

ein Böhme, ein Vagant, der nichts hat, den nichts hält,
begabt nur noch, vom Meer, das strittig ist, Land meiner Wahl zu sehen.

Ingeborg Bachmann

FINNISCHER TANGO

Was gestern abend war ist und ist nicht
Das kleine Boot das sich entfernt
und das kleine Boot das sich nähert
Das Haar das ganz nah war ist fremdes Haar
Das ist leicht gesagt   Das ist immer so
Der graue See ist doch der graue See
Das frische Brot von gestern abend ist hart
Niemand tanzt Niemand flüstert Niemand weint
Der Rauch ist verschwunden und nicht verschwunden
Der graue See ist jetzt blau   Jemand ruft
Jemand lacht   Jemand ist fort
Es ist ganz hell   Es war halb dunkel
Das kleine Boot kehrt nicht immer zurück
Es ist dasselbe und nicht dasselbe
Niemand ist da   Der Felsen ist Felsen
Der Felsen hört auf Felsen zu sein
Der Felsen wird wieder zum Felsen
Das ist immer so   Es verschwindet
nichts und nichts bleibt   Was da war
ist und ist nicht und ist   Das
versteht niemand   Was gestern abend war
Das ist leicht gesagt   Wie hell
der Sommer hier ist und wie kurz

Hans Magnus Enzensberger

ABSCHIED VON KORSIKA

Ölbaumsilber, Myrte, Lorbeer, Pinie,
Bald im Schnee der Heimat denk ich euer –
Sanfte Buchten, blaue Meereslinie,
Auf dem Abend dunkelnd Burggemäuer!
Aus der Schlucht erstrahlend Hirtenfeuer!

Lebet, Korsen, wohl, mir lieb geworden!
Vor den Kirchen lüpft ihr leicht die Hüte!
Gerne knallt ihr und ein bißchen Morden
Steckt seit alter Zeit euch im Geblüte –
Daß die heilge Jungfrau euch behüte!

Klimmend am Gestein des Insellandes,
Lebet wohl, ihr hitzgen kleinen Pferde!
Wallend um die Krümmungen des Strandes,
Lebet, Schafe, wohl! Gedrängte Herde
Mit den weichsten Vließen auf der Erde!

Lebet wohl, ihr grellen Hirtenflöten,
Um die Gunst der jungen Korsin werbend!
Lebet wohl, ihr warmen Abendröten,
In den weiten Himmeln selig sterbend,
Erst die Wolken, dann die Fluten färbend!

Märchen, aus dem Tageslicht verschollen,
An Ajaccios nächtger Hafenstiege
Lebe wohl im dumpfen Wogenrollen!
Ehernes Gedröhn der hundert Siege
Um des toten Welterobrers Wiege!

Schwer entsagt das Aug der offnen Ferne,
Schwer das Ohr dem Meereswellenschlage –
Unter kältre Sonnen, blaßre Sterne
Folget mir, ihr Inselwandertage,
Und umklingt mich dort wie eine Sage ...

Conrad Ferdinand Meyer

DER TAUCHER

«Wer wagt es, Rittersmann oder Knapp,
Zu tauchen in diesen Schlund?
Einen goldnen Becher werf ich hinab,
Verschlungen schon hat ihn der schwarze Mund.
Wer mir den Becher kann wieder zeigen,
Er mag ihn behalten, er ist sein eigen.»

Der König spricht es und wirft von der Höh
Der Klippe, die schroff und steil
Hinaushängt in die unendliche See,
Den Becher in der Charybde Geheul.
«Wer ist der Beherzte, ich frage wieder,
Zu tauchen in diese Tiefe nieder?»

Und die Ritter, die Knappen um ihn her
Vernehmens und schweigen still,
Sehen hinab in das wilde Meer,
Und keiner den Becher gewinnen will.
Und der König zum drittenmal wieder fraget:
«Ist keiner, der sich hinunterwaget?»

Doch alles noch stumm bleibt wie zuvor,
Und ein Edelknecht, sanft und keck,
Tritt aus der Knappen zagendem Chor,
Und den Gürtel wirft er, den Mantel weg,
Und alle die Männer umher und Frauen
Auf den herrlichen Jüngling verwundert schauen.

Und wie er tritt an des Felsen Hang
Und blickt in den Schlund hinab,
Die Wasser, die sie hinunterschlang,
Die Charybde jetzt brüllend wiedergab,
Und wie mit des fernen Donners Getose
Entstürzen sie schäumend dem finstern Schoße.

Und es wallet und siedet und brauset und zischt,
Wie wenn Wasser mit Feuer sich mengt,
Bis zum Himmel spritzet der dampfende Gischt,
Und Flut auf Flut sich ohn Ende drängt,
Und will sich nimmer erschöpfen und leeren,
Als wollte das Meer noch ein Meer gebären.

Doch endlich, da legt sich die wilde Gewalt,
Und schwarz aus dem weißen Schaum
Klafft hinunter ein gähnender Spalt,
Grundlos, als gings in den Höllenraum,
Und reißend sieht man die brandenden Wogen
Hinab in den strudelnden Trichter gezogen.

Jetzt schnell, eh die Brandung wiederkehrt,
Der Jüngling sich Gott befiehlt,
Und – ein Schrei des Entsetzens wird rings gehört,
Und schon hat ihn der Wirbel hinweggespült,
Und geheimnisvoll über dem kühnen Schwimmer
Schließt sich der Rachen, er zeigt sich nimmer.

Und stille wirds über dem Wasserschlund,
In der Tiefe nur brauset es hohl,
Und bebend hört man von Mund zu Mund:
«Hochherziger Jüngling, fahre wohl!»
Und hohler und hohler hört mans heulen,
Und es harrt noch mit bangem, mit schrecklichem Weilen.

Und wärfst du die Krone selber hinein
Und sprächst: Wer mir bringet die Kron,
Er soll sie tragen und König sein,
Mich gelüstete nicht nach dem teuren Lohn.
Was die heulende Tiefe da unten verhehle,
Das erzählt keine lebende glückliche Seele.

Wohl manches Fahrzeug, vom Strudel gefaßt,
Schoß gäh in die Tiefe hinab,
Doch zerschmettert nur rangen sich Kiel und Mast
Hervor aus dem alles verschlingenden Grab –
Und heller und heller wie Sturmes Sausen
Hört mans näher und immer näher brausen.

Und es wallet und siedet und brauset und zischt,
Wie wenn Wasser mit Feuer sich mengt,
Bis zum Himmel spritzet der dampfende Gischt,
Und Well auf Well sich ohn Ende drängt,
Und wie mit des fernen Donners Getose
Entstürzt es brüllend dem finstern Schoße.

Und sieh! aus dem finster flutenden Schoß
Da hebet sichs schwanenweiß,
Und ein Arm und ein glänzender Nacken wird bloß,
Und es rudert mit Kraft und mit emsigem Fleiß,
Und er ists, und hoch in seiner Linken
Schwingt er den Becher mit freudigem Winken.

Und atmete lang und atmete tief
Und begrüßte das himmlische Licht.
Mit Frohlocken es einer dem andern rief:
«Er lebt! Er ist da! Es behielt ihn nicht.
Aus dem Grab, aus der strudelnden Wasserhöhle
Hat der Brave gerettet die lebende Seele.»

Und er kommt, es umringt ihn die jubelnde Schar,
Zu des Königs Füßen er sinkt,
Den Becher reicht er ihm kniend dar,
Und der König der lieblichen Tochter winkt,
Die füllt ihn mit funkelndem Wein bis zum Rande,
Und der Jüngling sich also zum König wandte:

«Lang lebe der König! Es freue sich,
Wer da atmet im rosigten Licht!
Da unten aber ists fürchterlich,
Und der Mensch versuche die Götter nicht
Und begehre nimmer und nimmer zu schauen,
Was sie gnädig bedecken mit Nacht und Grauen.

Es riß mich hinunter blitzesschnell,
Da stürzt' mir aus felsigtem Schacht
Wildflutend entgegen ein reißender Quell,
Mich packte des Doppelstroms wütende Macht,
Und wie einen Kreisel mit schwindelndem Drehen
Trieb michs um, ich konnte nicht widerstehen.

Da zeigte mir Gott, zu dem ich rief
In der höchsten schrecklichen Not,
Aus der Tiefe ragend ein Felsenriff,
Das erfaßt' ich behend und entrann dem Tod,
Und da hing auch der Becher an spitzen Korallen,
Sonst wär er ins Bodenlose gefallen.

Denn unter mir lags noch, bergetief,
In purpurner Finsternis da,
Und obs hier dem Ohre gleich ewig schlief,
Das Auge mit Schaudern hinuntersah,
Wie's von Salamandern und Molchen und Drachen
Sich regt' in dem furchtbaren Höllenrachen.

Schwarz wimmelten da, in grausem Gemisch,
Zu scheußlichen Klumpen geballt,
Der stachligte Roche, der Klippenfisch,
Des Hammers greuliche Ungestalt,
Und dräuend wies mir die grimmigen Zähne
Der entsetzliche Hai, des Meeres Hyäne.

Und da hing ich und wars mir mit Grausen bewußt,
Von der menschlichen Hülfe so weit,
Unter Larven die einzige fühlende Brust,
Allein in der gräßlichen Einsamkeit,
Tief unter dem Schall der menschlichen Rede
Bei den Ungeheuern der traurigen Öde.

Und schaudernd dacht ichs, da krochs heran,
Regte hundert Gelenke zugleich,
Will schnappen nach mir; in des Schreckens Wahn
Laß ich los der Koralle umklammerten Zweig,
Gleich faßt mich der Strudel mit rasendem Toben,
Doch es war mir zum Heil, er riß mich nach oben.»

Der König darob sich verwundert schier
Und spricht: «Der Becher ist dein,
Und diesen Ring noch bestimm ich dir,
Geschmückt mit dem köstlichsten Edelgestein,
Versuchst dus noch einmal und bringst mir Kunde,
Was du sahst auf des Meeres tiefunterstem Grunde?»

Das hörte die Tochter mit weichem Gefühl,
Und mit schmeichelndem Munde sie fleht:
«Laßt, Vater, genug sein das grausame Spiel,
Er hat Euch bestanden, was keiner besteht,
Und könnt Ihr des Herzens Gelüsten nicht zähmen,
So mögen die Ritter den Knappen beschämen.»

Drauf der König greift nach dem Becher schnell,
In den Strudel ihn schleudert hinein:
«Und schaffst du den Becher mir wieder zur Stell,
So sollst du der trefflichste Ritter mir sein
Und sollst sie als Ehgemahl heut noch umarmen,
Die jetzt für dich bittet mit zartem Erbarmen.»

Da ergreifts ihm die Seele mit Himmelsgewalt,
Und es blitzt aus den Augen ihm kühn,
Und er siehet erröten die schöne Gestalt
Und sieht sie erbleichen und sinken hin,
Da treibts ihn, den köstlichen Preis zu erwerben,
Und stürzt hinunter auf Leben und Sterben.

Wohl hört man die Brandung, wohl kehrt sie zurück,
Sie verkündigt der donnernde Schall,
Da bückt sichs hinunter mit liebendem Blick,
Es kommen, es kommen die Wasser all,
Sie rauschen herauf, sie rauschen nieder,
Den Jüngling bringt keines wieder.

Friedrich Schiller

ZWEI SEGEL

Zwei Segel erhellend
Die tiefblaue Bucht!
Zwei Segel sich schwellend
Zu ruhiger Flucht!

Wie eins in den Winden
Sich wölbt und bewegt,
Wird auch das Empfinden
Des andern erregt.

Begehrt eins zu hasten,
Das andre geht schnell,
Verlangt eins zu rasten,
Ruht auch sein Gesell.

Conrad Ferdinand Meyer

DOPPELTE BEGEGNUNG AM STRAND VON SPERLONGA

Die Sonne stand schon tief.
Der Strand war weit und leer.
Schräg ging mein Schatten vor mir her,
indes der deine lief.

Du warst mir unbekannt.
Ihr nähertet euch schnell.
Dein Schatten dunkel und du hell,
so kamt ihr übern Strand.

Sehr schön und ziemlich nackt
liefst du an mir vorbei.
Da warn die Schatten nicht mehr zwei,
sie deckten sich exakt.

Wir sahn euch lange nach.
Ihr drehtet euch nicht um.
Ihr lieft, du und dein Schatten, stumm,
von uns sprach einer: Ach.

Robert Gernhardt

KLARE KONTUREN. das licht
lag hinter den booten, der hafen

hielt die dämmerung fest und die hügel
traten am anderen ufer auf-

gefaltet vors auge

Nico Bleutge

ANGEKOMMEN IN AHRENSHOOP

Oh, da ging ich zu ihr, der Ostsee, hin
am Abend auf einen Anstandsbesuch.

Aber indem ich stillstand vor ihr,
kamen die Wellen, nicht die, die ich sah,

kamen mit einem Mal Wellen, Wogen, sich
anschlagen schwach an mein Brustbein, unverkennbar

jene von sechs Jahrzehnten zuvor,
die ich, wie alt war ich? – dreizehn?,
sah zum ersten Mal

vor dieser grauen See
in der Erinnerung klein wie zehn.

Schwach, undeutlich empfand ich sie aber,
erkannte sie an der Empfindung,

es war keine Wiederholung.
Brustbein Bewußtsein.

Sie hatten, Wogen, mich schwimmen gelehrt,
da sie mich überfielen

und wieder auftauchen ließen …

Es geht nichts verloren. Es kann sich melden,
undeutlich, doch unverkennbar, jung.

So sieh. Dann stirbt es mit dir.

Elke Erb

REISEN

Meinen Sie Zürich zum Beispiel
sei eine tiefere Stadt,
wo man Wunder und Weihen
immer als Inhalt hat?

Meinen Sie, aus Habana,
weiß und hibiskusrot,
bräche ein ewiges Manna
für Ihre Wüstennot?

Bahnhofstraßen und Rueen,
Boulevards, Lidos, Laan –
selbst auf den Fifth Avenueen
fällt Sie die Leere an –

ach, vergeblich das Fahren!
Spät erst erfahren Sie sich:
bleiben und stille bewahren
das sich umgrenzende Ich.

Gottfried Benn

MYTHEN UND LEGENDEN

DIE MORITAT VON MACKIE MESSER

Und der Haifisch, der hat Zähne
Und die trägt er im Gesicht
Und Macheath, der hat ein Messer
Doch das Messer sieht man nicht.

Und es sind des Haifischs Flossen
Rot, wenn dieser Blut vergießt
Mackie Messer trägt 'nen Handschuh
Drauf man keine Untat liest.

An der Themse grünem Wasser
Fallen plötzlich Leute um
Es ist weder Pest noch Cholera
Doch es heißt: Mackie geht um.

An 'nem schönen blauen Sonntag
Liegt ein toter Mann am Strand
Und ein Mensch geht um die Ecke
Den man Mackie Messer nennt.

Und Schmul Meier bleibt verschwunden
Und so mancher reiche Mann
Und sein Geld hat Mackie Messer
Dem man nichts beweisen kann.

Jenny Towler ward gefunden
Mit 'nem Messer in der Brust
Und am Kai geht Mackie Messer
Der von allem nichts gewußt.

Wo ist Alfons gleich, der Fuhrherr?
Kommt das je ans Sonnenlicht?
Wer es immer wissen könnte
Mackie Messer weiß es nicht.

Und das große Feuer in Soho
Sieben Kinder und ein Greis
In der Menge Mackie Messer, den
Man nichts fragt, und der nichts weiß.

Und die minderjähr'ge Witwe
Deren Namen jeder weiß
Wachte auf und war geschändet
Mackie welches war dein Preis?

Bertolt Brecht

AN SCHWAGER KRONOS

Spute dich, Kronos!
Fort den rasselnden Trott!
Bergab gleitet der Weg:
Ekles Schwindeln zögert
mir vor die Stirne dein Haudern.
Frisch, holpert es gleich,
über Stock und Steine den Trott
rasch ins Leben hinein!

Nun schon wieder
den eratmenden Schritt
mühsam Berg hinauf!
Auf denn, nicht träge denn,
strebend und hoffend hinan!

Weit, hoch, herrlich der Blick
rings ins Leben hinein!
Vom Gebirg zum Gebirg
schwebet der ewige Geist,
ewigen Lebens ahndevoll.

Seitwärts des Überdachs Schatten
zieht dich an
und ein Frischung verheißender Blick
auf der Schwelle des Mädchens da.
Labe dich! – Mir auch, Mädchen,
diesen schäumenden Trank,
diesen frischen Gesundheitsblick!

Ab denn, rascher hinab!
Sieh, die Sonne sinkt!
Eh' sie sinkt, eh' mich Greisen
ergreift im Moore Nebelduft,
entzahnte Kiefer schnattern
und das schlotternde Gebein:

Trunknen vom letzten Strahl
reiß mich, ein Feuermeer
mir im schäumenden Aug,
mich Geblendeten, Taumelnden
in der Hölle nächtliches Tor!

Töne, Schwager, ins Horn,
raßle den schallenden Trab,
daß der Orkus vernehme: ein Fürst kommt,
drunten von ihren Sitzen
sich die Gewaltigen lüften

Johann Wolfgang Goethe

HEXENLIED

Die Schwalbe fliegt,
Der Frühling siegt,
Und spendet uns Blumen zum Kranze!
Bald huschen wir
Leis aus der Tür,
Und fliegen zum prächtigen Tanze!

Ein schwarzer Bock,
Ein Besenstock,
Die Ofengabel, der Wocken,
Reißt uns geschwind,
Wie Blitz und Wind,
Durch sausende Lüfte zum Brocken!

Um Belzebub
Tanzt unser Trupp,
Und küsst ihm die dampfenden Hände;
Ein Geisterschwarm
Fasst uns beim Arm,
Und schwinget im Tanzen die Brände!

Und Belzebub
Verheißt dem Trupp
Der Tanzenden Gaben auf Gaben;
Sie sollen schön
In Seide gehn,
Und Töpfe voll Goldes sich graben.

Die Schwalbe fliegt,
Der Frühling siegt,
Und Blumen entblühn um die Wette!
Bald huschen wir
Leis aus der Tür,
Und lassen die Männer im Bette!

Ludwig Christoph Heinrich Hölty

DER FEUERREITER

Sehet ihr am Fensterlein
dort die rote Mütze wieder?
Nicht geheuer muß es sein,
denn er geht schon auf und nieder.
Und auf einmal welch Gewühle
bei der Brücke, nach dem Feld!
Horch! das Feuerglöcklein gellt:
    Hinterm Berg,
    hinterm Berg
brennt es in der Mühle!

Schaut! da sprengt er wütend schier
durch das Tor, der Feuerreiter,
auf dem rippendürren Tier,
als auf einer Feuerleiter!
Querfeldein! Durch Qualm und Schwüle
rennt er schon und ist am Ort!
Drüben schallt es fort und fort:
    Hinterm Berg,
    hinterm Berg
brennt es in der Mühle.

Der so oft den roten Hahn
meilenweit von fern gerochen,
mit des heil'gen Kreuzes Span
freventlich die Glut besprochen –
weh! dir grinst vom Dachgestühle
dort der Feind im Höllenschein.
Gnade Gott der Seele dein!
    Hinterm Berg,
    hinterm Berg
rast er in der Mühle!

Keine Stunde hielt es an,
bis die Mühle borst in Trümmer;
doch den kecken Reitersmann
sah man von der Stunde nimmer.
Volk und Wagen im Gewühle
kehren heim von all dem Graus;
auch das Glöcklein klinget aus:
    Hinterm Berg,
    hinterm Berg
brennt's! –

Nach der Zeit ein Müller fand
ein Gerippe samt der Mützen
aufrecht an der Kellerwand
auf der beinern' Mähre sitzen:
Feuerreiter, wie so kühle
reitest du in deinem Grab!
Husch! da fällt's in Asche ab.
Ruhe wohl,
ruhe wohl
drunten in der Mühle!

Eduard Mörike

DER RATTENFÄNGER

Zu Hameln fechten Mäus' und Ratzen
am hellen Tage mit den Katzen;
der Hungertod ist vor der Tür:
was tut der weise Rat dafür?
Im ganzen Land
macht er's bekannt:
wer von den Räubern
die Stadt kann säubern,
des Bürgermeisters Töchterlein,
die soll zum Lohn sein eigen sein.

Am dritten Tage hört man's klingen,
wie wenn im Lenz die Schwalben singen;
der Rattenfänger zieht heran –
o seht den bunten Jägersmann!
Er blickt so wild
und singt so mild,
die Ratten laufen
ihm zu in Haufen;
er lockt sie nach mit Wunderschall,
ertränkt sie in der Weser all.

Die Bürger nach den Kirchen wallen,
zum Dankgebet die Glocken schallen:
des Bürgermeisters Töchterlein
muß nun des Rattenfängers sein.
Der Vater spricht:
«Ich duld' es nicht!
So hoher Ehren
mag ich entbehren.
Mit Sang und Flötenspiel gewinnt
man keines Bürgermeisters Kind.»

In seinem bunten Jägerstaate
erscheint der Spielmann vor dem Rate.
Sie sprechen all aus einem Ton
und weigern den bedungnen Lohn:
«Das Mägdelein?
Es kann nicht sein;
Herr Rattenfänger,
müht Euch nicht länger!
Eur Flötenspiel ist eitel Dunst
und kam wohl von des Satans Kunst.»

Am andern Morgen hört man's
klingen,
wie wenn die Nachtigallen singen.
Ein Flöten- und ein Liedersang,
so süß vertraut, so liebebang!
Da zieht heran
der Jägersmann,
der Rattenfänger,
der Wundersänger
und Kinder, Knaben, Mägdelein
in hellen Scharen hinterdrein.

Und hold und holder hört man's
klingen,
wie wenn die lieben Englein singen,
und vor des Bürgermeisters Tür,
da tritt sein einzig Kind herfür.
Das Mägdelein
muß in den Reihn;
die Mäuschen laufen
ihm zu in Haufen.
Er lockt sie nach mit Wunderschall,
und nach der Weser zogen all.

Die Eltern liefen nach den Toren,
doch jede Spur war schon verloren.
Kein Eckart hatte sie gewarnt,
des Jägers Netz hält sie umgarnt.
Zwei kehrten um,
eins blind, eins stumm.
Aus ihrem Munde
kommt die Kunde.
Da hob der Mütter Jammer an.
So rächte sich der Wundermann.

Karl Simrock

ERLKÖNIG

Wer reitet so spät durch Nacht und Wind?
Es ist der Vater mit seinem Kind;
Er hat den Knaben wohl in dem Arm,
Er faßt ihn sicher, er hält ihn warm.

Mein Sohn, was birgst du so bang dein Gesicht? –
Siehst, Vater, du den Erlkönig nicht?
Den Erlenkönig mit Kron' und Schweif? –
Mein Sohn; es ist ein Nebelstreif. –

«Du liebes Kind, komm, geh mit mir!
Gar schöne Spiele spiel' ich mit dir;
Manch' bunte Blumen sind an dem Strand;
Meine Mutter hat manch' gülden Gewand.»

Mein Vater, mein Vater, und hörest du nicht,
Was Erlenkönig mir leise verspricht? –
Sei ruhig, bleibe ruhig, mein Kind;
In dürren Blättern säuselt der Wind. –

«Willst, feiner Knabe, du mit mir gehn?
Meine Töchter sollen dich warten schön;
Meine Töchter führen den nächtlichen Reihn,
Und wiegen und tanzen und singen dich ein.»

Mein Vater, mein Vater, und siehst du nicht dort
Erlkönigs Töchter am düstern Ort? –
Mein Sohn, mein Sohn, ich seh' es genau:
Es scheinen die alten Weiden so grau. –

«Ich liebe dich, mich reizt deine schöne Gestalt,
Und bist du nicht willig, so brauch' ich Gewalt.» –
Mein Vater, mein Vater, jetzt faßt er mich an!
Erlkönig hat mir ein Leids getan! –

Dem Vater grauset's, er reitet geschwind,
Er hält in Armen das ächzende Kind,
Erreicht den Hof mit Mühe und Not;
In seinen Armen das Kind war tot.

Johann Wolfgang Goethe

LENORE

Lenore fuhr ums Morgenrot
empor aus schweren Träumen:
«Bist untreu, Wilhelm, oder tot?
Wie lange willst du säumen?» –
Er war mit König Friedrichs Macht
gezogen in die Prager Schlacht
und hatte nicht geschrieben,
ob er gesund geblieben.

Der König und die Kaiserin,
des langen Haders müde,
erweichten ihren harten Sinn
und machten endlich Friede;
und jedes Heer, mit Sing und Sang,
mit Paukenschlag und Kling und Klang,
geschmückt mit grünen Reisern,
zog heim zu seinen Häusern.

Und überall, allüberall,
auf Wegen und auf Stegen,
zog alt und jung dem Jubelschall
der Kommenden entgegen.
«Gottlob!» rief Kind und Gattin laut,
«willkommen!» manche frohe Braut;
ach! aber für Lenoren
war Gruß und Kuß verloren.

Sie frug den Zug wohl auf und ab
und frug nach allen Namen;
doch keiner war, der Kundschaft gab,
von allen, so da kamen.
Als nun das Heer vorüber war,
zerraufte sie das Rabenhaar

und warf sich hin zur Erde
mit wütiger Gebärde.

Die Mutter lief wohl hin zu ihr:
«Ach, daß sich Gott erbarme!
Du trautes Kind, was ist mit dir?» –
Und schloß sie in die Arme –
«O Mutter, Mutter, hin ist hin!
Nun fahre Welt und alles hin!
Bei Gott ist kein Erbarmen.
O weh, o weh mir Armen!» –

«Hilf Gott, hilf! Sieh uns gnädig an!
Kind, bet' ein Vaterunser!
Was Gott tut, das ist wohlgetan,
Gott, Gott erbarmt sich unser!» –
«O Mutter! Mutter! eitler Wahn!
Gott hat an mir nicht wohlgetan!
Was half, was half mein Beten?
Nun ist's nicht mehr vonnöten.» –

«Hilf, Gott! hilf! Wer den Vater kennt,
der weiß, er hilft den Kindern.
Das hochgelobte Sakrament
wird deinen Jammer lindern.» –
«O Mutter, Mutter, was mich brennt,
das lindert mir kein Sakrament!
Kein Sakrament mag Leben
den Toten wiedergeben.» –

«Hör, Kind! Wie, wenn der falsche Mann
im fernen Ungarlande
sich seines Glaubens abgetan
zum neuen Ehebande?
Laß fahren, Kind, sein Herz dahin!

Er hat es nimmermehr Gewinn!
Wenn Seel' und Leib sich trennen,
wird ihn sein Meineid brennen!» –

«O Mutter! Mutter! hin ist hin!
Verloren ist verloren!
Der Tod, der Tod ist mein Gewinn!
O wär' ich nie geboren!
Lisch aus, mein Licht! auf ewig aus!
Stirb hin, stirb hin in Nacht und Graus!
Bei Gott ist kein Erbarmen;
o weh, o weh mir Armen!» –

«Hilf Gott! hilf! Geh nicht ins Gericht
mit deinem armen Kinde!
Sie weiß nicht, was die Zunge spricht;
behalt ihr nicht die Sünde! – –
Ach Kind, vergiß dein irdisch Leid
und denk an Gott und Seligkeit,
so wird doch deiner Seelen
der Bräutigam nicht fehlen!» –

«O Mutter! was ist Seligkeit?
O Mutter! was ist Hölle?
Bei Wilhelm nur ist Seligkeit,
wo Wilhelm fehlt, ist Hölle!
Lisch aus, mein Licht! auf ewig aus!
Stirb hin! stirb hin! in Nacht und Graus!
Ohn' ihn mag ich auf Erden,
mag dort nicht selig werden.» – –

So wütete Verzweifelung
ihr in Gehirn und Adern.
Sie fuhr mit Gottes Vorsehung
vermessen fort zu hadern,

zerschlug den Busen und zerrang
die Hand bis Sonnenuntergang,
bis auf am Himmelsbogen
die goldnen Sterne zogen.

Und außen, horch! gings trapp trapp trapp
als wie von Rosses Hufen,
und klirrend stieg ein Reiter ab
an des Geländers Stufen.
Und horch! und horch! den Pfortenring
ganz lose, leise, klinglingling!
Dann kamen durch die Pforte
vernehmlich diese Worte:

«Holla, holla! Tu auf, mein Kind!
Schläfst, Liebchen, oder wachst du?
Wie bist noch gegen mich gesinnt?
Und weinest oder lachst du?» –
«Ach, Wilhelm, du? – So spät bei Nacht?
Geweinet hab ich und gewacht;
ach! großes Leid erlitten!
Wo kommst du hergeritten?» –

«Wir satteln nur um Mitternacht.
Weit ritt ich her von Böhmen:
Ich habe spät mich aufgemacht
und will dich mit mir nehmen!» –
«Ach, Wilhelm, erst herein geschwind!
Den Hagedorn durchsaust der Wind,
herein, in meinen Armen,
Herzliebster, zu erwarmen!»

«Laß sausen durch den Hagedorn,
laß sausen, Kind, laß sausen!
Der Rappe scharrt, es klirrt der Sporn;

ich darf allhier nicht hausen.
Komm, schürze, spring und schwinge dich
auf meinen Rappen hinter mich!
Muß heut noch hundert Meilen
mit dir ins Brautbett eilen.» –

«Ach, wolltest hundert Meilen noch
mich heut ins Brautbett tragen?
Und horch, es brummt die Glocke noch,
die elf schon angeschlagen.» –
«Sieh hin, sieh her, der Mond scheint hell;
wir und die Toten reiten schnell,
ich bringe dich, zur Wette,
noch heut ins Hochzeitsbette.» –

«Sag an, wo ist dein Kämmerlein?
Wo?, wie dein Hochzeitbettchen?» –
«Weit, weit von hier! Still, kühl und klein! –
Sechs Bretter und zwei Brettchen!» –
«Hat's Raum für mich?» – «Für dich und mich!
Komm, schürze, spring und schwinge dich!
Die Hochzeitsgäste hoffen!
Die Kammer steht uns offen.» –

Schön Liebchen schürzte, sprang und schwang
sich auf das Roß behende;
wohl um den trauten Reiter schlang
sie ihre Lilienhände,
und hurre hurre, hopp hopp hopp!
ging's fort in sausendem Galopp,
daß Roß und Reiter schnoben
und Kies und Funken stoben.

Zur rechten und zur linken Hand,
vorbei vor ihren Blicken,
wie flogen Anger, Heid und Land!

Wie donnerten die Brücken!
«Graut Liebchen auch? ... Der Mond scheint hell!
Hurra! Die Toten reiten schnell!
Graut Liebchen auch vor Toten?» –
«Ach nein! ... doch laß die Toten!» –

Was klang dort für Gesang und Klang?
Was flatterten die Raben? ...
Horch Glockenklang! Horch Totensang:
«Laßt uns den Leib begraben!»
Und näher zog ein Leichenzug,
der Sarg und Totenbahre trug.
Das Lied war zu vergleichen
dem Unkenruf in Teichen.

«Nach Mitternacht begrabt den Leib
mit Klang und Sang und Klage!
Jetzt führ ich heim mein junges Weib;
mit, mit zum Brautgelage! ...
Komm, Küster, hier! komm mit dem Chor
und gurgle mir das Brautlied vor!
Komm, Pfaff, und sprich den Segen,
eh wir zu Bett uns legen!»

Still Klang und Sang. – Die Bahre schwand. –
Gehorsam seinem Rufen
kams, hurre! hurre! nachgerannt
hart hinter's Rappen Hufen.
Und immer weiter, hopp! hopp! hopp!
gings fort im sausendem Galopp,
daß Roß und Reiter schnoben
und Kies und Funken stoben.

Wie flogen rechts, wie flogen links
Gebirge, Bäum und Hecken!
Wie flogen links, und rechts und links

die Dörfer, Städt und Flecken! –
«Graut Liebchen auch? ... Der Mond scheint hell!
Hurra! Die Toten reiten schnell!
Graut Liebchen auch vor Toten?»
«Ach! laß sie ruhn, die Toten.» –

Sieh da! sieh da! Am Hochgericht
tanzt um des Rades Spindel
halb sichtbarlich, bei Mondenlicht,
ein luftiges Gesindel.
«Sa! sa! Gesindel! hier! komm hier!
Gesindel, komm und folge mir!
Tanz uns den Hochzeitsreigen,
wann wir zu Bette steigen!» –

Und das Gesindel husch husch husch!
Kam hinten nachgeprasselt,
wie Wirbelwind am Haselbusch
durch dürre Blätter rasselt.
Und weiter, weiter, hopp hopp hopp!
ging's fort in sausendem Galopp,
daß Roß und Reiter schnoben
und Kies und Funken stoben.

Wie flog, was rund der Mond beschien,
wie flog es in die Ferne!
Wie flogen oben überhin
der Himmel und die Sterne! –
«Graut Liebchen auch? ... Der Mond scheint hell!
Hurra! Die Toten reiten schnell! –
Graut Liebchen auch vor Toten?»
«O weh! laß ruhn die Toten!»

«Rapp! Rapp! Mich dünkt, der Hahn schon ruft, –
bald wird der Sand verrinnen. –
Rapp! Rapp! ich wittre Morgenluft

Rapp! tummle dich von hinnen!
Vollbracht, vollbracht ist unser Lauf!
Das Hochzeitbette tut sich auf!
Die Toten reiten schnelle!
Wir sind, wir sind zur Stelle.»

Rasch auf ein eisern Gittertor
ging's mit verhängtem Zügel;
mit schwanker Gert' ein Schlag davor
zersprengte Schloß und Riegel.
Die Flügel flogen klirrend auf,
und über Gräber ging der Lauf;
es blinkten Leichensteine
rundum im Mondenscheine.

Ha sieh! Ha sieh! Im Augenblick,
hu! hu! ein gräßlich Wunder!
Des Reiters Koller, Stück für Stück,
fiel ab wie mürber Zunder,
zum Schädel ohne Zopf und Schopf,
zum nackten Schädel ward sein Kopf,
sein Körper zum Gerippe
mit Stundenglas und Hippe.

Hoch bäumte sich, wild schnob der Rapp'
und sprühte Feuerfunken;
und hui! war's unter ihr hinab
verschwunden und versunken.
Geheul! Geheul aus hoher Luft,
Gewinsel kam aus tiefer Gruft.
Lenorens Herz mit Beben
rang zwischen Tod und Leben.

Nun tanzten wohl bei Mondenglanz
rundum herum im Kreise
die Geister einen Kettentanz

und heulten diese Weise:
«Geduld! Geduld! Wenn's Herz auch bricht!
Mit Gott im Himmel hadre nicht!
Des Leibes bist du ledig;
Gott sei der Seele gnädig!»

Gottfried August Bürger

DER ZAUBERLEHRLING

Hat der alte Hexenmeister
Sich doch einmal wegbegeben!
Und nun sollen seine Geister
Auch nach meinem Willen leben.
Seine Wort' und Werke
Merkt' ich, und den Brauch,
Und mit Geistesstärke
Tu' ich Wunder auch.

Walle! walle!
Manche Strecke,
Daß, zum Zwecke,
Wasser fließe,
Und mit reichem, vollem Schwalle
Zu dem Bade sich ergieße.

Und nun komm, du alter Besen!
Nimm die schlechten Lumpenhüllen.
Bist schon lange Knecht gewesen;
Nun erfülle meinen Willen!
Auf zwei Beinen stehe,
Oben sei ein Kopf,
Eile nun, und gehe
Mit dem Wassertopf!

Walle! walle!
Manche Strecke,
Daß, zum Zwecke,
Wasser fließe,
Und, mit reichem, vollem Schwalle,
Zu dem Bade sich ergieße.

Seht, er läuft zum Ufer nieder;
Wahrlich! ist schon an dem Flusse,
Und mit Blitzesschnelle wieder
Ist er hier mit raschem Gusse.
Schon zum zweitenmale!
Wie das Becken schwillt!
Wie sich jede Schale
Voll mit Wasser füllt!

Stehe! stehe!
Denn wir haben
Deiner Gaben
Vollgemessen! –
Ach, ich merk' es! Wehe! wehe!
Hab' ich doch das Wort vergessen!

Ach! das Wort, worauf am Ende
Er das wird, was er gewesen.
Ach, er läuft und bringt behende!
Wärst du doch der alte Besen!
Immer neue Güsse
Bringt er schnell herein,
Ach! und hundert Flüsse
Stürzen auf mich ein.

Nein, nicht länger
Kann ich's lassen;
Will ihn fassen.

Das ist Tücke!
Ach! nun wird mir immer bänger!
Welche Miene! welche Blicke!

O, du Ausgeburt der Hölle!
Soll das ganze Haus ersaufen?
Seh' ich über jede Schwelle
Doch schon Wasserströme laufen.
Ein verruchter Besen,
Der nicht hören will!
Stock, der du gewesen,
Steh doch wieder still!

Willst's am Ende
Gar nicht lassen?
Will dich fassen,
Will dich halten,
Und das alte Holz behende
Mit dem scharfen Beile spalten.

Seht, da kommt er schleppend wieder!
Wie ich mich nur auf dich werfe,
Gleich, o Kobold, liegst du nieder;
Krachend trifft die glatte Schärfe.
Wahrlich! brav getroffen!
Seht, er ist entzwei!
Und nun kann ich hoffen,
Und ich atme frei!

Wehe! wehe!
Beide Teile
Stehn in Eile
Schon als Knechte
Völlig fertig in die Höhe!
Helft mir, ach! ihr hohen Mächte!

Und sie laufen! Naß und nässer
Wird's im Saal und auf den Stufen.
Welch entsetzliches Gewässer!
Herr und Meister! hör' mich rufen! –
Ach, da kommt der Meister!
Herr, die Not ist groß!
Die ich rief, die Geister,
Werd' ich nun nicht los.

«In die Ecke,
Besen! Besen!
Seid's gewesen.
Denn als Geister
Ruft euch nur, zu seinem Zwecke,
Erst hervor der alte Meister.»

Johann Wolfgang Goethe

DIE KRANICHE DES IBYKUS

Zum Kampf der Wagen und Gesänge,
Der auf Korinthus' Landesenge
Der Griechen Stämme froh vereint,
Zog Ibykus, der Götterfreund.
Ihm schenkte des Gesanges Gabe,
Der Lieder süßen Mund Apoll,
So wandert' er, an leichtem Stabe,
Aus Rhegium, des Gottes voll.

Schon winkt auf hohem Bergesrücken
Akrokorinth des Wandrers Blicken,
Und in Poseidons Fichtenhain
Tritt er mit frommem Schauder ein.
Nichts regt sich um ihn her, nur Schwärme

Von Kranichen begleiten ihn,
Die fernhin nach des Südens Wärme
In graulichtem Geschwader ziehn.

«Seid mir gegrüßt, befreundte Scharen!
Die mir zur See Begleiter waren,
Zum guten Zeichen nehm ich euch,
Mein Los, es ist dem euren gleich.
Von fernher kommen wir gezogen
Und flehen um ein wirtlich Dach.
Sei uns der Gastliche gewogen,
Der von dem Fremdling wehrt die Schmach!»

Und munter fördert er die Schritte
Und sieht sich in des Waldes Mitte,
Da sperren, auf gedrangem Steg,
Zwei Mörder plötzlich seinen Weg.
Zum Kampfe muß er sich bereiten,
Doch bald ermattet sinkt die Hand,
Sie hat der Leier zarte Saiten,
Doch nie des Bogens Kraft gespannt.

Er ruft die Menschen an, die Götter,
Sein Flehen dringt zu keinem Retter,
Wie weit er auch die Stimme schickt,
Nichts Lebendes wird hier erblickt.
«So muß ich hier verlassen sterben,
Auf fremdem Boden, unbeweint,
Durch böser Buben Hand verderben,
Wo auch kein Rächer mir erscheint!»

Und schwer getroffen sinkt er nieder,
Da rauscht der Kraniche Gefieder,
Er hört, schon kann er nicht mehr sehn,
Die nahen Stimmen furchtbar krähn.

«Von euch, ihr Kraniche dort oben!
Wenn keine andre Stimme spricht,
Sei meines Mordes Klag erhoben!»
Er ruft es, und sein Auge bricht.

Der nackte Leichnam wird gefunden,
Und bald, obgleich entstellt von Wunden,
Erkennt der Gastfreund in Korinth
Die Züge, die ihm teuer sind.
«Und muß ich so dich wiederfinden,
Und hoffte mit der Fichte Kranz
Des Sängers Schläfe zu umwinden,
Bestrahlt von seines Ruhmes Glanz!»

Und jammernd hörens alle Gäste,
Versammelt bei Poseidons Feste,
Ganz Griechenland ergreift der Schmerz,
Verloren hat ihn jedes Herz.
Und stürmend drängt sich zum Prytanen
Das Volk, es fodert seine Wut,
Zu rächen des Erschlagnen Manen,
Zu sühnen mit des Mörders Blut.

Doch wo die Spur, die aus der Menge,
Der Völker flutendem Gedränge,
Gelocket von der Spiele Pracht,
Den schwarzen Täter kenntlich macht?
Sinds Räuber, die ihn feig erschlagen?
Tats neidisch ein verborgner Feind?
Nur Helios vermags zu sagen,
Der alles Irdische bescheint!

Er geht vielleicht mit frechem Schritte
Jetzt eben durch der Griechen Mitte,
Und während ihn die Rache sucht,

Genießt er seines Frevels Frucht.
Auf ihres eignen Tempels Schwelle
Trotzt er vielleicht den Göttern, mengt
Sich dreist in jene Menschenwelle,
Die dort sich zum Theater drängt.

Denn Bank an Bank gedränget sitzen,
Es brechen fast der Bühne Stützen,
Herbeigeströmt von fern und nah,
Der Griechen Völker wartend da,
Dumpfbrausend wie des Meeres Wogen;
Von Menschen wimmelnd, wächst der Bau
In weiter stets geschweiftem Bogen
Hinauf bis in des Himmels Blau.

Wer zählt die Völker, nennt die Namen,
Die gastlich hier zusammenkamen?
Von Kekrops' Stadt, von Aulis Strand,
Von Phokis, vom Spartanerland,
Von Asiens entlegner Küste,
Von allen Inseln kamen sie
Und horchen von dem Schaugerüste
Des *Chores* grauser Melodie,

Der streng und ernst, nach alter Sitte,
Mit langsam abgemeßnem Schritte,
Hervortritt aus dem Hintergrund,
Umwandelnd des Theaters Rund.
So schreiten keine irdschen Weiber,
Die zeugete kein sterblich Haus!
Es steigt das Riesenmaß der Leiber
Hoch über menschliches hinaus.

Ein schwarzer Mantel schlägt die Lenden,
Sie schwingen in entfleischten Händen
Der Fackel düsterrote Glut,

In ihren Wangen fließt kein Blut.
Und wo die Haare lieblich flattern,
Um Menschenstirnen freundlich wehn,
Da sieht man Schlangen hier und Nattern
Die giftgeschwollnen Bäuche blähn.

Und schauerlich gedreht im Kreise
Beginnen sie des Hymnus Weise,
Der durch das Herz zerreißend dringt,
Die Bande um den Frevler schlingt.
Besinnungraubend, herzbetörend
Schallt der Erinnyen Gesang,
Er schallt, des Hörers Mark verzehrend,
Und duldet nicht der Leier Klang:

«Wohl dem, der frei von Schuld und Fehle
Bewahrt die kindlich reine Seele!
Ihm dürfen wir nicht rächend nahn,
Er wandelt frei des Lebens Bahn.
Doch wehe, wehe, wer verstohlen
Des Mordes schwere Tat vollbracht,
Wir heften uns an seine Sohlen,
Das furchtbare Geschlecht der Nacht!

Und glaubt er fliehend zu entspringen,
Geflügelt sind wir da, die Schlingen
Ihm werfend um den flüchtgen Fuß,
Daß er zu Boden fallen muß.
So jagen wir ihn, ohn Ermatten,
Versöhnen kann uns keine Reu,
Ihn fort und fort bis zu den Schatten,
Und geben ihn auch dort nicht frei.»

So singend, tanzen sie den Reigen,
Und Stille wie des Todes Schweigen
Liegt überm ganzen Hause schwer,

Als ob die Gottheit nahe wär.
Und feierlich, nach alter Sitte
Umwandelnd des Theaters Rund
Mit langsam abgemeßnem Schritte,
Verschwinden sie im Hintergrund.

Und zwischen Trug und Wahrheit schwebet
Noch zweifelnd jede Brust und bebet
Und huldiget der furchtbarn Macht,
Die richtend im Verborgnen wacht,
Die unerforschlich, unergründet
Des Schicksals dunkeln Knäuel flicht,
Dem tiefen Herzen sich verkündet,
Doch fliehet vor dem Sonnenlicht.

Da hört man auf den höchsten Stufen
Auf einmal eine Stimme rufen:
«Sieh da! Sieh da, Timotheus,
Die Kraniche des Ibykus!» –
Und finster plötzlich wird der Himmel,
Und über dem Theater hin
Sieht man in schwärzlichtem Gewimmel
Ein Kranichheer vorüberziehn.

«Des Ibykus!» – Der teure Name
Rührt jede Brust mit neuem Grame,
Und, wie im Meere Well auf Well,
So läufts von Mund zu Munde schnell:
«Des Ibykus, den wir beweinen,
Den eine Mörderhand erschlug!
Was ists mit dem? Was kann er meinen?
Was ists mit diesem Kranichzug?» –

Und lauter immer wird die Frage,
Und ahnend fliegts mit Blitzesschlage
Durch alle Herzen. «Gebet acht!

Das ist der Eumeniden Macht!
Der fromme Dichter wird gerochen,
Der Mörder bietet selbst sich dar!
Ergreift ihn, der das Wort gesprochen,
Und ihn, an dens gerichtet war.»

Doch dem war kaum das Wort entfahren,
Möcht ers im Busen gern bewahren;
Umsonst, der schreckenbleiche Mund
Macht schnell die Schuldbewußten kund.
Man reißt und schleppt sie vor den Richter,
Die Szene wird zum Tribunal,
Und es gestehn die Bösewichter,
Getroffen von der Rache Strahl.

Friedrich Schiller

DAS RIESEN-SPIELZEUG

Burg Niedeck ist im Elsaß der Sage wohlbekannt,
Die Höhe, wo vor Zeiten die Burg der Riesen stand;
Sie selbst ist nun verfallen, die Stätte wüst und leer,
Du fragest nach den Riesen, du findest sie nicht mehr.

Einst kam das Riesen-Fräulein aus jener Burg hervor,
Erging sich sonder Wartung und spielend vor dem Tor,
Und stieg hinab den Abhang bis in das Tal hinein,
Neugierig zu erkunden, wie's unten möchte sein.

Mit wen'gen raschen Schritten durchkreuzte sie den Wald,
Erreichte gegen Haslach das Land der Menschen bald,
Und Städte dort und Dörfer und das bestellte Feld
Erschienen ihren Augen gar eine fremde Welt.

Wie jetzt zu ihren Füßen sie spähend niederschaut,
Bemerkt sie einen Bauer, der seinen Acker baut;
Es kriecht das kleine Wesen einher so sonderbar,
Es glitzert in der Sonne der Pflug so blank und klar.

«Ei! artig Spielding!» ruft sie, «das nehm ich mit nach Haus.»
Sie knieet nieder, spreitet behend ihr Tüchlein aus,
Und feget mit den Händen, was da sich alles regt,
Zu Haufen in das Tüchlein, das sie zusammen schlägt;

Und eilt mit freud'gen Sprüngen, man weiß, wie Kinder sind,
Zur Burg hinan und suchet den Vater auf geschwind:
«Ei, Vater, lieber Vater, ein Spielding wunderschön!
So Allerliebstes sah ich noch nie auf unsern Höhn.»

Der Alte saß am Tische und trank den kühlen Wein,
Er schaut sie an behaglich, er fragt das Töchterlein:
«Was Zappeliches bringst du in deinem Tuch herbei?
Du hüpfest ja vor Freuden; laß sehen, was es sei.»

Sie spreitet aus das Tüchlein und fängt behutsam an,
Den Bauer aufzustellen, den Pflug und das Gespann;
Wie alles auf dem Tische sie zierlich aufgebaut,
So klatscht sie in die Hände und springt und jubelt laut.

Der Alte wird gar ernsthaft und wiegt sein Haupt und spricht:
«Was hast du angerichtet? das ist kein Spielzeug nicht;
Wo du es hergenommen, da trag es wieder hin,
Der Bauer ist kein Spielzeug, was kommt dir in den Sinn!

Sollst gleich und ohne Murren erfüllen mein Gebot;
Denn, wäre nicht der Bauer, so hättest du kein Brot;
Es sprießt der Stamm der Riesen aus Bauernmark hervor,
Der Bauer ist kein Spielzeug, da sei uns Gott davor!»

Burg Niedeck ist im Elsaß der Sage wohlbekannt,
Die Höhe, wo vor Zeiten die Burg der Riesen stand,
Sie selbst ist nun verfallen, die Stätte wüst und leer,
Und fragst du nach den Riesen, du findest sie nicht mehr.

Adelbert von Chamisso

DIE FÜSSE IM FEUER

Wild zuckt der Blitz. In fahlem Lichte steht ein Turm.
Der Donner rollt. Ein Reiter kämpft mit seinem Ross,
Springt ab und pocht ans Tor und lärmt. Sein Mantel saust
Im Wind. Er hält den scheuen Fuchs am Zügel fest.
Ein schmales Gitterfenster schimmert goldenhell
Und knarrend öffnet jetzt das Tor ein Edelmann …

«Ich bin ein Knecht des Königs, als Kurier geschickt
Nach Nîmes. Herbergt mich! Ihr kennt des Königs Rock!»
«Es stürmt. Mein Gast bist du. Dein Kleid, was kümmert's mich?
Tritt ein und wärme dich! Ich sorge für dein Tier!»
Der Reiter tritt in einen dunkeln Ahnensaal,
Von eines weiten Herdes Feuer schwach erhellt,
Und je nach seines Flackerns launenhaftem Licht
Droht hier ein Hugenott im Harnisch, dort ein Weib,
Ein stolzes Edelweib aus braunem Ahnenbild …
Der Reiter wirft sich in den Sessel vor dem Herd
Und starrt in den lebendgen Brand. Er brütet, gafft …
Leis sträubt sich ihm das Haar. Er kennt den Herd, den Saal …
Die Flamme zischt. Zwei Füße zucken in der Glut.

Den Abendtisch bestellt die greise Schaffnerin
Mit Linnen blendend weiß. Das Edelmägdlein hilft.
Ein Knabe trug den Krug mit Wein. Der Kinder Blick
Hangt schreckensstarr am Gast und hangt am Herd entsetzt …

Die Flamme zischt. Zwei Füße zucken in der Glut.
«Verdammt! Dasselbe Wappen! Dieser selbe Saal!
Drei Jahre sind's … Auf einer Hugenottenjagd …
Ein fein, halsstarrig Weib … ‹Wo steckt der Junker? Sprich!›
Sie schweigt. ‹Bekenn!› Sie schweigt. ‹Gib ihn heraus!› Sie schweigt.
Ich werde wild. *Der* Stolz! Ich zerre das Geschöpf …
Die nackten Füße pack ich ihr und strecke sie
Tief mitten in die Glut … ‹Gib ihn heraus!› … Sie schweigt …
Sie windet sich … Sahst du das Wappen nicht am Tor?
Wer hieß dich hier zu Gaste gehen, dummer Narr?
Hat er nur einen Tropfen Bluts, erwürgt er dich.»
Eintritt der Edelmann. «Du träumst? Zu Tische, Gast …»

Da sitzen sie. Die drei in ihrer schwarzen Tracht
Und er. Doch keins der Kinder spricht das Tischgebet.
Ihn starren sie mit aufgerissnen Augen an –
Den Becher füllt und übergießt er, stürzt den Trunk,
Springt auf: «Herr, gebet jetzt mir meine Lagerstatt!
Müd bin ich wie ein Hund!» Ein Diener leuchtet ihm,
Doch auf der Schwelle wirft er einen Blick zurück
Und sieht den Knaben flüstern in des Vaters Ohr …
Dem Diener folgt er taumelnd in das Turmgemach.

Fest riegelt er die Tür. Er prüft Pistol und Schwert.
Gell pfeift der Sturm. Die Diele bebt. Die Decke stöhnt.
Die Treppe kracht … Dröhnt hier ein Tritt? … Schleicht dort ein Schritt? …
Ihn täuscht das Ohr. Vorüberwandelt Mitternacht.
Auf seinen Lidern lastet Blei und schlummernd sinkt
Er auf das Lager. Draußen plätschert Regenflut.

Er träumt. «Gesteh!» Sie schweigt. «Gib ihn heraus!» Sie schweigt.
Er zerrt das Weib. Zwei Füße zucken in der Glut.
Aufsprüht und zischt ein Feuermeer, das ihn verschlingt …
«Erwach! Du solltest längst von hinnen sein! Es tagt!»
Durch die Tapetentür in das Gemach gelangt,

Vor seinem Lager steht des Schlosses Herr – ergraut,
Dem gestern dunkelbraun sich noch gekraust das Haar.

Sie reiten durch den Wald. Kein Lüftchen regt sich heut.
Zersplittert liegen Ästetrümmer quer im Pfad.
Die frühsten Vöglein zwitschern, halb im Traume noch.
Friedsel'ge Wolken schwimmen durch die klare Luft,
Als kehrten Engel heim von einer nächtgen Wacht.
Die dunkeln Schollen atmen kräftgen Erdgeruch.
Die Ebne öffnet sich. Im Felde geht ein Pflug.
Der Reiter lauert aus den Augenwinkeln: «Herr,
Ihr seid ein kluger Mann und voll Besonnenheit
Und wisst, dass ich dem größten König eigen bin.
Lebt wohl. Auf Nimmerwiedersehn!» Der andre spricht:
«Du sagst's! Dem größten König eigen! Heute ward
Sein Dienst mir schwer ... Gemordet hast du teuflisch mir
Mein Weib! Und lebst! ... Mein ist die Rache, redet Gott.»

Conrad Ferdinand Meyer

BELSATZAR

Die Mitternacht zog näher schon;
In stummer Ruh lag Babylon.

Nur oben in des Königs Schloß,
Da flackerts, da lärmt des Königs Troß.

Dort oben in dem Königssaal
Belsatzar hielt sein Königsmahl.

Die Knechte saßen in schimmernden Reihn,
Und leerten die Becher mit funkelndem Wein.

Es klirrten die Becher, es jauchzten die Knecht;
So klang es dem störrigen Könige recht.

Des Königs Wangen leuchten Glut;
Im Wein erwuchs ihm kecker Mut.

Und blindlings reißt der Mut ihn fort;
Und er lästert die Gottheit mit sündigem Wort.

Und er brüstet sich frech, und lästert wild;
Die Knechtenschar ihm Beifall brüllt.

Der König rief mit stolzem Blick;
Der Diener eilt und kehrt zurück.

Er trug viel gülden Gerät auf dem Haupt;
Das war aus dem Tempel Jehovahs geraubt.

Und der König ergriff mit frevler Hand
Einen heiligen Becher, gefüllt bis am Rand.

Und er leert ihn hastig bis auf den Grund,
Und rufet laut mit schäumendem Mund:

Jehovah! dir künd ich auf ewig Hohn –
Ich bin der König von Babylon!

Doch kaum das grause Wort verklang,
Dem König wards heimlich im Busen bang.

Das gellende Lachen verstummte zumal;
Es wurde leichenstill im Saal.

Und sieh! und sieh! an weißer Wand
Da kams hervor wie Menschenhand;

Und schrieb, und schrieb an weißer Wand
Buchstaben von Feuer, und schrieb und schwand.

Der König stieren Blicks da saß,
Mit schlotternden Knien und totenblaß.

Die Knechtenschar saß kalt durchgraut,
Und saß gar still, gab keinen Laut.

Die Magier kamen, doch keiner verstand
Zu deuten die Flammenschrift an der Wand.

Belsatzar ward aber in selbiger Nacht
Von seinen Knechten umgebracht.

Heinrich Heine

DER REITER UND DER BODENSEE

Der Reiter reitet durchs helle Tal,
Auf Schneefeld schimmert der Sonne Strahl.

Er trabet im Schweiß durch den kalten Schnee,
Er will noch heut an den Bodensee;

Noch heut mit dem Pferd in den sichern Kahn,
Will drüben landen vor Nacht noch an.

Auf schlimmem Weg, über Dorn und Stein,
Er braust auf rüstigem Roß feldein.

Aus den Bergen heraus, ins ebene Land,
Da sieht er den Schnee sich dehnen, wie Sand.

Weit hinter ihm schwinden Dorf und Stadt,
Der Weg wird eben, die Bahn wird glatt.

In weiter Fläche kein Bühl, kein Haus,
Die Bäume gingen, die Felsen aus;

So flieget er hin eine Meil', und zwei,
Er hört in den Lüften der Schneegans Schrei;

Es flattert das Wasserhuhn empor,
Nicht anderen Laut vernimmt sein Ohr;

Keinen Wandersmann sein Auge schaut,
Der ihm den rechten Pfad vertraut.

Fort geht's, wie auf Samt, auf dem weichen Schnee,
Wann rauscht das Wasser, wann glänzt der See?

Da bricht der Abend, der frühe, herein:
Von Lichtern blinket ein ferner Schein.

Es hebt aus dem Nebel sich Baum an Baum,
Und Hügel schließen den weiten Raum.

Er spürt auf dem Boden Stein und Dorn,
Dem Rosse gibt er den scharfen Sporn.

Und Hunde bellen empor am Pferd,
Und es winkt im Dorf ihm der warme Herd.

«Willkommen am Fenster, Mägdelein,
An den See, an den See, wie weit mag's sein?»

Die Maid sie staunet den Reiter an:
«Der See liegt hinter dir und der Kahn.

Und deckt' ihn die Rinde von Eis nicht zu,
Ich spräch', aus dem Nachen stiegest du.»

Der Fremde schaudert, er atmet schwer:
«Dort hinten die Ebne, die ritt ich her!»

Da recket die Magd die Arm' in die Höh:
«Herr Gott! so rittest du über den See:

An den Schlund, an die Tiefe bodenlos,
Hat gepocht des rasenden Hufes Stoß!

Und unter dir zürnten die Wasser nicht?
Nicht krachte hinunter die Rinde dicht?

Und du wardst nicht die Speise der stummen Brut?
Der hungrigen Hecht' in der kalten Flut?»

Sie rufet das Dorf herbei zu der Mär,
Es stellen die Knaben sich um ihn her;

Die Mütter, die Greise, sie sammeln sich:
«Glückseliger Mann, ja, segne du dich!

Herein zum Ofen, zum dampfenden Tisch,
Brich mit uns das Brot und iß vom Fisch!»

Der Reiter erstarret auf seinem Pferd,
Er hat nur das erste Wort gehört.

Es stocket sein Herz, es sträubt sich sein Haar,
Dicht hinter ihm grinst noch die grause Gefahr.

Es siehet sein Blick nur den gräßlichen Schlund,
Sein Geist versinkt in den schwarzen Grund.

Im Ohr ihm donnert's, wie krachend Eis,
Wie die Well' umrieselt ihn kalter Schweiß.

Da seufzt er, da sinkt er vom Roß herab,
Da ward ihm am Ufer ein trocken Grab.

Gustav Schwab

DER NARR DES GRAFEN VON ZIMMERN

Was rollt so zierlich, klingt so lieb
treppauf und -ab im Schloß?
Das ist des Grafen Zeitvertreib
und stündlicher Genoß:
Sein Narr, annoch ein halbes Kind
und rosiges Gesellchen,
so leicht und luftig wie der Wind,
und trägt den Kopf voll Schellchen.

Noch ohne Arg, wie ohne Bart,
an Possen reich genug,
ist doch der Fant von guter Art
und in der Torheit klug;
und was vergecken und verdrehn
die zappeligen Hände,
gerät ihm oft wie aus Versehn
zuletzt zum guten Ende.

Der Graf mit seinem Hofgesind
weilt in der Burgkapell',
da ist, wie schon das Amt beginnt,
kein Ministrant zur Stell'.
Rasch nimmt der Pfaff den Narrn beim Ohr
und zieht ihn zum Altare;
der Knabe sieht sich fleißig vor,
daß er nach Bräuchen fahre.

Und gut, als wär er's längst gewohnt,
bedient er den Kaplan;
doch wann's die Müh' am besten lohnt,
bricht oft der Unstern an;
denn als die heilge Hostia
vom Priester wird erhoben,
o Schreck! so ist kein Glöcklein da,
den süßen Gott zu loben!

Ein Weilchen bleibt es totenstill,
erbleichend lauscht der Graf,
der gleich ein Unheil ahnen will,
das ihn vom Himmel traf.
Doch schon hat sich der Narr bedacht,
den Handel zu versöhnen;
die Kappe schüttelt er mit Macht,
daß alle Glöcklein tönen!

Da strahlt von dem Ciborium
ein goldnes Leuchten aus;
es glänzt und duftet um und um
im kleinen Gotteshaus,
wie wenn des Himmels Majestät
in frischen Veilchen läge:
Der Herr, der durch die Wandlung geht –
er lächelt auf dem Wege!

Gottfried Keller

JOHN MAYNARD

John Maynard!
«Wer ist John Maynard?»

«John Maynard war unser Steuermann,
Aus hielt er, bis er das Ufer gewann,
Er hat uns gerettet, er trägt die Kron,
Er starb für uns, unsre Liebe sein Lohn.
John Maynard.»

—

Die «Schwalbe» fliegt über den Eriesee,
Gischt schäumt um den Bug wie Flocken von Schnee,
Von Detroit fliegt sie nach Buffalo –
Die Herzen aber sind frei und froh,
Und die Passagiere mit Kindern und Fraun
Im Dämmerlicht schon das Ufer schaun,
Und plaudernd an John Maynard heran
Tritt alles: «Wie weit noch, Steuermann?»
Der schaut nach vorn und schaut in die Rund:
«Noch dreißig Minuten ... Halbe Stund.»

Alle Herzen sind froh, alle Herzen sind frei –
Da klingt's aus dem Schiffsraum her wie Schrei,
«Feuer!» war es, was da klang,

Ein Qualm aus Kajüt und Luke drang,
Ein Qualm, dann Flammen lichterloh,
Und noch zwanzig Minuten bis Buffalo.

Und die Passagiere, buntgemengt,
Am Bugspriet stehn sie zusammengedrängt,
Am Bugspriet vorn ist noch Luft und Licht,
Am Steuer aber lagert sich's dicht,
Und ein Jammern wird laut: «Wo sind wir, wo?»
Und noch fünfzehn Minuten bis Buffalo.

Der Zugwind wächst, doch die Qualmwolke steht,
Der Kapitän nach dem Steuer späht,
Er sieht nicht mehr seinen Steuermann,
Aber durchs Sprachrohr fragt er an:
«Noch da, John Maynard?»
«Ja, Herr. Ich bin.»
«Auf den Strand! In die Brandung!»
«Ich halte drauf hin.»
Und das Schiffsvolk jubelt: «Halt aus! Hallo!»
Und noch zehn Minuten bis Buffalo.

«Noch da, John Maynard?» Und Antwort schallt's
Mit ersterbender Stimme: «Ja, Herr, ich halt's!»
Und in die Brandung, was Klippe, was Stein,
Jagt er die «Schwalbe» mitten hinein.
Soll Rettung kommen, so kommt sie nur *so*.
Rettung: der Strand von Buffalo!

—

Das Schiff geborsten. Das Feuer verschwelt.
Gerettet alle. Nur *einer* fehlt!

—

Alle Glocken gehn; ihre Töne schwelln
Himmelan aus Kirchen und Kapelln,
Ein Klingen und Läuten, sonst schweigt die Stadt,
Ein Dienst nur, den sie heute hat:
Zehntausend folgen oder mehr,
Und kein Aug im Zuge, das tränenleer.

Sie lassen den Sarg in Blumen hinab,
Mit Blumen schließen sie das Grab,
Und mit goldner Schrift in den Marmorstein
Schreibt die Stadt ihren Dankspruch ein:
«Hier ruht John Maynard! In Qualm und Brand
Hielt er das Steuer fest in der Hand,
Er hat uns gerettet, er trägt die Kron,
Er starb für *uns*, unsre Liebe sein Lohn.
John Maynard.»

Theodor Fontane

DER FISCHER

Das Wasser rauscht', das Wasser schwoll,
Ein Fischer saß daran,
Sah nach dem Angel ruhevoll,
Kühl bis ans Herz hinan.
Und wie er sitzt und wie er lauscht,
Teilt sich die Flut empor;
Aus dem bewegten Wasser rauscht
Ein feuchtes Weib hervor.

Sie sang zu ihm, sie sprach zu ihm:
Was lockst du meine Brut,
Mit Menschenwitz und Menschenlist
Hinauf in Todesglut?

Ach! wüßtest du, wie's Fischlein ist
So wohlig auf dem Grund,
Du stiegst herunter, wie du bist,
Und würdest erst gesund.

Labt sich die liebe Sonne nicht,
Der Mond sich nicht im Meer?
Kehrt wellenatmend ihr Gesicht
Nicht doppelt schöner her?
Lockt dich der tiefe Himmel nicht,
Das feuchtverklärte Blau?
Lockt dich dein eigen Angesicht
Nicht her in ew'gen Tau?

Das Wasser rauscht', das Wasser schwoll,
Netzt' ihm den nackten Fuß;
Sein Herz wuchs ihm so sehnsuchtsvoll,
Wie bei der Liebsten Gruß.
Sie sprach zu ihm, sie sang zu ihm;
Da war's um ihn geschehn:
Halb zog sie ihn, halb sank er hin,
Und ward nicht mehr gesehn.

Johann Wolfgang Goethe

ZU BACHARACH am Rheine
Wohnt eine Zauberin,
Sie war so schön und feine
Und riss viel Herzen hin.

Und brachte viel zu schanden
Der Männer rings umher,
Aus ihren Liebesbanden
War keine Rettung mehr.

Der Bischof ließ sie laden
Vor geistliche Gewalt –
Und musste sie begnaden,
So schön war ihr Gestalt.

Er sprach zu ihr gerühret:
«Du arme Lore Lay!
Wer hat dich denn verführet
Zu böser Zauberei?»

«Herr Bischof lasst mich sterben,
Ich bin des Lebens müd,
Weil jeder muss verderben,
Der meine Augen sieht.

Die Augen sind zwei Flammen,
Mein Arm ein Zauberstab –
O legt mich in die Flammen!
O brechet mir den Stab!»

«Ich kann dich nicht verdammen,
Bis du mir erst bekennt,
Warum in diesen Flammen
Mein eigen Herz schon brennt.

Den Stab kann ich nicht brechen,
Du schöne Lore Lay!
Ich müsste dann zerbrechen
Mein eigen Herz entzwei.»

«Herr Bischof mit mir Armen
Treibt nicht so bösen Spott,
Und bittet um Erbarmen,
Für mich den lieben Gott.

Ich darf nicht länger leben,
Ich liebe keinen mehr –
Den Tod sollt Ihr mir geben,
Drum kam ich zu Euch her. –

Mein Schatz hat mich betrogen,
Hat sich von mir gewandt,
Ist fort von hier gezogen,
Fort in ein fremdes Land.

Die Augen sanft und wilde,
Die Wangen rot und weiß,
Die Worte still und milde
Das ist mein Zauberkreis.

Ich selbst muss drin verderben,
Das Herz tut mir so weh,
Vor Schmerzen möcht ich sterben,
Wenn ich mein Bildnis seh.

Drum lasst mein Recht mich finden,
Mich sterben, wie ein Christ,
Denn alles muss verschwinden,
Weil er nicht bei mir ist.»

Drei Ritter lässt er holen:
«Bringt sie ins Kloster hin,
Geh Lore! – Gott befohlen
Sei dein berückter Sinn.

Du sollst ein Nönnchen werden,
Ein Nönnchen schwarz und weiß,
Bereite dich auf Erden
Zu deines Todes Reis'.»

Zum Kloster sie nun ritten,
Die Ritter alle drei,
Und traurig in der Mitten
Die schöne Lore Lay.

«O Ritter lasst mich gehen,
Auf diesen Felsen groß,
Ich will noch einmal sehen
Nach meines Lieben Schloss.

Ich will noch einmal sehen
Wohl in den tiefen Rhein,
Und dann ins Kloster gehen
Und Gottes Jungfrau sein.»

Der Felsen ist so jähe,
So steil ist seine Wand,
Doch klimmt sie in die Höhe,
Bis dass sie oben stand.

Es binden die drei Ritter,
Die Rosse unten an,
Und klettern immer weiter,
Zum Felsen auch hinan.

Die Jungfrau sprach: «da gehet
Ein Schifflein auf dem Rhein,
Der in dem Schifflein stehet,
Der soll mein Liebster sein.

Mein Herz wird mir so munter,
Es muss mein Liebster sein!» –
Da lehnt sie sich hinunter
Und stürzet in den Rhein.

Die Ritter mussten sterben,
Sie konnten nicht hinab,
Sie mussten all verderben,
Ohn Priester und ohn Grab.

Wer hat dies Lied gesungen?
Ein Schiffer auf dem Rhein,
Und immer hat's geklungen
Von dem drei Ritterstein:

Lore Lay
Lore Lay
Lore Lay

Als wären es meiner drei.

Clemens Brentano

ICH WEISS NICHT, was soll es bedeuten,
Daß ich so traurig bin;
Ein Märchen aus alten Zeiten,
Das kommt mir nicht aus dem Sinn.

Die Luft ist kühl und es dunkelt,
Und ruhig fließt der Rhein;
Der Gipfel des Berges funkelt
Im Abendsonnenschein.

Die schönste Jungfrau sitzet
Dort oben wunderbar,
Ihr goldnes Geschmeide blitzet,
Sie kämmt ihr goldenes Haar.

Sie kämmt es mit goldenem Kamme,
Und singt ein Lied dabei;
Das hat eine wundersame,
Gewaltige Melodei.

Den Schiffer im kleinen Schiffe
Ergreift es mit wildem Weh;
Er schaut nicht die Felsenriffe,
Er schaut nur hinauf in die Höh.

Ich glaube, die Wellen verschlingen
Am Ende Schiffer und Kahn;
Und das hat mit ihrem Singen
Die Lore-Lei getan.

Heinrich Heine

OPHELIA

Im Haar ein Nest von jungen Wasserratten,
und die beringten Hände auf der Flut
wie Flossen, also treibt sie durch den Schatten
des großen Urwalds, der im Wasser ruht.

Die letzte Sonne, die im Dunkel irrt,
versenkt sich tief in ihres Hirnes Schrein.
Warum sie starb? Warum sie so allein
im Wasser treibt, das Farn und Kraut verwirrt?

Im dichten Röhricht steht der Wind. Er scheucht
wie eine Hand die Fledermäuse auf.
Mit dunklem Fittich, von dem Wasser feucht
stehn sie wie Rauch im dunklen Wasserlauf,

Wie Nachtgewölk. Ein langer, weißer Aal
schlüpft über ihre Brust. Ein Glühwurm scheint
auf ihrer Stirn. Und eine Weide weint
das Laub auf sie und ihre stumme Qual.

II.
Korn. Saaten. Und des Mittags roter Schweiß.
Der Felder gelbe Winde schlafen still.
Sie kommt, ein Vogel, der entschlafen will.
Der Schwäne Fittich überdacht sie weiß.

Die blauen Lider schatten sanft herab.
Und bei der Sensen blanken Melodien
träumt sie von eines Kusses Karmoisin
den ewigen Traum in ihrem ewigen Grab.

Vorbei, vorbei. Wo an das Ufer dröhnt
der Schall der Städte. Wo durch Dämme zwingt
der weiße Strom. Der Widerhall erklingt
mit weitem Echo. Wo herunter tönt

Hall voller Straßen. Glocken und Geläut.
Maschinenkreischen. Kampf. Wo westlich droht
in blinde Scheiben dumpfes Abendrot,
in dem ein Kran mit Riesenarmen dräut,

mit schwarzer Stirn, ein mächtiger Tyrann,
ein Moloch, drum die schwarzen Knechte knien.
Last schwerer Brücken, die darüber ziehn
wie Ketten auf dem Strom, und harter Bann.

Unsichtbar schwimmt sie in der Flut Geleit.
Doch wo sie treibt, jagt weit den Menschenschwarm
mit großem Fittich auf ein dunkler Harm,
der schattet über beide Ufer breit.

Vorbei, vorbei. Da sich dem Dunkel weiht
der westlich hohe Tag des Sommers spät,
wo in dem Dunkelgrün der Wiesen steht
des fernen Abends zarte Müdigkeit.

Der Strom trägt weit sie fort, die untertaucht,
durch manchen Winters trauervollen Port.
Die Zeit hinab. Durch Ewigkeiten fort,
davon der Horizont wie Feuer raucht.

Georg Heym

DER HERR DER INSEL

Die fischer überliefern dass im süden
Auf einer insel reich an zimmt und öl
Und edlen steinen die im sande glitzern
Ein vogel war der wenn am boden fussend
Mit seinem schnabel hoher stämme krone
Zerpflücken konnte · wenn er seine flügel
Gefärbt wie mit dem saft der Tyrer-schnecke
Zu schwerem niedrem flug erhoben: habe
Er einer dunklen wolke gleichgesehn.
Des tages sei er im gehölz verschwunden ·
Des abends aber an den strand gekommen ·
Im kühlen windeshauch von salz und tang
Die süsse stimme hebend dass delfine
Die freunde des gesanges näher schwammen
Im meer voll goldner federn goldner funken.
So habe er seit urbeginn gelebt ·
Gescheiterte nur hätten ihn erblickt.
Denn als zum erstenmal die weissen segel
Der menschen sich mit günstigem geleit
Dem eiland zugedreht sei er zum hügel
Die ganze teure stätte zu beschaun gestiegen ·
Verbreitet habe er die grossen schwingen
Verscheidend in gedämpften schmerzeslauten.

Stefan George

GESANG WEYLAS

Du bist Orplid, mein Land!
das ferne leuchtet;
vom Meere dampfet dein besonnter Strand
den Nebel, so der Götter Wange feuchtet.

Uralte Wasser steigen
verjüngt um deine Hüften, Kind!
Vor deiner Gottheit beugen
sich Könige, die deine Wärter sind.

Eduard Mörike

WELTGEHEIMNIS

Der tiefe Brunnen weiß es wohl,
einst waren alle tief und stumm,
und alle wußten drum.

Wie Zauberworte, nachgelallt
und nicht begriffen in den Grund,
so geht es jetzt von Mund zu Mund.

Der tiefe Brunnen weiß es wohl;
in den gebückt, begriffs ein Mann,
begriff es und verlor es dann.

Und redet' irr und sang ein Lied –
auf dessen dunklen Spiegel bückt
sich einst ein Kind und wird entrückt.

Und wächst und weiß nichts von sich selbst
und wird ein Weib, das einer liebt
und – wunderbar wie Liebe gibt!

Wie Liebe tiefe Kunde gibt! –
Da wird an Dinge, dumpf geahnt,
in ihren Küssen tief gemahnt …

In unsern Worten liegt es drin,
so tritt des Bettlers Fuß den Kies,
der eines Edelsteins Verlies.

Der tiefe Brunnen weiß es wohl,
einst aber wußten alle drum,
nun zuckt im Kreis ein Traum herum.

Hugo von Hofmannsthal

ALTER SCHLAF, wo hast du deine Söhne?
Junge, starke Söhne sollst du haben,
solche Kerle, die noch mehr vermögen
als bloß kommen und die Lampe löschen.

Einer soll zu meiner Angst sich legen,
einer sich auf meine Sehnsucht knien,
feste Fäuste müssen beide haben,
dass die Nachbarn keine Schreie hören.

Was willst du in meine Augen streuen?
Sand? – Ich lache! – eine ganze Wüste
kann ich dir für solche Augen schenken,
die damit sich schon zufrieden geben.

Meine, weißt du, sind zwei Feuersäulen,
einmal wird der Himmel davon brennen!
Aber vorher möcht ich endlich schlafen.
Alter, Alter, hast du keine Söhne?

Christine Lavant

DER ALTE GARTEN

Kaiserkron' und Päonien rot,
die müssen verzaubert sein,
denn Vater und Mutter sind lange tot,
was blühn sie hier so allein?

Der Springbrunn plaudert noch immerfort
von der alten schönen Zeit,
eine Frau sitzt eingeschlafen dort,
ihre Locken bedecken ihr Kleid.

Sie hat eine Laute in der Hand,
als ob sie im Schlafe spricht,
mir ist, als hätt' ich sie sonst gekannt –
still, geh vorbei und weck sie nicht!

Und wenn es dunkelt das Tal entlang,
streift sie die Saiten sacht,
da gibt's einen wunderbaren Klang
durch den Garten die ganze Nacht.

Joseph von Eichendorff

ES WAREN ZWEI KÖNIGSKINDER

Es waren zwei Königskinder,
die hatten einander so lieb,
die konnten beisammen nicht kommen,
das Wasser war viel zu tief, das Wasser war viel zu tief.

Ach Liebster, könntest du schwimmen,
so schwimm doch herüber zu mir!
Drei Kerzen will ich anzünden,
und die sollen leuchten zu dir.

Das hört ein falsches Nönnchen,
die tät als wenn sie schlief;
sie tät die Kerzlein auslöschen,
der Jüngling ertrank so tief.

Ach Fischer, liebster Fischer,
willst du verdienen groß Lohn,
so wirf dein Netz ins Wasser
und fisch mir den Königssohn!

Er warf das Netz ins Wasser,
er ging bis auf den Grund;
er fischte und fischte so lange,
bis er den Königssohn fand.

Sie schloss ihn in ihre Arme
und küsst seinen bleichen Mund:
Ach Mündlein, könntest du sprechen,
so wär mein jung Herze gesund!

Anonym

SCHÖN-ROHTRAUT

Wie heißt König Ringangs Töchterlein?
Rohtraut, Schön-Rohtraut.
Was tut sie denn den ganzen Tag,
da sie wohl nicht spinnen und nähen mag?
Tut fischen und jagen.
O daß ich doch ihr Jäger wär'!
Fischen und Jagen freute mich sehr.
– Schweig stille, mein Herze!

Und über eine kleine Weil,
Rohtraut, Schön-Rohtraut,
so dient der Knab' auf Ringangs Schloß
in Jägertracht und hat ein Roß,
mit Rohtraut zu jagen.
O daß ich doch ein Königssohn wär'!
Rohtraut, Schön-Rohtraut lieb ich so sehr.
– Schweig stille, mein Herze!

Einstmals sie ruhten am Eichenbaum,
da lacht' Schön-Rohtraut:
«Was siehst mich an so wunniglich?
Wenn du das Herz hast, küsse mich!»
Ach! erschrak der Knabe!
Doch denket er: «Mir ist's vergunnt»,
und küsset Schön-Rohtraut auf den Mund
– Schweig stille, mein Herze!

Darauf sie ritten schweigend heim,
Rohtraut, Schön-Rohtraut;
es jauchzt der Knab' in seinem Sinn:
«Und würdst du heute Kaiserin,
mich sollt's nicht kränken!
Ihr tausend Blätter im Walde wißt,
ich hab' Schön-Rohtrauts Mund geküßt!
– Schweig stille, mein Herze!»

Eduard Mörike

DIE FRAUEN VON NIDDEN

Die Frauen von Nidden standen am Strand
Über spähenden Augen die braune Hand,
Und die Böte nahten in wilder Hast,
Schwarze Wimpel flogen züngelnd am Mast.

Die Männer banden die Kähne fest
Und schrieen: «Drüben wütet die Pest!
In der Niedrung von Heydekrug bis Schaaken
Gehn die Leute im Trauerlaken!»

Da sprachen die Frauen: «Es hat nicht Not,
Vor unsrer Türe lauert der Tod,
Jeden Tag, den uns Gott gegeben,
Müssen wir ringen um unser Leben.

Die wandernde Düne ist Leides genug,
Gott wird uns verschonen, der uns schlug!» – – –
Doch die Pest ist des Nachts gekommen
Mit den Elchen über das Haff geschwommen.

Drei Tage und drei Nächte lang,
Wimmernd im Kirchstuhl die Glocke klang;
Am vierten Morgen, schrill und jach
Ihre Stimme in Leide brach.

Und in dem Dorf, aus Kate und Haus,
Sieben Frauen schritten heraus,
Sie schritten barfuß und tiefgebückt
In schwarzen Kleidern buntgestickt.

Sie klommen die steile Düne hinan,
Schuh und Strümpfe legten sie an,
Und sie sprachen: «Düne, wir sieben
Sind allein noch übriggeblieben.

Kein Tischler lebt, der den Sarg uns schreint,
Nicht Sohn noch Enkel, der uns beweint,
Kein Pfarrer mehr, uns den Kelch zu geben,
Nicht Knecht noch Magd ist mehr unten am Leben. –

Nun, weiße Düne, gib wohl acht:
Tür und Tor ist dir aufgemacht,
In unsre Stuben wirst du gehen,
Herd und Hof und Schober verwehn.

Gott vergaß uns, er ließ uns verderben,
Sein verödetes Haus sollst du erben,
Kreuz und Bibel zum Spielzeug haben, –
Nur, Mütterchen, komm, uns zu begraben!

Schlage uns still ins Leichentuch,
Du, unser Segen, einst unser Fluch,
Sieh, wir liegen und warten ganz mit Ruh» –
– Und die Düne kam und deckte sie zu.

Agnes Miegel

DIE NIBELUNGEN

In der dunkelnden Halle saßen sie,
sie saßen geschart um die Flammen,
Hagen Tronje zur Linken, sein Schwert auf dem Knie,
die Könige saßen zusammen.

Schön Kriemhild kauerte nah der Glut.
Von ihren schmalen Händen
zuckte der Schein wie Gold und Blut
und sprang hinauf an den Wänden.

König Gunter sprach: «Mein Herz geht schwer,
hör' ich den Ostwind klagen!
Spielmann, lang deine Fiedel her,
sing uns von frohen Tagen!»

Aufflog ein jubelnder Bogenstrich
und flatterte an den Balken,
Herr Volker sang: «Einst zähmte ich
einen edelen Falken ...»

Die blonde Kriemhild blickte auf
und sprach mit Tränen und leise:
«Spielmann, hör mit dem Liede auf,
sing eine andre Weise!»

Die braune Fiedel raunte alsbald
träumend und ganz versonnen,
Herr Volker sang: «Im Odenwald,
da fließt ein kühler Bronnen ...»

Die blonde Kriemhild wandte sich
und sprach mit Tränen und bange:
«Mein Herz schlägt laut und fürchtet sich
und bebt bei deinem Sange ...»

Anhub die Fiedel zum drittenmal
aufweinend in Gram und Leide.
Herrn Volkers Stimme sang im Saal,
wie ein Vogel auf nächtiger Heide:

«Es glimmt empor aus ewger Nacht
heißer als alle Feuersglut,
gelb wie das Aug' der Zwergenbrut,
das gierig seinen Glanz bewacht, –
o weh der Lust, die mich gezeugt!

Wie Brunft nach Brunft im Forste schreit,
wie nach der Lohe lechzt die Glut,
so treibt die Gier nach Menschenblut
ans Licht den Hort der Dunkelheit, –
o weh dem Schoß, der mich gebar!

Es ruft den Neid, es weckt den Mord,
stört auf die Drachen Trug und List,
hetzt Rachsucht, die die Rache frißt, –
und immer röter glüht der Hort, –
o weh der Brust, die mich gesäugt!

Es treibt und schwimmt im Purpurquell,
es trinkt den Quell und lechzt nach mehr,
es braust und schäumt die Flut steigt schnell,
breit wie die Donau strömt es her, –
o weh der Lieb', die lieb mir war!

Es schäumt und braust, atmet und steigt,
schon brandet's draußen an die Tür,
es klopft und pocht, der Riegel weicht,
nun flutet's heiß und rot herfür, –
weh über mich, weh über euch!»

Jäh bei dem letzten Bogenstrich
sprangen die Saiten und schrien,
Hagen von Tronje neigte sich
und wiegte sein Schwert auf den Knien.

Die Könige saßen bleich und verstört,
doch die schöne Kriemhild lachte,
sie sprach: «Nie hab' ich ein Lied gehört,
das mich lustiger machte!»

Sie kniete nieder und schürte die Glut.
Von ihren schmalen Händen
zuckte der Schein wie Gold und Blut
und sprang hinauf an den Wänden.

Agnes Miegel

TRUTZ, BLANKE HANS

Heut bin ich über Rungholt gefahren,
Die Stadt ging unter vor fünfhundert Jahren.
Noch schlagen die Wellen da wild und empört,
Wie damals, als sie die Marschen zerstört.
Die Maschine des Dampfers schüttert' und stöhnte,
Aus den Wassern rief es unheimlich und höhnte:
Trutz, blanke Hans.

Von der Nordsee, der Mordsee, vom Festland geschieden,
Liegen die friesischen Inseln im Frieden.
Und Zeugen weltenvernichtender Wut,
Taucht Hallig auf Hallig aus fliehender Flut.
Die Möwe zankt schon auf wachsenden Watten,
Der Seehund schon sonnt sich auf sandigen Platten.
Trutz, blanke Hans.

Im Ozean, mitten, schläft bis zur Stunde,
Ein Ungeheuer, tief auf dem Grunde.
Sein Haupt ruht dicht vor Englands Strand,
Die Schwanzflosse spielt nah' Brasiliens Sand.
Es zieht, sechs Stunden, den Atem nach innen,
Und treibt ihn, sechs Stunden, wieder von hinnen.
    Trutz, blanke Hans.

Doch einmal in jedem Jahrhundert entlassen
Die Kiemen gewaltige Wassermassen.
Dann holt das Untier tief Atem ein,
Und peitscht die Welle und schläft wieder ein.
Viel tausend Menschen im Nordland ertrinken,
Viel reiche Länder und Städte versinken.
    Trutz, blanke Hans.

Rungholt ist reich und wird immer reicher,
Kein Korn mehr faßt selbst der größeste Speicher.
Wie zur Blütezeit im alten Rom,
Staut hier täglich der Menschenstrom.
Die Sänften tragen Syrer und Mohren,
Mit Goldblech und Flitter in Nasen und Ohren.
    Trutz, blanke Hans.

Zum Feste heut klingen Cymbeln und Zinken,
Aus den Fenstern mit Tüchern die Frauen winken
Und blättern Blumen in alle die Pracht –
Die Kirchen schloß wer aber über Nacht?
Die Rungholter wollen sich selbst regieren,
Und keine Zeit mehr mit Gott verlieren.
    Trutz, blanke Hans.

Auf allen Märkten, auf allen Gassen
Lärmende Leute, betrunkene Massen.
Sie ziehn am Abend hinaus auf den Deich:

Wir trotzen dir, blanker Hans, Nordseeteich!
Und wie sie drohend die Fäuste ballen,
Zieht leis aus dem Schlamm der Krake die Krallen.
  Trutz, blanke Hans.

Die Wasser ebben, die Vögel ruhen,
Der liebe Gott geht auf leisesten Schuhen.
Der Mond zieht am Himmel gelassen die Bahn,
Belächelt der protzigen Rungholter Wahn.
Von Brasilien glänzt bis zu Norwegs Riffen
Das Meer wie schlafender Stahl, der geschliffen.
  Trutz, blanke Hans.

Und überall Frieden, auf See, in den Landen –
Plötzlich wie Ruf eines Raubtiers in Banden:
Das Scheusal wälzte sich, atmete tief,
Und schloß die Augen wieder und schlief.
Und rauschende, schwarze, langmähnige Wogen
Kommen wie rasende Rosse geflogen.
  Trutz, blanke Hans.

Ein einziger Schrei – die Stadt ist versunken,
Und Hunderttausende sind ertrunken.
Wo gestern noch Lärm und lustiger Tisch,
Schwamm andern Tages der dumme Fisch.
Heut bin ich über Rungholt gefahren,
Die Stadt ging unter vor fünfhundert Jahren.
  Trutz, blanke Hans?

Detlev von Liliencron

NIS RANDERS

Krachen und Heulen und berstende Nacht,
Dunkel und Flammen in rasender Jagd –
Ein Schrei durch die Brandung!

Und brennt der Himmel, so sieht man's gut.
Ein Wrack auf der Sandbank! Noch wiegt es die Flut;
Gleich holt sich's der Abgrund.

Nis Randers lugt – und ohne Hast
Spricht er: «Da hängt noch ein Mann im Mast;
Wir müssen ihn holen.»

Da fasst ihn die Mutter: «Du steigst mir nicht ein!
Dich will ich behalten, du bliebst mir allein,
Ich will's, deine Mutter!

Dein Vater ging unter und Momme, mein Sohn;
Drei Jahre verschollen ist Uwe schon,
Mein Uwe, mein Uwe!»

Nis tritt auf die Brücke. Die Mutter ihm nach!
Er weist nach dem Wrack und spricht gemach:
«Und seine Mutter?»

Nun springt er ins Boot und mit ihm noch sechs:
Hohes, hartes Friesengewächs;
Schon sausen die Ruder.

Boot oben, Boot unten, ein Höllentanz!
Nun muß es zerschmettern … ! Nein, es blieb ganz … !
Wie lange? Wie lange?

Mit feurigen Geißeln peitscht das Meer
Die menschenfressenden Rosse daher;
Sie schnauben und schäumen.

Wie hechelnde Hast sie zusammenzwingt!
Eins auf den Nacken des anderen springt
Mit stampfenden Hufen!

Drei Wetter zusammen! Nun brennt die Welt!
Was da? – Ein Boot, das landwärts hält –
Sie sind es! Sie kommen!

Und Auge und Ohr ins Dunkel gespannt …
Still – ruft da nicht einer? – Er schreit's durch die Hand:
«Sagt Mutter, 's ist Uwe!»

Otto Ernst

EDWARD

Aus dem Schottischen

«Dein Schwert, wie ist's von Blut so rot,
Edward, Edward!
Dein Schwert, wie ist's von Blut so rot?
und gehst so traurig her? – O!»
«O ich hab' geschlagen meinen Geier tot,
Mutter! Mutter!
O ich hab' geschlagen meinen Geier tot,
Und keinen hab' ich wie er – O!»

«Dein's Geiers Blut ist nicht so rot,
Edward, Edward!
Dein's Geiers Blut ist nicht so rot.
Mein Sohn, bekenn mir frei – O!»

«O ich hab' geschlagen mein Rotroß tot,
Mutter, Mutter!
O ich hab' geschlagen mein Rotroß tot,
und's war so stolz und treu – O!»

«Dein Roß war alt, und hast's nicht not,
Edward, Edward!
Dein Roß war alt und hast's nicht not,
dich drückt ein ander Schmerz – O!»
«O ich hab' geschlagen meinen Vater tot,
Mutter, Mutter!
O ich hab' geschlagen meinen Vater tot
und weh, weh ist mein Herz – O!»

«Und was für Buße willt du nun tun?
Edward, Edward!
Und was für Buße willt du nun tun?
Mein Sohn, bekenn mir mehr – O!»
«Auf Erden soll mein Fuß nicht ruhn,
Mutter, Mutter!
Auf Erden soll mein Fuß nicht ruhn,
will gehn fern übers Meer – O!»

«Und was soll werden dein Hof und Hall?
Edward, Edward!
Und was soll werden dein Hof und Hall?
So herrlich sonst und schön – O!»
«Ich lass' es stehn, bis es sink' und fall',
Mutter, Mutter!
Ich lass' es stehn, bis es sink' und fall',
mag nie es wieder sehn – O!»

«Und was soll werden dein Weib und Kind?
Edward, Edward!
Und was soll werden dein Weib und Kind,
wann du gehst übers Meer? – O!»

«Die Welt ist groß, laß sie betteln drin,
Mutter, Mutter!
Die Welt ist groß, laß sie betteln drin,
ich seh' sie nimmermehr – O!»

«Und was willt du lassen deiner Mutter teur?
Edward, Edward!
Und was willt du lassen deiner Mutter teur?
Mein Sohn, das sage mir – O!»
«Fluch will ich Euch lassen und höllisch Feur,
Mutter, Mutter!
Fluch will ich Euch lassen und höllisch Feur,
denn Ihr, Ihr rietet's mir! – O!»

Johann Gottfried Herder

DIE SONNE BRINGT ES AN DEN TAG

Gemächlich in der Werkstatt saß
zum Frühtrunk Meister Nikolas.
Die junge Hausfrau schenkt' ihm ein;
es war im heitern Sonnenschein.
Die Sonne bringt es an den Tag!

Die Sonne blinkt von der Schale Rand,
malt zitternde Kringel an die Wand;
und wie den Schein er ins Auge faßt,
so spricht er für sich, indem er erblaßt:
«Du bringst es doch nicht an den Tag!»

«Wer nicht? Was nicht?» die Frau fragt gleich.
«Was stierst du so an? Was wirst du so bleich?»
Und er darauf: «Sei still, nur still!

Ich's doch nicht sagen kann noch will.
    Die Sonne bringt's nicht an den Tag.»

Die Frau nur dringender forscht und fragt,
mit Schmeicheln ihn und Hadern plagt,
mit süßem und mit bitterm Wort;
sie fragt und plagt ihn fort und fort:
    «Was bringt die Sonne nicht an den Tag?»

«Nein, nimmermehr!» – «Du sagst es mir noch!»
«Ich sag' es nicht.» – «Du sagst es mir doch!»
Da ward zuletzt er müd und schwach
und gab der Ungestümen nach.
    Die Sonne bringt es an den Tag!

«Auf der Wanderschaft, 's ist zwanzig Jahr,
da traf es mich einst gar sonderbar;
ich hatt' nicht Geld, nicht Ranzen noch Schuh,
war hungrig und durstig und zornig dazu. –
    Die Sonne bringt's nicht an den Tag!

Da kam mir just ein Jud in die Quer;
ringsher war's still und menschenleer.
‹Du hilfst mir, Hund, aus meiner Not;
den Beutel her, sonst schlag ich dich tot!› –
    Die Sonne bringt's nicht an den Tag!

Und er: ‹Vergieße nicht mein Blut;
acht Pfennige sind mein ganzes Gut!›
Ich glaubt' ihm nicht und fiel ihn an;
es war ein alter, schwacher Mann. –
    Die Sonne bringt's nicht an den Tag!

So rücklings lag er blutend da;
sein brechendes Aug' in die Sonne sah.

Noch hob er zuckend die Hand empor,
noch schrie er röchelnd mir ins Ohr:
‹Die Sonne bringt es an den Tag!›

Ich macht' ihn schnell noch vollends stumm
und kehrt' ihm die Taschen um und um;
acht Pfenn'ge, das war das ganze Geld.
Ich scharrt' ihn ein auf selbigem Feld. –
Die Sonne bringt's nicht an den Tag!

Dann zog ich weit und weiter hinaus,
kam hier ins Land, bin jetzt zu Haus. –
Du weißt nun meine Heimlichkeit,
so halte den Mund und sei gescheit –
Die Sonne bringt's nicht an den Tag.

Wann aber sie so flimmernd scheint,
ich merk' es wohl, was sie da meint,
wie sie sich müht und sich erbost, –
du, schau nicht hin und sei getrost:
Sie bringt es doch nicht an den Tag.»

So hatte die Sonn' eine Zunge nun;
der Frauen Zungen ja nimmer ruhn. –
«Gevatterin, um Jesu Christ!
Laßt Euch nicht merken, was Ihr nun wißt!» –
Nun bringt's die Sonne an den Tag!

Die Raben ziehen krächzend zumal
nach dem Hochgericht, zu halten ihr Mahl.
Wen flechten sie aufs Rad zur Stund?
Was hat er getan? Wie ward es kund?
Die Sonne bracht' es an den Tag.

Adelbert von Chamisso

DER RECHTE BARBIER

«Und soll ich nach Philisterart
mir Kinn und Wange putzen,
so will ich meinen langen Bart
den letzten Tag noch nutzen;
ja! ärgerlich, wie ich nun bin,
vor meinem Groll, vor meinem Kinn
soll mancher noch erzittern.

Holla! Herr Wirt, mein Pferd! macht fort!
Ihm wird der Hafer frommen.
Habt Ihr Barbierer hier im Ort?
Laßt gleich den rechten kommen!
Waldaus, waldein, verfluchtes Land!
Ich ritt die Kreuz und Quer und fand
doch nirgends noch den rechten.

Tritt her, Bartputzer, aufgeschaut!
Du sollst den Bart mir kratzen;
doch kitzlig sehr ist meine Haut:
ich biete hundert Batzen;
nur, machst du nicht die Sache gut,
und fließt ein einzges Tröpflein Blut –
fährt dir mein Dolch ins Herze.»

Das spitze, kalte Eisen sah
man auf dem Tische blitzen
und dem verwünschten Ding gar nah
auf seinem Schemel sitzen
den grimmgen, schwarzbehaarten Mann
im schwarzen, kurzen Wams, woran
noch schwärzre Troddeln hingen.

Dem Meister wird's zu grausig fast:
Er will die Messer wetzen,
er sieht den Dolch, er sieht den Gast,
es packt ihn das Entsetzen;
er zittert wie das Espenlaub,
er macht sich plötzlich aus dem Staub
und sendet den Gesellen.

«Einhundert Batzen mein Gebot,
falls du die Kunst besitzest;
doch, merk es dir, dich stech' ich tot,
so du die Haut mir ritzest.»
Und der Gesell: «Den Teufel auch!
Das ist des Landes nicht der Brauch.»
Er läuft und schickt den Jungen.

«Bist du der Rechte, kleiner Molch?
Frisch auf! fang an zu schaben;
hier ist das Geld, hier ist der Dolch,
das beides ist zu haben!
Und schneidest, ritzest du mich bloß,
so geb' ich dir den Gnadenstoß;
du wärest nicht der erste.»

Der Junge denkt der Batzen, druckst
nicht lang und ruft verwegen:
«Nur still gesessen! Nicht gemuckst!
Gott geb Euch seinen Segen!»
Er seift ihn ein, ganz unverdutzt,
er wetzt, er stutzt, er kratzt, er putzt:
«Gottlob! nun seid Ihr fertig!»

«Nimm kleiner Knirps, dein Geld nur hin;
du bist ein wahrer Teufel!
Kein andrer mochte den Gewinn,

du hegtest keinen Zweifel,
es kam das Zittern dich nicht an,
und wenn ein Tröpflein Blutes rann,
so stach ich dich doch nieder!»

«Ei, guter Herr, so stand es nicht;
ich hielt Euch an der Kehle:
Verzucktet Ihr nur das Gesicht,
und ging der Schnitt mir fehle,
so ließ ich Euch dazu nicht Zeit,
entschlossen war ich und bereit,
die Kehl' Euch abzuschneiden.»

«So, so! Ein ganz verwünschter Spaß!»
Dem Herrn ward's unbehäglich;
er wurd' auf einmal leichenblaß
und zitterte nachträglich:
«So, so! das hatt' ich nicht bedacht,
doch hat es Gott noch gut gemacht;
ich will's mir aber merken.»

Adelbert von Chamisso

DIE GOLDGRÄBER

Sie waren gezogen über das Meer,
nach Glück und Gold stand ihr Begehr,
drei wilde Gesellen, vom Wetter gebräunt,
und kannten sich wohl und waren sich freund.

Sie hatten gegraben Tag und Nacht,
am Fluß die Grube, im Berg den Schacht;
in Sonnengluten und Regengebraus,
bei Durst und Hunger hielten sie aus.

Und endlich, endlich, nach Monden voll Schweiß,
da sahn aus der Tiefe sie winken den Preis,
da glüht' es sie an durch das Dunkel so hold,
mit Blicken der Schlange, das feurige Gold.

Sie brachen es los aus dem finsteren Raum,
und als sie's faßten, sie hoben es kaum,
und als sie's wogen, sie jauchzten zugleich:
«Nun sind wir geborgen, nun sind wir reich!»

Sie lachten und kreischten mit jubelndem Schall,
sie tanzten im Kreis um das blanke Metall,
und hätte der Stolz nicht bezähmt ihr Gelüst,
sie hätten's mit brünstiger Lippe geküßt.

Sprach Tom, der Jäger: «Nun laßt uns ruhn!
Zeit ist's, auf das Mühsal uns gütlich zu tun.
Geh, Sam, und hol uns Speisen und Wein!
Ein lustiges Fest muß gefeiert sein!»

Wie trunken schlenderte Sam dahin,
zum Flecken hinab mit verzaubertem Sinn;
sein Haupt umnebelnd beschlichen ihn sacht
Gedanken, wie er sie nimmer gedacht.

Die andern saßen am Bergeshang;
sie prüften das Erz, und es blitzt' und es klang.
Sprach Will, der Rote: «Das Gold ist fein;
nur schade, daß wir es teilen zu drei'n.»

«Du meinst?» – «Je, nun, ich meine nur so,
zwei würden des Schatzes besser froh.
Doch wenn …» – «Wenn was?» – «Nun, nehmen wir an,
Sam wäre nicht da …» – «Ja freilich, dann, dann …»

Sie schwiegen lang. Die Sonne glomm
und gleißt' um das Gold; da murmelte Tom:
«Siehst du die Schlucht dort unten?» – «Warum?»
«Ihr Schatten ist tief, und die Felsen sind stumm.»

«Versteh' ich dich recht?» – «Was fragst du noch viel!
Wir dachten es beide und führen's ans Ziel.
Ein tüchtiger Stoß und ein Grab im Gestein,
so ist es getan, und wir teilen allein!»

Sie schwiegen aufs neu. Es verglüht' der Tag;
wie Blut auf dem Golde das Spätrot lag.
Da kam er zurück, ihr junger Genoß,
von bleicher Stirne der Schweiß ihm floß.

«Nun her mit dem Korb und dem bauchigen Krug!»
Und sie aßen und tranken mit tiefem Zug.
«Hei lustig, Bruder! Dein Wein ist stark,
er rollt wie Feuer durch Bein und Mark.

Komm, tu uns Bescheid!» – «Ich trank schon vorher,
nun sind vom Schlafe die Augen mir schwer;
ich streck' ins Geklüft mich.» – «Nun, gute Ruh'!
Und nimm den Stoß, und den dazu!»

Sie trafen ihn mit den Messern gut.
Er schwankt und glitt im rauchenden Blut.
Noch einmal hub er sein blaß Gesicht:
«Herrgott im Himmel, du hältst Gericht!

Wohl um das Gold erschluget ihr mich.
Weh euch! Ihr seid verloren wie ich.
Auch ich, ich wollte den Schatz allein
und mischt' euch tödliches Gift an den Wein!»

Emanuel Geibel

GEDENKTAFEL FÜR 12 WELTMEISTER

Dies ist die Geschichte der Weltmeister im Mittelgewicht
Ihrer Kämpfe und Laufbahnen
Vom Jahre 1891
Bis heute.

Ich beginne die Serie im Jahre 1891 –
Der Zeit rohen Schlagens
Wo die Boxkämpfe noch über 56 und 70 Runden gingen
Und einzig beendet wurden durch den Niederschlag –
Mit BOB FITZSIMMONS, dem Vater der Boxtechnik
Inhaber der Weltmeisterschaft im Mittelgewicht
Und im Schwergewicht (durch seinen am 17. März 1897 erfochtenen Sieg über Jim Corbett).
34 Jahre seines Lebens im Ring, nur sechsmal geschlagen
So sehr gefürchtet, daß er das ganze Jahr 1889
Ohne Gegner war. Erst im Jahre 1914
Im Alter von 51 Jahren absolvierte er
Seine beiden letzten Kämpfe:
Ein Mann ohne Alter.
1905 verlor Bob Fitzsimmons seinen Titel an

Jack O'Brien genannt PHILADELPHIA JACK
Jack O'Brien begann seine Boxerlaufbahn
Im Alter von 18 Jahren
Er bestritt über 200 Kämpfe. Niemals
Fragte Philadelphia Jack nach der Börse.
Er ging aus von dem Standpunkt
Daß man lernt durch Kämpfe
Und er siegte, so lange er lernte.

Jack O'Briens Nachfolger war
STANLEY KETCHEL
Berühmt durch vier wahre Schlachten

Gegen Billie Papke
Und als rauhster Kämpfer aller Zeiten
Hinterrücks erschossen mit 23 Jahren
An einem lachenden Herbsttage
Vor seiner Farm sitzend
Unbesiegt.

Ich setze meine Serie fort mit
BILLIE PAPKE
Dem ersten Genie des Infighting.
Damals wurde zum ersten Male gehört
Der Name: Menschliche Kampfmaschine.
Im Jahre 1913 zu Paris
Wurde er geschlagen
Durch einen größeren in der Kunst des Infighting:
Frank Klaus.

FRANK KLAUS, sein Nachfolger, traf sich
Mit den berühmten Mittelgewichten seiner Zeit
Jim Gardener, Billie Berger
Willie Lewis und Jack Dillon
Und Georges Carpentier war gegen ihn schwach wie ein Kind.

Ihn schlug GEORGE CHIP
Der unbekannte Mann aus Oklahoma
Der nie sonst Taten von Bedeutung vollbrachte
Und geschlagen wurde von

AL MACCOY, dem schlechtesten aller Mittelgewichtsmeister
Der weiter nichts konnte als einstecken
Und seiner Würde entkleidet wurde von

MIKE O'DOWD
Dem Mann mit dem eisernen Kinn
Geschlagen von

JOHNNY WILSON
Der 48 Männer k. o. schlug
Und selber k. o. geschlagen wurde von

HARRY GREBB, der menschlichen Windmühle
Dem zuverlässigsten aller Boxer
Der keinen Kampf ausschlug
Und jeden bis zu Ende kämpfte
Und wenn er verloren hatte, sagte:
Ich habe verloren.
Der den Männertöter Dempsey
Den Tigerjack, den Manassamauler
Verrückt machte, daß er beim Training
Seine Handschuhe wegwarf
Das «Phantom, das nicht stillstehen konnte»
Geschlagen 1926 nach Punkten von

TIGER FLOWERS, dem Neger und Pfarrer
Der nie k. o. ging.

Nach ihm war Weltmeister im Mittelgewicht
Der Nachfolger des boxenden Pfarrers
MICKEY WALKER, der den mutigsten Boxer Europas
Den Schotten Tommy Milligan
Am 30. Juni 1927 zu London in 30 Minuten
In Stücke schlug.

Bob Fitzsimmons
Jack O'Brien
Stanley Ketchel
Billie Papke
Frank Klaus
George Chip
Al MacCoy
Mike O'Dowd

Johnny Wilson
Harry Grebb
Tiger Flowers
Mickey Walker –
Dies sind die Namen von 12 Männern
Die auf ihrem Gebiet die besten ihrer Zeit waren
Festgestellt durch harten Kampf
Unter Beobachtung der Spielregeln
Vor den Augen der Welt.

Bertolt Brecht

IN DER EINSAMKEIT

HERBSTTAG

HERR: es ist Zeit. Der Sommer war sehr groß.
Leg deinen Schatten auf die Sonnenuhren,
und auf den Fluren laß die Winde los.

Befiehl den letzten Früchten voll zu sein;
gieb ihnen noch zwei südlichere Tage,
dränge sie zur Vollendung hin und jage
die letzte Süße in den schweren Wein.

Wer jetzt kein Haus hat, baut sich keines mehr.
Wer jetzt allein ist, wird es lange bleiben,
wird wachen, lesen, lange Briefe schreiben
und wird in den Alleen hin und her
unruhig wandern, wenn die Blätter treiben.

Rainer Maria Rilke

ABEND

Der schnelle Tag ist hin, die Nacht schwingt ihre Fahn,
Und führt die Sternen auf. Der Menschen müde Scharen
Verlassen Feld und Werk, wo Tier und Vögel waren
Traurt itzt die Einsamkeit. Wie ist die Zeit vertan!

Der Port naht mehr und mehr sich zu der Glieder Kahn.
Gleich wie dies Licht verfiel, so wird in wenig Jahren
Ich, du, und was man hat, und was man sieht, hinfahren.
Dies Leben kommt mir vor als eine Renne-Bahn.

Laß höchster Gott, mich doch nicht auf dem Laufplatz gleiten,
Laß mich nicht Ach, nicht Pracht, nicht Lust, nicht Angst verleiten!
Dein ewig-heller Glanz sei vor und neben mir.

Laß, wenn der müde Leib entschläft, die Seele wachen
Und wenn der letzte Tag wird mit mir Abend machen,
So reiß mich aus dem Tal der Finsternis zu dir.

Andreas Gryphius

ABENDGEFÜHL

Friedlich bekämpfen
Nacht sich und Tag.
Wie das zu dämpfen,
wie das zu lösen vermag!

Der mich bedrückte,
schläfst du schon, Schmerz?
Was mich beglückte,
sage, was war's doch, mein Herz?

Freude wie Kummer,
fühl' ich, zerrann,
aber den Schlummer
führten sie leise heran.

Und im Entschweben,
immer empor,
kommt mir das Leben
ganz wie ein Schlummerlied vor.

Friedrich Hebbel

ZIEMLICH ANGEÖDET

Es ist nicht sehr viel los. Was soll man machen?
Am liebsten möcht ich mich mit mir verkrachen.
Am liebsten würde ich mich nicht mehr sehn.
Ich kann mich nicht mehr gut mit mir vertragen,
Ich möchte mir sehr böse Dinge sagen,
Und mit mir selbst ganz auseinander gehn.

Ich würde mich am liebsten nicht mehr kennen,
Wer sich nicht mehr verträgt, der soll sich trennen.
Es langweilt mich mein eigenes Gesicht.
Ich hasse mich von Kopf bis zu den Füßen,

Ich möchte mich auf der Straße nicht mehr grüßen,
Adieu und aus! Good-bye! – Nur geht das nicht.

Ich kann mich selber absolut nicht leiden,
Ich möchte den Verkehr mit mir vermeiden.
Ich schriebe gern mir einen groben Brief.
Ich würde alles Schlechte von mir sprechen,
Und gern auf immer mit mir selber brechen,
Wie schön wär's, wenn ich meinem Ich entlief!

Lessie Sachs

SCHWÜLE

Trüb verglomm der schwüle Sommertag,
Dumpf und traurig tönt mein Ruderschlag –
Sterne, Sterne – Abend ist es ja –
Sterne, warum seid ihr noch nicht da?

Bleich das Leben! Bleich der Felsenhang!
Schilf, was flüsterst du so frech und bang?
Fern der Himmel und die Tiefe nah –
Sterne, warum seid ihr noch nicht da?

Eine liebe, liebe Stimme ruft
Mich beständig aus der Wassergruft –
Weg, Gespenst, das oft ich winken sah!
Sterne, Sterne, seid ihr nicht mehr da?

Endlich, endlich durch das Dunkel bricht –
Es war Zeit! – ein schwaches Flimmerlicht –
Denn ich wußte nicht wie mir geschah.
Sterne, Sterne, bleibt mir immer nah!

Conrad Ferdinand Meyer

MONDESAUFGANG

An des Balkones Gitter lehnte ich
Und wartete, du mildes Licht, auf dich;
Hoch über mir, gleich trübem Eiskristalle,
Zerschmolzen, schwamm des Firmamentes Halle,
Der See verschimmerte mit leisem Dehnen,
– Zerflossne Perlen oder Wolkentränen? –
Es rieselte, es dämmerte um mich,
Ich wartete, du mildes Licht, auf dich!

Hoch stand ich, neben mir der Linden Kamm,
Tief unter mir Gezweige, Ast und Stamm,
Im Laube summte der Phalänen Reigen,
Die Feuerfliege sah ich glimmend steigen;
Und Blüten taumelten wie halb entschlafen;
Mir war, als treibe hier ein Herz zum Hafen,
Ein Herz, das übervoll von Glück und Leid,
Und Bildern seliger Vergangenheit.

Das Dunkel stieg, die Schatten drangen ein, –
Wo weilst du, weilst du denn, mein milder Schein! –
Sie drangen ein, wie sündige Gedanken,
Des Firmamentes Woge schien zu schwanken,
Verzittert war der Feuerfliege Funken,
Längst die Phaläne an den Grund gesunken,
Nur Bergeshäupter standen hart und nah,
Ein düstrer Richterkreis, im Düster da.

Und Zweige zischelten an meinem Fuß,
Wie Warnungsflüstern oder Todesgruß,
Ein Summen stieg im weiten Wassertale
Wie Volksgemurmel vor dem Tribunale;
Mir war, als müsse etwas Rechnung geben,
Als stehe zagend ein verlornes Leben,

Als stehe ein verkümmert Herz allein,
Einsam mit seiner Schuld und seiner Pein.

Da auf die Wellen sank ein Silberflor,
Und langsam stiegst du, frommes Licht, empor;
Der Alpen finstre Stirnen strichst du leise,
Und aus den Richtern wurden sanfte Greise,
Der Wellen Zucken ward ein lächelnd Winken,
An jedem Zweige sah ich Tropfen blinken,
Und jeder Tropfen schien ein Kämmerlein,
Drin flimmerte der Heimatlampe Schein.

O Mond, du bist mir wie ein später Freund,
Der seine Jugend dem Verarmten eint,
Um seine sterbenden Erinnerungen
Des Lebens zarten Widerschein geschlungen,
Bist keine Sonne, die entzückt und blendet,
In Feuerströmen lebt, in Blute endet, –
Bist, was dem kranken Sänger sein Gedicht,
Ein fremdes, aber o ein mildes Licht!

Annette von Droste-Hülshoff

DURCHWACHTE NACHT

Wie sank die Sonne glüh und schwer,
und aus versengter Welle dann
wie wirbelte der Nebel Heer
die sternenlose Nacht heran! –
Ich höre ferne Schritte gehn –
die Uhr schlägt zehn.

Noch ist nicht alles Leben eingenickt,
der Schlafgemächer letzte Türen knarren;

vorsichtig, in der Rinne Bauch gedrückt,
schlüpft noch der Iltis an des Giebels Sparren,
die schlummertrunkne Färse murrend nickt,
und fern im Stalle dröhnt des Rosses Scharren,
sein müdes Schnauben, bis, vom Mohn getränkt,
sich schlaff die regungslose Flanke senkt.

Betäubend gleitet Fliederhauch
durch meines Fensters offnen Spalt,
und an der Scheibe grauem Rauch
der Zweige wimmelnd Neigen wallt.
Matt bin ich, matt wie die Natur! –
Elf schlägt die Uhr.

O wunderliches Schlummerwachen, bist
der zartren Nerve Fluch du oder Segen? –
's ist eine Nacht, vom Taue wach geküßt,
das Dunkel fühl' ich kühl wie feinen Regen
an meine Wangen gleiten, das Gerüst
des Vorhangs scheint sich schaukelnd zu bewegen,
und dort das Wappen an der Decke Gips
schwimmt sachte mit dem Schlängeln des Polyps.

Wie mir das Blut im Hirne zuckt!
Am Söller geht Geknister um,
im Pulte raschelt es und ruckt,
als drehe sich der Schlüssel um.
Und – horch! der Seiger hat gewacht!
's ist Mitternacht.

War das ein Geisterlaut? So schwach und leicht
wie kaum berührten Glases schwirrend Klingen
und wieder wie verhaltnes Weinen steigt
ein langer Klageton aus den Syringen,
gedämpfter, süßer nun, wie tränenfeucht,

und selig kämpft verschämter Liebe Ringen; –
o Nachtigall, das ist kein wacher Sang,
ist nur im Traum gelöster Seele Drang.

Da kollert's nieder vom Gestein!
Des Turmes morsche Trümmer fällt,
das Käuzlein knackt und hustet drein;
ein jäher Windesodem schwellt
Gezweig und Kronenschmuck des Hains; –
die Uhr schlägt Eins.

Und drunten das Gewölke rollt und klimmt;
gleich einer Lampe aus dem Hünenmale
hervor des Mondes Silbergondel schwimmt,
verzitternd auf der Gasse blauem Stahle;
an jedem Fliederblatt ein Fünkchen glimmt,
und hell gezeichnet von dem blassen Strahle,
legt auf mein Lager sich des Fensters Bild,
vom schwanken Laubgewimmel überhüllt.

Jetzt möcht' ich schlafen, schlafen gleich,
entschlafen unterm Mondeshauch,
umspielt vom flüsternden Gezweig,
im Blute Funken, Funk im Strauch,
und mir im Ohre Melodei; –
die Uhr schlägt zwei.

Und immer heller wird der süße Klang,
das liebe Lachen; es beginnt zu ziehen
gleich Bildern von Daguerre die Deck' entlang,
die aufwärts steigen mit des Pfeiles Fliehen;
mir ist, als seh' ich lichter Locken Hang,
gleich Feuerwürmern seh' ich Augen glühen,
dann werden feucht sie, werden blau und lind,
und mir zu Füßen sitzt ein schönes Kind.

Es sieht empor, so fromm gespannt,
die Seele strömend aus dem Blick;
nun hebt es gaukelnd seine Hand,
nun zieht es lachend sie zurück;
und – horch! des Hahnes erster Schrei! –
Die Uhr schlägt drei.

Wie bin ich aufgeschreckt, – o süßes Bild,
du bist dahin, zerflossen mit dem Dunkel!
Die unerfreulich graue Dämmrung quillt,
verloschen ist des Flieders Taugefunkel,
verrostet steht des Mondes Silberschild,
im Walde gleitet ängstliches Gemunkel,
und meine Schwalbe an des Frieses Saum
zirpt leise, leise auf im schweren Traum.

Der Tauben Schwärme kreisen scheu,
wie trunken in des Hofes Rund,
und wieder gellt des Hahnes Schrei,
auf seiner Streue rückt der Hund,
und langsam knarrt des Stalles Tür –
die Uhr schlägt vier.

Da flammt's im Osten auf, – o Morgenglut!
Sie steigt, sie steigt, und mit dem ersten Strahle
strömt Wald und Heide vor Gesangesflut,
das Leben quillt aus schäumendem Pokale,
es klirrt die Sense, flattert Falkenbrut,
im nahen Forste schmettern Jagdsignale,
und wie ein Gletscher sinkt der Träume Land
zerrinnend in des Horizontes Brand.

Annette von Droste-Hülshoff

AUS EINER NACHT

Oh Nachtgedank, mein Ungewinn:
Ich werde nie sein, der ich bin.
Der Ulmbaum ists, das Weinlaub ists,
du Regenguss an Scheiben bists,
ihr Füchse seids, ihr Gruben seids,
ein hingeflüstert Wort bereits.

Dies lag mir schon im Kindersinn:
Ich werde nie sein, der ich bin.
Die Mutter wars, das Zimmer wars,
der Fluss im Sterngeflimmer wars;
ein Hund im Ort, ein Hund an Bord,
ihr Zorngebell durch Stunden fort.

Mich führt kein Weg zu keinem hin:
Ich werde nie sein, der ich bin.
Was ich bedenk, bleibt ungelenk,
was ich betracht, scheint ungeschlacht;
was ich mir träum, sind Uferbäum,
darin ich euren Ruf versäum.

Ihr ruft mir schon seit Anbeginn,
jedoch ich bin nicht, der ich bin.
Ich hör im Ried, ich hör im Schilf
mein unverlierbar Lied: Gott hilf !
Und greif ins Haar, ob ich erfahr,
dass ich ein Schilf, ein Ried nie war.

Georg von der Vring

IN EIN ALTES STAMMBUCH

Immer wieder kehrst du Melancholie,
o Sanftmut der einsamen Seele.
Zu Ende glüht ein goldener Tag.

Demutsvoll beugt sich dem Schmerz der Geduldige
tönend von Wohllaut und weichem Wahnsinn.
Siehe! Es dämmert schon.

Wieder kehrt die Nacht und klagt ein Sterbliches
und es leidet ein anderes mit.

Schaudernd unter herbstlichen Sternen
neigt sich jährlich tiefer das Haupt.

Georg Trakl

KILCHBERG

täglich andere Ängste
und immer dieselbe Angst
die erste die letzte die längste:
dass du nicht langst

dass du nie genug bist
dass du nie genügst
dass deine Sicherheit Lug ist
dass du lügst

Angst vor offenen Plätzen
Gier nach dem eigenen Platz
nachts das alte Entsetzen
morgens der nächste Satz

Heinrich Detering

DER LEIERMANN

Drüben hinterm Dorfe steht ein Leiermann
und mit starren Fingern dreht er, was er kann.

Barfuß auf dem Eise schwankt er hin und her
und sein kleiner Teller bleibt ihm immer leer.

Keiner mag ihn hören, keiner sieht ihn an,
und die Hunde knurren um den alten Mann.

Und er läßt es gehen, alles, wie es will,
dreht, und seine Leier steht ihm nimmer still.

Wunderlicher Alter, soll ich mit dir gehn?
Willst zu meinen Liedern deine Leier drehn?

Wilhelm Müller

DER LINDENBAUM

Am Brunnen vor dem Tore
Da steht ein Lindenbaum:
Ich träumt' in seinem Schatten
So manchen süßen Traum.

Ich schnitt in seine Rinde
So manches liebe Wort;
Es zog in Freud und Leide
Zu ihm mich immer fort.

Ich mußt' auch heute wandern
Vorbei in tiefer Nacht,
Da hab ich noch im Dunkel
Die Augen zugemacht.

Und seine Zweige rauschten,
Als riefen sie mir zu:
Komm her zu mir, Geselle,
Hier findst du deine Ruh!

Die kalten Winde bliesen
Mir grad ins Angesicht,
Der Hut flog mir vom Kopfe,
Ich wendete mich nicht.

Nun bin ich manche Stunde
Entfernt von jenem Ort,
Und immer hör ich's rauschen:
Du fändest Ruhe dort!

Wilhelm Müller

DES FREMDLINGS ABENDLIED

Ich komme vom Gebirge her,
es ruft das Tal, es rauscht das Meer;
ich wandle still und wenig froh,
und immer fragt der Seufzer: Wo?

Die Sonne dünkt mich hier so kalt,
die Blüte welk, das Leben alt,
und was sie reden, tauber Schall;
ich bin ein Fremdling überall.

Wo bist du, mein gelobtes Land,
gesucht, geahnt und nie gekannt?
Das Land, das Land, so hoffnungsgrün,
das Land, wo meine Rosen blühn?

Wo meine Träume wandeln gehn,
wo meine Toten auferstehn;
das Land, das meine Sprache spricht
und alles hat, was mir gebricht?

Ich wandle still und wenig froh,
und immer fragt der Seufzer: Wo?
Es bringt die Luft den Hauch zurück:
Da, wo du nicht bist, blüht das Glück.

Georg Philipp Schmidt von Lübeck

DAS SCHIFF

Das eilende Schiff, es kommt durch die Wogen
wie Sturmwind geflogen;
voll Jubel ertönt's vom Mast und vom Kiele:
«Wir nahen dem Ziele!»
Der Fährmann am Steuer spricht traurig und leise:
«Wir segeln im Kreise.»

Marie von Ebner-Eschenbach

IM NEBEL

Seltsam, im Nebel zu wandern!
Einsam ist jeder Busch und Stein,
kein Baum sieht den andern,
jeder ist allein.

Voll von Freunden war mir die Welt,
als noch mein Leben licht war;
nun, da der Nebel fällt,
ist keiner mehr sichtbar.

Wahrlich, keiner ist weise,
der nicht das Dunkel kennt,
das unentrinnbar und leise
von allen ihn trennt.

Seltsam, im Nebel zu wandern!
Leben ist Einsamsein.
Kein Mensch kennt den andern,
jeder ist allein.

Hermann Hesse

IM MOOSE

Als jüngst die Nacht dem sonnenmüden Land
Der Dämmrung leise Boten hat gesandt,
Da lag ich einsam noch in Waldes Moose.
Die dunklen Zweige nickten so vertraut,
An meiner Wange flüsterte das Kraut,
Unsichtbar duftete die Heiderose.

Und flimmern sah ich durch der Linde Raum
Ein mattes Licht, das im Gezweig der Baum
Gleich einem mächt'gen Glühwurm schien zu tragen,
Es sah so dämmernd wie ein Traumgesicht,
Doch wußte ich, es war der Heimat Licht,
In meiner eignen Kammer angeschlagen.

Ringsum so still, daß ich vernahm im Laub
Der Raupe Nagen, und wie grüner Staub
Mich leise wirbelnd Blätterflöckchen trafen.
Ich lag und dachte, ach, so manchem nach,
Ich hörte meines eignen Herzens Schlag,
Fast war es mir, als sei ich schon entschlafen.

Gedanken tauchten aus Gedanken auf,
Das Kinderspiel, der frischen Jahre Lauf,
Gesichter, die mir lange fremd geworden;
Vergeßne Töne summten um mein Ohr,
Und endlich trat die Gegenwart hervor,
Da stand die Welle, wie an Ufers Borden.

Dann, gleich dem Bronnen, der verrinnt im Schlund
Und drüben wieder sprudelt aus dem Grund,
So stand ich plötzlich in der Zukunft Lande;
Ich sah mich selber, gar gebückt und klein,
Geschwächten Auges, am ererbten Schrein
Sorgfältig ordnen staub'ge Liebespfande.

Die Bilder meiner Lieben sah ich klar,
In einer Tracht, die jetzt veraltet war,
Mich sorgsam lösen aus verblichnen Hüllen,
Löckchen, vermorscht, zu Staub zerfallen schier,
Sah über die gefurchte Wange mir
Langsam herab die karge Träne quillen.

Und wieder an des Friedhofs Monument,
Dran Namen standen, die mein Lieben kennt,
Da lag ich betend, mit gebrochnen Knieen,
Und – horch, die Wachtel schlug! kühl strich der Hauch –
Und noch zuletzt sah ich, gleich einem Rauch,
Mich leise in der Erde Poren ziehen.

Ich fuhr empor und schüttelte mich dann,
Wie einer, der dem Scheintod erst entrann,
Und taumelte entlang die dunklen Hage,
Noch immer zweifelnd, ob der Stern am Rain
Sei wirklich meiner Schlummerlampe Schein
Oder das ew'ge Licht am Sarkophage.

Annette von Droste-Hülshoff

ALTER STROMER

Am Tag, am dämmerhellen,
ob auch die Kälte kracht,
man hat doch seine Quellen –
aber die Nacht, die Nacht!

Wenn überall aus den Stuben
der Schein der Kerzen bricht,
dann gelten bloß Mädeln und Buben,
aber unsereins nicht.

Unsereins sieht die vollen
Teller am Fenstersims.
Unsereins darf sich trollen.
Keiner sagt: «Komm und nimm's!»

Keiner sagt: «Sei heute,
Herr Jesu, unser Gast!»
Heißen sich Christenleute.
Hat keiner das Wort erfaßt.

Im Dorf die Hunde schlagen
wild an ... Ich drück' mich sacht.
Der Tag wär' zu ertragen –
aber die Nacht, die Nacht!

Owlglass

DIE NACHT LIEGT in den letzten Zügen,
der Regen tropft, der Nebel spinnt …
Oh, daß die Märchen immer lügen,
die Märchen, die die Jugend sinnt!
Wie lieblich hat sich einst getrunken
der Hoffnung goldner Feuerwein!
Und jetzt? Erbarmungslos versunken
in dieses Elend der Spelunken –
O Sonnenschein! o Sonnenschein!

Nur einmal, einmal noch im Traume
Laßt mich hinaus, o Gott, hinaus!
Denn süß rauscht's nachts im Lindenbaume
vor meines Vaters Försterhaus.
Der Mond lugt golden um den Giebel,
der Vater träumt von Mars-la-Tour,
lieb Mütterchen studiert die Bibel,
ihr Nestling koloriert die Fibel
und leise, leise tickt die Uhr!

O goldne Lenznacht der Jasminen,
o wär' ich niemals dir entrückt!
Das ewge Rädern der Maschinen
hat mir das Hirn zerpflückt, zerstückt!
Einst schlich ich aus dem Haus der Väter
nachts in die Welt mich wie ein Dieb,
und heut – drei kurze Jährchen später? –
Wie ein geschlagner Missetäter
schluchz' ich: Vergib, o Gott, vergib!

Wozu dein armes Hirn zerwühlen?
Du grübelst und die Weltlust lacht!
Denn von Gedanken, von Gefühlen,
hat noch kein Mensch sich satt gemacht!
Ja, recht hat, o du süße Mutter,

dein Spruch, vor dem's mir stets gegraust:
Was soll uns Shakespeare, Kant und Luther?
Dem Elend dünkt ein Stückchen Butter
erhabner als der ganze Faust!

Arno Holz

HARFENSPIELER

Wer nie sein Brot mit Tränen aß,
wer nie die kummervollen Nächte
auf seinem Bette weinend saß,
der kennt euch nicht, ihr himmlischen Mächte!

Ihr führt ins Leben uns hinein,
ihr laßt den Armen schuldig werden;
dann überlaßt ihr ihn der Pein –
denn alle Schuld rächt sich auf Erden.

Johann Wolfgang Goethe

TRÄNEN IN SCHWERER KRANKHEIT

Mir ist, ich weiß nicht wie: ich seufze für und für.
Ich weine Tag und Nacht, ich sitz in tausend Schmerzen,
und tausend fürcht ich noch; die Kraft in meinem Herzen
verschwind't, der Geist verschmacht, die Hände sinken mir.

Die Wangen werden bleich, der muntern Augen Zier
vergeht, gleich als der Schein der schon verbrannten Kerzen.
Die Seele wird bestürmt, gleich wie die See im Märzen.
Was ist dies Leben doch, was sind wir, ich und ihr?

Was bilden wir uns ein? Was wünschen wir zu haben?
Jetzt sind wir hoch und groß, und morgen schon vergraben;
jetzt Blumen, morgen Kot; wir sind ein Wind, ein Schaum,

ein Nebel und ein Bach, ein Reif, ein Tau, ein Schatten.
Jetzt was und morgen nichts, und was sind unsre Taten?
als ein mit herber Angst durchaus vermischter Traum.

Andreas Gryphius

IM KRANKENHAUSE

Alle Herbste gehn an mir vorüber
Krank lieg ich im weißen Zimmer
Tanzen möchte ich wohl lieber
An die Geigen denk ich immer
Und es flimmern tausend Lichter.
O wie bin ich heute schön!
Bunt geschminkte Angesichter
Schnell im Tanz vorüberwehn.
O die vielen, welken Rosen,
Die ich nachts nach Haus getragen,
Die zerdrückt vom vielen Kosen
Morgens auf dem Tische lagen.
An die Mädchen denk ich wieder
Die, wie ich die Liebe machen.
Wenn wir sangen Heimatlieder,
Unter Weinen, unter Lachen
Und jetzt lieg ich ganz verlassen
In dem stillen, weißen Raum,
O ihr Schwestern von den Gassen
Kommt zu mir des Nachts im Traum.

Emmy Hennings

LIEBST DU DAS DUNKEL
Tauigter Nächte
Graut dir der Morgen
Starrst du ins Spätrot
Seufzest beim Mahle
Stößest den Becher
Weg von den Lippen
Liebst du nicht Jagdlust
Reizet dich Ruhm nicht
Schlachtengetümmel
Welken dir Blumen
Schneller am Busen
Als sie sonst welkten
Drängt sich das Blut dir
Pochend zum Herzen.

Karoline von Günderrode

WENN DER LAHME WEBER träumt, er webe,
Träumt die kranke Lerche auch, sie schwebe,
Träumt die stumme Nachtigall, sie singe,
Daß das Herz des Widerhalls zerspringe,
Träumt das blinde Huhn, es zähl' die Kerne,
Und der drei je zählte kaum, die Sterne,
Träumt das starre Erz, gar linde tau' es,
Und das Eisenherz, ein Kind vertrau' es,
Träumt die taube Nüchternheit, sie lausche,
Wie der Traube Schüchternheit berausche;
Kömmt dann Wahrheit mutternackt gelaufen,
Führt der hellen Töne Glanzgefunkel
Und der grellen Lichter Tanz durchs Dunkel,
Rennt den Traum sie schmerzlich übern Haufen,
Horch! die Fackel lacht, horch! Schmerz-Schalmeien
Der erwachten Nacht ins Herz all schreien;
Weh, ohn' Opfer gehn die süßen Wunder,
Gehn die armen Herzen einsam unter!

Clemens Brentano

WER HAT SOLCHE ÄNGSTE erfunden?
Ich werfe die Stirn von Ost nach West
und lasse die Augäpfel rollen
soweit sie nur können.

Aber es tritt keine Linderung ein
meine Haut ist überall Hölle geworden
während das Herz vor Kälte klirrt
und die Zunge sich tapfer verknotet
daß kein Schrei bis zu Dir kommt.

Christine Lavant

DER SPINNERIN NACHTLIED

Es sang vor langen Jahren
Wohl auch die Nachtigall,
Das war wohl süßer Schall,
Da wir zusammen waren.

Ich sing und kann nicht weinen,
Und spinne so allein
Den Faden klar und rein
So lang der Mond wird scheinen.

Als wir zusammen waren
Da sang die Nachtigall
Nun mahnet mich ihr Schall
Daß du von mir gefahren.

So oft der Mond mag scheinen,
Denk ich wohl dein allein,
Mein Herz ist klar und rein,
Gott wolle uns vereinen.

Seit du von mir gefahren,
Singt stets die Nachtigall,
Ich denk bei ihrem Schall,
Wie wir zusammen waren.

Gott wolle uns vereinen
Hier spinn ich so allein,
Der Mond scheint klar und rein,
Ich sing und möchte weinen.

Clemens Brentano

DAS VERLASSENE MÄGDLEIN

Früh, wann die Hähne krähn,
Eh die Sternlein verschwinden,
Muß ich am Herde stehn,
Muß Feuer zünden.

Schön ist der Flammen Schein,
Es springen die Funken;
Ich schaue so drein,
In Leid versunken.

Plötzlich, da kommt es mir,
Treuloser Knabe,
Daß ich die Nacht von dir
Geträumet habe.

Träne auf Träne dann
Stürzet hernieder;
So kommt der Tag heran –
O ging er wieder!

Eduard Mörike

ICH BIN SEHR REICH und kann nicht mehr verarmen,
dies Eigentum zerstören keine Kriege,
und wenn ich auch der Schenksucht unterliege
und der Verschwendung oder dem Erbarmen,
von diesen Gütern werd ich keines los.
Oft, abends, breite ich sie auf dem Schoß
wie Steine aus, wie Spitzen, Samt und Seide,
und meine Hände haben alle beide
genug zu tun, um alles zu umfassen.

Da ist der Tag, an dem du mich verlassen –
sehr dunkler Stein und dennoch ein Kristall!
Und hier der seidenweiche Spitzenfall,
das Wiedersehen, immerfort durchbrochen
vom Sehnsuchtssammet langer Wartewochen
und irisblauer, schwerer Schwermutseide.
Ach Gott, die Stunden, die ich jetzt erleide,
ganz matte Perlen schon vom Tod beschlagen, –
die sind so schwer, – wer hilft mir die ertragen?

Christine Lavant

ROBINSON

manchmal weint er wenn die worte
still in seiner kehle stehn
doch er lernt an seinem orte
schweigend mit sich umzugehn

und erfindet alte dinge
halb aus not und halb im spiel
splittert stein zur messerklinge
schnürt die axt an einen stiel

kratzt mit einer muschelkante
seinen namen in die wand
und der allzu oft genannte
wird ihm langsam unbekannt

Christa Reinig

PINIE UND BLITZ

Hoch wuchs ich über Mensch und Tier;
und sprech' ich – niemand spricht mit mir.

Zu einsam wuchs ich und zu hoch –
ich warte: worauf wart' ich doch?

Zu nah' ist mir der Wolken Sitz, –
ich warte auf den ersten Blitz.

Friedrich Nietzsche

WELTSCHMERZ

Ich, der brennende Wüstenwind,
erkaltete und nahm Gestalt an.

Wo ist die Sonne, die mich auflösen kann,
oder der Blitz, der mich zerschmettern kann!

Blick nun, ein steinernes Sphinxhaupt,
zürnend zu allen Himmeln auf.

Else Lasker-Schüler

VEREINSAMT

«Die Krähen schrein
Und ziehen schwirren Flugs zur Stadt:
Bald wird es schnein –
Wohl dem, der jetzt noch – Heimat hat!

Nun stehst du starr,
Schaust rückwärts ach! wie lange schon!
Was bist du Narr
Vor Winters in die Welt – entflohn?

Die Welt – ein Tor
Zu tausend Wüsten stumm und kalt!
Wer das verlor,
Was du verlorst, macht nirgends Halt.

Nun stehst du bleich,
Zur Winter-Wanderschaft verflucht,
Dem Rauche gleich,
Der stets nach kältern Himmeln sucht.

Flieg, Vogel, schnarr
Dein Lied im Wüsten-Vogel-Ton! –
Versteck, du Narr,
Dein blutend Herz in Eis und Hohn!

Die Krähen schrein
Und ziehen schwirren Flugs zur Stadt:
Bald wird es schnein,
Weh dem, der keine Heimat hat!»

Friedrich Nietzsche

WEG IN DIE DÄMMERUNG

Trüb verglimmt der Schein,
da der Abend naht
Und ich geh allein
den verschneiten Pfad,

der, vom Hang gelenkt,
mit gelindem Schwung
hin und her sich senkt
in die Niederung.

Birken, starr von Eis,
Pfahlwerk, unbehaun,
Dorn und Erlenreis,
ein verwehter Zaun

geben seiner Spur
anfangs das Geleit,
dann gehört er nur
der Unendlichkeit,

die verdämmernd webt
und ihn unbestimmt,
wie er weiterstrebt,
in ihr Dunkel nimmt.

Reif erknirscht und Schnee
unter meinem Schuh.
Weg, auf dem ich steh,
dir gehör ich zu!

Wer des Lichts begehrt,
muß ins Dunkel gehn.
Was das Grauen mehrt,
läßt das Heil erstehn.

Wo kein Sinn mehr mißt,
waltet erst der Sinn.
Wo kein Weg mehr ist,
ist des Wegs Beginn.

Manfred Hausmann

SONETTE AN ORPHEUS. XXIX

Stiller Freund der vielen Fernen, fühle,
wie dein Atem noch den Raum vermehrt.
Im Gebälk der finstern Glockenstühle
laß dich läuten. Das, was an dir zehrt,

wird ein Starkes über dieser Nahrung.
Geh in der Verwandlung aus und ein.
Was ist deine leidendste Erfahrung?
Ist dir Trinken bitter, werde Wein.

Sei in dieser Nacht aus Übermaß
Zauberkraft am Kreuzweg deiner Sinne,
ihrer seltsamen Begegnung Sinn.

Und wenn dich das Irdische vergaß,
zu der stillen Erde sag: Ich rinne.
Zu dem raschen Wasser sprich: Ich bin.

Rainer Maria Rilke

ABENDPHANTASIE

Vor seiner Hütte ruhig im Schatten sitzt
Der Pflüger, dem Genügsamen raucht sein Herd.
Gastfreundlich tönt dem Wanderer im
Friedlichen Dorfe die Abendglocke.

Wohl kehren izt die Schiffer zum Hafen auch,
In fernen Städten, fröhlich verrauscht des Markts
Geschäft'ger Lärm; in stiller Laube
Glänzt das gesellige Mahl den Freunden.

Wohin denn ich? Es leben die Sterblichen
Von Lohn und Arbeit; wechselnd in Müh' und Ruh'
Ist alles freudig; warum schläft denn
Nimmer nur mir in der Brust der Stachel?

Am Abendhimmel blühet ein Frühling auf;
Unzählig blühn die Rosen und ruhig scheint
Die goldne Welt; o dorthin nimmt mich
Purpurne Wolken! und möge droben

In Licht und Luft zerrinnen mir Lieb' und Laid! –
Doch, wie verscheucht von thöriger Bitte, flieht
Der Zauber; dunkel wirds und einsam
Unter dem Himmel, wie immer, bin ich –

Komm du nun, sanfter Schlummer! zu viel begehrt
Das Herz; doch endlich, Jugend! verglühst du ja,
Du ruhelose, träumerische!
Friedlich und heiter ist dann das Alter.

Friedrich Hölderlin

DIE MAINACHT

Wenn der silberne Mond durch die Gesträuche blickt
Und sein schlummerndes Licht über den Rasen geußt,
Und die Nachtigall flötet,
Wandl' ich traurig von Busch zu Busch.

Selig preis ich dich dann, flötende Nachtigall,
Weil dein Weibchen mit dir wohnet in einem Nest,
Ihrem singenden Gatten
Tausend trauliche Küsse gibt.

Überhüllet von Laub girret ein Taubenpaar
Sein Entzücken mir vor; aber ich wende mich,
Suche dunklere Schatten,
Und die einsame Träne rinnt.

Wann, o lachelndes Bild, welches wie Morgenrot
Durch die Seele mir strahlt, find ich auf Erden dich?
Und die einsame Träne
Bebt mir heißer die Wang' herab.

Ludwig Christoph Heinrich Hölty

DER GUTE TRAUM

Mein Glücke lacht,
Melinde spielt mit angenehmen Blicken,
Ihr holder Mund gibt Worte, die entzücken,
Ich küsse sie bei dunkler Mitternacht,
Mein Glücke lacht.

Mir träumt wohl nicht:
Ich seh ihr Bild um meine Ruhstatt spielen,
Hör ihre Sprach, und misse nichts als Fühlen.
Ach Schade, daß das Beste noch gebricht!
Mir träumt wohl nicht.

Es wird wohl sein:
Die Hoffnung speist nicht stets mit leeren Schalen.
Erblickt man nur der Morgenröte Strahlen,
So folget auch der nahen Sonne Schein.
Es wird wohl sein.

Hans Aßmann von Abschatz

WER EINSAM IST, der hat es gut,
weil keiner da, der ihm was tut.
Ihn stört in seinem Lustrevier
kein Tier, kein Mensch und kein Klavier,
und niemand gibt ihm weise Lehren,
die gut gemeint und bös zu hören.
Der Welt entronnen, geht er still
in Filzpantoffeln, wann er will.
Sogar im Schlafrock wandelt er
bequem den ganzen Tag umher.
Er kennt kein weibliches Verbot,
drum raucht und dampft er wie ein Schlot.

Geschützt vor fremden Späherblicken,
kann er sich selbst die Hose flicken.
Liebt er Musik, so darf er flöten,
um angenehm die Zeit zu töten,
und laut und kräftig darf er prusten,
und ohne Rücksicht darf er husten,
und allgemach vergißt man seiner.
Nur allerhöchstens fragt mal einer:
Was, lebt er noch? Ei schwerenot,
ich dachte längst, er wäre tot.
Kurz, abgesehn vom Steuerzahlen,
läßt sich das Glück nicht schöner malen.
Worauf denn auch der Satz beruht:
Wer einsam ist, der hat es gut.

Wilhelm Busch

DIE NEUEN FERNEN

In der Stratosphäre
links vom Eingang führt ein Gang
wenn er nicht verschüttet wäre
sieben Kilometer lang
bis ins Ungefähre.
Dort erkennt man weit und breit
nichts, denn dort herrscht Dunkelheit.
Wenn man seine Augen schließt
und sich langsam selbst erschießt,
dann erinnert man sich gern
an den deutschen Abendstern.

Joachim Ringelnatz

MORGENSTERN

Ich mache das Fenster auf,
es ist dunkle Morgenhelle.
Das Schneien hörte schon auf,
ein großer Stern ist an seiner Stelle.

Der Stern, der Stern
ist wunderbar schön.
Weiß von Schnee ist die Fern',
weiß von Schnee alle Höhn.

Heilige, frische
Morgenruh in der Welt.
Jeder Laut deutlich fällt;
die Dächer glänzen wie Kindertische.

So still und weiß:
Eine große schöne Einöde,
deren kalte Stille jede
Äußerung stört; in mir brennt's heiß.

Robert Walser

EINSAMKEIT

In dieser Einsamkeit, der mehr denn öden Wüsten,
Gestreckt auf wildes Kraut, an die bemooste See:
Beschau' ich jenes Tal und dieser Felsen Höh'
Auf welchem Eulen nur und stille Vögel nisten.

Hier, fern von dem Palast; weit von des Pöbels Lüsten,
Betracht ich: wie der Mensch in Eitelkeit vergeh'
Wie, auf nicht festem Grund' all unser Hoffen steh'
Wie die vor Abend schmähn, die vor dem Tag uns grüßten.

Die Höhl', der raue Wald, der Totenkopf, der Stein,
Den auch die Zeit auffrisst, die abgezehrten Bein
Entwerfen in dem Mut unzählige Gedanken.

Der Mauern alter Graus, dies ungebau'te Land
Ist schön und fruchtbar mir, der eigentlich erkannt,
Daß alles, ohn ein Geist, den Gott selbst hält, muss wanken.

Andreas Gryphius

LEBENSKUNST

AUF WAS NUR EINMAL IST

Für Heinrich Maria Ledig-Rowohlt

Manchmal fragt man sich: ist das das Leben?
Manchmal weiß man nicht: ist dies das Wesen?
Wenn du aufwachst, ist die Klappe zu.
Nichts eratmet, alles angelesen,
siehe, das bist du.

Und du denkst vielleicht: ich gehe unter,
bodenlos und fürchterlich –:
Einer aus dem großen Graupelhaufen,
nur um einen kleinen Flicken bunter,
siehe, das bin ich.

Aber dann, aufeinmalso, beim Schlendern,
lockert sich die Dichtung, bricht die Schale,
fliegen Funken zwischen Hut und Schuh:
Dieser ganz bestimmte Schlenker aus der Richtung,
dieser Stich ins Unnormale,
was nur einmal ist und auch nicht umzuändern:
siehe, das bist du.

Peter Rühmkorf

AN SICH

Sei dennoch unverzagt. Gib dennoch unverloren.
Weich keinem Glücke nicht. Steh' höher als der Neid.
Vergnüge dich an dir, und acht es für kein Leid,
hat sich gleich wider dich Glück', Ort, und Zeit verschworen.

Was dich betrübt und labt, halt alles für erkoren.
Nimm dein Verhängnis an. Laß' alles unbereut.

Tu, was getan muß sein, und eh man dir's gebeut.
Was du noch hoffen kannst, das wird noch stets geboren.

Was klagt, was lobt man doch? Sein Unglück und sein Glücke
ist ihm ein jeder selbst. Schau alle Sachen an.
Dies alles ist in dir. Laß deinen eiteln Wahn.

Und eh du förder gehst, so geh' in dich zurücke.
Wer sein selbst Meister ist, und sich beherrschen kann,
dem ist die weite Welt und alles untertan.

Paul Fleming

DIE EHRE HAT mich nie gesucht;
die hätte mich auch nie gefunden.
Wählt man, in zugezählten Stunden,
ein prächtig Feierkleid zur Flucht?

Auch Schätze hab' ich nie begehrt.
Was hilft es, sie auf kurzen Wegen
für Diebe mehr als sich zu hegen,
wo man das wenigste verzehrt?

Wie lange währt's, so bin ich hin
und einer Nachwelt untern Füßen!
Was braucht sie, wen sie tritt, zu wissen?
Weiß ich nur, wer ich bin!

Gotthold Ephraim Lessing

ICH WEISS, DASS MIR nichts angehört
als der Gedanke, der ungestört
aus meiner Seele will fließen,
und jeder günstige Augenblick,
den mich ein liebendes Geschick
von Grund aus läßt genießen.

Johann Wolfgang Goethe

BEHERZIGUNG

Ach, was soll der Mensch verlangen?
Ist es besser, ruhig bleiben?
Klammernd fest sich anzuhangen?
Ist es besser, sich zu treiben?
Soll er sich ein Häuschen bauen?
Soll er unter Zelten leben?
Soll er auf die Felsen trauen?
Selbst die festen Felsen beben.

Eines schickt sich nicht für alle!
Sehe jeder wie er's treibe,
Sehe jeder wo er bleibe,
Und wer steht, daß er nicht falle!

Johann Wolfgang Goethe

TRÜBES WETTER

Es ist ein stiller Regentag,
So weich, so ernst, und doch so klar,
Wo durch den Dämmer brechen mag
Die Sonne weiß und sonderbar.

Ein wunderliches Zwielicht spielt
Beschaulich über Berg und Tal;
Natur, halb warm und halb verkühlt,
Sie lächelt noch und weint zumal.

Die Hoffnung, das Verlorensein
Sind gleicher Stärke in mir wach;
Die Lebenslust, die Todespein,
Sie ziehn auf meinem Herzen Schach.

Ich aber, mein bewußtes Ich,
Beschau' das Spiel in stiller Ruh,
Und meine Seele rüstet sich
Zum Kampfe mit dem Schicksal zu.

Gottfried Keller

KENNE DICH SELBST

Freiberg, 11. Mai 1798

Eins nur ist, was der Mensch zu allen Zeiten gesucht hat;
Überall, bald auf den Höhn, bald in dem Tiefsten der Welt –
Unter verschiedenen Namen – umsonst – es versteckte sich immer.
Immer empfand er es noch – dennoch erfasst er es nie.

Längst schon fand sich ein Mann, der den Kindern in freundlichen Mythen
Weg und Schlüssel verriet zu des Verborgenen Schloss.
Wenige deuteten sich die leichte Chiffre der Lösung,
Aber die wenigen auch waren nun Meister des Ziels.
Lange Zeiten verflossen – der Irrtum schärfte den Sinn uns –
Dass uns der Mythus selbst nicht mehr die Wahrheit verbarg.
Glücklich, wer weise geworden und nicht die Welt mehr durchgrübelt,
Wer von sich selber den Stein ewiger Weisheit begehrt.
Nur der vernünftige Mensch ist der echte Adept – er verwandelt
Alles in Leben und Gold – braucht Elixiere nicht mehr.
In ihm dampfet der heilige Kolben – der König ist in ihm –
Delphos auch und er fasst endlich das: *Kenne dich selbst.*

Novalis
(Friedrich von Hardenberg)

VOM GEHEN, MESSEN UND GREIFEN

gehst du tiefen suchen,
such in dir selbst.
du kannst getrost atmen,
solang das lot fällt.

miß dich nicht an bäumen.
die sind zu groß und frei.
lieber miß dich am käfer,
den du tratst zu brei.

greif nur nach oben.
du stößt nicht an.
aber laß den fuß dort
wo er stehen kann.

Ernst Jandl

BESCHNEIDEN DER APFELBÄUME IM WINTER

Mit den ihren
kappe ich alle zweige in mir die
hoch hinauswollen

Von neuem
auf die augen setzend

Und auf die äste nach außen

Durch die krone eines apfelbaums
muß ein mann mit korb hindurchgehn können, sagen
die alten gärtner

Und übergroßes leid und übergroße freude
müssen hindurchgehn können
durch uns

Reiner Kunze

WELT UND ICH

Im großen ungeheuren Ozeane
willst du, der Tropfe, dich in dich verschließen?
So wirst du nie zur Perl' zusammenschießen,
wie dich auch Fluten schütteln und Orkane!

Nein! öffne deine innersten Organe
und mische dich im Leiden und Genießen
mit allen Strömen, die vorüberfließen.
Dann dienst du dir und dienst dem höchsten Plane!

Und fürchte nicht, so in die Welt versunken,
dich selbst und dein Ureignes zu verlieren:
Der Weg zu dir führt eben durch das Ganze!

Erst wenn du kühn von jedem Wein getrunken,
wirst du die Kraft im tiefsten Innern spüren,
die jedem Sturm zu stehn vermag im Tanze!

Friedrich Hebbel

WARUM DU WIDER ALLES HOFFEN
noch niemals mitten ins Schwarze getroffen?
Weil du's nicht lassen konntest, beim Zielen
immer ins Publikum zu schielen.

Emanuel Geibel

VOR JEDEM STEHT ein Bild des, was er werden soll;
Solang er das nicht ist, ist nicht sein Friede voll.

Friedrich Rückert

FREUND, SO DU ETWAS BIST, so bleib doch ja nicht stehn:
Man muß aus einem Licht fort in das andre gehn.

Angelus Silesius

LEBENSLAUF

Größers wolltest auch du, aber die Liebe zwingt
All uns nieder, das Laid beuget gewaltiger,
Doch es kehret umsonst nicht
Unser Bogen, woher er kommt.

Aufwärts oder hinab! herrschet in heil'ger Nacht,
Wo die stumme Natur werdende Tage sinnt,
Herrscht im schiefesten Orkus
Nicht ein Grades, ein Recht noch auch?

Diß erfuhr ich. Denn nie, sterblichen Meistern gleich,
Habt ihr Himmlischen, ihr Alleserhaltenden,
Daß ich wüßte, mit Vorsicht,
Mich des ebenen Pfads geführt.

Alles prüfe der Mensch, sagen die Himmlischen,
Daß er, kräftig genährt, danken für Alles lern',
Und verstehe die Freiheit,
Aufzubrechen, wohin er will.

Friedrich Hölderlin

SEEFAHRT

Lange Tag' und Nächte stand mein Schiff befrachtet;
Günst'ger Winde harrend, saß mit treuen Freunden,
Mir Geduld und guten Mut erzechend,
Ich im Hafen.

Und sie waren doppelt ungeduldig:
Gerne gönnen wir die schnellste Reise,
Gern die hohe Fahrt dir; Güterfülle
Wartet drüben in den Welten deiner,
Wird Rückkehrendem in unsern Armen
Lieb' und Preis dir.

Und am frühen Morgen ward's Getümmel,
Und dem Schlaf entjauchzt uns der Matrose,
Alles wimmelt, alles lebet, webet,
Mit dem ersten Segenshauch zu schiffen.

Und die Segel blühen in dem Hauche,
Und die Sonne lockt mit Feuerliebe,
Ziehn die Segel, ziehn die hohen Wolken,
Jauchzen an dem Ufer alle Freunde
Hoffnungslieder nach, im Freudetaumel
Reisefreuden wähnend, wie des Einschiffsmorgens,
Wie der ersten hohen Sternennächte.

Aber gottgesandte Wechselwinde treiben
Seitwärts ihn der vorgesteckten Fahrt ab,
Und er scheint sich ihnen hinzugeben,
Strebet leise sie zu überlisten,
Treu dem Zweck auch auf dem schiefen Wege.

Aber aus der dumpfen, grauen Ferne
Kündet leisewandelnd sich der Sturm an,
Drückt die Vögel nieder auf's Gewässer,
Drückt der Menschen schwellend Herz darnieder,
Und er kommt. Vor seinem starren Wüten
Streckt der Schiffer klug die Segel nieder
Mit dem angsterfüllten Balle spielen
Wind und Wellen.

Und an jenem Ufer drüben stehen
Freund' und Lieben, beben auf dem Festen:
Ach, warum ist er nicht hier geblieben!
Ach, der Sturm! Verschlagen weg vom Glücke!
Soll der Gute so zu Grunde gehen?
Ach, er sollte, ach, er könnte! Götter!

Doch er stehet männlich an dem Steuer;
Mit dem Schiffe spielen Wind und Wellen;
Wind und Wellen nicht mit seinem Herzen:
Herrschend blickt er auf die grimme Tiefe,
Und vertrauet, scheiternd oder landend,
Seinen Göttern.

Johann Wolfgang Goethe

DER LOTSE

«Siehst du die Brigg dort auf den
Wellen?
Sie steuert falsch, sie treibt herein
und muß am Vorgebirg zerschellen,
lenkt sie nicht augenblicklich ein.

Ich muß hinaus, daß ich sie leite!»
«Gehst du ins offne Wasser vor,
so legt dein Boot sich auf die Seite
und richtet nimmer sich empor.»

«Allein ich sinke nicht vergebens,
wenn sie mein letzter Ruf belehrt;
ein ganzes Schiff voll jungen Lebens
ist wohl ein altes Leben wert.

Gib mir das Sprachrohr! Schifflein,
eile!
Es ist die letzte, höchste Not!» –
Vor fliegendem Sturme gleich dem
Pfeile
hin durch die Schären eilt das Boot.

Jetzt schießt es aus dem
Klippenrande!
«Links müßt ihr steuern!» hallt
ein Schrei.
Kieloben treibt das Boot zu Lande,
und sicher fährt die Brigg vorbei.

Ludwig Giesebrecht

DIE GROSSEN GEHN zum Ziel auf graden Gleisen,
die Größten kommen ihm durch Irrtum nah:
Die wollen ganz verkehrt nach Indien reisen
und finden unterwegs Amerika.

Ludwig Fulda

DIE LINIEN DES LEBENS sind verschieden
wie Wege sind und wie der Berge Grenzen.
Was hier wir sind, kann dort ein Gott ergänzen
mit Harmonien und ewigem Lohn und Frieden.

Friedrich Hölderlin

DAS SIND DIE WEISEN,
die durch Irrtum zur Wahrheit reisen.
Die bei dem Irrtum verharren,
das sind die Narren.

Friedrich Rückert

MARSCHLIED

Ich will es öfters sagen,
damit ihr's alle wißt,
die ihr mich könntet fragen,
wie schön das Leben ist.

Die Leute, welche meinen,
die Welt sei schlecht gemacht,
sind nicht mit sich im reinen
und gar noch nicht erwacht.

Im Guten wie im Schlechten,
hört eines Freundes Rat:
Nicht mit dem Schöpfer rechten,
der wußte, was er tat!

Gehst du am End zu Grunde,
so trags mit starkem Mut:
Die eine Schöpferstunde
macht alle Tode gut.

Carl Zuckmayer

DIE LETZTE ELEKTRISCHE

Alle Straßen liegen leer,
Sterne sind zu Bett gegangen;
und kein Schupo angelt mehr
mit den Armen, mit den langen.
Einsam strahlt Laternenlicht –
Kommt sie – –
oder kommt sie nicht –?

Wenn sie und sie kommt noch mal,
sei gelobt und sei gepriesen!

Bis nach Hause sind's total
zweieinhalb nach Adam Riesen.
  Zweieinhalb Stunden bei Dämmerlicht –
  Kommt sie – –
    (ich sage noch zu Schackelmann: «Schackelmann»,
    sag' ich, «noch dreimal rum, dann muß ich aber
    gehn, der letzte Wagen fährt mir ja ab!» – nein! –
    er wird noch 'ne Partie ansagen ...)
      oder kommt sie nicht –?

Dies, o Mensch, ist dein Geschick!
Das Leben ist eine Haltestelle.
Und du mußt mit langem Blick
warten, warten auf alle Fälle:
  Auf das Glück, auf die Karriere,
  auf die Frau, die dich begehre, –
  auf die Rente, auf Bekannte,
  auf den Tod der alten Tante – –
Kalkweiß strahlt dein Lebenslicht.
  Kommt sie – –
  von Herzen, mit Schmerzen, ein klein bißchen, fast gar nicht – –
    oder kommt sie nicht –?

Kurt Tucholsky

SÔ WÊ MIR TUMBER daz mich iemer langer tage verdriuzet,
und mîner jâre frist enwec sô rehte balde schiuzet,
daz ein bach niht fliuzet
sô drâte ûz velse noch ûz hage!
ich wünsche dicke daz diu stunde werde mir gekürzet;
und ist si doch ûf einen gaehen louf alsô geschürzet,
daz darinne erstürzet
geswinde sich mîn lebetage.
jâ clag ich mîn gelt daz ich verzer, und clage niht mîne zît,
die mir nieman wider gît,

swenn ich sie gar verliure.
vertet ich verne guot, ich mag gewinnen anderz hiure,
verswende ich aber mîniu jâr, diu sint mir iemer tiure:
von dekeiner stiure
verlorne zît ich wider bejage.

Konrad von Würzburg

WEH MIR TOREN, daß es mich immer der langen Tage verdrießt,
obwohl die Frist meiner Jahre so schrecklich schnell dahinschießt,
daß ein Bach nicht mit gleicher Eile
aus dem Felsen oder dem Wald fließt!
Ich wünsche oft, daß mir die Stunden kürzer werden,
obwohl sie doch auf einen so jähen Gang eingerichtet sind,
daß in ihnen meine Lebenstage
eilends herabstürzen.
Ich beklage doch tatsächlich mein Geld, das ich verbrauche, und beklage nicht meine Zeit,
die mir niemand zurückgibt,
wenn ich sie gänzlich verliere.
Vertat ich letztes Jahr mein Gut, so kann ich dieses Jahr anderes wieder gewinnen,
verschwende ich aber meine Jahre, die sind mir für immer verloren:
Mit keinem Mittel
erlange ich verlorene Zeit wieder zurück.

Konrad von Würzburg
(Übertragung von Ulrich Müller/Gerlinde Weiss)

DIE ZEIT GEHT NICHT

Die Zeit geht nicht, sie stehet still,
Wir ziehen durch sie hin;
Sie ist ein Karavanserei,
Wir sind die Pilger drin.

Ein Etwas, form- und farbenlos,
Das nur Gestalt gewinnt,
Wo ihr drin auf und nieder taucht,
Bis wieder ihr zerrinnt.

Es blitzt ein Tropfen Morgentau
Im Strahl des Sonnenlichts;
Ein Tag kann eine Perle sein
Und ein Jahrhundert nichts.

Es ist ein weißes Pergament
Die Zeit, und Jeder schreibt
Mit seinem roten Blut darauf,
Bis ihn der Strom vertreibt.

An dich, du wunderbare Welt,
Du Schönheit ohne End',
Auch ich schreib' meinen
Liebesbrief
Auf dieses Pergament.

Froh bin ich, daß ich aufgeblüht
In deinem runden Kranz;
Zum Dank trüb' ich die Quelle nicht
Und lobe deinen Glanz.

Gottfried Keller

WILLST DU DIR ein hübsch Leben zimmern,
mußt dich ums Vergangne nicht bekümmern;
das Wenigste muß dich verdrießen;
mußt stets die Gegenwart genießen,
besonders keinen Menschen hassen
und die Zukunft Gott überlassen.

Johann Wolfgang Goethe

DIE ZEIT ZUM HANDELN jedes Mal verpassen
nennt ihr: die Dinge sich entwickeln lassen.
Was hat sich denn entwickelt, sagt mir an,
das man zur rechten Stunde nicht getan?

Emanuel Geibel

SOLL DAS KURZE MENSCHENLEBEN
immer reife Frucht dir geben,
mußt du jung dich zu den Alten,
alternd dich zur Jugend halten.

Paul Heyse

STUFEN

Wie jede Blüte welkt und jede Jugend
Dem Alter weicht, blüht jede Lebensstufe,
Blüht jede Weisheit auch und jede Tugend
Zu ihrer Zeit und darf nicht ewig dauern.
Es muß das Herz bei jedem Lebensrufe
Bereit zum Abschied sein und Neubeginne,
Um sich in Tapferkeit und ohne Trauern
In andre, neue Bindungen zu geben.
Und jedem Anfang wohnt ein Zauber inne,
Der uns beschützt und der uns hilft, zu leben.

Wir sollen heiter Raum um Raum durchschreiten,
An keinem wie an einer Heimat hängen,
Der Weltgeist will nicht fesseln uns und engen,
Er will uns Stuf' um Stufe heben, weiten.
Kaum sind wir heimisch einem Lebenskreise
Und traulich eingewohnt, so droht Erschlaffen;
Nur wer bereit zu Aufbruch ist und Reise,
Mag lähmender Gewöhnung sich entraffen.

Es wird vielleicht auch noch die Todesstunde
Uns neuen Räumen jung entgegen senden,
Des Lebens Ruf an uns wird niemals enden ...
Wohlan denn, Herz, nimm Abschied und gesunde!

Hermann Hesse

ÜBERLASS ES DER ZEIT

Erscheint dir etwas unerhört,
bist du tiefsten Herzens empört,
bäume nicht auf, versuch's nicht mit Streit,
berühr es nicht, überlaß es der Zeit.
Am ersten Tag wirst du feige dich schelten,
am zweiten läßt du dein Schweigen schon gelten,
am dritten hast du's überwunden;
alles ist wichtig nur auf Stunden,
Ärger ist Zehrer und Lebensvergifter,
Zeit ist Balsam und Friedensstifter.

Theodor Fontane

WAS VERKÜRZT MIR die Zeit?
Tätigkeit!
Was macht sie unerträglich lang?
Müßiggang!
Was bringt in Schulden?
Harren und dulden!
Was macht gewinnen?
Nicht lange besinnen!
Was bringt zu Ehren?
Sich wehren!

Johann Wolfgang Goethe

DER MENSCH, DER MACHT DIE ZEIT

Du selber machst die Zeit, das Uhrwerk sind die Sinnen;
Hemmst du die Unruh' nur, so ist die Zeit von hinnen.

Angelus Silesius

DER SCHÖNE 27. SEPTEMBER

Ich habe keine Zeitung gelesen.
Ich habe keiner Frau nachgesehn.
Ich habe den Briefkasten nicht geöffnet.
Ich habe keinem einen Guten Tag gewünscht.
Ich habe nicht in den Spiegel gesehn.
Ich habe mit keinem über alte Zeiten gesprochen und
mit keinem über neue Zeiten.
Ich habe nicht über mich nachgedacht.
Ich habe keine Zeile geschrieben.
Ich habe keinen Stein ins Rollen gebracht.

Thomas Brasch

WAS DER MENSCH auch gewinne, er muß es teuer bezahlen,
wär' es auch nur mit der Furcht, ob er's nicht wieder verliert.

Friedrich Hebbel

DER KIRSCHDIEB

An einem frühen Morgen, lange vor Hahnenschrei
Wurde ich geweckt durch ein Pfeifen und ging zum Fenster.
Auf meinem Kirschbaum – Dämmerung füllte den Garten –
Saß ein junger Mann mit geflickter Hose
Und pflückte lustig meine Kirschen. Mich sehend
Nickte er mir zu, mit beiden Händen
Holte er die Kirschen von den Zweigen in seine Taschen.
Noch eine ganze Zeitlang, als ich wieder in meiner Bettstatt lag
Hörte ich ihn sein lustiges kleines Lied pfeifen.

Bertolt Brecht

GRÜNDER

Geschäftig sind die Menschenkinder,
Die große Zunft von kleinen Meistern,
Als Mitbegründer, Miterfinder
Sich diese Welt zurechtzukleistern.

Nur leider kann man sich nicht einen,
Wie man das Ding am besten mache.
Das Bauen mit belebten Steinen
Ist eine höchst verzwickte Sache.

Welch ein Gedrängel, und Getriebe
Von Lieb und Haß bei Nacht und Tage,
Und unaufhörlich setzt es Hiebe,
Und unaufhörlich tönt die Klage.

Gottlob, es gibt auch stille Leute,
Die meiden dies Gewühl und hassen's
Und bauen auf der andern Seite
Sich eine Welt des Unterlassens.

Wilhelm Busch

FÜR MEINE SÖHNE

Hehle nimmer mit der Wahrheit!
Bringt sie Leid, nicht bringt sie Reue;
Doch, weil Wahrheit eine Perle,
Wirf sie auch nicht vor die Säue.

Blüte edelsten Gemütes
Ist die Rücksicht; doch zu Zeiten
Sind erfrischend wie Gewitter
Goldne Rücksichtslosigkeiten.

Wackrer heimatlicher Grobheit
Setze deine Stirn entgegen;
Artigen Leutseligkeiten
Gehe schweigend aus den Wegen.

Wo zum Weib du nicht die Tochter
Wagen würdest zu begehren,
Halte dich zu wert, um gastlich
In dem Hause zu verkehren.

Was du immer kannst, zu werden,
Arbeit scheue nicht und Wachen;
Aber hüte deine Seele
Vor dem Karriere-Machen.

Wenn der Pöbel aller Sorte
Tanzet um die goldnen Kälber,
Halte fest: du hast vom Leben
Doch am Ende nur dich selber.

Theodor Storm

WONACH DU SEHNLICH ausgeschaut,
es wurde dir beschieden.
Du triumphierst und jubelst laut:
Jetzt hab' ich endlich Frieden!

Ach, Freundchen, rede nicht so wild.
Bezähme deine Zunge.
Ein jeder Wunsch, wenn er erfüllt,
kriegt augenblicklich Junge.

Wilhelm Busch

ENTSAGUNG

Eins ist, was altersgraue Zeiten lehren,
und lehrt die Sonne, die erst heut getagt:
Des Menschen ew'ges Los, es heißt: Entbehren,
und kein Genuß, als den du dir versagst.

Die Speise, so erquicklich deinem Munde,
beim frohen Fest genippter Götterwein,
des Teuren Kuß auf deinem heißen Munde –
dein wär's? Sieh zu! ob du vielmehr nicht sein.

Denn der Natur alther notwend'ge Mächte,
sie hassen, was sich freie Bahnen zieht,

als vorenthalten ihrem ewgen Rechte,
und reißen's lauernd in ihr Machtgebiet.

All, was du hältst, davon bist du gehalten,
und wo du herrschest, bist du auch der Knecht.
Es sieht Genuß sich vom Bedarf gespalten,
und eine Pflicht knüpft sich an jedes Recht.

Nur was du abweist, kann dir wiederkommen,
was du verschmähst, naht ewig schmeichelnd sich;
und in dem Abschied, vom Besitz genommen,
erhältst du dir das einzig Deine: Dich!

Franz Grillparzer

ALLES IST VOLLKOMMEN!

Mensch, nichts ist unvollkomm'n; der Kies gleicht dem Rubin;
Der Frosch ist ja so schön als Engel Seraphin.

Angelus Silesius

TÄGLICH ZU SINGEN

Ich danke Gott und freue mich
wie's Kind zur Weihnachtsgabe,
daß ich bin, bin! und daß ich dich,
schön menschlich Antlitz! habe;

daß ich die Sonne, Berg und Meer
und Laub und Gras kann sehen
und abends unterm Sternenheer
und lieben Monde gehen;

und daß mir denn zumute ist,
als wenn wir Kinder kamen
und sahen, was der Heil'ge Christ
bescheret hatte, Amen!

Ich danke Gott mit Saitenspiel,
daß ich kein König worden;
ich wär geschmeichelt worden viel
und wär vielleicht verdorben.

Auch bet' ich ihn von Herzen an,
daß ich auf dieser Erde
nicht bin ein großer, reicher Mann
und auch wohl keiner werde.

Denn Ehr und Reichtum treibt und
bläht,
hat mancherlei Gefahren,
und vielen hat's das Herz verdreht,
die weiland wacker waren.

Und all das Geld und all das Gut
gewährt zwar viele Sachen;
Gesundheit, Schlaf und guten Mut
kann's aber doch nicht machen.

Und die sind doch, bei Ja und Nein!,
ein rechter Lohn und Segen!
Drum will ich mich nicht groß kastein
des vielen Geldes wegen.

Gott gebe mir nur jeden Tag,
soviel ich darf zum Leben.
Er gibt's dem Sperling auf dem Dach;
wie sollt er's mir nicht geben!

Matthias Claudius

DIE MEISE

Könnte ich dir sagen, kleine Meise,
wie ich dir so wohl gesonnen bin!
Lockend vor dem Fenster liegt die Speise,
doch du Ängstliche wagst dich nicht hin.

Und wie oft du hurtig angeflogen,
zitternd zwischen Bängnis und Begehr,
jedes Mal hats dich zurückgebogen
und gezwungen doch zur Wiederkehr.

Immer wohl im winzigen Flügelleibe
wird das Herz dir vor Erschrecken kalt,
siehst du durch die unbegriffne Scheibe
düster meine riesige Gestalt.

Jetzt! Im Fluge griffest du die Beute,
birgst sie flink in Zweigicht und Genist.
Wüßtest du, daß ich die Nahrung streute,
ohne Feindschaft, ohne Hinterlist,

daß du Gerngeschenktes fortgetragen,
fürchtig wie gestohlenen Gewinn –
kleine Meise, könnte ich dir sagen,
wie ich dir so wohl gesonnen bin!

Ach, es bangte dir vor keinem Zorne,
kämest wie der fromme Hund zum Herrn,
selig schmaustest du von fettem Korne
und der Sonnenblume süßem Kern.

Ließest dich auf meiner Schulter nieder,
und die Krume nähmst du mir vom Mund,
kehrtest traulich alle Morgen wieder,
und wir schlössen einen langen Bund.

Ihr in Wipfeln und in grauen Nestern,
Ruhelose zwischen Flucht und Schmaus,
kleine Meisen, meine scheuen Schwestern,
wie getreu sprecht ihr mich selber aus!

Allenthalben ist mein Tisch gerichtet,
weißes Brot und schwarzer Wein im Krug,
Süß und Bitter ward mir zugeschichtet,
und der große Wirt ist ohne Trug.

Ach, es bangte mir vor keinem Grimme
und mich drückte keine Kümmernis,
ach, verstünde ich nur seiner Stimme
stille Ladung: Nimm getrost und iß.

Werner Bergengruen

KATZENGEDICHTE

1

Von einer Katze lernen
heißt siegen lernen.
Wobei siegen «locker durchkommen» meint,
also praktisch: liegen lernen.

Sie sind ein sieghaftes Geschlecht,
diese Katzen.
Es gibt ihrer so viele wie Spatzen im Land.
Doch wer streichelt schon Spatzen?

Sie ist gar kein rätselhaftes Tier,
so eine Katze.
Sie will viel Fraß, etwas Liebe, doch meist
horcht sie an der Matratze.

Was eine einzige Katze uns lehrt,
lehren uns alle:
So viel wie möglich nehmen, ohne zu geben,
und dann ab in die Falle.

2

Mit einer Katze leben,
heißt die Katze überleben.
Jedenfalls dann, wenn man noch mitten im Leben steht.
Eine Katze steht schneller daneben.

Wie alt wird so eine Katze?
Maximal zwanzig Jahre.
Viele streckt's aber auch schon früher hin
auf die, sagen wir ruhig: Bahre.

Die ist dann vielleicht dein Schreibtisch.
Darauf kriegt sie ihre Injektion.
Sie seicht dir noch rasch die Tischplatte voll,
und das war's dann auch schon.

Eine Katze haben,
heißt eine Katze verlieren.
Andere mögen von Menschen reden,
ich rede von Tieren.

Robert Gernhardt

GESETZT DEN FALL, ihr habt ein Schaf gekränkt –
(«Gesetzt den Fall» heißt «Nehmen wir mal an») –,
gesetzt den Fall, es hat den Kopf gesenkt
und ist euch böse – ja, was dann?

Dann solltet ihr dem Schaf was Liebes sagen,
ihr könnt' ihm auch dabei den Rücken streicheln,
ihr dürft nicht «Na? Warum so sauer?» fragen,
ihr müßt dem Schaf mit Freundlichkeiten schmeicheln.

Sagt mir jetzt nicht: «Ich wohn' doch in der Stadt,
wo soll ich da um Himmelswillen Schafe kränken?»
Ich gebe zu, daß das was für sich hat,
doch bitte ich euch trotzdem zu bedenken:

Ein gutes Wort ist nie verschenkt,
nicht nur bei Schafen, sondern überall.
Auch trefft ihr Schafe öfter, als ihr denkt.
Nicht nur auf Wiesen. Und nicht nur im Stall.

(Na wo denn noch?)

Robert Gernhardt

DER TANZBÄR

Ein Bär, der lange Zeit sein Brot ertanzen müssen,
Entrann und wählte sich den ersten Aufenthalt.
Die Bären grüßten ihn mit brüderlichen Küssen
Und brummten freudig durch den Wald.
Und wo ein Bär den andern sah,
So hieß es: Petz ist wieder da!
Der Bär erzählte drauf, was er in fremden Landen
Für Abenteuer ausgestanden,
Was er gesehn, gehört, getan!
Und fing, da er vom Tanzen red'te,
Als ging er noch an seiner Kette,
Auf polnisch schön zu tanzen an.

Die Brüder, die ihn tanzen sahn,
Bewunderten die Wendung seiner Glieder,
Und gleich versuchten es die Brüder;
Allein anstatt, wie er, zu gehn,
So konnten sie kaum aufrecht stehn,
Und mancher fiel die Länge lang darnieder.
Um desto mehr ließ sich der Tänzer sehn;
Doch seine Kunst verdroß den ganzen Haufen.
«Fort», schrieen alle, «fort mit dir!
Du Narr, willst klüger sein als wir?»
Man zwang den Petz, davonzulaufen.

Sei nicht geschickt, man wird dich wenig hassen,
Weil dir dann jeder ähnlich ist;
Doch je geschickter du vor vielen andern bist,
Je mehr nimm dich in acht, dich prahlend sehn zu lassen.
Wahr ist's, man wird auf kurze Zeit
Von deinen Künsten rühmlich sprechen;
Doch traue nicht, bald folgt der Neid
Und macht aus der Geschicklichkeit
Ein unvergebliches Verbrechen.

Christian Fürchtegott Gellert

DER LÖWE UND DER FUCHS

«Herr Löwe», sprach der Fuchs, «ich muß
es dir nur sagen, mein Verdruß
hat sonst kein Ende.
Der Esel spricht von dir nicht gut;
er sagt, was ich an dir zu loben fände,
das wüßt' er nicht; dein Heldenmut
sei zweifelhaft; auch gäbst du keine Proben
von Großmut und Gerechtigkeit;
und würgest ohne Unterscheid,
er könne dich nicht loben.»
Ein Weilchen schwieg der Löwe still,
dann sprach er: «Fuchs! er spreche, was er will;
denn was von mir ein Esel spricht,
das acht' ich nicht.»

Johann Wilhelm Ludwig Gleim

MAGST DEN TADEL noch so fein,
noch so zart bereiten,
weckt er Widerstreiten.

Lob darf ganz geschmacklos sein,
hocherfreut und munter
schlucken sie's hinunter.

Marie von Ebner-Eschenbach

OFEN-SPRUCH

Wer redet, was ihn gelüstet,
muß hören, was ihn entrüstet.

Anonym

MEIN KLEINSTER FEHLER IST DER NEID …

Mein kleinster Fehler ist der Neid.
Aufrichtigkeit, Bescheidenheit,
Dienstfertigkeit und Frömmigkeit,
Obschon es herrlich schöne Gaben,
Die gönn' ich allen, die sie haben.
Nur wenn ich sehe, daß der Schlechte
Das kriegt, was ich gern selber möchte;
Nur wenn ich leider in der Nähe
So viele böse Menschen sehe
Und wenn ich dann so oft bemerke,
Wie sie durch sittenlose Werke
Den lasterhaften Leib ergötzen,
Das freilich tut mich tief verletzen.
Sonst, wie gesagt, bin ich hienieden,
Gott Lob und Dank, so recht zufrieden.

Wilhelm Busch

HASS, ALS MINUS und vergebens,
wird vom Leben abgeschrieben.
Positiv im Buch des Lebens
steht verzeichnet nur das Lieben.
Ob ein Minus oder Plus
uns verblieben, zeigt der Schluß.

Wilhelm Busch

DAS LOBEN ist uns unbequem,
das Schelten ist so angenehm;
und gibt es nicht so viel zu schelten?

Nicht wahr, Prophet, du läßt es gelten?
Nisami: Im Namen Allahs rede ich:
Sich lobt, wer lobt; wer schilt, schilt sich.

Ernst von Feuchtersleben

WANN IM HAUS und auf den Gassen
stets am heftigsten du zankst? –
Wenn du selbst im Innern schwankst
und du willst's nicht merken lassen.

Emanuel Geibel

DEN STREITGESPRÄCHEN bleib' ich fern,
die um den Biertisch wandern:
Ein jeder hört sich selber gern
und überhört den andern.

Und hat man sich den Kopf beschwert
mit zorniger Verneinung,
geht man nach Hause, neu bekehrt –
zu seiner alten Meinung.

Ludwig Fulda

SOLL ICH DEIN TIEFSTES WESEN klar erkennen,
so mußt du redlich mir zwei Dinge nennen:
Nicht bloß den Zielpunkt deines Tatendrangs –
nein, auch den Inhalt deines Müßiggangs.

Oskar Blumenthal

SAHST DU DAS WUNDERBARE BILD von Brouwer?
Es zieht dich an wie ein Magnet,
du lächelst wohl, derweil ein Schreckenschauer
durch deine Wirbelsäule geht.

Ein kühler Doktor öffnet einem Manne
die Schwäre hinten im Genick;
daneben steht ein Weib mit einer Kanne,
vertieft in dieses Mißgeschick.

Ja, alter Freund, wir haben unsre Schwäre
meist hinten. Und voll Seelenruh
drückt sie ein andrer auf. Es rinnt die Zähre,
und fremde Leute sehen zu.

Wilhelm Busch

DIE BÜRGSCHAFT

Zu Dionys, dem Tyrannen, schlich
Damon, den Dolch im Gewande;
Ihn schlugen die Häscher in Bande.
«Was wolltest du mit dem Dolche, sprich!»
Entgegnet ihm finster der Wüterich.
«Die Stadt vom Tyrannen befreien!»
«Das sollst du am Kreuze bereuen.»

«Ich bin», spricht jener, «zu sterben bereit
Und bitte nicht um mein Leben,
Doch willst du Gnade mir geben,
Ich flehe dich um drei Tage Zeit,
Bis ich die Schwester dem Gatten gefreit,
Ich lasse den Freund dir als Bürgen,
Ihn magst du, entrinn ich, erwürgen.»

Da lächelt der König mit arger List
Und spricht nach kurzem Bedenken:
«Drei Tage will ich dir schenken.
Doch wisse! Wenn sie verstrichen, die Frist,
Eh du zurück mir gegeben bist,
So muß er statt deiner erblassen,
Doch dir ist die Strafe erlassen.»

Und er kommt zum Freunde: «Der König gebeut,
Daß ich am Kreuz mit dem Leben
Bezahle das frevelnde Streben,
Doch will er mir gönnen drei Tage Zeit,
Bis ich die Schwester dem Gatten gefreit,
So bleib du dem König zum Pfande,
Bis ich komme, zu lösen die Bande.»

Und schweigend umarmt ihn der treue Freund
Und liefert sich aus dem Tyrannen,
Der andere ziehet von dannen.
Und ehe das dritte Morgenrot scheint,
Hat er schnell mit dem Gatten die Schwester vereint,
Eilt heim mit sorgender Seele,
Damit er die Frist nicht verfehle.

Da gießt unendlicher Regen herab,
Von den Bergen stürzen die Quellen,
Und die Bäche, die Ströme schwellen.
Und er kommt ans Ufer mit wanderndem Stab,
Da reißet die Brücke der Strudel hinab,
Und donnernd sprengen die Wogen
Des Gewölbes krachenden Bogen.

Und trostlos irrt er an Ufers Rand,
Wie weit er auch spähet und blicket
Und die Stimme, die rufende, schicket,

Da stößet kein Nachen vom sichern Strand,
Der ihn setze an das gewünschte Land,
Kein Schiffer lenket die Fähre,
Und der wilde Strom wird zum Meere.

Da sinkt er ans Ufer und weint und fleht,
Die Hände zum Zeus erhoben:
«O hemme des Stromes Toben!
Es eilen die Stunden, im Mittag steht
Die Sonne, und wenn sie niedergeht
Und ich kann die Stadt nicht erreichen,
So muß der Freund mir erbleichen.»

Doch wachsend erneut sich des Stromes Wut,
Und Welle auf Welle zerrinnet,
Und Stunde an Stunde entrinnet.
Da treibt ihn die Angst, da faßt er sich Mut
Und wirft sich hinein in die brausende Flut
Und teilt mit gewaltigen Armen
Den Strom, und ein Gott hat Erbarmen.

Und gewinnt das Ufer und eilet fort
Und danket dem rettenden Gotte,
Da stürzet die raubende Rotte
Hervor aus des Waldes nächtlichem Ort,
Den Pfad ihm sperrend, und schnaubet Mord
Und hemmet des Wanderers Eile
Mit drohend geschwungener Keule.

«Was wollt ihr?» ruft er, für Schrecken bleich,
«Ich habe nichts als mein Leben,
Das muß ich dem Könige geben!»
Und entreißt die Keule dem nächsten gleich:
«Um des Freundes willen erbarmet euch!»
Und drei mit gewaltigen Streichen
Erlegt er, die andern entweichen.

Und die Sonne versendet glühenden Brand,
Und von der unendlichen Mühe
Ermattet sinken die Kniee:
«O hast du mich gnädig aus Räubershand,
Aus dem Strom mich gerettet ans heilige Land,
Und soll hier verschmachtend verderben,
Und der Freund mir, der liebende, sterben!»

Und horch! da sprudelt es silberhell,
Ganz nahe, wie rieselndes Rauschen,
Und stille hält er, zu lauschen,
Und sieh, aus dem Felsen, geschwätzig, schnell,
Springt murmelnd hervor ein lebendiger Quell,
Und freudig bückt er sich nieder
Und erfrischet die brennenden Glieder.

Und die Sonne blickt durch der Zweige Grün
Und malt auf den glänzenden Matten
Der Bäume gigantische Schatten;
Und zwei Wanderer sieht er die Straße ziehn,
Will eilenden Laufes vorüberfliehn,
Da hört er die Worte sie sagen:
«Jetzt wird er ans Kreuz geschlagen.»

Und die Angst beflügelt den eilenden Fuß,
Ihn jagen der Sorge Qualen,
Da schimmern in Abendrots Strahlen
Von ferne die Zinnen von Syrakus,
Und entgegen kommt ihm Philostratus,
Des Hauses redlicher Hüter,
Der erkennet entsetzt den Gebieter:

«Zurück! du rettest den Freund nicht mehr,
So rette das eigene Leben!
Den Tod erleidet er eben.
Von Stunde zu Stunde gewartet' er

Mit hoffender Seele der Wiederkehr,
Ihm konnte den mutigen Glauben
Der Hohn des Tyrannen nicht rauben.»

«Und ist es zu spät, und kann ich ihm nicht
Ein Retter willkommen erscheinen,
So soll mich der Tod ihm vereinen.
Des rühme der blutge Tyrann sich nicht,
Daß der Freund dem Freunde gebrochen die Pflicht,
Er schlachte der Opfer zweie
Und glaube an Liebe und Treue.»

Und die Sonne geht unter, da steht er am Tor
Und sieht das Kreuz schon erhöhet,
Das die Menge gaffend umstehet,
An dem Seile schon zieht man den Freund empor,
Da zertrennt er gewaltig den dichten Chor:
«Mich, Henker!» ruft er, «erwürget!
Da bin ich, für den er gebürget!»

Und Erstaunen ergreifet das Volk umher,
In den Armen liegen sich beide
Und weinen für Schmerzen und Freude.
Da sieht man kein Auge tränenleer,
Und zum Könige bringt man die Wundermär,
Der fühlt ein menschliches Rühren,
Läßt schnell vor den Thron sie führen.

Und blicket sie lange verwundert an.
Drauf spricht er: «Es ist euch gelungen,
Ihr habt das Herz mir bezwungen,
Und die Treue, sie ist doch kein leerer Wahn,
So nehmet auch mich zum Genossen an,
Ich sei, gewährt mir die Bitte,
In eurem Bunde der Dritte.»

Friedrich Schiller

DIE SOMMER-NÄSSE, AN HERRN GLEIM. 1761

Freund, in Berlin die schönen Kinder alle
Beklagten, daß aufs Angesicht,
Durch ihren Schirm die Macht der Sonne falle
Sie schonte Stirn und Wange nicht!

Auch alle Philosophen, unter denen
Dein Sulzer seine Stelle schmückt,
Beklagten sich, und sassen sinnlich stöhnen,
Bis Kühlung ward herabgeschickt.

Nun träufelt sie aus milden Wolken nieder
Und nun begehrt den Sonnenschein
Der unzufriedne Landmann klagend wieder:
Gott feuchtet Heu und Garben ein!

Den Wandrer drückt der nassen Kleider Bürde,
Nach heitren Tagen seufzet er;
Und der Soldat klagt: Von dem Regen würde,
Rost auf dem glänzenden Gewehr!

Die schönen Kinder fühlen lange Weile,
Ihr Auge fragt das Wetter-Glas:
Ob bald die Sonne das Gewölk zertheile?
Den Tannenhäyn macht es zu naß.

Und selbst dein Sulzer fragt mit trüben Blicken
Ob bald der Garten trocken ist?
Wo er in grün und bunten Meisterstücken
Beweise von dem Schöpfer liest!

So ists o Freund, wir wünschen und empfangen;
Und die Begierde, niemals satt,
Häuft Wunsch auf Wunsch; ihr heftiges Verlangen
Klagt, daß sie neuen Mangel hat.

Wie Regen und wie heitre Sonnenblicke,
So wünschen wir Glückseligkeit;
Der Sterbliche fühlt bey erstrebtem Glücke
Nicht Ruhe, nicht Zufriedenheit.

Nur ich, zufriedne Sterbliche, begehre
Nichts mehr, und wenn ich das Geschick
Mit einer neuen Forderung beschwere
So wünsch ich meinen Freund zurück!

Anna Louisa Karsch

EIN WÎSER MAN sol niht ze vil
versuochen noch gezîhen, dêst mîn rât,
von der er sich niht scheiden wil,
und er der wâren schulden doch keine hât.
swer wil al der welte lüge an ein ende komen,
der hât im âne nôt ein vil herzelîchez leit genomen.
man sol boeser rede gedagen.
frâge ouch nieman lange des,
daz er ungerne hoere sagen.

War umbe vüeget mir diu leit,
von der ich hôhe solte tragen den muot?
iô wirb ich niht mit kündecheit
noch dur versuochen, alsam vil maneger tuot.
ich enwart nie rehte frô, wan sô ich si sach.
sô gie von herzen gar, swaz mîn munt wider sî gesprach.
sol nû diu triuwe sîn verlorn,
sô endarf ez nieman wunder nemen,
hân ich underwîlen einen kleinen zorn.

Si jehent, daz staete sî ein tugent,
der andern frouwe. sô wol im, der si habe!
si hât mir fröide in mîner jugent

mit ir wol schoener zuht gebrochen abe,
daz ich unz an mînen tôt niemer sî gelobe.
ich sihe wol, swer nû vert wüetende, als er tobe,
daz den diu wîp sô minnent ê
danne einen man, der des niht kan.
ich ensprach in nie sô nâhe mê.

Ez tuot ein leit nâch liebe wê,
sô tuot ouch lîhte ein liep nâch leide wol.
swer welle, daz er frô bestê,
daz eine er dur daz ander lîden sol
mit bescheidenlîcher klage und gar ân arge site.
zer welte ist niht sô guot, daz ich ie gesach, sô guot gebite.
swer die gedulteclîchen hât,
der kam des ie mit fröiden hin.
alsô dinge ich, daz mîn noch werde rât.

Des einen und dekeines mê
wil ich ein meister sîn, al die wîle ich lebe;
daz lop wil ich, daz mir bestê
und mir die kunst diu werlt gemeine gebe,
daz nieman sîn leit sô schône kan getragen.
dez begêt ein wîp an mir, daz ich naht noch tac niht kan gedagen.
nû hân eht ich sô senften muot,
daz ich ir haz ze fröiden nime.
owê, wie rehte unsanfte daz mir doch tuot!

Ich weiz den wec nu lange wol,
der von der liebe gât unz an daz leit.
der ander, der mich wîsen sol
ûz leide in liebe, der ist mir noch unbereit.
daz mir von gedanken ist alse unmâzen wê,
des überhoere ich vil und tuon, als ich des niht verstê.
gît minne niuwan ungemach,
sô müeze minne unsaelic sîn.
die selben ich noch ie in bleicher varwe sach.

Reinmar von Hagenau

EIN KLUGER MANN, das ist wenigstens mein Rat,
soll die Frau, von der er sich doch nicht trennen will
und der er doch nichts begründet vorwerfen kann,
nicht zu hart auf die Probe stellen oder beschuldigen.
Wer die Verlogenheit aller Welt bis in die Tiefe durchschauen will,
der hat sich ohne Grund ein schweres Herzeleid aufgeladen.
Man soll schlimmes Gerede einfach übergehen.
So stöbere auch niemand lange dem nach,
was er verabscheut zu erfahren.

Weshalb fügt die mir Leid zu,
durch die ich den Kopf hoch tragen sollte?
Ja, werbe ich doch nicht mit List
noch nur zur Probe, wie viele es tun.
Ich wurde nie wirklich froh, außer wenn ich sie sah.
Dann kam, was ich ihr sagte, unmittelbar aus dem Herzen.
Wenn nun jedoch die Treue vergeblich sein soll,
dann darf sich niemand darüber wundern,
wenn ich bisweilen ein wenig aufgebracht bin.

Sie sagen, daß die Beständigkeit eine wertvolle Eigenschaft sei,
die Herrin der übrigen. Wohl dem, der sie besitzt?
Sie hat mir in meiner Jugend mit ihren schönen Erziehungsgeboten
mein ganzes Glück zerstört,
so daß ich sie bis zu meinem Tod niemals mehr rühmen werde.
Ich sehe jetzt genau, daß die Frauen eher den lieben,
der so wütend daherkommt wie ein Verrückter
als einen Mann, der das nicht kann.
Ich bin den Frauen noch nie mit meinen Worten so nahe getreten.

Leid nach Freude tut weh,
aber es tut sicherlich Freude nach Leid auch wohl.
Wer will, daß er froh bleibt,
der muß das eine um des andern willen ertragen,
in einsichtsvollem Schmerz und ganz ohne Bosheit.

Von dem, was ich in der Welt sah, ist nichts so gut wie das richtige Wartenkönnen.
Wer diese Fähigkeit in Gelassenheit besitzt,
der kam im Leben immer glücklich zurecht.
Genauso hoffe ich, daß es auch für mich noch Hilfe gibt.

In diesem einen und in nichts anderem
möchte ich, solange ich lebe, der Meister sein;
von dem Ruhm möchte ich, daß er mir bleibt
und daß mir die Welt einmütig dieses Können zuspricht:
daß niemand sein Leid so vorbildlich zu tragen weiß.
Eine Frau bringt mich so weit, daß ich weder nachts noch am Tage schweigen kann.
Nun habe ich jedoch so große Sanftmut,
daß ich ihre Feindschaft als Glück hinnehme.
Ach, wie sehr mich das doch schmerzt.

Schon lange kenne ich den Weg genau,
der von der Freude hinführt zum Leid.
Der andere, der mich aus dem Leid
in die Freude führen soll, der ist mir noch nicht gebahnt.
Daß meine Gedanken mir so maßlosen Schmerz bereiten,
darum kümmere ich mich kaum und tue so, als ob ich nichts davon verstehe.
Wenn die Minne nichts als Unglück bereitet,
dann soll sie doch verflucht sein.
Ich habe sie selbst immer nur in bleicher Farbe gesehen.

Reinmar von Hagenau
(Übertragung von Helmut Brackert)

DIE LIEBE,
welch lieblicher Dunst;
doch in der Ehe,
da steckt die Kunst.

Theodor Storm

LEBENSWEG

Ich bin durchs Leben auf dich zugegangen,
so fest und klar, wie übers grüne Land
die Taube flog, die lange eingefangen
und doch den Weg zur süßen Heimat fand.

Und denke ich an Sturm und Streit und Streben,
an meiner Jugend Wandern dort und hier,
so ist mir oft: Es war mein ganzes Leben
ein stiller, unbeirrter Weg zu dir.

Börries von Münchhausen

WEDER SCHATZ, wie groß er sei,
ist uns Männern so ersprießlich,
weder Freund, wie gut er sei,
ist uns Männern so genießlich,
als die uns in Armen schlief;
denn die angetraute Treu
herrschet über Leid und Zeit,
wird durch Altsein immer neu.

Friedrich von Logau

KINDER SIND RÄTSEL von Gott und schwerer als alle zu lösen;
aber der Liebe gelingt's, wenn sie sich selber bezwingt.

Friedrich Hebbel

LYNKEUS DER TÜRMER

Zum Sehen geboren,
zum Schauen bestellt,
dem Turme geschworen,
gefällt mir die Welt.
Ich blick' in die Ferne,
ich seh' in der Näh
den Mond und die Sterne,
den Wald und das Reh.
So seh' ich in allen
die ewige Zier,

und wie mir's gefallen,
gefall' ich auch mir.
Ihr glücklichen Augen,
was je ihr gesehn,
es sei, wie es wolle,
es war doch so schön!

Johann Wolfgang Goethe

SPIEL

Denkst, Freund, des wilden Knabenspiels du noch,
Das wir getrieben einst am Bergesjoch,
Wann unser freudger Wandertag verglomm
Und höher stets und immer höher klomm?
Wir sprangen jubelnd über Stock und Stein
Bergan und wieder in das Licht hinein,
Und noch einmal und noch einmal,
Bis uns entschlüpft' der letzte Sonnenstrahl.

Das Spiel, das wir im Alpentale dort
Getrieben, Freund, wir spielen's heut noch fort.
Wann neben uns das süße Licht erbleicht,
Wir steigen, bis von neuem wir's erreicht.
Wir springen rüstig über Stock und Stein
Und mitten wieder in den Tag hinein,
Und noch einmal und noch einmal,
Bis uns entschlüpft der letzte Lebensstrahl.

Conrad Ferdinand Meyer

JÄGERGLÜCK

Du bückst dich, hältst ein Vierblatt empor, als gäb
es viele: aber andere suchen lang
im grünen Kleefeld glücklos. Dir doch
zeigt es sich gern, das sonst so scheu ist.

Und wills die Stunde, brauchst du wie träumend nur
das Flintenrohr zu heben im Wald: schon stürzt
das Reh. Das stieg aus heiterm Talgrund
eilig herauf, um den Tod zu finden.

Was nicht der List des kundigsten Fischers glückt,
oft glückts dem Neuling: hoch aus dem Bache schnellt
er leichter Hand die alte, schlaue
Gumpenforelle ans grelle Taglicht –

und wild sich schleudernd hilft sie noch selbst dem Feind.
Es zwingt das Herz, das reif ist, den Pfeil herbei.
Drum preise laut den Schuß nicht, Schütze!
Schultre den Bogen und troll dich schweigend!

Georg Britting

DER GLÜCKSTAG

Ich war am Morgen
so frohen Mutes,
als müßt' begegnen
mir etwas Gutes.
Wohlan, es komme
das Glück gegangen!
Bereit hier sitz' ich,
es zu empfangen.

Da kam ein Brief,
den die Post mir brachte,
ich brach ihn auf, sah
hinein und lachte.
Logierbesuch will
ins Haus mir kommen:
Sei er mit Jubel
denn aufgenommen!

Drauf kam ein Mann, um
von mir zu borgen,
obwohl ich selbst war
bedrängt von Sorgen.
Daß er auf mich sein
Vertrauen setzte,
rührt' mich, ich gab ihm
sorglos das Letzte.

Nun eine Zeitung
nahm in die Hand ich,
darin auf mich was
geschrieben fand ich,
was Böses, Arges.
Wie das mich freute!
Seht, so beachten
mich schon die Leute!

Ich war noch immer
bei frohem Mute,
als müßte kommen
noch andres Gute.
Und mehr des Glückes
noch zu empfangen,
bin aus dem Haus ich
hinausgegangen.

Da überfiel mich
mit Donnerschlägen,
mich unbeschirmten,
ein heft'ger Regen.
Dem Himmel dankt' ich,
weil er uns schenkte
ersehntes Naß und
die Saaten tränkte.

Von einem Fenster-
brett fiel ein bunter
Tontopf mit Nelken
auf mich herunter.

Doch meinen Hut nur
hat er zertrümmert,
heil blieb ich selber
und unbekümmert.

Nach Hause eilt' ich,
da sah ich jagen
scharf um die Ecke
'nen Schlächterwagen.
Zu Boden riß er
mich freilich nieder,
doch kaum verletzt sprang
empor ich wieder.

Allmählich wurde
der Himmel heller;
nach Hause hinkt' ich,
stieg in den Keller,
holt' eine Flasche
mit gutem Weine,
wohl mir, ich hatte
just noch die eine!

Zusammen rief ich
darauf die Meinen,
mit mir im Jubel
sich zu vereinen.
Kommt her und trinket,
seid frohen Mutes!
Mir ist begegnet
heut so viel Gutes.

Johannes Trojan

UNERWÜNSCHTE BELEHRUNG

Ein Mensch, dems ziemlich dreckig geht,
hört täglich doch, von früh bis spät,
daß ihm das Schicksal viel noch gönnte
und er im Grunde froh sein könnte;
daß, angesichts manch schwererer Bürde
noch der und jener froh sein würde,
daß, falls man etwas tiefer schürfte,
er eigentlich noch froh sein dürfte;
daß, wenn genau man's nehmen wollte,
er, statt zu jammern, froh sein sollte,
daß, wenn er andrer Sorgen wüßte,
er überhaupt noch froh sein müßte.
Der Mensch, er hört das mit Verdruß,
denn unfroh bleibt, wer froh sein muß.

Eugen Roth

LIED

Schlief ich, da nachts vorm Haus
anhielt ein Wagen;
sprang der Kutscher heraus:
«Unglück läßt fragen,
wenn du was nötig hast
sollst du's ihm sagen,
Unglück wär gern dein Gast
und Wegbereiter,
komm, wenn du Zeit für ihn hast,
Unglück muß weiter.»
Sagte ich: «Freund, ich schlief
er wird's wohl wissen,
hab, da ich nicht nach ihm rief,
nichts zu vermissen,
hab ja kein Paradies
je zu verbüßen
und käm das Glückstier, dies
trät ich mit Füßen
unter die Erde tief.»
Lachte der Kutscher und rief:
«Unglück läßt grüßen!»

Christoph Meckel

ANGST UND ZWEIFEL

Zweifle nicht
an dem
der dir sagt
er hat Angst

aber hab Angst
vor dem
der dir sagt
er kennt keinen Zweifel

Erich Fried

IM ZWEIFEL FÜR DEN ZWEIFEL

Im Zweifel für den Zweifel
Das Zaudern und den Zorn
Im Zweifel fürs Zerreißen
Der eigenen Uniform

Im Zweifel für den Zweifel
Und für die Pubertät
Im Zweifel gegen Zweisamkeit
Und Normativität

Im Zweifel für den Zweifel
Und gegen allen Zwang
Im Zweifel für den Teufel
Und den zügellosen Drang

Im Zweifel für die Bitterkeit
Und meine heißen Tränen
Bleiern wird mir meine Zeit
Und doch muss ich erwähnen:

Im Zweifel für Ziellosigkeit
Ihr Menschen, hört mich rufen!
Im Zweifel für Zerwürfnisse
Und für die Zwischenstufen

Im Zweifel für den Zweifel
Das Zaudern und den Zorn
Im Zweifel fürs Zerreißen
Der eigenen Uniform

Im Zweifel für Verzärtelung
Und für meinen Knacks
Für die äußerste Zerbrechlichkeit
Für einen Willen wie aus Wachs

Im Zweifel für die Zwitterwesen
Aus weit entfernten Sphären
Im Zweifel fürs Erzittern
Beim Anblick der Chimären

Im Zweifel für die Bitterkeit
Und meine heißen Tränen
Bleiern wird mir meine Zeit
Mir bleibt noch zu erwähnen:

Im Zweifel für Ziellosigkeit
Ihr Menschen, hört mich rufen!
Im Zweifel für Zerwürfnisse
Und für die Zwischenstufen

Im Zweifel für den Zweifel
Das Zaudern und den Zorn
Im Zweifel fürs Zerreißen
Der eigenen Uniform

Im Zweifel für den Zweifel
Und die Unfaßbarkeit
Für die innere Zerknirschung
Wenn man die Zähne zeigt

Im Zweifel fürs Zusammenklappen
Vor gesamtem Saal
Mein Leben wird Zerrüttung
Meine Existenz Skandal

Im Zweifel für die Bitterkeit
Und meine heißen Tränen
Bleiern wird mir meine Zeit
Jetzt muss ich noch erwähnen:

Im Zweifel für Ziellosigkeit
Ihr Menschen, hört mich rufen!
Im Zweifel für Zerwürfnisse
Und für die Zwischenstufen

Dirk von Lowtzow
(Tocotronic)

AN DIE GRUNDMÄCHTE

Es zählt vor euch nicht, daß ich Schmerzen leide,
es schweigt die Weide,
wenn man zur Flöte sie schneidet und schält.
Doch daß ich leide und nicht meutere,
und was ich mir draus läutere
zum Zwiegespräch mit euch, es zählt.

Oskar Loerke

WONACH SOLL MAN am Ende trachten?
Die Welt zu kennen und sie nicht verachten.

Johann Wolfgang Goethe

BETT-PHILOSOPHIE

Wie sagte schon Kant? Oder war es Voltaire?
Hätte das Leben den mindesten Sinn,
dann wäre das Sterben für uns ein Gewinn,
und unsere Angst vor dem Sterben wär nichts als eine Chimäre,
weil ja das Sterben dann kein Sterben eigentlich wäre,
sondern Permutation, ein Erfolg der Natur, ein Streben nach mehr,
das wußte schon Kant. Oder war es Voltaire?

Und der alte Vergil – oder wars Sigmund Freud? –
sagte: Das Leben, dem Menschen zum Trotz,
ist nichts als das Wort eines anderen Gotts.
Es gibt weder Todesbeweis noch Beweis eines Lebensbeginnes.
Der einzige Sinn des Lebens ist Abwesenheit jedes Sinnes.
Das Leben ist tot, ein konfuses Getümmel, gequirlter Quark.
So sprach schon Horaz. Oder war es Lamarque?

Befasse dich einmal mit Gnosis!
Bald wirst du merken, was los is,
nämlich, daß unsere Welt einfach zu groß is.
Im Gegensatz dazu sieht Newton
fast immer das Schlechte im Guten.
Die rein mechanistische Welt widerlegt jeder Baum.
Das Leben ist Traum,
das sagt schon Rousseau.
Oder wars Diderot?
Und sogar schon Euklid,
nein, ich glaube Descartes, ja Descartes –
sagte zwar: Cogito ergo sum.
Aber er wußte, im Grund ist das dumm
und beweist überhaupt nichts, außer der Tatsache, daß wir nichts wissen.

Sogar schon Pascal –
oder war es Lassalle –

fand das Leben beschissen.
Man ist nur Marionette,
außer im Bette,
da ist man noch wer.
Das sagt auch Pasteur –
oder war es Flaubert –
oder wars Lafayette?
Also gehn wir zu Bett!

Georg Kreisler

EIN MENSCH ERHOFFT sich fromm und still,
daß er einst das kriegt, was er will;
bis er dann doch dem Wahn erliegt
und schließlich das will, was er kriegt.

Eugen Roth

ZU FRAGMENTARISCH ist Welt und Leben!
Ich will mich zum deutschen Professor begeben,
der weiß das Leben zusammenzusetzen,
und er macht ein verständlich System daraus;
mit seinen Nachtmützen und Schlafrockfetzen
stopft er die Lücken des Weltenbaus.

Heinrich Heine

EIN WAHLSPRUCH? Lange sinn' ich hin und her,
ja, Kinder, wenn die Welt so einfach wär'!
Ich brauche, wie ich mich beschränken mag,
doch ungefähr ein Dutzend jeden Tag.
Und wollt' ich je für morgen einen sparen,

daß er verjährt war, mußt' ich stets erfahren.
So schrieb' am besten ich «von Fall zu Fall»; –
doch leider gilt auch der nicht überall.

Arthur Schnitzler

GRABSCHRIFT

Als Knabe verschlossen und trutzig,
als Jüngling anmaßlich und stutzig,

als Mann zu Taten willig,
als Greis leichtsinnig und grillig!

Auf deinem Grabstein wird man lesen:
Das ist fürwahr ein Mensch gewesen!

Johann Wolfgang Goethe

ES LIEGT an eines Menschen Schmerz, an eines Menschen Wunde nichts,
es kehrt an das, was Kranke quält, sich ewig der Gesunde nichts!
Und wäre nicht das Leben kurz, das stets der Mensch vom Menschen erbt,
so gäb's Beklagenswerteres auf diesem weiten Runde nichts!
Einförmig stellt Natur sich her, doch tausendförmig ist ihr Tod,
es fragt die Welt nach meinem Ziel, nach deiner letzten Stunde nichts;
und wer sich willig nicht ergibt dem ehrnen Lose, das ihm dräut,
der zürnt ins Grab sich rettungslos und fühlt in dessen Schlunde nichts;
dies wissen alle, doch vergißt es jeder gerne jeden Tag.
So komme denn, in diesem Sinn, hinfort aus meinem Munde nichts!
Vergeßt, daß euch die Welt betrügt und daß ihr Wunsch nur Wünsche zeugt,
laßt eurer Liebe nichts entgehn, entschlüpfen eurer Kunde nichts!
Es hoffe jeder, daß die Zeit ihm gebe, was sie keinem gab,
denn jeder sucht ein All zu sein, und jeder ist im Grunde nichts.

August von Platen

GLIEDERWIND ISST NEBENSONNEN

drei Schwindel hingen am winkelsprung
wie einfach zur verzweifelung
sie schwangen hin und stunden her
als ob auch ich ein schwengel wär
ach ihr verbund fing fingernd mir
zu schwinden an von rang und kür
der eine klang und ging und hing
der andre schlingerte und schlang
und ich der dritte schwamm im schwund
schwang eingemischt im sindelspund

Oskar Pastior

OHNE WARUM

Die Ros' ist ohn' Warum; sie blühet, weil sie blühet;
Sie acht' nicht ihrer selbst, fragt nicht, ob man sie siehet.

Angelus Silesius

CHAMÄLEON

älter als der bischofsstab,
den es hinter sich herzieht, die krümme
des schwanzes. komm herunter, rufen wir
ihm zu auf seinem ast, während die zunge
als teleskop herausschnellt, es das sternbild
einer libelle frißt: ein astronom
mit einem blick am himmel und dem andern
am boden – so wahrt es den abstand
zu beiden. die augenkuppeln, mit schuppen

gepanzert, eine festung, hinter der
nur die pupille sich bewegt, ein nervöses
flackern hinter der schießscharte (manchmal
findet man seine haut wie einen leeren
stützpunkt, eine längst geräumte these).
komm herunter, rufen wir. doch es regt
sich nicht, verschwindet langsam zwischen
den farben. es versteckt sich in der welt.

Jan Wagner

ECHO ODER WIEDERSCHALL

Echo Göttin die man nirgend kann finden,
Und bist doch nicht wenn man dich ruft dahinden,
Antworte mir auf meine Frage. Frage.
Was tue ich in des Tages Hitze? Sitze.
Ob ich mich mit dir unterrede? Rede.
Was ists das mich so tut aussaugen? Augen.
So hat mein Lieb an sich die Stücke? Tücke.
Und krieg' ich das für meine Treue? Reue.
Tut sich doch nichts so hart erweisen! Eisen.
Wie mach' ich's denn dass ich's erleide? Leide.
Wie tue ich dass ich sie erbitte? Bitte.
So soll ich mich ihr untergeben? Geben.
Was machet mich aber recht lieben? Üben.
Muß ich die Lieb' andern verschweigen? Schweigen.
Und die Begier heimlich verbergen? Bergen.
Und so wird sich das Blatt noch wenden? Enden.
Wie mach' ich dass ich's end' erwarte? Warte.
Was werd' ich denn zuletzt erhalten? Halten.
Es ist genug hab' ich die Gnade. Ade.

Martin Opitz

ZWIELICHT

Dämmrung will die Flügel spreiten,
Schaurig rühren sich die Bäume,
Wolken zieh'n wie schwere Träume –
Was will dieses Grau'n bedeuten?

Hast ein Reh du, lieb vor andern,
Laß es nicht alleine grasen,
Jäger zieh'n im Wald' und blasen,
Stimmen hin und wieder wandern.

Hast du einen Freund hienieden,
Trau ihm nicht zu dieser Stunde,
Freundlich wohl mit Aug' und Munde,
Sinnt er Krieg im tück'schen Frieden.

Was heut müde gehet unter,
Hebt sich morgen neugeboren.
Manches bleibt in Nacht verloren –
Hüte dich, bleib' wach und munter!

Joseph von Eichendorff

GÜTE UND GRÖSSE

Nur zwei Tugenden gibt's. O, wären sie immer vereinigt,
immer die Güte auch groß, immer die Größe auch gut!

Friedrich Schiller

DAS WORT MENSCH, als Vokabel
eingeordnet, wohin sie gehört,
im Duden:
zwischen Mensa und Menschengedenken.

Die Stadt
alt und neu,
schön belebt, mit Bäumen
auch
und Fahrzeugen, hier

hör ich das Wort, die Vokabel
hör ich hier häufig, ich kann
aufzählen von wem, ich kann
anfangen damit.

Wo Liebe nicht ist,
sprich das Wort nicht aus.
Johannes Bobrowski

ARCHAISCHER TORSO APOLLOS

Wir kannten nicht sein unerhörtes Haupt,
darin die Augenäpfel reiften. Aber
sein Torso glüht noch wie ein Kandelaber,
in dem sein Schauen, nur zurückgeschraubt,

sich hält und glänzt. Sonst könnte nicht der Bug
der Brust dich blenden, und im leisen Drehen
der Lenden könnte nicht ein Lächeln gehen
zu jener Mitte, die die Zeugung trug.

Sonst stünde dieser Stein entstellt und kurz
unter der Schultern durchsichtigem Sturz
und flimmerte nicht so wie Raubtierfelle;

und bräche nicht aus allen seinen Rändern
aus wie ein Stern: denn da ist keine Stelle,
die dich nicht sieht. Du mußt dein Leben ändern.

Rainer Maria Rilke

ESSEN UND TRINKEN

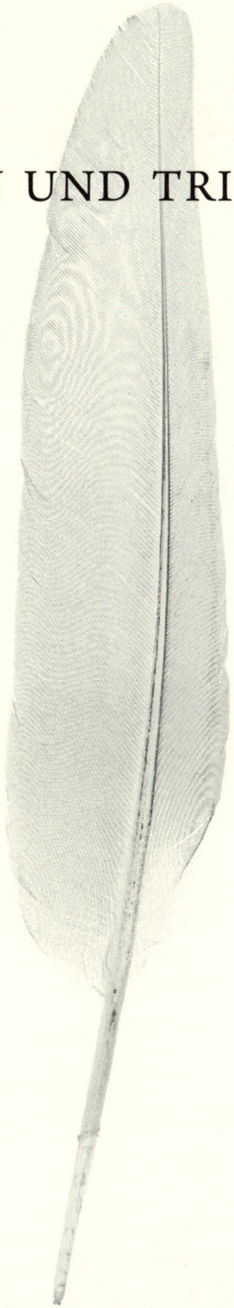

KULINARISCHES LIEBESLIED

Weißt du's noch? damals aßen wir
zart-jungen Mais
mit Butter; die Spitzen waren weich
und die Kolben ganz weiß.

Weißt du's noch? damals aßen wir
Shishkebab mit Reis;
und nachher verlangtest du
Himbeereis.

Weißt du's noch? Damals aßen wir
indianische Götterspeis
voller Curry, und wir tranken und tranken,
und die Welt glühte heiß.

Weißt du's noch? damals aßen wir
in laut-festlichem Kreis –
war's Geburtstag? War's Hochzeit?
Im Herzen war's leis.

Oh, ich weiß, ich weiß:
Wen's freut, den andern essen zu sehn,
des Liebe wird täglich und nächtlich aufs neue erstehn
und nimmer vergehn.

Hermann Broch

DIE ORANGENSAFTMASCHINE

dreht sich & Es ist gut, daß der Barmann
zuerst auf die nackten Stellen eines
Mädchens schaut, das ein Glas kalten

Tees trinkt. «Ist hier sehr heiß,
nicht?» sagt er, eine Frage, die
den Raum etwas dekoriert,

was sonst? Sie hat einen kräftigen
Körper, und als sie den Arm
ausstreckt, das Glas auf

die Glasplatte zurückstellt,
einen schwitzenden, haarigen
Fleck unterm Arm, was den Raum

einen Moment lang verändert, die
Gedanken nicht. Und jeder sieht, daß
ihr's Spaß macht, sich zu bewegen

auf diese Art, was den Barmann
auf Trab bringt nach einer langen
Pause, in der nur der Ventilator

zu hören gewesen ist wie
immer, oder meistens, um
diese Tageszeit.

Rolf Dieter Brinkmann

VERSUCHUNG

Wenn sie in silberner Schale mit Wein uns würzet die Erdbeern,
Dicht mit Zucker noch erst streuet die Kinder des Walds:
O wie schmacht ich hinauf zu den duftigern Lippen, wie dürstet
Nach des gebogenen Arms schimmernder Weiße mein Mund!

Eduard Mörike

DER SCHIFFSKOCH, EIN GEFANGENER, SINGT:

Weh, geschieden von den Meinigen,
Lieg ich hier seit vielen Wochen;
Ach und denen, die mich peinigen,
Muss ich Mahl- um Mahlzeit kochen.

Schöne purpurflossige Fische,
Die sie mir lebendig brachten,
Schauen aus gebrochenen Augen,
Sanfte Tiere muss ich schlachten.

Stille Tiere muss ich schlachten,
Schöne Früchte muss ich schälen
Und für sie, die mich verachten,
Feurige Gewürze wählen.

Und wie ich gebeugt beim Licht in
Süß- und scharfen Düften wühle,
Steigen auf ins Herz der Freiheit
Ungeheuere Gefühle!

Weh, geschieden von den Meinigen,
Lieg ich hier seit wieviel Wochen!
Ach und denen, die mich peinigen,
Muss ich Mahl- um Mahlzeit kochen!

Hugo von Hofmannsthal

AN DIE SONNE

Sonne, brich doch durch die Wolken!
Laß uns doch den hellen Himmel
Laß uns deine Strahlen sehen!
Haben denn die dicken Dünste
Dich nicht lang genug verdunkelt?
Hat es nicht genug geregnet?
Sieh, die Fluren stehn voll Wasser,
Und es ist für deine Strahlen,
Viel zu trocknen, viel zu trinken!
Sonne, laß die düstern Wolken
Schnell vor deinen Strahlen fliehen;
Aber, wenn sie, statt des Wassers,
Wein herunter schütten wollen,
Solchen Wein, wie ich jetzt trinke,
O so laß die Wolken regnen!

Johann Wilhelm Ludwig Gleim

EIN ERLEBNIS KANTS

Eines Tags geschah es Kant,
daß er keine Worte fand.

Stundenlang hielt er den Mund,
und er schwieg – nicht ohne Grund.

Ihm fiel absolut nichts ein,
drum ließ er das Sprechen sein.

Erst als man zum Essen rief,
wurd' er wieder kreativ,

und er sprach die schönen Worte:
«Gibt es hinterher noch Torte?»

Robert Gernhardt

IM HAFEN

Glücklich der Mann, der den Hafen erreicht hat,
Und hinter sich ließ das Meer und die Stürme,
Und jetzo warm und ruhig sitzt
Im guten Ratskeller zu Bremen.
Wie doch die Welt so traulich und lieblich
Im Römerglas sich widerspiegelt,
Und wie der wogende Mikrokosmus
Sonnig hinabfließt ins durstige Herz!
Alles erblick ich im Glas,
Alte und neue Völkergeschichte,
Türken und Griechen, Hegel und Gans,
Zitronenwälder und Wachtparaden,
Berlin und Schilda und Tunis und Hamburg,
Vor allem aber das Bild der Geliebten,
Das Engelköpfchen auf Rheinweingoldgrund.

O, wie schön! wie schön bist du, Geliebte!
Du bist wie eine Rose!
Nicht wie die Rose von Schiras,

Die hafisbesungene Nachtigallbraut;
Nicht wie die Rose von Saron,
Die heiligrote, prophetengefeierte; –
Du bist wie die Ros im Ratskeller zu Bremen!
Das ist die Rose der Rosen,
Je älter sie wird, je lieblicher blüht sie,
Und ihr himmlischer Duft, er hat mich beseligt,
Er hat mich begeistert, er hat mich berauscht,
Und hielt mich nicht fest, am Schopfe fest,
Der Ratskellermeister von Bremen,
Ich wäre gepurzelt!

Der brave Mann! wir saßen beisammen
Und tranken wie Brüder,
Wir sprachen von hohen, heimlichen Dingen,
Wir seufzten und sanken uns in die Arme,
Und er hat mich bekehrt zum Glauben der Liebe –
Ich trank auf das Wohl meiner bittersten Feinde,
Und allen schlechten Poeten vergab ich,
Wie einst mir selber vergeben soll werden –
Ich weinte vor Andacht, und endlich
Erschlossen sich mir die Pforten des Heils,
Wo die zwölf Apostel, die heilgen Stückfässer,
Schweigend predgen, und doch so verständlich
Für alle Völker.

Das sind Männer!
Unscheinbar von außen, in hölzernen Röcklein,
Sind sie von innen schöner und leuchtender
Denn all die stolzen Leviten des Tempels
Und des Herodes Trabanten und Höflinge,
Die goldgeschmückten und purpurgekleideten –
Hab ich doch immer gesagt,
Nicht unter ganz gemeinen Leuten,
Nein, in der allerbesten Gesellschaft,
Lebte beständig der König des Himmels!

Hallelujah! Wie lieblich umwehen mich
Die Palmen von Beth El!
Wie duften die Myrrhen von Hebron!
Wie rauscht der Jordan und taumelt vor Freude! –
Auch meine unsterbliche Seele taumelt,
Und ich taumle mit ihr, und taumelnd
Bringt mich die Treppe hinauf, ans Tagslicht,
Der brave Ratskellermeister von Bremen.

Du braver Ratskellermeister von Bremen!
Siehst du, auf den Dächern der Häuser sitzen
Die Engel und sind betrunken und singen;
Die glühende Sonne dort oben
Ist nur eine rote, betrunkene Nase,
Die Nase des Weltgeists;
Und um die rote Weltgeistnase
Dreht sich die ganze, betrunkene Welt.

Heinrich Heine

DAS HILDEBRANDSLIED

Hildebrand und sein Sohn Hadubrand
ritten selbander von Wut entbrannt
gegen die Seestadt Venedig.
Hildebrand und sein Sohn Hadubrand,
keiner die Seestadt Venedig fand,
da fluchten sie beide unflätig.

Hildebrand und sein Sohn Hadubrand
ritten bis da, wo ein Wirtshaus stand,
Wirtshaus mit kühlen Bieren.
Hildebrand und sein Sohn Hadubrand
soffen sich da einen Riesenbrand,
krochen heim auf allen vieren.

Joseph Victor von Scheffel

DAS ENDE DES MONDES

oben scheint der mond, gerade jetzt
hat sich waldmann an den tisch gesetzt

und isst eine durchgestrichne brühe.
schnee fällt leicht und weich und ohne mühe.

waldmann lächelnd waldmann löffelnd, leise
nimmt er etwas von der dunstmehlspeise,

und er kostet von den eisbeinscheiben.
bleich sieht man den mond vorübertreiben.

etwas nebel, etwas frost, mitunter
fällt ganz leicht und weich der schnee herunter.

Der fasan, das blumenkohlgemüse,
sülze zitternd und das sanfte süße

dunkle huhn, gefüllt und aufgeschnitten,
ist in waldmanns leib hineingeglitten.

zärtlich hört man waldmanns zähne knacken.
wurst gewürzt und hammelhirn gebacken,

ochsenschweif zerhauen, schweinskopfrinden
sieht man schnell in seinem mund verschwinden.

freundlich pfeift der wind, es fällt der schnee.
schnepfenmus und kalbsmilchfrikassee,

wellfleisch, wachteln, wuchteln, trüffeltunken
sind geräuschlos in den leib gesunken.

vor dem fenster hängt der nebel dick.
in der ferne spielt die tischmusik.

vor dem fenster weht der schnee, am tisch
sticht hans waldmann still in einen fisch.

ausgedrückt der fisch und ganz verloren.
und der mond ist oben angefroren.

waldmann schöpfend waldmann dreimal nickend,
waldmann schluckend waldmann gabel pickend,

tief im winter isst er immer schneller:
erstens fisch und zweitens seinen teller.

oben scheint der mond, der schnee fällt weich.
waldmann nickt und waldmann beißt zugleich

in den tisch, er hat ihn ganz verzehrt.
das ist weiter nicht erwähnenswert.

erst den tisch, im nächsten augenblick,
da verzehrt er noch die tischmusik.

dann hat er das fenster aufgerissen:
o der mond, das war ein großer bissen.

und mit einem ungeheuren schlung
schluckt hans waldmann die erinnerung.

danach hat er diesen fall vergessen
und sich hingesetzt zum abendessen.

Ror Wolf

VOM SCHLARAFFENLAND

Nun höret zu und schweiget still,
was ich euch wunders sagen will
von einem guten Lande.
Es bliebe mancher nicht daheim,
könnt er dahin gelangen.

Die Gegend heißt Schlaraffenland,
ist faulen Leuten wohl bekannt,
liegt hinterm Zuckerberge.
Und willst du in das Land hinein,
friß dich hindurch die Zwerche.

Der Berg ist schier drei Meilen lang,
doch beiß dich durch und tu dir Zwang:
Gelingts dir ohne Schaden,
so findest du die Häuser all
gedeckt mit Eierfladen.

Tür und Wänd, das ganze Haus,
sind von Lebkuchenteig durchaus,
die Sparren Schweinebraten.
Kauft einer dort um Pfennigswert,
hier gilt es einen Dukaten.

Alle Brunnen sind voll süßem Wein,
rinnen einem selbst ins Maul hinein,
und andre süße Weine;
und wer die gerne trinken mag,
der mach sich auf die Beine.

Um jedes Haus, da ist ein Zaun
geflochten von Bratwürsten braun,
gebraten und gesotten.
Es mag sie essen, wer da will,
sie sind niemand verboten.

Auch fliegen um, das mögt ihr glauben,
gebratne Vögel, Gäns und Tauben,
und wer sie nicht will fangen,
dem fliegen sie von selbst ins Maul,
braucht nicht danach zu langen.

Die Säu geraten alle Jahr,
laufen herum und sind schon gar,
mit Messern in dem Rücken,
daß jeder bald ohn Aufenthalt
sich schneiden mag sein Stücke.

Fällt ein Wetter im Sommer ein,
so regnets lauter Honigseim.
Alle, die gerne schlecken,
die laufen in das Land hinein,
da haben sie zu lecken.

Fängt es im Winter zu schneien an,
so schneit es nichts als Marzipan,
Rosinen auch und Mandeln,
und wer sie gerne knabbern mag,
der hat einen guten Handel.

Auf Tannen wachsen große Krapfen,
wie hierzuland die Tannenzapfen,
auf Fichten wachsen Schnitten.
Auch kann man von den Birken da
gute Speckkuchen schütten.

Auf Weiden wachsen Semmel frei,
die Löffel hängen schon dabei,
darunter Milchbäch fließen.
Die Semmel fallen in die Milch,
daß sie jeder kann genießen.

Faul Gesinde, Mägd und Knecht,
sind in dem Lande gar eben recht.
Auf, Gretel, dann, und Stöffel!
Macht an den Milchbach euch geschwind
mit einem großen Löffel.

Wer tölpisch ist und gar nichts kann,
wird in dem Land ein Edelmann,
und wer nichts tut als schlafen,
essen, trinken, tanzen und spielen,
der wird zu einem Grafen.

Wer der Allerfaulste wird erkannt,
ist König über das ganze Land
und hat ein groß Einkommen.
Des Landes Art und Eigenschaft,
das habt ihr nun vollkommen.

Wer sich will machen auf die Reis
und selbst dahin den Weg nicht weiß,
der mag einen Blinden fragen.
Ein Stummer ist auch gut dazu,
wird ihm nicht unrecht sagen.

Aus is, gar is,
schad, daß net wahr ist!

Anonym

DIE WAHRHEIT ist im Wein.
Das heißt: In unsern Tagen
muß einer betrunken sein,
um Lust zu haben, die Wahrheit zu sagen.

Friedrich Rückert

FRAGST DU, WAS die Trinker trinken:
Wein, vom neuen wie vom alten.
Fragst du, wann und wo sie trinken:
Nach Belieben, wie sie's halten.

Fragst du mich, wie oft sie trinken:
Ohne Zweifel alle Tage.
Fragst du mich, warum sie trinken:
Nüchtern klingt mir diese Frage.

Der trinkt, weil die andern tranken,
der, weil ihn ein Kummer drückte,
der, um alles zu vergessen,
der, weil ihn der Wein entzückte.

Der trinkt, weil er trinken mußte,
der, um seinen Durst zu stillen,
der, um in das Nichts zu tauchen,
der trinkt um der Liebe willen.

Halte dich nicht auf bei Gründen,
immer wird der Wein ja munden.
Grund genug ist, daß der Meister
einst die Kelter hat erfunden.

Friedrich Georg Jünger

AN DEN WEIN

Du, den feurig der Gott weckte am herbstlichen Hang,
sieh, dein Sänger ergreift tiefen Blickes das Glas.
Ach, du schimmerst ihm wieder,
klar und aller Geheimnisse voll.

Wenn er jemals ein Glück bis zur Wurzel gefühlt,
war es glühend der Strom, welcher wie Sühneblut
sich dem seinen vermählte,
daß er dunkelster Nacht vergaß.

Sonst ein elender Mensch, dem das Leben den Fuß
auf den Nacken gesetzt, müde der Tat und des Worts,
war zum Spiel er den Winden
und dem Flug der Vögel zum Spott.

O, daß du die Gewalt gibst der Seele zurück,
die einst den Jüngling gespornt, größer als groß zu sein,
mit den Wolken zu fliegen,
die kein Schatten der Erde schwärzt.

O, daß du sein Gedicht, das ihm die Qual gebar,
näher zum Traume hinführst, näher dem zeugenden Quell,

und im Rausche vollendest
Eingang in das tönende Licht.

Dank dir! Dank dir und Preis! Der du den reifsten Sinn
dieser schwankenden Welt deinem Sänger enthüllst,
wenn er trunkenen Leibes
aus der Wirrnis flieht an des Gottes Herz.

Josef Weinheber

LASS MIR DIE KNABEN vom Feste,
denn sie haben noch nichts erlebt!
Das ist am Weine das Beste,
daß die Erinnerung drüber schwebt.

Emanuel Geibel

EINE ASCHANTINUSS FÜR DICH

der ofen verzehrt die reste eines fisches.

seit dem ende des mahls, das partnerlos
und daher ohne jedes zeremoniell
(wie es sogar unter ärmlichen paaren der brauch ist)
vor sich ging
knacke ich die dünnen schalen von aschantinüssen auf
unentwegt kauend.

          (ich weiß, es wäre gesünder
sich mit geringerer teilnahme zu betrachten;
          auch wäre es gesünder
in einem weniger durchwärmten zimmer zu übernachten;

auch wäre es gesünder
den verzicht auf tabak nicht durch schnapsgenuß zu erleichtern;
auch wäre es gesünder
sich über die gesundheit weniger gedanken zu machen.)

wieviel eigenliebe enthält schon das wort
dünn im bericht dessen, der aschantinüsse aufbricht
um die kleinen weißen kerne in der braunen bitteren spröden
haut zu zerbeißen

wieviel eigenliebe liegt auch in der wartung eines ofens
in erwartung der ausdehnung der thermometerlichen quecksilbersäule
in den schaufensterblicken, die vor dem
schnapskauf preise vergleichen und steuerprozente dazuschlagen
im aufschlitzen eines fetttriefenden
fisches, der wie gold glänzt und auf einem stück pergamentpapier
alles über sich ergehen läßt, weil er nicht in seinem element ist

wieviel eigenliebe liegt in diesen kleinen täglichen handlungen, mit
denen man versucht, sich einen ersatz des mütterlichen ins leben zu
schwindeln

wieviel liebe ließe sich augenblicklich gewinnen, wenn sich jetzt
eine aschantinuß für dich
aufbrechen ließe.

Ernst Jandl

SCHNEEBIER

Der Ausschank war geöffnet in das Dunkel
und leuchtete warm in den tiefen
von ferner Kindheit überglänzten Schnee.
Da ich mein Bier vom Brett nahm. Unten ging
riesig die Elbe, endlich als ein Strom

in Richtung Nacht. Und weit hinaus das Eis,
fast bis zur Mitte, wo, da sonst der Weg hinführte,
bei einer Bank vom Winter überwältigt
und einer Schar von schwarzen Stangen
an der Anlegestelle regungslos
die Fähre lag mit ausgelöschten Lichtern.
Eisschollen knirschten lautlos aneinander.
Gurgelnde Schwärze löschte alles Weiß,
und doch ganz draußen noch unwirklich wahr
ein Winterschwan einwärtsgebognen Halses.
Kein Motor wagte sich durch diese Stille.
Indes in mich eiskalte Biere rannen
und ringsher um die Lampe Schneegeriesel
aus meinem Mund ans Holz des Ausschanks glitzernd
vorstöberte. Ich trank und trank und trank.

Thomas Rosenlöcher

PUNSCHLIED

Vier Elemente,
innig gesellt,
bilden das Leben,
bauen die Welt.

Preßt der Zitrone
saftigen Stern!
Herb ist des Lebens
innerster Kern.

Jetzt mit des Zuckers
linderndem Saft
zähmet die herbe
brennende Kraft!

Gießet des Wassers
sprudelnden Schwall!
Wasser umfänget
ruhig das All.

Tropfen des Geistes
gießet hinein!
Leben dem Leben
gibt er allein.

Friedrich Schiller

BRUNNENINSCHRIFT

All eures Fragens Sinn ist heißer Durst.
Erwartet keine Antwort. Doch erwartet
vom Quell des Lebens einen kühlen Trunk.

Wilhelm von Scholz

DAS ESSEN

Ein Mensch beim Essen ist ein gut Gesicht,
wenn er nichts denkt und nur die Kiefer mahlen,
die Zähne malmen und die Blicke strahlen
von einem sonderbaren Urweltlicht.

Vorspeisen sind wie Segel über Buchten,
schlank und zum Hafen schnellend in erregter Fahrt,
indes die schweren Fleischgerichte wuchten
gewaltig über Wiesen von Gemüsen zart.

Welch ein entzücktes Spiel: zu hohen Festen
erlesner Bissen Liebreiz zu erflehn,
und welche Lust: sich mächtig vollzumästen,
satt und mit Saft gefüllt vom Hals bis zu den Zeh'n.

Fischfleisch ist weiß und heilig oder rosen,
und manchmal rauchgebeizt und lauchgewürzt.
Auch kleine Fische gibt's in blanken Dosen,
die man wie Schnäpse jach hinunterstürzt.

Wildbret: Du Perle Cumberlands, von edler Fäule,
und nackter Horden rohgebratner Fraß!
Wohl dem, der Schneehuhn oder Rentierkeule
(gespickt, mit Sahne) hoch im Norden aß.

Beefsteak tatare ist fast so stark an Gnade
wie ein am Grill gebratnes Lendenstück,
und viele Götter leben im Salate,
saftrot und samenkerngeschwellt das Weib Tomate,
und grünes Kraut im Frühling ist ein kühles Glück.

Wenn du Kartoffeln oder Spargel ißt,
schmeckst du den Sand der Felder und den Wurzelsegen,
des Himmels Hitze und den großen Regen,
die kühlen Wässer und den warmen Mist.

Laßt mich hier schweigen vom Besoffensein,
vom tiefsten, tödlichsten Hinübergleiten,
vom hellsten, wachsten Indiewindereiten,
die Welt ist groß und unser Wort ist klein.

Laßt mich hier schweigen von dem Blutgericht
geheimster Liebe in verrauschten Zeiten –
laßt mich nur essen, dankbar und bescheiden –
ein Mensch beim Essen ist ein gut Gesicht.

Carl Zuckmayer

EINKEHR

Bei einem Wirte wundermild,
da war ich jüngst zu Gaste;
ein goldner Apfel war sein Schild
an einem langen Aste.

Es war der gute Apfelbaum,
bei dem ich eingekehret;
mit süßer Kost und frischem Schaum
hat er mich wohl genähret.

Es kamen in sein grünes Haus
viel leichtbeschwingte Gäste;
sie sprangen frei und hielten Schmaus
und sangen auf das beste.

Ich fand ein Bett zu süßer Ruh'
auf weichen, grünen Matten;
der Wirt, er deckte selbst mich zu
mit seinem kühlen Schatten.

Nun fragt' ich nach der Schuldigkeit,
da schüttelt er den Wipfel.
Gesegnet sei er allezeit
von der Wurzel bis zum Gipfel!

Ludwig Uhland

SÎT SI MIR niht lônen wil
der ich hân gesungen vil,
seht sô wil ich prîsen
den der mir tuot sorgen rât,
herbest, der des meien wât
vellet von den rîsen.
ich weiz wol, ez ist ein altez mære
daz ein armez minnerlîn ist rehte ein marterære.
seht, zuo den was ich geweten.
wâfen! die wil ich lân und wil inz luoder treten.

Herbest, underwint dich mîn,
wan ich wil dîn helfer sîn
gegen dem glanzen meien.
durh dich mîde ich sende nôt.
sît dir Gebewîn ist tôt,
nim mich tumben leien
vür in zeime stæten ingesinde.
<Steimâr, sich daz wil ich tuon, swenn ich nu baz bevinde,
ob du mich kanst gebrüeven wol.>
wâfen! ich singe daz wir alle werden vol.

Herbest, nu hœr an mîn leben.
wirt, du solt uns vische geben
mê dan zehen hande,
gense hüener vogel swîn,
dermel pfâwen sunt dâ sîn,

wîn von welschem lande.
des gib uns vil und heiz uns schüzzel schochen.
köpfe und schüzzel wirt von mir unz an den grunt erlochen.
wirt, du lâ dîn sorgen sîn.
wâfen! joch muoz ein riuwic herze trœsten wîn.

Swaz du uns gîst, daz würze uns wol
baz dan man ze mâze sol,
daz in uns werde ein hitze
daz gegen dem trunke gange ein dunst,
alse rouch von einer brunst,
und daz der man erswitze,
daz er wæne daz er vaste lecke.
schaffe daz der munt uns als ein apotêke smecke.
erstumme ich von des wînes kraft,
wâfen! sô giuz in mich, wirt, durh gesellescha ft.

Wirt, durh mich ein strâze gât:
dar ûf schaffe uns allen rât,
manger hande spîse.
wînes der wol tribe ein rat
hœret ûf der strâze pfat.
mînen slunt ich prîse:
mich würget niht ein grôziu gans so ichs slinde.
herbest, trûtgeselle mîn, noch nim mich zingesinde.
mîn sêle ûf eime rippe stât,
wâfen! diu von dem wîne drûf gehüppet hât.

Steinmar

DA SIE MIR nicht lohnen will,
der ich viele Lieder gesungen habe,
seht, so will ich den rühmen,
der mir meine Sorgen nimmt,

den Herbst, der das Kleid des Mai
von den Ästen abwirft.
Ich weiß wohl, es ist eine alte Geschichte,
daß ein armer Liebhaber ein rechter Märtyrer ist.
Seht, zu denen hatte ich mich gesellt.
Heißa! Die will ich verlassen und mich ins lockere Leben stürzen.

Herbst, stell dich auf meine Seite,
denn auch ich will für dich Partei nehmen
gegen den strahlenden Mai.
Um deinetwillen meide ich die Liebesnot.
Da dir Gebewin gestorben ist,
nimm mich törichten Neuling
an seiner Stelle zum treuen Diener.
«Steinmar, sieh, das will ich tun, wenn ich genauer herausfinde,
ob du mich richtig zu rühmen verstehst.»
Heißa! Ich singe so, daß wir alle davon betrunken werden.

Herbst, nun höre von meinem Leben.
Wirt, du sollst uns Fische geben
mehr als zehn verschiedene Arten,
Gänse, Hühner, Vögel, Schweine,
Würste, Pfauen sollen da sein,
Wein aus welschem Land.
Davon gib uns viel und laß uns die Schüssel auftürmen.
Becher und Schüsseln werden von mir bis auf den Grund geleert.
Wirt, laß deine Sorgen.
Heißa! Mit Wein läßt sich wirklich jedes trauernde Herz trösten.

Was immer du uns gibst, das würze uns wohl,
und mehr als man mit Maß tun soll,
damit uns so richtig heiß wird,
damit dem Trunk ein Dunst entgegenschlage
wie Rauch von einer Feuersbrunst
und damit jeder so zu schwitzen beginnt,
daß er glaubt, er schlage sich mit dem Badewedel.

Mach es so, daß uns der Mund wie eine Apotheke riecht.
Werde ich dann durch die Macht des Weines stumm,
heißa!, dann gieß in mich hinein, Wirt, bei unserer Freundschaft!

Wirt, durch mich geht eine Straße hindurch:
auf der laß uns heranschaffen, was du kannst,
vielerlei Art Speisen.
Wein, daß er ein Rad antreiben könnte,
gehört natürlich auf die Bahn dieser Straße.
Meinen Rachen kann ich nur rühmen:
Nicht einmal eine große Gans läßt mich würgen, wenn ich sie verschlinge.
Herbst, mein lieber Freund, nimm mich doch zum Diener.
Meine Seele steht auf einer Rippe,
heißa!, darauf ist sie vom Wein gehüpft.

Steinmar
(Übertragung von Helmut Brackert)

CHAMPIGNONS

wir trafen sie im wald auf einer lichtung:
zwei expeditionen durch die dämmerung,
die sich stumm betrachteten. zwischen uns nervös
das telegraphensummen des stechmückenschwarms.

meine großmutter war berühmt für ihr rezept
der *champignons farcis*. sie schloß es in
ihr grab. alles was gut ist, sagte sie,
füllt man mit wenig mehr als mit sich selbst.

später in der küche hielten wir
die pilze ans ohr und drehten an den stielen –
wartend auf das leise knacken im innern,
suchend nach der richtigen kombination.

Jan Wagner

KLAGE ÜBER DIE TYRANNISCHEN ZIEGENBÖCKE

Ach ist es nicht schade, der herrliche Garten,
Aus welchem man könnte viel Früchte erwarten,
    Voll köstlicher Bäume und Kräuter gepflanzt,
    Mit künstlichen Wällen und Mauern umschanzt,
Mit eichenen Türen und Riegeln verwahret,
Selbwächsene Zäune nicht wurden gesparet,
    Das irdische Paradies lustiger Pracht
    Das haben die Böcke zunichte gemacht.
Die stinkenden Böcke, die schädlichen Gäste,
Die sprungen hinüber, zerbrachen die Äste,
    Zerbissen die Zweige, zerrissen die Wand.
    Dies wurde gar balde dem Gärtner bekannt,
Der dachte sich wieder an ihnen zu rächen,
Sprach, daß ihr doch müßtet die Hälse zerbrechen
    Den Graben hinunter. Was fang ich nu an?
    Ach haben die Böcke nicht schaden getan.
Ihr stinkendes bösliches Ottergezüchte,
Ihr Schinder der Bäume, Verderber der Früchte,
    Verwüster der Gärten, was seid ihr wohl wert?
    Ihr Diebe, das hat euch der Teufel gelehrt.
Ihr Bestien, könnt ihr den Hunger nicht stillen,
So mögt ihr die Kehle mit Blättern wohl füllen,
    Nur schonet der Zweige, der Früchte dabei,
    Sonst schlag ich euch allen die Hälse entzwei.
Ach sollte mich dieses nicht heftig verdrießen,
Was hilft mich mein fleißiges Pflanzen und Gießen?
    Mein Graben und Schanzen mit eigener Hand!
    Was nützet die Mauer, die kostbare Wand?
Die Türen und Riegel? Ist alles vergebens,
Der Bock mit Gefährlichkeit Leibes und Lebens
    Steigt über die Mauer, springt wieder hinab,
    Beschälet die Bäume, die Zweige bricht ab.
Macht also in wenigen Stunden zu nichte

Das was ich viel Jahre mit Mühe verrichte,
Wie rat ich der Sachen? Denn seh' ich sie dort
Und eile zum Garten, so sind sie schon fort.
Doch wenn sie sich gleich in die Büscher verkriechen,
So kann ich die Stänker von ferne wohl riechen.
Ja kommen die Näscher nur wieder herein,
So halt ich, das dienlichste Mittel wird sein,
Daß ich mich nicht lasse der Mühe verdrießen
Die stinkenden Böcke zu Tode zu schießen.
Und dieses geschahe im selbigen Blick,
Der edele Gärtner der hatte das Glück,
Den besten Bock welcher im Garten rum leckte,
Zu treffen, daß er alle viere hinstreckte.
Das sahen die andern, und spielten Reißaus,
Und stürzten sich über die Mauren hinaus.
Wiewohl sie nicht gänzlich der Strafe entgangen,
Bald wurde noch einer von ihnen gefangen:
Ein großer Mehlkasten stund oben im Saal
Da funden die Böcke ein herrliches Mahl.
Der faulen Magd hatte die Mühe verdrossen,
Den großen Mehlkasten nicht wieder verschlossen,
Die Kammer stund offen, als dieses geschehn,
Da hätte man seltsame Dinge gesehn:
Den Böcken beliebte die niedliche Speise,
Ein alter Bock stieg in den Kasten gar leise,
Fiel endlich hinunter bis über den Bart,
Der Deckel war oben nicht feste verwahrt.
Als er sich nu hatte gar dicke gefressen,
Der vorigen Dinge im Garten vergessen,
War lustig und fröhlich, sprang weidlich herum,
So lange bis endlich der Deckel fiel um,
Blieb also versperret drei Nächte und Tage,
Führt endlich darinnen erbärmliche Klage.
Er sprudelte, meckerte, spiehe und blies,
Bald unten bald oben an Kasten anstieß.

Sprach Jupiter, wollest mir Hilfe zuschicken,
Sonst muß ich in diesem Gefängnis ersticken.
    Ach hätt' ich nur Wasser, so wäre mir schon
    Geholfen. Doch das ist der Näscher ihr Lohn.
Doch wollest mich endlich der Strafe befreien.
Als Jupiter hörte sein klägliches Schreien,
    Zeigt er ihm bald unten im Kasten ein Loch,
    Durch welches er endlich mit Mühe naus kroch.
War gänzlich verschmachtet, lief eilend zur Brücken
Soff daß da er hätte fast mögen ersticken.
    Drauf zottelt er wieder fein sachte nach Haus.
    Und schüttelt das Mehl aus dem Pelze heraus.
Zwei Böcke die hatten die Strafe erlitten
Die grausamen Wölfe die straften den dritten
    Der konnte des Abends nicht wieder ins Haus,
    Lief also verirret zum Dorfe hinaus,
Allwo ihn die Wölfe zerrissen und fraßen
Die Mägde des Bocks daheime vergaßen,
    Doch suchten ihn endlich, da funden sie dort
    Des Bockes Kopf liegen am selbigen Ort.
Das andere hatten die Wölfe gefressen,
Doch wäre des Schadens gar balde vergessen,
    Dieweil man nicht viel nach den Böcken gefragt.
    Das liebe Mehl wurde am meisten beklagt.

Susanna Elisabeth Zeidler

DIE KARTOFFELERNTE

Kindlein, sammelt mit Gesang
der Kartoffeln Überschwang!
Ob wir voll bis oben schütten
alle Mulden, Körb und Bütten,
noch ist immer kein Vergang.

Wo man nur den Bulten hebt,
schaut, wie voll es lebt und webt!
O die schöngekerbten Knollen,
weiß und rot und dick geschwollen!
Immer mehr, je mehr man gräbt.

Nicht umsonst in bunter Schau
blüht' es rötlich, weiß und blau,
ward gejätet, ward gehäufet:
Kindlein, Gottes Segen reifet!
rief ich oft und traf's genau.

Einst vom Himmel schaute Gott
auf der Armen bittre Not.
Nahe ging's ihm; und was tat er
uns zum Trost, der gute Vater?
Regnet' er uns Mannabrot?

Nein, ein Mann ward ausgesandt,
der die neue Welt erfand.
Reiche nennens Land des Goldes;
doch der Arme nennts sein holdes,
nährendes Kartoffelland.

Nur ein Knöllchen eingesteckt
und mit Erde zugedeckt.
Unten treibt dann Gott sein Wesen.
Kaum sind Hände gnug zum Lesen,
wie es unten wühlt und heckt.

Was ist nun für Sorge noch?
Klar im irdnen Napf und hoch
dampft Kartoffelschmaus für alle.
Unsre Milchkuh auch im Stalle
nimmt ihr Teil und brummt am Trog.

Aber, Kindlein, hört! Ihr sollt
nicht verschmähn das liebe Gold!
Habt ihr Gold, ihr könnt bei Haufen
schöne Saatkartoffeln kaufen,
grad aus Holland, wenn ihr wollt!

Johann Heinrich Voß

VON DER KARTOFFEL

Von der Kartoffel laßt uns singen,
der edlen Knollenfrucht,
laßt emsig uns ins Erdreich dringen,
wo man dergleichen sucht!

Ja, laßt uns loben alle Sorten,
sie mögen weiß sein oder rot!
Gepries'ne Knolle allerorten!
Du bist uns wert so wie das Brot!

Wenn einst sie in der Pfanne braten,
halbieret oder scheibenweis,

leicht knusperig und wohlgeraten,
dem Duft gebühret Ehr und Preis!

Wenn sie im Topfe kochend brodeln,
als Salzkartoffeln allbekannt,
so wird der Älpler freudig jodeln,
den Seemann aber ziehts an Land.

Den Pommern selbst drängt es zu singen,
wenn er die Pellkartoffel sieht,
wenn dampfend ihre Schalen springen
und mehlig weiß das Fleisch erblüht.

Und Quark dazu! O liebe Brüder,
so Gutes gibt es nichts als das!
Drum hurtig! Bückt euch hurtig nieder
und buddelt ohne Unterlaß!

Günter Eich

PFANNKUCHENREZEPT

Die Trockenmilch der Firma Harrison Brothers, Chikago,
das Eipulver von Walkers, Merrymaker & Co, Kingstown, Alabama,
das von der deutschen Campführung nicht unterschlagene Mehl
und die Zuckerration von drei Tagen
ergeben, gemischt mit dem gut gechlorten Wasser des Altvaters Rhein,
einen schönen Pfannkuchenteig.
Man brate ihn in der Schmalzportion für acht Mann
auf dem Deckel einer Konservenbüchse und über dem Feuer
von lange gedörrtem Gras.
Wenn ihr ihn dann gemeinsam verzehrt,
jeder sein Achtel,
oh dann spürt ihr, wenn er auf der Zunge zergeht,

in einer üppigen Sekunde das Glück der geborgenen Kindheit,
wo ihr in die Küche euch schlichet, ein Stück
Teig zu erbetteln in der Vorweihnachtszeit,
oder ein Stück Waffel, weil Besuch gekommen war am Sonntagnachmittag,
spürt ihr in der schnell vergangenen Sekunde allen
Kuchenduft der Kinderjahre, habt noch einmal
fest gepackt den Schürzenzipfel der Mutter,
oh Ofenwärme, Mutterwärme, – bis ihr
wieder erwacht und die Hände leer sind
und ihr euch hungrig anseht und wieder
mürrisch zurückgeht ins Erdloch. Der Kuchen
war auch nicht richtig geteilt gewesen und immer
muß man aufpassen, daß man nicht zu kurz kommt.

Günter Eich

CÉZANNE MALT UND ISST

I.
Es eilte Paul Cézanne, der große Provenzale,
tagtäglich aufs Motiv: Der Eichbaum, die Zypresse
und ein Gebirge, weiß in silberblanker Blässe,
erwarteten von ihm, daß er in Öl sie male.

Mal malt er auf dem Berg, mal zeichnet er im Tale,
doch nicht allein das Bild erregt sein Interesse:
Die Suppe mit dem Lauch, die Suppe mit der Kresse,
im Kessel mitgebracht, gießt er in eine Schale

und ißt mit Appetit, was Frau Brémond bereitet.
Dann putzt er sich den Bart, trinkt einen Marc und schreitet
an seinem Werk entlang, das er sich abgerungen.

Er prüft und korrigiert noch eine letzte Linie,
dann nickt er und signiert «Die große Pinie».
Ein tiefer Rülpser folgt. Das Werk ist ihm gelungen.

II.
Den Sinn begehrt die Welt, ein Bruderherz die Schwester.
Das Universum schwebt auf unstabilen Schwingen,
raunt Einstein, Zeit und Raum verschwinden mit den Dingen.
Cézanne, tief überzeugt, faßt seinen Pinsel fester.

Kehrt er nach Haus zurück, geht er zum Schweinemäster,
das allerfeinste Stück der Hüfte mitzubringen:
Es kann Zusammenspiel im Leben nur gelingen,
wenn beides, Leib und Geist, sich finden im Orchester.

Die flinke Köchin rührt das Köstliche zusammen
im Bauch des Küchenherds mit seinen tausend Flammen
und spaltet das Atom als kluger Gastronom.

Madame begreift ihr Werk: Ob kochen, braten, schmoren,
es geht auf dieser Welt kein Molekül verloren.
Verspeiste Kreatur verwandelt sich ja nur.

III.
Der Vater aller Kunst, doch voller Widersprüche!
Zwar schafft er lustbetont, sein Hirn agiert ästhetisch;
doch krankt er am Genuß, sein Harn ist diabetisch,
und der geplagte Leib geht mehr und mehr in Brüche.

Madame Brémonds Diät regiert des Malers Küche.
Jedoch ihr Reglement besteht nur theoretisch,
denn tief im Kochbetrieb lebt er nicht gern asketisch:
Ihn stimuliert Gewürz, berauschen die Gerüche.

Er riecht das Bratenfett und schöpft es löffelweise
aus dem gedickten Sud der krossen Hammelspeise,
hält sieghaft es empor – nur einen Augenblick,

und läßt's dann über Mais und Makkaroni stürzen,
Gemüse und Gratin gehörig nachzuwürzen:
So trotzt er der Diät und liebt sein Mißgeschick.

Ludwig Harig

DAS SIND DOCH MENSCHEN

Das sind doch Menschen, denkt man,
wenn der Kellner an einen Tisch tritt,
einen unsichtbaren,
Stammtisch oder dergleichen in einer Ecke,
das sind doch Zartfühlende, Genüßlinge
sicher auch mit Empfindungen und Leid.

So allein bist du nicht
in deinem Wirrwarr, Unruhe, Zittern,
auch da wird Zweifel sein, Zaudern, Unsicherheit,
wenn auch in Geschäftsabschlüssen,
das Allgemein-Menschliche,
zwar in Wirtschaftsformen,
auch dort!

Unendlich ist der Gram der Herzen
und allgemein,
aber ob sie je geliebt haben
(außerhalb des Bettes)
brennend, verzehrt, wüstendurstig
nach einem Gaumenpfirsichsaft
aus fernem Mund,

untergehend, ertrinkend
in Unvereinbarkeit der Seelen –

das weiß man nicht, kann auch
den Kellner nicht fragen,
der an der Registrierkasse
das neue Helle eindrückt,
des Bons begierig,
um einen Durst zu löschen anderer Art,
doch auch von tiefer.

Gottfried Benn

KAFFEEHAUS

Du hast Sorgen, sei es diese, sei es jene – – – ins Kaffeehaus!
Sie kann, aus irgend einem, wenn auch noch so plausiblen Grunde,
nicht zu dir kommen – – – ins Kaffeehaus!
Du hast zerrissene Stiefel – – – Kaffeehaus!
Du hast 400 Kronen Gehalt und gibst 500 aus – – – Kaffeehaus!
Du bist korrekt sparsam und gönnst Dir nichts – – – Kaffeehaus!
Du bist Beamter und wärest gern Arzt geworden – – – Kaffeehaus!
Du findest Keine, die Dir paßt – – – Kaffeehaus!
Du stehst innerlich vor dem Selbstmord – – – Kaffeehaus!
Du haßt und verachtest die Menschen und kannst sie dennoch
nicht missen – – – Kaffeehaus!
Man kreditiert Dir nirgends mehr – – – Kaffeehaus!

Peter Altenberg

LITANEI ZUR HL. NICOTIANA

Hl. Nicotiana
Hl. Batschari
hl. Zariza
hl. Northstate
hl. Dritte Sorte
Du Trösterin der Neurosen
Du Zuflucht der Ermüdeten
Du Allermildeste
Du Wohlriechende
Du lieblich Zündende
Du leise Glimmende
Du wahre Freundin
Du süsseste Duftreiche
Du kostbares Kleinod
Du liebe Trösterin
Du Sitz der Wonne
Du wohlverpackte Freude
Du gläubige Begleiterin
Du wunderbares Röhrchen
Du mächtiges Röhrchen
Du Königin der Wonnen
oh bitte
komm
zu mir.

Vor gefährlicher Kleinmütigkeit
Vor übermässiger Traurigkeit
Vor Langeweile
Vor Zappelei
Vor den Teufeleien des Alltags
Von den Keulenschlägen des Schicksals
Von aller Schwere dieser Welt
beschütze
mich

Du Trösterin bei Besuchen
Du Helferin bei Überlastung
Hilf mir, du nette Zigarette
Amen.

Mechtilde Lichnowsky

MÜDIGKEIT

Noch alle Jahre, wenn der Sommer naht,
Ist mir der eifervolle Sinn vergangen.
Die hohe Politik ist mir Salat
Und volle Wurschtigkeit hält mich umfangen.

Was regt's euch auf, wenn ein Minister geht?
Von mir aus kann der Herr noch länger bleiben.
Ich lese nicht, was in der Zeitung steht,
Ich trinke Bier und schneide Rettigscheiben.

Erzählt mir einer: Gestern im Gefecht
Sind die Chinesen fürchterlich geschlagen,
Ich sage: So? Das ist ja nett und recht,
Da hat sich wieder mal was zugetragen.

Es ist ganz gut, trägt sich mal etwas zu,
Es gibt so Leute, die sich int'ressieren,
Nur mich, mein Lieber, lassen Sie in Ruh,
Mir kann die Schießerei nicht imponieren.

Im Sommer bin ich durchaus Philosoph,
Der sich beschäftigt mit den kleinsten Dingen;
Zum Beispiel denk' ich nach, warum der Schwoof
Von einer Kuh beständig ist im Schwingen,

Ich will erkennen, was das gute Tier
Bestimmt und antreibt, diesen zu bewegen;
Ich trink dabei so fünf, sechs Halbe Bier,
Um, wenn ich voll bin, mich ins Bett zu legen.

Ludwig Thoma

TRINKLIED

Greift zum Becher und laßt das Schelten!
Die Welt ist blind …
Sie fragt, was die Menschen gelten,
nicht, was sie sind.

Uns aber laßt zechen … und krönen
mit Laubgewind
die Stirnen, die noch dem Schönen
ergeben sind!

Und bei den Posaunenstößen,
die eitel Wind,
laßt uns lachen über Größen,
die keine sind.

Heinrich Leuthold

AUF SCHRITT UND TRITT sich aufzupassen,
was soll es frommen?
Wer nicht wagen darf, sich gehn zu lassen,
wird nicht weit kommen.

Paul Heyse

RATSCHLAG FÜR GUTES TRINKEN

O trinke nie, um etwas zu vergessen,
es sinkt nur um so schwerer in dich ein.
Und trinke lieber bei und nach dem Essen.
Zuerst ein klarer Schnaps. Dann Bier, dann Wein.

Viel besser ist, beim Trunk sich zu erinnern.
Die Seele spinnt, wenn man gelassen säuft,
ein zart Gewebe, gleich den Seidenspinnern,
dieweil die Rede hin und wieder läuft.

Es ist auch manchmal gut, zu zwein zu trinken
und sich die höchste Freude anzutun,
bis dann die Leiber auf ein Lager sinken,
wo sie gesättigt miteinander ruhn.

Am besten trinkt sich's in verwandtem Kreise
um einen Tisch gesellt, daran man lang
und müßig sitzt, mit faulem Fleiße
einander steigernd bis zum Pansgesang.

Vermeide stets, dich einsam zu besaufen,
und laß es bleiben, wenn du traurig bist.
Doch laß getrost dich voll und voller laufen,
wenn dir so ist, wie mir es immer ist.

Hör auf, wenn dir im Kopf die Bienen sausen.
Hör auf, wenn Ärger oder Scham dich plagt.
Doch segne jenes ungeheure Brausen
windstiller Nächte, kurz bevor es tagt.

Dann mag geschehen, während Fensterscheiben
wie Gletscher gluhn im ersten Morgenstrahl,
daß Bilder dir und Worte sich verleiben
wie eine unverrückbar heilige Zahl.

Carl Zuckmayer

DAS GUTE MAHL

Der Teller sei aus Holz! Auch soll der Schinken
mit weißen Streifen Fetts durchwachsen sein!
Der Weinkrug sei geräumig, nicht zu klein,
und kühl, aus Stein! Das Glas, aus ihm zu trinken,

sei ungeschliffen, bäuerlicher Art!
So auch das Brot! Ein Tischtuch braucht es nicht!
Ein Mann, nur einer bloß, der mit dir spricht,
den Wein benennt und sagt: das Fleisch ist zart!

ist nötiger! Du sollst beim Mahle nicht
Einsiedler sein, auf einsam schweifender
Gedankenfahrt: ein dich Begreifender,

der ohne Furcht mit dir die Nüsse bricht,
die nicht zu brechenden, was es denn sei
auf diesem Stern, der sei beim Mahl dabei!

Georg Britting

LIEBE IN LOKALEN

Ach, wie schön ist das gewesen,
Ach, wie haben wir's genossen,
Als wir Huhn mit Sojasprossen
Aßen damals beim Chinesen.

Rührend war der seelenvolle
Blick, mit dem du mich bedachtest,
Und wie glockenhell du lachtest
Beim Verzehr der Frühlingsrolle.

Unvergessen bleibt auch jener
Abend, als ich gänzlich ohne
Hemmung nach der Minestrone
Zu dir sprach beim Italiener:

«Sei die Meine, liebste Frauke!»
Hierauf küsstest du mich innig;
Und dann widmeten wir sinnig
Uns der Entenbrust auf Rauke.

Wochen drauf, die Herbstzeitlosen
Blühten schon im Park; wir saßen
Stumm bei Kerzenlicht und aßen
Lamm in Minze beim Franzosen.

Süß und schwer war der Burgunder,
Alles schien so unausweichlich,
Und wir tranken ziemlich reichlich;
Das Dessert glich einem Wunder.

Gott, wie hab' ich dann gelitten,
Als die Liebe war zerbrochen,
Weil du dich mit jenem Jochen
Trafst zu Currywurst und Fritten!

Christian Maintz

GIBT'S EIN GESPRÄCH, wenn wir uns nicht belügen,
mehr oder weniger versteckt?
So ein Ragout von Wahrheit und von Lügen,
das ist die Köcherei, die mir am besten schmeckt.

Johann Wolfgang Goethe

ZUM LACHEN

DIE AMEISEN

In Hamburg lebten zwei Ameisen,
die wollten nach Australien reisen.
Bei Altona auf der Chaussee
da taten ihnen die Beine weh,
und da verzichteten sie weise
dann auf den letzten Teil der Reise.

Joachim Ringelnatz

GESPRÄCH EINER HAUSSCHNECKE MIT SICH SELBST

Soll i aus meim Hause raus?
Soll i aus meim Hause nit raus?
Einen Schritt raus?
Lieber nit raus?
Hausenitraus –
Hauseraus
Hauseritraus
Hausenaus
Rauserauserauserause … … .

(Die Hausschnecke verfängt sich in ihren eignen Gedanken oder vielmehr diese gehen mit ihr dermaßen durch, daß sie die weitere Entscheidung der Frage lächelnd verschieben muß.)

Christian Morgenstern

DAS SCHNABELTIER, das Schnabeltier
vollzieht den Schritt vom Ich zum Wir.
Es spricht nicht mehr nur noch von sich,
es sagt nicht mehr: «Dies Bier will ich!»
Es sagt: «Dies Bier,
das wollen wir!
Wir wollen es, das Schnabeltier!»

Robert Gernhardt

DAS HUHN UND DER KARPFEN

Auf einer Meierei,
da war einmal ein braves Huhn;
das legte, wie die Hühner tun,
an jedem Tag ein Ei
und kakelte,
mirakelte,
spektakelte,
als ob's ein Wunder sei!

Es war ein Teich dabei,
darin ein braver Karpfen saß
und stillvergnügt sein Futter fraß;
der hörte das Geschrei:

Wie's kakelte,
mirakelte,
spektakelte,
als ob's ein Wunder sei!

Da sprach der Karpfen: «Ei!
Alljährlich leg ich 'ne Million
und rühm' mich des mit keinem Ton;
wenn ich um jedes Ei
so kakelte,
mirakelte,
spektakelte,
was gäb's für ein Geschrei!»

Heinrich Seidel

DAS KROKODIL ZU SINGAPUR

Im heil'gen Teich zu Singapur
Da liegt ein altes Krokodil
Von äußerst grämlicher Natur
Und kaut an einem Lotosstil.

Es ist ganz alt und völlig blind,
Und wenn es einmal friert des Nachts,
So weint es wie ein kleines Kind,
Doch wenn ein schöner Tag ist, lacht's.

Hermann Lingg

ELEGIE AUF EINEN MOPS

Dies große Warnungsbild, das ich mit ihm verloren,
So weit ich blicken kann, ersetzt kein andres nicht.
Belehrender ward nie ein Sonderling geboren,
    Und keiner trug bei kürzern Ohren
        Ein philosophischer Gesicht.

Zwar sah ich manche Stirn von Königsberg bis Leiden
Mit diesem mystischen gelehrten Überzug:
Doch sah ich keine je, die Runzeln so bescheiden
    Von allen Wesen zu beneiden,
        Als meines Hundes Stirne, trug.

Der schönsten Stadt entführt, wo der Beruf zu schlafen,
Durch Lindenluft verstärkt, das Bürgerrecht ihm gab,
Ward er, wie Epiktet, vom ungestalten Sklaven
    Mein Freund – Er war's, dem Polygraphen
        Der Schweiz zum Trotz – bis an sein Grab.

Er warf den hohen Ernst der kritischen Gebärde
Nie auf ein Mitgeschöpf – nie außer sich herum.
Der Schnarcher suchte nie, so weit ihn Gottes Erde
    Auch trug, daß er bewundert werde,
        Ein größer Auditorium.

Nur still erbaut' er mich. Von seinem gelben Felle
Blickt' ich gestärkter auf in die beblümte Flur:
Mein krankes Auge stieg von seiner Lagerstelle
    Gemach vom Dunkeln in das Helle,
        Bis zu dem Lichtquell der Natur.

Wenn er sich schüttelte, las ich in seinen Blicken
Den herrlichen Beweis vortrefflich kommentiert,
Den einst, vom Übergang des Schmerzes zum Entzücken

Aus gleicher Notdurft sich zu jücken,
Der weise Sokrates geführt.

Kein unbequemer Freund, kein Trunkenbold, kein Fresser,
In richtiger Mensur nicht stolz, nicht zu gemein,
Schlief er sein Leben durch, und wahrlich desto besser!
Er schläferte, wie ein Professor,
Auch seinen klügern Nachbar ein.

Lebt wohl ein Menschenfreund, der sich nicht seiner Hunde,
Nicht ihrer Tugenden und ihrer Liebe freut?
Sucht nicht selbst *Friederich*, kraft seiner *Menschenkunde*,
Das Spielwerk seiner Ruhestunde
In seines Hunds Geselligkeit?

Ulyss, von seinem Hof verkannt und ausgeschlossen,
Bewährt der Treue Ruhm, den sich sein Hund erwarb:
Alt, blind, kroch er zu *dem*, nach Jahren, die verflossen,
Von dem er Wohltat einst genossen,
Zog seinen Dunst noch ein – und starb. –

Wie hast du, guter Mops, nicht meiner Stirne Falten,
Sah ich dem Grillenspiel der deinen zu, gegleicht!
Gewarnter nun durch dich, frühzeitig zu veralten,
Sei immer dir mein Dank erhalten!
Auch dir sei Gottes Erde leicht! –

Moritz August von Thümmel

DER MASKENBALL DER TIERE

Die Tiere auf der Erde all,
die hielten einen Maskenball.

Die Schildkröte, die Schildkröte
blies im Orchester Trompete.

'S Chamäleon, 's Chamäleon,
das blies den dicken Bombardon.

Die Läuse, die Läuse,
die machten ein Gesäuse.

Die Hummel, die Hummel,
die schlug die große Trummel.

Der Pinguin, der Pinguin,
der spielte erste Violin.

Die Kröte, die Kröte
blies Piccolo und Flöte.

Der Marabu, der Marabu
gab zum Konzert den Takt dazu.

Der Aal, der Aal,
der schwänzelt durch den Saal.

Der Leopard, der Leopard,
der hat auf seine Gattin gwart.

Der Flamingo, der Flamingo,
der sucht nen Platz sich irgendwo.

Der Esel, der Esel
saß hinten im Klubsessel.

Der Schwan, der Schwan
sah sich im Spiegel an.

Das Nilpferd, das Nilpferd
benahm sich wirklich ganz geschert.

Der Elefant, der Elefant,
der war, wie immer, sehr galant.

Das Schwein, das Schwein,
das war auch hier ein Schwein.

Der Büffel, der Büffel
scherzt mit der Gans, der Schlüffel.

Der Feuersalamander
rutscht übers Stiegenglander.

Die Fliege, die Fliege
stand draußen auf der Stiege.

Der Papagei, der Papagei,
der schrie fortwährend 1 – 2 – 3.

Der Panther, der Panther,
vom Luchs war's ein Verwandter.

Die Störche, die Störche,
die warn maskiert als Lerche.

Die Wölfe, die Wölfe,
die warn maskiert als Zwölfe.

Der Löwe, der Löwe,
der war maskiert als Göwe.

Die Wanzen, die Wanzen,
die fingen an zu tanzen.

Der Adler, der Adler,
der tanzte den Schuhpladler.

Die Ameise, die Ameise,
die tanzte nur den Française.

Die Flöhe, die Flöhe,
die hupften in die Höhe.

Da plötzlich wurd's ganz still im Saal,
sie saßen alle jetzt beim Mahl.

Der Rabe, der Rabe,
fraß d' Suppn mit der Gabe.

Der Jaguar, der Jaguar
fand in der Suppe drin ein Haar.

Die Giraffe, die Giraffe,
die fraß a Schokoladwaffe.

Die Schlange, die Schlange
aß eine Blutorange.

Das Eidachsel, das Eidachsel,
das fraß a abbräunts Schweinshaxel.

Das Gnu, das Gnu,
das hatte schon genu.

Der Auerochs, der Auerochs,
der aß nicht auf und frug: «Wer mog's?»

Das Dromedar, das Dromedar
aß zur Verstärkung Kaviar.

Die Schnepfe, die Schnepfe,
die hat die größte Hepfe.

Das Lama, das Lama,
das fraß zuletzt alls zamma.

Daß der Gesang nur Unsinn war,
das wird zum Schlusse jedem klar.

Karl Valentin

MÖWENLIED

Die Möwen sehen alle aus,
als ob sie Emma hießen.
Sie tragen einen weißen Flaus
und sind mit Schrot zu schießen.

Ich schieße keine Möwe tot,
ich laß sie lieber leben –
und füttre sie mit Roggenbrot
und rötlichen Zibeben.

O Mensch, du wirst nie nebenbei
der Möwe Flug erreichen.
Wofern du Emma heißest, sei
zufrieden, ihr zu gleichen.

Christian Morgenstern

EINE WASSERMAUS und eine Kröte
stiegen eines Abends spöte
einen steilen Berg hinan.
Sprach die Wassermaus zur Kröte:
«Warum gehst du abends spöte
diesen steilen Berg hinan?»
Sprach zur Wassermaus die Kröte:
«Zum Genuß der Abendröte
geh' ich diesen Abend spöte
diesen steilen Berg hinan.»

Dies ist ein Gedicht von Goethe,
das er eines Abends spöte
auf dem Sofa noch ersann.

Anonym

KLAPPHORN-VERSE (AUSZUG)

Zwei Knaben gingen durch
das Korn,
sie waren beide Feger des Schorn.
Der eine konnte gar nicht fegen,
der andre fog brillant dagegen.

Zwei Knaben machten sich
den Jokus
und tranken Most im Keller,
da mußten beide auf den Lokus.
Jedoch der Most war schneller.

Anonym

DER WERWOLF

Ein Werwolf eines Nachts entwich
von Weib und Kind und sich begab
an eines Dorfschullehrers Grab
und bat ihn: «Bitte, beuge mich!»

Der Dorfschulmeister stieg hinauf
auf seines Blechschilds Messingknauf
und sprach zum Wolf, der seine Pfoten
geduldig kreuzte vor dem Toten:

«Der Werwolf», sprach der gute Mann,
«des Weswolfs, Genitiv sodann,
dem Wemwolf, Dativ, wie mans nennt,
den Wenwolf, – damit hats ein End.»

Dem Werwolf schmeichelten die Fälle,
er rollte seine Augenbälle.
«Indessen», bat er, «füge doch
zur Einzahl auch die Mehrzahl noch!»

Der Dorfschulmeister aber mußte
gestehn, daß er von ihr nichts wußte.
Zwar Wölfe gäbs in großer Schar,
doch ‹Wer› gäbs nur im Singular.

Der Wolf erhob sich tränenblind –
er hatte ja doch Weib und Kind!
Doch da er kein Gelehrter eben,
so schied er dankend und ergeben.

Christian Morgenstern

WEILS SO SCHÖN WAR

Paulus schrieb an die Apatschen:
Ihr sollt nicht nach der Predigt klatschen.

Paulus schrieb an die Komantschen:
Erst kommt die Taufe, dann das Plantschen.

Paulus schrieb den Irokesen:
Euch schreib ich nichts, lernt erst mal lesen.

Paulus schrieb an die Navajo:
Oblate isst man nicht mit Mayo.

Robert Gernhardt

MAX UND MORITZ

Dritter Streich

Jedermann im Dorfe kannte
Einen, der sich Böck benannte. –
– Alltagsröcke, Sonntagsröcke,
Lange Hosen, spitze Fräcke,
Westen mit bequemen Taschen,
Warme Mäntel und Gamaschen –
Alle diese Kleidungssachen
Wußte Schneider Böck zu machen. –
– Oder wäre was zu flicken,
Abzuschneiden, anzustücken,
Oder gar ein Knopf der Hose
Abgerissen oder lose –
Wie und wo und was es sei,
Hinten, vorne, einerlei –
Alles macht der Meister Böck,
Denn das ist sein Lebenszweck. –
– Drum so hat in der Gemeinde
Jedermann ihn gern zum Freunde. –
Aber Max und Moritz dachten,
Wie sie ihn verdrießlich machten. –
Nämlich vor des Meisters Hause
Floß ein Wasser mit Gebrause.

Übers Wasser führt ein Steg
Und darüber geht der Weg. –
Max und Moritz, gar nicht träge,
Sägen heimlich mit der Säge,
Ritzeratze! voller Tücke,
In die Brücke eine Lücke. –
Als nun diese Tat vorbei,
Hört man plötzlich ein Geschrei:
«He, heraus! du Ziegen-Böck!
Schneider, Schneider, meck meck meck!!» –
– Alles konnte Böck ertragen,
Ohne nur ein Wort zu sagen;
Aber wenn er dies erfuhr,
Ging's ihm wider die Natur. –
Schnelle springt er mit der Elle
Über seines Hauses Schwelle,
Denn schon wieder ihm zum Schreck
Tönt ein lautes «Meck, meck, meck!!»
Und schon ist er auf der Brücke,
Kracks! die Brücke bricht in Stücke;
Wieder tönt es: «Meck, meck, meck!»
Plumps! da ist der Schneider weg!
Grad als dieses vorgekommen,
Kommt ein Gänsepaar geschwommen,
Welches Böck in Todeshast
Krampfhaft bei den Beinen faßt.
Beide Gänse in der Hand,
Flattert er auf trocknes Land. –
Übrigens bei alledem
Ist so etwas nicht bequem;
Wie denn Böck von der Geschichte
Auch das Magendrücken kriegte.
Hoch ist hier Frau Böck zu preisen!
Denn ein heißes Bügeleisen,
Auf den kalten Leib gebracht,

Hat es wieder gut gemacht. –
– Bald im Dorf hinauf, hinunter,
Hieß es: Böck ist wieder munter!!
Dieses war der dritte Streich,
Doch der vierte folgt sogleich.

Wilhelm Busch

SO, SO! –

Vier Maurer saßen einst auf einem Dach.
Da sprach der erste: «Ach!»
Der zweite: «Wie ists möglich dann?»
Der dritte: «Daß das Dach halten kann!!!»
Der vierte: «Ist doch kein Träger dran!!!!!!»
Und mit einem Krach
Brach das Dach.

Kurt Schwitters

ER KOMMT NACH HAUSE UND MACHT EINE ENTDECKUNG:

Ach, mein Schatz ist durchgegangen,
Laridah!
Erst wollt' ich ihn wiederfangen,
Laridah!
Doch dann hab' ich mich besonnen,
Laridah!
Manch Verloren ist Gewonnen.
Laridah!

Zwar es war ein süßes Mädchen,
Laridah!
Und wir hatten manches Beetchen,
Laridah!
Nicht bloß Veilchen, Tulpen, Rosen,
Laridah!
Auch zwei Stämmchen Aprikosen.
Laridah!

Und wir wohnten ganz alleine,
    Laridah!
Hatten Nachbarinnen keine,
    Laridah!
Unser Nest war zungensicher,
    Laridah!
Vor Gekeife und Gekicher.
    Laridah!

Ach, nun sing' ich all das Holde,
    Laridah!
Was ich doch vergessen wollte,
    Laridah!
Nein, das heißt nicht klug gesungen,
    Laridah!
Denn der Hase ist entsprungen.
    Laridah!

Treue war nicht seine Sache,
    Laridah!
Drum ist's besser, daß ich lache:
    Laridah!
Wär's nicht gestern mir geschehen,
    Laridah!
Müßt ich's morgen mich versehen.
    Laridah!

Also, Herze, sei zufrieden,
    Laridah!
Viele Hasen gibt's hienieden,
    Laridah!
Ist der eine dir entlaufen,
    Laridah!
Kannst du einen andern kaufen,
    Laridah!

Einen schönen, weichen, weißen,
    Laridah!
Mucki-Nucki soll er heißen,
    Laridah!
Ach, wie schlägt das Herz mir schnelle,
    Laridah!
Springt er über meine Schwelle,
    Laridah!

Otto Julius Bierbaum

DER SPAZIERGANG IM WALDE

Zwei Löwen gingen einst selband
in einem Wald spazoren,
und haben da vor Wut entbrannt
einander aufgezohren.

Da kamen eines Tags daher
des Wegs zwei Leute, edel,

die fanden von dem Kampf nichts mehr
als beider Löwen Wedel.

Daraus geht nun für groß und klein
die weise Lehr hervor:
«Selbst mit dem besten Freunde dein
im Walde nie spazor!»

Anonym

INDIANERLIED

Murx den Europäer!
Murx ihn!
Murx ihn! Murx ihn!
Murx ihn ab!

Paul Scheerbart

A KLOANS NONSENSERL

a ganz a kloans nonsenserl
a ganz a kloans
so kloan
daßd sowas überhaupts no net gseng hast
so a kloans nonsenserl

manchmal brauch i des einfach
manchmal brauch i
a kloans nonsenserl
auf der straß
oder im omnibus
oder in der vorlesung
a ganz kloans nonsenserl

des merkn die leit gar net
weil die koan verstand net habn
für so a kloans nonsenserl
so einen verstand hab bloß i
verschtengerns mi

da dreht sie der ganze hirnverstand
einmal im hirnkastn um
und nacher machts einen plimperer
manchmal sogar einen
plimperdatschnplempaduri
und das nonsenserl is da

aber der ganze hirnverstand
muaß si oamoi umdrehn
im hirnkastl
oamoi

des merkn die leit auf der straß gar net
aber nacha gibt's einen
plimperdatschnblempaduri
und das nonsenserl is da

mei dees is schee
so ein nonsenserl
bals auf oamoi da is
mei dees is schee
glabst

Felix Hoerburger

LIMERICKS

Stets trug nur ein Tuch statt des Wamses,
auch bei Regen, der selige Ramses.
Der Arzt warnt' ihn sehr,
doch er fand kein Gehör,
zuletzt sprach er nur noch: «Da ham Se's!»

Curt Peiser

Es gingen zwei Mädchen aus Schlesien
beim Oktoberfest auf der Theresien-
wies' gänzlich allein.
Ein Prinz lud sie ein,
nun sind sie in Indonesien ...

Walter Meckauer

LETTERNTAUSCH

Turteltaschen
turteln sachte.
Rutschtalente
rutschen Latte.
Schultertante

schaltet unter
Schuttlaterne.
Natter luchste.
Nutte raschelt.
Stachler tuten.

Ente strauchlt.
Nestleuchtrat
schaut Lettern.
Streunte. Lacht
Lust, Nacht, Teer.

Kurt Mautz

SCHNADAHÜPFLN

Da Frühling is kemma,
hot d'Veigei mitbrocht.
Und zan Schotz bin i genga
oll Tog moast af d'Nocht.

Dein Aug is a Sunn
und dein Göscherl a Brunn,
za den komm i g'rennt,
bol mi d'Sunn aso brennt.

A lustiger Bua
zreißt oft a Paar Schuah,
grad a trauriger Narr
hat lang an oam Paar.

«Ja, ja» und «na, na»
und «i mag» und «i muaß»:
So geht bei der Liebschaft
der ganze Dischkurs.

Und i kenn an scheans Deandl,
dös hat an schean Gang:
Mit oam Fuaß tuat's 'Gras mahn,
mit'm andern heugt s'zsamm.

Ja, 's Deandl is sauber
vom Fuaß bis zum Kopf:
Nur am Hals hats a Pinkerl,
an kindsgroßen Kropf.

Und überall hoaßts:
Auf da Alm gibst koa Sünd,
aber Prügel kannst ham,
wann da Bua zuawa kimmt.

Geh her, du g'rings Bürscherl
i pack di bei'n Gwand –
Bippadi – bappadi –
pickst an da Wand!

Und machst von mein Deandl
allweil so a Gschroa,
na kriegst amal oane,
daß d'moanst, du kriegst zwoa!

Zu dir bin i gange
drei ganzi Wocha:
Wann i noh amal geh,
wer' i heili gsprocha.

Du zaundürre Lattn,
wannst moanst, du bist schön,
i nimm die als Steckn
zum Bergsteigngehn.

Für d'Flöh gibt's a Pulva,
für d'Schuah gibst a Wix,
für'n Durscht gibt's a Wassa –
bloß für d'Dummheit gibt's nix.

Und bal da Hahn kraht,
nacha kraht er am Mist,
nacha ändert sichs Wetta
oders bleibt so, wias ist.

Und da Hund hat leicht z'wackln
mit'm Schwoaf hi und her,
weil da Schwoaf des halt net so ko –
is eahm da Hund ja viel z'schwer.

Faulsein hat Gold im Mund,
da Dumme kimmt nöt am Hund,
an Gscheitn geht's öfta schlecht –
geschiacht eahm grad recht.

O du mein Gott und Herr!
Gib ma, was i begehr,
es ist ja net vill,
nur grad dös, was i will.

Anonym

SCHOTTISCHE BEGEBENHEIT

In Glasgow, beim Karottenschaben,
bemerkten sieben Schotten Raben,
die, angetan mit Schattenroben,
in ihre Schnäbel Ratten schoben.

Wolfgang Werth

DUNKEL WAR'S, der Mond schien helle,
schneebedeckt die grüne Flur,
als ein Wagen blitzeschnelle
langsam um die runde Ecke fuhr.
Drinnen saßen stehend Leute
schweigend ins Gespräch vertieft,
als ein totgeschossner Hase
auf der Wiese Schlittschuh lief.
Und auf einer roten Bank,
die blau angestrichen war,
saß ein blondgelockter Jüngling
mit kohlrabenschwarzem Haar.
Neben ihm 'ne alte Schachtel,
zählte kaum erst sechzehn Jahr.
Und sie aß 'ne Butterstulle,
die mit Schmalz bestrichen war.
Droben auf dem Apfelbaume,
der sehr süße Birnen trug,
hing des Frühlings letzte Pflaume
und an Nüssen noch genug.

Anonym

FÜNF VIERZEILER

In nur vier Zeilen was zu sagen
erscheint zwar leicht; doch es ist schwer!
Man braucht ja nur mal nachzuschlagen:
die meisten Dichter brauchen mehr ...

Ein Naßhorn und ein Trockenhorn
spazierten durch die Wüste,
da stolperte das Trockenhorn,
und's Naßhorn sagte: «Siehste!»

Manche Dichter gibt es, die be-
nötigen der Sachen vier:
einen guten Reim auf Liebe,
Feder, Tinte und Papier.

Ich denk nicht gern an jenen Kuß,
den du mir gabst, Helene;
denn wenn ich an ihn denken muß,
dann werd ich müd und gähne.

Nach Schluß der langen Oper hörte
ich neulich folgende Kritik:
«Was mich an dieser Oper störte,
das war der Schwan und die Musik!»

Heinz Erhardt

DER ALLEZEIT VERGNÜGTE TABAKRAUCHER

Im Frühling

'S Bäumli blüeiht, und 's Brünnli springt.
Potz tausig los, wie 's Vögeli singt!
Me het si Freud und frohe Muet,
und 's Pfifli, nei, wie schmeckts so guet!

Im Sommer

Volli Ähri, wo me goht,
Bäum voll Äpfel, wo me stoht!
Und es isch e Hitz und Gluet.
Eineweg schmeckt's Pfifli guet.

Im Herbst

Chönnt denn d'Welt no besser si?
Mit si'm Trübel, mit si'm Wi
stärkt der Herbst mi lustig Bluet,
und mi Pfifli schmeckt so guet.

Im Winter

Winterszit, schöni Zit!
Schnee uf alle Berge lit,
uffem Dach und uffem Huet.
Justement schmeckt's Pfifli guet.

Johann Peter Hebel

ES SITZT EIN VOGEL auf dem Leim,
Er flattert sehr und kann nicht heim.
Ein schwarzer Kater schleicht herzu,
Die Krallen scharf, die Augen gluh.
Am Baum hinauf und immer höher
Kommt er dem armen Vogel näher.

Der Vogel denkt: Weil das so ist
Und weil mich doch der Kater frisst,
So will ich keine Zeit verlieren,
Will noch ein wenig quinquilieren
Und lustig pfeifen wie zuvor.
Der Vogel, scheint mir, hat Humor.

Wilhelm Busch

HUMOR

Man spricht von Humor jetzt oft und viel
und denkt dabei nur an ein leeres Spiel.
Mancher kursiert als Humorist,
der nichts weiter als Spaßmacher ist,
nichts ahnt von dem inneren Widerspruch,
von dem Zickzack, dem tiefen Bruch,
der durch das ganze Weltall dringt,
daß man immer fürchtet: es zerspringt,
während die also geborstne Welt
doch immer noch steht und zusammenhält …
Hat aber einer die Geistesmacht,
die scharf durchschaut und doch heiter lacht,
bleibt er fest und verzweifelt nie,
hat er mehr als Witz, hat er Phantasie,
versteht er über sich selbst zu schweben,
sich selber dem Lachen preiszugeben:
Dem sei es gegönnt von ganzem Herzen,
auch einmal einfach närrisch zu scherzen,
ohne versteckte Gedankentiefen
seine Freude zu haben am Naiven.

Friedrich Theodor Vischer

DIE MUSIK KOMMT

Klingkling, bumbum und tschingdada,
Zieht im Triumph der Perserschah?
Und um die Ecke brausend bricht's
Wie Tubaton des Weltgerichts,
Voran der Schellenträger.

Brumbrum, das große Bombardon,
Der Beckenschlag, das Helikon,
Die Piccolo, der Zinkenist,
Die Türkentrommel, der Flötist,
Und dann der Herre Hauptmann.

Der Hauptmann naht mit stolzem Sinn,
Die Schuppenketten unter'm Kinn,
Die Schärpe schnürt den schlanken Leib,
Beim Zeus! Das ist kein Zeitvertreib,
Und dann die Herren Lieutenants.

Zwei Lieutenants, rosenrot und braun,
Die Fahne schützen sie als Zaun,
Die Fahne kommt, den Hut nimm ab,
Der sind wir treu bis an das Grab,
Und dann die Grenadiere.

Der Grenadier im strammen Tritt,
Im Schritt und Tritt und Tritt und Schritt,
Das stampft und dröhnt und klappt und flirrt,
Laternenglas und Fenster klirrt,
Und dann die kleinen Mädchen.

Die Mädchen alle, Kopf an Kopf,
Das Auge blau und blond der Zopf,
Aus Thür und Thor und Hof und Haus

Schaut Mine, Trine, Stine aus,
Vorbei ist die Musike.

Klingkling, tschingtsching und Paukenkrach,
Noch aus der Ferne tönt es schwach,
Ganz leise bumbumbumbum tsching,
Zog da ein bunter Schmetterling,
Tschingtsching, bum, um die Ecke?

Detlev von Liliencron

KORF ERFINDET EINE ART VON WITZEN

Korf erfindet eine Art von Witzen,
die erst viele Stunden später wirken.
Jeder hört sie an mit Langerweile.

Doch als hätt ein Zunder still geglommen,
wird man nachts im Bette plötzlich munter,
selig lächelnd wie ein satter Säugling.

Christian Morgenstern

DIE UNMÖGLICHE TATSACHE

Palmström, etwas schon an Jahren,
wird an einer Straßenbeuge
und von einem Kraftfahrzeuge
überfahren.

«Wie war» (spricht er, sich erhebend
und entschlossen weiterlebend)
«möglich, wie dies Unglück, ja –:
Daß es überhaupt geschah?

Ist die Staatskunst anzuklagen
in bezug auf Kraftfahrwagen?
Gab die Polizeivorschrift
hier dem Fahrer freie Trift?

Oder war vielmehr verboten,
hier Lebendige zu Toten
umzuwandeln, – kurz und schlicht:
Durfte hier der Kutscher nicht –?»

Eingehüllt in feuchte Tücher,
prüft er die Gesetzesbücher
und ist alsobald im klaren:
Wagen durften dort nicht fahren!

Und er kommt zu dem Ergebnis:
Nur ein Traum war das Erlebnis.
Weil, so schließt er messerscharf,
nicht sein kann, was nicht sein darf.

Christian Morgenstern

DAS DASEIN

Ein dunkler Feind erheiternder Getränke,
Ein Philosoph, trat neulich hin
Und sprach: Ihr Herren, wißt, ich bin.
Glaubt mir, ich bin. Ja, ja! Warum? Weil ich gedenke.

Ein Säufer kam und taumelt' ihm entgegen
Und schwur bei seinem Wirt und Wein:
Ich trink, o darum muß ich sein.
Glaubt mir, ich trink; ich bin. Wer kann mich widerlegen?

Friedrich von Hagedorn

EIN LIED, DAS DER BERÜHMTE PHILOSOPH HAECKEL AM 3. JULI 1911 VORMITTAGS AUF EINER GARTENPROMENADE VOR SICH HINSANG

Von einem Ohrenzeugen

Wimmbamm Bumm
Wimm Bammbumm
Wimm Bamm Bumm

Wimm Bammbumm
Wimm Bamm Bumm
Wimbamm Bumm

Wimm Bamm Bumm
Wimmbamm Bumm
Wimm Bammbumm.
Joachim Ringelnatz

DER GAUL

Es läutet beim Professor Stein.
Die Köchin rupft die Hühner.
Die Minna geht: Wer kann das sein? –
Ein Gaul steht vor der Türe.

Die Minna wirft die Türe zu.
Die Köchin kommt: Was gibt's denn?
Das Fräulein kommt im Morgenschuh.
Es kommt die ganze Familie.

«Ich bin, verzeihn Sie», spricht der Gaul,
«der Gaul vom Tischler Bartels.
Ich brachte Ihnen dazumaul
die Tür- und Fensterrahmen!»

Die vierzehn Leute samt dem Mops,
sie stehn, als ob sie träumten.
Das kleinste Kind tut einen Hops,
die andern stehn wie Bäume.

Der Gaul, da keiner ihn versteht,
schnalzt bloß mal mit der Zunge,
dann kehrt er still sich ab und geht
die Treppe wieder hinunter.

Die dreizehn schaun auf ihren Herrn,
ob er nicht sprechen möchte.
Das war, spricht der Professor Stein,
ein unerhörtes Erlebnis! ...

Christian Morgenstern

SI DUO FACIUNT IDEM, NON FIT IDEM

Zwei Hühner können wie ein Hund ausschaun,
sofern man sie in rechter Stellung sieht
und recht entfernt und wenn (wie oft geschieht)
das eine gelb ist und das andre braun.

Wogegen nie zwei Hunde wie ein Huhn
ausschaun können, wie man sie auch stellt –
und hätten sie die Farben aller Welt
und hätten nichts sonst auf der Welt zu tun.

Christian Morgenstern

DAS MENSCHENBEWUSSTSEIN

Wie muß ich meinem Schöpfer danken,
daß ich nicht eine Kröte ward,
die ohne sittlichen Gedanken
im Kote nur sich wälzt und scharrt,
ich bin ein Mensch, vor Gott zu wandeln,
kein Schamgefühl bringt mir mein Handeln.

Wär' ich ein Ochs an seiner Krippe,
ich wüßte mir zu helfen nicht,
kein Wort belebte meine Lippe,

verstehen könnt' ich kein Gedicht.
Wie müßt' ich mich unglücklich fühlen,
wenn ich nur könnte sinnlos brüllen!

Wär' ich zum Tiger gar verfluchet,
der raubt und mordet grausen Sinns,
in Wildheit sich die Gattin suchet –
ich schauderte zu sehn: ich bin's.
Gottlob, daß ich ein Mensch geworden,
der nicht den Trieb hat, wild zu morden.

Oh, Mensch zu sein von Gottes Gnaden,
gut sein zu dürfen, fromm und rein,
die Vögel, Fische, Molche, Maden,
sie ahnen nicht, was das mag sein.
Der Seraph aber muß uns neiden,
denn er entbehrt Familienfreuden.

Ludwig Eichrodt

BEINE HAT UNS ZWEI GEGEBEN...

Beine hat uns zwei gegeben
Gott der Herr, um fortzustreben,
Wollte nicht, daß an der Scholle
Unsre Menschheit kleben solle.
Um ein Stillstandsknecht zu sein
Gnügte uns ein einzges Bein.

Augen gab uns Gott ein Paar
Daß wir schauen rein und klar;
Um zu glauben was wir lesen,
Wär *ein* Aug gnug gewesen.
Gott gab uns die Augen beide,
Daß wir schauen und begaffen
Wie er hübsch die Welt erschaffen
Zu des Menschen Augenweide;
Doch beim Gaffen in den Gassen
Sollen wir die Augen brauchen
Und uns dort nicht treten lassen
Auf die armen Hühneraugen,
Die uns ganz besonders plagen,
Wenn wir enge Stiefel tragen.

Gott versah uns mit zwei Händen,
Daß wir doppelt Gutes spenden;

Nicht um doppelt zuzugreifen
Und die Beute aufzuhäufen
In den großen Eisentruhn,
Wie gewisse Leute tun –
(Ihren Namen auszusprechen
Dürfen wir uns nicht erfrechen –
Hängen würden wir sie gern.
Doch sie sind so große Herrn,
Philanthropen, Ehrenmänner,
Manche sind auch unsre Gönner,
Und man macht aus deutschen Eichen
Keine Galgen für die Reichen.)

Gott gab uns nur *eine* Nase,
Weil wir zwei in einem Glase
Nicht hineinzubringen wüßten,
Und den Wein verschlappern müßten.

Gott gab uns nur *einen* Mund,
Weil zwei Mäuler ungesund.
Mit dem einen Maule schon
Schwätzt zu viel der Erdensohn.
Wenn er doppelmäulig wär,
Fräß und lög er auch noch mehr.
Hat er jetzt das Maul voll Brei,
Muß er schweigen unterdessen,
Hätt er aber Mäuler zwei,
Löge er sogar beim Fressen.

Mit zwei Ohren hat versehn
Uns der Herr. Vorzüglich schön
Ist dabei die Symmetrie.
Sind nicht ganz so lang wie die,
So er unsern grauen braven
Kameraden anerschaffen.
Ohren gab uns Gott die beiden
Um von Mozart, Gluck und Hayden
Meisterstücke anzuhören –
Gäb es nur Tonkunst-Kolik
Und Hämorrhoidal-Musik
Von dem großen Meyerbeer,
Schon *ein* Ohr hinlänglich wär! –

Als zur blonden Teutolinde
Ich in solcher Weise sprach,
Seufzte sie und sagte: Ach!
Grübeln über Gottes Gründe,
Kritisieren unsern Schöpfer,
Ach! das ist, als ob der Topf
Klüger sein wollt als der Töpfer!
Doch der Mensch fragt stets: Warum?
Wenn er sieht, daß etwas dumm.

Freund, ich hab dir zugehört,
Und du hast mir gut erklärt,
Wie zum weisesten Behuf
Gott den Menschen zweifach schuf
Augen, Ohren, Arm' und Bein',
Während er ihm gab nur ein
Exemplar von Nas und Mund –
Doch nun sage mir den Grund:
Gott, der Schöpfer der Natur,
Warum schuf er einfach nur
Das skabröse Requisit,
Das der Mann gebraucht, damit
Er fortpflanze seine Rasse
Und zugleich sein Wasser lasse?
Teurer Freund, ein Duplikat

Wäre wahrlich hier vonnöten,
Um Funktionen zu vertreten,
Die so wichtig für den Staat
Wie fürs Individuum,
Kurz fürs ganze Publikum.
Zwei Funktionen, die so greulich
Und so schimpflich und abscheulich
Miteinander kontrastieren,
Und die Menschheit sehr blamieren.
Eine Jungfrau von Gemüt
Muß sich schämen, wenn sie sieht,
Wie ihr höchstes Ideal
Wird entweiht so trivial!
Wie der Hochaltar der Minne
Wird zur ganz gemeinen Rinne!
Psyche schaudert, denn der kleine
Gott Amur der Finsternis,
Er verwandelt sich beim Scheine
Ihrer Lamp – in Mankepiß.

Also Teutolinde sprach,
Und ich sagte ihr: Gemach!
Unklug wie die Weiber sind,
Du verstehst nicht, liebes Kind,
Gottes Nützlichkeitssystem,
Sein Ökonomie-Problem
Ist, daß wechselnd die Maschinen
Jeglichem Bedürfnis dienen,
Den profanen wie den heilgen,
Den pikanten wie langweilgen, –
Alles wird simplifiziert;
Klug ist alles kombiniert:
Was dem Menschen dient zum Seichen,
Damit schafft er seinesgleichen.
Auf demselben Dudelsack
Spielt dasselbe Lumpenpack.
Feine Pfote, derbe Patsche,
Fiddelt auf derselben Bratsche,
Durch dieselben Dämpfe, Räder
Springt und singt und gähnt ein jeder,
Und derselbe Omnibus
Fährt uns nach dem Tartarus.

Heinrich Heine

NATURRECHT

Sonett

Von Blum' und Frucht, so die Natur erschafft,
Darf ich zur Lust, wie zum Bedürfnis, pflücken.
Ich darf getrost nach allem Schönen blicken,
Und atmen darf ich jeder Würze Kraft.

Ich darf die Traub, ich darf der Biene Saft,
Des Schafes Milch in meine Schale drücken.
Mir front der Stier; mir beut das Ross den Rücken;
Der Seidenwurm spinnt Atlas mir und Taft.

Es darf das Lied der holden Nachtigallen
Mich, hingestreckt auf Flaumen oder Moos,
Wohl in den Schlaf, wohl aus dem Schlafe hallen.

Was wehrt es denn mir Menschensatzung, bloß
Aus blödem Wahn, in Mollys Wonneschoß,
Von Lieb und Lust bezwungen, hinzufallen?

Gottfried August Bürger

GEÜBTES HERZ

Weise nicht von dir mein schlichtes Herz,
Weil es schon so viel geliebet!
Einer Geige gleicht es, die geübet
Lang ein Meister unter Lust und Schmerz.

Und je länger er darauf gespielt,
Stieg ihr Wert zum höchsten Preise;
Denn sie tont mit sichrer Kraft die Weise,
Die ein Kundiger ihren Saiten stiehlt.

Also spielte manche Meisterin
In mein Herz die rechte Seele,
Nun ist's wert, daß man es dir empfehle,
Lasse nicht den köstlichen Gewinn!

Gottfried Keller

HUMSTI-BUMSTI

Humsti war ein schöner Mann,
wohl beliebt bei allen Frauen;
doch auf Bumsti konnte man
nur mit Widerwillen schauen.

Humsti trug sich elegant,
abends Frack und weiße Weste –
Bumsti, dieser trübe Fant,
kam zerlumpt zu jedem Feste.

Humsti rauchte Henry Clays,
parfümierte sich die Haare,
Bumsti roch nach altem Käs'
und nach Pfälzer Ausschußware.

Humsti war recht muskulös,
Brust und Waden ohne Fehle,
Bumsti sagte maliziös:
Ich hab' eine größere Seele!

Adolfine hieß die Frau,
der sie beide Liebe schworen.
Humsti nahm das sehr genau,
Bumsti ließ es ungeschoren.

Humsti schickt' ihr Blumen hin,
Wagenräder, ungeheuer;
Bumsti dacht' in seinem Sinn:
Schenken ist recht hübsch, doch teuer.

Humsti nannt sie Schmetterling,
Engel, Göttin, Philomele;
Bumsti, wenn er mit ihr ging,
sprach von seiner großen Seele.

Adolfine, sicherlich
wirst du doch den Humsti nehmen?
Denn mit Bumsti muss man sich
auf der Promenade schämen.

Humsti ist ein Ehrenmann,
makellos, von höchster Reinheit.
Bumsti, jeder sieht's ihm an,
ist das Urbild der Gemeinheit.

Adolfine sagte: Schwer
ist die Frage, wen ich wähle.
Humsti, der gefällt mir sehr,
Bumsti hat die große Seele.

Adolfine, diese Frau
blieb nicht stehen beim Verdrusse;
und sie kam – denn sie war schlau –
schnell zu folgendem Entschlusse:

Tags gab sie mit Wohlbedacht
Humsti lächelnde Befehle
und empfing galant zur Nacht
Bumsti mit der großen Seele.

Rudolf Alexander Schröder

IN DER BAR ZUM KROKODIL

Das war die Frau von Potiphar,
die ungemein erfahren war
in allen Liebessachen, so Sachen, so Sachen!
Jedoch ihr Gatte, au contraire,
der war schon alt und konnt' nicht mehr
tirili, tirila, tirili, tirila,
die schöne Frau bewachen, bewachen, bewachen!
D'rum pfiff sie auf die Stittsamkeit
und machte sich 'nen Schlitz am Kleid
und fuhr hinauf nach Theben
um dort sich auszuleben.
Denn Theben ist für Memphis
das, was Lausanne für Genf is'!

In der Bar zum Krokodil
am Nil, am Nil, am Nil
verkehrten ganz inkognito
der Josef und der Pharao.
Dort tanzt man nur dreiviertel nackt
im Shimmy- und Zweiviertel-Takt.
Es traf mit der Geliebten sich
des Abends ganz Ägypten sich
in der Bar zum Krokodil,
am schönen blauen Nil!

Dem Gatten der Frau Potiphar,
dem wurde bald die Chose klar,
er sprach zum König Ramses, zu Ramses, zu Ramses:
Ich weiß, was meine Gattin macht,
sie geht nach Theben jede Nacht
tirili, tirila, tirili, tirila,
ja, Majestät, da ham's es, da ham's es, da ham's es!
Darauf sagt ihm der Pharao:

Dann machen wir es ebenso,
Sie seh'n, wie fad es hier is'
im Restaurang Osiris,
d'rum geh'n als Philosophen
wir auch nach Theben schwofen.

In der Bar zum Krokodil …

Fritz Löhner-Beda
(Comedian Harmonists)

RHAMPSENIT

Als der König Rhampsenit
eintrat in die goldne Halle
seiner Tochter, lachte diese,
lachten ihre Zofen alle.

Auch die Schwarzen, die Eunuchen,
stimmten lachend ein, es lachten
selbst die Mumien, selbst die Sphinxe,
daß sie schier zu bersten dachten.

Die Prinzessin sprach: «Ich glaubte
schon den Schatzdieb zu erfassen,
der hat aber einen toten
Arm in meiner Hand gelassen.

Jetzt begreif' ich, wie der Schatzdieb
dringt in deine Schatzhauskammern
und die Schätze dir entwendet,
trotz den Schlössern, Riegeln, Klammern.

Einen Zauberschlüssel hat er,
der erschließet allerorten
jede Türe, widerstehen
können nicht die stärksten Pforten.

Ich bin keine starke Pforte
und ich hab nicht widerstanden;
schätzehütend diese Nacht
kam ein Schätzlein mir abhanden.»

So sprach lachend die Prinzessin,
und sie tänzelt im Gemache,
und die Zofen und Eunuchen
hoben wieder ihre Lache.

An demselben Tag ganz Memphis
lachte, selbst die Krokodile
reckten lachend ihre Häupter
aus dem schlammig gelben Nile,

als sie Trommelschlag vernahmen
und sie hörten an dem Ufer
folgendes Reskript verlesen
von dem Kanzelei-Ausrufer:

«Rhampsenit, von Gottes Gnaden
König zu und in Ägypten,
Wir entbieten Gruß und Freundschaft
Unsern Vielgetreun und Liebden.

In der Nacht vom dritten zu dem
vierten Junius des Jahres
Dreizehnhundertvierundzwanzig
vor Christi Geburt, da war es,

daß ein Dieb aus Unserm Schatzhaus
eine Menge von Juwelen
uns entwendet'; es gelang ihm
Uns auch später zu bestehlen.

Zur Ermittelung des Täters
ließen schlafen Wir die Tochter
bei den Schätzen – doch auch jene
zu bestehlen schlau vermocht' er.

Um zu steuern solchem Diebstahl
und zu gleicher Zeit dem Diebe
Unsre Sympathie zu zeigen,
Unsre Ehrfurcht, Unsre Liebe,

wollen Wir ihm zur Gemahlin
unsre einz'ge Tochter geben
und ihn auch als Thronnachfolger
in den Fürstenstand erheben.

Sintemal Uns die Adresse
Unsres Eidams noch zur Stunde
unbekannt, soll dies Reskript ihm
bringen Unsrer Gnade Kunde.

So geschehn den dritten Jänner
Dreizehnhundert zwanzig sechs
vor Christi Geburt. – Signieret
von Uns: Rhampsenitus Rex.»

Rhampsenit hat Wort gehalten,
nahm den Dieb zum Schwiegersohne
und nach seinem Tode erbte
auch der Dieb Ägyptens Krone.

Er regierte wie die andern,
schützte Handel und Talente;
wenig, heißt es, ward gestohlen
unter seinem Regimente.

Heinrich Heine

EINLADUNG ZUR LIEBE

Mädchen, wollt ihr mich nicht lieben?
Seht, hier lieg ich in dem Schatten!
Seht mich nur, ihr müßt mich lieben!
Rosen blühen auf den Wangen,
In den Adern glühet Feuer,

In den Minen lacht Vergnügen,
In den Augen locket Liebe,
Und bewegen sich die Lippen,
So bewegt sie Scherz und Freude.
Mädchen, wollt ihr mich nicht lieben?
Seht, hier lieg ich in den Schatten,
Mädchen seht, wie schön ich liege!

Johann Wilhelm Ludwig Gleim

DIE VERLIEBTE VERZWEIFLUNG

Gewiß! der ist beklagenswert,
Den seine Göttin nicht erhört,
Dem alle Seufzer nichts erwerben.
Er muß fast immer schlaflos sein
Und weinen, girren, winseln, schrein,
Sich martern und dann sterben.

Grausame Laura! rief Pedrill,
Grausame! die mein Unglück will,
Für dich muß ich noch heut erblassen.
Stracks rennet er in vollem Lauf
Bis an des Hauses Dach hinauf
Und guckt dort in die Gassen.

Bald, als er Essen sah und roch,
Befragt er sich: Wie! leb ich noch?
Und zog ein Messer aus der Scheiden.
O Liebe! sagt' er, deiner Wut
Weih ich den Mordstrahl und mein Blut:
Und fing an Brot zu schneiden.

Nach glücklich eingenommnem Mahl
Erwägt er seine Liebesqual
Und will nunmehr durch Gift erbleichen.
Er öffnet eine Flasche Wein
Und läßt, des Giftes voll zu sein,
Sich noch die zweite reichen.

Hernach verflucht er sein Geschick
Und holet Schemel, Nagel, Strick
Und schwört, nun soll die Tat geschehen.
Doch, ach! was kann betrübter sein!
Der Strick ist schwach, der Nagel klein,
Der Schemel will nicht stehen.

Er wählt noch eine Todesart
Und denkt: Wer sich erstickt, der spart
Und darf für Gift und Strick nicht sorgen.
Drauf gähnt er, seufzet, eilt zur Ruh,
Kriecht in sein Bett und deckt sich zu
Und schläft bis an den Morgen.

Friedrich von Hagedorn

DU WIRST IM EHSTAND viel erfahren
was dir ein halbes Rätsel war,
bald wirst du aus Erfahrung wissen,
wie Eva einst hat handeln müssen
dass sie hernach den Kain gebar.
Doch schwester, diese Ehstands Pflichten
wirst du vom Herzen gern verrichten,
denn glaube mir, sie sind nicht schwer;
doch Jede Sache hat zwo Seiten;
der Ehstand bringt zwar viele freuden,
allein auch kummer bringet er.

drum wenn den Mann dir finstre Minen,
die du nicht glaubest zu verdienen,
in seiner üblen laune macht:
So denke, das ist Männergrille,
und sag: Herr, es gescheh dein wille
beitag – – und meiner bei der Nacht.

dein aufrichtiger bruder
W: A: Mozart
Wolfgang Amadeus Mozart

ALTES LIED

Es war einmal ein Bäcker,
der prunkte mit einem Wanst,
wie du ihn kühner und kecker
dir schwerlich träumen kannst.

Er hat zum Weibe genommen
ein würdiges Gegenstück;
sie konnten zusammen nicht kommen,
sie waren viel zu dick.

Frank Wedekind

ÜBERALL

Überall ist Wunderland.
Überall ist Leben.
Bei meiner Tante im Strumpfenband
Wie irgendwo daneben.

Überall ist Dunkelheit.
Kinder werden Väter.
Fünf Minuten später
Stirbt sich was für einige Zeit.
Überall ist Ewigkeit.

Wenn du einen Schneck behauchst,
Schrumpft er ins Gehäuse.
Wenn du ihn in Kognak tauchst,
Sieht er weiße Mäuse.

Joachim Ringelnatz

WENN

Ja, hätte mir vor Anbeginn
so manches nicht gefehlt,
und hätt' ich nur mit anderm Sinn
den andern Weg erwählt,
und hätt' ich auf dem rechten Pfad
die rechte Hilf' empfahn
und so statt dessen, was ich tat,
das Gegenteil getan,
und hätt' ich vieles nicht gemußt
auf höheres Geheiß
und nur die Hälft' vorher gewußt
von dem, was heut ich weiß,
und hätt' ich ernstlich nur gewollt,
ja, wollt' ich nur noch jetzt,
und wäre mir das Glück so hold
wie manchem, der's nicht schätzt,
und hätt' ich zehnmal soviel Geld
und könnt', was ich nicht kann,
und käm' noch einmal auf die Welt –
ja, dann!

Ludwig Fulda

ACH, ICH FÜHL' ES …

Ach, ich fühl' es! Keine Tugend
Ist so recht nach meinem Sinn;
Stets befind' ich mich am wohlsten,
Wenn ich damit fertig bin.

Dahingegen so ein Laster,
Ja, das macht mir viel Pläsier;
Und ich hab' die hübschen Sachen
Lieber vor als hinter mir.

Wilhelm Busch

BÜHNE DES LEBENS

Als Held sich zu zeigen, beflissen,
tritt dreist einer vor die Kulissen.
Wie, abgeschminkt,
er in Schwermut versinkt,
braucht schließlich ja keiner zu wissen.

Eugen Roth

DIE AHNUNG

Ich trank meinen Morgenkaffee und ahnte nichts Böses.
Es klingelte. Ich ahnte noch immer nichts Böses.
Der Briefträger brachte mir ein Schreiben. Nichts Böses ahnend, öffnete ich es.
Es stand nichts Böses drin.
Ha! rief ich aus. Meine Ahnung hat mich nicht getrogen.

Erich Mühsam

VOLKSSPRÜCHE

Wer Heu genug im Stall hat,
dem wird die Kuh nicht mager.
Und wer'ne schöne Schwester hat,
der kriegt bald einen Schwager.

Vier Ochsen, drei Kälber
eine bucklige Kuh,
das gibt mir mein Vater,
wenn ich heiraten tu.

Sauerkraut und Rüben,
die haben mich vertrieben.
Hätt' meine Mutter Fleisch gekocht,
so wär' ich bei ihr blieben.

Ich hab' ein bös Kindchen;
wenn's immer so bleibt,
so stell' ich's in Garten
daß's Spatzen vertreibt.

Schön jung ist mei Blut,
und schön rund ist mei Hut,
und Kurasch wie a Teufel!
Will sehn, wer mir was tut.

Der Hans im Schnakenloch
hat alles, was er will.
Und was er will, das hat er nicht,
und was er hat, das will er nicht.
Der Hans im Schnakenloch
hat alles, was er will.

Wird scho wieder wern,
sagt die Mutter Bern,
bei der Mutter Horn
is' auch wieder worn.

Anonym

ICK SITZE DA und esse Klops,
uff eenmal kloppt's.
Ick sitze, staune, wunder mir,
uff eenmal jeht se uff, de Tür.
Nanu, denk' ick, ick denk', nanu!
Jetzt ist se uff, erst war se zu.
Ick jehe raus und kieke,
und wer steht draußen? Icke!

Anonym

DIE SELBSTKRITIK hat viel für sich.
Gesetzt den Fall, ich tadle mich,
So hab ich erstens den Gewinn,
Daß ich so hübsch bescheiden bin;
Zum zweiten denken sich die Leut,
Der Mann ist lauter Redlichkeit;
Auch schnapp ich drittens diesen Bissen
Vorweg den andern Kritiküssen;
Und viertens hoff ich außerdem
Auf Widerspruch, der mir genehm.
So kommt es denn zuletzt heraus,
Daß ich ein ganz famoses Haus.

Wilhelm Busch

SIE STRITTEN SICH beim Wein herum,
Was das nun wieder wäre;
Das mit dem Darwin wär gar zu dumm
Und wider die menschliche Ehre.

Sie tranken manchen Humpen aus,
Sie stolperten aus den Türen,
Sie grunzten vernehmlich und kamen zu Haus
Gekrochen auf allen vieren.

Wilhelm Busch

AN DIE FREUDE

Freude, Göttin edler Herzen!
    Höre mich.
Laß die Lieder, die hier schallen,
Dich vergrößern, dir gefallen;
Was hier tönet, tönt durch dich.

Muntre Schwester süßer Liebe!
    Himmelskind!
Kraft der Seelen! Halbes Leben!
Ach, was kann das Glück uns geben,
Wenn man dich nicht auch gewinnt?

Stumme Hüter toter Schätze
    Sind nur reich.
Dem, der keinen Schatz bewachet,
Sinnreich scherzt und singt und lachet,
Ist kein karger König gleich.

Gib den Kennern, die dich ehren,
    Neuen Mut,
Neuen Scherz den regen Zungen,
Neue Fertigkeit den Jungen
Und den Alten neues Blut.

Du erheiterst, holde Freude,
    Die Vernunft!
Flieh auf ewig die Gesichter
Aller finstern Splitterrichter
Und die ganze Heuchlerzunft!

Friedrich von Hagedorn

FESTE FEIERN

EIN VOGEL WOLLTE HOCHZEIT MACHEN

Ein Vogel wollte Hochzeit machen
in dem grünen Walde.
Fidirallala, fidirallala, fidirallalalala!

Die Drossel war der Bräutigam,
die Amsel war die Braute.
Fidirallala, fidirallala, fidirallalalala!

Die Lerche, die Lerche,
die führt die Braut zur Kerche.
Fidirallala, ... !

Der Auerhahn, der Auerhahn,
derselbig war der Kapellan.
Fidirallala, ... !

Die Meise, die Meise,
die sang das Kyrie-eleise.
Fidirallala, ... !

Die Gänse und die Anten,
die war'n die Musikanten.
Fidirallala, ... !

Der Pfau mit seinem bunten Schwanz
macht mit der Braut den ersten Tanz.
Fidirallala, ... !

Der Kibitz, der Kibitz,
der macht dabei den schönsten Witz.
Fidiralla, ... !

Die Puten, die Puten,
die machten breite Schnuten.
Fidirallala, ... !

Brautmutter war die Eule,
nahm Abschied mit Geheule.
Fidirallala, ... !

Das Finkelein, das Finkelein,
das führt das Paar zur Kammer rein.
Fidirallala, ... !

Der lange Specht, der lange Specht,
der macht der Braut das Bett zurecht.
Fidirallala, ... !

Die Fledermaus, die Fledermaus,
die zieht der Braut die Strümpfe aus.
Fidirallala, ... !

Frau Kratzefuß, Frau Kratzefuß,
gibt allen einen Abschiedskuss.
Fidirallala, ... !

Der Hennig krähet: «Gute Nacht!»
Nun wird die Kammer zugemacht.
Fidirallala, ... !

Anonym
(volkstümlich, um 1800)

WIDELE, WEDELE

Widele, wedele, hinterm Städele
hält der Bettelmann Hochzeit.
Pfeifet das Mäusele,
tanzt das Läusele,
schlägt das Igele Trommel.

Alle Tiere die Wedele haben,
sollen zur Hochzeit kommen.
Widele, wedele, hinterm Städele
hält der Bettelmann Hochzeit.

Anonym

HOCHZEITSLIED

Im Schlafgemach, fern von dem Feste,
sitzt Amor dir getreu und wacht,
daß nicht die List mutwill'ger Gäste
das Brautbett dir unsicher macht.
Er harrt auf dich. Der Fackel Schimmer
umglänzt ihn, und ihr flammend Gold
treibt Weihrauchdampf, der durch das Zimmer
in wollustvollen Wirbeln rollt.

Wie schlägt dein Herz beim Schlag der Stunde,
der deiner Gäste Lärm verjagt!
Wie blickst du nach dem schönen Munde,
der dir nun bald nichts mehr versagt.
Du gehst, und wünschend geht die Menge;
ach wer doch auch so glücklich wär'!
Die Mutter weint, und ihre Strenge
hielt' gern dich ab und darf nicht mehr.

Dein ganzes Glück nun zu vollenden,
trittst du ins Heiligtum herein;
die Flamme in des Amors Händen
wird wie ein Nachtlicht still und klein.

Schnell hilft der Schalk die Braut entkleiden
und ist doch nicht so schnell wie du,
sieht euch noch einmal an, bescheiden
hält er zuletzt die Augen zu.

Johann Wolfgang Goethe

AN FRAU REBECCA; BEI DER SILBERNEN HOCHZEIT, DEN 15. MÄRZ 1797

Ich habe Dich geliebet und ich will Dich lieben,
So lang Du goldner Engel bist;
In diesem wüsten Lande hier, und drüben
Im Lande wo es besser ist.

Ich will nicht von Dir sagen, will nicht von Dir singen;
Was soll uns Loblied und Gedicht?
Doch muß ich heut der Wahrheit Zeugnis bringen,
Denn unerkenntlich bin ich nicht.

Ich danke Dir mein Wohl, mein Glück in diesem Leben.
Ich war wohl klug, daß ich Dich fand;
Doch ich fand nicht. GOTT hat Dich mir gegeben;
So segnet keine andre Hand.

Sein Tun ist je und je großmütig und verborgen;
Und darum hoff ich, fromm und blind,
Er werde auch für unsre Kinder sorgen,
Die unser Schatz und Reichtum sind.

Und werde sie regieren, werde für sie wachen,
Sie an sich halten Tag und Nacht,
Daß sie wert werden, und auch glücklich machen,
Wie ihre Mutter glücklich macht.

Uns hat gewogt die Freude, wie es wogt und flutet
Im Meer, so weit und breit und hoch! –
Doch, manchmal auch hat uns das Herz geblutet,
Geblutet … Ach, und blutet noch.

Es gibt in dieser Welt nicht lauter gute Tage,
Wir kommen hier zu leiden her;
Und jeder Mensch hat seine eigne Plage,
Und noch sein heimlich Crève-cœur.

Heut aber schlag ich aus dem Sinn mir alles Trübe,
Vergesse allen meinen Schmerz;
Und drücke fröhlich Dich, mit voller Liebe,
Vor Gottes Antlitz an mein Herz.

Matthias Claudius

IM NAMEN DREIER SCHWESTERN AUF IHRES VATERN (HEINRICH NIEHUSE) NAMENSTAG

1635 Juli 12.

Zwar es gebührt die Zier der angenehmen Tage,
daß man von lauter Lust und schönem Wesen sage,
itzt, da das reiche Feld in voller Rose steht,
und mit so mancher Frucht und Güte schwanger geht.
Der Feldman hat schon itzt die Scheuren ausgeräumet,
davon ihm Nacht und Tag und alle Stunden träumet,
wie er die Sense schon hab' an das Korn gelegt,
wie ers schon eingeführt. Der treue Gärtner hegt,
was Baum und Erde giebt. Der Meier geht zur Auen,
der Fischer in die See, die klugen Jäger schauen
sich nach dem Wildwerk um. Das Dorf, das ist erfreut,
die Stadt vertreibt mit Lust die angenehme Zeit.

Diß alles gibt uns Fug und Anlaß gnung zu freuen:
mehr aber eines noch, daß uns geliebten Dreien
der fromme Himmel diß zur Gunst hat angetan,
daß er in Fröligkeit uns lässet schauen an
des lieben Vatern Tag. Was kann uns doch geschehen
mehr Liebers als diß eins, daß wir den können sehen
itzt seinen Tag begehn, der unsers Lebens Quell
und Glückes Ursprung ist? Der Himmel ist ihm hell'
und legt die Wolken hin. Kein Sturm, kein Blitz, kein Regen
und was uns mehr betrübt, der ist ihm heut' entgegen.
Der Höchste giebet selbst auch seinen Willen drein
und heißet unsern Wunsch an ihm erfüllet sein.
Seht, Vater, diesen Tag zu zehnmal zehen Malen
so frölich, als wir itzt! Gott gieße seine Strahlen
des Glückes auf euch aus! Weil Wasser in der See,
weil Sternen in der Luft, in Wiesen süßer Klee,
in Wäldern Bäume sind, so lange lebt vergnüget
und seht, wie alles sich zu unserm Besten füget!
So viel zieh' förderhin des Glückes bei euch ein,
so viel der Schlingen hier an unserm Bande sein!

Paul Fleming

OKTOBERLIED

Der Nebel steigt, es fällt das Laub;
Schenk' ein den Wein, den holden!
Wir wollen uns den grauen Tag
Vergolden, ja vergolden!

Und geht es draußen noch so toll,
Unchristlich oder christlich,
Ist doch die Welt, die schöne Welt,
So gänzlich unverwüstlich!

Und wimmert auch einmal das Herz, –
Stoß an, und laß es klingen!
Wir wissen's doch, ein rechtes Herz
Ist gar nicht umzubringen.

Der Nebel steigt, es fällt das Laub;
Schenk' ein den Wein, den holden!
Wir wollen uns den grauen Tag
Vergolden, ja vergolden!

Wohl ist es Herbst; doch warte nur,
Doch warte nur ein Weilchen!
Der Frühling kommt, der Himmel
lacht,
Es steht die Welt in Veilchen.

Die blauen Tage brechen an;
Und ehe sie verfließen,
Wir wollen sie, mein wackrer
Freund,
Genießen, ja genießen!

Theodor Storm

WEINLIED

An eine lustige Gesellschaft

1. Was nützet in Hitze so sitzen, und schwitzen
in Arbeit und Mühe, voll Kummer und Pein?
Was nützet mit Spitzen der Dornen sich ritzen,
mit Klagen und Zagen entmutiget sein?
Da Rosen das Rheinische Rebenblut krönen,
die allen Gemütes-Sturm können versöhnen.

2. Auf! spület die Gläser, und füllet die Flöten!
Da habt ihr das beste, das größte Gewähr
das Leiden zu scheiden, den Unmut zu töten,
damit er das Herze nicht vollends verzehr.
Auf Brüder! Ein jeder sei wieder zufrieden:
der Schlummer und Kummer ist von uns geschieden.

3. Es gischen die Gläser, es zischet der Zucker:
man schwenkt sie, und schenkt sie euch allen voll ein.
Es gluckert verzuckert dem Schlucker sein Lucker,
sein munter hinunter der Rheinische Wein.
So klinkern und flinkern und blinkern die Flöten!
so können die Sinnen entrinnen aus Nöten!

4. Trink! trinkt die Gesundheit der König' und Fürsten.
Trinkt! trinket die Gläser und Römer rein aus.

Trinkt! trinket! trinkt! trinket! die Zungen die dürsten.
So müsse mit Güssen sich schließen der Schmaus.
Trinkt! trinket! trinkt! trinket! man bläset zum Trinken.
Sa! sa sa sa! daß ja die Flöten nicht sinken.

5. Vergesset doch aber, bei Leibe! bei Leben!
der Liebsten, der Schönsten, der Süßesten nicht.
Sie ist es, der ihr euch zu eigen ergeben,
die Sonne, die Wonne, das liebliche Licht.
So trinket! trinkt! trinket zu Ganzen in Freuden!
So müsse das Leiden euch meiden, und scheiden!

Philipp von Zesen

2. HYMNE AN DIE NACHT

Muß immer der Morgen wiederkommen? Endet nie des Irdischen Gewalt? unselige Geschäftigkeit verzehrt den himmlischen Anflug der Nacht. Wird nie der Liebe geheimes Opfer ewig brennen? Zugemessen ward dem Lichte seine Zeit; aber zeitlos und raumlos ist der Nacht Herrschaft. – Ewig ist die Dauer des Schlafs. Heiliger Schlaf – beglücke zu selten nicht der Nacht Geweihte in diesem irdischen Tagewerk. Nur die Toren verkennen dich und wissen von keinem Schlafe, als dem Schatten, den du in jener Dämmerung der wahrhaften Nacht mitleidig auf uns wirfst Sie fühlen dich nicht in der goldnen Flut der Trauben – in des Mandelbaums Wunderöl, und dem braunen Safte des Mohns. Sie wissen nicht, daß du es bist der des zarten Mädchens Busen umschwebt und zum Himmel den Schoß macht – ahnden nicht, daß aus alten Geschichten du himmelöffnend entgegentrittst und den Schlüssel trägst zu den Wohnungen der Seligen, unendlicher Geheimnisse schweigender Bote.

Novalis
(Friedrich von Hardenberg)

DIE GUNST DES AUGENBLICKS

Und so finden wir uns wieder
in dem heitern bunten Reihn,
und es soll der Kranz der Lieder
frisch und grün geflochten sein.

Aber wem der Götter bringen
wir des Liedes ersten Zoll?
Ihn vor allen laßt uns singen,
der die Freude schaffen soll.

Denn was frommt es, daß mit Leben
Ceres den Altar geschmückt?
Daß den Purpursaft der Reben
Bacchus in die Schale drückt?

Zückt vom Himmel nicht der Funken,
der den Herd in Flammen setzt,
ist der Geist nicht feuertrunken
und das Herz bleibt unergötzt.

Aus den Wolken muß es fallen,
aus der Götter Schoß, das Glück,
und der mächtigste von allen
Herrschern ist der Augenblick.

Von dem allerersten Werden
der unendlichen Natur
alles Göttliche auf Erden
ist ein Lichtgedanke nur.

Langsam in dem Lauf der Horen
füget sich der Stein zum Stein,
schnell, wie es der Geist geboren,
will das Werk empfunden sein.

Wie im hellen Sonnenblicke
sich ein Farbenteppich webt,
wie auf ihrer bunten Brücke
Iris durch den Himmel schwebt –

So ist jede schöne Gabe
flüchtig wie des Blitzes Schein,
schnell in ihrem düstern Grabe
schließt die Nacht sie wieder ein.

Friedrich Schiller

AN DIE FREUDE

Freude, schöner Götterfunken,
Tochter aus Elysium,
Wir betreten feuertrunken
Himmlische, dein Heiligtum.

Deine Zauber binden wieder,
Was der Mode Schwert geteilt;
Bettler werden Fürstenbrüder,
Wo dein sanfter Flügel weilt.

CHOR

Seid umschlungen, Millionen!
Diesen Kuß der ganzen Welt!
Brüder – überm Sternenzelt
Muß ein lieber Vater wohnen.

Wem der große Wurf gelungen,
Eines Freundes Freund zu sein;
Wer ein holdes Weib errungen,
Mische seinen Jubel ein!
Ja – wer auch nur eine Seele
Sein nennt auf dem Erdenrund!
Und wers nie gekonnt, der stehle
Weinend sich aus diesem Bund!

CHOR

Was den großen Ring bewohnet,
Huldige der Sympathie!
Zu den Sternen leitet sie,
Wo der Unbekannte thronet.

Freude trinken alle Wesen
An den Brüsten der Natur,
Alle Guten, alle Bösen
Folgen ihrer Rosenspur.
Küsse gab sie uns und Reben,
Einen Freund, geprüft im Tod.
Wollust ward dem Wurm gegeben,
Und der Cherub steht vor Gott.

CHOR

Ihr stürzt nieder, Millionen?
Ahndest du den Schöpfer, Welt?
Such ihn überm Sternenzelt,
Über Sternen muß er wohnen.

Freude heißt die starke Feder
In der ewigen Natur.
Freude, Freude treibt die Räder
In der großen Weltenuhr.
Blumen lockt sie aus den Keimen,
Sonnen aus dem Firmament,
Sphären rollt sie in den Räumen,
Die des Sehers Rohr nicht kennt.

CHOR

Froh, wie seine Sonnen fliegen,
Durch des Himmels prächtgen Plan,
Laufet, Brüder, eure Bahn,
Freudig wie ein Held zum Siegen.

Aus der Wahrheit Feuerspiegel
Lächelt sie den Forscher an.
Zu der Tugend steilem Hügel
Leitet sie des Dulders Bahn.
Auf des Glaubens Sonnenberge
Sieht man ihre Fahnen wehn,
Durch den Riß gesprengter Särge
Sie im Chor der Engel stehn.

CHOR

Duldet mutig, Millionen!
Duldet für die beßre Welt!
Droben überm Sternenzelt
Wird ein großer Gott belohnen.

Göttern kann man nicht vergelten,
    Schön ists, ihnen gleich zu sein.
Gram und Armut soll sich melden,
    Mit den Frohen sich erfreun.
Groll und Rache sei vergessen,
    Unserm Todfeind sei verziehn,
Keine Träne soll ihn pressen,
    Keine Reue nage ihn.

CHOR

Unser Schuldbuch sei vernichtet!
    Ausgesöhnt die ganze Welt!
    Brüder – überm Sternenzelt
Richtet Gott, wie wir gerichtet.

Freude sprudelt in Pokalen,
    In der Traube goldnem Blut
Trinken Sanftmut Kannibalen,
    Die Verzweiflung Heldenmut – –
Brüder, fliegt von euren Sitzen,
    Wenn der volle Römer kreist,
Laßt den Schaum zum Himmel sprützen:
    Dieses Glas dem guten Geist.

CHOR

Den der Sterne Wirbel loben,
    Den des Seraphs Hymne preist,
    Dieses Glas dem guten Geist
Überm Sternenzelt dort oben!

Festen Mut in schwerem Leiden,
    Hülfe, wo die Unschuld weint,
Ewigkeit geschwornen Eiden,
    Wahrheit gegen Freund und Feind,
Männerstolz vor Königsthronen –
    Brüder, gält es Gut und Blut, –

Dem Verdienste seine Kronen,
Untergang der Lügenbrut!

CHOR

Schließt den heilgen Zirkel dichter,
Schwört bei diesem goldnen Wein:
Dem Gelübde treu zu sein,
Schwört es bei dem Sternenrichter!

Rettung von Tyrannenketten,
Großmut auch dem Bösewicht,
Hoffnung auf den Sterbebetten,
Gnade auf dem Hochgericht!
Auch die Toten sollen leben!
Brüder trinkt und stimmet ein,
Allen Sündern soll vergeben,
Und die Hölle nicht mehr sein.

CHOR

Eine heitre Abschiedsstunde!
Süßen Schlaf im Leichentuch!
Brüder – einen sanften Spruch
Aus des Totenrichters Mund!

Friedrich Schiller

FRIEDENSFEIER

Der himmlischen, still wiederklingenden,
Der ruhigwandelnden Töne voll,
Und gelüftet ist der altgebaute,
Seliggewohnte Saal; um grüne Teppiche duftet
Die Freudenwolk' und weithinglänzend stehn,
Gereiftester Früchte voll und goldbekränzter Kelche,

Wohlangeordnet, eine prächtige Reihe,
Zur Seite da und dort aufsteigend über dem
Geebneten Boden die Tische.
Denn ferne kommend haben
Hieher, zur Abendstunde,
Sich liebende Gäste beschieden.

Und dämmernden Auges denk' ich schon,
Vom ernsten Tagwerk lächelnd,
Ihn selbst zu sehn, den Fürsten des Fests.
Doch wenn du schon dein Ausland gern verläugnest,
Und als vom langen Heldenzuge müd,
Dein Auge senkst, vergessen, leichtbeschattet,
Und Freundesgestalt annimmst, du Allbekannter, doch
Beugt fast die Knie das Hohe. Nichts vor dir,
Nur Eines weiß ich, Sterbliches bist du nicht.
Ein Weiser mag mir manches erhellen; wo aber
Ein Gott noch auch erscheint,
Da ist doch andere Klarheit.

Von heute aber nicht, nicht unverkündet ist er;
Und einer, der nicht Flut noch Flamme gescheuet,
Erstaunet, da es stille worden, umsonst nicht, jetzt,
Da Herrschaft nirgend ist zu sehn bei Geistern und Menschen.
Das ist, sie hören das Werk,
Längst vorbereitend, von Morgen nach Abend, jetzt erst,
Denn unermeßlich braust, in der Tiefe verhallend,
Des Donnerers Echo, das tausendjährige Wetter,
Zu schlafen, übertönt von Friedenslauten, hinunter.
Ihr aber, teuergewordne, o ihr Tage der Unschuld,
Ihr bringt auch heute das Fest, ihr Lieben! und es blüht
Rings abendlich der Geist in dieser Stille;
Und raten muß ich, und wäre silbergrau
Die Locke, o ihr Freunde!
Für Kränze zu sorgen und Mahl, jetzt ewigen Jünglingen ähnlich.

Und manchen möcht' ich laden, aber o du,
Der freundlichernst den Menschen zugetan,
Dort unter syrischer Palme,
Wo nahe lag die Stadt, am Brunnen gerne war;
Das Kornfeld rauschte rings, still atmete die Kühlung
Vom Schatten des geweiheten Gebirges,
Und die lieben Freunde, das treue Gewölk,
Umschatteten dich auch, damit der heiligkühne
Durch Wildnis mild dein Strahl zu Menschen kam, o Jüngling!
Ach! aber dunkler umschattete, mitten im Wort, dich
Furchtbarentscheidend ein tödlich Verhängnis. So ist schnell
Vergänglich alles Himmlische; aber umsonst nicht;

Denn schonend rührt des Maßes allzeit kundig
Nur einen Augenblick die Wohnungen der Menschen
Ein Gott an, unversehn, und keiner weiß es, wenn?
Auch darf alsdann das Freche drüber gehn,
Und kommen muß zum heiligen Ort das Wilde
Von Enden fern, übt rauhbetastend den Wahn,
Und trifft daran ein Schicksal, aber Dank,
Nie folgt der gleich hernach dem gottgegebnen Geschenke;
Tiefprüfend ist es zu fassen.
Auch wär' uns, sparte der Gebende nicht
Schon längst vom Segen des Herds
Uns Gipfel und Boden entzündet.

Des Göttlichen aber empfingen wir
Doch viel. Es ward die Flamm' uns
In die Hände gegeben, und Ufer und Meersflut.
Viel mehr, denn menschlicher Weise
Sind jene mit uns, die fremden Kräfte, vertrauet.
Und es lehret Gestirn dich, das
Vor Augen dir ist, doch nimmer kannst du ihm gleichen.
Vom Alllebendigen aber, von dem
Viel Freuden sind und Gesänge,
Ist einer ein Sohn, ein Ruhigmächtiger ist er,

Und nun erkennen wir ihn,
Nun, da wir kennen den Vater
Und Feiertage zu halten
Der hohe, der Geist
Der Welt sich zu Menschen geneigt hat.

Denn längst war der zum Herrn der Zeit zu groß
Und weit aus reichte sein Feld, wann hats ihn aber erschöpfet?
Einmal mag aber ein Gott auch Tagewerk erwählen,
Gleich Sterblichen und teilen alles Schicksal.
Schicksalgesetz ist dies, daß Alle sich erfahren,
Daß, wenn die Stille kehrt, auch eine Sprache sei.
Wo aber wirkt der Geist, sind wir auch mit, und streiten,
Was wohl das Beste sei. So dünkt mir jetzt das Beste,
Wenn nun vollendet sein Bild und fertig ist der Meister,
Und selbst verklärt davon aus seiner Werkstatt tritt,
Der stille Gott der Zeit und nur der Liebe Gesetz,
Das schönausgleichende gilt von hier an bis zum Himmel.

Viel hat von Morgen an,
Seit ein Gespräch wir sind und hören voneinander,
Erfahren der Mensch; bald sind wir aber Gesang.
Und das Zeitbild, das der große Geist entfaltet,
Ein Zeichen liegts vor uns, daß zwischen ihm und andern
Ein Bündnis zwischen ihm und andern Mächten ist.
Nicht er allein, die Unerzeugten, Ew'gen
Sind kennbar alle daran, gleichwie auch an den Pflanzen
Die Mutter Erde sich und Licht und Luft sich kennet.
Zuletzt ist aber doch, ihr heiligen Mächte, für euch
Das Liebeszeichen, das Zeugnis
Daß ihrs noch seiet, der Festtag,

Der Allversammelnde, wo Himmlische nicht
Im Wunder offenbar, noch ungesehn im Wetter,
Wo aber bei Gesang gastfreundlich untereinander

In Chören gegenwärtig, eine heilige Zahl
Die Seligen in jeglicher Weise
Beisammen sind, und ihr Geliebtestes auch,
An dem sie hängen, nicht fehlt; denn darum rief ich
Zum Gastmahl, das bereitet ist,
Dich, Unvergeßlicher, dich, zum Abend der Zeit,
O Jüngling, dich zum Fürsten des Festes; und eher legt
Sich schlafen unser Geschlecht nicht,
Bis ihr Verheißenen all,
All ihr Unsterblichen, uns
Von eurem Himmel zu sagen.
Da seid in unserem Hause.

Leichtatmende Lüfte
Verkünden euch schon,
Euch kündet das rauchende Tal
Und der Boden, der vom Wetter noch dröhnet,
Doch Hoffnung rötet die Wangen,
Und vor der Türe des Hauses
Sitzt Mutter und Kind,
Und schauet den Frieden
Und wenige scheinen zu sterben
Es hält ein Ahnen die Seele,
Vom goldnen Lichte gesendet,
Hält ein Versprechen die Ältesten auf.

Wohl sind die Würze des Lebens,
Von oben bereitet und auch
Hinausgeführet, die Mühen.
Denn Alles gefällt jetzt,
Einfältiges aber
Am meisten, denn die langgesuchte,
Die goldne Frucht,
Uraltem Stamm
In schütternden Stürmen entfallen,

Dann aber, als liebstes Gut, vom heiligen Schicksal selbst,
Mit zärtlichen Waffen umschützt,
Die Gestalt der Himmlischen ist es.

Wie die Löwin, hast du geklagt,
O Mutter, da du sie,
Natur, die Kinder verloren.
Denn es stahl sie, Allzuliebende, dir
Dein Feind, da du ihn fast
Wie die eigenen Söhne genommen,
Und Satyren die Götter gesellt hast.
So hast du manches gebaut,
Und manches begraben,
Denn es haßt dich, was
Du, vor der Zeit
Allkräftige, zum Lichte gezogen.
Nun kennest, nun lässest du dies;
Denn gerne fühllos ruht,
Bis daß es reift, furchtsamgeschäftiges drunten.

Friedrich Hölderlin

ROSETTA

O meine müden Füße, ihr müßt tanzen
in bunten Schuhen,
und möchtet lieber tief, tief
im Boden ruhen.

O meine heißen Wangen, ihr müßt glühen
im wilden Kosen,
und möchtet lieber blühen –
zwei weiße Rosen.

O meine armen Augen, ihr müßt blitzen
im Strahl der Kerzen
und schlieft im Dunkel lieber aus
von euren Schmerzen.

Georg Büchner

ARIOSO

Ich will euch nicht betrügen:
ich bin heut nicht vernünftig.
Heut will ich mich vergnügen,
der Weisheit folg' ich künftig.
Des Augenwinks
Beschwörung,
des Wangenrunds
Betörung,
der Lippe listig Grüßen,
wen saht ihr nicht
zu Füßen?

Ich will euch nicht betrügen:
ich stecke noch im Kerker;
und wollt' ich zehnmal lügen,
er wäre zehnmal stärker.
Nennt mich getrost
Verräter;
der Weisheit folg' ich
später.
Wie heißt es von den Festen?
Die letzten sind
die besten.

Rudolf Alexander Schröder

HYAZINTHEN

Fern hallt Musik; doch hier ist stille Nacht,
Mit Schlummerduft anhauchen mich die Pflanzen;
Ich habe immer, immer dein gedacht,
Ich möchte schlafen; aber du mußt tanzen.

Es hört nicht auf, es ras't ohn' Unterlaß;
Die Kerzen brennen und die Geigen schreien,
Es teilen und es schließen sich die Reihen,
Und Alle glühen; aber du bist blaß.

Und du mußt tanzen; fremde Arme schmiegen
Sich an dein Herz; o leide nicht Gewalt!
Ich seh' dein weißes Kleid vorüberfliegen
Und deine leichte, zärtliche Gestalt. – –

Und süßer strömend quillt der Duft der Nacht
Und träumerischer aus dem Kelch der Pflanzen.
Ich habe immer, immer dein gedacht;
Ich möchte schlafen; aber du mußt tanzen.

Theodor Storm

<SINC AN, GULDÎN HUON ! ich gibe dir weize>,
(schiere dô
wart ich vrô)
sprach si, nâch der hulden ich dâ singe:
alsô vreut den tumben guot geheize
durch daz jâr.
würde ez wâr,
sô gestuont nie mannes muot sô ringe,
alsô mir der mîne danne waere.
mac si durch ir geilicheit
mîniu leit
wenden? ja ist mîn kumber klagebaere.

Los ûz! ich hoer in der stuben tanzen.
junge man,
tuot iuch dan!
da ist der dorefwîbe ein michel trünne.
dâ gesach man schône ridewanzen.
zwêne gigen;
dô si swigen
(daz was geiler getelinge wünne),
seht, dô wart von zeche vor gesungen!

durch diu venster gie der galm.
Adelhalm
tanzet niwan zwischen zwein vil jungen.

Rûmet ûz die schämel und die stüele!
heiz die schragen
vuder tragen!
hiute sul wir tanzens werden müeder.
werfet ûf die stuben, sô ist ez küele,
daz der wint
an diu kint
sanfte waeje durch diu übermüeder!
sô die voretanzer danne swîgen,
sô sult ir alle sîn gebeten,
daz wir treten
aber ein hovetänzel nâch der gîgen:

Gôzbreht, Willebolt, Gumpreht und Eppe,
Willebreht,
meiers kneht,
Werenbolt, und ouch der junge Tuoze,
Megenbolt, des meiers sun, und Reppe,
Irenwart,
Sigehart,
Gîselher und Fridegêr und Uoze:
der ist ein vil tumber Holingaere;
er gêt vrîen durch daz jâr
(des nemt war!)
unde ist doch den meiden gar unmaere.

Sâht ir ie gebûren sô gemeiten,
als er ist?
wizze Krist!
er ist al ze vorderst anme reien.
niuwen vezzel zweier hende breiten

hât sîn swert.
harte wert
dünket er sich sîner niuwen treien:
diust von kleinen vier und zweinzec tuochen,
di ermel gênt im ûf die hant:
sîn gewant
sol man an eim oeden kragen suochen.

Dörperlîch stât allez sîn gerüste,
daz er treit.
mirst geseit,
er sinn Engelboltes tohter Âven:
den gewerp erteile ich im ze vlüste.
si ist ein wîp,
daz ir lîp
zaeme wol ze minne einem grâven;
dâ von lâze er sich des wîsen tougen!
zecke er anderthalben hin!
den gewin
trüege er hin ze Meinze in sînem ougen.

Imst sîn treie nie sô wol zerhouwen
noch sîn kel
nie sô hel,
er enmüge sî sîn wol erlâzen.
disen sumer hât er sî gekouwen
gar vür brôt.
schamerôt
wart ich, dô si bî ein ander sâzen.
wirt si mir, der ich dâ gerne diene,
guotes gibe ich ir die wal,
Riuwental
gar vür eigen: deist mîn Hôhiu Siene.

Neidhart von Reuental

«SING LOS, GOLDENES HUHN, ich geb dir Weizen!»
Sogleich
wurde ich froh,
als sie das sprach, um deren Huld ich singe.
So freut sich der Tor über ein süßes Versprechen
das ganze Jahr hindurch.
Würde es Wahrheit,
hätte niemandes Herz je so froh geschlagen
wie dann das meine.
Kann sie mit ihrem Frohsinn
meine Leiden
denn wenden? Wahrlich, mein Kummer ist beklagenswert.

Horch hin! Ich höre Tanz in der Stube.
Ihr Burschen,
vorwärts mit euch!
Da ist ein ganzer Schwarm Dorfmädchen.
Einen Ridewanz sah man da zünftig tanzen.
Zwei Geiger spielten auf.
Wenn sie pausierten
(das machte den übermütigen Bauernburschen das größte Vergnügen),
seht, dann wurde der Reihe nach zum Tanz vorgesungen.
Durch die Fenster dröhnte der Lärm.
Adelhalm
tanzte nur mit zwei blutjungen Mädchen auf einmal.

Räumt die Schemel und Stühle aus!
Lass die Tische
forttragen!
Heute wollen wir bis zum Umfallen tanzen.
Reißt die Türen auf, dann ist es luftig,
so dass der Wind
den Mädchen
kühlend durch ihre Mieder wehen kann.
Wenn die Vortänzer dann mit ihrem Lied zu Ende sind,

seid ihr alle aufgefordert,
mit uns zu treten
wieder ein höfisches Tänzchen nach der Geige.

Ihr alle: Gozbrecht, Willebold, Gumprecht und Eppe,
Willebrecht,
des Meiers Knecht,
Werenbold und auch der junge Tuoze,
Megenbold, des Meiers Sohn, und Reppe,
Irenwart,
Sieghart,
Giselher, Friedger und Uoze.
Das ist ein erzdummer Bauer.
Das ganze Jahr ist er hinter den Dirnen her
(seid dessen versichert!)
und ist ihnen doch völlig egal.

Habt ihr je einen Bauern so keck gesehen,
wie er es ist?
Weiß Gott!
Er ist beim Reigen stets der Erste.
Einen neuen Gurt, zwei Hände breit,
hat sein Schwert.
Überaus vornehm
dünkt er sich wegen seines neuen Wamses.
Das ist aus vierundzwanzigerlei Flicken zusammengemustert.
Die Ärmel reichen ihm bis auf die Hand.
Solch Gewand
findet man gewöhnlich an Tölpels Halse.

Den Bauernnarren verrät sein ganzer Putz,
den er trägt.
Ich hörte,
er freie um Engelbolds Tochter Ava.
Diese Rechnung hat er ohne den Wirt gemacht.

Sie ist ein Weib,
deren Leib
selbst einem Grafen zur Minne ziemte.
Deshalb lasse er sich darin heimlich belehren!
Verfüg er sich doch woanders hin!
Den Erfolg seines Werbens
könnte er bis nach Mainz im Auge tragen.

So schön ist sein Wams nicht geschnitten
und seine Kehle
nicht so hell,
dass er sie unbedingt mit seiner Person belästigen müsste.
Diesen Sommer hat er sie geradezu gekaut
ganz wie Brot.
Schamrot
wurde ich, wenn sie beisammen saßen.
Wird sie mein, der ich mit Freuden diene,
steht ihr mein Gut zur Wahl,
ja Reuental
wird ihr Besitz: das ist mein Hoch-Siena.

Neidhart von Reuental
(Übertragung von Helmut Lomnitzer)

RATINGER HOF, ZETTBEH

«o nacht! ich nahm schon
flugbenzin ..»

nachtperformance, leberschäden,
schrille klasur
HIER KÖNNEN SIE
ANITA BERBER/VALESKA GERT BESICHTIGEN
MEINE HERRN .. KANN ABER INS AUGE GEHN
stimmts outfit? das ist dein auftritt!

schummrige westkurve («um entscheidende
millimeter geschlagen»)
                    gekeckerte -fetzen
«süße öhrchen», ohrläppchen metallverschraubt
beschädigtes leder, monturen, blitze
beschläge, fischgrät im parallel-
geschiebe; sich überschlagendes, -lapp
endes keckern («gestern dä lappn wech»);
unser sprachfraß echt junkfood, echt
verderbliche ware; «süße öhrchen», wir
stülpen unsere mäuler um JETZT mit der
(kühlschrank)nase flügeln (yachtinstinkt,
«paar lines gezogn»); nebenbei erklärter
maßen blitzkrieg/blickfick (JETZT LÄC
HELN!); havarierte augenpaare (schwer
geädert), «man sieht sich», kiesel im
geschiebe, man sieht nichts aber: über
gabe/rüberreichen von telefonnummern
(JETZT LECKEN!)
DAS HAARREGISTER: bei
steiler fülle, grannig gestylt, hoch
gesprühter edelwust, fiftyfifty,
gesperberte fönung, cherokeegerädert,
barbieverpuppung, teddysteiff, «sekthell
ihr busch», weekend-allonge, Yves-Klein-blau,
pechschwanz, schläfenraster, freigelegte
schädeldecke, «um entscheidende millimeter
geschlagen!»
            (von der kette
gelassen; bereit, zeitig, zum sprung;
zum absprung bereit, die jungens: paar
kanaken plattmachn, gefletschte pupillen,
panzerglasig; vollgestopft mit guten
pillen werden sie dann unter vorrückende
tanks gejagt; «haste ma ne mark für taxi»);

gerädert, bei steiler fülle, OP-bläue,
pechschwanz, schädelraster, ums ganze
haarregister laberschäden; sicherheit ja
die einzige ja: UM FÜNF WIRD HIER
DAS LICHT ANGEHN .. DAS VOLLE LICHT ..
AUFTRITT VON PHANTOMSCHMERZEN .. UND
ANGST DAS KALTE LAKEN

Thomas Kling

DER ONKEL BUMBA AUS KALUMBA TANZT NUR RUMBA

Mein Onkel Bumba, ohne Sorgen, frisch und froh,
Lebt in Kalumba, diese Stadt gibt's irgendwo.
Er ist Gelehrter und hat nebst einem langen Bart
Sogar Familie, Fa-mi-li-e. Und 'n Mann im Ohr!

Trotz dieser Dinge schwärmt für Frau'n er, wo er kann.
Er tut als ginge seine Frau ihn gar nichts an.
Und nach Hause kommt er täglich erst des Morgens, ist das möglich?
Ja warum? Was macht er bloß?

Der Onkel Bumba aus Kalumba tanzt nur Rumba.
Die große Mode in Kalumba ist jetzt Rumba.
Sogar der Oberbürgermeister von Kalumba tanzt jetzt leidenschaftlich
Rumba, Rumba, Rumba, Rumba, Rumba, Rumba, Rumba, Rumba, Rumba ...

Was ist denn los in ganz Kalumba mit dem Rumba – Rumba?
Die Politik ist ganz vergessen in Kalumba.
Man ist von Rumba ganz besessen in Kalumba.
Man steht am Morgen auf und legt
sich abends schlafen in Kalumba mit dem
Rumba, Rumba, Rumba, Rumba, Rumba, Rumba, Rumba, Rumba, ...
Ru-hu-hum-ba.

Was ist denn los in ganz Kalumba mit dem Rum-ba?
Wie das ins Ohr geht, was dabei vorgeht – selbst die Gelehrten,
Sie sind perplex, die sind perplex,
die sind perplex, die sind perplex!

Der Onkel Bumba aus Kalumba tanzt nur Rumba.
Die kleinen Babys in Kalumba tanzen Rumba.
Ja selbst die Sonne und der Mond und auch die Sterne in Kalumba tanzen
Rumba, Rumba, Rumba, Rumba, Rumba.

Fritz Rotter (Comedian Harmonists)

DER SCHELM VON BERGEN

Zu Frankfurt auf dem Römer war heute Königswahl,
und abends drehn Vermummte sich bei der Fackeln Strahl:
Der König ist gekoren,
des Reiches Not beschworen;
ihr Masken, schwingt euch froh im Saal.

Zum Tanze lädt's, zum Tanze! der König fliegt dahin
und mit dem schwarzen Ritter die junge Königin:
Wer ist wohl der Beglückte,
den solche Ehre schmückte?
Sie wäre Fürsten Hochgewinn.

Und wieder lädt's zum Tanze, gar mancher Tänzer keicht:
Wem hat die junge Königin die Hand zum Tanz gereicht?
Es ist der schwarze Ritter,
er tanzt fürwahr nicht bitter,
ja, keiner schwebt so frei und leicht.

Und immer ist's der Schwarze, der sie zum Tanze führt:
Doch ist sie wohl zu tadeln, daß sie den Tänzer kürt? –

Die Larven werden fallen,
dann muß sein Name schallen,
dann zeigt sich, ob es ihm gebührt.

«Wollt Ihr euch nicht entmummen, Herr Ritter, es ist Zeit;
die Larven alle fielen, laßt schauen, wer Ihr seid!»
«Das, Herrin, nicht begehre!
Bei dein und meiner Ehre,
du forderst unser beider Leid.»

«Wärt Ihr des Reiches Ächter», begann der König hehr,
«hier dulden Ehrenwächter jetzt keine Masken mehr.»
Da kann er sich nicht bergen:
‹Der Scharfrichter von Bergen!›
Erschrocken schallt es rings umher.

«Unehrlicher, dein Atem befleckt die Königin,
den Frevel wirst du büßen, der Tod ist dein Gewinn.
Legt Hand an ihn, ihr Schergen,
den Scharfrichter von Bergen,
zum Richtplatz schleift ihn selber hin.»

«Was könnt' es helfen?», spricht er, «die Kön'gin blieb' entehrt,
ich will Euch besser raten, Herr König, zieht das Schwert,
schlagt mich damit zum Ritter:
Beschimpft sie dann ein dritter,
das räch' ich ritterlich bewehrt.» –

«Der Rat ist gut, knie nieder, ich lohn' ihn mit der Tat:
Du bist ein Schelm gewesen, und schelmisch war dein Rat,
so heiße Schelm von Bergen:
Der darf sich nicht verbergen,
dem dies der Deutschen König tat.»

Und wieder lädt's zum Tanze, gar mancher Tänzer keicht:
Wem hat die junge Königin die Hand zum Tanz gereicht?
Es ist der schwarze Ritter,
er tanzt mit offnem Gitter,
kein Reichsfürst tanzt so frei und leicht.

Karl Simrock

DAS GLÜCK VON EDENHALL

Von Edenhall der junge Lord
läßt schmettern Festdrommetenschall;
er hebt sich an des Tisches Bord
und ruft in trunkner Gäste Schwall:
«Nun her mit dem Glücke von Edenhall!»

Der Schenk vernimmt ungern den Spruch,
des Hauses ältester Vasall,
nimmt zögernd aus dem seidnen Tuch
das hohe Trinkglas von Kristall;
sie nennen's: das Glück von Edenhall.

Darauf der Lord: «Dem Glas zum Preis
schenk Roten ein aus Portugal!»
Mit Händezittern gießt der Greis,
und purpurn Licht wird überall;
es strahlt aus dem Glücke von Edenhall!

Da spricht der Lord und schwingt's dabei:
«Dies Glas von leuchtendem Kristall
gab meinem Ahn am Quell die Fei;
drein schrieb sie: ‹Kommt dies Glas zu Fall,
fahr wohl dann, o Glück von Edenhall!›

Ein Kelchglas ward zum Los mit Fug
dem freud'gen Stamm von Edenhall;
wir schlürfen gern in vollem Zug,
wir läuten gern mit lautem Schall;
stoßt an mit dem Glücke von Edenhall!»

Erst klingt es milde, tief und voll,
gleich dem Gesang der Nachtigall,
dann wie des Waldstroms laut Geroll;
zuletzt erdröhnt wie Donnerhall
das herrliche Glück von Edenhall.

«Zum Horte nimmt ein kühn Geschlecht
sich den zerbrechlichen Kristall;
er dauert länger schon als recht,
stoßt an! Mit diesem kräft'gen Prall
versuch' ich das Glück von Edenhall.»

Und als das Trinkglas gellend springt,
springt das Gewölb mit jähem Knall,
und aus dem Riß die Flamme dringt;
die Gäste sind zerstoben all
mit dem brechenden Glücke von Edenhall.

Ein stürmt der Feind mit Brand und Mord,
der in der Nacht erstieg den Wall;
vom Schwerte fällt der junge Lord,
hält in der Hand noch den Kristall,
das zersprungene Glück von Edenhall.

Am Morgen irrt der Schenk allein,
der Greis, in der zerstörten Hall',
er sucht des Herrn verbrannt Gebein,
er sucht im grausen Trümmerfall
die Scherben des Glücks von Edenhall.

«Die Steinwand», spricht er, «springt zu Stück
die hohe Säule muß zu Fall,
Glas ist der Erde Stolz und Glück,
in Splitter fällt der Erdenball
einst gleich dem Glücke von Edenhall.»

Ludwig Uhland

KNECHT RUPRECHT

Von drauß vom Walde komm' ich her;
ich muß euch sagen, es weihnachtet sehr!
Allüberall auf den Tannenspitzen
sah ich goldene Lichtlein sitzen;
und droben aus dem Himmelstor
sah mit großen Augen das Christkind hervor,
und wie ich so strolcht durch den finstern Tann,
da rief's mich mit heller Stimme an:
«Knecht Ruprecht», rief es, «alter Gesell,
hebe die Beine und spute dich schnell!
Die Kerzen fangen zu brennen an,
das Himmelstor ist aufgetan,
Alt' und Junge sollen nun
von der Jagd des Lebens einmal ruhn;
und morgen flieg' ich hinab zur Erden,
denn es soll wieder Weihnachten werden!»

Ich sprach: «O, lieber Herre Christ,
meine Reise fast zu Ende ist;
ich soll nur noch in diese Stadt,
wo's eitel gute Kinder hat.»
– «Hast denn das Säcklein auch bei dir?»
Ich sprach: «Das Säcklein, das ist hier;
denn Äpfel, Nuß und Mandelkern

fressen fromme Kinder gern.»
– «Hast denn die Rute auch bei dir?»
Ich sprach: «Die Rute, die ist hier;
doch für die Kinder nur, die schlechten,
die trifft sie auf den Teil, den rechten.»
Christkindlein sprach: «So ist es recht!
So geh mit Gott, mein treuer Knecht!»

Von drauß vom Walde komm' ich her;
ich muß euch sagen, es weihnachtet sehr!
Nun sprecht, wie ich's hierinnen find!
Sind's gute Kind, sind's böse Kind?

Theodor Storm

MACHT HOCH DIE TÜR, die Tor macht weit,
es kommt der Herr der Herrlichkeit,
ein König aller Königreich,
ein Heiland aller Welt zugleich,
der Heil und Leben mit sich bringt,
derhalben jauchzt, mit Freuden singt:
Gelobet sei mein Gott, mein Schöpfer reich von Rat.

Macht hoch die Tür, die Tor macht weit,
eur Herz zum Tempel zubereit;
die Zweiglein der Gottseligkeit
steckt auf mit Andacht, Lust und Freud;
so kommt der König auch zu euch,
ja, Heil und Leben mit zugleich.
Gelobet sei mein Gott, voll Rat, voll Tat, voll Gnad!

Komm, o mein Heiland Jesu Christ,
meins Herzens Tür dir offen ist.
Ach zeuch mit deiner Gnade ein,

dein Freundlichkeit auch uns erschein'.
Dein heil'ger Geist uns führ' und leit'
den Weg zur ew'gen Seligkeit.
Dem Namen dein, o Herr, sei ewig Preis und Ehr!

Georg Weissel

O DU FRÖHLICHE, o du selige,
gnadenbringende Weihnachtszeit!
Welt ging verloren,
Christ ist geboren:
Freue, freue dich, o Christenheit!

O du fröhliche, o du selige,
gnadenbringende Weihnachtszeit!
Christ ist erschienen,
uns zu versühnen:
Freue, freue dich, o Christenheit!

O du fröhliche, o du selige,
gnadenbringende Weihnachtszeit!
Himmlische Heere
jauchzen dir Ehre:
Freue, freue dich, o Christenheit!

Johann Daniel Falk

STILLE NACHT, HEILIGE NACHT

Stille Nacht, heilige Nacht!
Alles schläft, einsam wacht
nur das traute, hochheilige Paar.
Holder Knabe im lockigen Haar,

schlaf in himmlischer Ruh,
schlaf in himmlischer Ruh.

Stille Nacht, heilige Nacht!
Hirten erst kundgemacht
durch der Engel Halleluja
tönt es laut von fern und nah:
Christ, der Retter ist da,
Christ, der Retter ist da!

Stille Nacht, heilige Nacht!
Gottes Sohn, o wie lacht
Lieb aus deinem göttlichen Mund,
da uns schlägt die rettende Stund
Christ, in deiner Geburt,
Christ, in deiner Geburt.

Joseph Mohr

ES KOMMT EIN SCHIFF, geladen
bis an sein' höchsten Bord,
trägt Gottes Sohn voll Gnaden,
des Vaters ewigs Wort.

Das Schiff geht still im Triebe,
es trägt ein teure Last,
das Segel ist die Liebe,
der Heilig Geist der Mast.

Der Anker haft auf Erden,
da ist das Schiff am Land.
Das Wort tut Fleisch uns werden,
der Sohn ist uns gesandt.

Zu Betlehem geboren
im Stall ein Kindelein,
gibt sich für uns verloren,
gelobet muß es sein.

Und wer dies Kind mit Freuden
umfangen, küssen will,
muß vorher mit ihm leiden
groß Pein und Marter viel,

danach mit ihm auch sterben
und geistlich auferstehn,
ewigs Leben zu erben,
wie an ihm ist geschehn.

Johannes Tauler/
Daniel Sudermann

WEIHNACHTSLIED

Die Nacht ist vorgedrungen,
der Tag ist nicht mehr fern.
So sei nun Lob gesungen
dem hellen Morgenstern!
Auch wer zur Nacht geweinet,
der stimme froh mit ein.
Der Morgenstern bescheinet
auch deine Angst und Pein.

Dem alle Engel dienen,
wird nun ein Kind und Knecht.
Gott selber ist erschienen
zur Sühne für sein Recht.

Wer schuldig ist auf Erden,
verhüll' nicht mehr sein Haupt,
er soll errettet werden,
wenn er dem Kinde glaubt.

Die Nacht ist schon im Schwinden,
macht euch zum Stalle auf!
Ihr sollt das Heil dort finden,
das aller Zeiten Lauf
von Anfang an verkündet,
seit eure Schuld geschah.
Nun hat sich euch verbündet,
den Gott selbst ausersah!

Noch manche Nacht wird fallen
auf Menschenleid und -schuld.
Doch wandert nun mit allen
der Stern der Gotteshuld.
Beglänzt von seinem Lichte,
hält euch kein Dunkel mehr.
Von Gottes Angesichte
kam euch die Rettung her.

Gott will im Dunkel wohnen
und hat es doch erhellt!
Als wollte er belohnen,
so richtet er die Welt!
Der sich den Erdkreis baute,
der läßt den Sünder nicht.
Wer hier dem Sohn vertraute,
kommt dort aus dem Gericht!

Jochen Klepper

WEIHNACHTEN

Markt und Straßen steh'n verlassen,
Still erleuchtet jedes Haus,
Sinnend geh' ich durch die Gassen,
Alles sieht so festlich aus.

An den Fenstern haben Frauen
Buntes Spielzeug fromm geschmückt,
Tausend Kindlein steh'n und schauen,
Sind so wunderstill beglückt.

Und ich wandre aus den Mauern
Bis hinaus in's freie Feld,
Hehres Glänzen, heil'ges Schauern!
Wie so weit und still die Welt!

Sterne hoch die Kreise schlingen,
Aus des Schnees Einsamkeit
Steigt's wie wunderbares Singen –
O du gnadenreiche Zeit!

Joseph von Eichendorff

WEIHNACHTSABEND

Die fremde Stadt durchschritt ich sorgenvoll,
Der Kinder denkend, die ich ließ zu Haus.
Weihnachten war's; durch alle Gassen scholl
Der Kinderjubel und des Markts Gebraus.

Und wie der Menschenstrom mich fortgespült,
Drang mir ein heiser Stimmlein in das Ohr:
«Kauft, lieber Herr!» Ein magres Händchen hielt
Feilbietend mir ein ärmlich Spielzeug vor.

Ich schrak empor, und beim Laternenschein
Sah ich ein bleiches Kinderangesicht;
Wes Alters und Geschlechts es mochte sein,
Erkannt ich im Vorübertreiben nicht.

Nur von dem Treppenstein, darauf es saß,
Noch immer hört ich, mühsam, wie es schien:
«Kauft, lieber Herr!» den Ruf ohn Unterlaß;
Doch hat wohl keiner ihm Gehör verliehn.

Und ich? – War's Ungeschick, war es die Scham,
Am Weg zu handeln mit dem Bettelkind?
Eh meine Hand zu meiner Börse kam,
Verscholl das Stimmlein hinter mir im Wind.

Doch als ich endlich war mit mir allein,
Erfaßte mich die Angst im Herzen so,
Als säß mein eigen Kind auf jenem Stein
Und schrie' nach Brot, indessen ich entfloh.

Theodor Storm

WEIHNACHTSLIED, CHEMISCH GEREINIGT

Morgen, Kinder, wird's nichts geben!
Nur wer hat, kriegt noch geschenkt.
Mutter schenkte euch das Leben.
Das genügt, wenn man's bedenkt.
Einmal kommt auch eure Zeit.
Morgen ist's noch nicht so weit.

Doch ihr dürft nicht traurig werden,
Reiche haben Armut gern.
Gänsebraten macht Beschwerden.
Puppen sind nicht mehr modern.
Morgen kommt der Weihnachtsmann.
Allerdings nur nebenan.

Lauft ein bißchen durch die Straßen!
Dort gibt's Weihnachtsfest genug.
Christentum, vom Turm geblasen,
macht die kleinsten Kinder klug.
Kopf gut schütteln vor Gebrauch!
Ohne Christbaum geht es auch.

Tannengrün mit Osrambirnen –
lernt drauf pfeifen! Werdet stolz!
Reißt die Bretter von den Stirnen,
denn im Ofen fehlt's an Holz!

Stille Nacht und heil'ge Nacht –
weint, wenn's geht, nicht! Sondern
lacht!

Morgen, Kinder, wird's nichts geben!
Wer nichts kriegt, der kriegt Geduld!
Morgen, Kinder, lernt fürs Leben!
Gott ist nicht allein dran schuld.
Gottes Güte reicht so weit ...
Ach, du liebe Weihnachtszeit!

Erich Kästner

NEUJAHRSLIED

Mit der Freude zieht der Schmerz
traulich durch die Zeiten.
Schwere Stürme, milde Weste,
bange Sorgen, frohe Feste
wandeln sich zur Seiten.

Und wo eine Träne fällt,
blüht auch eine Rose.
Schon gemischt, noch eh' wir's bitten,
ist für Thronen und für Hütten
Schmerz und Lust im Lose.

War's nicht so im alten Jahr?
Wird's im neuen enden?
Sonnen wallen auf und nieder,
Wolken gehn und kommen wieder,
und kein Wunsch wird's wenden.

Gebe denn, der über uns
wägt mit rechter Waage,
jedem Sinn für seine Freuden,
jedem Mut für seine Leiden
in die neuen Tage,

jedem auf des Lebens Pfad
einen Freund zur Seite,
ein zufriedenes Gemüte,
und zu stiller Herzensgüte
Hoffnung ins Geleite!

Johann Peter Hebel

ZUM NEUEN JAHR

Wie heimlicher Weise
ein Engelein leise
mit rosigen Füßen
die Erde betritt,
so nahte der Morgen.
Jauchzt ihm, ihr Frommen,
ein heilig Willkommen!
Ein heilig Willkommen,
Herz, jauchze du mit!

In ihm sei's begonnen,
der Monde und Sonnen
an blauen Gezelten
des Himmels bewegt.
Du, Vater, du rate!
Lenke du und wende!
Herr, dir in die Hände
sei Anfang und Ende,
sei alles gelegt!

Eduard Mörike

NEUJAHRSGLOCKEN

In den Lüften schwellendes Gedröhne,
Leicht wie Halme beugt der Wind die Töne:

Leis verhallen, die zum ersten riefen,
Neu Geläute hebt sich aus den Tiefen.

Große Heere, nicht ein einzler Rufer!
Wohllaut flutet ohne Strand und Ufer.

Conrad Ferdinand Meyer

EPIPHANIASFEST

Die heiligen drei König mit ihrem Stern,
sie essen, sie trinken und bezahlen nicht gern;
sie essen gern, sie trinken gern,
sie essen, trinken und bezahlen nicht gern.

Die heiligen drei König sind kommen allhier,
es sind ihrer drei und sind nicht ihrer vier;
und wenn zu dreien der vierte wär',
so wär' ein heil'ger drei König mehr.

Ich erster bin der weiß' und auch der schön',
bei Tage solltet ihr erst mich sehn!
Doch ach, mit allen Spezerein
werd ich sein Tag kein Mädchen mir erfrein.

Ich aber bin der braun' und bin der lang',
bekannt bei Weibern wohl und bei Gesang.
Ich bringe Gold statt Spezerein,
da werd' ich überall willkommen sein.

Ich endlich bin der schwarz' und bin der klein'
und mag auch wohl einmal recht lustig sein.
Ich esse gern, ich trinke gern,
ich esse, trinke und bedanke mich gern.

Die heiligen drei König sind wohlgesinnt,
sie suchen die Mutter und das Kind.
Der Joseph fromm sitzt auch dabei,
der Ochs' und Esel liegen auf der Streu.

Wir bringen Myrrhen, wir bringen Gold,
dem Weihrauch sind die Damen hold.
Und haben wir Wein von gutem Gewächs,
so trinken wir drei so gut als ihrer sechs.

Da wir nun hier schöne Herrn und Fraun,
aber keine Ochsen und Esel schaun,
so sind wir nicht am rechten Ort
und ziehen unseres Weges weiter fort.

Johann Wolfgang Goethe

AUF DEM FELD DER POLITIK

ICH SAZ ÛF EIME STEINE
und dahte bein mit beine.
dar ûf satzt ich den ellebogen.
ich hete in mîne hant gesmogen
daz kinne und ein mîn wange.
dâ dâhte ich mir vil ange,
wie man zer welte solte leben.
deheinen rât kond ich gegeben,
wie man driu dinc erwurbe,
der keinez niht verdurbe.
diu zwei sint êre und varnde guot,
daz dicke ein ander schaden tuot:
daz dritte ist gotes hulde,
der zweier übergulde.
diu wolte ich gerne in einen schrîn:
jâ leider desn mac niht gesîn,
daz guot und weltlich êre
und gotes hulde mêre
zesamene in ein herze komen.
stîg unde wege sint in benomen:
untriuwe ist in der sâze,
gewalt vert ûf der strâze,
fride unde reht sint sêre wunt.
diu driu enhabent geleites niht, diu
zwei enwerden ê gesunt.

Walther von der Vogelweide

ICH SASS AUF EINEM STEIN,
und schlug ein Bein über das andere.
Darauf stützte ich den Ellenbogen.
Ich hatte in meine Hand geschmiegt
das Kinn und meine eine Wange.
So erwog ich in aller Eindringlichkeit,

wie man auf dieser Welt zu leben habe.
Keinen Rat wußte ich zu geben
wie man drei Dinge erwerben könne
ohne daß eines von ihnen verlorenginge.
Zwei von ihnen sind Ehre und Besitz,
die einander oft Abbruch tun;
das dritte ist die Gnade Gottes,
weit höher geltend als die beiden andern.
Die wünschte ich in *ein* Gefäß zu tun.
Aber zu unserm Leid kann das nicht sein,
daß Besitz und Ehre in der Welt
und dazu Gottes Gnade
zusammen in ein Herz kommen.
Weg und Steg ist ihnen verbaut,
Verrat lauert im Hinterhalt,
Gewalttat zieht auf der Straße,
Friede und Recht sind todwund:
bevor diese beiden nicht gesunden, haben
die Drei keine Sicherheit.

Walther von der Vogelweide
(Übertragung von Peter Wapnewski)

ICH HAB'S GEWAGT MIT SINNEN

Ich hab's gewagt mit Sinnen
und trag' des noch kein' Reu –
mag ich nit dran gewinnen,
noch muß man spüren Treu'!
Darmit ich mein':
Nit ei'm allein –
wenn man es wollt' erkennen –
dem Land zu gut!
Wiewohl man tut
ein Pfaffenfeind mich nennen.

Da lass' ich jeden lügen
und reden was er will;
hätt' Wahrheit ich geschwiegen,
mir wären Hulder viel:
Nun hab' ich's gsagt!
Bin drum verjagt,
das klag' ich allen Frummen,
wiewohl noch ich
nit weiter fliech,
vielleicht werd' wieder kummen. –

Will nun ihr selbst nit raten
dies fromme Nation,
ihr's Schaden sich ergatten,
als ich vermahnet hon –
so ist mir leid.
Hiemit ich scheid',
will mengen baß die Karten!
Bin unverzagt:
ich hab's gewagt,
und will des Ends erwarten.

Ulrich von Hutten

ALS DIE WUNDERBARE ODER VIELMEHR OHNVERHOFFTE ZEITUNG ERSCHALLETE, DASS DER HERZOG VON FRIEDLAND ZU EGER WÄRE ERMORDET WORDEN

Was ist dies Leben doch? Ein Traurspiel ist's zu nennen,
Da ist der Anfang gut, auch wie wir's wünschen können,
Das Mittel voller Angst, das End ist Herzeleid,
Ja, wohl der bittre Tod: O kurze Fröhlichkeit!

Dies tut uns Wallenstein in seinem Spiel erweisen.
Der Kaiser pflag ihn selbst anfänglich hoch zu preisen
Als eine Säul des Reichs (so nannt ihn Ferdinand),
Der Teutschen Furcht und Zwang, des Kaisers rechte Hand.

Bald aber, wie sein Glaub und Treu fing an zu wanken,
Verkehrte sich das Spiel, man wandte die Gedanken
Auf seinen Untergang, der Tag gebar die Nacht,
Das Traurspiel hatt ein End und er ward umgebracht.

So tummlet sich das Glück, so läuft es hin und wieder,
Den einen macht es groß, den andren drückt es nieder,
Sein End ist oft der Tod. O selig ist der Mann,
Der sich der Eitelkeit des Glücks entschlagen kann.

Johann Rist

AGNES BERNAUER

Es reiten drei Herren zu München heraus,
sie reiten wohl vor der Bernauerin Haus:
«Bernauerin, bist du darinnen?

Bist du dann darinnen, so tritt du heraus!
Der Herzog ist draußen vor deinem Haus,
mit all seinem Hofgesinde.»

Sobald die Bernauerin die Stimme vernahm,
ein schneeweißes Hemd zog sie gar bald an,
wohl vor den Herzog zu treten.

Sobald die Bernauerin vors Tor 'naus kam,
drei Herren gleich die Bernauerin vernahm'n:
«Bernauerin, was willst du machen?

Ei, willst du lassen den Herzog entwegen?
Oder willst du lassen dein jung frisches Leben,
ertrinken im Donauwasser?» –

«Und eh' ich will lassen mein' Herzog entwegen,
so will ich lassen mein jung frisches Leben,
ertrinken im Donauwasser.

Der Herzog ist mein, und ich bin sein;
sind wir gar treu versprochen.»

Bernauerin auf dem Wasser schwamm,
Maria, Mutter Gottes, hat sie gerufen an,
sollt' ihr aus dieser Not helfen:

«Hilf mir, Maria, aus dem Wasser heraus,
mein Herzog läßt dir bauen ein Gotteshaus,
von Marmelstein einen Altar.»

Sobald sie dies hat gesprochen aus,
Maria, Mutter Gottes, hat geholfen aus
und von dem Tod sie errettet. –

Sobald die Bernauerin auf die Brucken kam';
drei Henkersknecht zur Bernauerin kam';
«Bernauerin, was willst du machen?

Ei, willst du werden ein Henkersweib?
Oder willst du lassen dein jung stolzen Leib,
ertrinken im Donauwasser?»

«Und eh' ich will werden ein Henkersweib,
so will ich lassen mein' jung stolzen Leib,
ertrinken im Donauwasser!»

Es stund kaum an den dritten Tag,
dem Herzog kam eine traurige Klag:
«Bernauerin ist ertrunken!»

«Auf! rufet mir alle Fischer daher,
sie sollen fischen bis an das rote Meer,
daß sie mein feines Lieb suchen.»

Es kommen gleich alle Fischer daher,
sie haben gefischt bis an das rote Meer,
Bernauerin haben sie gefunden.

Sie legen's dem Herzog wohl auf den Schoß,
der Herzog viel tausend Tränen vergoß,
er tät gar herzlich weinen.

«So rufet mir her fünftausend Mann,
einen neuen Krieg will ich nun fangen an
mit meinem Herrn Vatern eben.

Und wär' mein Herr Vater mir nicht so lieb,
ich ließ ihn aufhängen als wie einen Dieb,
wär' aber mir eine große Schande.»

Es stund kaum an den dritten Tag,
dem Herzog kam eine traurige Klag':
sein Herr Vater ist gestorben!

«Die mir helfen meinen Herrn Vater begraben,
rote Mäntel müssen sie haben,
rot müssen sie sich tragen.

Und die mir helfen mein Feinslieb begraben,
schwarze Mäntel müssen sie haben,
schwarz müssen sie sich tragen!

So wollen wir stiften ein' ewige Meß,
daß man die Bernauerin nicht vergess',
man wolle für sie beten!»

Anonym

DER BAUER

An seinen Durchlauchtigen Tyrannen

Wer bist du, Fürst, daß ohne Scheu
Zerrollen mich dein Wagenrad,
Zerschlagen darf dein Roß?

Wer bist du, Fürst, daß in mein Fleisch
Dein Freund, dein Jagdhund, ungebläut
Darf Klau' und Rachen hau'n?

Wer bist du, daß, durch Saat und Forst,
Das Hurra deiner Jagd mich treibt,
Entatmet, wie das Wild? –

Die Saat, so deine Jagd zertritt,
Was Roß, und Hund, und Du verschlingst,
Das Brot, du Fürst, ist mein.

Du Fürst hast nicht, bei Egg' und Pflug,
Hast nicht den Erntetag durchschwitzt.
Mein, mein ist Fleiß und Brot! –

Ha! du wärst Obrigkeit von Gott?
Gott spendet Segen aus; du raubst!
Du nicht von Gott, Tyrann!

Gottfried August Bürger

DIE ETATS GENERAUX

Der kühne Reichstag Galliens dämmert schon,
Die Morgenschauer dringen den wartenden
Durch Mark und Bein: o komm, du neue,
Labende, selbst nicht geträumte Sonne!

Gesegnet sey mir du, das mein Haupt bedeckt,
Mein graues Haar, die Kraft, die nach sechzigen
Fortdauert; denn sie war's, so weit hin
Brachte sie mich, daß ich Dieß erlebte!

Verzeiht, o Franken, (Name der Brüder ist
Der edle Name) daß ich den Deutschen einst
Zurufte, das zu fliehn, warum ich
Ihnen itzt flehe, euch nachzuahmen.

Die größte Handlung dieses Jahrhunderts sey,
So dacht' ich sonst, wie Herkules Friederich
Die Keule führte, von Europa's
Herschern bekämpft, und den Herscherinnen!

So denk' ich jetzt nicht. Gallien krönet sich
Mit einem Bürgerkranze, wie keiner war!
Der glänzet heller, und verdient es!
Schöner, als Lorber, die Blut entschimmert.

Friedrich Gottlieb Klopstock

WÜRDE DES MENSCHEN

Nichts mehr davon, ich bitt' euch. Zu essen gebt ihm, zu wohnen;
habt ihr die Blöße bedeckt, gibt sich die Würde von selbst.

Friedrich Schiller

AN DIE GESETZGEBER

Setzet immer voraus, daß der Mensch im ganzen das Rechte
will; im einzelnen nur rechnet mir niemals darauf.

Friedrich Schiller

POLITISCHE LEHRE

Alles sei recht, was du tust; doch dabei lass' es bewenden,
Freund, und enthalte dich ja, alles, was recht ist, zu tun.
Wahrem Eifer genügt, daß das Vorhandne vollkommen
sei; der falsche will stets, daß das Vollkommene sei.

Friedrich Schiller

DIE WEIBER VON WINSPERG

Der erste Hohenstaufen, der König Konrad, lag
mit Heeresmacht vor Winsperg seit manchem langen Tag;
der Welfe war geschlagen, noch wehrte sich das Nest,
die unverzagten Städter, die hielten es noch fest.

Der Hunger kam, der Hunger! das ist ein scharfer Dorn!
nun suchten sie die Gnade, nun fanden sie den Zorn.
«Ihr habt mir hier erschlagen gar manchen Degen wert,
und öffnet ihr die Tore, so trifft euch doch das Schwert!»

Da sind die Weiber kommen: «Und muß es also sein,
gewährt uns freien Abzug, wir sind vom Blute rein.»
Da hat sich vor den Armen des Helden Zorn gekühlt,
da hat ein sanft Erbarmen im Herzen er gefühlt.

«Die Weiber mögen abziehn, und jede habe frei,
was sie vermag zu tragen und ihr das Liebste sei!
Laß ziehn mit ihrer Bürde sie ungehindert fort!
Das ist des Königs Meinung, das ist des Königs Wort.»

Und als der frühe Morgen im Osten kaum gegraut,
da hat ein seltnes Schauspiel vom Lager man geschaut;
es öffnet leise, leise sich das bedrängte Tor,
es schwankt ein Zug von Weibern mit schwerem Schritt hervor.

Tief beugt die Last sie nieder, die auf dem Nacken ruht,
sie tragen ihre Eh'herrn, das ist ihr liebstes Gut.
«Halt an die argen Weiber!» ruft drohend mancher Wicht;
der Kanzler spricht bedeutsam: «Das war die Meinung nicht.»

Da hat, wie er's vernommen, der fromme Herr gelacht:
«Und war es nicht die Meinung, sie haben's gut gemacht;
gesprochen ist gesprochen, das Königswort besteht,
und zwar von keinem Kanzler zerdeutet und zerdreht.»

So war das Gold der Krone wohl rein und unentweiht.
Die Sage schallt herüber aus halbvergeßner Zeit.
Im Jahr elfhundertvierzig, wie ich's verzeichnet fand,
galt Königswort noch heilig im deutschen Vaterland.

Adelbert von Chamisso

BARBAROSSA

Der alte Barbarossa,
Der Kaiser Friederich,
Im unterirdschen Schlosse
Hält er verzaubert sich.

Er ist niemals gestorben,
Er lebt darin noch jetzt;
Er hat im Schloß verborgen
Zum Schlaf sich hingesetzt.

Er hat hinabgenommen
Des Reiches Herrlichkeit
Und wird einst wiederkommen
Mit ihr, zu seiner Zeit.

Der Stuhl ist elfenbeinern,
Darauf der Kaiser sitzt;
Der Tisch ist marmelsteinern
Worauf sein Haupt er stützt.

Sein Bart ist nicht von Flachse,
Er ist von Feuersglut,
Ist durch den Tisch gewachsen,
Worauf sein Kinn ausruht.

Er nickt als wie im Traume,
Sein Aug halb offen zwinkt;
Und je nach langem Raume
Er einem Knaben winkt.

Er spricht im Schlaf zum Knaben:
Geh hin vors Schloß, o Zwerg,
Und sieh, ob noch die Raben
Herfliegen um den Berg.

Und wenn die alten Raben
Noch fliegen immerdar,
So muß ich auch noch schlafen
Verzaubert hundert Jahr.

Friedrich Rückert

KARL I.

Im Wald, in der Köhlerhütte, sitzt
Trübsinnig allein der König;
Er sitzt an der Wiege des Köhlerkinds
Und wiegt und singt eintönig:

Eiapopeia, was raschelt im Stroh?
Es blöken im Stalle die Schafe –
Du trägst das Zeichen an der Stirn
Und lächelst so furchtbar im Schlafe.

Eiapopeia, das Kätzchen ist tot –
Du trägst auf der Stirne das Zeichen –
Du wirst ein Mann und schwingst das Beil,
Schon zittern im Walde die Eichen.

Der alte Köhlerglaube verschwand,
Es glauben die Köhlerkinder –
Eiapopeia – nicht mehr an Gott,
Und an den König noch minder.

Das Kätzchen ist tot, die Mäuschen sind froh –
Wir müssen zu Schanden werden –
Eiapopeia – im Himmel der Gott
Und ich, der König auf Erden.

Mein Mut erlischt, mein Herz ist krank,
Und täglich wird es kränker –
Eiapopeia – du Köhlerkind,
Ich weiß es, du bist mein Henker.

Mein Todesgesang ist dein Wiegenlied –
Eiapopeia – die greisen

Haarlocken schneidest du ab zuvor –
Im Nacken klirrt mir das Eisen.

Eiapopeia, was raschelt im Stroh?
Du hast das Reich erworben,
Und schlägst mir das Haupt vom Rumpf herab –
Das Kätzchen ist gestorben.

Eiapopeia, was raschelt im Stroh?
Es blöken im Stalle die Schafe.
Das Kätzchen ist tot, die Mäuschen sind froh –
Schlafe, mein Henkerchen, schlafe!

Heinrich Heine

MEIN HERZ, MEIN HERZ ist traurig,
doch lustig leuchtet der Mai;
ich stehe, gelehnt an der Linde,
hoch auf der alten Bastei.

Da drunten fließt der blaue
Stadtgraben in stiller Ruh;
ein Knabe fährt im Kahne,
und angelt und pfeift dazu.

Jenseits erheben sich freundlich,
in winziger bunter Gestalt,
Lusthäuser, und Gärten, und Menschen,
und Ochsen, und Wiesen, und Wald.

Die Mägde bleichen Wäsche,
und springen im Gras herum:
Das Mühlrad stäubt Diamanten,
ich höre sein fernes Gesumm.

Am alten grauen Turme
ein Schilderhäuschen steht;
ein rotgeröckter Bursche
dort auf und nieder geht.

Er spielt mit seiner Flinte,
die funkelt im Sonnenrot,
er präsentiert und schultert –
ich wollt, er schösse mich tot.

Heinrich Heine

ENFANT PERDU

Verlorner Posten in dem Freiheitskriege,
Hielt ich seit dreißig Jahren treulich aus.
Ich kämpfe ohne Hoffnung, daß ich siege,
Ich wußte, nie komm ich gesund nach Haus.

Ich wachte Tag und Nacht – Ich konnt nicht schlafen,
Wie in dem Lagerzelt der Freunde Schar –
(Auch hielt das laute Schnarchen dieser Braven
Mich wach, wenn ich ein bißchen schlummrig war).

In jenen Nächten hat Langweil ergriffen
Mich oft, auch Furcht – (nur Narren fürchten nichts) –
Sie zu verscheuchen, hab ich dann gepfiffen
Die frechen Reime eines Spottgedichts.

Ja, wachsam stand ich, das Gewehr im Arme,
Und nahte irgendein verdächtger Gauch,
So schoß ich gut und jagt ihm eine warme,
Brühwarme Kugel in den schnöden Bauch.

Mitunter freilich mocht es sich ereignen,
Daß solch ein schlechter Gauch gleichfalls sehr gut
Zu schießen wußte – ach, ich kanns nicht leugnen –
Die Wunden klaffen – es verströmt mein Blut.

Ein Posten ist vakant! – Die Wunden klaffen –
Der Eine fällt, die Andern rücken nach –
Doch fall ich unbesiegt, und meine Waffen
Sind nicht gebrochen – Nur mein Herze brach.

Heinrich Heine

ANNO 1839

O, Deutschland, meine ferne Liebe,
Gedenk ich deiner, wein ich fast!
Das muntre Frankreich scheint mir trübe,
Das leichte Volk wird mir zur Last.

Nur der Verstand, so kalt und trocken,
Herrscht in dem witzigen Paris –
O, Narrheitsglöcklein, Glaubensglocken,
Wie klingelt ihr daheim so süß!

Höfliche Männer! Doch verdrossen
Geb ich den artgen Gruß zurück. –
Die Grobheit, die ich einst genossen
Im Vaterland, das war mein Glück!

Lächelnde Weiber! Plappern immer,
Wie Mühlenräder stets bewegt!
Da lob ich Deutschlands Frauenzimmer,
Das schweigend sich zu Bette legt.

Und alles dreht sich hier im Kreise,
Mit Ungestüm, wie'n toller Traum!
Bei uns bleibt alles hübsch im Gleise,
Wie angenagelt, rührt sich kaum.

Mir ist, als hört ich fern erklingen
Nachtwächterhörner, sanft und traut;
Nachtwächterlieder hör ich singen,
Dazwischen Nachtigallenlaut.

Dem Dichter war so wohl daheime,
In Schildas teurem Eichenhain!
Dort wob ich meine zarten Reime
Aus Veilchenduft und Mondenschein.

Heinrich Heine

DEUTSCHLAND. EIN WINTERMÄRCHEN. CAPUT I

Im traurigen Monat November wars,
Die Tage wurden trüber,
Der Wind riß von den Bäumen das Laub,
Da reist ich nach Deutschland hinüber.

Und als ich an die Grenze kam,
Da fühlt ich ein stärkeres Klopfen
In meiner Brust, ich glaube sogar
Die Augen begunnen zu tropfen.

Und als ich die deutsche Sprache vernahm,
Da ward mir seltsam zu Mute;
Ich meinte nicht anders, als ob das Herz
Recht angenehm verblute.

Ein kleines Harfenmädchen sang.
Sie sang mit wahrem Gefühle
Und falscher Stimme, doch ward ich sehr
Gerühret von ihrem Spiele.

Sie sang von Liebe und Liebesgram,
Aufopfrung und Wiederfinden
Dort oben, in jener besseren Welt,
Wo alle Leiden schwinden.

Sie sang vom irdischen Jammertal,
Von Freuden, die bald zerronnen,
Vom Jenseits, wo die Seele schwelgt
Verklärt in ewgen Wonnen.

Sie sang das alte Entsagungslied,
Das Eiapopeia vom Himmel,
Womit man einlullt, wenn es greint,
Das Volk, den großen Lümmel.

Ich kenne die Weise, ich kenne den Text,
Ich kenn auch die Herren Verfasser;
Ich weiß, sie tranken heimlich Wein
Und predigten öffentlich Wasser.

Ein neues Lied, ein besseres Lied,
O Freunde, will ich Euch dichten!
Wir wollen hier auf Erden schon
Das Himmelreich errichten.

Wir wollen auf Erden glücklich sein,
Und wollen nicht mehr darben;
Verschlemmen soll nicht der faule Bauch
Was fleißige Hände erwarben.

Es wächst hienieden Brot genug
Für alle Menschenkinder,
Auch Rosen und Myrten, Schönheit und Lust,
Und Zuckererbsen nicht minder.

Ja, Zuckererbsen für jedermann,
Sobald die Schoten platzen!
Den Himmel überlassen wir
Den Engeln und den Spatzen.

Und wachsen uns Flügel nach dem Tod,
So wollen wir Euch besuchen
Dort oben, und wir, wir essen mit Euch
Die seligsten Torten und Kuchen.

Ein neues Lied, ein besseres Lied,
Es klingt wie Flöten und Geigen!
Das Miserere ist vorbei,
Die Sterbeglocken schweigen.

Die Jungfer Europa ist verlobt
Mit dem schönen Geniusse
Der Freiheit, sie liegen einander im Arm,
Sie schwelgen im ersten Kusse.

Und fehlt der Pfaffensegen dabei,
Die Ehe wird gültig nicht minder –
Es lebe Bräutigam und Braut,
Und ihre zukünftigen Kinder!

Ein Hochzeitskarmen ist mein Lied,
Das bessere, das neue!
In meiner Seele gehen auf
Die Sterne der höchsten Weihe –

Begeisterte Sterne, sie lodern wild,
Zerfließen in Flammenbächen –
Ich fühle mich wunderbar erstarkt,
Ich könnte Eichen zerbrechen!

Seit ich auf deutsche Erde trat,
Durchströmen mich Zaubersäfte –
Der Riese hat wieder die Mutter berührt,
Und es wuchsen ihm neu die Kräfte.

Heinrich Heine

GRAMMATISCHE DEUTSCHHEIT

Neulich deutschten auf deutsch vier deutsche Deutschlinge deutschend,
Sich überdeutschend am Deutsch, welcher der deutscheste sei.
Vier deutschnamig benannt: Deutsch, Deutscherig, Deutscherling, Deutschdich:
Selbst so hatten zu deutsch sie sich die Namen gedeutscht.
Jetzt wettdeutschten sie, deutschend in grammatikalischer Deutschheit,
Deutscheren Komparativ, deutschesten Superlativ.
«Ich bin deutscher als deutsch.» «Ich deutscherer.» «Deutschester bin ich.»
«Ich bin der Deutschereste oder der Deutschestere.»
Drauf durch Komparativ und Superlativ fortdeutschend,
Deutschten sie auf bis zum – Deutschesteresteresten,
Bis sie vor komparativistisch- und superlativistischer Deutschung
Den Positiv von deutsch hatten vergessen zuletzt.

Friedrich Rückert

DIE SCHLESISCHEN WEBER

Im düstern Auge keine Träne,
Sie sitzen am Webstuhl und fletschen die Zähne:
Deutschland, wir weben dein Leichentuch,
Wir weben hinein den dreifachen Fluch –
Wir weben, wir weben!

Ein Fluch dem Gotte, zu dem wir gebeten
In Winterskälte und Hungersnöten;
Wir haben vergebens gehofft und geharrt,
Er hat uns geäfft und gefoppt und genarrt –
Wir weben, wir weben!

Ein Fluch dem König, dem König der Reichen,
Den unser Elend nicht konnte erweichen,
Der den letzten Groschen von uns erpreßt
Und uns wie Hunde erschießen läßt –
Wir weben, wir weben!

Ein Fluch dem falschen Vaterlande,
Wo nur gedeihen Schmach und Schande,
Wo jede Blume früh geknickt,
Wo Fäulnis und Moder den Wurm erquickt –
Wir weben, wir weben!

Das Schiffchen fliegt, der Webstuhl kracht,
Wir weben emsig Tag und Nacht –
Altdeutschland, wir weben dein Leichentuch,
Wir weben hinein den dreifachen Fluch,
Wir weben, wir weben!

Heinrich Heine

LIED EINER SCHLESISCHEN WEBERIN

Wenn's in den Bergen rastet,
Der Mühlbach stärker rauscht,
Der Mond in stummer Klage
Durchs stille Strohdach lauscht;
Wenn trüb die Lampe flackert
Im Winkel auf den Schrein:
Dann fallen meine Hände
Müd in den Schoß hinein.

So hab ich oft gesessen
Bis in die tiefe Nacht,
Geträumt mit offnen Augen,
Weiß nicht, was ich gedacht;
Doch immer heißer fielen
Die Tränen auf die Händ –
Gedacht mag ich wohl haben:
Hat's Elend gar kein End? –

Gestorben ist mein Vater, –
Vor Kurzem war's ein Jahr –
Wie sanft und selig schlief er
Auf seiner Totenbahr!
Der Liebste nahm die Büchse,
Zu helfen in der Not;
Nicht wieder ist er kommen,
Der Förster schoss ihn tot. –

Es sagen oft die Leute:
«Du bist so jung und schön,
Und doch so bleich und traurig
Sollst du in Schmerz vergehn?» –
«Nicht bleich und auch nicht traurig!»
Wie spricht sich das geschwind
Wo an dem weiten Himmel
Kein Sternlein mehr ich find!

Der Fabrikant ist kommen,
Sagt mir: «Mein Herzenskind,
Wohl weiß ich, wie die Deinen
In Not und Kummer sind;
Drum willst Du bei mir ruhen
Der Nächte drei und vier,
Sieh dieses blanke Goldstück!
Sogleich gehört es Dir!»

Ich wusst nicht, was ich hörte –
Sei Himmel du gerecht
Und lasse mir mein Elend,
Nur mache mich nicht schlecht!
O lasse mich nicht sinken!
Fast halt ich's nicht mehr aus,
Seh ich die kranke Mutter
Und's Schwesterlein zu Haus!

Jetzt ruhn so still sie alle,
Verloschen ist das Licht,
Nur in der Brust das Wehe,
Die Tränen sind es nicht.
Kannst du, o Gott, nicht helfen,
So lass uns lieber gehn,
Wo drunten tief im Tale
Die Trauerbirken stehn! –

Louise Aston

KLÖPPLERINNEN

Seht Ihr sie sitzen am Klöppelkissen,
Die Wangen bleich und die Augen rot!
Sie mühen sich ab für einen Bissen,
Für einen Bissen schwarzes Brot!

Großmutter hat sich die Augen erblindet,
Sie wartet, bis sie der Tod befreit –
Im stillen Gebet sie die Hände windet:
Gott schütz' uns in der schweren Zeit.

Die Kinder regen die kleinen Hände,
Die Klöppel fliegen hinab, hinauf,
Der Müh' und Sorge kein Ende, kein Ende!
Das ist ihr künftiger Lebenslauf.

Die Jungfrauen all, daß Gott sich erbarme,
Sie ahnen nimmer der Jugend Lust –
Das Elend schließt sie in seine Arme,
Der Mangel schmiegt sich an ihre Brust.

Seht Ihr sie sitzen am Klöppelkissen,
Seht Ihr die Spitzen, die sie gewebt:
Ihr Reichen, Großen – hat das Gewissen
Euch nie in der innersten Seele gebebt?

Ihr schwelgt und prasset, wo sie verderben,
Genießt das Leben in Saus und Braus,
Indessen sie vor Hunger sterben,
Gott dankend, daß die Qual nun aus!

Seht Ihr sie sitzen am Klöppelkissen
Und redet noch schön von Gottvertraun?

Ihr habt es aus ihrer Seele gerissen,
Weil sie Euch selber gottlos schaun!

Seht Ihr sie sitzen am Klöppelkissen
Und fühlt kein Erbarmen in solcher Zeit,
Dann werde Euer Sterbekissen
Der Armut Fluch und all ihr Leid!

Louise Otto-Peters

EIN LIED AUS MEINER ZEIT

Ein politisch Lied, ein garstig Lied!
So dachten die Dichter mit Goethe'n
und glaubten, sie hätten genug getan,
wenn sie könnten girren und flöten
von Nachtigallen, von Lieb' und Wein,
von blauen Bergesfernen,
von Rosenduft und Lilienschein,
von Sonne, Mond und Sternen.

Ein politisch Lied, ein garstig Lied!
So dachten die Dichter mit Goethe'n
und glaubten, sie hätten genug getan,
wenn sie könnten girren und flöten –
Doch anders dachte das Vaterland:
Das will von der Dichterinnung
Für den verbrauchten Leiertand
Nur Muth und biedre Gesinnung.

Ich sang nach alter Sitt' und Brauch
von Mond und Sternen und Sonne,
von Wein und Nachtigallen auch,
von Liebeslust und Wonne.

Da rief mir zu das Vaterland:
Du sollst das Alte lassen,
den alten verbrauchten Leiertand,
du sollst die Zeit erfassen!

Denn anders geworden ist die Welt,
es leben andere Leute;
Was gestern noch stand, schon heute fällt,
was gestern nicht galt, gilt heute.
Und wer nicht die Kunst in unserer Zeit
weiß gegen die Zeit zu richten,
Der werde nun endlich bei Zeiten gescheit
Und lasse lieber das Dichten!

August Heinrich Hoffmann
von Fallersleben

DAS LIED DER DEUTSCHEN

Deutschland, Deutschland über alles,
über alles in der Welt,
wenn es stets zu Schutz und Trutze
brüderlich zusammenhält.
Von der Maas bis an die Memel,
von der Etsch bis an den Belt,
Deutschland, Deutschland über alles,
über alles in der Welt.

Deutsche Frauen, deutsche Treue,
deutscher Wein und deutscher Sang
sollen in der Welt behalten
ihren alten schönen Klang,
uns zu edler Tat begeistern
unser ganzes Leben lang,
deutsche Frauen, deutsche Treue,
deutscher Wein und deutscher Sang.

Einigkeit und Recht und Freiheit
für das deutsche Vaterland –
danach laßt uns alle streben
brüderlich mit Herz und Hand!
Einigkeit und Recht und Freiheit
sind des Glückes Unterpfand –
blüh im Glanze dieses Glückes,
blühe, deutsches Vaterland!

August Heinrich Hoffmann
von Fallersleben

LUDWIG I. EINE MÄRZERINNERUNG

Lola, auf den Knieen vor dir liegend,
lebend in den höchsten Wonnen hin
und mein Haupt an deine Reize schmiegend,
war ich selig, Andalusierin!

Teutsche Kraft in alten Gliedern fühlend
und besiegend die Bedenklichkeit,
niemals die Begierde gänzlich kühlend,
hab' ich meine Reste dir geweiht.

Aber wütend, mein Idol bespeiend,
glaubete mein Volk sich heldenhaft;
immer Lümmel nur gewesen seiend,
spottet' es der Liebe Zauberkraft.

Ludwig Thoma

HOHE STATION

Hoch an der Windung des Passes bewohn ich ein niedriges Berghaus –
Heut ist vorüber die Post, heut bin ich oben allein.
Lehnend am Fenster belausch ich die Stille des dämmernden Abends.
Rings kein Laut! Nur der Specht hämmert im harzigen Tann.
Leicht aus dem Wald in den Wald hüpft über die Matte das Eichhorn,
Spielend auf offenem Plan; denn es ist Herr im Bezirk.
Jammer! Was hör ich? Ein schrilles Gesurre: «Gemordet ist Garfield!»
«Bismarck zürnt im Gezelt!» – «Väterlich segnet der Papst!»
Schwirrt in der Luft ein Gerücht? Was gewahr ich? Ein schwärzliches Glöcklein!
Unter dem Fenstergesims bebt der elektrische Draht,
Der, wie die Schläge des Pulses beseelend den Körper der Menschheit,
Durch das entlegenste Tal trägt die Gebärde der Zeit.

Conrad Ferdinand Meyer

PIDDER LÜNG

Der Amtmann von Tondern, Henning Pogwisch,
schlägt mit der Faust auf den Eichentisch:
«Heut fahr' ich selbst hinüber nach Sylt,
und hol' mir mit eigner Hand Zins und Gült.
Und kann ich die Abgaben der Fischer nicht fassen,
sollen sie Nasen und Ohren lassen,
und ich höhn' ihrem Wort:
    Lewwer duad üs Slaav!»

Im Schiff vorn der Ritter, panzerbewehrt,
stützt sich finster auf sein langes Schwert.
Hinter ihm, von der hohen Geistlichkeit,
steht Jürgen, der Priester, beflissen, bereit.
Er reibt sich die Hände, er bückt den Nacken.
«Der Obrigkeit helf' ich die Frevler packen,
in den Pfuhl das Wort:
    Lewwer duad üs Slaav!»

Gen Hörnum hat die Prunkbarke den Schnabel gewetzt,
ihr folgen die Ewer, kriegsvolkbesetzt.
Und es knirschen die Kiele auf den Sand,
und der Ritter, der Priester springen ans Land,
und waffenrasselnd hinter den beiden
entreißen die Söldner die Klingen den Scheiden.
Nun gilt es, Friesen:
    Lewwer duad üs Slaav.

Die Knechte umzingeln das erste Haus.
Pidder Lüng schaut verwundert zum Fenster heraus.
Der Ritter, der Priester treten allein
über die ärmliche Schwelle hinein.
Des langen Peters starkzählige Sippe
sitzt grad an der kargen Mittagskrippe.

Jetzt zeige dich, Pidder:
    Lewwer duad üs Slaav.

Der Ritter verneigt sich mit hämischem Hohn,
der Priester will anheben seinen Sermon.
Der Ritter nimmt spöttisch den Helm vom Haupt
und verbeugt sich noch einmal: «Ihr erlaubt,
daß wir euch stören bei euerm Essen,
bringt hurtig den Zehnten, den ihr vergessen,
und euer Spruch ist ein Dreck:
    Lewwer duad üs Slaav.»

Da reckt sich Pidder, steht wie ein Baum:
«Henning Pogwisch, halt deine Reden im Zaum!
Wir waren der Steuern von jeher frei,
und ob du sie wünschst, ist uns einerlei.
Zieh ab mit deinen Hungergesellen,
hörst du meine Hunde bellen?
Und das Wort bleibt stehn:
    Lewwer duad üs Slaav!»

«Bettelpack», fährt ihn der Amtmann an,
und die Stirnader schwillt dem geschienten Mann,
«du frißt deinen Grünkohl nicht eher auf,
als bis dein Geld hier liegt zu Hauf.»
Der Priester zischelt von Trotzkopf und Bücken
und verkriecht sich hinter des Eisernen Rücken.
O Wort, geh nicht unter:
    Lewwer duad üs Slaav!

Pidder Lüng starrt wie wirrsinnig den Amtmann an,
immer heftiger in Wut gerät der Tyrann,
und er speit in den dampfenden Kohl hinein:
«Nun geh an deinen Trog, du Schwein!»
Und er will, um die peinliche Stunde zu enden,

zu seinen Leuten nach draußen sich wenden.
Dumpf dröhnt's von drinnen:
    Lewwer duad üs Slaav!

Einen einzigen Sprung hat Pidder getan.
Er schleppt an den Napf den Amtmann heran,
und taucht ihm den Kopf ein, und läßt ihn nicht frei,
bis der Ritter erstickt ist im glühheißen Brei.
Die Fäuste dann lassend vom furchtbaren Gittern,
brüllt er, die Türen und Wände zittern,
das stolzeste Wort:
    Lewwer duad üs Slaav!

Der Priester liegt ohnmächtig ihm am Fuß,
die Häscher stürmen mit höllischem Gruß,
durchbohren den Fischer und zerren ihn fort,
in den Dünen, im Dorf rasen Messer und Mord.
Pidder Lüng doch, ehe sie ganz ihn verderben,
ruft noch einmal im Leben, im Sterben
sein Herrenwort:
    Lewwer duad üs Slaav!

Detlev von Liliencron

DER EINE FRAGT: Was kommt danach?
Der andere fragt nur: Ist es recht?
Und also unterscheidet sich
der Freie von dem Knecht.

Theodor Storm

EINES STROLCHES TROSTLIED

Die Wege, die ins Weite führ'n,
Zum Bettlerheil an offnen Tür'n,
Vom Schnee zur ersten Blüte,
Die schuf der liebe Gott
Für wen?
Für die, die auf die Walze gehn!
Lobet
Lobet den Herrn in seiner Güte!

Auf daß der Strolch hat, wo er pennt,
Schuf Gott den Dreck, das Firmament
Und die Kartoffelmiete –
Er schuf die Wanzen auch
Für wen?
Für die, die auf die Walze gehn!
Lobet
Lobet den Herrn in seiner Güte!

Der Baum, der voller Äpfel ragt,
Die Brüste einer drallen Magd
Mit kindlichem Gemüte,
Das alles reift für wen –
Für wen?
Für die, die auf die Walze gehn!
Lobet
Lobet den Herrn in seiner Güte!

Doch die Fabrik und die Kanzlein,
Das Ehenest, das man darein
Ihm neue Seel'n ausbrüte,
Hat Gottes Rat bestimmt
Für den,
Der nicht wollt' auf die Walze gehn!

Lobet
Lobet den Herrn in seiner Güte!

So führen aller Wege frei
An Wohlstandsnöten uns vorbei,
– Davor uns Gott behüte! –
Zur Gleichheit, der ihr nicht
entgeht.
Denn seht: Der Tod ist ein Prolet.
Lobet
Lobet den Herrn in seiner Güte!

Walter Mehring

MUTTER DENKT NACH

Ich bin eine alte Textilerin,
mein Haar wurde weiß im Betriebe.
Mit vierzehn Jahren kam ich schon hin
in den Lärm und in das Getriebe ...
Nur als ich geheirat', da gab's drei Jahr',
wo zu Haus ich geschafft und geschunden;
bis dann mein Mann verunglückt war –
nun spule ich wieder acht Stunden.

Ich bin eine alte Textilerin,
so eine vom richtigen Schlage;
und wenn ich auch über fünfzig bin
und von früh bis abends mich plage,
so weiß ich doch, wenn das Rad ich dreh':
Wir sind noch nicht am Ende ... !
Denn wenn ich unsere Jugend seh',
weiß ich: die bringen die Wende.

Ich bin eine alte Textilerin,
hab' in manchem Streik gestanden,
und sah ihn zu der Fabrikherrn Gewinn
mit Hilfe der Bonzen versanden ...
Nu bin ich ja schließlich nicht ganz dumm,
habe den Kopf zum Überlegen;
und dreh' ich zum Beispiel das Handrad rum,
dann seh' ich die Spulen sich regen ...

Dann denk' ich als alte Textilerin:
Von überall her kommen Fäden,
die wissen zuerst nicht woher und wohin ...
doch im Kamm – da packt es dann jeden!
Da werden sie alle zusammengeführt,
haben schnell sich zu einem gefunden ...
Macht's nach, Proleten! Die Hände gerührt –
schafft die Einheitsfront von unten!

Hedda Zinner

DER ZOOLOGE VON BERLIN

Hört, ihr Kinder, wie es jüngst ergangen
einem Zoologen in Berlin!
Plötzlich führt ein Schutzmann ihn gefangen
vor den Untersuchungsrichter hin.
Dieser tritt ihm kräftig auf die Zehen,
nimmt ihn hochnotpeinlich ins Gebet
und empfiehlt ihm, schlankweg zu gestehen,
daß beleidigt er die Majestät.

Dieser sprach: Herr Richter, ungeheuer
ist die Schuld, die man mir unterlegt;
denn daß eine Kuh ein Wiederkäuer,

Hat noch nirgends Ärgernis erregt.
So weit ist die Wissenschaft gediehen,
daß es längst in Kinderbüchern steht.
Wenn *Sie* das auf Majestät beziehen,
dann beleidigen *Sie* die Majestät!

Vor der Majestät, das kann ich schwören,
hegt' ich stets den schuldigsten Respekt;
ja, es freut mich oft sogar, zu hören,
wenn man den Beleidiger entdeckt;
denn dann wird die Majestät erst sehen,
ob sie majestätisch nach Gebühr.
Deshalb ist ein Mops, das bleibt bestehen,
zweifelsohne doch ein Säugetier.

Ebenso hab' vor den Staatsgewalten
ich mich vorschriftsmäßig stets gehalten
und vor Anarchisten ausgespuckt.
Auch wo Spitzel horchen in Vereinen,
sprach ich immer harmlos wie ein Kind.
Aber deshalb kann ich von den Schweinen
doch nicht sagen, daß es Menschen sind.

Viel Respekt hab' ich vor dir, o Richter,
unbegrenzten menschlichen Respekt!
Läßt du doch die ärgsten Bösewichter
in Berlin gewöhnlich unentdeckt.
Doch wenn hochzurufen ich mich sehne
von dem Schwarzwald bis nach Kiautschau,
bleibt deshalb gestreift nicht die Hyäne?
Nicht ein schönes Federvieh der Pfau?

Also war das Wort des Zoologen,
doch dann sprach der hohe Staatsanwalt;
und nachdem man alles wohl erwogen,

ward der Mann zu einem Jahr verknallt.
Deshalb vor Zoologie-Studieren
hüte sich ein jeder, wenn er jung;
denn es schlummert in den meisten Tieren
eine Majestätsbeleidigung.

Frank Wedekind

KENNST DU DAS LAND, WO DIE KANONEN BLÜHN?

1928

Kennst du das Land, wo die Kanonen blühn?
Du kennst es nicht? Du wirst es kennenlernen!
Dort stehn die Prokuristen stolz und kühn
in den Büros, als wären es Kasernen.

Dort wachsen unterm Schlips Gefreitenknöpfe.
Und unsichtbare Helme trägt man dort.
Gesichter hat man dort, doch keine Köpfe.
Und wer zu Bett geht, pflanzt sich auch schon fort!

Wenn dort ein Vorgesetzter etwas will
– und es ist sein Beruf, etwas zu wollen –,
steht der Verstand erst stramm und zweitens still.
Die Augen rechts! Und mit dem Rückgrat rollen!

Die Kinder kommen dort mit kleinen Sporen
und mit gezognem Scheitel auf die Welt.
Dort wird man nicht als Zivilist geboren.
Dort wird befördert, wer die Schnauze hält.

Kennst du das Land? Es könnte glücklich sein.
Es könnte glücklich sein und glücklich machen!

Dort gibt es Äcker, Kohle, Stahl und Stein
und Fleiß und Kraft und andre schöne Sachen.

Selbst Geist und Güte gibt's dort dann und wann!
Und wahres Heldentum. Doch nicht bei vielen.
Dort steckt ein Kind in jedem zweiten Mann.
Das will mit Bleisoldaten spielen.

Dort reift die Freiheit nicht. Dort bleibt sie grün.
Was man auch baut – es werden stets Kasernen.
Kennst du das Land, wo die Kanonen blühn?
Du kennst es nicht? Du wirst es kennenlernen!

Erich Kästner

AN DIE NACHGEBORENEN

I

Wirklich, ich lebe in finsteren Zeiten!
Das arglose Wort ist töricht. Eine glatte Stirn
Deutet auf Unempfindlichkeit hin. Der Lachende
Hat die furchtbare Nachricht
Nur noch nicht empfangen.
Was sind das für Zeiten, wo
Ein Gespräch über Bäume fast ein Verbrechen ist
Weil es ein Schweigen über so viele Untaten einschließt!
Der dort ruhig über die Straße geht
Ist wohl nicht mehr erreichbar für seine Freunde
Die in Not sind?

Es ist wahr: ich verdiene noch meinen Unterhalt
Aber glaubt mir: das ist nur ein Zufall. Nichts
Von dem, was ich tue, berechtigt mich dazu, mich sattzuessen.
Zufällig bin ich verschont. (Wenn mein Glück aussetzt, bin ich verloren.)

Man sagt mir: Iß und trink du! Sei froh, daß du hast!
Aber wie kann ich essen und trinken, wenn
Ich dem Hungernden entreiße, was ich esse, und
Mein Glas Wasser einem Verdurstenden fehlt?
Und doch esse und trinke ich.

Ich wäre gerne auch weise.
In den alten Büchern steht, was weise ist:
Sich aus dem Streit der Welt halten und die kurze Zeit
Ohne Furcht verbringen
Auch ohne Gewalt auskommen
Böses mit Gutem vergelten
Seine Wünsche nicht erfüllen, sondern vergessen
Gilt für weise.
Alles das kann ich nicht:
Wirklich, ich lebe in finsteren Zeiten!

II
In die Städte kam ich zur Zeit der Unordnung
Als da Hunger herrschte.
Unter die Menschen kam ich zu der Zeit des Aufruhrs
Und ich empörte mich mit ihnen.
So verging meine Zeit
Die auf Erden mir gegeben war.

Mein Essen aß ich zwischen den Schlachten
Schlafen legte ich mich unter die Mörder
Der Liebe pflegte ich achtlos
Und die Natur sah ich ohne Geduld.
So verging meine Zeit
Die auf Erden mir gegeben war.

Die Straßen führten in den Sumpf zu meiner Zeit.
Die Sprache verriet mich dem Schlächter.
Ich vermochte nur wenig. Aber die Herrschenden

Saßen ohne mich sicherer, das hoffte ich.
So verging meine Zeit
Die auf Erden mir gegeben war.

Die Kräfte waren gering. Das Ziel
Lag in großer Ferne
Es war deutlich sichtbar, wenn auch für mich
Kaum zu erreichen.
So verging meine Zeit
Die auf Erden mir gegeben war.

III
Ihr, die ihr auftauchen werdet aus der Flut
In der wir untergegangen sind
Gedenkt
Wenn ihr von unseren Schwächen sprecht
Auch der finsteren Zeit
Der ihr entronnen seid.
Gingen wir doch, öfter als die Schuhe die Länder wechselnd
Durch die Kriege der Klassen, verzweifelt
Wenn da nur Unrecht war und keine Empörung.

Dabei wissen wir doch:
Auch der Haß gegen die Niedrigkeit
Verzerrt die Züge.
Auch der Zorn über das Unrecht
Macht die Stimme heiser. Ach, wir
Die wir den Boden bereiten wollten für Freundlichkeit
Konnten selber nicht freundlich sein.

Ihr aber, wenn es so weit sein wird
Daß der Mensch dem Menschen ein Helfer ist
Gedenkt unsrer
Mit Nachsicht.

Bertolt Brecht

ÜBER DIE BEZEICHNUNG EMIGRANTEN

Immer fand ich den Namen falsch, den man uns gab: Emigranten.
Das heißt doch Auswanderer. Aber wir
Wanderten doch nicht aus, nach freiem Entschluß
Wählend ein anderes Land. Wanderten wir doch auch nicht
Ein in ein Land, dort zu bleiben, womöglich für immer.
Sondern wir flohen. Vertriebene sind wir, Verbannte.
Und kein Heim, ein Exil soll das Land sein, das uns da aufnahm.
Unruhig sitzen wir so, möglichst nahe den Grenzen
Wartend des Tags der Rückkehr, jede kleinste Veränderung
Jenseits der Grenze beobachtend, jeden Ankömmling
Eifrig befragend, nichts vergessend und nichts aufgebend
Und auch verzeihend nichts, was geschah, nichts verzeihend.
Ach, die Stille der Stunde täuscht uns nicht! Wir hören die Schreie
Aus ihren Lagern bis hierher. Sind wir doch selber
Fast wie Gerüchte von Untaten, die da entkamen
Über die Grenzen. Jeder von uns
Der mit zerrissenen Schuhn durch die Menge geht
Zeugt von der Schande, die jetzt unser Land befleckt.
Aber keiner von uns
Wird hier bleiben. Das letzte Wort
Ist noch nicht gesprochen,

Bertolt Brecht

EMIGRANTEN-MONOLOG

Ich hatte einst ein schönes Vaterland,
So sang schon der Refugee Heine.
Das seine stand am Rheine,
Das meine auf märkischem Sand.

Wir alle hatten einst ein (siehe oben!)
Das fraß die Pest, das ist im Sturm zerstoben.
O, Röslein auf der Heide,
Dich brach die Kraftdurchfreude.

Die Nachtigallen wurden stumm,
Sahn sich nach sicherm Wohnsitz um,
Und nur die Geier schreien
Hoch über Gräberreihen.

Das wird nie wieder wie es war,
Wenn es auch anders wird.
Auch wenn das liebe Glöcklein tönt,
Auch wenn kein Schwert mehr klirrt.

Mir ist zuweilen so als ob
Das Herz in mir zerbrach.
Ich habe manchmal Heimweh.
Ich weiß nur nicht, wonach ...

Mascha Kaléko

EISENBAHN

Auf kühlen Eisen
Will ich verreisen,
Auf einer Bank, die rattern tut.
Schischischischischen.
Der Dampf dazwischen,
Das tut den kranken Nerven gut.

Die Passagiere
Sind Wirbeltiere
Und haben weiter keinen Zweck.
Die meisten scheinen
Das nicht zu meinen,
Doch diese wissen einen Dreck.

Am meisten vorne,
Auf dem Balkorne,
Da steht ein Mann, der führen kann.
Ditiktatoren
Sind unverfroren
Und geben meist gewaltig an.

1941

Kurt Schwitters

FRÜHLING 1946

Holde Anemone,
bist du wieder da
und erscheinst mit heller Krone
mir Geschundenem zum Lohne
wie Nausikaa?

Windbewegtes Bücken,
Woge, Schaum und Licht!
Ach, welch sphärisches Entzücken
nahm dem staubgebeugten Rücken
endlich sein Gewicht?

Aus dem Reich der Kröte
steige ich empor,
unterm Lid noch Plutons Röte
und des Totenführers Flöte
gräßlich noch im Ohr.

Sah in Gorgos Auge
eisenharten Glanz,
ausgeprühte Lügenlauge
hört' ich flüstern, daß sie tauge
mich zu töten ganz.

Anemone! Küssen
laß mich dein Gesicht:
Ungespiegelt von den Flüssen
Styx und Lethe, ohne Wissen
um das Nein und Nicht.
Ohne zu verführen,
lebst und bist du da,
still mein Herz zu rühren,
ohne es zu schüren –
Kind Nausikaa!

Elisabeth Langgässer

REQUIEM FÜR EINEN FASCHISTEN

Du warst in allem einer ihrer Besten,
erschrocken fühl ich heut mich dir verwandt;
du schwelgtest gerne bei den gleichen Festen
und zogst wie ich oft wochenlang durchs Land.
Es füllte dich wie mich der gleiche Ekel
vor dem Geklügel ohne innern Drang,
vor jedem Wortgekletzel und Gehäkel;
nichts galt dir als der schöne Überschwang.

So zog es dich zu ihnen, die marschierten;
wer weiß da, wann du auf dem Marsch ins Nichts

gewahr der Zeichen wurdest, die sie zierten?
Du liegst gefällt am Tage des Gerichts.
Ich hätte dich mit eigner Hand erschlagen;
doch unser keiner hatte die Geduld,
in deiner Sprache dir den Weg zu sagen:
dein Tod ist unsre, ist auch meine Schuld.

Ich setz für dich zu Abend diese Zeilen,
da schrill die Grille ihre Beine reibt,
wie du es liebtest, und der Seim im geilen
Faulbaum im Kreis die schwarzen Käfer treibt.
Daß wir des Tods und Ursprungs nicht vergessen,
wann jeder Brot hat und zum Brot auch Wein,
vom Überschwang zu singen wie besessen,
soll um dich, Bruder, meine Klage sein.

Theodor Kramer

AUFERSTANDEN AUS RUINEN
und der Zukunft zugewandt,
laß uns dir zum Guten dienen,
Deutschland, einig Vaterland.
Alte Not gilt es zu zwingen,
und wir zwingen sie vereint,
denn es muß uns doch gelingen,
daß die Sonne, schön wie nie,
über Deutschland scheint.

Glück und Friede sei beschieden
Deutschland, unserm Vaterland.
Alle Welt sehnt sich nach Frieden,
reicht den Völkern eure Hand.
Wenn wir brüderlich uns einen,
schlagen wir des Volkes Feind.
Laßt das Licht des Friedens scheinen,
daß nie eine Mutter mehr
ihren Sohn beweint.

Laßt uns pflügen, laßt uns bauen,
lernt und schafft wie nie zuvor,
und der eignen Kraft vertrauend
steigt ein frei Geschlecht empor.
Deutsche Jugend, bestes Streben
unsres Volks in dir vereint,
wirst du Deutschlands neues Leben,
und die Sonne, schön wie nie,
über Deutschland scheint.

Johannes R. Becher

SCHIBBOLETH

Mitsamt meinen Steinen,
den großgeweinten
hinter den Gittern,

schleiften sie mich
in die Mitte des Marktes,
dorthin,
wo die Fahne sich aufrollt, der ich
keinerlei Eid schwor.

Flöte,
Doppelflöte der Nacht:
denke der dunklen
Zwillingsröte
in Wien und Madrid.

Setz deine Fahne auf Halbmast,
Erinnrung.
Auf Halbmast
für heute und immer.

Herz:
gib dich auch hier zu erkennen,
hier, in der Mitte des Marktes,
Ruf's, das Schibboleth, hinaus
in die Fremde der Heimat:
Februar. No pasaran.

Einhorn:
du weißt um die Steine,
du weißt um die Wasser,
komm,
ich führ dich hinweg
zu den Stimmen
von Estremadura.

Paul Celan

INVENTUR

Dies ist meine Mütze,
dies ist mein Mantel,
hier mein Rasierzeug
im Beutel aus Leinen.

Konservenbüchse:
Mein Teller, mein Becher,
ich hab in das Weißblech
den Namen geritzt.

Geritzt hier mit diesem
kostbaren Nagel,
den vor begehrlichen
Augen ich berge.

Im Brotbeutel sind
ein Paar wollene Socken
und einiges, was ich
niemand verrate,

so dient es als Kissen
nachts meinem Kopf.
Die Pappe hier liegt
zwischen mir und der Erde.

Die Bleistiftmine
lieb ich am meisten:
Tags schreibt sie mir Verse,
die nachts ich erdacht.

Dies ist mein Notizbuch,
dies meine Zeltbahn,
dies ist mein Handtuch,
dies ist mein Zwirn.

Günter Eich

WIEN : HELDENPLATZ

der glanze heldenplatz zirka
versaggerte in maschenhaftem männchenmeere
drunter auch frauen die ans maskelknie
zu heften heftig sich versuchten, hoffensdick.
und brüllzten wesentlich.

verwogener stirnscheitelunterschwang
nach nöten nördlich, kechelte
mit zu-nummernder aufs bluten feilzer stimme
hinsensend sämmertliche eigenwäscher.

pirsch!
döppelte der gottelbock von Sa-Atz zu Sa-Atz
mit hünig sprenkem stimmstummel.
balzerig würmelte es im männechensee
und den weibern ward so pfingstig ums heil
zumahn: wenn ein knie-ender sie hirschelte.

Ernst Jandl

WEG ZUR ARBEIT

Jeden Morgen gehe ich zirka acht Minuten lang,
außer, wenn ich krank bin, von meiner Wohnung in meine Kanzlei.
Das ist schon seit Jahren so, ich bin nicht der Einzige,
für die meisten Leute geht das Leben so vorbei.
Ich grüße freundlich die Verkäuf'rin meiner Zeitung,
sie hat es schwer heut' seit jenem grausigen Prozess.
Ihr Mann ist eingesperrt wegen so mancher Überschreitung.
Sie wurde freigesprochen, denn sie war nicht in der *SS*.
Obwohl sie wusste, was da vorging.

Und ich grüße ebenso den Frisörgehilfen Navratil,
... der auch in der SS war. Oder war es die SA?
Einmal hat er angedeutet, während er mir die Haare schnitt,
was damals in Dachau mit dem Rosenblatt geschah.
Er war erst zwanzig, zwölf Jahre jünger als der Rosenblatt.
Jetzt ist er fünfzig und ein sehr brauchbarer Frisör.
«Grüß Gott, Herr Hauptmann!» Der heißt nur Hauptmann,
er war Oberst und hat in Frankreich einige zu Tode expediert.
Er ist noch immer Spediteur – es hat sich nichts geändert.

Drüben macht der Hammerschlag seinen Bücherladen auf.
Ich sehe ihn noch heut' vor mir, er ist damals so gerannt
und hat direkt vor seinem
Buchgeschäft seinen Scheiterhaufen aufgestellt
und hat darauf Thomas Mann und Leon Feuchtwanger verbrannt.
Und Erich Kästner und den Kafka und den Heine
und viele andere, die jetzt sein Schaufenster verzier'n.
Und er verkauft sie mit einem Lächeln an der Leine,
ja, er muss leben und seine Kinder woll'n studier'n.
Er hat ja selbst den Doktor.

«Verehrung, Herr Professor! Wie geht's der Frau Gemahlin?»
«Danke!» – «Sie schauen blendend aus, wie bleiben Sie so jung?»
Das war Professor Töpfer, seinerzeit «Völkischer Beobachter»,
Anthropologie und Rassenkunde. Jetzt ist er beim Funk.
«Grüß Gott, Herr Neumann!» Der ist nix, der ist erst dreißig.
Was war sein Vater? Na ja, er war jedenfalls Soldat.
«Habe die Ehre, Herr Direktor!» Der ist gute fünfundsechzig,
also muss er was gewesen sein. Heute ist er Demokrat.
Das sind wir schließlich alle.

Drüben ist der Eichelberger, Gummibänder, Hosenträger.
Das hieß früher «Blau und Söhne Herrentrikotage».
Nebenan war das Café Winkelmann.
Der Winkelmann ist noch zurückgekommen,
dann ist er wieder weggefahren. Jetzt ist dort eine Garage.
Da kommt die Schule, da bin ich selber hingegangen.
Mein Deutsch-Professor verdient noch immer dort Gehalt.
Der schrie: «Heil! ...»
na ja, das wird er heute nicht mehr schreien.
Was nur die Kinder bei dem lernen? Vielleicht vergessen sie es bald.
Ich kann es nicht vergessen.

So, jetzt bin ich endlich in meine Kanzlei gekommen, ...
... setz' mich an den Schreibtisch und öffne einen Brief.
Doch bevor ich lesen kann, muss ich erst die Richtung ändern, ..
.. blicke rasch zum Himmel auf und atme dreimal tief.
(dreimal tief atmen!)

Georg Kreisler

LICHTUNG

manche meinen
lechts und rinks
kann man nicht
velwechsern.
werch ein illtum!

Ernst Jandl

HINEINGEBOREN

Hohes weites grünes Land,
zaundurchsetzte Ebene.
Roter
Sonnenbaum am Horizont.
Der Wind ist mein
und mein die Vögel.

Kleines grünes Land enges,
Stacheldrahtlandschaft.
Schwarzer
Baum neben mir.
Harter Wind.
Fremde Vögel.

Uwe Kolbe

AN EINEN GRENZEN

du sprecken deuts?
sprecken du deuts?
du kennen wolfen biermann?
du kennen reiner kunzen?
sprecken du deuts?
du sprecken deuts?
du sehen meinen passen –
kennen du ernsten jandeln?
ihn du kennen nicht dürfen
du sein guten jungen

wolfen biermann du kennen nicht dürfen
du sein guten jungen
reiner kunzen du kennen nicht dürfen
du sein guten jungen
du kennen dürfen
einzig alleinen
deutsen demokratisen republiken

Ernst Jandl

DIE ORDNUNG DER GEWITTER

Die verbissene Ordnung der Gewitter,
eines zieht herauf
von den südlichen Havelseen,
schlagend eine wüste Schneise
durch Dörfer und Wälder,
das andere zögert, am Wind sich stauend,
stürzt jäh mit heftigen Hagelschauern
über die Hügel von Saarmund.
Beide treffen über meinem Dach zusammen.

Die Posaunen verscharrt
in finsteren Wolken,
durch Regenfluten rollt der Donner,
die Ulme,
wassergewaltig,
zittert in schwarzen Lachen des Himmels,
von Blitzen durchquert.

Die verbissene Ordnung des Landes.
Das Aufbegehren und die Macht.
Die Ohnmacht und die Kälte der Blitze.
Nicht reinigt der Regen die Atmosphäre.

Peter Huchel

LIEBESGEDICHT FÜR DIE FREIHEIT UND FREIHEITSGEDICHT FÜR DIE LIEBE

Mit der Freiheit ist das
so ähnlich wie mit der Liebe

Wenn dann das sogenannte Glück mich nach Jahren
wieder herausholt aus dem verschlossenen Schrank

und sagt: «Nun darfst du wieder!
Nun zeig was du kannst!»

Werde ich dann einatmen und meine Arme ausbreiten
und wieder jung sein und voller Lebensmut

oder werde ich dann nach Mottenkugeln riechen
und mit den Knochen klappern im Takt eines fremden Herzschlags?

Mit der Freiheit ist das
so ähnlich wie mit der Liebe

und mit der Liebe ist das
so ähnlich wie mit der Freiheit

Erich Fried

ÜBER DIE SCHWIERIGKEITEN DER UMERZIEHUNG

Einfach vortrefflich
all diese großen Pläne:
das Goldene Zeitalter
das Reich Gottes auf Erden
das Absterben des Staates.
Durchaus einleuchtend.

Wenn nur die Leute nicht wären!
Immer und überall stören die Leute.
Alles bringen sie durcheinander.

Wenn es um die Befreiung der Menschheit geht
laufen sie zum Friseur.
Statt begeistert hinter der Vorhut herzutrippeln
sagen sie: Jetzt wär ein Bier gut.
Statt um die gerechte Sache
kämpfen sie mit Krampfadern und mit Masern.
Im entscheidenden Augenblick
suchen sie einen Briefkasten oder ein Bett.
Kurz bevor das Millennium anbricht
kochen sie Windeln.

An den Leuten scheitert eben alles.
Mit denen ist kein Staat zu machen.
Ein Sack Flöhe ist nichts dagegen.

Kleinbürgerliches Schwanken!
Konsum-Idioten!
Überreste der Vergangenheit!

Man kann sie doch nicht alle umbringen!
Man kann doch nicht den ganzen Tag auf sie einreden!
Ja wenn die Leute nicht wären
dann sähe die Sache schon anders aus.

Ja wenn die Leute nicht wären
dann gings ruckzuck.
Ja wenn die Leute nicht wären
ja dann!
(Dann möchte auch ich hier nicht weiter stören.)

Hans Magnus Enzensberger

MIDDLE CLASS BLUES

Wir können nicht klagen.
Wir haben zu tun.
Wir sind satt.
Wir essen.

Das Gras wächst,
das Sozialprodukt,
der Fingernagel,
die Vergangenheit.

Die Straßen sind leer.
Die Abschlüsse sind perfekt.
Die Sirenen schweigen.
Das geht vorüber.

Die Toten haben ihr Testament
gemacht.
Der Regen hat nachgelassen.
Der Krieg ist noch nicht erklärt.
Das hat keine Eile.

Wir essen das Gras.
Wir essen das Sozialprodukt.
Wir essen die Fingernägel.
Wir essen die Vergangenheit.

Wir haben nichts zu verheimlichen.
Wir haben nichts zu versäumen.
Wir haben nichts zu sagen.
Wir haben.

Die Uhr ist aufgezogen.
Die Verhältnisse sind geordnet.
Die Teller sind abgespült.
Der letzte Autobus fährt vorbei.

Er ist leer.

Wir können nicht klagen.

Worauf warten wir noch?

Hans Magnus Enzensberger

KINDERLIED

Wer lacht hier, hat gelacht?
Hier hat sich's ausgelacht.
Wer hier lacht, macht Verdacht,
daß er aus Gründen lacht.

Wer weint hier, hat geweint?
Hier wird nicht mehr geweint.
Wer hier weint, der auch meint,
daß er aus Gründen weint.

Wer spricht hier, spricht und schweigt?
Wer schweigt, wird angezeigt.
Wer hier spricht, hat verschwiegen,
wo seine Gründe liegen.

Wer spielt hier, spielt im Sand?
Wer spielt muß an die Wand,
hat sich beim Spiel die Hand
gründlich verspielt, verbrannt.

Wer stirbt hier, ist gestorben?
Wer stirbt, ist abgeworben.
Wer hier stirbt, unverdorben
ist ohne Grund verstorben.

Günter Grass

TROTZKI, GOETHE UND DAS GLÜCK

Kaum war ich von der Spritze runter,
tappte ich in die nächste Falle:
die Revolution.

Die Revolution hieß Louise,
hatte unglaublich schmale Hüften,
blitzende Augen, flatterndes schwarzes
Haar, kam aus Paris
und war Trotzkistin.

Wir wohnten zusammen in einem
der besetzten Häuser, hielten uns
glänzend in Schuß, hielten es sogar
für Liebe, und ich palaverte,
wenn Palaver gefragt war,
schwenkte Fahnen, wenn Fahnen
gefragt waren, und frühstückte
entgegen allen Lehren
des Großen Vorsitzenden
mit einer Flasche Wermut
und einem netten dekadenten Gefühl
im Bett.

Das ist das Glück, dachte ich.

Das ist das Glück, sagte ich zu Louise.
Warum lassen wir die Revolution nicht sausen,
das sinnlose Palaver und die Fahnen
und die endlosen Auseinandersetzungen
um die Maschinenfabrik in Shanghai,
suchen uns irgendeinen stillen Winkel
wo ich in Ruhe mein Bier trinken und
zwischendurch mal 'n Gedicht schreiben kann,
et du rest l'amour?

Und Trotzki? schrie Louise,
und die Genossen im Knast?
Dein bourgeoises Glück, pah! Bier
und Gedichte, während die Revolution
organisiert wird!

Von da an ging alles schief. Als ich
im Suff mal mit einer anderen ankam,
ging Louise mit dem Messer
auf mich los. Dann mischte sie
bei einer Frauengruppe mit und ich
mußte nehmen was kam:
meistens nur Bier und manchmal irgendeine
neurotische Studentin, und später selbst das
nicht mehr, und dann
schmissen sie mich raus,
und ich zog woandershin.

Das alles ist etliche Jahre her, aber neulich
traf ich ein Mädchen, das noch in den Kreisen
verkehrt, und fragte sie nach Louise.

Louise, sagte das Mädchen –
die ist wieder in Paris.
Sitzt sie im Zentralkomitee? fragte ich.

I wo, sagte das Mädchen, die hat irgendson
Goetheforscher geheiratet.

An dem Abend trank ich durcheinander,
trank wie lebensmüde, aber als ich gestern
an dem Haus vorbeikam – es sieht
inzwischen ziemlich verkommen aus,
absolut déjà vu –
dachte ich, na ja,
vielleicht hast du doch Glück gehabt.

Jörg Fauser

SONDERZUG NACH PANKOW

Entschuldigen Sie, ist das der Sonderzug nach Pankow?
Ich muss mal eben dahin
mal eben nach Ost-Berlin
Ich muss da was klären, mit eurem Oberindianer
ich bin ein Jodeltalent
und will da spielen mit 'ner Band

Ich hab 'n Fläschchen Cognac mit, und das schmeckt sehr lecker
das schlürf' ich dann ganz locker mit dem Erich Honecker
und ich sag': «Ey, Honey, ich sing' für wenig Money
im Republik-Palast, wenn ihr mich lasst»
All die ganzen Schlageraffen dürfen da singen
dürfen ihren ganzen Schrott zum Vortrage bringen
nur der kleine Udo – nur der kleine Udo
der darf das nicht – und das versteh'n wir nicht

Ich weiß genau, ich habe furchtbar viele Freunde
in der DDR, und stündlich werden es mehr

Och, Erich ey, bist Du denn wirklich so ein sturer Schrat
warum lässt Du mich nicht singen im Arbeiter- und Bauernstaat?

Ist das der Sonderzug nach Pankow?
Ist das der Sonderzug nach Pankow?

Ich hab 'n Fläschchen Cognac mit, und das schmeckt sehr lecker
das schlürf' ich dann ganz locker mit dem Erich Honecker
[...]

Honey, ich glaub', Du bist doch eigentlich auch ganz locker
ich weiß, tief in dir drin, bist Du doch eigentlich auch 'n Rocker
Du ziehst dir doch heimlich auch gerne mal die Lederjacke an
und schließt Dich ein auf'm Klo und hörst West-Radio

Hallo Honey, kannst' mich hören
Hallololöchen – Hallo
Hallo, Erich, kannst' mich hören
Hallololöchen – Hallo
Erich, kannst' mich hören
Hallololo Hallo
Joddelido Hallo

(Genosse Erich, im übrigen hat der Oberste Sowjet nichts gegen ein Gastspiel von Herrn Lindenberg in der DDR.)

Udo Lindenberg

BALLADE VOM PREUSSISCHEN IKARUS

1

Da, wo die Friedrichstraße sacht
Den Schritt über das Wasser macht
    da hängt über der Spree

Die Weidendammerbrücke. Schön
Kannst du da Preußens Adler sehn
    wenn ich am Geländer steh

Dann steht er da der preußische Ikarus
    mit grauen Flügeln aus Eisenguss
        dem tun seine Arme so weh
    Er fliegt nicht weg – er stürzt nicht ab
    macht keinen Wind – und macht nicht schlapp
        am Geländer über der Spree

2
Der Stacheldraht wächst langsam ein
Tief in die Haut, in Brust und Bein
    ins Hirn, in graue Zelln
Umgürtet mit dem Drahtverband
Ist unser Land ein Inselland
    umbrandet von bleiernen Welln

Da steht der preußische Ikarus
    mit grauen Flügeln aus Eisenguss
        dem tun seine Arme so weh
    Er fliegt nicht weg – und stürzt nicht ab
    macht keinen Wind – und macht nicht schlapp
        am Geländer über der Spree

3
Und wenn du wegwillst, musst du gehn
Ich hab schon viele abhaun sehn
    aus unserm halben Land
Ich halt mich fest hier, bis mich kalt
Dieser verhasste Vogel krallt
    und zerrt mich übern Rand

Dann bin ich der preußische Ikarus
mit grauen Flügeln aus Eisenguss
dann tun mir die Arme so weh
Dann flieg ich hoch – dann stürz ich ab
mach bisschen Wind – dann mach ich schlapp
am Geländer über der Spree

Wolf Biermann

BALLADE VON DEN VERDORBENEN GREISEN

Hey Krenz, du fröhlicher kalter Krieger
Ich glaube dir nichts, kein einziges Wort
Du hast ja die Panzer in Peking bejubelt
Ich sah dein Gebiss beim Massenmord
Dein falsches Lachen, aus dir macht Fritz Cremer
Ein Monument für die Heuchelei
Du bist unsre Stasi-Metastase
Am kranken Körper der Staatspartei
Wir wollen dich nicht ins Verderben stürzen
du bist schon verdorben genug
Nicht Rache, nein, Rente!
im Wandlitzer Ghetto
und Friede deinem letzten Atemzug

Hey Hager, Professor Tapeten-Kutte
Ich glaube dir nichts, du verdorbener Greis
Jetzt nimmst du uns flott das Wort aus dem Munde
Mit neuen Phrasen der alte Scheiß
Du bist ja selber nicht mehr zu retten
Und rettest auch nicht dieses kranke Land
Du hast deine Jugendträume verraten
Das Menetekel brennt an der Wand
Wir wollen dich nicht ins Verderben stürzen …

Hey Mielke, du warst ein Spanienkämpfer?
Ich glaube dir nichts, du warst privilegiert
Wir wissen, du hast die Trotzkisten und andre
Genossen feig hinter der Front liquidiert
Jetzt übst du mit uns diese blutigen Spiele
Pogrome zum Vierzigsten Jahrestag
Im Prenzlauer Berg, in Leipzig und Dresden
Nichts wird dir vergessen, kein einziger Schlag
    Wir wollen dich nicht ins Verderben stürzen ...

Hey, Schnitzler, du elender Sudel-Ede
Sogar wenn du sagst, die Erde ist rund
Dann weiß jedes Kind: Unsre Erde ist eckig
Du bist ein gekaufter verkommener Hund
Und wirst du bald in der Erde liegen
In dich gehn nicht mal die Würmer rein
«Der muss jetzt im Grab noch die Würmer belügen»
Wird stehen auf deinem Marmorstein
    Wir wollen dich nicht ins Verderben stürzen ...

Hey Honney, du gingst aus Gesundheitsgründen?
Ich glaube dir nichts und auch nicht dies
Die schlimmste Krankheit hattest du immer:
Die stalinistische Syphilis
Ich hab dich verachtet und hab dich gefürchtet
Und trotzdem bleibt da ein Rest von Respekt
Es haben dich die verfluchten Faschisten
Elf Jahre in Brandenburg eingesteckt
    Wir wolln dich doch nicht ins Verderben stürzen
        du bist schon verdorben genug
    Nicht Rache, nein, Rente!
        im Wandlitzer Ghetto
            und Friede deinem letzten Atemzug

Wolf Biermann

DAS EIGENTUM

Da bin ich noch: mein Land geht in den Westen.
KRIEG DEN HÜTTEN FRIEDE DEN PALÄSTEN.
Ich selber habe ihm den Tritt versetzt.
Es wirft sich weg und seine magre Zierde.
Dem Winter folgt der Sommer der Begierde.
Und ich kann *bleiben wo der Pfeffer wächst.*
Und unverständlich wird mein ganzer Text
Was ich niemals besaß wird mir entrissen.
Was ich nicht lebte, werd ich ewig missen.
Die Hoffnung lag im Weg wie eine Falle.
Mein Eigentum, jetzt habt ihrs auf der Kralle.
Wann sag ich wieder *mein* und meine alle.

Volker Braun

PROSA MEINER HEIMATSTRASSE (AUSZUG)

schön sind der freiheit nippfiguren die dem hochmut
der ästheten widerstehn

(schön ist die anarchie der kaufhausgaffer ...
die alle frühern privilegien runterreißen an sich raffen alle außer dem einzig ehrenhaften privileg: mit würde zu verzichten. dies stehe dem brevier voran der drohenden ästheten. den hundesöhnen aber sei die lüsternheit genehm.)

schön ist die rebellion der korrumpierten ...

schön ist die rebellion der habenichtse vorbestraften und verkrachten schön ist die revolution der dummen und geohrfeigten der demoralisierten der anästhesierten der pseudonyme. der spanner und wichser der geizhälse der hühnerdiebe und aller bedürftigen schön ist die revolution der reihenfolge schön ist die revolution der komposition schön ist die revolution der banalen und trivialen der mundtoten der scheintoten der unbelehrbaren leichen schön ist die revolution der friedhofsangestellten die revolution der angestellten und nichtangestellten der angestellten vor den kinokassen vor den fleischer- und wurstwarenverkaufsstellen der angestellten vor den öffentlichen toiletten delikatgeschäften vor den intershops und getränkestützpunkten schön ist die revolution der analphabeten der hinterwäldler der hemdsärmeligen der lumpenproleten schön die revolution der gossenkrebse der aschebarone der kippenstecher der spreu ohne weizen schön die revolution der gottlosen der rechtlosen der würdelosen der uneingeweihten und unberechenbaren der unausgeschlafenen

schön ist ein volk in waffenlosem aufruhr. schön ist die revolution der windhunde traumtänzer taschenspieler trickbetrüger und aller übrigen betrogenen. die revolution der aufschneider und verkrochenen der randexistenzen und der hektiker in den metropolen. o die revolution der marionetten der beauftragten und nichtbeauftragten der fehlenden bei den empfängen und der unterbezahlten befehlsempfänger und der ausgezeichneten schwarzarbeiter der arbeitsscheuen der arbeitslosen der arbeiter und bauern

der miesmacher und gewinner der verlierer und hoffnungsträger der hosenträger der schürzenjäger der starken und schwachen derer an die kein hund denkt derer die am abend ihre kaninchen füttern. schön ist die revolution der lumpenhändler und lungenkranken mit ihren holzbeinen und schaufelstielen und glasaugen. die ihre brillen vergessen haben. die ihren namen vergessen haben. ihre eingeweide. die regelmäßig in einer kneipe irgendwo in der stadt ihr gebiß vergessen. mit ihren fehlenden knöpfen mit ihren fliegenden blättern die kein mensch lesen will. mit ihren traurigen geblümten taschentüchern und mit ihren kniescheiben aus messing.

derer die sich aufgeilen an unflat und derer die sich befriedigen an der schönheit. derer die die moral zu grabe tragen als wenn sie es nicht verdient hätte. die moral mit ihren zu kleinen schuhn und ihren zu großen flaschen. immer wieder zu grabe getragen und immer wieder auferstanden. schön ist die revolution der türhüter und der totengräber. schön ist die revolution der verzagten ... wenn die phantasielosen in den aufstand gehn ist die phantasie an der macht.

schön ist die straße der revolutionären massen angeführt von konterrevolutionären spinnern. schön ist die revolution der abtrünnigen verräter der huren des kapitals der dekadenten der pasquillanten der hyänen der schakale der aasgeier der verbrecherischen elemente der verleumderischen elemente der gewissenlosen elemente der blutbesudelten elemente der tollwütigen elemente der käuflichen subjekte ... der schreiberlinge der finsternis und der feiglinge aus irrsinn

schön ist das feuer in dem der kurze lehrgang der geschichte der KPDSU(B) verbrennt schön alle überlebenden papiere schön ihre einsamkeit und trauer schön ist jeder künftige anruf der schönheit

und ich rufe euch an: schön seid ihr endlich in der revolte
die ihr nicht vergessen werdet denn ihr seid gepriesen
waffenlos gewaltlos rückhaltlos und gepriesen
die ihr die straße mit euren lange verschütteten worten
gefüllt: abschaum
                    der auf schöner woge flog
gepriesen da ihr der schönheit die namen zurückgabt
und entfacht habt in der straße

Wolfgang Hilbig

SELBSTKRITIK

Meine Herausgeber wühlen in alten Texten
Manchmal wenn ich sie lese überläuft es mich kalt Das
Habe ich geschrieben *IM BESITZ DER WAHRHEIT*
Sechzig Jahre vor meinem mutmaßlichen Tod
Auf dem Bildschirm sehe ich meine Landsleute
Mit Händen und Füßen abstimmen gegen die Wahrheit
Die vor vierzig Jahren mein Besitz war
Welches Grab schützt mich vor meiner Jugend

Heiner Müller

NOVEMBERTAGE I. 1989

An diesem Abend brach ein Stottern die Gesetze,
Ein Lesefehler hob die heiligen Verbote auf.
So nüchtern wie die Meldung in die Welt ging
Vor Mikrophon und Kamera, war jener Spuk vorbei,
Den sie verordnet hatten. Erstmals sah man
Die kommunistischen Auguren zögernd lächeln
Wie Spieler, die verlieren, und jetzt wissen sie,
Was sie, gewiegt in Sicherheit, vergessen hatten.
Mit einer letzten Drohung, einer Atempause,
Erklärten Greise meine Geiselnahme für beendet.
In dieser Nacht, als man die Schleusen aufzog,
Ergoß ein Menschenstrom sich in den hellen Teil
Der Stadt, die eine Festung war seit dreißig Jahren,
Geschleift von einem falschen Wort im Protokoll.
Bevor die Eisentore widerriefen, hob die Menge
Den Bann auf, der hier alle Muskeln lähmte.
Mit offnem Mund am Straßenrand ein Offizier
Stand wie verrenkt, weil kein Befehl mehr lenkte,
Das Machtwort ausblieb wie seit Jahren nie.

Als gegen Morgen auf den Boulevards im Westen,
Nach Feuerwerk und Kreisverkehr und Tränen,
Das Freibier ausging, war das Glück vollkommen.
Bei einer Kreuzung stand verlassen, abgebrannt
Bis zu den Rädern, ein *Trabant*, und die Besitzer
Hatten den Autoschlüssel an den Baum gehängt.
Von ihren Kindern angetrieben, ganze Clans
Zogen durchs Zentrum, orientierungslos und still.
Die ersten schliefen schon, sie lagen eingerollt
Vorm Kaufhaus selig unter den Vitrinen,
Auf teurem Pflaster träumend freien Grund.

Durs Grünbein

LEIPZIG IM SCHUMMER (11.3.1990)

koks-installazionen, die abbruch-
reife, bergeberge; heizkörper ap-
geschaltet: mützn auf!, die stadt
ist reif:
                koksinstallationen berge
berge, weltn dazwischn. bei scher-
bnbeknirschtm bodn; was ich sonst
gehört?: wasserrohrbruch, tosende
heraustosende wasser in fensterlo-
sem miezhauskeller; da brachs raus
graugelb gardinenschlappe wo keiner
sich noch mehr gekümmert hat. ja schei-
bnlos ja wasserbruch. die wessiband
hat alkohol hat ‹müngersdorfer stadion›
gegebn, drei-stücke-repertoir wovon
herr zeltinger aus köln mir wohlbekannt.
da hat in connewitz und überall die
straßenbahn so menschlich aufgeheult;

so menschlich (auch hier connewitz), so
enschlich-menschlich hat am nebentisch
ex-stasi zugehorcht – und suhrkamp, tja,
wir wärn fast rausgeflo. + alkohol +
alkohol + alkohol + + +

Thomas Kling

ZUSTANDSBESCHREIBUNG. ZWISCHENBERICHT

Im sächsischen L., einer Stadt
im Auswurf der Zeiten,
habe ich nichts mehr

verloren. Gewonnen hab ich
die Einsicht vom Ende
der Herkunft. Was bleibt,

ist der Name
für meine vermutete
Person,

wie er auf amtlichen
Kopfbögen steht,
und daß mein linker Fuß

auf Dauer krank
und verpfuscht ist.
Da hilft auch die Freiheit

als geordnetes Rauschen
im Heizkörper nichts,
nichts hilft

der letzte schöne Weg
aller Dinge von gestern
in die Entsorgung,

nichts hilft die Gnade,
die Orte der Hinfälligkeit
zu vergessen.

Politisch betrachtet
meine ich bildlich gesprochen
schon lange nichts mehr,

und so sage ich klar:
meine Jahre bis heute
sind eine Schleifspur

gebrochener Schritte
aus oben beschriebenen Gründen
im anders grauen Sand.

Kurt Drawert

IN DER PROVINZ 5

(Bei Aquincum)

Wie vom Reisewagen gestreift eines fliehenden Siedlers
Lag auf der Römerstraße die totel Amsel, zerfetzt.

Einer, der immer dabei war, den nie was anging, der Wind
Hatte aus Flügelfedern ein schwarzes Segel gesetzt.

Daran erkanntest du sie, von fern, die beiseitegefegte,
Beim Einfall der Horde an die Erde geschmiegte Schwester.

Ob Daker und Hunnen, Mongolenpferde und Motorräder –
Schimpfend hatte sie abgelenkt von der Nähe der Nester.

Mehr war nicht drin. Sieht aus, als sei sie gleich hin gewesen.
Der miserablen Sängerin blieb nur sich querzulegen.

Damals im Staub grober Quader, heute auf nassem Asphalt.
Immer war Völkerwanderung, meistens Gefahr auf den Wegen.

Durs Grünbein

GENAUIGKEITSÜBUNG

deutschland
land meiner väter
    allerdings: ich
    hatte nur einen

land meiner väter
    der vater meiner mutter
    besaß einen garten
    sein vater hingegen
    war tagelöhner

land meiner väter
    mein urgroßvater
    sprach nur gebrochen
    & selten deutsch
    sonst fließend polnisch

land meiner väter
    der name meiner familie
    ist der eines russischen flusses

deutschland
land meiner väter
    genau genommen:
    kein allzu brauchbarer anfang
    für ein gedicht

Yaak Karsunke

ÇATODAS

drei sprachen sind zu groß für deinen mund, mein kind
kau dir an der kruste hier muskeln an, nimm
an floskeln tuste gut daran, te tłusteste zu meiden
ah, das wusstest du schon, na dann

drei sprachen sind zu groß für deinen mund, mein kind
die eine hockt noch schief im rachen, indes die anderen
auf angenähte tanten machen, wie damals die aus
liza stara vom saalrand der parade rara

drei sprachen sind zu groß für deinen mund, mein kind
sagst du bélier, verbrauchst du zu viel spucke
meinst du wichurę, zeigst aufs regenzuckeln
und rührst dir was aus drei familien, führst krudes

durch die fleur-de-lilien und setzt dort wechselbälger aus
kuckuckskinder, bülbülschinder, wie du wörtchen
aus drei sprachen klaubst, wie du urkreol verschraubst
was syntaktisch, synku, sich nie binden ließe

pfui, du fiese mutter, biest du, arge hast dein kind betrogen
um die eine muttersprache; alles dreimal: 3 x strachy
3 ça-to-das, selbdritt fällst durchs fehlerfach
deine zunge, kindlein, splisst: père, quoi to ist, äquator

für L., für A.
Dagmara Kraus

KRIEG, FLUCHT, VERNICHTUNG

TRÄNEN DES VATERLANDES. ANNO 1636

Wir sind doch nunmehr ganz, ja mehr denn ganz verheeret!
Der frechen Völker Schar, die rasende Posaun
Das vom Blut fette Schwert, die donnernde Karthaun,
Hat aller Schweiß, und Fleiß, und Vorrat aufgezehret.

Die Türme stehn in Glut, die Kirch ist umgekehret.
Das Rathaus liegt im Graus, die Starken sind zerhaun,
Die Jungfern sind geschänd't, und wo wir hin nur schaun
Ist Feuer, Pest, und Tod, der Herz und Geist durchfähret.

Hier durch die Schanz' und Stadt rinnt allzeit frisches Blut.
Dreimal sind schon sechs Jahr, als unser Ströme Flut,
Von Leichen fast verstopft, sich langsam fort gedrungen.

Doch schweig ich noch von dem, was ärger als der Tod,
Was grimmer denn die Pest, und Glut und Hungersnot,
Das auch der Seelen Schatz so vielen abgezwungen.

Andreas Gryphius

DAS GRAB IM BUSENTO

Nächtlich am Busento lispeln, bei Cosenza, dumpfe Lieder;
aus den Wassern schallt es Antwort, und in Wirbeln klingt es wider!

Und den Fluß hinauf, hinunter ziehn die Schatten tapfrer Goten,
die den Alarich beweinen, ihres Volkes besten Toten.

Allzufrüh und fern der Heimat mußten hier sie ihn begraben,
während noch die Jugendlocken seine Schulter blond umgaben.

Und am Ufer des Busento reihten sie sich um die Wette,
um die Strömung abzuleiten, gruben sie ein frisches Bette.

In der wogenleeren Höhlung wühlten sie empor die Erde,
senkten tief hinein den Leichnam, mit der Rüstung, auf dem Pferde.

Deckten dann mit Erde wieder ihn und seine stolze Habe,
daß die hohen Stromgewächse wüchsen aus dem Heldengrabe.

Abgelenkt zum zweiten Male, ward der Fluß herbeigezogen:
mächtig in ihr altes Bette schäumten die Busentowogen.

Und es sang ein Chor von Männern: «Schlaf in deinen Heldenehren!
Keines Römers schnöde Habsucht soll dir je dein Grab versehren!»

Sangen's, und die Lobgesänge tönten fort im Gotenheere;
wälze sie, Busentowelle, wälze sie von Meer zu Meere!

August von Platen

ABGEDANKTE SOLDATEN

Würmer im Gewissen,
Kleider wohl zerrissen,
Wohlbenarbte Leiber,
Wohlgebrauchte Weiber,
Ungewisse Kinder,
Weder Pferd noch Rinder,
Nimmer Brot im Sacke
Nimmer Geld im Packe,
Haben mit genommen,
Die vom Kriege kommen:
Wer dann hat die Beute?
Eitel fremde Leute.

Friedrich von Logau

WIEGENLIED AUS DEM DREISSIGJÄHRIGEN KRIEG

Horch, Kind, horch, wie der Sturmwind weht
und rüttelt am Erker!
Wenn der Braunschweiger draußen steht,

der faßt uns noch stärker.
Lerne beten, Kind, und falten fein die Händ,
damit Gott den tollen Christian von uns wend'!

Schlaf, Kind, schlaf, es ist Schlafens-Zeit,
ist Zeit auch zum Sterben.
Bist du groß, wird dich weit und breit
die Trommel anwerben.
Lauf ihr nach, mein Kind, hör deiner Mutter Rat;
fällst du in der Schlacht, so würgt dich kein Soldat.

«Herr Soldat, tu mir nichts zuleid,
und laß mir mein Leben!»
«Herzog Christian führt uns zum Streit,
kann kein Pardon geben.
Lassen muß der Bauer mir sein Gut und Hab
zahle nicht mit Geld, nur mit dem kühlen Grab.»

Schlaf, Kind, schlaf, werde stark und groß.
Die Jahre, sie rollen;
folgst bald selber auf stolzem Roß
Herzog Christian dem Tollen.
Wie erschrickt der Pfaff und wirft sich auf die Knie –
«Für den Bauer nicht Pardon, den Pfaffen aber nie!»

Still, Kind, still, wenn Herr Christian kommt,
der lehrt dich zu schweigen!
Sei fein still, bis dir selber frommt,
ein Roß zu besteigen.
Sei fein still, dann bringt der Vater bald dir Brot,
wenn nach Rauch der Wind nicht schmeckt, und nicht der Himmel rot.

Ricarda Huch

PRINZ EUGEN, DER EDLE RITTER

Zelte, Posten, Werda-Rufer!
Lust'ge Nacht am Donauufer!
Pferde stehn im Kreis umher
angebunden an den Pflöcken;
an den engen Sattelböcken
hangen Karabiner schwer.

Um das Feuer auf der Erde,
vor den Hufen seiner Pferde
liegt das östreich'sche Pikett.
Auf dem Mantel liegt ein jeder,
von den Tschakos weht die Feder,
Leutnant würfelt und Kornett.

Neben seinem müden Schecken
ruht auf einer wollnen Decken
der Trompeter ganz allein:
«Laßt die Knöchel, laßt die Karten!
Kaiserliche Feldstandarten
wird ein Reiterlied erfreun!

Vor acht Tagen die Affäre
hab' ich, zu Nutz dem ganzen Heere,
in gehör'gen Reim gebracht;
selber auch gesetzt die Noten;
drum, ihr Weißen und ihr Roten!
Merket auf und gebet acht!»

Und er singt die neue Weise
einmal, zweimal, dreimal leise
denen Reitersleuten vor;
und wie er zum letzten Male
endet, bricht mit einem Male
los der volle, kräft'ge Chor:

«Prinz Eugen, der edle Ritter!»
Hei, das klang wie Ungewitter
weit ins Türkenlager hin.
Der Trompeter tät den Schnurrbart streichen
und sich auf die Seite schleichen
zu der Marketenderin.

Ferdinand Freiligrath

KRIEGSLIED

's ist Krieg! 's ist Krieg! O Gottes Engel wehre,
Und rede Du darein!
's ist leider Krieg – und ich begehre
Nicht schuld daran zu sein!

Was sollt' ich machen, wenn im Schlaf mit Grämen
Und blutig, bleich und blaß,

Die Geister der Erschlagnen zu mir kämen,
Und vor mir weinten, was?

Wenn wackre Männer, die sich Ehre suchten,
Verstümmelt und halb tot
Im Staub sich vor mir wälzten und mir fluchten
In ihrer Todesnot?

Wenn tausend tausend Väter, Mütter, Bräute,
So glücklich vor dem Krieg,
Nun alle elend, alle arme Leute,
Wehklagten über mich?

Wenn Hunger, böse Seuch' und ihre Nöten
Freund, Freund und Feind ins Grab
Versammleten, und mir zu Ehren krähten
Von einer Leich' herab?

Was hülf' mir Kron' und Land und Gold und Ehre?
Die könnten mich nicht freun!
's ist leider Krieg – und ich begehre
Nicht schuld daran zu sein!

Matthias Claudius

LÜTZOWS WILDE JAGD

Was glänzt dort vom Walde im Sonnenschein?
Hör's näher und näher brausen.
Es zieht sich herunter in düsteren Reih'n,
und gellende Hörner schallen darein
und erfüllen die Seele mit Grausen.
Und wenn ihr die schwarzen Gesellen fragt:
Das ist Lützows wilde, verwegene Jagd.

Was zieht dort rasch durch den finstern Wald
und streift von Bergen zu Bergen?
Es legt sich in nächtlichen Hinterhalt;
das Hurra jauchzt und die Büchse knallt;
es fallen die fränkischen Schergen.
Und wenn ihr die schwarzen Jäger fragt:
Das ist Lützows wilde, verwegene Jagd.

Wo die Reben dort glühen, dort braust der Rhein,
der Wütrich geborgen sich meinte;
da naht es schnell mit Gewitterschein
und wirft sich mit rüst'gen Armen hinein
und springt ans Ufer der Feinde.
Und wenn ihr die schwarzen Schwimmer fragt:
Das ist Lützows wilde, verwegene Jagd.

Was braust dort im Tale die laute Schlacht,
was schlagen die Schwerter zusammen?
Wildherzige Reiter schlagen die Schlacht,
und der Funke der Freiheit ist glühend erwacht
und lodert in blutigen Flammen.
Und wenn ihr die schwarzen Reiter fragt:
Das ist Lützows wilde, verwegene Jagd.

Wer scheidet dort röchelnd vom Sonnenlicht.
unter winselnde Feinde gebettet?
Es zuckt der Tod auf dem Angesicht;
doch die wackern Herzen erzittern nicht.
Das Vaterland ist ja gerettet.
Und wenn ihr die schwarzen Gefall'nen fragt:
Das war Lützows wilde, verwegene Jagd.

Die wilde Jagd und die deutsche Jagd
auf Henkersblut und Tyrannen!
Drum, die ihr uns liebt, nicht geweint und geklagt!

Das Land ist ja frei, und der Morgen tagt,
wenn wir's auch nur sterbend gewannen.
Und von Enkeln zu Enkeln sei's nachgesagt:
Das war Lützows wilde verwegene Jagd.

Theodor Körner

AN DIE LÜTZOWSCHEN JÄGER

Wunderliche Spießgesellen
Denkt ihr noch an mich,
Wie wir an der Elbe Wellen
Lagen brüderlich.

Wie wir in des Spreewalds Hallen,
Schauer in der Brust,
Hell die Hörner ließen schallen
So zu Schreck wie Lust?

Mancher mußte da hinunter
Unter den Rasen grün,
Und der Krieg und Frühling munter
Gingen über ihn.

Wo wir ruhen, wo wir wohnen:
Jener Waldeshort
Rauscht mit seinen grünen Kronen
Durch mein Leben fort.

Joseph von Eichendorff

DER INVALID IM IRRENHAUS

Leipzig, Leipzig! arger Boden,
Schmach für Unbill schafftest du.
Freiheit! hieß es, vorwärts, vorwärts!
Trankst mein rotes Blut, wozu?

Freiheit! rief ich, vorwärts, vorwärts!
Was ein Tor nicht alles glaubt!
Und von schwerem Säbelstreiche
Ward gespalten mir das Haupt.

Und ich lag, und abwärts wälzte
Unheilschwanger sich die Schlacht,
Über mich und über Leichen
Sank die kalte, finstre Nacht.

Aufgewacht zu grausen Schmerzen,
Brennt die Wunde mehr und mehr;
Und ich liege hier gebunden,
Grimm'ge Wächter um mich her.

Schrei ich wütend noch nach Freiheit,
Nach dem bluterkauften Glück,
Peitscht der Wächter mit der Peitsche
Mich in schnöde Ruh zurück.

Adelbert von Chamisso

KANON

Das ist die Not der schweren Zeit!
Das ist die schwere Zeit der Not!
Das ist die schwere Not der Zeit!
Das ist die Zeit der schweren Not!

Adelbert von Chamisso

DER GUTE KAMERAD

Ich hatt einen Kameraden
Einen bessern findst du nit.
Die Trommel schlug zum Streite,
Er ging an meiner Seite
In gleichem Schritt und Tritt.

Eine Kugel kam geflogen,
Gilt's mir oder gilt es dir?
Ihn hat es weggerissen,
Er liegt mir vor den Füßen,
Als wär's ein Stück von mir.

Will mir die Hand noch reichen,
Derweil ich eben lad.
Kann dir die Hand nicht geben,
Bleib du im ew'gen Leben
Mein guter Kamerad!

Ludwig Uhland

DIE GRENADIERE

Nach Frankreich zogen zwei Grenadier,
Die waren in Rußland gefangen.
Und als sie kamen ins deutsche Quartier,
Sie ließen die Köpfe hangen.

Da hörten sie beide die traurige Mär:
Daß Frankreich verloren gegangen,
Besiegt und zerschlagen das große Heer –
Und der Kaiser, der Kaiser gefangen.

Da weinten zusammen die Grenadier
Wohl ob der kläglichen Kunde.
Der eine sprach: Wie weh wird mir,
Wie brennt meine alte Wunde!

Der andre sprach: Das Lied ist aus,
Auch ich möcht mit dir sterben,
Doch hab ich Weib und Kind zu Haus,
Die ohne mich verderben.

Was schert mich Weib, was schert mich Kind,
Ich trage weit beßres Verlangen;
Laß sie betteln gehn, wenn sie hungrig sind –
Mein Kaiser, mein Kaiser gefangen!

Gewähr mir, Bruder, eine Bitt:
Wenn ich jetzt sterben werde,

So nimm meine Leiche nach Frankreich mit,
Begrab mich in Frankreichs Erde.

Das Ehrenkreuz am roten Band
Sollst du aufs Herz mir legen;
Die Flinte gib mir in die Hand,
Und gürt mir um den Degen.

So will ich liegen und horchen still,
Wie eine Schildwach, im Grabe,
Bis einst ich höre Kanonengebrüll
Und wiehernder Rosse Getrabe.

Dann reitet mein Kaiser wohl über mein Grab,
Viel Schwerter klirren und blitzen;
Dann steig ich gewaffnet hervor aus dem Grab –
Den Kaiser, den Kaiser zu schützen.

Heinrich Heine

DER KRIEG

Aufgestanden ist er, welcher lange schlief,
Aufgestanden unten aus Gewölben tief.
In der Dämmrung steht er, groß und unerkannt,
Und den Mond zerdrückt er in der schwarzen Hand

In den Abendlärm der Städte fällt es weit,
Frost und Schatten einer fremden Dunkelheit
Und der Märkte runder Wirbel stockt zu Eis.
Es wird still. Sie sehn sich um. Und keiner weiß

In den Gassen fasst es ihre Schulter leicht
Eine Frage. Keine Antwort. Ein Gesicht erbleicht.

In der Ferne wimmert ein Geläute dünn
Und die Bärte zittern um ihr spitzes Kinn.

Auf den Bergen hebt er schon zu tanzen an
Und er schreit: Ihr Krieger alle, auf und an.
Und es schallet, wenn das schwarze Haupt er schwenkt,
Drum von tausend Schädeln laute Kette hängt.

Einem Turm gleich tritt er aus die letzte Glut,
Wo der Tag flieht, sind die Ströme schon voll Blut
Zahllos sind die Leichen schon im Schilf gestreckt,
Von des Todes starken Vögeln weiß bedeckt.

Über runder Mauern blauem Flammenschwall
Steht er, über schwarzer Gassen Waffenschall.
Über Toren, wo die Wächter liegen quer
Über Brücken, die von Bergen Toter schwer.

In die Nacht er jagt das Feuer querfeldein
Einen roten Hund mit wilder Mäuler Schrein
Aus dem Dunkel springt der Nächte schwarze Welt
Von Vulkanen furchtbar ist ihr Rand erhellt

Und mit tausend roten Zipfelmützen weit
Sind die finstren Ebnen flackend überstreut,
Und was unten auf den Straßen wimmelt hin und her,
Fegt er in die Feuerhaufen, dass die Flamme brenne mehr

Und die Flammen fressen brennend Wald um Wald
Gelbe Fledermäuse zackig in das Laub gekrallt
Seine Stange haut er wie ein Köhlerknecht
In die Bäume, dass das Feuer brause recht.

Eine große Stadt versank in gelbem Rauch,
Warf sich lautlos in des Abgrunds Bauch.

Aber riesig über glühnden Trümmern steht
Der in wilde Himmel dreimal seine Fackel dreht,

Über sturmzerfetzter Wolken Widerschein,
In des toten Dunkels kalte Wüstenein,
Dass er mit dem Brande weit die Nacht verdorr,
Pech und Feuer träufet unten auf Gomorrh.

Georg Heym

AN DER FRONT

Das Land ist öde. Die Felder sind wie verweint.
Auf böser Straße fährt ein grauer Wagen.
Von einem Haus ist das Dach herabgerutscht.
Tote Pferde verfaulen in Lachen.

Die braunen Striche dahinten sind Schützengräben.
Am Horizont gemächlich brennt ein Hof
Schüsse platzen, verhallen – pop, pop, pauuu.
Reiter verschwinden langsam im kahlen Gehölz,

Schrapnellwolken blühen auf und vergehen. Ein Hohlweg
Nimmt uns auf. Dort hält Infanterie, naß und lehmig.
Der Tod ist so gleichgültig wie der Regen, der anhebt.
Wen kümmert das Gestern, das Heute oder das Morgen?

Und durch ganz Europa ziehen die Drahtverhaue,
Die Forts schlafen leise.
Dörfer und Städte sinken aus schwarzen Ruinen,
Wie Puppen liegen die Toten zwischen den Fronten.

Wilhelm Klemm

SCHNEE

Nun ist wieder Schnee gefallen.
Das Land liegt weiß wie ein Roman.
Seltsam, unwirklich. Ein Leben ohne Hülle
Wandern unsre Gedanken. Wach auf, mein Freund!

Hörst du nicht das Schießen? Es ist Krieg, Weltkrieg.
Überlege es nur, Weltkrieg! Was in Vorträumen gelb
Spukte, ist Wahrheit. Blicke nicht in die Flocken,
Die fallen wie immer und je. Nimm Stelzen der Phantasie.

Jage auf Geisterschenkeln über all die Begebnisse
Entlang die Wege und Umwege Gottes,
Die du nie begreifst. Bis dein atemloses Herz
Plötzlich anhält. Und du dich wiederfindest, unter dem Helm.

Wilhelm Klemm

WILDGÄNSE RAUSCHEN durch die Nacht
Mit schrillem Schrei nach Norden –
Unstäte Fahrt! Habt acht, habt acht!
Die Welt ist voller Morden.

Fahrt durch die nachtdurchwogte Welt,
Graureisige Geschwader!
Fahlhelle zuckt, und Schlachtruf gellt,
Weit wallt und wogt der Hader.

Rausch' zu, fahr' zu, du graues Heer!
Rauscht zu, fahrt zu nach Norden!
Fahrt ihr nach Süden übers Meer –
Was ist aus uns geworden!

Wir sind wie ihr ein graues Heer
Und fahr'n in Kaisers Namen,
Und fahr'n wir ohne Wiederkehr,
Rauscht uns im Herbst ein Amen!

Walter Flex

ABSCHIED

(kurz vor der Abfahrt zum Kriegsschauplatz für Peter Scher)

Vorm Sterben mache ich noch mein Gedicht.
Still, Kameraden, stört mich nicht.

Wir ziehn zum Krieg. Der Tod ist unser Kitt.
O, heulte mir doch die Geliebte nit.

Was liegt an mir. Ich gehe gerne ein.
Die Mutter weint. Man muß aus Eisen sein.

Die Sonne fällt zum Horizont hinab.
Bald wirft man mich ins milde Massengrab.

Am Himmel brennt das brave Abendrot.
Vielleicht bin ich in dreizehn Tagen tot.

Alfred Lichtenstein

GRODEK

Am Abend tönen die herbstlichen Wälder
Von tödlichen Waffen, die goldnen Ebenen
Und blauen Seen, darüber die Sonne

Düstrer hinrollt; umfängt die Nacht
Sterbende Krieger, die wilde Klage
Ihrer zerbrochenen Münder.
Doch stille sammelt im Weidengrund
Rotes Gewölk, darin ein zürnender Gott wohnt
Das vergossne Blut sich, mondne Kühle;
Alle Straßen münden in schwarze Verwesung.
Unter goldnem Gezweig der Nacht und Sternen
Es schwankt der Schwester Schatten durch den schweigenden Hain,
Zu grüßen die Geister der Helden, die blutenden Häupter;
Und leise tönen im Rohr die dunkeln Flöten des Herbstes.
O stolzere Trauer! ihr ehernen Altäre
Die heiße Flamme des Geistes nährt heute ein gewaltiger Schmerz,
Die ungebornen Enkel.

Georg Trakl

PATROUILLE

Die Steine feinden
Fenster grinst Verrat
Äste würgen
Berge Sträucher blättern raschlig
Gellen
Tod.

August Stramm

MODERNE LEGENDE

Als der Abend übers Schlachtfeld wehte
Waren die Feinde geschlagen.
Klingend die Telegrafendrähte
Haben die Kunde hinausgetragen.

Da schwoll am einen Ende der Welt
Ein Heulen, das am Himmelsgewölbe zerschellt'
Ein Schrei, der aus rasenden Mündern quoll
Und wahnsinnstrunken zum Himmel schwoll.
Tausend Lippen wurden vom Fluchen blaß
Tausend Hände ballten sich wild im Haß.

Und am andern Ende der Welt
Ein Jauchzen am Himmelsgewölbe zerschellt'
Ein Jubeln, ein Toben, ein Rasen der Lust
Ein freies Aufatmen und Recken der Brust.
Tausend Lippen wühlten im alten Gebet
Tausend Hände falteten fromm sich und stet.

In der Nacht noch spät
Sangen die Telegrafendräht'
Von den Toten, die auf dem Schlachtfeld geblieben – –
Siehe, da ward es still bei Freunden und Feinden.

Nur die Mütter weinten
Hüben – und drüben.

Bertolt Brecht

DAS KNIE

Ein Knie geht einsam durch die Welt.
Es ist ein Knie, sonst nichts!
Es ist kein Baum! Es ist kein Zelt!
Es ist ein Knie, sonst nichts.

Im Kriege ward einmal ein Mann
erschossen um und um.
Das Knie allein blieb unverletzt –
als wärs ein Heiligtum.

Seitdem geht's einsam durch die Welt.
Es ist ein Knie, sonst nichts.
Es ist kein Baum, es ist kein Zelt.
Es ist ein Knie, sonst nichts.

Christian Morgenstern

DI ZERSTÖRTN. EIN GESANG

1
herzumlederun'. schwere.
geschüzze.
böschungen im schweren in
gescheuchtm mohn; wir haben lawinen, la-
winenstunden und ja und -jahre gehabt. wir
pflanztn uns auf, wir aufpflanzer von ba-
jonettn. di blutablaufrinnen, die kanntn
wir.

2
WIR LAGEN IN GROBEN GEGENDN. WIR PFLANZTN
TOD. WIR PFLEGTN DEN GESANG / WIR AUF-
PFLANZER VON EWIGEM MOHN / DER SCHOSS
AUS UNSERN HÄUPTERN UNS IN DEN GESANG
DAS NANNTN WIR: *herzumlederun'*! + schrienz,

3
rattnschlaf. so war ich deutscher, serbe,
franzose; wir wir wir. WIR STREKKTN UNS auf
unsre bajonette, fühlten uns und sangen für
den böschunxmohn «todesanxxt?,

4
ja.: 2 mal:
als in den 20ern ich in offne see hinauszutreibn
drohte; als das meer mich *fast* genommn hätte. +:
INFANTRIE-ANGRIFF / schlacht a. d. putna; ru-
ssischer gesang noch als ich nachts 88 war. ihr
gegnüber-gesang; nur der fluß trennte uns nach-
dem wir umgeladn wurdn in hermannstadt ('16).»

5
hart umledertn herznz. unsere schwere.
geschüzze so bricht der tag an di rattnnacht.
nächte nächte rattnmächte im böschunx-, im
ratten-mohn. wir sind noch WIR WAREN UNTER DER
WEISZN (*jiddisch, di mond*) da waren wir,
DAS WARNEN WIR. UMSONST-GESANG

6
unterm rattnmond kurz schlafende schlaflose
mordexpertn; WIR SCHLIFFN di spatn an und
übtn an lebendign kazzn; wir rattn wurdn
trainiert wi rattn. WIR SCHWEISSTN uns schlag-
ringe; WIR SCHWEISSTN auf allen seitn GEHN SI
IN UNSER MUSEUM auf allen seitn den bauernkriixx-
morgenstern. da, grabnkampf, verhaue,

7
brach di tagsonne ab, nebel-, geschüzznebel-
betreut im böschunxmohn, kaum kriegen, 88, wir
unsre tablettnkrallen zum schmalgelbn todmund.

8
WIR SCHWOREN auf unsre schrapnelle, blikkn
aus schwer zerlebtn trauma-höhlen auf unsre lebnzz-
geschichte.
kaliber.
kaliber.
kaliber.
geschichte.

korps-chor: («WIR HÖRTN
DI ENGLEIN
SINGEN»)

9
bestellte, jahre später, grünoxidierte äkker;
deine pflugschar, bauer, knarrt in hülsen, schä-
del, handgranatnsplitter. das knarrt in deinen

schlaf, rattnschlaf, den unbesänftigtn. so rot
blüht dir der böschunxsmohn ins herz ins starr-
umlederte, wo keine schwestermutter dich anhört
und hört; *di weiße* scheint in gräbnmohn, ameisene
schwere, geschüzzdonner der deine träume ja jahr-
zehnte später pflügt und schwere,
schwere schwere (!!!) ...

Thomas Kling

TRÄNEN DES VATERLANDES ANNO 1937

O Deutschland! Sagt, was habt aus Deutschland ihr gemacht?!
Ein Deutschland stark und frei?! Ein Deutschland hoch in Ehren?!
Ein Deutschland, drin das Volk sein Hab und Gut kann mehren,
auf aller Wohlergehn ist jedermann bedacht?!

Erinnerst du dich noch des Rufs: «Deutschland erwacht!»?
Als würden sie dich bald mit Gaben reich bescheren,
so nahmen sie dich ein, die heute dich verheeren.
Geschlagen bist du mehr denn je in einer Schlacht.

Dein Herz ist eingeschrumpft. Dein Denken ist mißraten.
Dein Wort ward Lug und Trug. Was ist noch wahr und echt?!
Was Lüge noch verdeckt, entblößt sich in den Taten:

Die Peitsche hebt zum Schlag ein irrer Folterknecht,
der Henker wischt das Blut von seines Beiles Schneide –
O wieviel neues Leid zu all dem alten Leide!

Johannes R. Becher

NÜRNBERG 1935

Damals warf im September die Sonne
sehr lange Schatten über die Wöhrder Wiese.
Ich war sechs, doch mein Schemen
zog sich so riesig hin, daß ich erschrak.
Über ihn springen konnte ich nicht.
Dann war er auf einmal verschwunden.
Die Seele wollte mir niemand abkaufen.
Es roch nach Laub und nach Heu.
Bis zum Herbst neununddreißig
war es noch weit. Ahnungslos
schleppte der Frieden sich hin.
Keine Feuersäulen stiegen auf
über der Stadt. Es war kalt
im Schatten der hohen Türme.

Hans Magnus Enzensberger

FRÜHLING 1938

I

Heute, Ostersonntag früh
Ging ein plötzlicher Schneesturm über die Insel.
Zwischen den grünenden Hecken lag Schnee. Mein junger Sohn
Holte mich zu einem Aprikosenbäumchen an der Hausmauer
Von einem Vers weg, in dem ich auf diejenigen mit dem Finger deutete
Die einen Krieg vorbereiteten, der
Den Kontinent, diese Insel, mein Volk, meine Familie und mich
Vertilgen mag. Schweigend
Legten wir einen Sack
Über den frierenden Baum.

II
Über dem Sund hängt Regengewölke, aber den Garten
Vergoldet noch die Sonne. Die Birnbäume
Haben grüne Blätter und noch keine Blüten, die Kirschbäume hingegen
Blüten und noch keine Blätter. Die weißen Dolden
Scheinen aus dürren Ästen zu sprießen.
Über das gekräuselte Sundwasser
Läuft ein kleines Boot mit geflicktem Segel.
In das Gezwitscher der Stare
Mischt sich der ferne Donner
Der manövrierenden Schiffsgeschütze
Des Dritten Reiches.

III
In den Weiden am Sund
Ruft in diesen Frühjahrsnächten oft das Käuzlein.
Nach dem Aberglauben der Bauern
Setzt das Käuzlein die Menschen davon in Kenntnis
Daß sie nicht lang leben. Mich
Der ich weiß, dass ich die Wahrheit gesagt habe
Über die Herrschenden, braucht der Totenvogel davon
Nicht erst in Kenntnis zu setzen.

Bertolt Brecht

EINSAMER TAG AM FENSTER (AMSTERDAM 1939)

Wolken werden Kissen
Und ich träum gen Himmel,
Als wolle ich in alten Märchenbüchern lesen,
Als wolle ich in weichem Schimmer sanft verwesen,
Die Erde lieben, doch nichts von ihr wissen.

Die Märchenbücher hab ich längst zerrissen.

Doch unter meinem Fenster steht ein Schimmel,
Vor einen Heringskarren hat man ihn gespannt.
Bringt er mir Glück?
Ich kann doch Glück nicht mehr ertragen.
Ich flehe um die Antwort auf des Jammers Fragen?

Das Fell des Schimmels scheint den Wolken wohl verwandt.
Ein Baum singt Lieder, fremd und süß bekannt.
Es gibt ja Glück.

Irmgard Keun

DEZEMBER 1942

Wie Wintergewitter ein rollender Hall.
Zerschossen die Lehmwand von Bethlehems Stall.

Es liegt Maria erschlagen vorm Tor,
Ihr blutig Haar an die Steine fror.

Drei Landser ziehen vermummt vorbei.
Nicht brennt ihr Ohr von des Kindes Schrei.

Im Beutel den letzten Sonnblumenkern,
Sie suchen den Weg und sehn keinen Stern.

Aurum, thus, myrrham offerunt ...
Um kahles Gehöft streicht Krähe und Hund.

... quia natus est nobis Dominus.
Auf fahlem Gerippe glänzt Öl und Ruß.

Vor Stalingrad verweht die Chaussee.
Sie führt in die Totenkammer aus Schnee.

Peter Huchel

WER LÄUTET DRAUSSEN AN DER TÜR?

Wer läutet draußen an der Tür,
kaum daß es sich erhellt?
Ich geh schon, Schatz. Der Bub hat nur
die Semmeln hingestellt.

Wer läutet draußen an der Tür?
Bleib nur; ich geh, mein Kind.
Es war ein Mann, der fragte an
beim Nachbar, wer wir sind.

Wer läutet draußen an der Tür?
Laß ruhig die Wanne voll.
Die Post war da; der Brief ist nicht
dabei, der kommen soll.

Wer läutet draußen an der Tür?
Leg du die Betten aus.
Der Hausbesorger war's; wir solln
am Ersten aus dem Haus.

Wer läutet draußen an der Tür?
Die Fuchsien blühn so nah.
Pack, Liebste, mir mein Waschzeug ein
und wein nicht: sie sind da.

Theodor Kramer

AUCH DIR, du mein Geliebter,
Haben zwei Hände, zum Darreichen geboren,
Die Schuhe abgerissen,
Bevor sie dich töteten.
Zwei Hände, die sich darreichen müssen
Wenn sie zu Staub zerfallen.
Deine Schuhe waren aus einer Kalbshaut.
Wohl waren sie gegerbt, gefärbt,
Der Pfriem hatte sie durchstochen –
Aber wer weiß, wo noch ein letzter lebendiger
Hauch wohnt?
Während der kurzen Trennung
Zwischen deinem Blut und der Erde
Haben sie Sand hineingespart wie eine Stundenuhr
Die jeden Augenblick Tod füllt.
Deine Füße!

Die Gedanken eilten ihnen voraus.
Die so schnell bei Gott waren,
So wurden deine Füße müde,
Wurden wund um dein Herz einzuholen.
Aber die Kalbshaut,
Darüber einmal die warme leckende Zunge
Des Muttertieres gestrichen war,
Ehe sie abgezogen wurde –
Wurde noch einmal abgezogen
Von deinen Füßen,
Abgezogen –
O du mein Geliebter!

Nelly Sachs

O DIE SCHORNSTEINE

Auf den sinnreich erdachten Wohnungen des Todes,
Als Israels Leib zog aufgelöst in Rauch
Durch die Luft –
Als Essenkehrer ihn ein Stern empfing
Der schwarz wurde
Oder war es ein Sonnenstrahl?

O die Schornsteine!
Freiheitswege für Jeremias und Hiobs Staub –
Wer erdachte euch und baute Stein auf Stein
Den Weg für Flüchtlinge aus Rauch?

O die Wohnungen des Todes,
Einladend hergerichtet
Für den Wirt des Hauses, der sonst Gast war –
O ihr Finger,
Die Eingangsschwelle legend
Wie ein Messer zwischen Leben und Tod –

O ihr Schornsteine,
O ihr Finger,
Und Israels Leib im Rauch durch die Luft!

Nelly Sachs

CHOR DER GERETTETEN

Wir Geretteten,
Aus deren hohlem Gebein der Tod schon seine Flöten schnitt,
An deren Sehnen der Tod schon seinen Bogen strich –
Unsere Leiber klagen noch nach
Mit ihrer verstümmelten Musik.
Wir Geretteten,
Immer noch hängen die Schlingen für unsere Hälse gedreht
Vor uns in der blauen Luft –
Immer noch füllen sich die Stundenuhren mit unserem tropfenden Blut.
Wir Geretteten,
Immer noch essen an uns die Würmer der Angst.
Unser Gestirn ist vergraben im Staub.
Wir Geretteten
Bitten euch:
Zeigt uns langsam eure Sonne.
Führt uns von Stern zu Stern im Schritt.
Laßt uns das Leben leise wieder lernen.
Es könnte sonst eines Vogels Lied,
Das Füllen des Eimers am Brunnen
Unseren schlecht versiegelten Schmerz aufbrechen lassen
Und uns wegschäumen –
Wir bitten euch:
Zeigt uns noch nicht einen beißenden Hund –
Es könnte sein, es könnte sein
Daß wir zu Staub zerfallen –
Vor euren Augen zerfallen in Staub.

Was hält denn unsere Webe zusammen?
Wir odemlos gewordene,
Deren Seele zu Ihm floh aus der Mitternacht
Lange bevor man unseren Leib rettete
In die Arche des Augenblicks.
Wir Geretteten,
Wir drücken eure Hand,
Wir erkennen euer Auge –
Aber zusammen hält uns nur noch der Abschied,
Der Abschied im Staub
Hält uns mit euch zusammen.

Nelly Sachs

TODESFUGE

Schwarze Milch der Frühe wir trinken sie abends
wir trinken sie mittags und morgens wir trinken sie nachts
wir trinken und trinken
wir schaufeln ein Grab in den Lüften da liegt man nicht eng
Ein Mann wohnt im Haus der spielt mit den Schlangen der schreibt
der schreibt wenn es dunkelt nach Deutschland dein goldenes Haar Margarete
er schreibt es und tritt vor das Haus und es blitzen die Sterne er pfeift seine Rüden herbei
er pfeift seine Juden hervor läßt schaufeln ein Grab in der Erde
er befiehlt uns spielt auf nun zum Tanz

Schwarze Milch der Frühe wir trinken dich nachts
wir trinken dich morgens und mittags wir trinken dich abends
wir trinken und trinken
Ein Mann wohnt im Haus der spielt mit den Schlangen der schreibt
der schreibt wenn es dunkelt nach Deutschland dein goldenes Haar Margarete
Dein aschenes Haar Sulamith wir schaufeln ein Grab in den Lüften da liegt man nicht eng

Er ruft stecht tiefer ins Erdreich ihr einen ihr andern singet und spielt
er greift nach dem Eisen im Gurt er schwingts seine Augen sind blau
stecht tiefer die Spaten ihr einen ihr andern spielt weiter zum Tanz auf

Schwarze Milch der Frühe wir trinken dich nachts
wir trinken dich mittags und morgens wir trinken dich abends
wir trinken und trinken
ein Mann wohnt im Haus dein goldenes Haar Margarete
dein aschenes Haar Sulamith er spielt mit den Schlangen

Er ruft spielt süßer den Tod der Tod ist ein Meister aus Deutschland
er ruft streicht dunkler die Geigen dann steigt ihr als Rauch in die Luft
dann habt ihr ein Grab in den Wolken da liegt man nicht eng

Schwarze Milch der Frühe wir trinken dich nachts
wir trinken dich mittags der Tod ist ein Meister aus Deutschland
wir trinken dich abends und morgens wir trinken und trinken
der Tod ist ein Meister aus Deutschland sein Auge ist blau
er trifft dich mit bleierner Kugel er trifft dich genau
ein Mann wohnt im Haus dein goldenes Haar Margarete
er hetzt seine Rüden auf uns er schenkt uns ein Grab in der Luft
er spielt mit den Schlangen und träumet der Tod ist ein Meister aus Deutschland

dein goldenes Haar Margarete
dein aschenes Haar Sulamith

Paul Celan

FRIEDEN

Wie hießen die Hügel
Neben der Straße von Dohna nach Weesenstein?
Ich weiß es nicht mehr,

Nur die Ereignisse
Sind im Gedächtnis geblieben:
Die Trecks der schlesischen Bauern,
Die westwärts durchs Nadelöhr zogen,
Die weggeworfenen Karabiner,
Königstiger,
Hinter sich schwarze Fahnen,
Um Schörners Armee zu entsetzen,
Sowjetische Jabos,
Die sie verfolgten.
Was glänzt da im Walde im Sonnenschein,
Erfüllet die Seelen mit Grausen?
Das noch warme Brot
Verzehrt unterm Rollen der Kanonade
Und im Licht
Der Leuchtspurgeschosse.
Entgegengeschwenkt
Unsere weißen Tücher
Einer Vorausabteilung,
Die auf Fahrrädern kam.

Heinz Czechowski

DER LAG BESONDERS MÜHELOS AM RAND

Der lag besonders mühelos am Rand
des Weges. Seine Wimpern hingen
schwer und zufrieden in die Augenschatten.
Man hätte meinen können, daß er schliefe.

Aber sein Rücken war (wir trugen ihn,
den Schweren, etwas abseits, denn er störte sehr
Kolonnen, die sich drängten) dieser Rücken
war nur ein roter Lappen, weiter nichts.

Und seine Hand (wir konnten dann den Witz
nicht oft erzählen, beide haben wir
ihn schnell vergessen) hatte, wie ein Schwert,
den hartgefrorenen Pferdemist gefaßt,

den Apfel, gelb und starr,
als wär es Erde oder auch ein Arm
oder ein Kreuz, ein Gott: ich weiß nicht was.
Wir trugen ihn da weg und in den Schnee.

Walter Höllerer

PAUL

Neunzehnhundertsiebzehn
an einem Tag unter Null geboren,
rannte er wild über den Kinderspielplatz,
fiel, und rannte weiter,

den Ball werfend über den Schulhof,
fiel, und rannte weiter,

das Gewehr im Arm über das Übungsgelände,
fiel, und rannte weiter,

an einem Tag unter Null
in ein russisches Sperrfeuer,

und fiel.

Rainer Brambach

AUF SOMMERLICHEM FRIEDHOF (1944)

In memoriam Oskar Loerke

Der Fliegenschnäpper steinauf, steinab,
Der Rosenduft begräbt dein Grab.
Es könnte nirgend stiller sein.
Der darin liegt, erschein, erschein!

Der Eisenhut blitzt blaues Licht.
Komm, wisch den Schweiß mir vom Gesicht.
Der Tag ist süß und ladet ein,
Noch einmal säßen wir zu zwein.

Sirene heult, Geschützmaul bellt.
Sie morden sich: es ist die Welt.
Komm nicht! Komm nicht! Laß mich allein,
Der Erdentag lädt nicht mehr ein.
Ins Qualenlose flohest du,
O Grab, halt deine Tür fest zu!

Wilhelm Lehmann

ZWIEGESPRÄCH IM DUNKEL

Ich will allein sein, geh! – «Du bist beherzt.»
Wir fallen. Sage mir, wohin wir fallen?
«Aus den Verzweiflungen.» – Aus allen?
«Aus allen. – Schmerzt es dich so sehr?» – Es schmerzt.
«Willst du allein sein?» – Gib mir das Geleit!
«Wie weit noch?» – Mich benäßt ein Strom –
«Gewiß. Hier führt kein Weg nach Rom.
Vorüber ist die gütige Zeit.

Sie brach wie ein verfolgtes Reh
Ins Knie und ist zu Gott zurückgeschwommen.
Und schmerzt es dich?» – Es tut nicht weh.
«Es schmerzt nicht mehr: dann bist du angekommen.»

Oskar Loerke

RÜCKKEHR

Die Vaterstadt, wie find ich sie doch?
Folgend den Bomberschwärmen
Komm ich nach Haus.
Wo denn liegt sie? Wo die ungeheueren
Gebirge von Rauch stehn.
Das in den Feuern dort
Ist sie.

Die Vaterstadt, wie empfängt sie mich wohl?
Vor mir kommen die Bomber. Tödliche Schwärme
Melden euch meine Rückkehr. Feuersbrünste
Gehen dem Sohn voraus.

Bertolt Brecht

VATER KOMM ERZÄHL vom krieg
vater komm erzähl wiest eingerückt bist
vater komm erzähl wies gschossen hast
vater komm erzähl wiest verwundt wordn bist
vater komm erzähl wiest gfalln bist
vater komm erzähl vom krieg

Ernst Jandl

ALLE TAGE

Der Krieg wird nicht mehr erklärt,
sondern fortgesetzt. Das Unerhörte
ist alltäglich geworden. Der Held
bleibt den Kämpfen fern. Der Schwache
ist in die Feuerzonen gerückt.
Die Uniform des Tages ist die Geduld,
die Auszeichnung der armselige Stern
der Hoffnung über dem Herzen.

Er wird verliehen,
wenn nichts mehr geschieht,
wenn das Trommelfeuer verstummt,
wenn der Feind unsichtbar geworden ist
und der Schatten ewiger Rüstung
den Himmel bedeckt.

Er wird verliehen
für die Flucht von den Fahnen,
für die Tapferkeit vor dem Freund,
für den Verrat unwürdiger Geheimnisse
und die Nichtachtung
jeglichen Befehls.

Ingeborg Bachmann

ZERTRETENER MANN BLUES

ich kann die hand nicht heben hoch zum gruß, schau her:
ich kann die hand nicht heben hoch zum gruß.
wo ich doch weiß, wie schlimm das enden muß.

da steht der braune mann vor mir und schlägt. schau nur:
da steht der braune mann vor mir und schlägt.
diesmal heb ich die hand, jedoch zu spät.

ich krieche mit zerdroschenem gesicht. schau weg:
ich krieche mit zerdroschenem gesicht
vor meinem schlächter, doch ich bettel nicht.

ein stiefelriese tanzt auf meinem bauch. hilf mir:
ein stiefelriese tanzt auf meinem bauch.
ich fresse feuer, und ich bettel auch.

bald fällt ein knochensack ins massengrab. ho ruck:
bald fällt ein knochensack ins massengrab.
dann bin ich, wo ich meine freunde hab.

Ernst Jandl

SNAPSHOT

Ein paar einprägsame Fotos werden
immer geschossen aus solchem Anlaß
etwa an einer Straße wo dann zwei
Männer liegen wovon der eine noch
lebt während das Foto geschossen wird

Harald Hartung

ÜBER EINIGE DAVONGEKOMMENE

Als der Mensch
Unter den Trümmern
Seines

Bombardierten Hauses
Hervorgezogen wurde,
Schüttelte er sich
Und sagte:
Nie wieder.

Jedenfalls nicht gleich.
Günter Kunert

AN DIE KRIEGSLUSTIGEN

«Ein frischer, fröhlicher Krieg!» – ? Ihr tut,
Als flössen zum Scherz die Ströme von Blut,
Als wäre das große Töten ein Fest!!
Warum sagt ihr nicht ebensogut:
«Eine frische, fröhliche Beulenpest»?
Warum begrüßt ihr nicht auch mit Hurra
Die «frische, fröhliche» – Cholera?!
Otto Sommerstorff

AUF MEINEN SCHULTERN

Auf meinen Schultern trage ich meinen Vater.
Er hängt über meinen Rücken.
Ich sehe mich um, wenn wieder ein Photoreporter kommt.
Was wollen sie nur von uns?

Ist es nicht die natürlichste Sache der Welt,
daß ich meinen Vater mit mir trage
durch die zerschossene Landschaft Koreas,
fort aus der Feuerzone,

fort in das Hinterland des Krieges,
wenn er hungrig und schwach ist zu Mittag
und seine Füße müde sind vom langen Umherirren,
von Tagen und Nächten zwischen den Fronten?

Ich spüre meinen Vater
auf meinen Schultern.
So hat schon Aeneas den alten Anchises
aus dem zerstörten Troja getragen.
So werden mich meine Söhne auf dem Rücken tragen
durch die Schrapnellgeschosse des nächsten Krieges,
durch das Zischen der Flammenwerfer,
die das Blitzlicht der Wochenschau sind.

Wieland Schmied

AN TAUBE OHREN DER GESCHLECHTER

Es war ein Land mit hundert Brunnen.
Nehmt für zwei Wochen Wasser mit.
Der Weg ist leer, der Baum verbrannt.
Die Öde saugt den Atem aus.
Die Stimme wird zu Sand
Und wirbelt hoch und stützt den Himmel
Mit einer Säule, die zerstäubt.

Nach Meilen noch ein toter Fluß.
Die Tage schweifen durch das Röhricht
Und reißen Wolle aus den schwarzen Kerzen.
Und eine Haut aus Grünspan schließt
Das Wasserloch,
Als faule Kupfer dort im Schlamm.

Denk an die Lampe
Im golddurchwirkten Zelt des jungen Afrikanus:
Er ließ ihr Öl nicht länger brennen,
Denn Feuer wütete genug,
Die siebzehn Nächte zu erhellen.

*

Polybios berichtet von den Tränen,
Die Scipio verbarg im Rauch der Stadt.
Dann schnitt der Pflug
Durch Asche, Bein und Schutt.
Und der es aufschrieb, gab die Klage
An taube Ohren der Geschlechter.

Peter Huchel

FELDHERRNGEFÜHLE

SCIPIO während seine Soldaten Salz streuten
Auf die Trümmer und Leichenberge von Karthago
Zitierte Homer EINST WIRD KOMMEN DER TAG und weinte
Polybios hat es gesehn der Geschichtsschreiber
Wann haben wir einen Sieger weinen sehn

Heiner Müller

HEIMWEH ODER FERNWEH

DENKST DU DES SCHLOSSES noch auf stiller Höh?
Das Horn ruft nächtlich dort, als ob's dich riefe,
Am Abgrund grast das Reh,
Es rauscht der Wald verwirrend aus der Tiefe –
O stille! wecke nicht! es war, als schliefe
Da drunten ein unnennbares Weh. –

Kennst du den Garten? – Wenn sich Lenz erneut,
Geht dort ein Fräulein auf den kühlen Gängen
Still durch die Einsamkeit
Und weckt den leisen Strom von Zauberklängen,
Als ob die Bäume und die Blumen sängen,
Von der alten schönen Zeit.

Ihr Wipfel und ihr Brunnen, rauscht nur zu!
Wohin du auch in wilder Flucht magst dringen:
Du findest nirgends Ruh!
Erreichen wird dich das geheime Singen,
In dieses Sees wunderbaren Ringen
Gehn wir doch unter, ich und du! –

Joseph von Eichendorff

DAS SCHLOSS BONCOURT

Ich träum als Kind mich zurücke,
    Und schüttle mein greises Haupt;
Wie sucht ihr mich heim, ihr Bilder,
    Die lang ich vergessen geglaubt?

Hoch ragt aus schatt'gen Gehegen
    Ein schimmerndes Schloss hervor,
Ich kenne die Türme, die Zinnen,
    Die steinerne Brücke, das Tor.

Es schauen vom Wappenschilde
Die Löwen so traulich mich an,
Ich grüße die alten Bekannten,
Und eile den Burghof hinan.

Dort liegt die Sphinx am Brunnen,
Dort grünt der Feigenbaum,
Dort, hinter diesen Fenstern,
Verträumt ich den ersten Traum.

Ich tret in die Burgkapelle
Und suche des Ahnherrn Grab,
Dort ist's, dort hängt vom Pfeiler
Das alte Gewaffen herab.

Noch lesen umflort die Augen
Die Züge der Inschrift nicht,
Wie hell durch die bunten Scheiben
Das Licht darüber auch bricht.

So stehst du, o Schloss meiner Väter,
Mir treu und fest in dem Sinn,
Und bist von der Erde verschwunden,
Der Pflug geht über dich hin.

Sei fruchtbar, o teurer Boden,
Ich segne dich mild und gerührt,
Und segn' ihn zwiefach, wer immer
Den Pflug nun über dich führt.

Ich aber will auf mich raffen,
Mein Saitenspiel in der Hand,
Die Weiten der Erde durchschweifen,
Und singen von Land zu Land.

Adelbert von Chamisso

DIE STADT

Am grauen Strand, am grauen Meer
Und seitab liegt die Stadt;
Der Nebel drückt die Dächer schwer,
Und durch die Stille braust das Meer
Eintönig um die Stadt.

Es rauscht kein Wald, es schlägt im Mai
Kein Vogel ohn' Unterlaß;
Die Wandergans mit hartem Schrei
Nur fliegt in Herbstesnacht vorbei,
Am Strande weht das Gras.

Doch hängt mein ganzes Herz an dir,
Du graue Stadt am Meer;
Der Jugend Zauber für und für
Ruht lächelnd doch auf dir, auf dir,
Du graue Stadt am Meer.

Theodor Storm

HEIMWEH

Wer in die Fremde will wandern,
Der muß mit der Liebsten gehn,
Es jubeln und lassen die Andern
Den Fremden alleine stehn.

Was wisset Ihr, dunkele Wipfeln,
Von der alten schönen Zeit?
Ach, die Heimat hinter den Gipfeln,
Wie liegt sie von hier so weit.

Am liebsten betracht' ich die Sterne,
Die schienen, wenn ich ging zu ihr,
Die Nachtigall hör' ich so gerne,
Sie sang vor der Liebsten Tür.

Der Morgen, das ist meine Freude!
Da steig' ich in stiller Stund'
Auf den höchsten Berg in die Weite,
Grüß dich Deutschland, aus
Herzensgrund!

Joseph von Eichendorff

HEGIRE

Nord und West und Süd zersplittern,
Throne bersten, Reiche zittern,
Flüchte du, im reinen Osten
Patriarchenluft zu kosten,
Unter Lieben, Trinken, Singen,
Soll dich Chisers Quell verjüngen.

Dort, im Reinen und im Rechten,
Will ich menschlichen Geschlechten
In des Ursprungs Tiefe dringen,
Wo sie noch von Gott empfingen
Himmelslehr' in Erdesprachen,
Und sich nicht den Kopf zerbrachen.

Wo sie Väter hoch verehrten,
Jeden fremden Dienst verwehrten;
Will mich freun der Jugendschranke:
Glaube weit, eng der Gedanke,
Wie das Wort so wichtig dort war,
Weil es ein gesprochen Wort war.

Will mich unter Hirten mischen,
An Oasen mich erfrischen,
Wenn mit Caravanen wandle,
Schawl, Caffee und Moschus handle.
Jeden Pfad will ich betreten
Von der Wüste zu den Städten.

Bösen Felsweg auf und nieder
Trösten Hafis deine Lieder,
Wenn der Führer mit Entzücken,
Von des Maulthiers hohem Rücken,
Singt, die Sterne zu erwecken,
Und die Räuber zu erschrecken.

Will in Bädern und in Schenken
Heil'ger Hafis dein gedenken,
Wenn den Schleyer Liebchen lüftet,
Schüttlend Ambralocken düftet.
Ja des Dichters Liebeflüstern
Mache selbst die Huris lüstern.

Wolltet ihr ihm dies beneiden,
Oder etwa gar verleiden;
Wisset nur, daß Dichterworte
Um des Paradieses Pforte
Immer leise klopfend schweben,
Sich erbittend ew'ges Leben.

Johann Wolfgang Goethe

MIGNON

Kennst du das Land? wo die Citronen blühn,
Im dunkeln Laub die Gold-Orangen glühn,
Ein sanfter Wind vom blauen Himmel weht,

Die Myrte still und hoch der Lorbeer steht,
Kennst du es wohl?
Dahin! Dahin
Möcht' ich mit dir, o mein Geliebter, ziehn.

Kennst du das Haus? Auf Säulen ruht sein Dach,
Es glänzt der Saal, es schimmert das Gemach,
Und Marmorbilder stehn und sehn mich an:
Was hat man dir, du armes Kind, getan?
Kennst du es wohl?
Dahin! Dahin
Möcht' ich mit dir, o mein Beschützer, ziehn.

Kennst du den Berg, und seinen Wolkensteg?
Das Maultier sucht im Nebel seinen Weg;
In Höhlen wohnt der Drachen alte Brut;
Es stürzt der Fels und über ihn die Flut.
Kennst du ihn wohl?
Dahin! Dahin
Geht unser Weg! o Vater, laß uns ziehn!

Johann Wolfgang Goethe

AN EINEM WINTERMORGEN, VOR SONNENAUFGANG

O flaumenleichte Zeit der dunkeln Frühe!
Welch neue Welt bewegest du in mir?
Was ists, daß ich auf einmal nun in dir
Von sanfter Wollust meines Daseins glühe?

Einem Kristall gleicht meine Seele nun,
Den noch kein falscher Strahl des Lichts getroffen;
Zu fluten scheint mein Geist, er scheint zu ruhn,
Dem Eindruck naher Wunderkräfte offen,

Die aus dem klaren Gürtel blauer Luft
Zuletzt ein Zauberwort vor meine Sinne ruft.

Bei hellen Augen glaub ich doch zu schwanken;
Ich schließe sie, daß nicht der Traum entweiche.
Seh ich hinab in lichte Feenreiche?
Wer hat den bunten Schwarm von Bildern und Gedanken
Zur Pforte meines Herzens hergeladen,
Die glänzend sich in diesem Busen baden,
Goldfarbgen Fischlein gleich im Gartenteiche?

Ich höre bald der Hirtenflöten Klänge,
Wie um die Krippe jener Wundernacht,
Bald weinbekränzter Jugend Lustgesänge;
Wer hat das friedenselige Gedränge
In meine traurigen Wände hergebracht?

Und welch Gefühl entzückter Stärke,
Indem mein Sinn sich frisch zur Ferne lenkt!
Vom ersten Mark des heutgen Tags getränkt,
Fühl ich mir Mut zu jedem frommen Werke.
Die Seele fliegt, so weit der Himmel reicht,
Der Genius jauchzt in mir! Doch sage,
Warum wird jetzt der Blick von Wehmut feucht?
Ists ein verloren Glück, was mich erweicht?
Ist es ein werdendes, was ich im Herzen trage?
– Hinweg, mein Geist! hier gilt kein Stillestehn:
Es ist ein Augenblick, und Alles wird verwehn!

Dort, sieh, am Horizont lüpft sich der Vorhang schon!
Es träumt der Tag, nun sei die Nacht entflohn;
Die Purpurlippe, die geschlossen lag,
Haucht, halbgeöffnet, süße Atemzüge:
Auf einmal blitzt das Aug, und, wie ein Gott, der Tag
Beginnt im Sprung die königlichen Flüge!

Eduard Mörike

DIE STERNSEHERIN LISE

Ich sehe oft um Mitternacht,
wenn ich mein Werk getan
und niemand mehr im Hause wacht,
die Stern' am Himmel an.

Sie gehn da, hin und her zerstreut,
als Lämmer auf der Flur,
in Rudeln auch und aufgereiht
wie Perlen an der Schnur.

Und funkeln alle weit und breit
und funkeln rein und schön;
ich seh' die große Herrlichkeit
und kann mich satt nicht sehn ...

Dann saget unterm Himmelszelt
mein Herz mir in der Brust:
«Es gibt was Bessers in der Welt
als all ihr Schmerz und Lust.»

Ich werf' mich auf mein Lager hin
und liege lange wach
und suche es in meinem Sinn;
und sehne mich darnach.

Matthias Claudius

VORFRÜHLING

Es läuft der Frühlingswind
Durch kahle Alleen,
Seltsame Dinge sind
In seinem Wehn.

Er hat sich gewiegt,
Wo Weinen war,
Und hat sich geschmiegt
In zerrüttetes Haar.

Er schüttelte nieder
Akazienblüten
Und kühlte die Glieder,
Die atmend glühten.

Lippen im Lachen
Hat er berührt,
Die weichen und wachen
Fluren durchspürt.

Er glitt durch die Flöte
Als schluchzender Schrei,
An dämmernder Röte
Flog er vorbei.

Er flog mit Schweigen
Durch flüsternde Zimmer
Und löschte im Neigen
Der Ampel Schimmer.

Es läuft der Frühlingswind
Durch kahle Alleen,
Seltsame Dinge sind
In seinem Wehn.

Durch die glatten
Kahlen Alleen
Treibt sein Wehn
Blasse Schatten.

Und den Duft,
Den er gebracht,
Von wo er gekommen
Seit gestern Nacht.

Hugo von Hofmannsthal

SEHNSUCHT

Es schienen so golden die Sterne,
Am Fenster ich einsam stand
Und hörte aus weiter Ferne
Ein Posthorn im stillen Land.
Das Herz mir im Leib entbrennte,
Da hab' ich mir heimlich gedacht:
Ach wer da mitreisen könnte
In der prächtigen Sommernacht!

Zwei junge Gesellen gingen
Vorüber am Bergeshang,
Ich hörte im Wandern sie singen
Die stille Gegend entlang:
Von schwindelnden Felsenschlüften,
Wo die Wälder rauschen so sacht,
Von Quellen, die von den Klüften
Sich stürzen in die Waldesnacht.

Sie sangen von Marmorbildern,
Von Gärten, die über'm Gestein
In dämmernden Lauben verwildern,
Palästen im Mondenschein,
Wo die Mädchen am Fenster lauschen,
Wann der Lauten Klang erwacht
Und die Brunnen verschlafen rauschen
In der prächtigen Sommernacht. –

Joseph von Eichendorff

DER ALTE BRUNNEN

Lösch aus dein Licht und schlaf! Das immer wache
Geplätscher nur des alten Brunnens tönt.
Wer aber Gast war unter meinem Dache,
hat sich stets bald an diesen Ton gewöhnt.

Zwar kann es einmal sein, wenn du schon mitten
im Traume bist, daß Unruh' geht ums Haus,
der Kies beim Brunnen knirscht von harten Tritten,
das helle Plätschern setzt auf einmal aus,

und du erwachst, – dann mußt du nicht erschrecken!
Die Sterne stehn vollzählig überm Land,
und nur ein Wandrer trat ans Marmorbecken,
der schöpft vom Brunnen mit der hohlen Hand.

Er geht gleich weiter. Und es rauscht wie immer.
O freue dich, du bleibst nicht einsam hier.
Viel Wandrer gehen fern im Sternenschimmer,
und mancher noch ist auf dem Weg zu dir.

Hans Carossa

IM GRASE

Glocken und Zyanen,
Thymian und Mohn.
Ach, ein fernes Ahnen
hat das Herz davon.

Und im sanften Nachen
trägt es so dahin.
Zwischen Traum und Wachen
frag ich, wo ich bin.

Seh' die Schiffe ziehen,
fühl' den Wellenschlag,
weiße Wolken fliehen
durch den späten Tag –

Glocken und Zyanen,
Mohn und Thymian.
Himmlisch wehn die Fahnen
über grünem Plan:

Löwenzahn und Raden,
Klee und Rosmarin.
Lenk es, Gott, in Gnaden
nach der Heimat hin.

Das ist deine Stille.
Ja, ich hör' dich schon.
Salbei und Kamille,
Thymian und Mohn,

und schon halb im Schlafen
– Mohn und Thymian –
landet sacht im Hafen
nun der Nachen an.

Josef Weinheber

ALS ER 1719, DEN 25. SEPTEMBER, WIEDER NACH SCHWEIDNITZ KAM

Du ehmals liebster Ort der treuen Leonore,
Wie zärtlich rührt mich nicht der Anblick deiner Tore,
Wodurch ich damals oft an ihrer Hand spaziert!
Dort merk ich schon den Raum, worauf wir uns versprochen,
Dort blickt der Altan vor, auf dem wir sechzig Wochen
Die Wächter hinters Licht geführt.

Seid tausendmal gegrüßt, ihr Felder, Sträuch' und Bäume;
Ihr kennt wohl diesen noch, von dem ihr so viel Reime,
So manches Lied gehört, so manchen Kuß gesehn;
Besinnt euch auf die Lust der heitern Sommernächte!
Was meint ihr, wenn mein Wunsch nur eine wiederbrächte?
Das wird wohl nimmermehr geschehn.

Wo find ich aber nun mein Allerliebstes wieder?
Verrät mir gar kein Gras das Lager ihrer Glieder?
Ich spüre keinen Schritt, die Sommerstub' ist leer.
Wie traurig scheinst du mir, du nicht mehr schöner Garten!
Du hast ja zween gehabt, was soll ich einsam warten?
Ach, stell auch beide wieder her!

Du schickst mich in die Stadt; die treff ich desto schlimmer:
Der Wirt, das Volk ist neu, ein Gast entweiht das Zimmer,
Worein sonst nichts als wir und unsre Liebe kam.
Mein Gott, wie ändert sich so viel in wenig Jahren!
Was wird nicht noch geschehn? O sollt' ich dies erfahren!
Wie war mir, daß ich Abschied nahm!

Ich geh den Tempel aus, ich suche durch die Gassen,
Ich such auch, wo sie sich wohl niemals finden lassen,
Ich ruf ihr um den Wall, der Wall hat schlecht Gehör.
Steig, Schweidnitz, steig und sei ein Phönix in den Flammen,
Bau Marmor, Erz und Gold und Schloß und Turm zusammen,
Mir bist du doch nicht Schweidnitz mehr.

Johann Christian Günther

WANDRERS NACHTLIED

Der du von dem Himmel bist,
Alles Leid und Schmerzen stillest,
Den, der doppelt elend ist,
Doppelt mit Erquickung füllest,

Ach! ich bin des Treibens müde!
Was soll all der Schmerz und Lust?
Süßer Friede!
Komm, ach komm in meine Brust!

Johann Wolfgang Goethe

EIN GLEICHES

Über allen Gipfeln
Ist Ruh',
In allen Wipfeln
Spürest Du

Kaum einen Hauch;
Die Vögelein schweigen im Walde.
Warte nur! Balde
Ruhest du auch.

Johann Wolfgang Goethe

DIE VERSCHEUCHTE

Es ist der Tag im Nebel völlig eingehüllt,
entseelt begegnen alle Welten sich –
kaum hingezeichnet wie auf einem Schattenbild.

Wie lange war kein Herz zu meinem mild …
Die Welt erkaltete, der Mensch verblich.
– Komm bete mit mir – denn Gott tröstet mich.

Wo weilt der Odem, der aus meinem Leben wich?
Ich streife heimatlos zusammen mit dem Wild
durch bleiche Zeiten träumend – ja, ich liebte dich …

Wo soll ich hin, wenn kalt der Nordsturm brüllt?
Die scheuen Tiere aus der Landschaft wagen sich
und ich vor deine Tür, ein Bündel Wegerich.

Bald haben Tränen alle Himmel weggespült,
an deren Kelchen Dichter ihren Durst gestillt –
auch du und ich.

Else Lasker-Schüler

VERLOREN

Was Holdes liegt mir in dem Sinn,
Das ich vor Zeit einmal besessen;
Ich weiß nicht, wo es kommen hin,
Auch, was es war, ist mir vergessen.
Vielleicht – am fernen Waldesrand,
Wo ich im lichten Junimorgen
– Die Kinder klein und klein die Sorgen –
Mit dir gesessen Hand in Hand,

Indes vom Fels die Quelle tropfte,
Die Amsel schallend schlug im Grund,
Mein Herz in gleichen Schlägen klopfte,
Und glücklich lächelnd schwieg dein Mund;
In grünen Schatten lag der Ort –
Wenn nur der weite Raum nicht trennte,
Wenn ich nur dort hinüber könnte,
Wer weiß! – vielleicht noch fänd' ich's dort.

Theodor Storm

STIMMEN

Nun stehe ich auf und gehe ich gehe
Bis Gardskagi hin um Mitternacht
Ist es dort hell und ich höre
Das Meer an die Küste schlagen.
Wer seid ihr brüchige Stimmen was geht ihr
Als Hirsche verkleidet umher wer oder was
Seid ihr ihr kennt keinen Tod.

Sarah Kirsch

DANN WERDEN WIR KEIN FEUER BRAUCHEN

Dann werden wir kein Feuer brauchen
Es wird die Erde voll Wärme sein
Der Wald muß dampfen, die Meere
Springen, Wolken die milchigen Tiere
Drängen sich: ein mächtiger Wolkenbaum

Die Sonne ist blaß in all dem Glänzen
Greifbar die Luft ich halte sie fest

Ein hochtönender Wind
Treibts in die Augen da weine ich nicht

Wir gehn bloßen Leibs
Durch Wohnungen türenlos schattenlos
Sind wir allein weil keiner uns folgt niemand
Das Lager versagt: stumm
Sind die Hunde sie wehren nicht
Den Schritt mir zur Seite: ihre Zungen
Aufgebläht ohne Ton sind taub

Nur Himmel umgibt uns und schaumiger Regen Kälte
Wird nie mehr sein, die Steine
Die ledernen Blumen unsere Körper wie Seide dazwischen
Strahln Wärme aus, Helligkeit
Ist in uns wir sind silbernen Leibs

Morgen wirst du im Paradies mit mir sein

Sarah Kirsch

HEIMWEH

Die heile Heimat Utopie hab ich verloren
Dafür und ganz kaputt die halbe Welt gewonnen
Als Kommunistenketzer ward ich neu geboren
Als Mann erst ist mein Kinderglaube mir zerronnen

Hab manchmal Heimweh noch nach diesem blöden Hoffen
Statt Mensch wär ich viel lieber Marxens Zwergenriese
Die alte Sehnsucht macht mich manchmal noch besoffen
Spür nächtens den Phantomschmerz aus dem Paradiese

Dies Höllen-Heimweh trieb mich weg vom Vaterlande
Ins Land der Troubadours, wo Wein wächst wie die Lieder

Es trieb mich auch ins Land der Väter, fern am Rande
Traf dort drei Tausend Jahre alte Freunde wieder

Allein in meinem kurzen Menschenleben fraß ich
Zwei Diktaturen, schluckte mehrere Epochen
Die echten Kriege, falschen Frieden – nichts vergaß ich
Hab oft nach Angstschweiß wie nach Heldentum gerochen

Schlief tief im feinen Duft aus deinen Lebenssäften
Mein Weib, du bist Utopia für mich geblieben
Ich könnt nicht singen, auch nicht schrein nach Kräften
Schon gar nicht schweigen ohne unser blindes Lieben

Wolf Biermann

NACHTGEDANKEN

Denk ich an Deutschland in der Nacht,
dann bin ich um den Schlaf gebracht,
ich kann nicht mehr die Augen
schließen,
und meine heißen Tränen fließen.

Die Jahre kommen und vergehn!
Seit ich die Mutter nicht gesehn,
zwölf Jahre sind schon hingegangen;
es wächst mein Sehnen und Verlangen.

Mein Sehnen und Verlangen wächst.
Die alte Frau hat mich behext,
ich denke immer an die alte,
die alte Frau, die Gott erhalte!

Die alte Frau hat mich so lieb,
und in den Briefen, die sie schrieb,
seh ich, wie ihre Hand gezittert,
wie tief das Mutterherz erschüttert.

Die Mutter liegt mir stets im Sinn.
Zwölf lange Jahre flossen hin,
zwölf lange Jahre sind verflossen,
seit ich sie nicht ans Herz geschlossen.

Deutschland hat ewigen Bestand,
es ist ein kerngesundes Land!
mit seinen Eichen, seinen Linden,
werd ich es immer wiederfinden.

Nach Deutschland lechzt ich nicht
so sehr,
wenn nicht die Mutter dorten wär;
das Vaterland wird nie verderben,
jedoch die alte Frau kann sterben.

Seit ich das Land verlassen hab,
so viele sanken dort ins Grab,
die ich geliebt – wenn ich sie zähle,
so will verbluten meine Seele.

Und zählen muß ich – Mit der Zahl
schwillt immer höher meine Qual,
mir ist, als wälzten sich die Leichen
auf meine Brust – Gottlob! sie weichen!

Gottlob! durch meine Fenster bricht
französisch heitres Tageslicht;
es kommt mein Weib, schön wie der
Morgen,
und lächelt fort die deutschen Sorgen.

Heinrich Heine

AN DAS VATERLAND

O mein Heimatland! O mein Vaterland!
Wie so innig, feurig lieb' ich dich!
Schönste Ros', ob jede mir verblich,
duftest noch an meinem öden Strand!

Als ich arm, doch froh, fremdes Land durchstrich,
Königsglanz mit deinen Bergen maß,
Thronenflitter bald ob dir vergaß,
wie war da der Bettler stolz auf dich!

Als ich fern dir war, o Helvetia!
Faßte manchmal mich ein tiefes Leid;
doch wie kehrte schnell es sich in Freud',
wenn ich einen deiner Söhne sah!

O mein Schweizerland, all' mein Gut und Hab!
Wann dereinst die letzte Stunde kommt,
ob ich Schwacher dir auch nichts gefrommt,
nicht versage mir ein stilles Grab!

Werf' ich von mir einst dies mein Staubgewand,
beten will ich dann zu Gott dem Herrn:
«Lasse strahlen deinen schönsten Stern
nieder auf mein irdisch Vaterland!»

Gottfried Keller

DER SCHWEIZER

Zu Straßburg auf der Schanz,
da ging mein Trauern an,
das Alphorn hört' ich drüben wohl anstimmen,
ins Vaterland mußt' ich hinüberschwimmen,
das ging nicht an.

Ein' Stunde in der Nacht,
sie haben mich gebracht;
sie führten mich gleich vor des Hauptmanns Haus,
ach Gott, sie fischten mich im Strome auf,
mit mir ist's aus.

Frühmorgens um zehn Uhr
stellt man mich vor das Regiment;
ich soll da bitten um Pardon,
und ich bekomm' doch meinen Lohn,
das weiß ich schon.

Ihr Brüder allzumal,
heut seht ihr mich zum letztenmal;
der Hirtenbub ist doch nur schuld daran,
das Alphorn hat mir solches angetan,
das klag' ich an.

Ihr Brüder alle drei,
was ich euch bitt, erschießt mich gleich;

verschont mein junges Leben nicht,
schießt zu, daß das Blut 'raus spritzt,
das bitt ich euch.

O Himmelskönig, Herr!
Nimm du meine arme Seele dahin,
nimm sie zu dir in den Himmel ein,
laß sie ewig bei dir sein
und vergiß nicht mein!

Anonym

LILI MARLEEN

Vor der Kaserne,
vor dem großen Tor
stand eine Laterne,
und steht sie noch davor,
so wolln wir uns da wiedersehn,
bei der Laterne wolln wir stehn
wie einst, Lili Marleen.

Unsre beiden Schatten
sahn wie einer aus,
daß wir so lieb uns hatten,
das sah man gleich daraus.
Und alle Leute solln es sehn,
wenn wir bei der Laterne stehn
wie einst, Lili Marleen.

Schon rief der Posten:
Sie blasen Zapfenstreich;
es kann drei Tage kosten! –
Kamerad, ich komm ja gleich. –
Da sagten wir auf Wiedersehn.
Wie gerne wollt ich mit dir gehn,
mit dir, Lili Marleen!

Deine Schritte kennt sie,
deinen zieren Gang,
alle Abend brennt sie,
mich vergaß sie lang.
Und sollte mir ein Leids geschehn,
wer wird bei der Laterne stehn,
mit dir, Lili Marleen?

Aus dem stillen Raume,
aus der Erde Grund
hebt mich wie im Traume
dein verliebter Mund.
Wenn sich die späten Nebel drehn,
werd ich bei der Laterne stehn
wie einst, Lili Marleen.

Hans Leip

DIE GEFANGENEN

Sie trampeln um den Hof im engen Kreis.
Ihr Blick schweift hin und her im kahlen Raum.
Er sucht nach einem Feld, nach einem Baum,
Und prallt zurück von kahler Mauern Weiß.

Wie in den Mühlen dreht der Rädergang,
So dreht sich ihrer Schritte schwarze Spur.
Und wie ein Schädel mit der Mönchstonsur,
So liegt des Hofes Mitte kahl und blank.

Es regnet dünn auf ihren kurzen Rock.
Sie schaun betrübt die graue Wand empor,
Wo kleine Fenster sind, mit Kasten vor,
Wie schwarze Waben in dem Bienenstock.

Man treibt sie ein, wie Schafe zu der Schur.
Die grauen Rücken drängen in den Stall.
Und klappernd schallt heraus der Widerhall
Der Holzpantoffeln auf dem Treppenflur.

Georg Heym

WELTENDE

Es ist ein Weinen in der Welt,
Als ob der liebe Gott gestorben wär,
Und der bleierne Schatten, der niederfällt,
Lastet grabesschwer.

Komm, wir wollen uns näher verbergen …
Das Leben liegt in aller Herzen
Wie in Särgen.

Du! wir wollen uns tief küssen –
Es pocht eine Sehnsucht an die Welt,
An der wir sterben müssen.

Else Lasker-Schüler

MONDNACHT

Es war, als hätt' der Himmel
Die Erde still geküßt,
Daß sie im Blüten-Schimmer
Von ihm nun träumen müßt'.

Die Luft ging durch die Felder,
Die Ähren wogten sacht,
Es rauschten leis die Wälder,
So sternklar war die Nacht.

Und meine Seele spannte
Weit ihre Flügel aus,
Flog durch die stillen Lande,
Als flöge sie nach Haus.

Joseph von Eichendorff

ÜBER DIE DICHTER

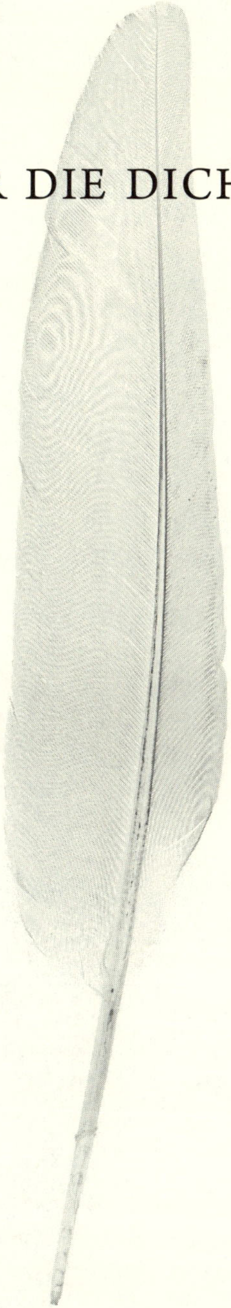

WÜNSCHELRUTE

Schläft ein Lied in allen Dingen,
Die da träumen fort und fort,
Und die Welt hebt an zu singen,
Triffst du nur das Zauberwort.
Joseph von Eichendorff

AN EINE ÄOLSHARFE

Tu semper urges flebilibus modis
Mysten ademptum: nec tibi Vespero
Surgente decedunt amores,
Nec rapidum fugiente Solem.
Horaz

Angelehnt an die Efeuwand
Dieser alten Terrasse,
Du, einer luftgebornen Muse
Geheimnisvolles Saitenspiel,
Fang an,
Fange wieder an
Deine melodische Klage!

Ihr kommet, Winde, fern herüber,
Ach! von des Knaben,
Der mir so lieb war,
Frisch grünendem Hügel.
Und Frühlingsblüten unterweges streifend,
Übersättigt mit Wohlgerüchen,
Wie süß bedrängt ihr dies Herz!
Und säuselt her in die Saiten,
Angezogen von wohllautender Wehmut,
Wachsend im Zug meiner Sehnsucht,
Und hinsterbend wieder.

Aber auf einmal,
Wie der Wind heftiger herstößt,
Ein holder Schrei der Harfe
Wiederholt, mir zu süßem Erschrecken,
Meiner Seele plötzliche Regung;
Und hier – die volle Rose streut, geschüttelt,
All ihre Blätter vor meine Füße!

Eduard Mörike

DIE GESÄNGE

Wo man singet, laß dich ruhig nieder,
ohne Furcht, was man im Lande glaubt;
wo man singet, wird kein Mensch beraubt;
Bösewichter haben keine Lieder.

Wenn der Becher mit dem Traubenblute
unter Rosen unsre Stunden kürzt,
und die Weisheit unsre Freuden würzt,
macht ein Lied den Wein zum Göttergute.

Wenn die Sprache stirbt von meinem Munde
und der Schauer mein Gebein durchläuft,
und mit Eisenarm der Tod mich greift;
singt ein Lied zu meiner schönen Stunde!

Johann Gottfried Seume

WENN NICHT MEHR ZAHLEN und Figuren
Sind Schlüssel aller Kreaturen,
Wenn die, so singen oder küssen,
Mehr als die Tiefgelehrten wissen,

Wenn sich die Welt ins freie Leben,
Und in die Welt wird zurück begeben,
Wenn dann sich wieder Licht und Schatten
Zu echter Klarheit werden gatten,
Und man in Märchen und Gedichten
Erkennt die ew'gen Weltgeschichten,
Dann fliegt vor *einem* geheimen Wort
Das ganze verkehrte Wesen fort.

Novalis
(Friedrich von Hardenberg)

DES SÄNGERS FLUCH

Es stand in alten Zeiten ein Schloß, so hoch und hehr;
weit glänzt' es über die Lande bis an das blaue Meer,
und rings von duft'gen Gärten ein blütenreicher Kranz,
drin sprangen frische Brunnen in Regenbogenglanz.

Dort saß ein stolzer König, an Land und Siegen reich,
er saß auf seinem Throne so finster und so bleich;
denn was er sinnt, ist Schrecken, und was er blickt, ist Wut,
und was er spricht, ist Geißel, und was er schreibt, ist Blut.

Einst zog nach diesem Schlosse ein edles Sängerpaar,
der ein' in goldnen Locken, der andre grau von Haar.
Der Alte mit der Harfe, der saß auf schmuckem Roß,
es schritt ihm frisch zur Seite der blühende Genoß.

Der Alte sprach zum Jungen: «Nun sei bereit, mein Sohn!
Denk unsrer tiefsten Lieder, stimm an den vollsten Ton!
Nimm alle Kraft zusammen, die Lust und auch den Schmerz!
Es gilt uns heut, zu rühren des Königs steinern Herz.»

Schon stehn die beiden Sänger im hohen Säulensaal,
und auf dem Throne sitzen der König und sein Gemahl,
der König furchtbar prächtig, wie blut'ger Nordlichtschein,
die Königin süß und milde, als blickte Vollmond drein.

Da schlug der Greis die Saiten, er schlug sie wundervoll,
daß reicher, immer reicher der Klang zum Ohre schwoll;
dann strömte himmlisch helle des Jünglings Stimme vor,
des Alten Sang dazwischen wie dumpfer Geisterchor.

Sie singen von Lenz und Liebe, von sel'ger goldner Zeit,
von Freiheit, Männerwürde, von Treu und Heiligkeit,
sie singen von allem Süßen, was Menschenbrust durchbebt,
sie singen von allem Hohen, was Menschenherz erhebt.

Die Höflingsschar im Kreise verlernet jeden Spott,
des Königs trotz'ge Krieger, sie beugen sich vor Gott;
die Königin, zerflossen in Wehmut und in Lust,
sie wirft den Sängern nieder die Rose von ihrer Brust.

«Ihr habt mein Volk verführet; verlockt ihr nun mein Weib?»
Der König schreit es wütend, er bebt am ganzen Leib;
er wirft sein Schwert, das blitzend des Jünglings Brust durchdringt,
draus statt der goldnen Lieder ein Blutstrahl hoch aufspringt.

Und wie vom Sturm zerstoben ist all der Hörer Schwarm.
Der Jüngling hat verröchelt in seines Meisters Arm;
der schlägt um ihn den Mantel und setzt ihn auf das Roß,
er bind't ihn aufrecht feste, verläßt mit ihm das Schloß.

Doch vor dem hohen Tore, da hält der Sängergreis,
da faßt er seine Harfe, sie, aller Harfen Preis,
an einer Marmorsäule, da hat er sie zerschellt;
dann ruft er, daß es schaurig durch Schloß und Gärten gellt:

«Weh euch, ihr stolzen Hallen! Nie töne süßer Klang
durch eure Räume wieder, nie Saite noch Gesang,
nein, Seufzer nur und Stöhnen und scheuer Sklavenschritt,
bis euch zu Schutt und Moder der Rachegeist zertritt!

Weh euch, ihr duft'gen Gärten im holden Maienlicht!
Euch zeig' ich dieses Toten entstelltes Angesicht,
daß ihr darob verdorret, daß jeder Quell versiegt,
daß ihr in künft'gen Tagen versteint, verödet liegt.

Weh dir, verruchter Mörder, du Fluch des Sängertums!
Umsonst sei all dein Ringen nach Kränzen blut'gen Ruhms!
Dein Name sei vergessen, in ew'ge Nacht getaucht,
sei wie ein letztes Röcheln in leere Luft verhaucht!»

Der Alte hat's gerufen, der Himmel hat's gehört.
Die Mauern liegen nieder, die Hallen sind zerstört;
noch eine hohe Säule zeugt von verschwundner Pracht;
auch diese, schon geborsten, kann stürzen über Nacht.

Und rings statt duft'ger Gärten ein ödes Heideland,
kein Baum verstreuet Schatten, kein Quell durchdringt den Sand,
des Königs Namen meldet kein Lied, kein Heldenbuch;
versunken und vergessen! Das ist des Sängers Fluch.

Ludwig Uhland

FORM IST WOLLUST

Form und Riegel mußten erst zerspringen,
Welt durch aufgeschlossne Röhren dringen:
Form ist Wollust, Friede, himmlisches Genügen,
Doch mich reißt es, Ackerschollen umzupflügen.
Form will mich verschnüren und verengen,

Doch ich will mein Sein in alle Weiten drängen –
Form ist klare Härte ohn' Erbarmen,
Doch mich treibt es zu den Dumpfen, zu den Armen,
Und in grenzenlosem Michverschenken
Will mich Leben mit Erfüllung tränken.

Ernst Stadler

WÖRTER

Wörter
meine Fallschirme
mit euch
springe
ich
ab

Ich fürchte nicht die Tiefe
wer euch richtig
öffnet

schwebt

Horst Bienek

AN DEN DICHTER

Laß die Sprache dir seyn, was der Körper den Liebenden. Er nur
Ists, der die Wesen trennt, und der die Wesen vereint.

Friedrich Schiller

DER REIM

Der Reim ist heilig. Denn durch ihn erfahren
wir tiefe Zwieheit, die sich will entsprechen.
Sind wir nicht selbst mit Aug-, Ohr-, Lippenpaaren
gepaarte Reime ohne Klang-Gebrechen?

Das Reimwort meinst du mühsam zu bestechen,
doch wird es unversehens offenbaren,
wie Liebeskräfte, die zerspalten waren,
zum Kuß des Gleichklangs durch die Fernen brechen.

Allein nicht jede Sprache hat geheiligt
den reinen Reim. Wo nur sich deckt die Endung,
droht leeres Spiel. Der Geist bleibt unbeteiligt.

Dieselben Silben lassen leicht sich leimen.
Doch Stämm' und Wurzeln spotten solcher Blendung.
Im Deutschen müssen sich die Sachen reimen.

Franz Werfel

DAS ÄSTHETISCHE WIESEL

Ein Wiesel
saß auf einem Kiesel
inmitten Bachgeriesel.

Wißt ihr
weshalb?

Das Mondkalb
verriet es mir
im stillen:

Das raffinier-
te Tier
tat's um des Reimes willen.
Christian Morgenstern

WINTERLIED

Als ich heute von dir ging
fiel der erste Schnee
und es machte sich mein Kopf
einen Reim auf Weh.

Denn es war die Kälte nicht
die die Tränen mir
in die Augen trieb es war
vielmehr Ungereimtes.

Ach da warst du schon zu weit
als ich nach dir rief
und dich fragte wer die Nacht
in deinen Reimen schlief.
Ulla Hahn

ANSTÄNDIGES SONETT

Schreib doch mal
ein anständiges Sonett
S. H.

Komm beiß dich fest ich halte nichts
vom Nippen. Dreimal am Anfang küß
mich wo's gut tut. Miß
mich von Mund zu Mund. Mal angesichts

der Augen mir Ringe um
und laß mich springen unter
der Hand in deine. Zeig mir wie's drunter
geht und drüber. Ich schreie ich bin stumm.

Bleib bei mir. Warte. Ich komm wieder
zu mir zu dir dann auch
«ganz wie ein Kehrreim schöner alter Lieder».

Verreib die Sonnenkringel auf dem Bauch
mir ein und allemal Die Lider
halt mir offen. Die Lippen auch.

Ulla Hahn

DAS SAGBARE SAGEN

das Erfahrbare erfahren
das Entscheidbare entscheiden
das Erreichbare erreichen
das Wiederholbare wiederholen
das Beendbare beenden

das nicht Sagbare
das nicht Erfahrbare
das nicht Entscheidbare
das nicht Erreichbare
das nicht Wiederholbare
das nicht Beendbare

das nicht Beendbare nicht beenden

Helmut Heißenbüttel

ECCE HOMO

Ja! Ich weiß, woher ich stamme!
Ungesättigt gleich der Flamme
glühe und verzehr' ich mich.

Licht wird alles, was ich fasse,
Kohle alles, was ich lasse:
Flamme bin ich sicherlich!

Friedrich Nietzsche

EINGANG

Der Dichter meidet strahlende Akkorde.
Er stößt durch Tuben, peitscht die Trommel schrill.
Er reißt das Volk auf mit gehackten Sätzen.

*

Ich lerne. Ich bereite vor. Ich übe mich.
Wie arbeite ich – hah leidenschaftlich! –
Gegen mein noch unplastisches Gesicht –:
Falten spanne ich.
Die Neue Welt
(– eine solche: die alte, die mystische, die Welt der Qual austilgend –)
Zeichne ich, möglichst korrekt, darin ein.
Eine besonnte, eine äußerst gegliederte, eine *geschliffene* Landschaft schwebt mir vor,
Eine Insel glückseliger Menschheit.
Dazu bedarf es viel. (Das weiß er auch längst sehr wohl.)

O Trinität des Werks: Erlebnis, Formulierung, Tat.

Ich lerne. Bereite vor. Ich übe mich.

… bald werden sich die Sturzwellen meiner Sätze zu einer unerhörten Figur verfügen.
Reden. Manifeste. Parlament. Der Experimentalroman.
Gesänge von Tribünen herab vorzutragen.
Der neue, der heilige Staat
Sei gepredigt, dem Blut der Völker, Blut von ihrem Blut, eingeimpft.

Restlos sei er gestaltet.
Paradies setzt ein.
Laßt uns die Schlagwetter=Atmosphäre verbreiten! –
Lernt! Vorbereitet! Übt euch!

Johannes R. Becher

DER IRRE SPIELMANN

Aus stiller Kindheit unschuldiger Hut
Trieb mich der tolle, frevelnde Mut.
Seit ich da draußen so frei nun bin
Find' ich nicht wieder nach Hause hin.

Durch's Leben jag' ich manch trüg'risch Bild,
Wer ist der Jäger da? wer ist das Wild?
Es pfeift der Wind mir schneidend durchs Haar,
Ach Welt, wie bist Du so kalt und klar!

Du frommes Kindlein im stillen Haus,
Schau' nicht so lüstern zum Fenster hinaus!
Frag mich nicht, Kindlein, woher und wohin?
Weiß ich doch selber nicht wo ich bin!

Von Sünde und Reue zerrissen die Brust,
Wie rasend in verzweifelter Lust,
Brech ich im Fluge mir Blumen zum Strauß,
Wird doch kein fröhlicher Kranz nicht daraus! –

Ich möcht' in den tiefsten Wald wohl hinein,
Recht aus der Brust den Jammer zu schrei'n,
Ich möchte reiten an's Ende der Welt,
Wo der Mond und die Sonne hinunter fällt.

Wo schwindelnd beginnt die Ewigkeit,
Wie ein Meer, so erschrecklich still und weit,
Da sinken all' Ström' und Segel hinein,
Da wird es wohl endlich auch ruhig sein.

Joseph von Eichendorff

SCHÖPFUNGSLIEDER

1.

Im Beginn schuf Gott die Sonne,
dann die nächtlichen Gestirne;
hierauf schuf er auch die Ochsen,
aus dem Schweiße seiner Stirne.

Später schuf er wilde Bestien,
Löwen mit den grimmen Tatzen;
nach des Löwen Ebenbilde
schuf er hübsche kleine Katzen.

Zur Bevölkerung der Wildnis
ward hernach der Mensch erschaffen;
nach des Menschen holdem Bildnis
schuf er intressante Affen.

Satan sah dem zu und lachte:
Ei, der Herr kopiert sich selber!
Nach dem Bilde seiner Ochsen
macht er noch am Ende Kälber!

2.

Und der Gott sprach zu dem Teufel:
Ich der Herr kopier' mich selber,
nach der Sonne mach' ich Sterne,
nach den Ochsen mach' ich Kälber,
nach den Löwen mit den Tatzen
mach' ich kleine liebe Katzen,
nach den Menschen mach' ich Affen;
aber du kannst gar nichts schaffen.

3.
Ich hab' mir zu Ruhm und Preis erschaffen
die Menschen, Löwen, Ochsen, Sonne;
doch Sterne, Kälber, Katzen, Affen
erschuf ich zu meiner eigenen Wonne.

4.
Kaum hab' ich die Welt zu schaffen begonnen,
in einer Woche war's abgetan.
Doch hatt' ich vorher tief ausgesonnen
jahrtausendlang den Schöpfungsplan.

Das Schaffen selbst ist eitel Bewegung,
das stümpert sich leicht in kurzer Frist;
jedoch der Plan, die Überlegung,
das zeigt erst wer ein Künstler ist.

Ich hab' allein dreihundert Jahre
tagtäglich darüber nachgedacht,
wie man am besten Doctores Juris
und gar die kleinen Flöhe macht.

5.
Sprach der Herr am sechsten Tage:
Hab' am Ende nun vollbracht
diese große, schöne Schöpfung,
und hab' alles gut gemacht.

Wie die Sonne rosengoldig
in dem Meere widerstrahlt!
Wie die Bäume grün und glänzend!
Ist nicht alles wie gemalt?

Sind nicht weiß wie Alabaster
dort die Lämmchen auf der Flur?

Ist sie nicht so schön vollendet
und natürlich, die Natur?

Erd' und Himmel sind erfüllet
ganz von meiner Herrlichkeit,
und der Mensch er wird mich loben
bis in alle Ewigkeit!

6.
Der Stoff, das Material des Gedichts,
das saugt sich nicht aus dem Finger;
kein Gott erschafft die Welt aus nichts,
so wenig wie irdische Singer.

Aus vorgefundenem Urweltsdreck
erschuf ich die Männerleiber,
und aus dem Männerrippenspeck
erschuf ich die schönen Weiber.

Den Himmel erschuf ich aus der Erd'
und Engel aus Weiberentfaltung;
der Stoff gewinnt erst seinen Wert
durch künstlerische Gestaltung.

7.
Warum ich eigentlich erschuf
die Welt, ich will es gern bekennen:
Ich fühlte in der Seele brennen
wie Flammenwahnsinn, den Beruf.

Krankheit ist wohl der letzte Grund
des ganzen Schöpferdrangs gewesen;
erschaffend konnte ich genesen,
erschaffend wurde ich gesund.

Heinrich Heine

TRISTAN

Wer die Schönheit angeschaut mit Augen,
Ist dem Tode schon anheimgegeben,
Wird für keinen Dienst auf Erden taugen,
Und doch wird er vor dem Tode beben,
Wer die Schönheit angeschaut mit Augen!

Ewig währt für ihn der Schmerz der Liebe,
Denn ein Tor nur kann auf Erden hoffen,
Zu genügen einem solchen Triebe:
Wen der Pfeil des Schönen je getroffen,
Ewig währt für ihn der Schmerz der Liebe!

Ach, er möchte wie ein Quell versiechen,
Jedem Hauch der Luft ein Gift entsaugen
Und den Tod aus jeder Blume riechen:
Wer die Schönheit angeschaut mit Augen,
Ach, er möchte wie ein Quell versiechen!

August von Platen

DAUER IM WECHSEL

Hielte diesen frühen Segen
Ach nur Eine Stunde fest!
Aber vollen Blütenregen
Schüttelt schon der laue West.
Soll ich mich des Grünen freuen?
Dem ich Schatten erst verdankt;
Bald wird Sturm auch das zerstreuen,
Wenn es falb im Herbst geschwankt.

Willst du nach den Früchten greifen;
Eilig nimm dein Teil davon!
Diese fangen an zu reifen
Und die andern keimen schon;
Gleich, mit jedem Regengusse,
Ändert sich dein holdes Tal,
Ach! und in demselben Flusse
Schwimmst du nicht zum zweitenmal.

Du nun selbst! Was felsenfeste
Sich vor dir hervorgetan,
Mauern siehst du, siehst Paläste
Stets mit andern Augen an.
Weggeschwunden ist die Lippe,
Die im Kusse sonst genas,
Jener Fuß, der an der Klippe
Sich, mit Gemsenfreche, maß.

Jene Hand, die gern und milde
Sich bewegte wohlzutun,
Das gegliederte Gebilde,
Alles ist ein andres nun.

Und was sich, an jener Stelle,
Nun mit deinem Namen nennt,
Kam herbei, wie eine Welle,
Und so eilt's zum Element.

Laß den Anfang mit dem Ende
Sich in Eins zusammenziehn!
Schneller als die Gegenstände
Selber dich vorüberfliehn.
Danke, daß die Gunst der Musen
Unvergängliches verheißt,
Den Gehalt in deinem Busen
Und die Form in deinem Geist.

Johann Wolfgang Goethe

MANDELKERNGEDICHT

In einem geselligen Kreise bei Gelegenheit einer verlorenen Wette

Zwischen Akten, dunkeln Wänden
bannt mich Freiheitbegehrenden
nun des Lebens strenge Pflicht,
und aus Schränken, Aktenschichten
lachen mir die beleidigten
Musen in das Amtsgesicht.

Als an Lenz und Morgenröte
noch das Herz sich erlabete,
o du stilles, heitres Glück!
Wie ich auch nun heiß mich sehne,
ach, aus dieser Sandebene
führt kein Weg dahin zurück.

Als der letzte Balkentreter
steh' ich armer Enterbeter
in des Staates Symphonie,
ach, in diesem Schwall von Tönen
wo fänd' ich da des eigenen
Herzens süße Melodie?

Ein Gedicht soll ich euch spenden:
Nun, so geht mit dem Leidenden
nicht zu strenge ins Gericht!
Nehmt den Willen für Gewährung,
kühnen Reim für Begeisterung,
diesen Unsinn als Gedicht!

Joseph von Eichendorff

AN DIE PARZEN

Nur Einen Sommer gönnt, ihr Gewaltigen!
Und einen Herbst zu reifem Gesange mir,
Daß williger mein Herz, vom süßen
Spiele gesättiget, dann mir sterbe.

Die Seele, der im Leben ihr göttlich Recht
Nicht ward, sie ruht auch drunten im Orkus nicht;
Doch ist mir einst das Heil'ge, das am
Herzen mir liegt, das Gedicht, gelungen,

Willkommen dann, o Stille der Schattenwelt!
Zufrieden bin ich, wenn auch mein Saitenspiel
Mich nicht hinab geleitet; Einmal
Lebt ich, wie Götter und mehr bedarfs nicht.

Friedrich Hölderlin

IN DIE DÄMMERUNG

ich will nicht aufhören
in die dämmerung hinein
zu schreiben

zeilen die zerfallen
und zeilen die hängenbleiben
eine kleine weile

an einzelnen blättern
in einzelnen büchern
in einzelnen gedächtnissen

so hätte ich mich
gern wiedererlebt
nach den kommenden finsternissen

Ernst Jandl

AUSBLICK

Glanzloses Leben,
aber die Abende:
Lampe, Feder und Pfeife und
daß du Entschwundenes festhieltst.

Einritzen in Papier,
was dir wert war:
ein Ammonit, im Geröll gefunden,
Septemberlicht wie von anderswo.

Was dahinter ist,
wenn die Lampe brennt.
In der Ferne werden die Berge hell.
Wasser und Gras überleben dich.

Hermann Lenz

AN DIE DICHTKUNST

Gespielin meiner Nebenstunden,
bei der ein Teil der Zeit verschwunden,
die mir, nicht andern, zugehört;
o Dichtkunst, die das Leben lindert!
Wie manchen Gram hast du vermindert,
wie manche Fröhlichkeit vermehrt!

Die Kraft, der Helden Trefflichkeiten
mit tapfern Worten auszubreiten,
verdankt Homer und Maro dir.
Die Fähigkeit, von hohen Dingen
den Ewigkeiten vorzusingen,
verliehst du ihnen, und nicht mir.

Die Lust, vom Wahn mich zu entfernen,
und deinem Flaccus abzulernen,
wie man durch echten Witz gefällt;
die Lust, den Alten nachzustreben,
ist mir im Zorn von dir gegeben,
wenn nicht mein Wunsch das Ziel erhält.

Zu eitel ist das Lob der Freunde:
Uns drohen in der Nachwelt Feinde,
die finden unsre Größe klein.
Den itzt an Liedern reichen Zeiten
empfehl ich diese Kleinigkeiten:
Sie wollen nicht unsterblich sein.

Friedrich von Hagedorn

EINLASS

Huri:
Heute steh' ich meine Wache
vor des Paradieses Tor;
weiß nicht grade, wie ich's mache,
kommst mir so verdächtig vor!

Ob du unsern Mosleminen
auch recht eigentlich verwandt?
Ob dein Kämpfen, dein Verdienen
dich ans Paradies gesandt?

Zählst du dich zu jenen Helden?
Zeige deine Wunden an,
die mir Rühmliches vermelden,
und ich führe dich heran.

Dichter:
Nicht so vieles Federlesen!
Laß mich immer nur herein:
Denn ich bin ein Mensch gewesen
und das heißt ein Kämpfer sein.

Schärfe deine kräft'gen Blicke!
Hier – durchschaue diese Brust,
sieh der Lebenswunden Tücke,
sieh der Liebeswunden Lust!

Und doch sang ich gläub'ger Weise:
Daß mir die Geliebte treu,
daß die Welt, wie sie auch kreise,
liebevoll und dankbar sei.

Mit den Trefflichsten zusammen
wirkt' ich, bis ich mir erlangt,
daß mein Nam' in Liebesflammen
von den schönsten Herzen prangt.

Nein! du wählst nicht den
Geringern!
Gib die Hand, daß Tag für Tag
ich an deinen zarten Fingern
Ewigkeiten zählen mag.

Johann Wolfgang Goethe

NACHLASS

Ich werde so von hinnen eilen
mit tief geschlossenem Visier,
und ein paar arme, stumpfe Zeilen,
die bleiben dann der Welt von mir.
Nach diesen werden sie mich wägen,
Verdammung sprechen oder Lob,
nicht ahnend, ach, mit welchen Schlägen
sich oft mein Herz in meinem Busen hob;
wie ich am schönen Tag, in guter Stunde,
verschmelzend Geist in Geist gewebt,
mit einem kleinen Menschenbunde
ein ganzes, volles Leben durchgelebt;
wie wir das Herz, wie wir die Welt gemessen,
wie manch gewichtig Wort in Lethes Wellen fiel,
und wie wir dann in seligem Vergessen
manch kecken Scherz geübt, manch übermütig Spiel.
Vor solchem Leben frisch und reich
wie sind die Lettern tot und bleich!

Doch was ich mir in mir gewesen,
das hat kein Freund gesehn, wird keine Seele lesen.

Hermann Kurz

SPRACHE

Warum kann der lebendige Geist dem Geist nicht erscheinen!
Spricht die Seele, so spricht ach! schon die *Seele* nicht mehr.

Friedrich Schiller

DAS WORT

Wunder von ferne oder traum
Bracht ich an meins landes saum

Und harrte bis die graue norn
Den namen fand in ihrem born –

Drauf konnt ichs greifen dicht und stark
Nun blüht und glänzt es durch die mark …

Einst langt ich an nach guter fahrt
Mit einem kleinod reich und zart

Sie suchte lang und gab mir kund:
‹So schläft hier nichts auf tiefem grund›

Worauf es meiner hand entrann
Und nie mein land den schatz gewann …

So lernt ich traurig den verzicht:
Kein ding sei wo das wort gebricht.

Stefan George

TÜBINGEN, JÄNNER

Zur Blindheit über-
redete Augen.
Ihre – «ein
Rätsel ist Rein-
entsprungenes» –, ihre
Erinnerung an
schwimmende Hölderlintürme, möwen-
umschwirrt.

Besuche ertrunkener Schreiner bei
diesen
tauchenden Worten:

Käme,
käme ein Mensch,
käme ein Mensch zur Welt, heute, mit
dem Lichtbart der
Patriarchen: er dürfte,
spräch er von dieser
Zeit, er
dürfte
nur lallen und lallen
immer-, immer-
zuzu.

(«Pallaksch. Pallaksch.»)

Paul Celan

WIE WENN AM FEIERTAGE ...

Wie wenn am Feiertage, das Feld zu sehn
Ein Landmann geht, des Morgens, wenn
Aus heißer Nacht die kühlenden Blitze fielen
Die ganze Zeit und fern noch tönet der Donner,
In sein Gestade wieder tritt der Strom,
Und frisch der Boden grünt
Und von des Himmels erfreuendem Regen
Der Weinstock trauft und glänzend
In stiller Sonne stehn die Bäume des Haines:

So stehn sie unter günstiger Witterung,
Sie die kein Meister allein, die wunderbar

Allgegenwärtig erzieht in leichtem Umfangen
Die mächtige, die göttlichschöne Natur.
Drum wenn zu schlafen sie scheint zu Zeiten des Jahrs
Am Himmel oder unter den Pflanzen oder den Völkern
So trauert der Dichter Angesicht auch,
Sie scheinen allein zu sein, doch ahnen sie immer.
Denn ahnend ruhet sie selbst auch.

Jetzt aber tagts! Ich harrt und sah es kommen,
Und was ich sah, das Heilige sei mein Wort.
Denn sie, sie selbst, die älter denn die Zeiten
Und über die Götter des Abends und Orients ist,
Die Natur ist jetzt mit Waffenklang erwacht,
Und hoch vom Aether bis zum Abgrund nieder
Nach festem Gesetze, wie einst, aus heiligem Chaos gezeugt,
Fühlt neu die Begeisterung sich,
Die Allerschaffende wieder.

Und wie im Aug' ein Feuer dem Manne glänzt,
Wenn hohes er entwarf; so ist
Von neuem an den Zeichen, den Taten der Welt jetzt
Ein Feuer angezündet in Seelen der Dichter.
Und was zuvor geschah, doch kaum gefühlt,
Ist offenbar erst jetzt,
Und die uns lächelnd den Acker gebauet,
In Knechtsgestalt, sie sind erkannt,
Die Allebendigen, die Kräfte der Götter.

Erfrägst du sie? im Liede wehet ihr Geist
Das auch der Sonne, wie Blumen und dunkler Erd
Entwächst, und Wettern, die in der Luft, und andern
Die vorbereiteter in Tiefen der Zeit,
Und deutungsvoller, und vernehmlicher uns
Hinwandeln zwischen Himmel und Erd und unter den Völkern
Des gemeinsamen Geistes Gedanken sind,
Still endend in der Seele des Dichters,

Daß schnellbetroffen sie, Unendlichem
Bekannt seit langer Zeit, von Erinnerung
Erbebt, und ihr, von heilgem Strahl entzündet,
Die Frucht in Liebe geboren, der Götter und Menschen Werk,
Der Gesang, damit er beiden zeuge, glückt.
So fiel, wie Dichter sagen, da sie sichtbar
Den Gott zu sehen begehrte, sein Blitz auf Semeles Haus
Und die Asche der göttlichgetroffnen gebar,
Die Frucht des Gewitters, den heiligen Bacchus.

Und daher trinken himmlisches Feuer jetzt
Die Erdensöhne ohne Gefahr.
Doch uns gebührt es, unter Gottes Gewittern,
Ihr Dichter! mit entblößtem Haupte zu stehen,
Des Vaters Strahl, ihn selbst, mit eigner Hand
Zu fassen und dem Volk' ins Lied
Gehüllt die himmlische Gabe zu reichen.
Denn sind nur reinen Herzens,
Wie Kinder, wir, sind schuldlos unsere Hände,

Des Vaters Strahl, der reine versengt es nicht
Und tieferschüttert, die Leiden des Stärkeren
Mitleidend, bleibt in den hochherstürzenden Stürmen
Des Gottes, wenn er nahet, das Herz doch fest.
Doch weh mir! wenn von

Und sag ich gleich,

Ich sei genaht, die Himmlischen zu schauen,
Sie selbst, sie werfen mich tief unter die Lebenden
Den falschen Priester, ins Dunkel, daß ich
Das warnende Lied den Gelehrigen singe.
Dort

Friedrich Hölderlin

NIETZSCHE

Schwergelbe wolken ziehen überm hügel
Und kühle stürme – halb des herbstes boten
Halb frühen frühlings … Also diese mauer
Umschloss den Donnerer – ihn der einzig war
Von tausenden aus rauch und staub um ihn?
Hier sandte er auf flaches mittelland
Und tote stadt die letzten stumpfen blitze
Und ging aus langer nacht zur längsten nacht.

Blöd trabt die menge drunten · scheucht sie nicht!
Was wäre stich der qualle · schnitt dem kraut!
Noch eine weile walte fromme stille
Und das getier das ihn mit lob befleckt
Und sich im moderdunste weiter mästet
Der ihn erwürgen half sei erst verendet!
Dann aber stehst du strahlend vor den zeiten
Wie andre führer mit der blutigen krone.

Erlöser du! selbst der unseligste –
Beladen mit der wucht von welchen losen
Hast du der sehnsucht land nie lächeln sehn?
Erschufst du götter nur um sie zu stürzen
Nie einer rast und eines baues froh?
Du hast das nächste in dir selbst getötet
Um neu begehrend dann ihm nachzuzittern
Und aufzuschrein im schmerz der einsamkeit.

Der kam zu spät der flehend zu dir sagte:
Dort ist kein weg mehr über eisige felsen
Und horste grauser vögel – nun ist not:
Sich bannen in den kreis den liebe schliesst …
Und wenn die strenge und gequälte stimme
Dann wie ein loblied tönt in blaue nacht
Und helle flut – so klagt: sie hätte singen
Nicht reden sollen diese neue seele!

Stefan George

WEITERE GRÜNDE DAFÜR, DASS DIE DICHTER LÜGEN

Weil der Augenblick,
in dem das Wort *glücklich*
ausgesprochen wird,
niemals der glückliche Augenblick ist.
Weil der Verdurstende seinen Durst
nicht über die Lippen bringt.
Weil im Munde der Arbeiterklasse
das Wort *Arbeiterklasse* nicht vorkommt.
Weil, wer verzweifelt,
nicht Lust hat, zu sagen:
«Ich bin ein Verzweifelnder.»
Weil Orgasmus und *Orgasmus*
nicht miteinander vereinbar sind.
Weil der Sterbende, statt zu behaupten:
«Ich sterbe jetzt»,
nur ein mattes Geräusch vernehmen läßt,
das wir nicht verstehen.
Weil es die Lebenden sind,
die den Toten in den Ohren liegen
mit ihren Schreckensnachrichten.
Weil die Wörter zu spät kommen,
oder zu früh.
Weil es also ein anderer ist,
immer ein anderer,
der da redet,
und weil der,
von dem da die Rede ist,
schweigt.

Hans Magnus Enzensberger

RÜCKBLICK, EINSICHT, AUSBLICK

Durch die Landschaft meiner Niederlagen
gehe ich in meinen alten Tagen:

Abends ist es am schlimmsten. Das Streiflicht
der nur langsam untergehenden Sonne
modelliert die fernen gefalteten Berge,
die nahen gespaltenen Steine, kurz alles,
was sich ihm in den Weg stellt.

Abends war es am schönsten. Den Lichtstreif
der untergehenden Junisonne
für immer festzuhalten, verbrachte
ich Stunden um Stunden vor Leinwand und Landschaft,
ein Weg ohne Ende.

Abends war er am stärksten, der Eindruck,
diesmal den treffendsten Ausdruck zu finden
fürs glorreiche Ineinander der Lichter,
der Schatten, der Dinge, der Farben: Du bist
auf dem richtigen Wege!

Abends ist sie am stärksten, die Einsicht:
Du warst deiner Aufgabe niemals gewachsen.
Immer noch flüchtig das Licht. Nur ein Schatten
davon auf deiner Leinwand zu ahnen,
kein Weg, eine Sackgasse.

Abends ist es am schönsten. Der Streifzug
rund um den Hügel von Montaio
berückt und verzückt und beglückt wie damals.
Verrückter Gedanke, das halten zu wollen,
was nur Schein und dann weg ist:

Durch die Landschaft meiner Niederlagen
geh ich wie in alten Tagen.

Robert Gernhardt

DIE SINNGEDICHTE AN DEN LESER

Wer wird nicht einen *Klopstock* loben?
Doch wird ihn jeder lesen? – Nein.
Wir wollen weniger erhoben,
und fleißiger gelesen sein.

Gotthold Ephraim Lessing

ABSCHIED AN DEN LESER

Wenn du von allem dem, was diese Blätter füllt,
mein Leser, nichts des Dankes wert gefunden:
So sei mir wenigstens für das verbunden,
was ich zurück behielt.

Gotthold Ephraim Lessing

DIE KRITIKER, will sagen: die neuen,
vergleich' ich den Papageien;
sie haben drei oder vier Worte,
die wiederholen sie an jedem Orte.

Romantisch, klassisch und modern:
scheint schon ein Urteil diesen Herrn,
und sie übersehen in stolzem Mut
die wahren Gattungen: schlecht und gut.

Franz Grillparzer

HEINE

Das war eine große Verwirrung,
das war des Neuen zu viel:
Satire, Chansons, Polemik,
und heimliche Tränen mit Stil …

Heut weiß man, dass du der Dichter
des «Buchs der Lieder» bist.
Im Zweifelsfalle entscheiden
die Deutschen sich stets für den Mist.

Friedrich Torberg

AN DIE KRITIKER

Nur nicht gleich das Schwert gewetzt
und das Beil geschliffen!
Was ihr niemals überschätzt,
habt ihr nie begriffen.

Paul Heyse

UND WO BLEIBT DAS POSITIVE, HERR KÄSTNER?

Und immer wieder schickt ihr mir Briefe,
in denen ihr, dick unterstrichen, schreibt:
«Herr Kästner, wo bleibt das Positive?»
Ja, weiß der Teufel, wo das bleibt.

Noch immer räumt ihr dem Guten und Schönen
den leeren Platz überm Sofa ein.
Ihr wollt euch noch immer nicht dran gewöhnen,
gescheit und trotzdem tapfer zu sein.

Ihr braucht schon wieder mal Vaseline,
mit der ihr das trockene Brot beschmiert.
Ihr sagt schon wieder, mit gläubiger Miene:
«Der siebente Himmel wird frisch tapeziert!»

Ihr streut euch Zucker über die Schmerzen
und denkt, unter Zucker verschwänden sie.
Ihr baut schon wieder Balkons vor die Herzen
und nehmt die strampelnde Seele aufs Knie.

Die Spezies Mensch ging aus dem Leime
und mit ihr Haus und Staat und Welt.
Ihr wünscht, daß ich's hübsch zusammenreime,
und denkt, daß es dann zusammenhält?

Ich will nicht schwindeln. Ich werde nicht schwindeln.
Die Zeit ist schwarz, ich mach euch nichts weis.
Es gibt genug Lieferanten von Windeln.
Und manche liefern zum Selbstkostenpreis.

Habt Sonne in sämtlichen Körperteilen
und wickelt die Sorgen in Seidenpapier!
Doch tut es rasch. Ihr müßt euch beeilen.
Sonst werden die Sorgen größer als ihr.

Die Zeit liegt im Sterben. Bald wird sie begraben.
Im Osten zimmern sie schon den Sarg.
Ihr möchtet gern euren Spaß dran haben …?
Ein Friedhof ist kein Lunapark.

Erich Kästner

DIE ARME KLEINE IDEE

Es war einmal eine kleine Idee,
ein armes, schmächtiges Wesen.
Da kamen drei Dichter des Weges – o weh! –
und haben sie aufgelesen.
Der eine macht' einen Spruch daraus –

das hielt die kleine Idee noch aus;
der zweite eine Ballade –
da wurde sie schwach und malade;
der dritte wollt' sie verwenden
zu einem Roman in zwei Bänden –
dem starb sie unter den Händen!

Otto Sommerstorff

DORLAMM MEINT

Dichter Dorlamm läßt nur äußerst selten
andre Meinungen als seine gelten.

Meinung, sagt er, kommt nun mal von mein,
deine Meinung kann nicht meine sein.

Meine Meinung – ja, das läßt sich hören!
Deine Deinung könnte da nur stören.

Und ihr andern schweigt! Du meine Güte!
Eure Eurung steckt euch an die Hüte!

Laßt uns schweigen, Freunde! Senkt das Banner!
Dorlamm irrt. Doch formulieren kann er.

Robert Gernhardt

DAS ENDE DER KUNST

Du darfst nicht, sagte die eule zum auerhahn,
du darfst nicht die sonne besingen
Die sonne ist nicht wichtig

Der auerhahn nahm
die sonne aus seinem gedicht

Du bist ein künstler,
sagte die eule zum auerhahn

Und es war schön finster

Reiner Kunze

IHR FREUNDE HÄNGET, wann ich gestorben bin,
Die kleine Harfe hinter dem Altar auf,
Wo an der Wand die Totenkränze
Manches verstorbenen Mädchens schimmern.

Der Küster zeigt dann freundlich dem Reisenden
Die kleine Harfe, rauscht mit dem roten Band,
Das, an der Harfe festgeschlungen,
Unter den goldenen Saiten flattert.

Ludwig Christoph Heinrich Hölty

SCHILLERS BESTATTUNG

Ein ärmlich düster brennend Fackelpaar, das Sturm
und Regen jeden Augenblick zu löschen droht.
Ein flatternd Bahrtuch. Ein gemeiner Tannensarg
mit keinem Kranz, dem kargsten nicht, und kein Geleit!
Als brächte eilig einen Frevel man zu Grab.
Die Träger hasteten. Ein Unbekannter nur,
von eines weiten Mantels kühnem Schwung umweht,
schritt dieser Bahre nach. Der Menschheit Genius wars.

Conrad Ferdinand Meyer

CHOPIN

Nicht sehr ergiebig im Gespräch,
Ansichten waren nicht seine Stärke,
Ansichten reden drum herum,
wenn Delacroix Theorien entwickelte,
wurde er unruhig, er seinerseits konnte
die Notturnos nicht begründen.

Schwacher Liebhaber;
Schatten in Nohant,
wo George Sands Kinder
keine erzieherischen Ratschläge
von ihm annahmen.

Brustkrank in jener Form
mit Blutungen und Narbenbildung,
die sich lange hinzieht;
stiller Tod
im Gegensatz zu einem
mit Schmerzparoxysmen
oder durch Gewehrsalven:
Man rückte den Flügel (Erard) an die Tür
und Delphine Potocka
sang ihm in der letzten Stunde
ein Veilchenlied.

Nach England reiste er mit drei Flügeln:
Pleyel, Erard, Broadwood,
spielte für 20 Guineen abends
eine Viertelstunde
bei Rothschilds, Wellingtons, im Strafford House
und vor zahllosen Hosenbändern;
verdunkelt von Müdigkeit und Todesnähe
kehrte er heim
auf den Square d'Orléans.

Dann verbrennt er seine Skizzen
und Manuskripte,
nur keine Restbestände, Fragmente, Notizen,
diese verräterischen Einblicke –
sagte zum Schluß:
«meine Versuche sind nach Maßgabe dessen vollendet,
was mir zu erreichen möglich war.»

Spielen sollte jeder Finger
mit der seinem Bau entsprechenden Kraft,
der vierte ist der schwächste
(nur siamesisch zum Mittelfinger).
Wenn er begann, lagen sie
auf e, fis, gis, h, c.

Wer je bestimmte Präludien
von ihm hörte,
sei es in Landhäusern oder
in einem Höhengelände
oder aus offenen Terrassentüren
beispielsweise aus einem Sanatorium,
wird es schwer vergessen.

Nie eine Oper komponiert,
keine Symphonie,
nur diese tragischen Progressionen
aus artistischer Überzeugung
und mit einer kleinen Hand.

Gottfried Benn

ICH HÂN MÎN LÊHEN, al die werlt, ich hân mîn lêhen.
nû entfürhte ich niht den hornunc an die zêhen,
und wil alle bœse hêrren dester minre flêhen.
Der edel künec, der milte künec hât mich berâten,
daz ich den sumer luft und in dem winter hitze hân.
mîn nâhgebûren dunke ich verre baz getân:
si sehent mich niht mêr an in butzen wîs als sî wîlent tâten.
Ich bin ze lange arm gewesen ân mînen danc.
ich was sô voller scheltens daz mîn âten stanc:
daz hât der künec gemachet reine, und da zuo mînen sanc.

Walther von der Vogelweide

ICH HAB MEIN LEHEN, in alle Welt ruf ich's hinein: ich hab mein Lehen!
Nun fürchte ich nicht mehr den Februarfrost an den Füßen,
und werde künftig die geizigen Herren nicht mehr anflehen.
Der edelmütige König, der großmütige König hat mich versorgt,
so daß ich im Sommer kühlende Luft und im Winter Wärme habe.
Meiner Umwelt komme ich jetzt sehr viel feiner vor:
sie sehen mich nicht mehr an als ein Hausgespenst, wie sie bisher taten.
Ich bin zu lange arm gewesen, ohne dafür zu können.
Ich war so voller Scheltworte, daß mein Atem stank.
All dies hat der König rein gemacht und mein Singen dazu.

Walther von der Vogelweide
(Übertragung von Peter Wapnewski)

EINSAMER NIE –

Einsamer nie als im August:
Erfüllungsstunde – im Gelände
die roten und die goldenen Brände
doch wo ist deiner Gärten Lust?

Die Seen hell, die Himmel weich,
die Äcker rein und glänzen leise,
doch wo sind Sieg und Siegsbeweise
aus dem von dir vertretenen Reich?

Wo alles sich durch Glück beweist
und tauscht den Blick und tauscht die Ringe
im Weingeruch, im Rausch der Dinge –:
dienst du dem Gegenglück, dem Geist.

Gottfried Benn

HOCHSEIL

Wir turnen in höchsten Höhen herum,
selbstredend und selbstreimend,
von einem Individuum
aus nichts als Worten träumend.

Was uns bewegt – warum? wozu? –
den Teppich zu verlassen?
Ein nie erforschtes Who-is-who
im Sturzflug zu erfassen.

Wer von so hoch zu Boden blickt,
der sieht nur Verarmtes / Verirrtes.
Ich sage: Wer Lyrik schreibt, ist verrückt,
wer sie für wahr nimmt, wird es.

Ich spiel mit meinem Astralleib Klavier,
vierfüßig – vierzigzehig –
Ganz unten am Boden gelten wir
für nicht mehr ganz zurechnungsfähig.

Die Loreley entblößt ihr Haar
am umgekippten Rheine …
Ich schwebe graziös in Lebensgefahr,
grad zwischen Freund Hein und Freund Heine.

Peter Rühmkorf

EIN KLEINES LIED

Ein kleines Lied! Wie geht's nur an,
Dass man so lieb es haben kann,
Was liegt darin? erzähle!

Es liegt darin ein wenig Klang,
Ein wenig Wohllaut und Gesang
Und eine ganze Seele.

Marie von Ebner-Eschenbach

SCHLUSS

Ich wußte ehmals nichts davon,
bin unschuldsvoll gewesen,
bis daß ich Wielands Oberon
und Heines Gedichte gelesen. –

Die haben sodann im Lauf der Zeit
mein bißchen Tugend bemeistert.
Ich träumte von himmlischer Seligkeit
und ward zum Dichten begeistert.

Auch fand ich, das Dichten sei keine Kunst,
man müßt' es nur einmal gewohnt sein. –
Ich sang von feuriger Liebesbrunst,
von Rosenknospen und Mondschein;

besang der Sonne strahlendes Licht. –
Viel Schönes ist mir gelungen.

Jeweilen mit dem schönsten Gedicht
hab' ich mich selber besungen.

Und folgte treu der gegebenen Spur,
auf meine Muster gestützet;
schrieb viele Bogen Makulatur. –
Wer weiß, zu was sie noch nützet? –

Und wenn das Dichten so weitergeht,
so darf ich im Tode behaupten:
«Am Ende war ich doch ein Poet,
obwohl es die wenigsten glaubten.» –

Frank Wedekind

FRITZ KATZFUSS

Fritz Katzfuß war ein siebzehnjähr'ger Junge,
Rothaarig, sommersprossig, etwas faul,
Und stand in Lehre bei der Witwe Marzahn,
Die geizig war und einen Laden hatte,
Drin Hering, Schlackwurst, Datteln, Schweizer Käse
Samt Pumpernickel, Lachs und Apfelsinen
Ein friedlich Dasein miteinander führten.
Und auf der hohen, etwas schmalen Leiter,
Mit ihren halb schon weggetretnen Sprossen,
Sprang unser Katzfuß, wenn die Mädchen kamen
Und Soda, Waschblau, Grieß, Korinthen wollten,
Geschäftig hin und her.
Ja, sprang er *wirklich*?
Die Wahrheit zu gestehn, *das* war die Frage.
Die Mädchen, deren Schatz oft draußen paßte,
Vermeinten ganz im Gegenteil, er «nöle»,
Sei wie verbiestert und durchaus kein «Katzfuß».

Im Laden, wenn Frau Marzahn auf ihn passe,
Da ging' es noch, wenn auch nicht grad aufs beste,
Das Schlimme käm erst, wenn er wegen Selter-
Und Sodawasser in den Keller müsse,
Das sei dann manchmal gradzu zum Verzweifeln,
Und wär er nicht solch herzensguter Junge,
Der nie was sage, nie zu wenig gebe,
Ja, meistens, daß die Waagschal überklappe,
So wär's nicht zu beleben.
Und nicht besser
Klang, was die Herrin selber von ihm sagte,
Die Witwe Marzahn. «Wo der dumme Junge
Nur immer steckt? Hier vorne *muß* er flink sein,
Doch soll er übern Hof und auf den Boden,
So dauert's ewig, und ist gar Geburtstag
Von Kaiser Wilhelm oder Sedanfeier
Und soll der Stock raus mit der preuß'schen Fahne
(Mein sel'ger Marzahn war nicht für die deutsche),
Fritz darf nicht rauf – denn bis drei Viertelstunden
Ist ihm das mindste.»
So sprach Witwe Marzahn.
Und kurz und gut, Fritz Katzfuß war ein Rätsel,
Und nur das eine war noch rätselvoller:
Daß, wie's auch drohn und donnerwettern mochte,
Ja, selbst wenn Blitz und Schlag zusammenfielen,
Daß Fritz nie maulte, greinte, wütend wurde;
Nein, unverändert blieb sein stilles Lächeln
Und schien zu sagen: «Arme Kreaturen,
Ihr glaubt mich dumm, *ich* bin der Überlegne.
Kramladenlehrling! *Eure* Welt ist Kram,
Und wenn ihr Waschblau fordert oder Stärke,
Blaut zu, so viel ihr wollt. *Mein* Blau der Himmel.»

So ging die Zeit, und Fritz war wohl schon siebzehn;
Ein Oxhoft Apfelwein war angekommen

Und lag im Hof. Von da sollt's in den Keller.
Fritz schlang ein Tau herum, und weil die Hitze
Groß war und drückend, was er wenig liebte,
So warf er seinen Shirting-Rock beiseite,
Nicht recht geschickt, so daß der Kragenhängsel
Nach unten hing. Und aus der Vordertasche
Glitt was heraus und fiel zur Erde. Lautlos.
Fritz merkt' es nicht. Die Witwe Marzahn aber
Schlich sich heran und nahm ein Buch (das war es)
Vom Boden auf und sah hinein: «Gedichte.
Gedichte, erster Teil, von Wolfgang Goethe.»
Zerlesen war's und schlecht und abgestoßen
Und Zeichen eingelegt: ein Endchen Strippe,
Briefmarkenränder, und als dritt' und letztes
(Zu glauben kaum) ein Streifen Schlackwurstpelle,
Die Seiten links und rechts befleckt, befettet,
Und oben stand, nun was? stand «Mignonlieder»,
Und Witwe Marzahn las: «Dahin, dahin
Möcht ich mit dir, o mein Geliebter, ziehn.»

Nun war es klar. Um so was träg und langsam,
Um Goethe, Verse, Mignon.
Armer Lehrling,
Ich weiß dein Schicksal nicht, nur eines weiß ich:
Wie dir die Lehrzeit hinging bei Frau Marzahn,
Ging mir das *Leben* hin. Ein Band von Goethe
Blieb mir bis heut mein bestes Wehr und Waffen,
Und wenn die Witwe Marzahns mich gepeinigt
Und dumme Dinger, die nach Waschblau kamen,
Mich langsam fanden, kicherten und lachten –
Ich lächelte, grad so wie *du* gelächelt,
Fritz Katzfuß, du mein Ideal, mein Vorbild.
Der Band von Goethe gab mir Kraft und Leben,
Vielleicht auch Dünkel ... All genau dasselbe,
Nur andres Haar und – keine Sommersprossen.

Theodor Fontane

FÜR DIE, DIE OHNE STIMME SIND …

Schön sind Blatt und Beer
und zu sagen wär
von der Kindheit viel und viel vom Wind;
doch ich bin nicht hier,
und was spricht aus mir,
steht für die, die ohne Stimme sind.

Für des Lehrlings Schopf,
für den Wasserkopf,
für die Mütze in des Krüppels Hand,
für den Ausschlag rauh,
für die Rumpelfrau
mit dem Beingeschwür im Gehverband.

Ohne Unterlaß
spricht es, viel schwingt Haß
mit, ich bin nicht bös und bin nicht gut;
wenn ich einsam steh,
wenn ich schlafen geh,
dünkt es mich, ich hab den Mund voll Blut.

Wehrt mir, Leute, nicht,
der ich so im Licht
niedrig steh und sing: es währt nicht lang;
eine kurze Zeit
hört ihr großes Leid
und vielleicht ein wenig auch Gesang.

Theodor Kramer

POETEN GEH'N DEM UNADELICHEN ADEL WEIT VOR

Ob zwar mein schlechter Leib zu deme sich muß halten,
was schlecht und niedrig ist, und lassen alles walten,
was reiche Güter hat, was großen Titul führet,
was Weisheit, Kunst und Lob mit blassem Ansehn zieret.
So bleibt dennoch mein Sinn allzeit am Himmel kleben,
da ein Poete kann ohn Schimpf und Schaden leben,
da niemand sagen kann: Sieh, dieser geht dich für!
da keine Leumder sein, da bloß des Himmels Zier
mit ihnen Sprache hält, da alles muß erbleichen,
da ein vom Adel muß dem schlechsten Diener weichen.
Und wenn ein hoher Held bei seinem Degen geht,
der sehe sich wohl für, daß er ja feste steht;
denn wer, aus Hoffart nur, den Degen angehenket,
dem wird gemeinlich auch der Schwerter Schmach geschenket,
und wenn die Hoffart denn wird endlich untergehn,
wird der Poeten Volk doch immer oben stehn.

Sibylla Schwarz

BEGLAUBIGUNG DER JUNGFER POETEREI

Rhapsodius glaubt nicht, daß Jungfern Verse machen:
Wie sollte man nu nicht der falschen Meinung lachen?
    Wie, wenn man sagte, das hochzeitliche Gedicht,
    Das Rhapsodus gemacht, ist seine Arbeit nicht.
Ist dieses möglich, so kann jenes auch geschehen.
Hat denn Herr Rhapsodus dergleichen nie gesehen?
    Ihr Musen Söhne denkt, ihr seid es gar allein,
    Bei denen Phoebus zeucht mit seinen Künsten ein.
O nein, ihr irret euch: Die Pallas pflegt desgleichen
Kunst, Weisheit und Verstand uns Nymphen darzureichen.
    Sind wir gleich nicht an Kunst und Gaben gar zu reich,

Noch euch, ihr Phoebus Volk in allen Stücken gleich
(Denn dieses ist gewiß, das läßt man wohl passieren,
Daß euch die freie Kunst vortrefflich kann bezieren,
Dazu euch euer Fürst Apollo Anlaß gibt,
Wenn ihr von Jugend auf Parnassus Hügel liebt)
So werdet ihr doch dies nicht gänzlich leugnen können,
Daß Gott und die Natur uns ebenmäßig gönnen
Was euch gegeben ist, und das uns oftmals nicht
Das Dichten, sondern nur die Zeit dazu gebricht.
Es fehlt uns nicht an Witz, und andern guten Gaben,
Nur daß man nicht dazu Gelegenheit kann haben.
Wenn man uns so wie euch, die Künste gösse ein,
So wollten wir euch auch hierinnen gleicher sein.

Susanna Elisabeth Zeidler

VERGÄNGLICHKEIT

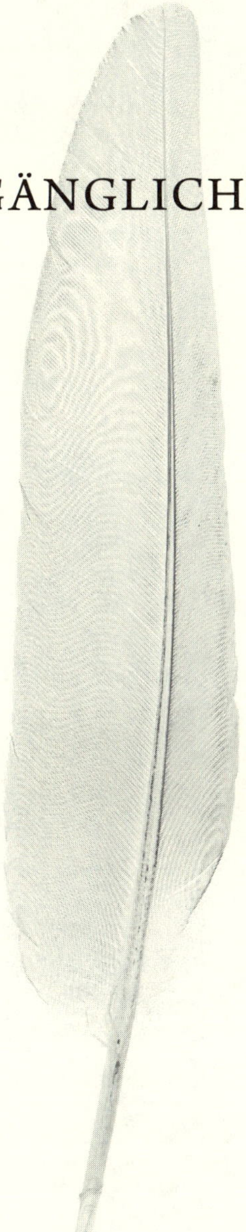

DER WAGEN ROLLT

Hoch auf dem gelben Wagen
Sitz' ich bei'm Schwager vorn.
Vorwärts die Rosse jagen,
Lustig schmettert das Horn.
Berge und Wälder und Matten,
Wogendes Ährengold, –
Möchte wohl ruhen im Schatten,
Aber der Wagen rollt.

Flöten hör' ich und Geigen,
Kräftiges Baßgebrumm;
Lustiges Volk im Reigen
Tanzt um die Linde herum,
Wirbelt wie Laub im Winde,
Jubelt und lacht und tollt. –
Bliebe so gern bei der Linde,
Aber der Wagen rollt.

Postillon an der Schenke
Füttert die Rosse im Flug:
Schäumendes Gerstengetränke
Bringt uns der Wirt im Krug.
Hinter den Fensterscheiben
Lacht ein Gesichtchen hold. –
Möchte so gern noch bleiben,
Aber der Wagen rollt.

Sitzt einmal ein Gerippe
Hoch auf dem Wagen vorn,
Trägt statt Peitsche die Hippe,
Stundenglas statt Horn –
Ruf' ich «Ade ihr Lieben,
Die ihr noch bleiben wollt;
Gern wär' ich selbst noch geblieben,
Aber der Wagen rollt.»

Rudolf Baumbach

MÄRZTAG

Wolkenschatten fliehen über Felder,
blau umdunstet stehen ferne Wälder.

Kraniche, die hoch die Luft durchpflügen,
kommen schreiend an in Wanderzügen.

Lerchen steigen schon in lauten Schwärmen,
überall ein erstes Frühlingslärmen.

Lustig flattern, Mädchen, deine Bänder,
kurzes Glück träumt durch die weiten Länder.

Kurzes Glück schwamm mit den Wolkenmassen,
wollt' es halten, mußt' es schwimmen lassen.

Detlev von Liliencron

1.

LASSET UNS, lasset uns mindern im Garten
Heute der Rosen und Tulipen Zahl.
Wollen wir Arme noch Morgen erwarten?
Sterbliche sind wir ja allezumal.
Die Blumen entstehen:
Wer säumet zu gehen?
Der Winter kömmt bald,
Bereifet die Wälder,
Schleift Wiesen und Felder,
Und macht die blühende Sommerlust alt.

2.

Ach Gott, wie sind wir doch nimmer recht weise,
Wir das Geschlechte von Leime gemacht,
Daß wir nicht besser die letztere Reise,
Wie sichs gebührete, nehmen in acht!
Ohn Sorgen zu leben,
Den Lüsten ergeben,
Da sind wir bemüht.
Was mag uns das werben?
Ein ewiges Sterben,
Welches die Seele zur Höllen hin zieht.

3.

Lasset uns Liebeste, lasset uns finden,
Nicht nur wo Lust, und wo Freude sich hält:
Lasst die Gedanken am Himmel sich binden.
Wie so gar selig ist der, so die Welt

Zurücke gesetzet,
In Gott sich ergetzet,
Sich selbsten verlacht,
Der Erden obsieget,
An dem sich vergnüget,
Was nicht nur Nebel, und Schatten, und Nacht.

Augustus Buchner

VERFALL

Am Abend, wenn die Glocken Frieden läuten,
Folg ich der Vögel wundervollen Flügen,
Die lang geschart, gleich frommen Pilgerzügen,
Entschwinden in den herbstlich klaren Weiten.

Hinwandelnd durch den dämmervollen Garten
Träum ich nach ihren helleren Geschicken
Und fühl der Stunden Weiser kaum mehr rücken.
So folg ich über Wolken ihren Fahrten.

Da macht ein Hauch mich von Verfall erzittern.
Die Amsel klagt in den entlaubten Zweigen.
Es schwankt der rote Wein an rostigen Gittern,

Indes wie blasser Kinder Todesreigen
Um dunkle Brunnenränder, die verwittern,
Im Wind sich fröstelnd blaue Astern neigen.

Georg Trakl

IN DER ABENDLICHEN SONNE

In der abendlichen Sonne
sitzen wir gebeugten Rückens
auf den Bänken in dem Grünen.
Unsere Arme hängen nieder,
unsere Augen blinzeln traurig.

Und die Menschen gehn in Kleidern
schwankend auf dem Kies spazieren
unter diesem großen Himmel,
der von Hügeln in der Ferne
sich zu fernen Hügeln breitet.

Franz Kafka

BILDER DER KINDHEIT

Der Winter hielt die Erde noch gefangen,
Und traurig standen alle Bäum und Auen.
Da blickt ich auf mit sehnendem Verlangen:
O lass mich bald die holden Blumen schauen!
Indem ich bat, hört ich wie Vögel sangen,
Sah warme Sonnenstrahlen niedertauen;
Und wie der goldne Schein hernieder eilet,
Kein Blümchen mehr in kalter Erde weilet.

Ich saß im Schatten einer alten Linde,
Und vor mir sah ich bunte Tulpen blühn,
Die Zweige über mir bewegt vom Winde,
Der breiten sanften Blätter helles Grün.
Mir war, als ob sie sich bestrebten linde,
Erinnrung ferner Zeit herbeizuziehn.
Es pocht mein Herz von ängstlichem Erwarten,
Und ich erkenne plötzlich nun den Garten.

Dies ist der Ort, wo ich als Kind gespielet,
Die roten Rosen von dem Strauch gepflückt;
Mich hat der Linde Schatten oft gekühlet;
Die glühnden Wangen in dies Gras gedrückt,

Ein süßer Schlummer oft um mich gespielet:
In frühe Kindheit werd ich hier entrückt.
In Sehnsucht ist mein ganzes Herz entglommen,
Mein Leben, all mein Tun hinweggeschwommen.

Wer naht sich aus der Büsche Finsternissen,
Und bleibt bedächtig bei den Rosen stehn?
Will alle Freude mich auf einmal grüßen?
Der Kindheit Wärterin soll ich hier sehn?
Ach, ich will schnell die treuen Lippen küssen
O dass sie eilte, zu mir herzugehn!
Sie sieht mich nicht, und wählet mit Bedacht
Zu einem Strauß der Rosen schönste Pracht.

Ich blick auf sie, wie sie ihr Tun betrachtet,
Noch einer nun an ihrer Seite steht.
Wie er gekommen, hab ich nicht beachtet,
Im Freudetaumel fast mein Herz vergeht,
Da er, den mir seit lange Tod umnachtet,
Mein Jugendfreund vor meinen Augen steht,
Ich eile hin: mich fest zu überzeugen
Will ich die Arm, ihn zu umfangen, beugen.

«Wie hab ich so in finsterm Wahn geschwebet!
Dich, Teurer, hielt ich lange für gestorben.
Wer hat mit Zauber meinen Sinn umwebet?
Mit Trauer mir der Jugend Lust verdorben?
Und keiner sprach in meinem Gram: er lebet;
Ich hätte Mut durch dieses Wort erworben.
So lange ward mein Glück mir vorenthalten,
Hier find ich dich mit dieser treuen Alten.»

Er sieht mich an, doch er bewegt sich nicht,
Die dargebotne Hand will er nicht fassen,
Ich bin, spricht er, ein warnend Traumgesicht,

Du musst, wie ich, die Erde bald verlassen,
Ein ewger Schlaf wird dich umhüllen dicht,
Du wirst den Tod, der liebend naht, nicht hassen.
Die Liebe, die ich zu dir trug im Leben,
Zwingt mich, der Liebe Blüten dir zu geben.

Er nahm die Blumen aus der Treuen Händen,
Und reicht den Strauß, mich kalt betrachtend, hin;
Ich muss die tränenvollen Augen wenden,
Mir ist sein Anblick nun nicht mehr Gewinn,
«Ist dies ein Träumen, o so mag es enden!»
So bat ich, «es verwirrt mir meinen Sinn.»
Ich sah die Blumen, musste traurend schweigen,
Wie schon verblüht das zarte Haupt sie neigen.

Muss selbst der Liebe holde Blume schwinden,
Wenn meine Hand sie zu berühren wagt;
Wo soll ich Trost für diese Leiden finden?
Wer blickt auf mich, die hier vergessen klagt?
So rief ich laut und riss des Schlummers Binden,
Jedoch kein Licht den offnen Augen tagt.
Nun gibt mein Herz nur trüben Bildern Raum,
Und es erscheint prophetisch mir der Traum.

Sophie Tieck

ZAUBERWÜRFEL

Ein hohes Sausen kommt durch die Jahrzehnte,
das sind die Waschmaschinen der WGs,
und dort: Susanne, die am Kleinbus lehnte,
mit diesem Follow-Me-Apell, ich sehs –
riech auch die Suhrkamp-Bücher im Regal,
in denen irgendwo die Wahrheit döste,

den Zauberwürfel drehen, hundertmal,
fühlst du nicht auch, wie man ihn immer löste
in schnellen, traumhaft sicheren Prozessen,
ich fühls, nur wie das ging, hab ich vergessen.

Dirk von Petersdorff

FRÜHER, ALS WIR DIE GROSSEN STRÖME NOCH

Früher, als wir die großen Ströme noch mit eigenen Armen teilten,
Ob, Lena, Jennissei, Missouri,
Mississipi, Elbe, Oste,
und mit Gesang den Hang raufzogen
und mit Gesang auch wieder herab,
immer den Augen hinterher und Hyperions leuchtenden Töchtern,
des Tages Anbruchs Röte
und des Mondes Aufzugs Beginn –
Heute: drei Telefongespräche und der Tag ist gelaufen.

Ja, man steht noch in Korrespondenz, das wohl ...
Paar Gedankenstriche zu einer Ästhetik des Flickworts,
eine Hoffnung.
Etwas Zuspruch aus zahnlosen Mäulern,
ein Gewinn.
Dies nervöse Verflackern der fleißigen alten Kerle
kurz vorm Abschiednehmen,
ohne daß nochmal jemand richtig Reisig nachwirft –
Aber es ist immerhin nicht das erste Mal, daß du seufzt
und hoffentlich nicht das letzte,
irgendsoeine blindgeborene Mickymaus wird sich schon noch finden,
die deine Anlagen würdigt.

Wenn man bedenkt, wie vielen trotzigen kleinen
Tante-Emma-Läden

du bis zum letzten Hirsekorn die Treue gehalten hast,
und sind ausnahmslos untergegangen …
Und dann kommt ja auch bald der Moment,
daß du selbst die Regale räumen mußt,
nur weil von hinten unentwegt die neue Ware nachdrückt:
Vom Dreck ergriffen steht die Menge da.
Nicht zur Hilfe eilen die Mitmenschen,
sondern zu niederen Schauzwecken.
Du aber sitzest angestrengt auf deinem Scherbenhügel,
einen abgerißnen Fluch im Hals –

Alles Quack, wer der Welt zu tief ins Auge gesehn hat,
um noch an ihr leiden zu wollen,
wird den Mangel an Service hier nicht so persönlich nehmen.
Lieber als daß ich einiger abgesoffener Salatblätter wegen
gleich nach dem Chef des Hauses verlang,
laß ich mir doch das restliche Abendlicht auf der Netzhaut zergehn.
Ein paar dampfende Dachpfannen nach dem Regen.
Eine nasse Hecke, hingestreckt über tausend Meter,
eine viertel Stunde lang.
Ja, und am Ende sehnst du dich dann nach den Tagen,
die du jetzt so lieblos verabschiedest.

Peter Rühmkorf

SONETT

Wir sind so tief betrübt, wenn wir auch scherzen;
Die Menschen tosen unten, gehn und reisen,
Die Welt zieht still und streng in ihren Gleisen,
Ein feuchter Wind verlöscht die lustgen Kerzen.

Du hast so schöne Worte tief im Herzen,
Du weißt so wunderbare, alte Weisen,

Und wie die Stern' am Firmamente kreisen,
Ziehn durch die Brust dir ewig Lust und Schmerzen.

So laß Dein' Stimme hell' im Wald erscheinen,
Das Waldhorn fromm wird auf und nieder wehen,
Die Wasser gehn und Rehe einsam weiden.

Wir wollen stille sitzen und nicht weinen,
Wir wollen in den Rhein hinunter sehen,
Und wird es finster, nicht von sammen scheiden.

Joseph von Eichendorff

ES FÜHRT ÜBER DEN MAIN

Es führt über den Main eine Brücke von Stein,
wer darüber will gehn, muss im Tanze sich drehn.
Falalalala, falalala.

Kommt ein Fuhrmann daher, hat geladen gar schwer,
seine Rösser sind drei, und sie tanzen vorbei.

Und ein Bursch ohne Schuh und in Lumpen dazu,
als die Brücke er sah, ei wie tanzte er da.

Kommt ein Mädchen allein auf die Brücke von Stein,
Fasst ihr Röcklein geschwind, und sie tanzt wie der Wind.

Und der König in Person steigt herab von seinem Thron,
kaum betritt er das Brett, tanzt er gleich Menuett.

Liebe Leute, herbei! Schlagt die Brücke entzwei!
Und sie schwangen das Beil, und sie tanzten derweil.

Alle Leute im Land kommen eilig gerannt:
Bleibt der Brücke doch fern, denn wir tanzen so gern!

Es führt über den Main eine Brücke von Stein,
wir fassen die Händ', und wir tanzen ohn' End'.
Falalalala, falala

Anonym
(Volkslied ergänzt von Felicitas Kukuck)

EINGELEGTE RUDER

Meine eingelegten Ruder triefen,
Tropfen fallen langsam in die Tiefen.

Nichts das mich verdross! Nichts das mich freute!
Niederrinnt ein schmerzenloses Heute!

Unter mir – ach, aus dem Licht verschwunden –
Träumen schon die schönern meiner Stunden.

Aus der blauen Tiefe ruft das Gestern:
Sind im Licht noch manche meiner Schwestern?

Conrad Ferdinand Meyer

HYPERIONS SCHICKSALSLIED

Ihr wandelt droben im Licht
  Auf weichem Boden, selige Genien!
    Glänzende Götterlüfte
      Rühren euch leicht,
        Wie die Finger der Künstlerin
          Heilige Saiten.

Schicksallos, wie der schlafende
Säugling, atmen die Himmlischen;
Keusch bewahrt
In bescheidener Knospe,
Blühet ewig
Ihnen der Geist,
Und die seligen Augen
Blicken in stiller
Ewiger Klarheit.

Doch uns ist gegeben,
Auf keiner Stätte zu ruhn,
Es schwinden, es fallen
Die leidenden Menschen
Blindlings von einer
Stunde zur andern,
Wie Wasser von Klippe
Zu Klippe geworfen,
Jahr lang ins Ungewisse hinab.

Friedrich Hölderlin

OWÊ WAR SINT VERSWUNDEN alliu mîniu jâr!
ist mir mîn leben getroumet, oder ist ez wâr?
daz ich ie wânde ez wære, was daz allez iht?
dar nâch hân ich geslâfen und enweiz es niht.
nû bin ich erwachet, und ist mir unbekant
daz mir hie vor was kündic als mîn ander hant.
liut unde lant, dar inn ich von kinde bin erzogen,
die sint mir worden frömde reht als ez sî gelogen.
die mîne gespilen wâren, die sint træge unt alt.
bereitet ist daz velt, verhouwen ist der walt:
wan daz daz wazzer fliuzet als ez wîlent flôz,
für wâr mîn ungelücke wânde ich wurde grôz.

mich grüezet maneger trâge, der mich bekande ê wol.
diu welt ist allenthalben ungenâden vol.
als ich gedenke an manegen wünneclîchen tac,
die mir sint enpfallen als in daz mer ein slac,
iemer mêre ouwê.

Walther von der Vogelweide

WOHIN SIND SIE GEFLOGEN alle meine Jahr?
War mein Leben gelogen oder ist es wahr?
Was ich einst wähnte, es wäre – gab es das überhaupt?
Oder hab ich geschlafen und einem Traum geglaubt?
Nun bin ich aufgewacht und ist mir unbekannt:
Was mir so vertraut war wie meine Hand.
Land und Leute, wo ich meine Kindheit verbracht,
sehen mich an, als hätt ich sie mir nur ausgedacht.
Die sich meine Freunde nannten, sind blöde, sind alt.
Plattgewalzte Felder – gerodeter Wald ...
Wenn da nicht noch Wasser strömte wo es immer floß,
wahrlich, mein Unglück schiene übergangslos.
Wieder ging einer vorüber, der wußte mal, wer ich war.
Die Welt ist allenthalben unberechenbar.
Manche schönen Tage gehen mir noch durch den Sinn
Wie ein Schlag ins Wasser sind sie dahin.

Immerdar oweh!

Walther von der Vogelweide
(Übertragung von Peter Rühmkorf)

SEPTEMBER

licht runtergebrannt
erdtöne flackern
ein dünner rauchfaden
schwalben nach süden

eine mit gebrochenem
genick
die katze trägt
den sommer zurück

Doris Runge

FREMDE SIND WIR AUF DER ERDE ALLE

Tötet euch mit Dämpfen und mit Messern,
Schleudert Schrecken, hohe Heimatworte,
Werft dahin um Erde euer Leben!
Die Geliebte ist euch nicht gegeben.
Alle Lande werden zu Gewässern,
Unterm Fuß zerrinnen euch die Orte.

Mögen Städte aufwärts sich gestalten,
Niniveh, ein Gottestrotz von Steinen!
Ach es ist ein Fluch in unserm Wallen:
Flüchtig muß vor uns das Feste fallen,
Was wir halten, ist nicht mehr zu halten,
Und am Ende bleibt uns nichts als Weinen.

Berge sind und Flächen sind geduldig,
Staunen, wie wir auf- und niederweichen.
Fluß wird alles, wo wir eingezogen.
Wer zum Sein noch Mein sagt, ist betrogen.
Schuldvoll sind wir, und uns selber schuldig,
Unser Teil ist: Schuld, sie zu begleichen!

Mütter leben, daß sie uns entschwinden.
Und das Haus ist, daß es uns zerfalle.
Selige Blicke, daß sie uns entfliehen.

Selbst der Schlag des Herzens ist geliehen,
Fremde sind wir auf der Erde Alle,
Und es stirbt, womit wir uns verbinden.

Franz Werfel

ES IST ALLES EITEL

Du siehst, wohin du siehst nur Eitelkeit auf Erden.
Was dieser heute baut, reißt jener morgen ein:
Wo itzund Städte stehn, wird eine Wiesen sein,
Auf der ein Schäfers-Kind wird spielen mit den Herden.

Was itzund prächtig blüht, soll bald zutreten werden.
Was itzt so pocht und trotzt ist Morgen Asch und Bein,
Nichts ist, das ewig sei, kein Erz, kein Marmorstein.
Itzt lacht das Glück uns an, bald donnern die Beschwerden.

Der hohen Taten Ruhm muss wie ein Traum vergehn.
Soll denn das Spiel der Zeit, der leichte Mensch bestehn?
Ach! was ist alles dies, was wir vor köstlich achten,

Als schlechte Nichtigkeit, als Schatten, Staub und Wind;
Als eine Wiesen-Blum', die man nicht wieder find't.
Noch will was Ewig ist, kein einig Mensch betrachten!

Andreas Gryphius

SONETT. VERGÄNGLICHKEIT DER SCHÖNHEIT

Es wird der bleiche Tod mit seiner kalten Hand
Dir endlich mit der Zeit um deine Brüste streichen,
Der liebliche Korall der Lippen wird verbleichen;
Der Schultern warmer Schnee wird werden kalter Sand,

Der Augen süßer Blitz, die Kräfte deiner Hand,
Für welchen solches fällt, die werden zeitlich weichen,
Das Haar, das itzund kann des Goldes Glanz erreichen,
Tilgt endlich Tag und Jahr als ein gemeines Band.

Der wohlgesetzte Fuß, die lieblichen Gebärden,
Die werden teils zu Staub, teils nichts und nichtig werden,
Dann opfert keiner mehr der Gottheit deiner Pracht.

Dies und noch mehr als dies muss endlich untergehen,
Dein Herze kann allein zu aller Zeit bestehen,
Dieweil es die Natur aus Diamant gemacht.

Christian Hoffmann
von Hoffmannswaldau

ALS ER DER PHILLIS EINEN RING MIT EINEM TOTENKOPF ÜBERREICHTE

Erschrick nicht vor dem Liebeszeichen,
Es träget unser künftig Bild,
Vor dem nur die allein erbleichen,
Bei welchen die Vernunft nichts gilt.
Wie schickt sich aber Eis und Flammen?
Wie reimt sich Lieb' und Tod zusammen?
Es schickt und reimt sich gar zu schön,
Denn beide sind von gleicher Stärke
Und spielen ihre Wunderwerke
Mit allen, die auf Erden gehn.

Ich gebe dir dies Pfand zur Lehre:
Das Gold bedeutet feste Treu',
Der Ring, daß uns die Zeit verehre,
Die Täubchen, wie vergnügt man sei;

Der Kopf erinnert dich des Lebens,
Im Grab ist aller Wunsch vergebens,
Drum lieb und lebe, weil man kann,
Wer weiß, wie bald wir wandern müssen!
Das Leben steckt im treuen Küssen,
Ach, fang den Augenblick noch an!

Johann Christian Günther

TERZINEN ÜBER VERGÄNGLICHKEIT

Noch spür ich ihren Atem auf den Wangen:
Wie kann das sein, dass diese nahen Tage
Fort sind, für immer fort, und ganz vergangen?

Dies ist ein Ding, das keiner voll aussinnt,
Und viel zu grauenvoll, als dass man klage:
Dass alles gleitet und vorüberrinnt

Und dass mein eignes Ich, durch nichts gehemmt,
Herüberglitt aus einem kleinen Kind
Mir wie ein Hund unheimlich stumm und fremd.

Dann: dass ich auch vor hundert Jahren war
Und meine Ahnen, die im Totenhemd,
Mit mir verwandt sind wie mein eignes Haar,

So eins mit mir als wie mein eignes Haar.

Hugo von Hofmannsthal

VANITAS! VANITATUM VANITAS!

Die Herrlichkeit der Erden
muß Rauch und Aschen werden,
kein Fels, kein Erz kann stehn.
Dies, was uns kann ergetzen,
was wir für ewig schätzen,
wird als ein leichter Traum
vergehn.

Was sind doch alle Sachen,
die uns ein Herze machen,
als schlechte Nichtigkeit?
Was ist des Menschen Leben,
der immer um muß schweben,
als eine Phantasie der Zeit?

Der Ruhm, nach dem wir trachten,
den wir unsterblich achten,
ist nur ein falscher Wahn;
sobald der Geist gewichen
und dieser Mund erblichen,
fragt keiner, was man hier getan.

Es hilft kein weises Wissen,
wir werden hingerissen,
ohn' einen Unterscheid.
Was nützt der Schlösser Menge?
Dem hie die Welt zu enge,
dem wird ein enges Grab zu weit.

Dies alles wird zerrinnen,
was Müh' und Fleiß gewinnen
und sauerer Schweiß erwirbt;
was Menschen hier besitzen,
kann für den Tod nicht nützen,
dies alles stirbt uns, wenn man stirbt.

Ist eine Lust, ein Scherzen,
das nicht ein heimlich Schmerzen
mit Herzensangst vergällt?
Was ist's, womit wir prangen?
Wo wirst du Ehr' erlangen,
die nicht in Hohn und Schmach
verfällt?

Was pocht man auf die Throne,
da keine Macht noch Krone
kann unvergänglich sein?
Es mag vom Toten-Reihen
kein Zepter dich befreien,
kein Purpur, Gold noch edler Stein.

Wie eine Rose blühet,
wenn man die Sonne siehet
begrüßen diese Welt;
die, eh' der Tag sich neiget,
eh' sich der Abend zeiget,
verwelkt und unversehns abfällt:

so wachsen wir auf Erden
und hoffen, groß zu werden,
und schmerz- und sorgenfrei;
doch eh' wir zugenommen
und recht zur Blüte kommen,
bricht uns des Todes Sturm entzwei.

Wir rechnen Jahr auf Jahre:
indessen wird die Bahre
uns für die Tür gebracht;
drauf müssen wir von hinnen
und, eh' wir uns besinnen,
der Erden sagen gute Nacht.

Auf, Herz! Wach und bedenke,
daß dieser Zeit Geschenke
den Augenblick nur dein!
Was du zuvor genossen,
ist als ein Strom verschossen.
Was künftig – wessen wird es sein?

Andreas Gryphius

GRABSCHRIFT GENERAL WALLENSTEINS

Hier liegt das große Haupt, so itzt wird ausgelacht;
Viel wissen mehr von mir, als ich jemals gedacht.
Doch wusst' ich, daß ein Stein nicht leicht ein Stern kann werden,
Ein Stein, wie hoch er steigt, fällt endlich zu der Erden.

Christian Hoffmann
von Hoffmannswaldau

GRABSCHRIFT EINES DACHSHUNDES

Kein Loch war mir zu tief und keines auch zu klein.
Ich suchte Fuchs und Dachs dem Jäger zu gefallen.
Ich büßte letztlich doch im Loch mein Leben ein.
Drum trau den Löchern nicht und wühle nicht in allen.

Anonym

HESSEN NIMMT ABSCHIED VON FREDDIE MERCURY

Mit fünfundverzisch war schon Schluß.
Des kam vom vielen Koitus.
Der Fred war schwul als wie die Nacht,
drum hat er's auch net lang gemacht.

Dabei konnt' der doch so schön singe!
Was muß er da noch Kerls bespringe!
Wär er net rein in jedes Bett,
könnt' er noch leben, unsän Fred.

Am Samstag fragt man: Fred, wie geht's?
Am Sonntag sagt er: Isch hab' Ehds.
Am Montag kommt er aus dem Haus:
Im Eichensarg. Die Füß' voraus.

Am End' hätt' er noch gern gesunge.
Hätt' er halt net die Jungs besprunge!
Leut'! Sagt Ihr: «Ehds, des krieg' isch nie»,
dann denkt an Freddie Mercury.

Simon Borowiak

DENN ES IST DER REINE SCHWINDEL

Wenn der Jüngling mit der Heißgeliebten geht
in aller Hergottsfrüh
an Leib und Seel beglückt,
verzückt,
zwei Drittel schon verrückt,
und er plötzlich vor dem Sonnenaufgang steht
so rosig strahlt sie nie
an Leib und Seel beglückt,
verzückt,
zwei Drittel schon verrückt,
hell klingen alle Saiten
zu holdem Spiel
seine stolzen Blicke gleiten
über tausend Herrlichkeiten –
und er zärtlich dann bei ihr um Liebe fleht

leis zittern ihr die Knie
an Leib und Seel beglückt,
verzückt,
zwei Drittel schon verrückt.
So wirbelt das Gesindel
in Lust und Leid
um die eigene Galgenspindel
denn es ist der reine Schwindel
in Lust und Leid –
denn es ist der reine Schwindel

Wenn der Eh'mann schwitzend durch die Straßen keucht
in heißer Mittagsglut
an Leib und Seel gezähmt
vergrämt
zwei Drittel schon gelähmt,
ihm begehrenswert ein schönes Mädchen deucht
gleich schwillt ihm stolz der Mut
an Leib und Seel gezähmt,
vergrämt
zwei Drittel schon gelähmt.
Laut knarren rings die Bratschen:
«Schaff dies, schaff das»
wie gern möcht' er karbatschen
klaps, kriegt er eine Watschen
daß er sich am liebsten vor der Welt verkreucht
in namenloser Wut
an Leib und Seel gezähmt,
vergrämt
zwei Drittel schon gelähmt.
So wirbelt das Gesindel
in Lust und Leid
um die eigene Galgenspindel
denn es ist der reine Schwindel
in Lust und Leid –
denn es ist der reine Schwindel

Wenn im Polsterstuhle sitzt der Mummelgreis
am Abend vor der Tür
an Leib und Seel verdumpft,
verschrumpft,
zwei Drittel abgestumpft,
und er absolut nichts mehr zu denken weiß,
dann träumt er wohl von ihr
an Leib und Seel verdumpft
verschrumpft
zwei Drittel abgestumpft.
Dumpf knurrt noch die Brummfidel
«Wie klang's einst schön» –
sie brummt ein altes Liedel,
dideldum dideldum dumdidel ...
Lächelnd schaut er um sich im Verwandtenkreis
«Schau, schau, Du auch noch hier»
an Leib und Seel verdumpft
verschrumpft
zwei Drittel abgestumpft
so wirbelt das Gesindel
in Lust und Leid
um die eigene Galgenspindel
denn es ist der reine Schwindel
in Lust und Leid –
denn es ist der reine Schwindel

Deshalb lasset keine Stunde ungenützt,
solang die Kraft noch wächst
an Leib und Seel hallo!
Horrido!
vor Freuden lichterloh!
Kämpft wie Löwen, wenn Ihr in der Patsche sitzt
von heißem Pech beklext
an Leib und Seel hallo!
Horrido!
vor Freuden lichterloh!

Die Zeit ist rasch entschwunden,
die Zeit der Tat
überdeckt von tausend Wunden
bei lebendigem Leib geschunden –
bleibt Ihr Herrn, solang noch Euer Auge blitzt
und Mann und Weib entzückt
an Leib und Seel hallo!
Horrido!
vor Freuden lichterloh!
So wirbelt das Gesindel
in Lust und Leid
um die eigene Galgenspindel
denn es ist der reine Schwindel
in Lust und Leid –
denn es ist der reine Schwindel.

Frank Wedekind

DAS WINDLICHT

Im Garten,
zur schwarzen Mitternacht,
unter den Sternen,
wenn es raschelt im Strauch:
Zünde das Windlicht an!

Die Fledermaus taumelt vorbei
und der bläuliche Falter,
und der Igel,
starrend von Stacheln,
geht über den Weg,
und die goldäugige Kröte.

Es ist die Nacht nur,
der schwarze Bruder des Tags,
und bis der dir wieder erscheint:
Es brennt ja das Windlicht!

Leere den Weinkrug!
Schau der Flamme goldnes Gesicht!
Weißt du es nicht?
Kein Bild ist Betrug.

Hör, was das Windlicht spricht:
Unter der Sterne Gang,
Falterflug, Adlerflug,
kurz oder lang:
Genug.

Georg Britting

WALDLIED

Der Nachtwind hat in den Bäumen
sein Rauschen eingestellt,
die Vögel sitzen und träumen
am Aste traut gesellt.

Die ferne schmächtige Quelle,
weil alles andre ruht,
läßt hörbar nun Welle auf Welle
hinflüstern ihre Flut.

Und wenn die Nähe verklungen,
dann kommen an die Reih
die leisen Erinnerungen
und weinen fern vorbei.

Daß alles vorübersterbe,
ist alt und allbekannt;
doch diese Wehmut, die herbe,
hat niemand noch gebannt.

Nikolaus Lenau

WO SIND DIE STUNDEN
der süßen Zeit,
da ich zuerst empfunden,
wie deine Lieblichkeit
mich dir verbunden?
Sie sind verrauscht, es bleibet doch dabei,
daß alle Lust vergänglich sei.

Ich schwamm in Freude;
der Liebe Hand
spann mir ein Kleid von Seide.
Das Blatt hat sich gewandt.
Ich geh' im Leide,
ich wein' jetzund, daß Lieb' und Sonnenschein
stets voller Angst und Wolken sein.

Christian Hoffmann
von Hoffmannswaldau

VERGÄNGLICHKEIT

Vom Baum des Lebens fällt
mir Blatt um Blatt.
O taumelbunte Welt,
wie machst du satt,
wie machst du satt und müd,
wie machst du trunken!
Was heut noch glüht,
ist bald versunken.
Bald klirrt der Wind
über mein braunes Grab,
über das kleine Kind
beugt sich die Mutter herab.
Ihre Augen will ich wiedersehn,
ihr Blick ist mein Stern,
alles andre mag gehn und verwehn,
alles stirbt, alles stirbt gern.
Nur die ewige Mutter bleibt,
von der wir kamen,
ihr spielender Finger schreibt
in die flüchtige Luft unsre Namen.

Hermann Hesse

ALL DAS –

Tage, Tage
wilde Tauben der Vergänglichkeit!
Ach, Mohn und Ähren
und was sonst noch der Sommer
im Schilde führte,
sank in die Abschiedstruhn.
An einem solchen Tag,
wenn du Boote siehst,
die über Meere fahren,
dann tragen sie deine Asche
und du hältst sie nicht mehr zurück.

Cyrus Atabay

«WARUM BIN ICH VERGÄNGLICH, o Zeus?» so fragte die Schönheit.
«Macht' ich doch,» sagte der Gott, «nur das Vergängliche schön.»
Und die Liebe, die Blumen, der Tau und die Jugend vernahmen's;
alle gingen sie weg, weinend, von Jupiters Thron.

Johann Wolfgang Goethe

NACHDEM ER DURCH METZINGEN GEGANGEN WAR

Dich will ich loben: Häßliches,
du hast so was Verläßliches.

Das Schöne schwindet, scheidet, flieht –
fast tut es weh, wenn man es sieht.

Wer Schönes anschaut, spürt die Zeit,
und Zeit meint stets: Bald ist's soweit.

Das Schöne gibt uns Grund zur Trauer.
Das Häßliche erfreut durch Dauer.

Robert Gernhardt

BALLADE DES ÄUSSEREN LEBENS

Und Kinder wachsen auf mit tiefen Augen,
Die von nichts wissen, wachsen auf und sterben,
Und alle Menschen gehen ihre Wege.

Und süße Früchte werden aus den herben
Und fallen nachts wie tote Vögel nieder
Und liegen wenig Tage und verderben.

Und immer weht der Wind, und immer wieder
Vernehmen wir und reden viele Worte
Und spüren Lust und Müdigkeit der Glieder.

Und Straßen laufen durch das Gras, und Orte
Sind da und dort, voll Fackeln, Bäumen, Teichen,
Und drohende, und totenhaft verdorrte …

Wozu sind diese aufgebaut? und gleichen
Einander nie? und sind unzählig viele?
Was wechselt Lachen, Weinen und Erbleichen?

Was frommt das alles uns und diese Spiele,
Die wir doch groß und ewig einsam sind
Und wandernd nimmer suchen irgend Ziele?

Was frommt's, dergleichen viel gesehen haben?
Und dennoch sagt der viel, der ‹Abend› sagt,
Ein Wort, daraus Tiefsinn und Trauer rinnt

Wie schwerer Honig aus den hohlen Waben.

Hugo von Hofmannsthal

Eins!

Oh Mensch Gib Acht!

Zwei!

Was spricht die tiefe Mitternacht?

Drei!

«Ich schlief, ich schlief –,»

Vier!

«Aus tiefem Traum bin ich erwacht: –»

Fünf!

«Die Welt ist tief,»

Sechs!

«Und tiefer als der Tag gedacht.»

Sieben!
«Tief ist ihr Weh –,»

Acht!
«Lust – tiefer noch als Herzeleid:»

Neun!
«Weh spricht: Vergeh!»

Zehn!
«Doch alle Lust will Ewigkeit –,»

Elf!
»– will tiefe, tiefe Ewigkeit!»

Zwölf!

Friedrich Nietzsche

DIE WELT

Was ist die Lust der Welt? Nichts als ein Fastnachtsspiel,
So lange Zeit gehofft, in kurzer Zeit verschwindet,
Da unsre Masken uns nicht haften, wie man will,
Und da der Anschlag nicht den Ausschlag recht empfindet.
Es gehet uns wie dem, der Feuerwerke macht,
Ein Augenblick verzehrt oft eines Jahres Sorgen;
Man schaut wie unser Fleiß von Kindern wird verlacht,
Der Abend tadelt oft den Mittag und den Morgen.
Wir fluchen oft auf dies was gestern war getan,
Und was man heute küsst, muss morgen Ekel heißen,
Die Reime die ich itzt geduldig lesen kann,
Die werd ich wohl vielleicht zur Morgenzeit zerreißen.

Wir kennen uns, und dies, was unser ist, oft nicht,
  Wir treten unsern Kuss oft selbst mit steifen Füssen,
Man merkt, wie unser Wunsch ihm selber widerspricht,
  Und wie wir Lust und Zeit als Sklaven dienen müssen.
Was ist denn diese Lust und ihre Macht und Pracht?
  Ein großer Wunderball mit leichtem Wind erfüllet.
Wohl diesem der sich nur den Himmel dienstbar macht,
  Weil aus dem Erdenkloß nichts als Verwirrung quillet.

Christian Hoffmann
von Hoffmannswaldau

WELTENDE

Dem Bürger fliegt vom spitzen Kopf der Hut,
In allen Lüften hallt es wie Geschrei.
Dachdecker stürzen ab und gehn entzwei
Und an den Küsten – liest man – steigt die Flut.

Der Sturm ist da, die wilden Meere hupfen
An Land, um dicke Dämme zu zerdrücken.
Die meisten Menschen haben einen Schnupfen.
Die Eisenbahnen fallen von den Brücken.

Jakob van Hoddis

GLAUBE UND ZWEIFEL

DER 130. PSALM. DE PROFUNDIS

Aus tiefer Not schrei ich zu dir
Herr Gott erhör mein Rufen
Dein gnädig Ohren kehr zu mir
Und meiner Bitt sei offen
Denn so du willst das sehen an
wie manche Sünd ich hab getan
wer kann Herr vor dir bleiben.

Es steht bei deiner Macht allein
die Sünden zu vergeben
Daß dich fürcht beide Groß und Klein
auch in dem besten Leben
Darum auf Gott will hoffen ich
mein Herz auf ihn soll lassen sich
ich will sein Wort erharren.

Und ob es währt bis in die Nacht
und wieder an den Morgen
Doch soll mein Herz an Gottes Macht
verzweifeln nicht noch sorgen
So tu Israel rechter Art
der aus dem Geist erzeuget wart
und seines Gotts erharre.

Ob bei uns ist der Sünden viel
bei Gott ist viel mehr Gnade
Sein Hand zu helfen hat kein Ziel
wie groß auch sei der Schade
Er ist allein der gute Hirt
der Israel erlösen wird
aus seinen Sünden allen.

Martin Luther

DE PROFUNDIS

Es ist ein Stoppelfeld, in das ein schwarzer Regen fällt.
Es ist ein brauner Baum, der einsam dasteht.
Es ist ein Zischelwind, der leere Hütten umkreist.
Wie traurig dieser Abend.

Am Weiler vorbei
Sammelt die sanfte Waise noch spärliche Ähren ein.
Ihre Augen weiden rund und goldig in der Dämmerung
Und ihr Schoß harrt des himmlischen Bräutigams.

Bei der Heimkehr
Fanden die Hirten den süßen Leib
Verwest im Dornenbusch.

Ein Schatten bin ich ferne finsteren Dörfern.
Gottes Schweigen
Trank ich aus dem Brunnen des Hains.

Auf meine Stirne tritt kaltes Metall
Spinnen suchen mein Herz.
Es ist ein Licht, das in meinem Mund erlöscht.

Nachts fand ich mich auf einer Heide,
Starrend von Unrat und Staub der Sterne.
Im Haselgebüsch
Klangen wieder kristallne Engel.

Georg Trakl

MEIN BLAUES KLAVIER

Ich habe zu Hause ein blaues Klavier
Und kenne doch keine Note.

Es steht im Dunkel der Kellertür,
Seitdem die Welt verrohte.

Es spielen Sternenhände vier
– Die Mondfrau sang im Boote –
Nun tanzen die Ratten im Geklirr.

Zerbrochen ist die Klaviatür .....
Ich beweine die blaue Tote.

Ach liebe Engel öffnet mir
– Ich aß vom bitteren Brote –
Mir lebend schon die Himmelstür –
Auch wider dem Verbote.

Else Lasker-Schüler

FRÜHLINGSSCHREI EINES KNECHTES AUS DER TIEFE

1. Meister, ohne dein Erbarmen
Muss im Abgrund ich verzagen,
Willst du nicht mit starken Armen
Wieder mich zum Lichte tragen.

2. Jährlich greifet deine Güte,
In die Erde, in die Herzen,
Jährlich weckest du die Blüte,
Weckst in mir die alten Schmerzen.

3. Einmal nur zum Licht geboren,
Aber tausendmal gestorben,
Bin ich ohne dich verloren,
Ohne dich in mir verdorben.

4. Wenn sich so die Erde reget,
Wenn die Luft so sonnig wehet,
Dann wird auch die Flut beweget,
Die in Todesbanden stehet.

5. Und in meinem Herzen schauert
Ein betrübter bittrer Bronnen,
Wenn der Frühling draußen lauert,
Kömmt die Angstflut angeronnen.

6. Weh! durch giftge Erdenlagen,
Wie die Zeit sie angeschwemmet,
Habe ich den Schacht geschlagen,
Und er ist nur schwach verdämmet.

7. Wenn nun rings die Quellen schwellen,
Wenn der Grund gebärend ringet,
Brechen her die giftgen Wellen,
Die kein Fluch, kein Witz mir zwinget.

8. Andern ruf ich, schwimme, schwimme,
Mir kann solcher Ruf nicht taugen,
Denn in mir ja steigt die grimme
Sündflut, bricht aus meinen Augen.

9. Und dann scheinen bös Gezüchte
Mir die bunten Lämmer alle,
Die ich grüßte, süße Früchte,
Die mir reiften, bittre Galle.

10. Herr, erbarme du dich meiner,
Daß mein Herz neu blühend werde,
Mein erbarmte sich noch keiner
Von den Frühlingen der Erde.

11. Meister, wenn dir alle Hände
Nahn mit süßerfüllten Schalen,
Kann ich mit der bittern Spende
Meine Schuld dir nimmer zahlen.

12. Ach, wie ich auch tiefer wühle,
Wie ich schöpfe, wie ich weine,
Nimmer ich den Schwall erspüle
Zum Kristallgrund fest und reine.

13. Immer stürzen mir die Wände,
Jede Schicht hat mich belogen,
Und die arbeitblutgen Hände
Brennen in den bittern Wogen.

14. Weh! der Raum wird immer enger,
Wilder, wüster stets die Wogen,
Herr, o Herr! ich treib's nicht länger,
Schlage deinen Regenbogen.

15. Herr, ich mahne dich, verschone,
Herr! ich hört in jungen Tagen,
Wunderbare Rettung wohne
Ach, in deinem Blute, sagen.

16. Und so muss ich zu dir schreien,
Schreien aus der bittern Tiefe,
Könntest du auch nicht verzeihen,
Dass dein Knecht so kühnlich riefe!

17. Dass des Lichtes Quelle wieder
Rein und heilig in mir flute,
Träufle einen Tropfen nieder,
Jesus, mir, von deinem Blute!

Clemens Brentano

DAS SCHIFF DER KIRCHE

Die alten Türme sah man längst schon wanken,
Was unsre Väter fromm gebaut, errungen,
Thron, Burg, Altar, es hat sie all' verschlungen
Ein wilder Strom entfesselter Gedanken.

Der wühlt sich breit und breiter ohne Schranken,
Ein Meer, wo zornigbäumend aufgeschwungen
Die trüben Fluten Fels um Fels bezwungen,
Und alle Rettungsufer rings versanken.

Doch drüberhin gewölbt ein Friedensbogen,
Wohin nicht reichen die empörten Wogen,
Und unter ihm ein Schiff dahingezogen,

Das weiß nichts von der Wasser wüstem Branden,
Das macht der Stürme Wirbeltanz zuschanden –
O Herr, da laß uns alle selig landen!

Joseph von Eichendorff

ALLEIN DEN BETERN kann es noch gelingen,
das Schwert ob unsern Häuptern aufzuhalten
und diese Welt den richtenden Gewalten
durch ein geheiligt Leben abzuringen.

Denn Täter werden nie den Himmel zwingen:
Was sie vereinen wird sich wieder spalten,
was sie erneuern über Nacht veralten,
und was sie stiften Not und Elend bringen.

Jetzt ist die Zeit, da sich das Heil verbirgt,
und Menschenhochmut auf dem Markte feiert,
indes im Dom die Beter sich verhüllen.

Bis Gott aus unsern Opfern Segen wirkt,
und in den Tiefen, die kein Aug entschleiert,
die trocknen Brunnen sich mit Leben füllen.

Reinhold Schneider

EURE ETÜDEN

Eure Etüden,
Arpeggios, Dankchoral
sind zum Ermüden
und bleiben rein lokal.

Das Krächzen der Raben
ist auch ein Stück –
dumm sein und Arbeit haben:
das ist das Glück.

Das Sakramentale –
schön, wer es hört und sieht,
doch Hunde, Schakale
die haben auch ihr Lied.

Ach, eine Fanfare,
doch nicht an Fleisches Mund,
daß ich erfahre,
wo aller Töne Grund.

Gottfried Benn

10. JÄNNER 1834

Wo schlägt ein Herz das bleibend fühlt?
Wo ruht ein Grund nicht stets durchwühlt,
Wo strahlt ein See nicht stets durchspült,
Ein Mutterschoß, der nie erkühlt,
Ein Spiegel nicht für jedes Bild
Wo ist ein Grund, ein Dach, ein Schild,
Ein Himmel, der kein Wolkenflug
Ein Frühling, der kein Vögelzug,
Wo eine Spur, die ewig treu
Ein Gleis, das nicht stets neu und neu,
Ach wo ist Bleibens auf der Welt,
Ein redlich ein gefriedet Feld,
Ein Blick der hin und her nicht schweift,
Und dies und das und nichts ergreift,
Ein Geist, der sammelt und erbaut,
Ach wo ist meiner Sehnsucht Braut;
Ich trage einen treuen Stern
Und pflanzt' ihn in den Himmel gern
Und find kein Plätzchen tief und klar,
Und keinen Felsgrund zum Altar,
Hilf suchen, Süße, halt o halt!
Ein jeder Himmel leid't Gewalt.
Amen!

Clemens Brentano

AN DAS ANGESICHT DES HERRN JESU (AUSZUG)

1.

O Haupt voll Blut und Wunden,
Voll Schmerz und voller Hohn!
O Haupt zum Spott gebunden
Mit einer Dornen Krohn!
O Haupt! sonst schön geziehret
Mit höchster Ehr und Ziehr,
Itzt aber höchst schimpfieret,
Gegrüßet seist du mir.

2.

Du edles Angesichte,
Dafür sonst schrickt und scheut
Das große Welt-Gewichte,
Wie bist du so bespeit?
Wie bist du so erbleichet?
Wer hat dein Augenlicht,
Dem sonst kein Licht nicht gleichet,
So schändlich zugericht?

3.

Die Farbe deiner Wangen,
Der roten Lippen Pracht
Ist hin, und ganz vergangen:
Des blassen Todes Macht
Hat alles hingenommen,
Hat alles hingerafft,
Und daher bist du kommen
Von deines Leibes Kraft.

9.

Wann ich einmal soll scheiden,
So scheide nicht von mir!
Wann ich den Tod soll leiden,
So tritt du dann herfür:
Wann mir am allerbängsten
Wird um das Herze sein:
So reiß mich aus den Ängsten,
Kraft deiner Angst und Pein.

10.

Erscheine mir zum Schilde,
Zum Trost in meinem Tod,
Und laß mich sehn dein Bilde
In deiner Kreuzes-Not.
Da will ich nach dir blicken,
Da will ich Glaubens voll
Dich fest an mein Herz drücken.
Wer so stirbt, der stirbt wohl.

Paul Gerhardt

AM KARSAMSTAGE

Tiefes, ödes Schweigen,
Die ganze Erd wie tot!
Lerchen ohne Lieder steigen,
Die Sonne ohne Morgenrot.
Auf die Welt sich legt
Der Himmel matt und schwer,
Starr und unbewegt
Wie ein gefrornes Meer.
O Herr, erhalt uns!

Meereswogen brechen,
Sie toben sonder Schall;
Nur die Menschenkinder sprechen,
Doch schaurig schweigt der Widerhall.

Wie versteinet steht
Der Äther um uns her,
Dringt wohl kein Gebet
Durch ihn zum Himmel mehr.
O Herr, erhalt uns!

Sünden sind geschehen,
Für jedes Wort zu groß,
Daß die Erde müßt vergehen,
Trüg sie nicht Jesu Leib im Schoß.
Noch im Tod voll Huld
Erhält sein Leib die Welt,
Daß in ihrer Schuld
Sie nicht zu Staub zerfällt.
O Herr, verschon uns!

Jesus liegt im Grabe,
Im Grabe liegt mein Gott!
Was ich von Gedanken habe,
Ist doch dagegen nur ein Spott.
Kennt in Ewigkeit
Kein Jesus mehr die Welt?
Keiner, der verzeiht,
Und keiner, der erhält?
O Herr, errett uns!

Ach, auf jene Frommen,
Die seines Heils geharrt,
Ist die Glorie gekommen
Mit seiner süßen Gegenwart.
Harrten seiner Huld,
Vergangenheit die Zeit,
Gegenwart Geduld,
Zukunft die Ewigkeit.
O Herr, erlös uns!

Lange, lange Zeiten
In Glauben und Vertraun,
Durch die unbekannten Weiten
Nach unbekanntem Heil sie schaun;
Dachten sich so viel,
Viel Seligkeit und Pracht;
Ach, es war wie Spiel,
Von Kindern ausgedacht.
O Herr, befrei uns!

Herr, ich kann nicht sprechen
Vor deinem Angesicht,
Laß die ganze Schöpfung brechen,
Diesen Tag erträgt sie nicht!
Ach, was naht so schwer?
Ist es die ew'ge Nacht?
Ists ein Sonnenmeer
In tausend Strahlen Pracht?
O Herr, erhalt uns!

Annette von Droste-Hülshoff

AUFERSTEHUNG

Manchmal stehen wir auf
Stehen wir zur Auferstehung auf
Mitten am Tage
Mit unserem lebendigen Haar
Mit unserer atmenden Haut.

Nur das Gewohnte ist um uns.
Keine Fata Morgana von Palmen
Mit weidenden Löwen
Und sanften Wölfen.

Die Weckuhren hören nicht auf zu ticken
Ihre Leuchtzeiger löschen nicht aus.

Und dennoch leicht
Und dennoch unverwundbar
Geordnet in geheimnisvolle Ordnung
Vorweggenommen in ein Haus aus Licht.

Marie Luise Kaschnitz

NICHT MUTIG

Die Mutigen wissen
daß sie nicht auferstehen
daß kein Fleisch um sie wächst
am jüngsten Morgen
daß sie nichts mehr erinnern
niemandem wiederbegegnen
daß nichts ihrer wartet
keine Seligkeit
keine Folter
Ich
bin nicht mutig

Marie Luise Kaschnitz

«DU HAST UNSTERBLICHKEIT IM SINN;
kannst du uns deine Gründe nennen?»
Gar wohl! Der Hauptgrund liegt darin,
daß wir sie nicht entbehren können.

Johann Wolfgang Goethe

VON GUTEN MÄCHTEN

1. Von guten Mächten treu und still umgeben
behütet und getröstet wunderbar, –
so will ich diese Tage mit euch leben
und mit euch gehen in ein neues Jahr;

2. noch will das alte unsre Herzen quälen
noch drückt uns böser Tage schwere Last,
Ach Herr, gib unsern aufgeschreckten Seelen
das Heil, für das Du uns geschaffen hast.

3. Und reichst Du uns den schweren Kelch, den bittern,
des Leids, gefüllt bis an den höchsten Rand,
so nehmen wir ihn dankbar ohne Zittern
aus Deiner guten und geliebten Hand.

4. Doch willst Du uns noch einmal Freude schenken
an dieser Welt und ihrer Sonne Glanz,
dann woll'n wir des Vergangenen gedenken,
und dann gehört Dir unser Leben ganz.

5. Laß warm und hell die Kerzen heute flammen
die Du in unsre Dunkelheit gebracht,
führ, wenn es sein kann, wieder uns zusammen!
Wir wissen es, Dein Licht scheint in der Nacht.

6. Wenn sich die Stille nun tief um uns breitet,
so laß uns hören jenen vollen Klang
der Welt, die unsichtbar sich um uns weitet,
all Deiner Kinder hohen Lobgesang.

7. Von guten Mächten wunderbar geborgen
erwarten wir getrost, was kommen mag.
Gott ist bei uns am Abend und am Morgen,
und ganz gewiß an jedem neuen Tag.

Dietrich Bonhoeffer

EIN PSALM DAVIDS

Der HERR ist mein Hirte, mir wird nichts mangeln.
Er weidet mich auf einer grünen Aue, und führet mich zum frischen Wasser.
Er erquicket meine Seele, er führet mich auf rechter Straße, um seines Namens Willen.
Und ob ich schon wanderte im finstern Tal, fürchte ich kein Unglück, denn du bist bei mir, dein Stecken und Stab trösten mich.
Du bereitest vor mir einen Tisch gegen meine Feinde. Du salbest mein Haupt mit Öle, und schenkest mir voll ein.
Gutes und Barmherzigkeit werden mir folgen mein Leben lang, und ich werde bleiben im Hause des HERRN immer dar.

Martin Luther

VICE VERSA

Ein Hase sitzt auf einer Wiese,
des Glaubens, niemand sähe diese.

Doch, im Besitze eines Zeißes,
betrachtet voll gehaltnen Fleißes

vom vis-a-vis gelegnen Berg
ein Mensch den kleinen Löffelzwerg.

Ihn aber blickt hinwiederum
ein Gott von fern an, mild und stumm.

Christian Morgenstern

EIN FESTE BURG ist unser Gott,
Ein gute Wehr und Waffen.
Er hilft uns frei aus aller Not,
Die uns jetzt hat betroffen.
Der alt böse Feind
Mit Ernst er's jetzt meint.
Groß Macht und viel List
Sein grausam Rüstung ist.
Auf Erd ist nicht seinsgleichen.

Mit unsrer Macht ist nichts getan,
Wir sind gar bald verloren.
Es streit't für uns der rechte Mann,
Den Gott hat selbst erkoren.
Fragst du, wer der ist?
Er heißt Jesus Christ,
Der Herr Zebaoth,
Und ist kein ander Gott.
Das Feld muß er behalten.

Und wenn die Welt voll Teufel wär
Und wollt uns gar verschlingen,
So fürchten wir uns nicht so sehr,
Es soll uns doch gelingen.
Der Fürst dieser Welt,
Wie sau'r er sich stellt,
Tut er uns doch nicht.
Das macht, er ist gericht't.
Ein Wörtlein kann ihn fällen.

Das Wort sie sollen lassen stahn
Und kein' Dank dazu haben.
Er ist bei uns wohl auf dem Plan
Mit seinem Geist und Gaben.
Nehmen sie den Leib,
Gut, Ehr, Kind und Weib,
Laß fahren dahin.
Sie haben's kein Gewinn.
Das Reich muss uns doch bleiben.

Martin Luther

DIE HÖLLE

Ach! und Weh!
Mord! Zetter! Jammer, Angst, Kreuz! Marter! Würme! Plagen.
Pech, Folter! Hencker! Flamm! Stanck! Geister! Kälte! Zagen!
Ach vergeh!
Tief' und Höh'!
Meer! Hügel! Berge! Fels! Wer kann die Pein ertragen?
Schluck Abgrund! ach schluck' ein! die nichts denn ewig klagen.
Je und Eh!
Schreckliche Geister der dunkelen Höhlen, ihr die ihr martert und Marter erduldet
Kann denn der ewigen Ewigkeit Feuer, nimmermehr büßen dies was ihr verschuldet?
O grausam' Angst, stets sterben, sonder sterben!
Dies ist Flamme der grimmigen Rache, die der erhitzete Zorn angeblasen:
Hier ist der Fluch der unendlichen Strafen; hier ist das immerdar wachsende Rasen:
O Mensch! Verdirb, um hier nicht zu verderben.

Andreas Gryphius

GEBET

Gib Liebe mir und einen frohen Mund,
daß ich dich, Herr der Erde, tue kund;
Gesundheit gib bei sorgenfreiem Gut,
ein frommes Herz und einen festen Mut;
gib Kinder mir, die aller Mühe wert;
verscheuch die Feinde von dem trauten Herd;
gib Flügel dann und einen Hügel Sand;
den Hügel Sand im lieben Vaterland;
die Flügel schenk dem abschiedschweren Geist,
daß er sich leicht der schönen Welt entreißt.

Achim von Arnim

EIN TRAUM, ein Traum ist unser Leben
auf Erden hier.
Wie Schatten auf den Wogen schweben
und schwinden wir,
und messen unsre trägen Tritte
nach Raum und Zeit;
und sind (und wissen's nicht) in Mitte
der Ewigkeit.

Johann Gottfried Herder

DIE GOTTHEIT

Die Gottheit ist ein Brunn'. Aus ihr kommt alles her
Und läuft auch wieder hin. Drum ist sie auch ein Meer.

Angelus Silesius

ICH SEHE DICH in tausend Bildern,
Maria, lieblich ausgedrückt,
Doch keins von allen kann dich schildern,
Wie meine Seele dich erblickt.

Ich weiß nur, daß der Welt Getümmel
Seitdem mir wie ein Traum verweht,
Und ein unnennbar süßer Himmel
Mir ewig im Gemüte steht.

Novalis
(Friedrich von Hardenberg)

TALISMANE

Gottes ist der Orient!
Gottes ist der Occident!
Nord- und südliches Gelände
Ruht im Frieden seiner Hände.

Er der einzige Gerechte
Will für jedermann das Rechte.
Sey, von seinen hundert Namen,
Dieser hochgelobet! Amen.

Mich verwirren will das Irren;
Doch du weißt mich zu entwirren.
Wenn ich handle, wenn ich dichte,
Gieb du meinem Weg die Richte.

Ob ich Ird'sches denk' und sinne
Das gereicht zu höherem Gewinne.
Mit dem Staube nicht der Geist zerstoben
Dringet, in sich selbst gedrängt, nach oben.

Im Athemholen sind zweyerley Gnaden:
Die Luft einziehn, sich ihrer entladen.
Jenes bedrängt, dieses erfrischt;
So wunderbar ist das Leben gemischt.
Du danke Gott, wenn er dich preßt,
Und dank' ihm, wenn er dich wieder entläßt.

Johann Wolfgang Goethe

DIE FRÜHLINGSFEIER

Nicht in den Ozean
Der Welten alle
Will ich mich stürzen!
Nicht schweben, wo die ersten Erschaffnen,
Wo die Jubelchöre der Söhne des Lichts
Anbeten, tief anbeten,
Und in Entzückung vergehn!

Nur um den Tropfen am Eimer,
Um die Erde nur, will ich schweben,
Und anbeten!

Halleluja! Halleluja!
Auch der Tropfen am Eimer
Rann aus der Hand des Allmächtigen!

Da aus der Hand des Allmächtigen
Die größern Erden quollen,
Da die Ströme des Lichts
Rauschten, und Orionen wurden;
Da rann der Tropfen
Aus der Hand des Allmächtigen!

Wer sind die tausendmal tausend,
Die myriadenmal hundert tausend,
Die den Tropfen bewohnen?
Und bewohnten?
Wer bin ich?
Halleluja dem Schaffenden!
Mehr, als die Erden, die quollen!
Mehr, als die Orionen,
Die aus Strahlen zusammenströmten!

Aber, du Frühlingswürmchen,
Das grünlichgolden
Neben mir spielt,
Du lebst;
Und bist, vielleicht – –
Ach, nicht unsterblich!

Ich bin herausgegangen,
Anzubeten;
Und ich weine?

Vergib, vergib dem Endlichen
Auch diese Tränen,
O du, der sein wird!

Du wirst sie alle mir enthüllen
Die Zweifel alle
O du, der mich durchs dunkle Tal
Des Todes führen wird!

Dann werd ich es wissen:
Ob das goldne Würmchen
Eine Seele hatte?

Warest du nur gebildeter Staub,
Würmchen, so werde denn

Wieder verfliegender Staub,
Oder was sonst der Ewige will!

Ergeuß von neuem, du mein Auge,
Freudentränen!
Du, meine Harfe,
Preise den Herrn!

Umwunden, wieder von Palmen umwunden
Ist meine Harfe!
Ich singe dem Herrn!

Hier steh ich.
Rund um mich ist Alles Allmacht!
Ist Alles Wunder!

Mit tiefer Ehrfurcht,
Schau ich die Schöpfung an!
Denn Du,
Namenlosester, Du!
Erschufst sie!

Lüfte, die um mich wehn,
Und süße Kühlung
Auf mein glühendes Angesicht gießen,
Euch, wunderbare Lüfte,
Sendet der Herr? Der Unendliche?

Aber itzt werden sie still; kaum atmen sie!
Die Morgensonne wird schwül!
Wolken strömen herauf!
Das ist sichtbar der Ewige,
Der kömmt!
Nun fliegen, und wirbeln, und rauschen die Winde!
Wie beugt sich der bebende Wald!

Wie hebt sich der Strom!
Sichtbar, wie du es Sterblichen sein kannst,
Ja, das bist du sichtbar, Unendlicher!

Der Wald neigt sich!
Der Strom flieht!
Und ich falle nicht auf mein Angesicht?

Herr! Herr! Gott! barmherzig! und gnädig!
Du Naher!
Erbarme dich meiner!

Zürnest du, Herr, weil Nacht dein Gewand ist?
Diese Nacht ist Segen der Erde!
Du zürnest nicht, Vater!
Sie kömmt, Erfrischung auszuschütten
Über den stärkenden Halm!
Über die herzerfreuende Traube!
Vater! Du zürnest nicht!

Alles ist stille vor dir, du Naher!
Ringsum ist Alles stille!
Auch das goldne Würmchen merkt auf!
Ist es vielleicht nicht seelenlos?
Ist es unsterblich?

Ach vermöcht ich dich, Herr, wie ich dürste, zu preisen!
Immer herrlicher offenbarst du dich!
Immer dunkler wird, Herr, die Nacht um dich!
Und voller von Segen!

Seht ihr den Zeugen des Nahen, den zückenden Blitz?
Hört ihr den Donner Jehovah?
Hört ihr ihn?
Hört ihr ihn?
Den erschütternden Donner des Herrn?

Herr! Herr! Gott! barmherzig und gnädig!
Angebetet, gepriesen
Sei dein herrlicher Name!

Und die Gewitterwinde? Sie tragen den Donner!
Wie sie rauschen! Wie sie die Wälder durchrauschen!
Und nun schweigen sie! Majestätischer
Wandeln die Wolken herauf!

Seht ihr den neuen Zeugen des Nahen,
Seht ihr den fliegenden Blitz?
Hört ihr, hoch in den Wolken, den Donner des Herrn?
Er ruft Jehovah!
Jehovah!
Jehovah!
Und der gesplitterte Wald dampft!

Aber nicht unsre Hütte!
Unser Vater gebot
Seinem Verderber
Vor unsrer Hütte vorüberzugehn!

Ach schon rauschet, schon rauschet
Himmel und Erde vom gnädigen Regen!
Nun ist, wie dürstete sie! Die Erd erquickt,
Und der Himmel der Fülle des Segens entladen!

Siehe, nun kömmt Jehovah nicht mehr im Wetter!
Im stillen, sanften Säuseln
Kömmt Jehovah!
Und unter ihm neigt sich der Bogen des Friedens.

Friedrich Gottlieb Klopstock

GANYMED

Wie im Morgenglanze
Du rings mich anglühst,
Frühling, Geliebter!
Mit tausendfacher Liebeswonne
Sich an mein Herz drängt
Deiner ewigen Wärme
Heilig Gefühl,
Unendliche Schöne!

Daß ich dich fassen möcht'
In diesen Arm!

Ach an deinem Busen
Lieg' ich, schmachte,
Und deine Blumen, dein Gras
Drängen sich an mein Herz.
Du kühlst den brennenden
Durst meines Busens,
Lieblicher Morgenwind!
Ruft drein die Nachtigall
Liebend nach mir aus dem Nebeltal.

Ich komm'! ich komme!
Wohin? Ach, wohin?

Hinauf! Hinauf strebt's.
Es schweben die Wolken
Abwärts, die Wolken
Neigen sich der sehnenden Liebe.
Mir! Mir!
In euerm Schoße
Aufwärts!
Umfangend umfangen!
Aufwärts an deinen Busen,
Alliebender Vater!

Johann Wolfgang Goethe

EIN SANG DER SELEN ZŮ GOTTE AN FÚNF DINGEN, UND WIE GOT EIN KLEIT IST DER SELEN UND DIE SELE GOTTES

«Du lúhtest in die sele min
als dú sunne gegen dem golde.
Swenne ich můs růwen in dir, herre,
so ist min wunne manigvalt.
Du kleidest dich mit der sele min
und du bist ŏch ir nehstes cleit.
Das da ein scheiden můs geschehen –

joch envant ich nie grősser herzeleit!
Wőltist du mich serer minnen,
so keme ich sicher von hinnan,
da ich dich ane underlas nach wúnsche mőhte minnen.
Nu han ich dir gesungen,
noch ist mir nit gelungen;
wőltest du mir singen,
so műste mir gelingen.»

Mechthild von Magdeburg

DIE SEELE SINGT GOTT EIN FÜNFFACHES LOBLIED; GOTT IST EIN KLEID DER SEELE UND DIE SEELE (EIN KLEID) GOTTES

«‹Du leuchtest in meine Seele,
wie die Sonne auf das Gold.
Wenn ich in dir ruhen darf, o Herr,
so ist meine Glückseligkeit groß.
Du kleidest dich mit meiner Seele,
und du bist auch ihr innerstes Kleid.
Dass da geschieden werden muss –
ich kenne wahrlich kein größeres Herzeleid!
Wolltest du mich überwältigender lieben,
so käme ich gewiss dorthin,
wo ich dich nach meinem Wunsch ununterbrochen lieben könnte.›
Nun habe ich für dich gesungen –
es ist mir noch nicht (gut) gelungen;
wolltest du für mich singen,
so müsste es mir gelingen!»

Mechthild von Magdeburg
(Übertragung von Gisela Vollmann-Profe)

EIN WIDERSANG GOTTES IN DER SELE AN FÚNF DINGEN

«Swenne ich schine, so můst du lúhten;
swenne ich vlússe, so můst du vúhten.
Swen du súfzest, so zúhest du min go̊tlich herze in dich,
swenne du weinest na mir,
so nim ich dich an den aren min.
Swenne du aber minnest, so werden wir zwo̊i ein,
und swenne wir zwo̊i alsust eines sin,
so mag da niemer scheiden geschehen,
mer ein wunnenklich beiten
wonet zwúschent úns beiden.»
«Herre, so beite ich denne mit hunger und mit durste,
mit jagen und mit luste
unz an die spilenden stunde,
das us dinem go̊tlichen munde
vliessen die erwelten wort,
die von nieman sint gehort
mer von der sele alleine,
die sich von der erden enkleidet
und leit ir ore fúr dinen munt.
Ja, die begriffet der minne funt!»

Mechthild von Magdeburg

EIN FÜNFFACHER ANTWORTGESANG GOTTES IN DER SEELE

«Wenn ich scheine, so musst du leuchten,
wenn ich fließe, so musst du feucht werden.
Wenn du seufzest, so ziehst du mein göttliches Herz in dich,
wenn du nach mir weinst,
so nehme ich dich in meinen Arm.
Wenn du aber liebst, so werden wir zwei eins,

und wenn wir zwei so vereint sind,
so können wir niemals mehr getrennt werden,
vielmehr herrscht zwischen uns beiden
ein freudiges Erwarten.»
«Herr, so warte ich denn mit Hunger und Durst,
mit jagender Lust
auf den beseligenden Augenblick,
in dem aus deinem göttlichen Mund
die auserwählten Worte fließen,
die für niemanden zu hören sind
außer für die Seele allein,
die sich der Welt entkleidet
und ihr Ohr vor deinen Mund hält:
Ja, sie findet die Liebe und hält sie fest!»

Mechthild von Magdeburg
(Übertragung von Gisela Vollmann-Profe)

WÄR' NICHT DAS AUGE sonnenhaft,
die Sonne könnt' es nie erblicken;
läg' nicht in uns des Gottes eigne Kraft,
wie könnt' uns Göttliches entzücken?

Johann Wolfgang Goethe

ÜBER DAS UNAUSSPRECHLICHE HEILIGE GEISTES-EINGEBEN!

Du ungeseh'ner Blitz, du dunkel-helles Licht,
du Herzerfüllte Kraft, doch unbegreiflichs Wesen
Es ist was Göttliches in meinem Geist gewesen,
das mich bewegt und regt: Ich spür ein seltnes Licht.

Die Seel ist von sich selbst nicht also löblich licht.
Es ist ein Wunder-Wind, ein Geist, ein webend Wesen,
die ewig' Atem-Kraft, das Erz-sein selbst gewesen,
daß ihm in mir entzünd dies Himmel-flammend Licht.

Du Farben-Spiegel-Blick, du wunderbuntes Glänzen!
du schimmerst hin und her, bist unbegreiflich klar
die Geistes Taubenflüg' in Wahrheits-Sonne glänzen.

Der Gott-bewegte Teich ist auch getrübet klar!
es will erst gegen ihr die Geistes-Sonn beglänzen
den Mond, dann dreht er sich, wird Erden ab auch klar.

Catharina Regina von Greiffenberg

DU, NACHBAR GOTT, wenn ich dich manchesmal
in langer Nacht mit hartem Klopfen störe, –
so ists, weil ich dich selten atmen höre
und weiß: Du bist allein im Saal.
Und wenn du etwas brauchst, ist keiner da,
um deinem Tasten einen Trank zu reichen:
Ich horche immer. Gieb ein kleines Zeichen.
Ich bin ganz nah.

Nur eine schmale Wand ist zwischen uns,
durch Zufall; denn es könnte sein:
ein Rufen deines oder meines Munds –
und sie bricht ein
ganz ohne Lärm und Laut.

Aus deinen Bildern ist sie aufgebaut.

Und deine Bilder stehn vor dir wie Namen.
Und wenn einmal das Licht in mir entbrennt,

mit welchem meine Tiefe dich erkennt,
vergeudet sichs als Glanz auf ihren Rahmen.

Und meine Sinne, welche schnell erlahmen,
sind ohne Heimat und von dir getrennt.

Rainer Maria Rilke

DIE ERSTE DUINESER ELEGIE

Wer, wenn ich schriee, hörte mich denn aus der Engel
Ordnungen? und gesetzt selbst, es nähme
einer mich plötzlich ans Herz: ich verginge von seinem
stärkeren Dasein. Denn das Schöne ist nichts
als des Schrecklichen Anfang, den wir noch grade ertragen,
und wir bewundern es so, weil es gelassen verschmäht,
uns zu zerstören. Ein jeder Engel ist schrecklich.
Und so verhalt ich mich denn und verschlucke den Lockruf
dunkelen Schluchzens. Ach, wen vermögen
wir denn zu brauchen? Engel nicht, Menschen nicht,
und die findigen Tiere merken es schon,
daß wir nicht sehr verläßlich zu Haus sind
in der gedeuteten Welt. Es bleibt uns vielleicht
irgend ein Baum an dem Abhang, daß wir ihn täglich
wiedersähen; es bleibt uns die Straße von gestern
und das verzogene Treusein einer Gewohnheit,
der es bei uns gefiel, und so blieb sie und ging nicht.
O und die Nacht, die Nacht, wenn der Wind voller Weltraum
uns am Angesicht zehrt –, wem bliebe sie nicht, die ersehnte,
sanft enttäuschende, welche dem einzelnen Herzen
mühsam bevorsteht. Ist sie den Liebenden leichter?
Ach, sie verdecken sich nur mit einander ihr Los.
Weißt du's *noch* nicht? Wirf aus den Armen die Leere
zu den Räumen hinzu, die wir atmen; vielleicht daß die Vögel
die erweiterte Luft fühlen mit innigerm Flug.

Ja, die Frühlinge brauchten dich wohl. Es muteten manche
Sterne dir zu, daß du sie spürtest. Es hob
sich eine Woge heran im Vergangenen, oder
da du vorüberkamst am geöffneten Fenster,
gab eine Geige sich hin. Das alles war Auftrag.
Aber bewältigtest du's? Warst du nicht immer
noch von Erwartung zerstreut, als kündigte alles
eine Geliebte dir an? (Wo willst du sie bergen,
da doch die großen fremden Gedanken bei dir
aus und ein gehn und öfters bleiben bei Nacht.)
Sehnt es dich aber, so singe die Liebenden; lange
noch nicht unsterblich genug ist ihr berühmtes Gefühl.
Jene, du neidest sie fast, Verlassenen, die du
so viel liebender fandst als die Gestillten. Beginn
immer von neuem die nie zu erreichende Preisung;
denk: es erhält sich der Held, selbst der Untergang war ihm
nur ein Vorwand, zu sein: seine letzte Geburt.
Aber die Liebenden nimmt die erschöpfte Natur
in sich zurück, als wären nicht zweimal die Kräfte,
dieses zu leisten. Hast du der Gaspara Stampa
denn genügend gedacht, daß irgend ein Mädchen,
dem der Geliebte entging, am gesteigerten Beispiel
dieser Liebenden fühlt: daß ich würde wie sie?
Sollen nicht endlich uns diese ältesten Schmerzen
fruchtbarer werden? Ist es nicht Zeit, daß wir liebend
uns vom Geliebten befrein und es bebend bestehn:
wie der Pfeil die Sehne besteht, um gesammelt im Absprung
mehr zu sein als er selbst. Denn Bleiben ist nirgends.

Stimmen, Stimmen. Höre, mein Herz, wie sonst nur
Heilige hörten: daß sie der riesige Ruf
aufhob vom Boden; sie aber knieten,
Unmögliche, weiter und achtetens nicht:
So waren sie hörend. Nicht, daß du *Gottes* ertrügest
die Stimme, bei weitem. Aber das Wehende höre,

die ununterbrochene Nachricht, die aus Stille sich bildet.
Es rauscht jetzt von jenen jungen Toten zu dir.
Wo immer du eintratst, redete nicht in Kirchen
zu Rom und Neapel ruhig ihr Schicksal dich an?
Oder es trug eine Inschrift sich erhaben dir auf,
wie neulich die Tafel in Santa Maria Formosa.
Was sie mir wollen? leise soll ich des Unrechts
Anschein abtun, der ihrer Geister
reine Bewegung manchmal ein wenig behindert.

Freilich ist es seltsam, die Erde nicht mehr zu bewohnen,
kaum erlernte Gebräuche nicht mehr zu üben,
Rosen, und andern eigens versprechenden Dingen
nicht die Bedeutung menschlicher Zukunft zu geben;
das, was man war in unendlich ängstlichen Händen,
nicht mehr zu sein, und selbst den eigenen Namen
wegzulassen wie ein zerbrochenes Spielzeug.
Seltsam, die Wünsche nicht weiterzuwünschen. Seltsam,
alles, was sich bezog, so lose im Raume
flattern zu sehen. Und das Totsein ist mühsam
und voller Nachholn, daß man allmählich ein wenig
Ewigkeit spürt. – Aber Lebendige machen
alle den Fehler, daß sie zu stark unterscheiden.
Engel (sagt man) wüßten oft nicht, ob sie unter
Lebenden gehn oder Toten. Die ewige Strömung
reißt durch beide Bereiche alle Alter
immer mit sich und übertönt sie in beiden.

Schließlich brauchen sie uns nicht mehr, die Früheentrückten,
man entwöhnt sich des Irdischen sanft, wie man den Brüsten
milde der Mutter entwächst. Aber wir, die so große
Geheimnisse brauchen, denen aus Trauer so oft
seliger Fortschritt entspringt –: *könnten* wir sein ohne sie?
Ist die Sage umsonst, daß einst in der Klage um Linos
wagende erste Musik dürre Erstarrung durchdrang;

daß erst im erschrockenen Raum, dem ein beinah göttlicher Jüngling
plötzlich für immer enttrat, das Leere in jene
Schwingung geriet, die uns jetzt hinreißt und tröstet und hilft.

Rainer Maria Rilke

GOTT IST IN MIR, UND ICH IN IHM

Gott ist in mir das Feuer, und ich in Ihm der Schein:
Sind wir einander nicht ganz inniglich gemein?

Angelus Silesius

DAS HIMMELREICH IST INWENDIG IN UNS

Christ mein, wo läufst du hin? Der Himmel ist in dir!
Was suchst du ihn denn erst bei eines andern Tür?

Angelus Silesius

DAS SEELIGE STILLESCHWEIGEN

Wie seelig ist der Mensch, der weder will noch weiß!
Der Gott (versteh mich recht) nicht gibet Lob noch Preiß.

Angelus Silesius

MAN MUSS SICH ÜBERSCHWENKEN

Mensch wo du deinen Geist schwingst über Ort und Zeit,
So kannst du jeden Blick sein in der Ewigkeit.

Angelus Silesius

WENN ICH IHN NUR HABE

Wenn ich ihn nur habe,
wenn er mein nur ist,
wenn mein Herz bis hin zum Grabe
seine Treue nie vergißt:
weiß ich nichts von Leide,
fühle nichts als Andacht, Lieb und Freude.

Wenn ich ihn nur habe,
lass' ich alles gern,
folg' an meinem Wanderstabe
treugesinnt nur meinem Herrn;
lasse still die andern
breite, lichte, volle Straßen wandern.

Wenn ich ihn nur habe,
schlaf' ich fröhlich ein;
ewig wird zu süßer Labe
seines Herzens Flut mir sein,
die mit sanftem Zwingen
alles wird erweichen und durchdringen.

Wenn ich ihn nur habe,
hab' ich auch die Welt;
selig wie ein Himmelsknabe,
der der Jungfrau Schleier hält.
Hingesenkt in Schauen
kann mir vor dem Irdischen nicht grauen.

Wo ich ihn nur habe,
ist mein Vaterland;
und es fällt mir jede Gabe
wie ein Erbteil in die Hand;
längst vermißte Brüder
find' ich nun in seinen Jüngern wieder.

Novalis
(Friedrich von Hardenberg)

WIE SOLL ICH DICH EMPFANGEN (AUSZUG)

Wie soll ich dich empfangen
und wie begegn ich dir,
o aller Welt Verlangen,
o meiner Seelen Zier?
O Jesu, Jesu, setze
mir selbst die Fackel bei,
damit, was dich ergötze,
mir kund und wissend sei.

Dein Zion streut dir Palmen
und grüne Zweige hin
und ich will dir in Psalmen
ermuntern meinen Sinn.
Mein Herze soll dir grünen
in stetem Lob und Preis
und deinem Namen dienen,
so gut es kann und weiß.

Was hast du unterlassen
zu meinem Trost und Freud,
als Leib und Seele saßen
in ihrem größten Leid?
Als mir das Reich genommen
da Fried und Freude lacht,
da bist du, mein Heil, kommen
und hast mich froh gemacht.

Ich lag in schweren Banden,
du kommst und machst mich los;
ich stand in Spott und Schanden,
du kommst und machst mich groß
und hebst mich hoch zu Ehren
und schenkst mir großes Gut,
das sich nicht lässt verzehren,
wie irdisch Reichtum tut.

Nichts, nichts hat dich getrieben
zu mir vom Himmelszelt
als das geliebte Lieben,
damit du alle Welt
in ihren tausend Plagen
und großen Jammerlast,
die kein Mund kann aussagen,
so fest umfangen hast.

Paul Gerhardt

ÜBER DIE GEBURT JESU

Nacht, mehr denn lichte Nacht! Nacht, lichter als der Tag,
Nacht, heller als die Sonn', in der das Licht geboren,
Das Gott, der Licht, in Licht wohnhaftig, ihm erkohren:
O Nacht, die alle Nächt' und Tage trotzen mag!

O freudenreiche Nacht, in welcher Ach und Klag,
Und Finsternis, und was sich auf die Welt verschworen
Und Furcht und Höllen-Angst und Schrecken war verloren.
Der Himmel bricht! doch fällt numehr kein Donnerschlag.

Der Zeit und Nächte schuf, ist diese Nacht ankommen!
Und hat das Recht der Zeit, und Fleisch an sich genommen!
Und unser Fleisch und Zeit der Ewigkeit vermacht.

Der Jammer trübe Nacht, die schwarze Nacht der Sünden
Des Grabes Dunkelheit, muß durch die Nacht verschwinden.
Nacht lichter als der Tag! Nacht mehr denn lichte Nacht!

Andreas Gryphius

ICH STEH AN DEINER KRIPPEN HIER (AUSZUG)

Ich steh an deiner Krippen hier,
O Jesulein, mein Leben;
Ich komme, bring und schenke dir,
Was du mir hast gegeben.
Nimm hin, es ist mein Geist und Sinn,
Herz, Seel und Mut, nimm alles hin
Und laß dir's wohlgefallen.

Da ich noch nicht geboren war,
Da bist du mir geboren
Und hast mich dir zu eigen gar,
Eh ich dich kannt, erkoren.
Eh ich durch deine Hand gemacht,
Da hast du schon bei dir bedacht,
Wie du mein wolltest werden.

Ich lag in tiefster Todesnacht,
Du warest meine Sonne,
Die Sonne, die mir zugebracht
Licht, Leben, Freud und Wonne.
O Sonne, die das werte Licht
Des Glaubens in mir zugericht't,
Wie schön sind deine Strahlen!

Ich sehe dich mit Freuden an
Und kann mich nicht satt sehen,
Und weil ich nun nicht weiter kann,
So tu ich, was geschehen.
O daß mein Sinn ein Abgrund wär
Und meine Seel ein weites Meer,
Daß ich dich möchte fassen!

Paul Gerhardt

ES IST EIN ROS' ENTSPRUNGEN
aus einer Wurzel zart,
wie uns die Alten sungen:
Aus Jesse kam die Art.
Und hat ein Blümlein bracht
mitten im kalten Winter
wohl zu der halben Nacht.

Das Röslein, das ich meine,
davon Jesaias sagt,
hat uns gebracht alleine
Marie, die reine Magd:
Aus Gottes ew'gem Rat
hat sie ein Kind geboren
wohl zu der halben Nacht.

Anonym

BRICH AN, du schönes Morgenlicht,
und lass den Himmel tagen!
Du Hirtenvolk, erschrecke nicht,
weil dir die Engel sagen,
dass dieses schwache Knäbelein
soll unser Trost und Freude sein,
dazu den Satan zwingen
und letztlich Frieden bringen!

Johann Rist

MORGENGLANZ DER EWIGKEIT,
Licht vom unerschöpften Lichte,
schick uns diese Morgenzeit
deine Strahlen zu Gesichte
und vertreib durch deine Macht
unsre Nacht.

Deiner Güte Morgentau
fall' auf unser matt Gewissen;
laß die dürre Lebens-Au
lauter süßen Trost genießen
und erquick uns, deine Schar,
immerdar.

Gib, daß deiner Liebe Glut
unsre kalten Werke töte,
und erweck uns Herz und Mut
bei entstandner Morgenröte,
daß wir, eh' wir gar vergehn,
recht aufstehn.

Christian Knorr von Rosenroth

EIN GEISTLICH BRAUT-LIED

von der Stimm zu Mitternacht und von den klugen Jungfrauen,
die ihrem himmlischen Bräutigam begegnen, Matth. 25.

Wachet auf, ruft uns die Stimme
Der Wächter sehr hoch auf der Zinnen,
Wach auf, du Stadt Jerusalem!
Mitternacht heißt diese Stunde,
Sie rufen uns mit hellem Munde,
Wo seid ihr klugen Jungfrauen?
Wohlauf, der Bräutigam kommt,
Steht auf, die Lampen nimmt,
Halleluja!
Macht euch bereit zu der Hochzeit!
Ihr müsset ihm entgegengehn.

Zion hört die Wächter singen,
Das Herz tut ihr von Freuden springen,
Sie wachet und steht eilend auf:
Ihr Freund kommt vom Himmel prächtig,
Von Gnaden stark, von Wahrheit mächtig,
Ihr Licht wird hell, ihr Stern geht auf.
Nun komm, du werte Kron,
Herr Jesu, Gottes Sohn,

Hosianna!
Wir folgen all zum Freudensaal
Und halten mit das Abendmahl.

Gloria sei dir gesungen
Mit Menschen- und Englischen Zungen,
Mit Harfen und mit Zimbeln schon!
Von zwölf Perlen sind die Pforten
An deiner Stadt, wir sind Konsorten
Der Engeln hoch um deinen Thron.
Kein Aug hat je gespürt,
Kein Ohr hat mehr gehört
Solche Freude.
Des sind wir froh, io, io!
Ewig in dulci jubilo.

Philipp Nicolai

INS SICHERE willst du dich betten!
Ich liebe mir inneren Streit:
Denn, wenn wir die Zweifel nicht hätten,
wo wäre denn frohe Gewißheit?

Johann Wolfgang Goethe

GLAUBE UND TAT

Was auf das Leben folgt, deckt tiefe Finsternis;
was uns zu tun gebührt, des nur sind wir gewiß.
Dem kann kein Mißgeschick, kein Tod die Hoffnung rauben,
der glaubt, um recht zu tun, recht tut, um froh zu glauben.

Immanuel Kant

MENSCH, WERDE WESENTLICH: denn wann die Welt vergeht,
so fällt der Zufall weg, das Wesen, das besteht.

Angelus Silesius

MEISTENS ALLES AUF DER ERDEN, drauf die Leut' am meisten streben,
stehet unter denen Dingen, die sich auf ein G anheben:
Gold, Geld, Gut, Geschenke, Gaben, Gunst, Gewinn, Gewalt, Geschicke,
Glaube, Glimpf, Gesund, Gewissen und mit einem Worte Glücke
will sich alles drunterstellen. Wann zu diesem zu sich zählet
Gott mit seiner Gnad' und Güte, weiß ich nicht, was Gutes fehlet.

Friedrich von Logau

DAS GÖTTLICHE

Edel sei der Mensch,
Hülfreich und gut!
Denn das allein
Unterscheidet ihn
Von allen Wesen,
Die wir kennen.

Heil den unbekannten
Höhern Wesen,
Die wir ahnen!
Ihnen gleiche der Mensch;
Sein Beispiel lehr' uns
Jene glauben.

Denn unfühlend
Ist die Natur:
Es leuchtet die Sonne
Über Bös' und Gute,
Und dem Verbrecher,
Glänzen, wie dem Besten,
Der Mond und die Sterne.

Wind und Ströme,
Donner und Hagel
Rauschen ihren Weg,
Und ergreifen,
Vorüber eilend,
Einen um den andern.

Auch so das Glück
Tappt unter die Menge,
Faßt bald des Knaben
Lockige Unschuld,
Bald auch den kahlen
Schuldigen Scheitel.

Nach ewigen, ehrnen,
Großen Gesetzen
Müssen wir alle
Unseres Daseins
Kreise vollenden.

Nur allein der Mensch
Vermag das Unmögliche:
Er unterscheidet,
Wählet und richtet;
Er kann dem Augenblick
Dauer verleihen.

Er allein darf
Den Guten lohnen,
Den Bösen strafen,
Heilen und retten,
Alles Irrende, Schweifende
Nützlich verbinden.

Und wir verehren
Die Unsterblichen,
Als wären sie Menschen,
Täten im Großen,
Was der Beste im Kleinen
Tut oder möchte.

Der edle Mensch
Sei hülfreich und gut!
Unermüdet schaff' er
Das Nützliche, Rechte,
Sei uns ein Vorbild
Jener geahneten Wesen!

Johann Wolfgang Goethe

KÖNNTEN BIENEN FLIEGEN

Könnten Bienen fliegen
herrschte Pracht in jedem Garten
doch sie fahren Bahn und kriegen
Streit am Fahrscheinautomaten

Könnten Pferde galoppieren
gäb es Sport und Spiel und Fete
doch sie räkeln sich im Rollstuhl
und rauchen Selbstgedrehte

Könnten Herzen schlagen
schlügen sie aus lauter Liebe

doch sie rascheln nur nervös
wie jugendliche Diebe

Könnten Menschen sprechen
zersprängt die Welt in tausend Stücke
Sie sprechen nicht. Und manche springen
still von einer S-Bahn-Brücke

Könnten Bienen fliegen
flögen sie zur Himmelsmitten
Der Himmel ginge auf und Gott
würde um Verzeihung bitten.

Max Goldt

JETZT MUSST DU BLÜHEN

Blüh auf, gefror'ner Christ, der Mai ist vor der Tür!
Du bleibest ewig tot, blühst du nicht jetzt und hier.

Angelus Silesius

LOBE DEN HERREN, DEN MÄCHTIGEN KÖNIG

Lobe den Herren, den mächtigen König der Ehren,
meine geliebete Seele, das ist mein Begehren.
Kommet zuhauf,
Psalter und Harfe, wacht auf,
lasset den Lobgesang hören!

Lobe den Herren, der alles so herrlich regieret,
der dich auf Adelers Fittichen sicher geführet,
der dich erhält,

wie es dir selber gefällt,
hast du nicht dieses verspüret?

Lobe den Herren, der künstlich und fein dich bereitet,
der dir Gesundheit verliehen, dich freundlich geleitet.
In wieviel Not
hat nicht der gnädige Gott
über dir Flügel gebreitet!

Lobe den Herren, der deinen Stand sichtbar gesegnet,
der aus dem Himmel mit Strömen der Liebe geregnet.
Denke daran,
was der Allmächtige kann,
der dir mit Liebe begegnet.

Lobe den Herren, was in mir ist, lobe den Namen.
Alles, was Odem hat, lobe mit Abrahams Samen.
Er ist dein Licht.
Seele, vergiß es ja nicht.
Lobende, schließe mit Amen.

Joachim Neander

ZWEIERLEI HANDZEICHEN

ich bekreuzige mich
vor jeder kirche
ich bezwetschkige mich
vor jedem obstgarten

wie ich ersteres tue
weiß jeder katholik
wie ich letzteres tue
ich allein

Ernst Jandl

ABEND

Der Abend wechselt langsam die Gewänder,
die ihm ein Rand von alten Bäumen hält;
du schaust: und von dir scheiden sich die Länder,
ein himmelfahrendes und eins, das fällt;

und lassen dich, zu keinem ganz gehörend,
nicht ganz so dunkel wie das Haus, das schweigt,
nicht ganz so sicher Ewiges beschwörend
wie das, was Stern wird jede Nacht und steigt –

und lassen dir (unsäglich zu entwirrn)
dein Leben bang und riesenhaft und reifend,
so daß es, bald begrenzt und bald begreifend,
abwechselnd Stein in dir wird und Gestirn.

Rainer Maria Rilke

PROMETHEUS

Bedecke deinen Himmel, Zeus,
Mit Wolkendunst,
Und übe, dem Knaben gleich,
Der Disteln köpft,
An Eichen dich und Bergeshöhn;
Mußt mir meine Erde
Doch lassen stehn,
Und meine Hütte, die du nicht gebaut,
Und meinen Herd,
Um dessen Glut
Du mich beneidest.

Ich kenne nichts Ärmeres
Unter der Sonn', als euch, Götter!
Ihr nähret kümmerlich
Von Opfersteuern
Und Gebetshauch
Eure Majestät,
Und darbtet, wären
Nicht Kinder und Bettler
Hoffnungsvolle Toren.

Da ich ein Kind war,
Nicht wußte wo aus noch ein,
Kehrt' ich mein verirrtes Auge

Zur Sonne, als wenn drüber wär'
Ein Ohr, zu hören meine Klage,
Ein Herz, wie mein's,
Sich des Bedrängten zu erbarmen.

Wer half mir
Wider der Titanen Übermut?
Wer rettete vom Tode mich,
Von Sklaverei?
Hast du nicht Alles selbst vollendet,
Heilig glühend Herz?
Und glühtest jung und gut,
Betrogen, Rettungsdank
Dem Schlafenden da droben?

Ich dich ehren? Wofür?
Hast du die Schmerzen gelindert
Je des Beladenen?
Hast du die Tränen gestillet
Je des Geängsteten?
Hat nicht mich zum Manne geschmiedet
Die allmächtige Zeit
Und das ewige Schicksal,
Meine Herrn und deine?

Wähntest du etwa,
Ich sollte das Leben hassen,
In Wüsten fliehen,
Weil nicht alle
Blütenträume reiften?

Hier sitz' ich, forme Menschen
Nach meinem Bilde,
Ein Geschlecht, das mir gleich sei,
Zu leiden, zu weinen,
Zu genießen und zu freuen sich,
Und dein nicht zu achten,
Wie ich!

Johann Wolfgang Goethe

FRAGEN

Am Meer, am wüsten, nächtlichen Meer,
Steht ein Jüngling-Mann,
Die Brust voll Wehmuth, das Haupt voll Zweifel,
Und mit düstern Lippen fragt er die Wogen:

«O lös't mir das Räthsel des Lebens,
Das qualvoll uralte Räthsel,
Worüber schon manche Häupter gegrübelt,
Häupter in Hieroglyphenmützen,

Häupter in Turban und schwarzem Barett,
Perückenhäupter und tausend andre
Arme, schwitzende Menschenhäupter –
Sagt mir, was bedeutet der Mensch?
Woher ist er kommen? Wo geht er hin?
Wer wohnt dort oben auf goldenen Sternen?»

Es murmeln die Wogen ihr ew'ges Gemurmel,
Es wehet der Wind, es fliehen die Wolken,
Es blinken die Sterne, gleichgültig und kalt,
Und ein Narr wartet auf Antwort.

Heinrich Heine

ZUM LAZARUS

Laß die heilgen Parabolen,
Laß die frommen Hypothesen –
Suche die verdammten Fragen
Ohne Umschweif uns zu lösen.

Warum schleppt sich blutend, elend,
Unter Kreuzlast der Gerechte,
Während glücklich als ein Sieger
Trabt auf hohem Roß der Schlechte?

Woran liegt die Schuld? Ist etwa
Unser Herr nicht ganz allmächtig?
Oder treibt er selbst den Unfug?
Ach, das wäre niederträchtig.

Also fragen wir beständig,
Bis man uns mit einer Handvoll
Erde endlich stopft die Mäuler –
Aber ist das eine Antwort?

Heinrich Heine

ICH HAB' IN KALTEN WINTERTAGEN

Ich hab' in kalten Wintertagen,
In dunkler hoffnungsarmer Zeit
Ganz aus dem Sinne dich geschlagen,
O Trugbild der Unsterblichkeit.

Nun, da der Sommer glüht und glänzet,
Nun seh' ich, daß ich wohl getan;
Ich habe nun das Herz umkränzet,
Im Grabe aber ruht der Wahn.

Ich fahre auf dem klaren Strome,
Er rinnt mir kühlend durch die Hand;
Ich schau' hinauf zum blauen Dome –
Und such' kein bessres Vaterland.

Nun erst versteh' ich, die da blühet,
O Lilie, deinen stillen Gruß,
Ich weiß, wie hell die Flamme glühet,
Daß ich gleich dir vergehen muß!

Gottfried Keller

GROSSER DANKCHORAL

1
Lobet die Nacht und die Finsternis, die euch umfangen!
Kommet zuhauf
Schaut in den Himmel hinauf:
Schon ist der Tag euch vergangen.

2
Lobet das Gras und die Tiere, die neben euch leben und sterben!
Sehet, wie ihr
Lebet das Gras und das Tier
Und es muß auch mit euch sterben.

3
Lobet den Baum, der aus Aas aufwächst jauchzend zum Himmel!
Lobet das Aas

Lobet den Baum, der es fraß
Aber auch lobet den Himmel.

4
Lobet von Herzen das schlechte Gedächtnis des Himmels!
Und daß er nicht
Weiß euren Nam' noch Gesicht
Niemand weiß, daß ihr noch da seid.

5
Lobet die Kälte, die Finsternis und das Verderben!
Schauet hinan:
Es kommet nicht auf euch an
Und ihr könnt unbesorgt sterben.

Bertolt Brecht

IHR TRATET ZU DEM HERDE
Wo alle glut verstarb ·
Licht war nur an der erde
Vom monde leichenfarb ·

Ihr tauchtet in die aschen
Die bleichen Finger ein
Mit suchen tasten haschen –
Wird es noch einmal schein!

Seht was mit trostgebärde
Der mond euch rät:
Tretet weg vom herde ·
Es ist worden spät.

Stefan George

PSALM

Niemand knetet uns wieder aus Erde und Lehm,
niemand bespricht unsern Staub.
Niemand.

Gelobt seist du, Niemand.
Dir zulieb wollen
wir blühn.
Dir
entgegen.

Ein Nichts
waren wir, sind wir, werden
wir bleiben, blühend:
die Nichts-, die
Niemandsrose.

Mit
dem Griffel seelenhell,
dem Staubfaden himmelswüst,
der Krone rot
vom Purpurwort, das wir sangen
über, o über
dem Dorn.

Paul Celan

BENEDIKT

das ist dein haus
ich ruh mich
nur aus
an deinem stein
löst sich
der mörtel

Doris Runge

EMPFÄNGER UNBEKANNT – RETOUR À L'EXPÉDITEUR

Vielen Dank für die Wolken.
Vielen Dank für das Wohltemperierte Klavier
und, warum nicht, für die warmen Winterstiefel.
Vielen Dank für mein sonderbares Gehirn
und für allerhand andre verborgne Organe,
für die Luft, und natürlich für den Bordeaux.
Herzlichen Dank dafür, daß mir das Feuer nicht ausgeht,
und die Begierde, und das Bedauern, das inständige Bedauern.
Vielen Dank für die vier Jahreszeiten,
für die Zahl e und für das Koffein,
und natürlich für die Erdbeeren auf dem Teller,
gemalt von Chardin, sowie für den Schlaf,
für den Schlaf ganz besonders,
und, damit ich es nicht vergesse,
für den Anfang und das Ende
und die paar Minuten dazwischen
inständigen Dank,
meinetwegen für die Wühlmäuse draußen im Garten auch.

Hans Magnus Enzensberger

ICH KOMM', WEISS NIT WOHER
ich bin und weiß nit wer,
ich leb', weiß nit wie lang,
ich sterb' und weiß nit wann,
ich fahr', weiß nit wohin:
Mich wundert's, daß ich fröhlich bin.

Da mir mein Sein so unbekannt,
geb' ich es ganz in Gottes Hand, –
die führt es wohl, so her wie hin:
Mich wundert's, wenn ich noch traurig bin.

Hans Thoma

GAR VIELE WEGE gehn zu Gott, auch deiner geht
zu Gott, geh ihn getrost mit Preisen und Gebet.
Und laß dich nicht darin von denen irre machen,
die andre Wege gehn, und mach nicht irr die Schwachen.
Wer mit auf meinem Weg will gehn, der sei willkommen;
und geh' ich auch allein, doch geh' ich unbeklommen.

Friedrich Rückert

WILLST DU ins Unendliche schreiten,
geh nur im Endlichen nach allen Seiten.

Johann Wolfgang Goethe

DER PILGRIM

Noch in meines Lebens Lenze
war ich, und ich wandert' aus,
und der Jugend frohe Tänze
ließ ich in des Vaters Haus.

All mein Erbteil, meine Habe
warf ich fröhlich glaubend hin,
und am leichten Pilgerstabe
zog ich fort mit Kindersinn.

Denn mich trieb ein mächtig Hoffen
und ein dunkles Glaubenswort:
Wandle, rief's, der Weg ist offen,
immer nach dem Aufgang fort.

Bis zu einer goldnen Pforten
du gelangst, da gehst du ein,
denn das Irdische wird dorten
himmlisch unvergänglich sein.

Abend ward's und wurde Morgen,
nimmer, nimmer stand ich still,
aber immer blieb's verborgen,
was ich suche, was ich will.

Berge lagen mir im Wege,
Ströme hemmten meinen Fuß,
über Schlünde baut' ich Stege,
Brücken durch den wilden Fluß.

Und zu eines Stroms Gestaden
kam ich, der nach Morgen floß;
froh vertrauend seinem Faden,
werf' ich mich in seinen Schoß.

Hin zu einem großen Meere
trieb mich seiner Wellen Spiel;
vor mir liegt's in weiter Leere,
näher bin ich nicht dem Ziel.

Ach, kein Steg will dahin führen,
ach, der Himmel über mir
will die Erde nie berühren,
und das Dort ist niemals hier!

Friedrich Schiller

AUF MEINEN BESTÜRMTEN LEBENS-LAUF

Wie sehr der Wirbelstrom so vieler Angst und Plagen
mich drehet um und um, so bist du doch mein Hort,
mein Mittelpunkt, in dem mein Zirkel fort und fort
mein Geist halb haften bleibt vom Sturm unausgeschlagen.

Mein Zünglein stehet stät, von Wellen fort getragen,
auf meinen Stern gericht. Mein Herz und Aug' ist dort,
es wartet schon auf mich am Ruhe-vollen Port:
dieweil muß ich mich keck in Weh und See hinwagen.

Oft will der Mut, der Mast, zu tausend Trümmern springen.
Bald tun die Ruder-Knecht, die Sinnen, keinen Zug,
Bald kann ich keinen Wind in Glaubens-Segel bringen.

Jetzt hab ich, meine Uhr zu richten, keinen Fug.
Dann wollen mich die Wind auf andre Zufahrt dringen.
bring' an den Hafen mich, mein Gott, es ist genug!

Catharina Regina von Greiffenberg

DER EINSIEDLER

Komm, Trost der Welt, du stille Nacht!
Wie steigst du von den Bergen sacht,
Die Lüfte alle schlafen,

Ein Schiffer nur noch, wandermüd,
Singt übers Meer sein Abendlied
Zu Gottes Lob im Hafen.

Die Jahre wie die Wolken gehn
Und lassen mich hier einsam stehn,
Die Welt hat mich vergessen,
Da tratst du wunderbar zu mir,
Wenn ich beim Waldesrauschen hier
Gedankenvoll gesessen.

O Trost der Welt, du stille Nacht!
Der Tag hat mich so müd gemacht,
Das weite Meer schon dunkelt,
Laß ausruhn mich von Lust und Not,
Bis daß das ew'ge Morgenrot
Den stillen Wald durchfunkelt.

Joseph von Eichendorff

WIR SIND NUR GAST AUF ERDEN

Wir sind nur Gast auf Erden
und wandern ohne Ruh
mit mancherlei Beschwerden
der ewigen Heimat zu.

Die Wege sind verlassen,
und oft sind wir allein.
In diesen grauen Gassen
will niemand bei uns sein.

Nur einer gibt Geleite,
das ist der Herre Christ;
er wandert treu zur Seite,
wenn alles uns vergißt.

Gar manche Wege führen
aus dieser Welt hinaus.
O daß wir nicht verlieren
den Weg zum Vaterhaus.

Und sind wir einmal müde,
dann stell ein Licht uns aus,
o Gott, in deiner Güte,
dann finden wir nach Haus.

Georg Thurmair

O HEILAND, REISS DIE HIMMEL AUF

O Heiland, reiß die Himmel auf,
herab, herab vom Himmel lauf,
reiß ab vom Himmel Tor und Tür,
reiß ab, wo Schloss und Riegel für.

O Gott, ein' Tau vom Himmel gieß,
im Tau herab, o Heiland, fließ.
Ihr Wolken, brecht und regnet aus
den König über Jakobs Haus.

O Erd, schlag aus, schlag aus, o Erd,
daß Berg und Tal grün alles werd.
O Erd, herfür dies Blümlein bring,
o Heiland, aus der Erden spring.

Wo bleibst du, Trost der ganzen Welt,
darauf sie all ihr Hoffnung stellt?
O komm, ach komm vom höchsten Saal,
komm, tröst uns hier im Jammertal.

O klare Sonn, du schöner Stern,
dich wollten wir anschauen gern,
o Sonn, geh auf, ohn deinen Schein
in Finsternis wir alle sein.

Hier leiden wir die größte Not,
vor Augen steht der ewig Tod.
Ach komm, führ uns mit starker Hand
vom Elend zu dem Vaterland.

Da wollen wir all danken dir
unserm Erlöser für und für,
da wollen wir all loben dich
zu aller Zeit und ewiglich.

Friedrich von Spee

BEFIEHL DEM HERREN DEINE WEGE UND HOFFE AUF IHN, ER WIRDS WOHL MACHEN (AUSZUG)

1.
BEfiehl du deine Wege,
Und was dein Herze kränkt,
Der allertreusten Pflege
Deß, der den Himmel lenkt:
Der Wolken, Luft und Winden
Gibt Wege, Lauf und Bahn,
Der wird auch Wege finden,
Da dein Fuß gehen kann.

2.
DEM HERREN mußt du trauen
Wann dir's soll wohlergehn,
Auf sein Werk mußt du schauen
Wann dein Werk soll bestehn.
Mit Sorgen und mit Grämen,
Und mit selbst eigner Pein
Läßt Gott sich gar nichts nehmen,
Es muß erbeten sein.

3.
DEIN ew'ge Treu und Gnade,
O Vater, weiß und sieht
Was gut sei oder schade
Dem sterblichen Geblüt:
Und was du dann erlesen,
Das treibst du starker Held,
Und bringst zum Stand und Wesen
Was deinem Rat gefällt.

4.
WEG hast du allerwegen,
An Mitteln fehlt dir's nicht.
Dein Tun ist lauter Segen,
Dein Gang ist lauter Licht:
Dein Werk kann niemand hindern,
Dein Arbeit darf nicht ruhn,
Wenn du, was deinen Kindern
Ersprießlich ist, willst tun.

5.
UND ob gleich alle Teufel
Hier wollten widerstehn,
So wird doch ohne Zweifel
Gott nicht zurücke gehn:
Was Er sich vorgenommen,
Und was Er haben will
Das muß doch endlich kommen
Zu seinem Zweck und Ziel.

Paul Gerhardt

DEM UNBEKANNTEN GOTT

Noch einmal, eh' ich weiterziehe
und meine Blicke vorwärts sende,
heb' ich vereinsamt meine Hände
zu Dir empor, zu dem ich fliehe,
dem ich in tiefster Herzenstiefe
Altäre feierlich geweiht,
daß allezeit
mich deine Stimme wieder riefe.

Darauf erglüht tief eingeschrieben
das Wort: Dem unbekannten Gotte.
Sein bin ich, ob ich in der Frevler Rotte
auch bis zur Stunde bin geblieben:
Sein bin ich – und ich fühl' die Schlingen,
die mich im Kampf darniederziehn
und, mag ich fliehn,
mich doch zu seinem Dienste zwingen.

Ich will Dich kennen, Unbekannter,
Du tief in meine Seele Greifender,
mein Leben wie ein Sturm Durchschweifender,
Du Unfaßbarer, mir Verwandter!
Ich will Dich kennen, selbst Dir dienen.

Friedrich Nietzsche

ANHANG

Über den Herausgeber

Dirk von Petersdorff ist Professor für Neuere deutsche Literatur an der Universität Jena und einer der besten Kenner der deutschsprachigen Lyrik. Zudem ist er Schriftsteller und Lyriker und wurde unter anderem mit dem Kleist-Preis ausgezeichnet. Er ist Herausgeber des C.H.Beck'schen Gedichtekalenders und Autor der «Geschichte der deutschen Lyrik» in C.H.Beck Wissen. Zuletzt sind von ihm bei C.H.Beck der Gedichtband «Unsere Spiele enden nicht» und die Novelle «Gewittergäste» erschienen.

Rechtenachweise

Deutsche Verlags-Anstalt, München, in der Penguin Random House Verlagsgruppe GmbH

Elisabeth Borchers «eia wasser regnet schlaf» aus: Gedichte. Ausgewählt von Jürgen Becker © Suhrkamp Verlag, Frankfurt a. M. 1976. Alle Rechte bei und vorbehalten durch Suhrkamp Verlag Berlin; «Haus der Kindheit» aus: Eine Geschichte auf Erden © Suhrkamp Verlag, Frankfurt a. M. 2002. Alle Rechte bei und vorbehalten durch Suhrkamp Verlag Berlin

Simon Borowiak © Simon Borowiak

Rainer Brambach «Paul» aus: Gesammelte Gedichte © 2003 Diogenes Verlag AG, Zürich

Thomas Brasch «Annas Abendlied», «Der schöne 27. September» aus: Die nennen das Schrei. Gesammelte Gedichte. Hg. und mit einem Nachwort versehen von Martina Hanf und Kristin Schulz © Suhrkamp Verlag, Berlin 2013

Felix Braun © Tatjana Madeleine Popovic

Volker Braun «Das Eigentum» aus: Lustgarten Preußen © Suhrkamp Verlag, Frankfurt a. M. 1996. Alle Rechte bei und vorbehalten durch Suhrkamp Verlag Berlin

Bertolt Brecht «Ach, wie sollen wir die kleine Rose buchen», «Als ich in weißem Krankenzimmer der Charité», «An die Nachgeborenen», «Der Kirschdieb», «Der Radwechsel», «Der Rauch», «Erinnerung an die Marie A.», «Frühling 1938», «Gedenktafel für 12 Weltmeister», «Großer Dankchoral», «Legende von der Entstehung des Buches Taoteking auf dem Weg des Laotse in die Emigration», «Moderne Legende», «Rückkehr», «Rudern, Gespräche», «Seeräuber-Jenny», «Über die Bezeichnung Emigranten», «Vom Schwimmen in Seen und Flüssen», «Von allen Werken» aus: Die Gedichte © Suhrkamp Verlag, Frankfurt a. M. 1981. Alle Rechte bei und vorbehalten durch Suhrkamp Verlag Berlin; «Außer diesem Stern» aus: Werke. Große kommentierte Berliner und Frankfurter Ausgabe, Bd. 15 Gedichte 5 © Bertolt-Brecht-Erben / Suhrkamp Verlag 1993; «Die Moritat von Mackie Messer» aus: Werke. Große kommentierte Berliner und Frankfurter Ausgabe, Bd. 11 Gedichte 1 © Bertolt-Brecht-Erben / Suhrkamp Verlag 1988; «Terzinen über die Liebe» aus: Werke. Große kommentierte Berliner und Frankfurter Ausgabe, Bd. 14 Gedichte 4 © Bertolt-Brecht-Erben / Suhrkamp Verlag 1993

Rolf Dieter Brinkmann aus: Westwärts 1 & 2 © 2005 Rowohlt Verlag GmbH, Hamburg

Georg Britting aus: Sämtliche Werke. Gedichte © Georg-Britting-Stiftung, Höhenmoos 2008

Comedian Harmonists «In der Bar zum Krokodil» Text: Walter Fritz Beda, Musik: Willy Engel Berger © Ed. Wiener Boheme-Verlag / Universal / MCA Music Publishing GmbH; «Mein kleiner grüner Kaktus» Orig.: J'aime une Tyrolienne, Text: Andre Chevrier De Choudens, Andre Leroy, Louis Poterat, Musik: Albrecht Marcuse, Bert Reisfeld, Hans Herda

Hans Carossa © Erben Hans Carossa

Paul Celan «Auf Reisen», «Todesfuge» aus: Mohn und Gedächtnis © 1952 Deutsche Verlags-Anstalt, München, in der Penguin Random House Verlagsgruppe GmbH; «Psalm», «Tübingen, Jänner», «Zürich, zum Storchen» aus: Die Niemandsrose © S. Fischer Verlag GmbH, Frankfurt a. M. 1963; «Schibboleth» aus: Von Schwelle zu Schwelle © 1955 Deutsche Verlags-Anstalt, München, in der Penguin Random House Verlagsgruppe GmbH

Ann Cotten «Rosa Meinung» mit freundlicher Genehmigung der Autorin; «Solidus» aus: Florida-Räume © Suhrkamp Verlag, Berlin 2010

Heinz Czechowski © Bertolt Czechowski

Der von Kürenberg «Der tunkel sterne der birget sich», «Swenne ich stân aleine in mînem hemede» aus: Minnesang. Mittelhochdeutsche Texte mit Übertragungen und Anmerkungen. Hg., übersetzt und mit einem Anhang versehen von Helmut Brackert © S. Fischer Verlag GmbH, Frankfurt a. M. 1983; «Ich zôch mir einen valken» aus: Früheste deutsche Lieddichtung. Übersetzt von Horst Brunner © 2005 Philipp Reclam jun. Verlag GmbH, Ditzingen

Heinrich Detering «Kilchberg» aus: Old Glory. Gedichte © Wallstein Verlag, Göttingen 2012; «Wolkenbruch» aus: Schwebstoffe. Gedichte © Wallstein Verlag, Göttingen 2004

Dietmar von Aist «Slâfest dû, friedel ziere?» aus: Früheste deutsche Lieddichtung. Übersetzt von Horst Brunner © 2005 Philipp Reclam jun. Verlag GmbH, Ditzingen

Marlene Dietrich «Ich bin von Kopf bis Fuß auf Liebe eingestellt» Words and Music by Friedrich Hollaender © Music Sales Corporation. All Rights Administered by Bosworth Music GmbH. All Rights Reserved Used by Permission of Hal Leonard Europe Limited; «Ich weiß nicht zu wem ich gehöre» Words by Friedrich Hollaender and Robert Liebmann, Music by Friedrich Hollaender © Music Sales Corporation and © Ed. U-Ton / Dreiklang Dreimasken Bühnen- und Musikverlag. All Rights for Music Sales Corporation Administered by Bosworth Music GmbH. All Rights Reserved Used by Permission of Hal Leonard Europe Limited

Hugo Dittberner aus: Ruhe hinter Gardinen. Gedichte 1971–1980, München: Lyrikedition 2000 im Allitera Verlag 2000, S. 7 © Hugo Dittberner

Hilde Domin aus: Gesammelte Gedichte © 1987 S. Fischer Verlag GmbH, Frankfurt a. M.

Kurt Drawert aus: Idylle, rückwärts © Verlag C.H.Beck oHG, München 2011

Dû bist mîn aus: Früheste deutsche Lieddichtung. Übersetzt von Horst Brunner © 2005 Philipp Reclam jun. Verlag GmbH, Ditzingen

Günter Eich «Inventur», «Oder, mein Fluss» aus: Gesammelte Werke in vier Bänden, Bd. I Die Gedichte. Die Maulwürfe © Suhrkamp Verlag, Frankfurt a. M. 1991. Alle Rechte bei und vorbehalten durch Suhrkamp Verlag Berlin; «Pfannkuchenrezept», «Von der Kartoffel» aus: Sämtliche Gedichte © Suhrkamp Verlag, Frankfurt a. M. 2006. Alle Rechte bei und vorbehalten durch Suhrkamp Verlag Berlin

Hans Magnus Enzensberger aus: Gedichte 1950–2020 © Suhrkamp Verlag, Berlin 2019

Elke Erb aus: Sonnenklar. Hg. von Urs Engeler und Christian Filips, roughbook 032, Solothurn 2015

Heinz Erhardt © Lappan in der Carlsen Verlag GmbH, Hamburg

Richard Exner © Richard Exner Nachlass, Berlin

Gerhard Falkner © Gerhard Falkner

Jörg Fauser aus: Ich habe große Städte gesehen © 2019 Diogenes Verlag AG, Zürich

Fingerzählen, Hoppe hoppe Reiter aus: Allerleirauh. Viele schöne Kinderreime. Versammelt von Hans Magnus Enzensberger © Suhrkamp Verlag, Frankfurt a. M. 1961. Alle Rechte bei und vorbehalten durch Suhrkamp Verlag Berlin

Erich Fried «Angst und Zweifel» aus: Gegengift. 49 Gedichte und ein Zyklus © 1979 Verlag Klaus Wagenbach, Berlin; «Liebesgedicht für die Freiheit und Freiheitsgedicht für die Liebe» aus: Die bunten Getüme. Siebzig Gedichte © 1977, 2002 Verlag Klaus Wagenbach, Berlin; «Was es ist» aus: Es ist was es ist. Liebesgedichte Angstgedichte Zorngedichte © 1983, 1996, 2007 Verlag Klaus Wagenbach, Berlin; «Wie du solltest geküsst sein» aus: Unverwundenes. Liebe Trauer Widersprüche. Gedichte © 1988, 1995, 2004 Verlag Klaus Wagenbach, Berlin

Robert Gernhardt aus: Gesammelte Gedichte. 1954–2004 © 2006 S. Fischer Verlag GmbH, Frankfurt a. M.

Max Goldt «Könnten Bienen fliegen» Musik & Text: Gerd Pasemann, Max Goldt © Edition Hate. Mit freundlicher Genehmigung von EMI SONGS MUSIKVERLAG GMBH

Günter Grass aus: Neue Göttinger Ausgabe, Bd. 1 Gedichte und Kurzprosa I, S. 61 © Steidl Verlag, Göttingen 2020 © Günter und Ute Grass Stiftung, Lübeck

Rainald Grebe aus: Das grüne Herz Deutschlands © S. Fischer Verlag GmbH, Frankfurt a. M. 2007

Ludwig Greve aus: Die Gedichte. Hg. von Reinhard Tgahrt in Zusammenarbeit mit Waltraud Pfäfflin. Mit einem Nachwort von Harald Hartung © Wallstein Verlag, Göttingen 2006

Herbert Grönemeyer «Bochum» Musik: Herbert Grönemeyer, Text: Herbert Grönemeyer, mit freundlicher Genehmigung von: Grönland Musikverlag

Durs Grünbein «Einem Okapi im Münchner Zoo», «Falten und Fallen» aus: Falten und Fallen. Gedichte © Suhrkamp Verlag, Frankfurt a. M. 1994; «In der Provinz 5», «Novembertage I. 1989» aus: Nach den Satiren. Gedichte © Suhrkamp Verlag, Frankfurt a. M. 1999. Alle Rechte bei und vorbehalten durch Suhrkamp Verlag Berlin

Josef Guggenmos aus: Was denkt die Maus am Donnerstag? © 1967, 1998 Beltz & Gelberg in der Verlagsgruppe Beltz · Weinheim Basel

Rudolf Hagelstange © 1964 by Hoffmann und Campe Verlag, Hamburg

Ulla Hahn aus: Gesammelte Gedichte © 2013 Deutsche Verlags-Anstalt, München, in der Penguin Random House Verlagsgruppe GmbH

Ludwig Harig aus: Gesammelte Werke in 8 Bänden © 2004 Carl Hanser Verlag GmbH & Co. KG, München

Peter Härtling aus: Gesammelte Werke. Hg. von K. Siblewski, Bd. 8 Gedichte © 2001 Verlag Kiepenheuer & Witsch GmbH & Co. KG, Köln

Hartmann von Aue aus: Minnesang. Mittelhochdeutsche Texte mit Übertragungen und Anmerkungen. Hg., übersetzt und mit einem Anhang versehen von Helmut Brackert © S. Fischer Verlag GmbH, Frankfurt a. M. 1983

Harald Hartung «Snapshot» © Harald Hartung; «Vergessene Zeile» aus: Wintermalerei. Gedichte © Wallstein Verlag, Göttingen 2010

Rolf Haufs © Erben Rolf Haufs

Manfred Hausmann aus: Nachtwache. Alte Musik. Füreinander. Gedichte aus den Jahren 1922–1946 © S. Fischer Verlag GmbH, Frankfurt a. M. 1983

Heinrich von Morungen aus: Minnesang. Mittelhochdeutsche Texte mit Übertragungen und Anmerkungen. Hg., übersetzt und mit einem Anhang versehen von Helmut Brackert © S. Fischer Verlag GmbH, Frankfurt a. M. 1983

Helmut Heißenbüttel aus: Textbücher 1–6 © Klett-Cotta, Stuttgart 1980

Stephan Hermlin aus: Gesammelte Gedichte © 1979 Carl Hanser Verlag GmbH & Co. KG, München, mit freundlicher Genehmigung von Carl Hanser Verlag

Hermann Hesse aus: Sämtliche Werke in 20 Bänden. Hg. von Volker Michels, Bd. 10 Die Gedichte © Suhrkamp Verlag, Frankfurt a. M. 2002. Alle Rechte bei und vorbehalten durch Suhrkamp Verlag Berlin

Wolfgang Hilbig aus: Werke, Bd. 1 Gedichte © S. Fischer Verlag GmbH, Frankfurt a. M. 2008. Mit freundlicher Genehmigung der S. Fischer Verlag GmbH, Frankfurt a. M.

Felix Hoerburger aus: Ders. und Josef Wittmann, neueste nachrichten aus der schnubiglputanischen provinz, München, Allitera Verlag 2008, S. 34 © Felix Hoerburger

Walter Höllerer aus: Gedichte 1942–1982 © Suhrkamp Verlag, Frankfurt a. M. 1982. Alle Rechte bei und vorbehalten durch Suhrkamp Verlag Berlin

Judith Holofernes «Denkmal» Text: Judith Holofernes, Musik: Judith Holofernes / Jean-Michel Tourette / Pola Roy, Verlag: Wintrup Musikverlag / Partitur Musikverlag

Peter Huchel aus: Gesammelte Werke in zwei Bänden, Bd. I Die Gedichte © Suhrkamp Verlag, Frankfurt a. M. 1984. Alle Rechte bei und vorbehalten durch Suhrkamp Verlag Berlin

Norbert Hummelt aus: Pans Stunde. Gedichte © 2011 Luchterhand Literaturverlag, München, in der Penguin Random House Verlagsgruppe GmbH

Hanns Dieter Hüsch aus: Das literarische Werk, Bd. 1, in der Edition dia © Christiane Hüsch-von Aprath

Ideal © 1980 Ambulanz Musikverlag Annette Humpe, Text: Annette Humpe

Steffen Jacobs aus: Angebot freundlicher Übernahme. Gedichte, Gerd Haffmanns bei Zweitausendeins, Frankfurt a. M. 2002. Mit Genehmigung von Steffen Jacobs, Berlin

Ernst Jandl aus: Werke. Hg. von Klaus Siblewski © 2016 Luchterhand Literaturverlag, München, in der Penguin Random House Verlagsgruppe GmbH

Emma Kann © Hartung-Gorre Verlag, Konstanz

Mascha Kaléko «Das letzte Mal», «Krankgeschrieben», «Langschläfers Morgenlied», «Liebe, da capo», «Mannequins» aus: Das lyrische Stenogrammheft, dtv Verlagsgesellschaft, München 2016; «Emigranten-Monolog» aus: Verse für Zeitgenossen. Gedichte, dtv Verlagsgesellschaft, München 2017. Mit freundlicher Genehmigung von dtv Verlagsgesellschaft mbH & Co. KG

Yaak Karsunke © Yaak Karsunke

Marie-Luise Kaschnitz © MLK-Erbengemeinschaft München

Erich Kästner «Begegnung mit einem Trockenplatz», «Der Streichholzjunge», «Die Großeltern haben Besuch», «Kleine Führung durch die Jugend», «Plädoyer einer Frau», «Sachliche Romanze», «Zur Fotografie eines Konfirmanden» aus: Doktor Erich Kästners lyrische Hausapotheke. Gedichte für den Hausbedarf der Leser © Atrium Verlag, Zürich 1936 und Thomas Kästner; «Der Mai» aus: Die 13 Monate © Atrium Verlag, Zürich 1955 und Thomas Kästner; «Kennst du das Land, wo die Kanonen blühn? 1928», «Sergeant Waurich», «Und wo bleibt das Positive» aus: Kästner für Erwachsene. Ausgewählte Schriften © Atrium Verlag, Zürich 1929 und Thomas Kästner; «Weihnachtslied, chemisch gereinigt» aus: Herz auf Taille. Gedichte © Atrium Verlag, Zürich 1928 und Thomas Kästner

Irmgard Keun © Wallstein Verlag, Göttingen 2017 © Martina Keun-Geburtig

Sarah Kirsch aus: Sämtliche Gedichte © 2005 Deutsche Verlags-Anstalt, München, in der Penguin Random House Verlagsgruppe GmbH

Wulf Kirsten aus: die erde bei Meißen. Gedichte © Suhrkamp Verlag, Frankfurt a. M. 1987. Alle Rechte bei und vorbehalten durch Suhrkamp Verlag Berlin

Karin Kiwus aus: Das Gesicht der Welt. Gedichte 1976–2006 © Schöffling & Co. Verlagsbuchhandlung GmbH, Frankfurt a. M. 2014, S. 48

Wilhelm Klemm aus: Tot ist die Kunst. Briefe und Verse aus dem Ersten Weltkrieg. Hg. von Imma Klemm, Dieterich'sche Verlagsbuchh. Mainz 2013 © Dieterich'sche Verlagsbuchhandlung, Mainz

Thomas Kling «blikk durch geöffnetes garagntor», «Leipzig im Schummer» aus: brennstabm © Suhrkamp Verlag, Frankfurt a. M. 1991. Alle Rechte bei und vorbehalten durch Suhrkamp Verlag Berlin; «di zerstörtn. ein gesang», «ratinger hof, zettbeh» aus: Werke in vier Bänden. Werke I. Gedichte 1977–1991. Hg. und mit einem Nachwort von Gabriele Wix © Suhrkamp Verlag, Berlin 2020

Hildegard Knef «Für mich soll's rote Rosen regnen» Text: Hildegard Knef, Musik: Hans Hammerschmid © 1968 by Musik-Edition Europaton / Peter Schaeffers

Barbara Köhler aus: Deutsches Roulette. Gedichte. 1984–1989 © Suhrkamp Verlag, Frankfurt a. M. 1991. Alle Rechte bei und vorbehalten durch Suhrkamp Verlag Berlin

Uwe Kolbe © Uwe Kolbe

Jan Koneffke © Frankfurter Verlagsanstalt GmbH, Frankfurt a. M. 1989

Konrad von Würzburg aus: Deutsche Gedichte des Mittelalters. Übertragung von Ulrich Müller und Gerlinde Weiss © 1993, 2009 Philipp Reclam jun. Verlag GmbH, Ditzingen

Theodor Kramer aus: Gesammelte Gedichte in 3 Bänden. Hg. von Erwin Chvojka, Bd. 1, S. 272, 294, 399 © Paul Zsolnay Verlag, Wien 1997 und 2005

Dagmara Kraus © Dagmara Kraus

Ursula Krechel aus: Die da, S. 98 © 2013 Jung und Jung, Salzburg

Georg Kreisler © Barbara Kreisler

Felicitas Kukuck «Es führt über den Main» © Möseler Verlag

Günter Kunert aus: Erinnerung an einen Planeten. Gedichte aus 15 Jahren © 1963 Carl Hanser Verlag GmbH & Co. KG, München, mit freundlicher Genehmigung von Carl Hanser Verlag

Reiner Kunze aus: Gedichte © 2001 S. Fischer Verlag GmbH, Frankfurt a. M.

Christine Lavant «Alter Schlaf, wo hast du deine Söhne?», «An die Sonne», «Hilf mir, Sonne, denn ich bin fast blind!», «Ich bin sehr reich und kann nicht mehr verarmen», «Mein Augenlicht ist nichts mehr wert», «Sind das wohl Menschen? – Wie man das vergißt!», «Verschriener Tod, für mich bist du so schön!», «Wie gut, daß ich verborgen bin» aus: Zu Lebzeiten veröffentlichte Gedichte. Hg. und mit einem Nachwort von Doris Moser und Fabjan Hafner © Wallstein Verlag, Göttingen 2014; «Wer hat solche Ängste erfunden» aus: Gedichte aus dem Nachlass. Hg. von Doris Moser und Fabjan Hafner unter Mitarbeit von Brigitte Strasser. Mit einem Nachwort von Doris Moser © Wallstein Verlag, Göttingen 2017

Wilhelm Lehmann aus: Gesammelte Werke in acht Bänden. Hg. von Agathe Weigel-Lehmann u. a., Bd. 1 Sämtliche Gedichte. Hg. von Hans Dieter Schäfer © Klett-Cotta, Stuttgart 1982

Hans Leip Erbengemeinschaft Leip GbR

Hermann Lenz aus: Vielleicht lebst du weiter im Stein. Gedichte. Ausgewählt und mit einem Nachwort versehen von Michael Krüger © Suhrkamp Verlag, Frankfurt a. M. 2003. Alle Rechte bei und vorbehalten durch Suhrkamp Verlag Berlin

Mechtilde Lichnowsky © Deutsche Schillergesellschaft, Marbach am Neckar

Juliane Liebert aus: lieder an das große nichts. Gedichte © Suhrkamp Verlag, Berlin 2021

Udo Lindenberg «Gegen die Strömung» Musik: David King Virgin, Udo Lindenberg, Text: Udo Lindenberg © PolyGram Songs Musikverlag GmbH / Universal Music Publishing GmbH; «Mein Body und ich» Musik: Jean Jacques Kravetz, Text: Udo Lindenberg, Fabian Harloff © Regenmacher Musikverlag GmbH / Jacko's Music Verlag Inh Jean-Jacques Kravetz. Mit freundlicher Genehmigung von Budde Music Publishing GmbH; «Sonderzug nach Pankow» Musik & Text: Harry Warren, Mack Gordon, Udo Lindenberg © Feist Leo Inc. / WC Music Corp. Subverlag: EMI Partnership Musikverlag GmbH / Neue Welt Musikverlag GmbH. Mit freundlicher Genehmigung von EMI PARTNERSHIP MUSIKVERLAG GMBH

Lorscher Bienensegen aus: Althochdeutsche Literatur. Mit altniederdeutschen Textbeispielen. Auswahl mit Übertragungen und Kommentar. Hg. von Horst Dieter Schlosser, Erich Schmidt Verlag, Berlin 2004, S. 136 © Erich Schmidt Verlag GmbH & Co. KG

Christian Maintz aus: Liebe in Lokalen. Gedichte, Kunstmann, München 2016 © Christian Maintz

Otto Mainzer © P. Kirchheim Verlag, München

Rainer Malkowski aus: Die Gedichte. Mit einem Nachwort von Nico Bleutge © Wallstein Verlag, Göttingen 2009

Kurt Mautz © Anabas-Verlag, Frankfurt a. M.

Friederike Mayröcker aus: Gesammelte Gedichte 1939–2003. Hg. von Marcel Beyer © Suhrkamp Verlag, Frankfurt a. M. 2004. Alle Rechte bei und vorbehalten durch Suhrkamp Verlag Berlin

Mechthild von Magdeburg aus: Das fließende Licht der Gottheit. Hg. von Gisela Vollmann-Profe © Verlag der Weltreligionen im Insel Verlag, Frankfurt a. M. und Leipzig 2010. Alle Rechte bei und vorbehalten durch Insel Verlag Berlin

Walter Meckauer aus: Die Sterne fallen herab © 1952, 1987 by Langen Müller Verlag in der F. A. Herbig Verlagsbuchhandlung GmbH, München. Mit freundlicher Genehmigung des Langen Müller Verlags

Christoph Meckel aus: Ungefähr ohne Tod im Schatten der Bäume. Ausgewählte Gedichte © 2003 Carl Hanser Verlag GmbH & Co. KG, München

Walter Mehring © Stiftung für Kultur und Jugend, Zürich

Merseburger Zaubersprüche (Zweiter Spruch: Pferdesegen) aus: Althochdeutsche Literatur. Mit altniederdeutschen Textbeispielen. Auswahl mit Übertragungen und Kommentar. Hg. von Horst Dieter Schlosser, Erich Schmidt Verlag, Berlin 2004, S. 132 © Erich Schmidt Verlag GmbH & Co. KG

Karl Mickel © Carla Lehmann, Schöneiche

Agnes Miegel aus: Balladen und Lieder © 1998 Diederichs, München, in der Penguin Random House Verlagsgruppe GmbH

Heiner Müller aus: Werke. Hg. von Frank Hörnigk, Bd. 1 Die Gedichte © Suhrkamp Verlag, Frankfurt a. M. 1998. Alle Rechte bei und vorbehalten durch Suhrkamp Verlag Berlin

Neidhart von Reuental «Ein altiu diu begunde springen», «Kint, bereitet iuch der sliten ûf daz îs!» aus: Minnesang. Mittelhochdeutsche Texte mit Übertragungen und Anmerkungen. Hg., übersetzt und mit einem Anhang versehen von Helmut Brackert © S. Fischer Verlag GmbH, Frankfurt a. M. 1983; «Fröut iuch, junge und alte!», «Sinc an, guldîn huon! ich gibe dir weize» aus: Lieder. Auswahl mit den Melodien zu 9 Liedern. Übersetzt von Helmut Lomnitzer © 1967 Philipp Reclam jun. Verlag GmbH, Ditzingen

Peter Horst Neumann aus: Der Heckenspringer. Ausgewählte Gedichte © Rimbaud, Aachen 2009

Dagmar Nick © Rimbaud Verlag

Oswald von Wolkenstein aus: Lieder. Frühneuhochdeutsch. Neuhochdeutsch. Ausgewählte Texte. Hg., übersetzt und kommentiert von Burghart Wachinger © 2007 Philipp Reclam jun. Verlag GmbH, Ditzingen

Oskar Pastior aus: Jalousien aufgemacht. Ein Lesebuch © 1987 Carl Hanser Verlag GmbH & Co. KG, München, mit freundlicher Genehmigung von Carl Hanser Verlag

Dirk von Petersdorff «An eine Dreizehnjährige» aus: Unsere Spiele enden nicht. Gedichte © Verlag C.H.Beck oHG, München 2021; «Raucherecke» aus: Nimm den langen Weg nach Haus. Gedichte © Verlag C.H.Beck oHG, München 2010; «Zauberwürfel» aus: Sirenenpop. Gedichte © Verlag C.H.Beck oHG, München 2014

Matthias Politycki © 2003 by Hoffmann und Campe Verlag, Hamburg

Marion Poschmann aus: Grund zu Schafen. Gedichte © Frankfurter Verlagsanstalt GmbH, Frankfurt a. M. 2004

Arne Rautenberg aus: nulluhrnull, Horlemann Verlag, Angermünde 2017 © Arne Rautenberg

Sven Regener © Sven Regener / Element of Crime

Christa Reinig aus: Sämtliche Gedichte © 1984 Eremiten-Presse, Düsseldorf

Reinmar von Hagenau aus: Minnesang. Mittelhochdeutsche Texte mit Übertragungen und Anmerkungen. Hg., übersetzt und mit einem Anhang versehen von Helmut Brackert © S. Fischer Verlag GmbH, Frankfurt a. M. 1983

Monika Rinck aus: Verzückte Distanzen. Gedichte, zu Klampen Verlag, Springe 2004, S. 36 © 2004 zu Klampen Verlag, Springe

Roman Ritter © Roman Ritter

Thomas Rosenlöcher aus: Ich sitze in Sachsen und schau in den Schnee. Gedichte © Suhrkamp Verlag, Frankfurt a. M. 1998. Alle Rechte bei und vorbehalten durch Suhrkamp Verlag Berlin

Eugen Roth © Thomas Roth

Peter Rühmkorf aus: Sämtliche Gedichte 1956–2008 © 2016 Rowohlt Verlag GmbH, Hamburg

Doris Runge aus: zwischen tür und engel © 2013 Deutsche Verlags-Anstalt, München, in der Penguin Random House Verlagsgruppe GmbH

Martha Saalfeld © Ohmer / RTPU

Nelly Sachs aus: Werke. Kommentierte Ausgabe in vier Bänden. Hg. von Aris Fioretos, Bd. 1 Gedichte 1940–1950. Hg. von Matthias Weichelt © Suhrkamp Verlag, Berlin 2010

Albert von Schirnding aus: Mit anderen Augen. Gesammelte Gedichte © Verlag C.H.Beck oHG, vormals Langewiesche-Brandt Verlag

Wieland Schmied © Erben Wieland Schmied

Rudolf Alexander Schröder «Arioso» aus: Gesammelte Werke in fünf Bänden, Bd. I Die Gedichte, S. 365 © Suhrkamp Verlag, Berlin und Frankfurt a. M. 1952. Alle Rechte bei und vorbehalten durch Suhrkamp Verlag Berlin; «Humsti-Bumsti» aus: Hama. Gedichte und Erzählungen © Insel Verlag, Leipzig 1908. Alle Rechte bei und vorbehalten durch Insel Verlag Berlin

Ina Seidel aus: Gedichte © 1955 Deutsche Verlags-Anstalt, München, in der Penguin Random House Verlagsgruppe GmbH

Lutz Seiler aus: pech & blende. Gedichte © Suhrkamp Verlag, Frankfurt a. M. 2000. Alle Rechte bei und vorbehalten durch Suhrkamp Verlag Berlin

Lonja Stehelin-Holzing © Akademie der Wissenschaften und der Literatur, Mainz

Ludwig Steinherr aus: Vor aller Zeit, München, Allitera Verlag 2019, S. 17, S. 19 © Ludwig Steinherr

Steinmar aus: Minnesang. Mittelhochdeutsche Texte mit Übertragungen und Anmerkungen. Hg., übersetzt und mit einem Anhang versehen von Helmut Brackert © S. Fischer Verlag GmbH, Frankfurt a. M. 1983

Georg Thurmair © Erben Georg Thurmair

Tocotronic «Im Zweifel für den Zweifel» Musik + Text: Dirk von Lowtzow, Arne Zank, Jan Klaas Mueller © Hanseatic Musikverlag Gmbh. Mit freundlicher Genehmigung

Friedrich Torberg aus: Parodien, Pamphlete, Post-Scripts © 1964 by Langen Müller Verlag in der F. A. Herbig Verlagsbuchhandlung GmbH, München. Mit freundlicher Genehmigung des Langen Müller Verlags

Sybil Volks © Mit Genehmigung von Sybil Volks, Berlin

Georg von der Vring aus: Hundertzehn Gedichte © Verlag C.H.Beck oHG, vormals Langewiesche-Brandt Verlag 2007

Jan Wagner aus: Ausgewählte Gedichte 2001–2015 © 2016 Carl Hanser Verlag GmbH & Co. KG, München, mit freundlicher Genehmigung von Carl Hanser Verlag

Robert Walser aus: Sämtliche Werke in Einzelausgaben. Hg. von Jochen Greven, Bd. 13 Die Gedichte. Mit freundlicher Genehmigung der Robert Walser-Stiftung, Bern © Suhrkamp Verlag, Zürich 1978 und 1985

Walther von der Vogelweide «Ich hân mîn lehen», «Ich saz ûf eime steine» aus: Gedichte. Ausgewählt und übersetzt von Peter Wapnewski © Fischer Taschenbuch Verlag GmbH, Frankfurt a. M. 1962; «Ir reiniu wîb, ir werden man» aus: Gedichte. Auswahl. Mittelhochdeutsch. Neuhochdeutsch. Hg., übersetzt und kommentiert von Horst Brunner © 2013 Philipp Reclam jun. Verlag GmbH, Ditzingen; «Ôwe, war sint verswunden alliu mîniu jâr!» in der Übersetzung von Peter Rühmkorf © 1975 Rowohlt Verlag GmbH, Hamburg; «Under der linden» aus: Werke. Mittelhochdeutsch / Neuhochdeutsch. Hg., übersetzt und kommentiert von Günther Schweikle © 1994 Philipp Reclam jun. Verlag GmbH, Ditzingen

Wolfgang Werth © Wolfgang Werth

Gedichttitel und -anfänge

I. Römische Elegie 526
10. Jänner 1834 1063
100 g Gras, wie Licht, das sich bewegte 237
2. Hymne an die Nacht 817

a ganz a kloans nonsenserl 781
A kloans Nonsenserl 781
Abend (Gryphius) 647
Abend (Rilke) 1097
Abendgefühl 648
Abendlied (1816) 272
Abendlied (Claudius) 273
Abendlied (Gerhardt) 276
Abendlied (Keller) 402
Abendlied eines Bauersmanns 305
Abendphantasie 670
Abgedankte Soldaten 922
Abschied (Eichendorff) 242
Abschied (Lichtenstein) 934
Abschied (Weichberger) 215
Abschied an den Leser 1008
Abschied an Dornburg 520
Abschied von Korsika 563
Abschied von seiner ungetreuen Liebsten 171
Abseits 492
Ach 105
Ach ist es nicht schade, der herrliche Garten 751
Ach! und Weh! 1070
Ach, es ist so dunkel in des Todes Kammer 420
Ach, grüner Hang so schön 473
Ach, ich fühl' es ... 805
Ach, Liebste, laß uns eilen 86
Ach, mein Schatz ist durchgegangen 779
Ach, was soll der Mensch verlangen? 679
Ach, wie schön ist das gewesen 764
Ach, wie sollen wir die kleine Rose buchen? 249
Agnes 131
Agnes Bernauer 858
Ain tunkle farb in occident 114
Alard ist hin, und meine Augen fließen 332
Albanie, gebrauche deiner zeit 110
All das – 1050
All eures Fragens Sinn ist heißer Durst 745
Alle Herbste gehn an mir vorüber 663
Alle Landschaften haben 534
Alle stehn um dich herum 22
Alle Straßen liegen leer 686
Alle Tage 952
Allein den Betern kann es noch gelingen 1062
Allerseelen 448
Alles ist vollkommen! 695

Alles kann sich umgestalten! 279
Alles sei recht, was du tust 862
Alles, was geschieht 457
Als der Abend übers Schlachtfeld wehte 935
Als der erste Schnee fiel 81
Als der Hund tot war 332
Als der König Rhampsenit 800
Als der Mensch 953
Als die wunderbare oder vielmehr ohnverhoffte Zeitung erschallete, daß der Herzog von Friedland zu Eger wäre ermordet worden 857
Als er 1719, den 25. September, wieder nach Schweidnitz kam 968
Als er der Phillis einen Ring mit einem Totenkopf überreichte 1041
Als er sich mit vierzig im Spiegel sah 223
Als er Siebzig war und war gebrechlich 262
Als er vor betrübten Liebes-Grillen nicht schlafen konnte 121
Als Held sich zu zeigen, beflissen 805
Als ich heute von dir ging 988
Als ich in weißem Krankenzimmer der Charité 413
Als ich von Reisen heimgekehrt 233
Als jüngst die Nacht dem sonnenmüden Land 658
Als Knabe verschlossen und trutzig 723
Als sie einander acht Jahre kannten 170
Als Vater zu lange ausblieb 45
Alte Mauer, die ich oft benässe 333
Alte Winkelmauer 333
älter als der bischofsstab 724
Alter Friedhof 454
Alter Schlaf, wo hast du deine Söhne? 619
Alter Stromer 660
Altes Lied 804
Am Abend liegt die Stätte öd und braun 295
Am Abend schweigt die Klage 464
Am Abend tönen die herbstlichen Wälder 934
Am Abend, wenn die Glocken Frieden läuten 1029
Am Barbaratage holt' ich 153
Am Brunnen vor dem Tore 657
Am Ende denk ich immer nur an dich 127
Am Grab der Gattin sprach zum trauernden Geleite 152
Am grauen Strand, am grauen Meer 961
Am grünen Hang entlang 473
Am Karsamstage 1065
am letzten warmen tag im august ging ich noch einmal 235
Am Meer, am wüsten, nächtlichen Meer 1098
Am Tag, am dämmerhellen 660
Am Turme 181
Amors Pfeil hat Widerspitzen 148
An Anna Blume 98
An Berliner Kinder 510
An Charlotte von Stein 140
An das Angesicht des Herrn Jesu 1064
An das Baby 22
An das Vaterland 974
An den Dichter 986
An den Domherrn von Rochow 146
An den Frieden 408
An den Mai 33
An den Mistral 245
An den Mond 494
An den Wein 741
An der Brücke stand 525
An der Front 932
An der Saale hellem Strande 553

An des Balkones Gitter lehnte ich 650
An die Dichtkunst 998
An die Engel 409
An die Freude (Hagedorn) 808
An die Freude (Schiller) 818
An die Gesetzgeber 862
An die Grundmächte 720
An die Jünglinge 81
An die Kriegslustigen 954
An die Kritiker 1009
An die Lützowschen Jäger 927
An die Nachgeborenen 887
An die Parzen 997
An die Sonne (Bachmann) 485
An die Sonne (Gleim) 733
An die Sonne (Lavant) 406
An die Stadt Wittenberg, als Er auf der Reise nach seiner Rosimenen 515
An diesem Abend brach ein Stottern die Gesetze 913
An eine Äolsharfe 981
An eine Dreizehnjährige 57
An einem frühen Morgen, lange vor Hahnenschrei 692
An einem Wintermorgen, vor Sonnenaufgang 963
an einen grenzen 898
An Frau Rebecca; bei der silbernen Hochzeit, den 15. März 1797 813
An Friederike Brion 116
An George Fontane 231
An Gretchen 230
An Hermann 89
An jenem Tag im blauen Mond September 100
An Levin Schücking (Droste-Hülshoff) 191
An Levin Schücking (Droste-Hülshoff) 371
An Luise 1816 129
An M 409
An Schwager Kronos 577
An seine lieb- und holdselige Adelmund 147
An Sich 677
An Sie 149
An taube Ohren der Geschlechter 955
An's Haf nun fliegt die Möwe 487
Andenken 387
Anfang des Winters 394
Angekommen in Ahrenshoop 572
Angelehnt an die Efeuwand 981
Angst und Zweifel 719
Annas Abendlied 19
Annchen von Tharau ist, die mir gefällt 124
Anno 1839 868
Anständiges Sonett 988
April-Schnee; schnell; noch einmal 462
Archaischer Torso Apollos 727
Arioso 828
Arthur Schopenhauer 280
Astern 471
Auch das Schöne muß sterben! Das Menschen und Götter bezwinget 417
Auch dir, du mein Geliebter 943
Auf dem Canal grande 525
Auf dem Krankenbette 277
Auf dem Sankt Anna Platz 32
Auf dem See 278
Auf die Fruchtbringende Herbst-Zeit 470
Auf ein Grab 321
Auf ein schlummerndes Kind 15
Auf eine Unbekannte 215
Auf einem Häuserblocke sitzt er breit 509
Auf einem Spielplatz ruft ein Kind nach seiner Mutter 127

Auf einer Meierei 770
Auf einmal also bist du wieder da 150
Auf Goldgrund 336
Auf kühlen Eisen 891
Auf meinen bestürmten Lebens-Lauf 1105
Auf meinen Schultern 954
Auf meiner Schaukel in die Höh 23
Auf meines Kindes Tod 429
Auf Reisen 262
Auf Schritt und Tritt sich aufzupassen 762
Auf sommerlichem Friedhof (1944) 950
Auf was nur einmal ist 677
Auferstanden aus Ruinen 893
Auferstehung 1066
Aufgestanden ist er, welcher lange schlief 930
Aufsteigt der Strahl und fallend gießt 527
Augen, meine lieben Fensterlein 402
Aus den Gärten komm' ich zu euch, ihr Söhne des Berges! 484
Aus der Heimat hinter den Blitzen rot 406
Aus der Höhe 89
Aus der Jugendzeit 379
Aus der Kindheit 43
Aus einer Nacht 655
Aus stiller Kindheit unschuldiger Hut 991
Aus tiefer Not schrei ich zu dir 1057
Ausblick 998
Ausgelaufen ist der Krug 411
Ausgesetzt auf den Bergen des Herzens 531
Außer diesem Stern 500

Bahnhof Zoo, mein Zug fährt ein 511
Bald 407
Bald denki, 's isch e bösi Zit 281
Ballade des äußeren Lebens 1051
Ballade vom preußischen Ikarus 906
Ballade von den verdorbenen Greisen 908
Barbarazweige 153
Barbarossa 864
Bedecke deinen Himmel, Zeus 1097
Befiehl dem Herren deine Wege und hoffe auf ihn 1108
BEfiehl du deine Wege 1108
Befördrer vieler Lustbarkeiten 551
Befürchtung 412
Begegnung 99
Begegnung mit einem Trockenplatz 296
Beglaubigung der Jungfer Poeterei 1022
Beherzigung 679
Bei dem Grabe meines Vaters 228
Bei einem Wirte wundermild 746
Bei Erinnerung ihres ersten Freundes 370
Bei stiller Nacht zur ersten Wacht 419
Beine hat uns zwei gegeben ... 794
Belsatzar 604
benedikt 1102
Berlin 511
Beschneiden der Apfelbäume im Winter 680
Beständig ist das leicht Verletzliche 496
Betrachtung der Zeit 337
Bett-Philosophie 721
Bilder der Kindheit 1030
Bittgang 306
Bleibe nicht am Boden heften 57
blikk durch geöffnetes garagntor 41
Blüh auf, gefror'ner Christ, der Mai ist vor der Tür! 1095
Blüht nicht zu früh, ach blüht erst, wenn ich komme 396
Bochum 518
Böhmen liegt am Meer 562

Brandenburg 516
Brich an, o schönes Morgenlicht 1090
brombeerranken 235
Brücke zum Zoo 507
Brunneninschrift 745
Bühne des Lebens 805
Burg Niedeck ist im Elsaß der Sage wohlbekannt 600

çatodas 917
Cézanne malt und isst 756
chamäleon 724
champignons 750
Chopin 1013
Chor der Geretteten 945
Christ mein, wo läufst du hin? Der Himmel ist in dir! 1086
Christliche Gelassenheit, Geduld und Trost 437
Christus! das Bienenvolk ist ausgeschwärmt! 358

Da bin ich noch nicht dabei 226
Da bin ich noch: mein Land geht in den Westen 910
Da Frühling is kemma 783
Da ich ein Knabe war … 61
Da rinnt der Schule lange Angst und Zeit 51
Da sie mir nicht lohnen will 748
Da steh ich nun und bestaune 53
Da steht er nun, als Mann verkleidet 63
Da streiten sich die Leut herum 303
Da, wo die Friedrichstraße sacht 906
Damals warf im September die Sonne 940
Damit die erde hafte am himmel, schlugen die menschen 507
Dämmrung senkte sich von oben 493
Dämmrung will die Flügel spreiten 726
Dann werden wir kein Feuer brauchen 971
Das Alter 378
Das ästhetische Wiesel 987
Das Dasein 791
Das Eigentum 910
Das eilende Schiff, es kommt durch die Wogen 658
Das ende der kunst 1011
das ende des mondes 737
Das Essen 745
Das Glück von Edenhall 839
Das Göttliche 1093
Das Grab im Busento 921
Das gute Mahl 764
Das Hildebrandslied 736
Das Himmelreich ist inwendig in uns 1086
Das Hobellied 303
Das Huhn 490
Das Huhn und der Karpfen 770
Das Ideal 221
das ist dein haus 1102
Das ist der böse Thanatos 409
Das ist die Not der schweren Zeit! 928
Das ist nun ein Dutzend Jahre her 196
Das Karussell 26
Das Kind, in dem ich stak 51
Das kleine Haus unter Bäumen am See 323
Das Knie 936
Das Krokodil zu Singapur 770
Das Land ist öde. Die Felder sind wie verweint 932
Das letzte Mal 163
Das letzte Ziel 424
Das Lied der Deutschen 877
Das Lied von der Glocke 341
Das Loben ist uns unbequem 702
Das macht, es hat die Nachtigall 138

Das Menschenbewusstsein 793
Das Riesen-Spielzeug 600
das Sagbare sagen 989
Das Schiff der Kirche 1061
Das Schiff 658
Das Schloss Boncourt 959
Das Schnabeltier, das Schnabeltier 769
Das schöne große Tag-Gestirne 305
Das seelige Stilleschweigen 1086
Das sind die Weisen 686
Das sind doch Menschen 758
Das Spiegelbild 267
Das Spiel ist aus 42
Das Tagebuch 1810 155
Das verlassene Mägdlein 665
Das Wandern ist des Müllers Lust 243
Das war der Seelen wunderliches Bergwerk 449
Das war die Frau von Potiphar 799
Das war eine große Verwirrung 1009
Das Wasser rauscht', das Wasser schwoll 612
Das weiße Wirtshaus 523
Das Wiedersehn 449
Das Windlicht 1048
Das Wort 1001
Das Wort Mensch, als Vokabel 727
Das Zahnweh, subjektiv genommen 326
Das zerbrochene Ringlein 117
Daß eine Stahltür sich öffnet 498
Daß einmal mein dies Leben war 381
Dat du mien Leewsten büst 123
Dauer im Wechsel 995
De profundis 1057
Dein Hut lüftet sich leis, grüßt, schwebt im Wind 143
Dein ist Alles, all und jede Wonne 493
Dein Kerker bist du selbst 279
Dein Lied ist rührend, edler Sänger 529
Dein Schwert, wie ist's von Blut so rot 631
Deine Seele, die die meine liebet 311
Dem aufgehenden Vollmonde 521
Dem Bürger fliegt vom spitzen Kopf der Hut 1054
Dem Einen die Perle, dem Andern die Truhe 38
Dem unbekannten Gott 1109
Den 22. Juni 1761, morgens 7 Uhr 308
Den Streitgesprächen bleib' ich fern 703
Denk es, o Seele! 401
Denk ich an Deutschland in der Nacht 973
Denkmal 135
Denkst du des Schlosses noch auf stiller Höh? 959
Denkst, Freund, des wilden Knabenspiels du noch 715
Denn es ist der reine Schwindel 1045
Der 130. Psalm. De profundis 1057
Der Abend wechselt langsam die Gewänder 1097
… Den Abend werde ich wohl nie vergessen 163
Der Abend 486
Der Abschied 165
Der allezeit vergnügte Tabakraucher 787
Der alte Barbarossa 864
Der alte Brunnen 967
Der alte Garten 620
Der alte Landmann an seinen Sohn 280
Der Amtmann von Tondern, Henning Pogwisch 879
Der Asra 172
Der Ausschank war geöffnet in das Dunkel 743
Der Ball 47
Der Bauer 860
der beschriftete sessel 280
Der Brief, den du geschrieben 150

Der Dichter meidet strahlende Akkorde 990
Der du meine Wege mit mir gehst 409
Der du von dem Himmel bist 969
Der Dunkelstern, der verbirgt sich 149
Der eine fragt: Was kommt danach? 881
Der Einsiedler 1105
Der Eislauf 315
Der erste Hohenstaufen, der König Konrad, lag 863
Der Feuerreiter 579
Der Fischer 612
Der Fliegenschnäpper steinauf, steinab 950
Der frohe Wandersmann 241
Der Gaul 792
Der Gegenwart 69
Der Genesene 278
der glanze heldenplatz zirka 895
Der Glückstag 716
Der Gott der Stadt 509
Der Greis 392
Der gute Kamerad 928
Der gute Traum 672
Der Hauer 319
Der Herr der Insel 618
Der HERR ist mein Hirte, mir wird nichts mangeln 1069
Der hier begraben liegt, hat nicht viel Geld erworben 321
Der himmlischen, still wiederklingenden 822
Der Hund in der Kirche 488
Der Invalid im Irrenhaus 927
Der irre Spielmann 991
Der ist in Brunnen gefallen 20
Der Jüngling (Hagedorn) 69
Der Jüngling (Hagedorn) 70
Der Junker und der Bauer 338
Der Kirchenbesuch 300
Der Kirschdieb 692
Der Knabe im Moor 532
Der König in Thule 397
Der Krieg wird nicht mehr erklärt 952
Der Krieg 930
Der kühne Reichstag Galliens dämmert schon 861
Der lag besonders mühelos am Rand 948
Der Leiermann 656
Der letzte Baum 88
Der Liebe Dauer 405
Der Lindenbaum 657
Der Lotse 685
Der Löwe und der Fuchs 701
Der Luftschiffer 527
Der Mai 339
Der Maskenball der Tiere 772
Der Mensch hat nichts so eigen 90
Der Mensch ist stumm 266
Der Mensch 381
Der Mensch, der macht die Zeit 691
Der Mond ist aufgegangen 273
Der Nachtwind hat in den Bäumen 1049
Der Nachwuchsengel 88
Der Narr des Grafen von Zimmern 609
Der Nebel steigt, es fällt das Laub 815
Der Nordost wehet 387
der ofen verzehrt die reste eines fisches 742
Der Onkel Bumba aus Kalumba tanzt nur Rumba 836
Der Osten sagte zu dir 265
Der Panther 497
Der Pilgrim 1104
Der Postillion 214
Der Radwechsel 338
Der Rattenfänger 580
Der Rauch 323
Der rechte Barbier 636

Der Reim 987
Der Reiter reitet durchs helle Tal 606
Der Reiter und der Bodensee 606
Der Rest des Fadens 23
Der Rhein 543
Der römische Brunnen 527
Der Schelm von Bergen 837
Der Schiffskoch, ein Gefangener, singt 733
Der schnelle Tag ist hin, die Nacht schwingt ihre Fahn 647
Der Schnellzug tastet sich und stößt die Dunkelheit entlang 550
Der schöne 27. September 692
Der Schweizer 975
Der See hat eine Haut bekommen 31
Der Sommer ist fürchterlich 465
Der Spaziergang im Walde 780
Der Spaziergang 534
Der Spinnerin Nachtlied 665
Der Streichholzjunge 318
Der Strom, der neben mir verrauschte, wo ist er nun? 382
Der Sturm behorcht mein Vaterhaus 232
Der Tanzbär 700
Der Taucher 565
Der Teller sei aus Holz! 764
Der tiefe Brunnen weiß es wohl 619
Der Tod 420
Der tunkel sterne der birget sich 149
Der verspätete Wandrer 397
Der Wagen rollt 1027
Der Wecker surrt. Das alberne Geknatter 323
Der Weltraum fernt mich weit von dir 449
Der Werwolf 775
Der Winter hielt die Erde noch gefangen 1030
Der Winter ist ein rechter Mann 320
Der Zahn 327
Der Zauberlehrling 591
Der Zoologe von Berlin 884
Der Zürchersee 556
Des Fremdlings Abendlied 657
Des Menschen Alter 375
Des Menschen ganze Lebens-Zeit 437
Des Menschen Seele 559
Des Sängers Fluch 983
deutschland 916
Deutschland, Deutschland über alles 877
Deutschland. Ein Wintermärchen. Caput I 869
Dezember 1942 942
di zerstörtn. ein gesang 937
Dich will ich loben: Häßliches 1051
Dichter Dorlamm läßt nur äußerst selten 1011
Die achte Duineser Elegie 475
Die Ahnung 806
Die Alster 551
Die alte Waschfrau 304
Die Alte 189
Die alten Türme sah man längst schon wanken 1061
Die Alten und die Jungen 375
Die Ameisen 769
Die arme kleine Idee 1010
Die Berge 36
Die bösen Tage sind kommen 392
Die Braut 205
Die breite Brust schweratmend hingestemmt 319
Die Bürgschaft 704
Die Dämmerung war längst hereingebrochen 215
Die Diebe lief ich an, den Buhlen schwieg ich stille 299
Die Dunkelheit im Westen 115
Die Ehre hat mich nie gesucht 678

Die Eichbäume 484
Die eine Klage 162
Die Einsen bei Heine / der Einstieg zu Heinse 134
Die erste alte Tante sprach 47
Die Erste Duineser Elegie 1083
Die erste Nacht 422
Die Etats Generaux 861
die etüden 62
Die feinen Ohren 207
Die fischer überliefern dass im süden 618
Die Flöhe und die Wanzen 281
Die Frauen von Nidden 623
Die fremde Stadt durchschritt ich sorgenvoll 847
Die frühen Gräber 218
Die Frühlingsfeier 1073
Die Füße im Feuer 602
Die ganz' Welt ist in dich verliebt 330
Die Gefangenen 977
Die Geißblattlaube – Ein Sommerabend – 213
Die Gesänge 982
Die Geschichte vom fliegenden Robert 30
Die geschiedene Frau 168
Die Goldgräber 638
Die Götter bei Aldi 75
Die Gottheit 1071
Die Grenadiere 929
Die große Fracht 246
Die Großeltern haben Besuch 300
Die Grossen gehn zum Ziel auf graden Gleisen 685
Die Gunst des Augenblicks 818
Die Hasel 138
Die heil'gen drei König mit ihrem Stern 850
Die heile Heimat Utopie hab ich verloren 972
Die Heinzelmännchen 354
Die Herrlichkeit der Erden 1043
Die hohen Himbeerwände 120
Die Hölle 1070
Die Jahre kommen und gehen 150
Die Jahre nahmen dir, du sagst, so vieles 394
Die jubelnd nie den überschäumten Becher 86
Die junge Mutter 425
Die kahlen Kronen 523
Die Kapelle 409
Die Kartoffelernte 753
Die Kindheit und die Gottheit 20
Die Krähen schrein 667
Die Kraniche des Ibykus 594
Die Kritiker, will sagen: die neuen 1008
Die Landstreicherin 188
Die Laubwolke 496
Die Leber ist zu Wien, das Glied zu Rom geblieben 434
Die letzte Elektrische 686
Die Lieb' ist wie's Wetter 152
Die Liebe (Claudius) 177
Die Liebe (Storm) 713
Die linden Lüfte sind erwacht 256
Die Linien des Lebens sind verschieden 685
Die Mainacht 671
Die Meise 696
Die Mergelgrube 481
Die Mitternacht zog näher schon 604
Die Moritat von Mackie Messer 577
Die Möwen sehen alle aus 774
Die Musik kommt 789
Die Mutigen wissen 1067
Die Mutter bei der Wiege 234
Die Nachfolgerin 169
Die Nacht ist vorgedrungen 845
Die Nacht liegt in den letzten Zügen 661

Die Nächte haben 453
Die Nachtigall 138
Die Nebel zerreißen 241
Die neuen Fernen 673
Die Nibelungen 625
Die Orangensaftmaschine 731
Die Ordnung der Gewitter 899
Die Passion 83
Die Rohrdommel ist wach 495
Die Ros' ist ohn' Warum 724
Die Rose 467
Die Schatzgräber 301
Die Schaukel (Dehmel) 23
Die Schaukel (Seidel) 34
Die schlesischen Weber 873
Die schöne Buche 474
Die schöne Stunde 373
Die Schwalbe fliegt 578
Die Schwalbe peitscht die Wege 467
Die Seele singt Gott ein fünffaches Loblied; Gott ist ein Kleid der Seele und die Seele (ein Kleid) Gottes 1079
Die Seeräuber-Jenny 183
Die Selbstkritik hat viel für sich 807
Die Silhouette von Lübeck 507
Die Sinngedichte an den Leser 1008
Die Sommer-Nässe, an Herrn Gleim. 1761 709
Die Sonne bringt es an den Tag 633
Die Sonne stand schon tief 571
Die Sorglichen 340
Die Stadt 961
Die Steine feinden 935
Die Sternseherin Lise 965
Die Taxuswand 370
Die Tiere auf der Erde all 772
Die Trockenmilch der Firma Harrison Brothers, Chikago 755
Die Tugend will nicht immer passen 377
Die unmögliche Tatsache 790
Die Vaterstadt, wie find ich sie doch? 951
Die verbissene Ordnung der Gewitter 899
Die Verlassene 167
Die verliebte Verzweiflung 802
Die Verscheuchte 970
Die vielen kleinen Gassen, die die langgestreckte Hauptstraße überqueren 505
Die Vögel und der Test 498
Die Wahrheit ist im Wein 740
Die Wege, die ins Weite führ'n 882
Die Weiber von Winsperg 863
Die Welt 1053
Die Welt die hält dich nicht, du selber bist die Welt 279
Die Zeit geht nicht 689
Die Zeit ist hin 164
Die Zeit zum Handeln jedes Mal verpassen 689
Dies Bildnis ist bezaubernd schön 132
Dies große Warnungsbild, das ich mit ihm verloren 771
Dies ist die Geschichte der Weltmeister im Mittelgewicht 641
Dies ist ein Herbsttag, wie ich keinen sah! 472
Dies ist meine Mütze 894
Dieses Feuer beweist nichts 561
Doppelte Begegnung am Strand von Sperlonga 571
doppelte Szene 25
Dorfkirche im Sommer 505
Dorfmusik 420
Dorlamm meint 1011
Drachensteigen 23
dreht sich & Es ist gut, daß der Barmann 731
drei Schwindel hingen am winkelsprung 724

drei sprachen sind zu groß für deinen mund, mein kind 917
Dreimal 453
Dreißigjährige Pärchen 224
Droben stehet die Kapelle 409
Drüben hinterm Dorfe steht ein Leiermann 656
Du Berg, der frei die hohe Stirn erhebt 520
Du bist ein Schatten am Tage 429
Du bist mein, ich bin dein 95
Dû bist mîn, ich bin dîn 95
Du bist Orplid, mein Land! 618
Du bist wie eine Blume 60
Du bückst dich, hältst ein Vierblatt empor 715
Du darfst mir das, was war, nicht übelnehmen 142
Du darfst nicht, sagte die eule zum auerhahn 1011
Du ehmals liebster Ort der treuen Leonore 968
Du hast Sorgen, sei es diese, sei es jene 759
Du hast Unsterblichkeit im Sinn 1067
Du irrst dich. Glaubst du, daß du fern bist 167
Du kamst zu mir, mein Abgott, meine Schlange 108
Du leuchtest in meine Seele 1079
Du lúhtest in die sele min 1078
Du meinst ich soll dein noch gedenken und dich lieben 187
Du milchjunger Knabe 61
Du Runder, der das Warme aus zwei Händen 47
Du schlank und rein wie eine flamme 71
Du selber machst die Zeit 691
Du siehst geschäftig bei dem Linnen 304
Du siehst, wohin du siehst nur Eitelkeit auf Erden 1040
du sprecken deuts? 898
Du ungeseh'ner Blitz, du dunkel-helles Licht 1081
Du warest mir ein täglich Wanderziel 219
Du warst allein 207
Du warst erkoren schon 40
Du warst in allem einer ihrer Besten 892
Du wirst im Ehstand viel erfahren 803
Du, den feurig der Gott weckte am herbstlichen Hang 741
Du, lass dich nicht verhärten 271
Du, Nachbar Gott, wenn ich dich manchesmal 1082
Dunkel war's, der Mond schien helle 785
Dünnbesiedelt das Land 465
Durch die Landschaft meiner Niederlagen 1007
Durch die Mitte der Natur 491
Durchwachte Nacht 651

Ebenbilder 190
Ecce homo 989
Echo Göttin die man nirgend kann finden 725
Echo oder Wiederschall 725
Edel sei der Mensch 1093
Edward 631
Efeu und ein zärtlich Gemüt 120
Ei, wer schilt die Jugend euch? 69
eia wasser regnet schlaf 16
Eigenheiten, die werden schon haften 280
Eigentlich ist mir alles gleich 393
Eigentlich wollte ich dir den Faun 499
Eile zum Lieben 86
Ein alter Tibetteppich 311
Ein altiu diu begunde springen 369

Ein ärmlich düster brennend Fackelpaar 1012
Ein Bär, der lange Zeit sein Brot ertanzen müssen 700
Ein Bauer trat mit seiner Klage 338
Ein christliches Sprüchlein 417
Ein dunkler Feind erheiternder Getränke 791
Ein Erlebnis Kants 734
Ein ersoffener Bierfahrer wurde auf den Tisch gestemmt 435
Ein feste Burg ist unser Gott 1069
«Ein frischer, fröhlicher Krieg!» 954
Ein fünffacher Antwortgesang Gottes in der Seele 1080
Ein geistlich Braut-Lied 1091
Ein Gleiches 969
Ein Hase sitzt auf einer Wiese 1069
Ein heidnisches Sprüchlein 416
Ein hohes Sausen kommt durch die Jahrzehnte 1032
Ein Jüngling liebt ein Mädchen 309
Ein Kind – vergißt sich selbst 375
Ein kleines Lied 1017
Ein kluger Mann, das ist wenigstens mein Rat 712
Ein Knie geht einsam durch die Welt 936
Ein Kürbis spricht 404
Ein Leben hab ich umkrampft 188
Ein Lebens-Lied 381
Ein Lied aus meiner Zeit 876
Ein Lied hinterm Ofen zu singen 320
Ein Lied, das der berühmte Philosoph Haeckel am 3. Juli 1911 vormittags auf einer Gartenpromenade vor sich hinsang 791
Ein Männlein steht im Walde 30
Ein Mensch am Ende seiner Kraft 376
Ein Mensch beim Essen ist ein gut Gesicht 745
Ein Mensch erhofft sich fromm und still 722
Ein Mensch, dems ziemlich dreckig geht 718
Ein Mensch, erst zwanzig Jahre alt 374
Ein paar einprägsame Fotos werden 953
Ein paar Inseln gibt's vor der Küste 313
Ein politisch Lied, ein garstig Lied! 876
Ein Psalm Davids 1069
Ein rätselhafter Schimmer 202
Ein sang der selen zû gotte an fúnf dingen, und wie got ein kleit ist der selen und die sele gottes 1078
Ein Tännlein grünet wo 401
Ein Traum 112
Ein Traum, ein Traum ist unser Leben 1071
Ein Vogel wollte Hochzeit machen 811
Ein Wahlspruch? Lange sinn' ich hin und her 722
Ein Werwolf eines Nachts entwich 775
Ein widersang gottes in der sele an fúnf dingen 1080
Ein Wiesel 987
Ein Winterabend 272
Ein Winzer, der am Tode lag 301
Ein wîser man sol niht ze vil 710
Eine alte Frau sprang 369
Eine Art Verlust 164
eine aschantinuß für dich 742
Eine Wassermaus und eine Kröte 775
Einem Okapi im Münchner Zoo 498
Einen Fremden im Postamt umarmen 311
Einen jener klassischen 295
Einer Toten 443
Eines Lasterhaftigen 434
Eines Strolches Trostlied 882
Eines Tags geschah es Kant 734
Einfach vortrefflich 900

Einfältige Trauer- und Trost-
Reimchen 441
Eingang 990
Eingelegte Ruder 1036
Einkehr 746
Einladung zu einer Tasse Jasmintee 323
Einladung zur Liebe 801
Einlass 999
Eins ist, was altersgraue Zeiten
lehren 694
Eins nur ist, was der Mensch zu allen
Zeiten gesucht hat 679
Einsamer nie – 1015
Einsamer Tag am Fenster (Amsterdam
1939) 941
Einsamkeit 674
Eisenbahn 891
Elegie auf einen Mops 771
Elegie. September 1823 173
Elternlied 231
Emigranten-Monolog 890
Empfangen und genähret 381
Empfänger unbekannt – Retour à
l'expéditeur 1103
Endlich bleibt nicht ewig aus 271
endlose folge von kindern, geschraubt
50
Endstation 309
Enfant perdu 867
Entsagung 694
Entschuldigen Sie, ist das der Sonderzug
nach Pankow? 905
Epigramma 187
Epiphaniasfest 850
Er ist mein Wunsch, ich sein
Gedanke 370
Er ists 256
Er kommt nach Hause und macht eine
Entdeckung 779
Erdgeist 282
Erinnerung an die Marie A. 100
Erinnerung 38
Erkannte Wohltat 317
Erklär mir, Liebe 144
Erlkönig 581
Ermutigung 271
Erntelied 418
Erscheint dir etwas unerhört 691
Erschrick nicht vor dem
Liebeszeichen 1041
erträumter einsamer blauer Engel 32
Erwiderung an Kerner 529
Es bellt nicht mehr der weiße Kleine 331
Es eilte Paul Cézanne, der große
Provenzale 756
Es führt über den Main 1035
Es gab Erdkundestunden 64
Es gibt Länder, wo was los ist 516
Es gingen zwei Mädchen aus
Schlesien 783
Es ist Abend. Vorbei gleiten 322
Es ist alles eitel 1040
Es ist der Tag im Nebel völlig
eingehüllt 970
Es ist ein Ros' entsprungen 1090
Es ist ein Schnitter, der heißt Tod 418
Es ist ein stiller Regentag 679
Es ist ein Stoppelfeld, in das ein
schwarzer Regen fällt 1057
Es ist ein Weinen in der Welt 977
Es ist eine Stunde, die macht dir den
Staub zum Gefolge 262
Es ist genug! mein matter Sinn 421
Es ist kää Stadt uff der weite Welt 517
Es ist nicht sehr viel los. Was soll man
machen? 648
Es ist schon spät, es wird schon kalt 199
Es ist so still, die Heide liegt 492
Es ist Unsinn 139
Es kommt ein Schiff, geladen 844

Es lacht in dem steigenden jahr dir 277
Es läuft der Frühlingswind 965
Es läutet beim Professor Stein 792
Es liegt an eines Menschen Schmerz, an eines Menschen Wunde nichts 723
Es reiten drei Herren zu München heraus 858
Es sang vor langen Jahren 665
Es schienen so golden die Sterne 966
Es sitzt ein Vogel auf dem Leim 787
Es stand in alten Zeiten ein Schloß, so hoch und hehr 983
Es stirbt ein großer Tragöde 412
Es stufen sich die Wolken zu Basteien 466
Es tanzt ein Bi-Ba-Butzemann 29
Es treiben mich brennende Lebensgewalten 200
Es währt noch eine kurze Weile 407
Es wallt das Korn weit in die Runde 274
Es war ein König in Thule 397
Es war ein Land mit hundert Brunnen 955
Es war einmal ein Bäcker 804
Es war einmal eine kleine Idee 1010
Es war, als hätt' der Himmel 978
Es waren zwei Königskinder 621
Es wird der bleiche Tod mit seiner kalten Hand 1040
Es wollt' ein Mägdlein tanzen gehn 138
Es zählt vor euch nicht, daß ich Schmerzen leide 720
Es zogen zwei rüst'ge Gesellen 256
Es zwitschert eine Lerche im Kamin 283
Eu Regen Schnee Gewitter Hagelschlangen 109
Eure Etüden 1062
Ewig jung ist nur die Sonne 87
Ewige Liebe 129
Fahrt auf dem Rhein 551
Fahrt über die Kölner Rheinbrücke bei Nacht 550
Falten und Fallen 335
farben der nacht 19
Fast überirdisch dünkt mich euer Grüßen 487
Faulheit, jetzo will ich dir 324
Feldherrngefühle 956
Fern hallt Musik; doch hier ist stille Nacht 828
Fest gemauert in der Erden 341
Finger zählen 20
fingernägel 65
Finnischer Tango 563
Fliegen im Juni auf weißer Bahn 24
Fliehe, bist du des Führers im eigenen Busen nicht sicher 49
Form ist Wollust 985
Form und Riegel mußten erst zerspringen 985
fort zieht ein Sog aus dem fernen verrammelten Garten 261
Four in hand 313
Frage und Antwort 139
Fragen 1098
Fragst du mich, woher die bange 139
Fragst du, was die Trinker trinken 740
Freies Geleit 500
Freisinn 268
Fremde sind wir auf der Erde alle 1039
Freud'-erfüller, Früchte-bringer, vielbeglückter Jahres-Koch 470
Freude, Göttin edler Herzen! 808
Freude, schöner Götterfunken 818
Freund, in Berlin die schönen Kinder alle 709
Freund, so du etwas bist, so bleib doch ja nicht stehn 682

Freund, zeichne diesen Tag mit einem größern Strich! 308
Freust du dich deines Lebens, o Wandrer, so soll es mir lieb seyn 403
Freut euch, ihr Jungen und Alten! 85
Friede sei um diesen Grabstein her! 228
Frieden 947
Friedensfeier 822
Friedlich bekämpfen 648
Frisch, tummle dich, tummle dich, Kreisel! 39
Frische Fahrt 68
Fritz Katzfuß 1018
Froh empfind' ich mich nun auf klassischem Boden begeistert 105
Fröut iuch, junge und alte! 84
Früh hob ich meine Seele in den Händen 83
Früh war ich aufgewacht verdroßnen Muts 220
Früh, wann die Hähne krähn 665
Früher, als wir die großen Ströme noch 1033
Frühes Foto der Eltern 226
Frühling 290
Frühling 1938 940
Frühling 1946 892
Frühling läßt sein blaues Band 256
Frühlingsfahrt 256
Frühlingsglaube 256
Frühlingsschrei eines Knechtes aus der Tiefe 1059
Fülle 480
Füllest wieder Busch und Tal 494
fundevogel 35
Fünf Vierzeiler 786
Für die, die ohne Stimme sind ... 1021
Für Klabund 457
Für meine Söhne 693
Für mich soll's rote Rosen regnen 198
Für seine Kinder hat man keine Zeit 300

Ganymed 1078
Ganz oder gar nicht 123
Ganz verborgen im Wald kenn ich ein Plätzchen 474
Gar viele Wege gehn zu Gott 1104
Gartentag 306
Gebet 1071
Geboren in der Flucht, umringt mit Schwert und Brand 429
Gedächtnisfeier 452
Gedanken bei Antretung des fünfzigsten Jahres 390
Gedanken bei dem Fall der Blätter im Herbst 402
Gedenktafel für 12 Weltmeister 641
Gedicht über Schnee im April 462
Gedicht 288
Gefahren bin ich in schwankendem Kahne 527
Gefunden 307
Gegen die Strömung 67
Geh aus mein Herz und suche Freud 258
Geh fleißig um mit deinen Kindern! 229
Geh nicht hinein 427
gehst du tiefen suchen 680
Gelassen stieg die Nacht ans Land 560
Gelbes Dienstrad wie es hoch durch die Luft schoß 289
Geliebte, willst du doppelt leben 401
Gemächlich in der Werkstatt saß 633
Gemeinsam benutzt: Jahreszeiten, Bücher und eine Musik 164
Genauigkeitsübung 916
Generationen 257
Genug ist nicht genug! 480
Gesang der Geister über den Wassern 559

Gesang vom Herbst 337
Gesang Weylas 618
Geschäftig sind die Menschenkinder 693
Gescheit gedacht und dumm gehandelt 281
Gesetzt den Fall, ihr habt ein Schaf gekränkt – 699
Gespielin meiner Nebenstunden 998
Gespräch einer Hausschnecke mit sich selbst 769
Gestern entschlief ich im Wald 24
Gestern sehr früh fiel mir eine Zeile ein 426
Geübtes Herz 797
Gewaltig endet so das Jahr 472
Gewiß! der ist beklagenswert 802
Gewitterregen 468
Gib Liebe mir und einen frohen Mund 1071
Gibt's ein Gespräch, wenn wir uns nicht belügen 765
Giselheer dem Tiger 108
Glanzloses Leben 998
Glaube und Tat 1092
Gleich einem König, der in seine Staaten 81
Gleich einem Zuge grau zerlumpter Strolche 478
Gleichgewicht 110
Gleichwie ein Vogel am Fenster vorbei 277
gliederwind ißt nebensonnen 724
Glocken und Zyanen 967
Glück auf! Glück auf! Der Steiger kommt 518
Glücklich der Mann, der den Hafen erreicht hat 734
Glücklich, glücklich nenn' ich den 428
Glückliche Fahrt 241
Gott ist in mir das Feuer, und ich in Ihm der Schein 1086
Gott ist in mir, und ich in Ihm 1086
Gott ist wahrhaftig und gerecht 435
Gottes Gnade, ein gesunder Leib 307
Gottes ist der Orient! 1072
Grabinschriften 434
Grabschrift eines Dachshundes 1044
Grabschrift eines Hundes 299
Grabschrift eines jungen Bären, der gehetzet worden war 435
Grabschrift General Wallensteins 1044
Grabschrift Marianae Gryphiae seines Brudern Pauli Töchterlein 429
Grabschrift (Goethe) 723
Grabschrift (Schiller) 403
Grabspruch 435
Grammatische Deutschheit 872
Greife wacker nach der Sünde 282
Greift zum Becher und laßt das Schelten! 762
Grodek 934
Großer Dankchoral 1100
Größers wolltest auch du, aber die Liebe zwingt 682
Grund zu Schafen 72
Gründer 693
Gute Nacht, ihr wilden Vögel 19
Güte und Größe 726
Guten Abend, gut' Nacht 18

Hab verlangend alles schon empfangen 414
Habe Blumen gepflücket 45
Habe niemand wo ich liegen kann 162
Hälfte des Lebens 238
Harfenspieler 662
Hass, als minus und vergebens 702
Hat der alte Hexenmeister 591

Hat dir der Tag was gebracht? so fragt sich am Abend der Jüngling 376
Haus der Kindheit 53
Häuserverlassen 299
Hausinschrift 307
Hegire 962
Hehle nimmer mit der Wahrheit! 693
Heidelberg 521
Heile, heile Segen 15
Heimlicher Liebe Pein 117
Heimweh (Biermann) 972
Heimweh (Eichendorff) 961
Heine 1009
Herbst 473
Herbstbild 472
Herbsttag 647
«Herr Löwe», sprach der Fuchs 701
Herr von Ribbeck auf Ribbeck im Havelland 45
HERR: es ist Zeit. Der Sommer war sehr groß 647
Herrn Pauli Flemingi der Med. Doct. Grabschrift, so er ihm selbst gemacht in Hamburg, den 28. Tag des Märzens 1640 auf seinem Todbette drei Tage vor seinem seel. Absterben 436
Herz, mein Herz, warum so fröhlich 133
Herz, mein Herz, was soll das geben? 103
herzumlederun', schwere 937
Hessen nimmt Abschied von Freddie Mercury 1044
Heut bin ich über Rungholt gefahren 627
Heut fiel mir wieder ein – ich weiß nicht wie – 416
Heute fanden meine Schritte mein vergeßnes Jugendtal 87
Heute steh' ich meine Wache 999
Heute, Ostersonntag früh 940
Hexenlied 578
Hey Krenz, du fröhlicher kalter Krieger 908
Hielte diesen frühen Segen 995
Hier liegt das große Haupt, so itzt wird ausgelacht 1044
Hildebrand und sein Sohn Hadubrand 736
Hilf mir, Sonne, denn ich bin fast blind! 389
Hineingeboren 898
Hinter Jüterbog öffneten sich 513
Hl. Nicotiana 760
Hoch an der Windung des Passes bewohn ich ein niedriges Berghaus 878
Hoch auf dem gelben Wagen 1027
Hoch wuchs ich über Mensch und Tier 667
Hochbeglückt in deiner Liebe 103
Hochseil 1016
Hochzeitslied 812
Hoffnung 254
Hofgeschrei 48
Hohe Station 878
Hohes weites grünes Land 898
Holde Anemone 892
Hommage à Gödel 286
Hoppe hoppe Reiter 20
Horch, Kind, horch, wie der Sturmwind weht 922
Hört, ihr Kinder, wie es jüngst ergangen 884
Humor 788
Humsti war ein schöner Mann 798
Humsti-Bumsti 798
Hundekur 220
Hyazinthen 828
Hyperions Schicksalslied 1036

ich bekreuzige mich 1096
Ich bin durchs Leben auf dich zugegangen 714
Ich bin eine alte Textilerin 883
Ich bin sehr reich und kann nicht mehr verarmen 666
Ich bin so knallvergnügt erwacht 289
Ich bin von Kopf bis Fuß auf Liebe eingestellt 202
Ich bin wie Leib dem Geist, wie Geist dem Leibe dir! 197
Ich danke Gott und freue mich 695
Ich danke Gott, daß ich zu Fuß muß gehen 317
Ich denke dein 126
Ich erwache des nachts; da kräht der Hahn 337
Ich friere so, komm wieder zu der Bank 406
Ich ging im Walde 307
Ich glaub' nicht an die Dauer 424
ich hab es allen Büschen gesagt 430
Ich hab mein Lehen, in alle Welt ruf ich's hinein: ich hab mein Lehen! 1015
Ich hab meinen ersten Mann gesehn 169
Ich hab' in kalten Wintertagen 1099
Ich hab's gewagt mit Sinnen 856
Ich habe Dich geliebet und ich will Dich lieben 813
Ich habe dich so lieb 154
Ich habe dir den Abschiedskuß gegeben 266
Ich habe keine Zeitung gelesen 692
Ich habe Menschen getroffen 310
Ich habe zu Hause ein blaues Klavier 1058
ich haben ein sessel 280
Ich hân mîn lêhen, al die werlt, ich hân mîn lêhen 1015
Ich harre aus im Land und geh, ihm fremd 265
Ich hatt einen Kameraden 928
Ich hatte einst ein schönes Vaterland 890
Ich hört ein Bächlein rauschen 531
Ich hört ein Sichlein rauschen 122
ich kann die hand nicht heben hoch zum gruß, schau her 952
Ich komm', weiß nit woher 1103
Ich komme vom Gebirge her 657
Ich lag und schlief; da fiel ein böses Fieber 411
Ich leb und weiß nit, wie lang 322
ich liege bei dir. deine arme 162
Ich mache das Fenster auf 674
Ich möchte hingehn wie das Abendrot 424
Ich möchte über alle Bänke springen 74
Ich rufe Wehe über diese Welt 268
Ich sahe jüngst, mit fast erstaunten Blicken 467
Ich sahe mit betrachtendem Gemüte 463
Ich saß auf einem Stein 855
Ich saz ûf eime steine 855
Ich seh und höre 365
Ich sehe dich in einer Kerze Licht 208
Ich sehe dich in tausend Bildern 1072
Ich sehe oft um Mitternacht 965
Ich sich und hör 364
Ich sing für die Verrückten 285
Ich sitze am Straßenrand 338
Ich sitze still auf einer Polsterbank 313
Ich stand an der Bushaltestelle 309
Ich steh an deiner Krippen hier 1089
Ich steh auf hohem Balkone am Turm 181
Ich stehe gern vor dir 370
Ich trank meinen Morgenkaffee und ahnte nichts Böses 806
Ich träum als Kind mich zurücke 959
Ich war am Morgen 716
Ich war an Kunst, und Gut, und Stande groß und reich 436

Ich war erst sechzehn Sommer alt 72
Ich weiß nicht, was soll es bedeuten 615
Ich weiss nicht, wie man die Liebe macht 143
Ich weiß nicht, zu wem ich gehöre 203
Ich weiss, dass mir nichts angehört 678
Ich werde so von hinnen eilen 1000
Ich will allein sein, geh! 950
Ich will es öfters sagen 686
Ich will euch nicht betrügen 828
ich will nicht aufhören 997
Ich wollt' in Liedern oft dich preisen 129
Ich wußte ehmals nichts davon 1017
ich zôch mir einen valken mêre danne ein jâr 137
Ich, der brennende Wüstenwind 667
Ich, der ich klein und jung von meiner Mutter kam 435
Ick sitze da und esse Klops 807
Ideale Wahrheit 24
Ihr Freunde hänget, wann ich gestorben bin 1012
Ihr jungen Leute, macht euch die Schlitten fertig für das Eis! 78
Ihr Langen, wo seid ihr? 237
Ihr reinen Frauen, ihr edlen Männer 385
Ihr tratet zu dem herde 1101
Ihr wandelt droben im Licht 1036
Im Beginn schuf Gott die Sonne 992
Im bleichen Sommer, wenn die Winde oben 479
Im dunkeln Epheu saß ich, an der Pforte 543
Im düstern Auge keine Träne 873
Im ernsten Beinhaus war's wo ich beschaute 455
Im ersten Licht 107
Im Flügel oben hinterm Korridor 427
Im Frühling 787
Im Frühling, als der Märzwind ging 340
Im Galarock des heiteren Verschwenders 339
Im Garten (Britting) 1048
Im Garten (Fontane) 120
Im Gewitter der Rosen 467
Im Grase 967
Im großen ungeheuren Ozeane 680
Im grün verhangnen duftigen Gemach 425
Im Haar ein Nest von jungen Wasserratten 616
Im Hafen 734
Im heil'gen Teich zu Singapur 770
Im Krankenhause 663
Im Leben rot wie Zinnober 434
Im Moose 658
Im Namen dreier Schwestern auf ihres Vatern (Heinrich Niehuse) Namenstag 814
Im Nebel ruhet noch die Welt 470
Im Nebel 658
Im sächsischen L., einer Stadt 915
Im Schlafgemach, fern von dem Feste 812
Im Sommer 465
Im Sonnenfeuer lechzt die Flur 306
Im Tiergarten, auf einer Bank 507
Im traurigen Monat November wars 869
Im Wald, in der Köhlerhütte, sitzt 865
Im windes-weben 130
Im Winter ist meine Geliebte 533
Im Winter, wenn ich mit Vergnügen 394
Im Zweifel für den Zweifel 719
Immer fand ich den Namen falsch, den man uns gab: Emigranten 890
Immer wenn ich alleine in meinem Hemd dastehe 113
Immer wieder kehrst du Melancholie 655

Impromptu an Joli 330
In den Autos 244
In den Lüften schwellendes Gedröhne 850
In der abendlichen Sonne 1030
In der Bahnhofhalle, nicht für es gebaut 490
In der Bar zum Krokodil 799
In der dunkelnden Halle saßen sie 625
In der Fremde 406
In der Frühe 323
In der Provinz 5 916
In der Stratosphäre 673
In des Landgerichtes Fotze 183
in die dämmerung 997
In dieser Einsamkeit, der mehr denn öden Wüsten 674
In dieser Märznacht trat ich spät aus meinem Haus 255
In ein altes Stammbuch 655
In einem angenehmen Herbst, bei ganz entwölktem heitern Wetter 402
In einem Buche blätternd 378
In einem kühlen Grunde 117
In einer Kugel aus Metall 499
In Glasgow, beim Karottenschaben 785
In Hamburg lebten zwei Ameisen 769
In jenem kleinen Bett, fast Kinderbett, starb die Droste 456
In jüngern Tagen war ich des Morgens froh 378
In meinem Zimmer hängt 247
In meinen Leidensnächten ohne Stern 417
In nur vier Zeilen was zu sagen 786
In so und so viel Wochen 233
Indianerlied 781
Ins Museum bin zu später 336
Ins Sichere willst du dich betten! 1092
Inventur 894
Ir reiniu wîb, ir werden man 383
Ironische Landschaft 478
Ist auch das Dasein voller harter Schmerzen 282
Ist Lieb ein Feur, und kann das Eisen schmiegen 130
Ist's in der Neujahrsnacht finster und still 491
Itzt ruht und schläft die ganze Welt 121

Ja … da wär nun also wieder einer … 168
Ja! Ich weiß, woher ich stamme! 989
Ja, das Kätzchen hat gestohlen 43
Ja, das möchste 221
Ja, das möcht ich noch erleben 393
Ja, hätte mir vor Anbeginn 805
Jägerglück 715
Jahr für Jahr, wenn ich mich recht erinnere 75
Je enger wir uns aneinander banden 148
Jeden Morgen gehe ich zirka acht Minuten lang 896
Jedermann im Dorfe kannte 777
Jena 519
Jetzt geht mein Vater abends 227
Jetzt kommt die Nacht, die erste Nacht im Grab 422
Jetzt mußt du blühen 1095
Jetzt rede du 219
Jetzt, da ich's bestanden habe 278
John Maynard 610
Junge Pferde 501
Jüngst, als unsere Mädchen, zur Fastnacht beide verkleidet 230
Juni 542
Juni in Berlin 508

Kaffeehaus 759
Kaiserkron' und Päonien rot 620
Kann die Welt auch wohl bestehen 119
Kann keine Trauer sein 456

Kanon 928
Karl I. 865
Katzengedichte 698
Kaum war ich von der Spritze runter 903
Kein Loch war mir zu tief und keines auch zu klein 1044
Kein Schlaf noch kühlt das Auge mir 323
Kein schöner Land in dieser Zeit 543
Keine Messe wird man singen 452
Kenne dich selbst 679
Kenner von dem sapphischen Gesange! 146
Kennst du das Land, wo die Kanonen blühn? 886
Kennst du das Land? wo die Citronen blühn 962
Kilchberg 656
Kind, spiele! 27
Kinder laufen fort 231
Kinder sind Rätsel von Gott und schwerer als alle zu lösen 714
Kinderlied 902
Kindersommer 32
Kindertodtenlied (Jacobs) 431
Kindertodtenlieder (Rückert) 429
Kindheit (Rilke) 51
Kindheit (Trakl) 40
Kindlein, sammelt mit Gesang 753
Kindliches Königtum 40
Kint, bereitet iuch der sliten ûf daz îs! 76
Kirsch-Blüte bei der Nacht 463
Kirst, imbi ist huze! 358
Klage über die tyrannischen Ziegenböcke 751
Klapphorn-Verse 775
klare konturen. das licht 571
Klaus und Beate sind ein Paar 224
Kleine Aster 435
Kleine Führung durch die Jugend 91
Kleine Stadt 505
Kleines Glück 297
kleines rasenstück 237
Klingkling, bumbum und tschingdada 789
Klöpplerinnen 875
Knabe und Kreisel! 39
Knecht Ruprecht 841
Kochbirnen Walnüsse Gras 72
koks-installazionen 914
Komm beiß dich fest 988
Komm du, du letzter, den ich anerkenne 413
Komm in den totgesagten park und schau 471
komm lass mich meinen kopf in deinen legen 291
Komm mal ans Fenster komm her zu mir 135
Komm, lieber Mai, und mache 33
Komm, sage mir, was du für Sorgen hast 283
Komm, Trost der Welt, du stille Nacht! 1105
Kommt ein Vogel geflogen 54
Könnte ich dir sagen, kleine Meise 696
Könnten Bienen fliegen 1094
Korf erfindet eine Art von Witzen 790
Krachen und Heulen und berstende Nacht 630
Krankgeschrieben 325
Kriegslied 924
Kulinarisches Liebeslied 731
Kunstausstellung in der Provinz 336

Lächeln ist leicht 336
Laika 499
Lange lieb ich dich schon, möchte dich, mir zur Lust 521
Lange Tag' und Nächte stand mein Schiff befrachtet 683

Länger als ein Jahr lang richtete ich mir einen Falken ab 138
Langschläfers Morgenlied 323
Laß die heilgen Parabolen 1099
Laß die Sprache dir seyn, was der Körper den Liebenden 986
Laß du doch das Klavier in Ruhe 215
Lass mir die Knaben vom Feste 742
Lass rauschen, Lieb, lass rauschen 122
Lasset uns, lasset uns mindern im Garten 1028
Laßt mich in Gras und Blumen liegen 528
Laßt mich nur auf meinem Sattel gelten! 268
Lasst mich weinen! umschränkt von Nacht 197
Laue Luft kommt blau geflossen 68
Lebenslauf 682
Lebensweg 714
Legende von der Entstehung des Buches Taoteking auf dem Weg des Laotse in die Emigration 262
Leipzig im Schummer (11.3.1990) 914
Leipzig, Leipzig! arger Boden 927
Lenore 583
Letterntausch 783
Letzte Tage 411
Letztes Boot darin ich fahr 420
Leuchtfeuer 561
Leute mit besseren Nerven als jedes Tier, flüchtiger, unbewußter 335
licht runtergebrannt 1039
lichtung 898
Lieb ohne Worte 101
Liebe (Hausmann) 142
Liebe (Prutz) 151
Liebe in Lokalen 764
Liebe, da capo … 150
Lieber Gott, die Linden blühn! 508
Liebes Kind, du bist gemagert, bist verbrannt von Mittagssonnen 59
Liebesgedicht für die Freiheit und Freiheitsgedicht für die Liebe 900
Lieblich war die Maiennacht 214
Liebst du das Dunkel 663
Lied an meinen Sohn 232
Lied der Freundschaft 90
Lied einer schlesischen Weberin 874
Lied 718
liegen, bei dir 162
Lili Marleen 976
Limericks 783
Litanei zur hl. Nicotiana 760
Lob der Faulheit 324
Lobe den Herren, den mächtigen König 1095
Lobet die Nacht und die Finsternis, die euch umfangen! 1100
Lola, auf den Knieen vor dir liegend 878
Lorscher Bienensegen 358
Lösch aus dein Licht und schlaf! 967
Löwenzahn 24
Ludwig I. Eine Märzerinnerung 878
Lützows wilde Jagd 925
Lynkeus der Türmer 714

Macht hoch die Tür, die Tor macht weit 842
Mädchen, die zum Vögeln gehen 201
Mädchen, wollt ihr mich nicht lieben? 801
Magst den Tadel noch so fein 701
Mahomets Gesang 540
Mailied 462
Man liegt im Bett mit einer Halskompresse 325
man muss sich den Bäcker 102
Man muß sich überschwenken 1086

Man sollte schlafen gehn 333
Man spricht von Humor jetzt oft und viel 788
Man wird nicht besser mit den Jahren – 377
Manche freilich ... 217
manche meinen 898
Mancher spricht mich munter an 195
Manchmal bei irgendwelchen zufälligen Bewegungen 128
Manchmal fragt man sich: ist das das Leben? 677
Manchmal noch empfind ich völlig jenen 26
Manchmal stehen wir auf 1066
manchmal weint er wenn die worte 666
Mandelkerngedicht 996
Maniger grüezet mich alsô 192
Mannequins 204
Markt und Straßen steh'n verlassen 847
Marschlied 686
März. Brief nach Meran 396
Märztag 1027
Matti wechselt das Rad 338
Max und Moritz 777
Meeres Stille 241
Meeresstrand 487
Mei Frankfort 517
Mein Auge hat den alten Glanz verloren 390
Mein Augenlicht ist nichts mehr wert 363
Mein blaues Klavier 1058
Mein Body und ich 367
mein famili 298
Mein Glücke lacht 672
Mein Haus 53
Mein Herz, mein Herz ist traurig 866
mein jahrgang, dreiundsechzig, jene 50
Mein Kind, wir waren Kinder 25
Mein kleiner grüner Kaktus 182
Mein kleinster Fehler ist der Neid ... 702
Mein lieber Bruder, wann bauen wir uns ein Floß 42
Mein lieber George! 231
Mein Mädchen mit dem schwarzen Haare 70
Mein Onkel Bumba, ohne Sorgen, frisch und froh 836
Mein Schatz, der ist auf die Wanderschaft hin 117
mein schwester strickt am grünen strumpf 298
Mein sind die Jahre nicht, die mir die Zeit genommen 337
Mein Vater 227
Meine alte Schiffsuhr 247
Meine eingelegten Ruder triefen 1036
Meine Gräber 432
Meine Herausgeber wühlen in alten Texten 913
Meine Herren, heute sehen Sie mich Gläser abwaschen 184
Meinen Sie Zürich zum Beispiel 573
Meiner Mutter 208
Meistens alles auf der Erden, drauf die Leut' am meisten streben 1093
Meister, ohne dein Erbarmen 1059
Mensch wo du deinen Geist schwingst über Ort und Zeit 1086
Mensch, nichts ist unvollkomm'n 695
Mensch, werde wesentlich 1093
Menschen getroffen 310
Menschliches Elende 458
Mich erfüllt Liebestoben zu dir! 101
Middle Class Blues 902
Mignon 962
Mir ist, ich weiß nicht wie: ich seufze für und für 662
Mir schlug das Herz; geschwind zu Pferde 247

Mistral-Wind, du Wolken-Jäger 245
Mit allen Augen sieht die Kreatur 475
Mit dem Monde will ich wandeln 495
Mit den ihren 681
Mit der Freiheit ist das 900
Mit der Freude zieht der Schmerz 849
Mit der Zeit ich kommen bin 404
Mit einem Dach und seinem Schatten dreht 26
Mit fünfundverzisch war schon Schluß 1044
Mit gelben Birnen hänget 238
Mit schlaftrunkenen Vögeln 500
Mit sechzehn sagte ich still: Ich will 198
Mitsamt meinen Steinen 894
mitten in der Stadt, mit den verschiedenen 506
Moderne Legende 935
Mondesaufgang 650
Mondnacht 978
Morgen, Kinder, wird's nichts geben! 848
Morgenglanz der Ewigkeit 1090
Morgens früh um sechs 21
Morgens, vom letzten Schlaf ein Stück 216
Morgenstern 674
Morgenwonne 289
Motetto, als der erste Zahn durch war 21
Möwenlied 774
Müde bin ich, geh zur Ruh 272
Müdigkeit 761
Münchhausens Theorem, Pferd, Sumpf und Schopf 286
Murx den Europäer! 781
Muß immer der Morgen wiederkommen? 817
Mut 284
Mutter 208
Mutter denkt nach 883
na einer muss ja auch die battlerapper trösten 291
Nach dem Balle 87
Nach dem Tode 432
Nach der ersten Bergfahrt 59
Nach der Krankheit 411
Nach Frankreich zogen zwei Grenadier 929
nach hause kommen 297
Nach meiner Lieb' viel hundert Knaben trachten 118
Nach Süden nun sich lenken 73
Nachdem er durch Metzingen gegangen war 1051
Nachlass 1000
Nachruf 331
Nacht, mehr denn lichte Nacht! 1088
Nachtgedanken 973
Nachtgefühl 383
Nächtlich am Busento lispeln, bei Cosenza, dumpfe Lieder 921
Nächtliche Stunde 423
nachtperformance, leberschäden 834
nachts sind alle katzen grau 19
Nähe des Geliebten 126
Nänie 417
Naturrecht 796
nebeleisern blix: der jeepmann 41
Nebelland 533
Nehmen Sie jene erste 457
Nerven .. kaputt .. 25
Neue Liebe 133
Neue Liebe, neues Leben 103
Neujahrsglocken 850
Neujahrslied 849
Neulich deutschten auf deutsch vier deutsche Deutschlinge deutschend 872
Neun Sommer sind vorbei, seithero ich dich, Schöne 515

Neunzehnhundertsiebzehn 949
Nicht im Paradiese 129
Nicht in den Ozean 1073
Nicht jede Besserung ist Tugend 218
Nicht mutig 1067
Nicht schelt' ich dich, du schöne Stunde 373
Nicht sehr ergiebig im Gespräch 1013
Nichts mehr davon, ich bitt' euch 862
Nichts wird mehr sein 206
Niemand knetet uns wieder aus Erde und Lehm 1101
Nietzsche 1005
Nirgends hin, als auf den Mund 112
Nis Randers 630
Noch alle Jahre, wenn der Sommer naht 761
Noch arm in arm 410
Noch einmal, eh' ich weiterziehe 1109
Noch in meines Lebens Lenze 1104
Noch spür ich ihren Atem auf den Wangen 1042
Nord und West und Süd zersplittern 962
Nördlicher Juni 453
Novembertage I. 1989 913
Nun höret zu und schweiget still 739
Nun ist er endlich kommen doch 290
Nun ist wieder Schnee gefallen 933
Nun lass mich rufen über die verschneiten 122
Nun liegt und zuckt am fahlen Himmelsrand 253
Nun ruhen alle Wälder 276
Nun sagen alle, dass ich alt geworden 372
Nun stehe ich auf und gehe 971
Nun treibt die Stadt schon nicht mehr wie ein Köder 526
Nun trifft es mich, wie's jeden traf 383
Nun wird der junge Herr von seinem Mentor frei 69
Nur Einen Sommer gönnt, ihr Gewaltigen! 997
Nur lächeln und schmeicheln den endlosen Tag ... 204
Nur nicht gleich das Schwert gewetzt 1009
Nur zwei Tugenden gibt's 726
Nürnberg 1935 940
Nymphenburg im März 523

O Deutschland! Sagt, was habt aus Deutschland ihr gemacht?! 939
O die Schornsteine 944
O du fröhliche, o du selige 843
O flaumenleichte Zeit der dunkeln Frühe! 963
O frage nicht, was mich so tief bewegt 371
O Haupt voll Blut und Wunden 1064
O Heiland, reiß die Himmel auf 1107
O lieb, solang du lieben kannst! 405
O mein Heimatland! O mein Vaterland! 974
O meine müden Füße, ihr müßt tanzen 827
O schaurig ists übers Moor zu gehn 532
O Täler weit, o Höhen 242
O Traum, der mich entzücket! 112
O trinke nie, um etwas zu vergessen 762
O wüßt ich doch den Weg zurück 49
O, Deutschland, meine ferne Liebe 868
Ob einer Dame erlaubet in Waffen sich zu üben 186
Ob zwar mein schlechter Leib zu deme sich muß halten 1022
oben scheint der mond 737
Oder, mein Fluss 554
Ofen-Spruch 701
öffnet die tür sich 297

Oft denk ich, sie sind nur ausgegangen 431
Oft sieht man jetzt erwachsene Männer 299
Oh Du, Geliebte meiner 27 Sinne, ich liebe Dir! 98
Oh Mensch Gib Acht! 1052
Oh Nachtgedank, mein Ungewinn 655
Oh, da ging ich zu ihr, der Ostsee, hin 572
Oh, friedlicher Mittag 506
Ohne die Liebste ist keine Freude 119
Ohne warum 724
Oktoberlied 815
Ölbaumsilber, Myrte, Lorbeer, Pinie 563
Ophelia 616
Orpheus. Eurydike. Hermes 449
Österreichisches Lied 524
ottos mops 29
Owê war sint verswunden alliu mîniu jâr! 1037
Owê 104

Palmström, etwas schon an Jahren 790
Pamparam, paramparam, paramparam 182
Patrouille 935
Paul 949
Paulus schrieb an die Apatschen 776
Pfannkuchenrezept 755
Phidile 72
Phol ende Uuodan uuorun zi holza 357
Phol und Wodan ritten in den Wald 358
Pidder Lüng 879
Pinie und Blitz 667
Plädoyer einer Frau 142
Poeten geh'n dem unadelichen Adel weit vor 1022
Politische Lehre 862
Porträt eines Kindes 47
Prinz Eugen, der edle Ritter 924
Prometheus 1097
prosa meiner heimatstraße 910
Psalm 1101
Punschlied 744

ratinger hof, zettbeh 834
Ratschlag für gutes Trinken 762
Rätsel 30
Raucherecke 237
Regen fällt. Schon sind die Kinder fort! 32
Regenlied 469
Reisen 573
Requiem für einen Faschisten 892
Rhampsenit 800
Rhapsodius glaubt nicht, daß Jungfern Verse machen 1022
Robinson 666
Römische Elegie 105
Rondeau Allemagne 265
Rosa Meinung 185
Rosenzeit! wie schnell vorbei 131
Rosetta 827
Rückblick, Einsicht, Ausblick 1007
Rückkehr 951
Rudern, Gespräche 322
Ruf- und Fluchformel 109

's ist Krieg! 's ist Krieg! O Gottes Engel wehre 924
Sachliche Romanze 170
Sag nur, wie trägst du so behäglich 66
Saget, Steine, mir an, o! sprecht, ihr hohen Paläste! 526
sagt er: das leid ist ein teich 145
Sahst du das wunderbare Bild von Brouwer? 704
Schaust du mich an aus dem Kristall 267

Schibboleth 894
Schillers Bestattung 1012
Schlaf 383
Schlaf, süßer Knabe, süß und mild! 234
Schlafen, Schlafen, nichts als Schlafen! 424
Schläfrig singt der Küster vor 505
Schläfst du, schöner Geliebter? 107
Schläft ein Lied in allen Dingen 981
Schlief ich, da nachts vorm Haus 718
Schlummerlied 16
Schluss 1017
Schnadahüpfln 783
Schnee 933
Schneebier 743
Schon in's Land der Pyramiden 473
Schön ist, Mutter Natur, deiner Erfindung Pracht 556
Schön sind Blatt und Beer 1021
schön sind der freiheit nippfiguren 910
Schön wie niemals sah ich jüngst die Erde 542
Schöner als der beachtliche Mond und sein geadeltes Licht 485
Schönere Menschen laß uns erfinden 190
Schön-Rohtraut 622
Schöpfungslieder 992
Schottische Begebenheit 785
Schrecklich schöner Tag 313
Schreitend meinen Höhenpfad 89
Schwalbensiciliane 244
Schwarze Milch der Frühe wir trinken sie abends 946
schwarzen Tangos in Köln 295
Schwarzschattende Kastanie 308
Schweigt der Menschen laute Lust 486
Schwer von Jasminduft, weht aus dunklen Gärten 35
Schwergelbe wolken ziehen überm hügel 1005
Schwüle 649
SCIPIO während seine Soldaten Salz streuten 956
Seefahrt 683
Sehet ihr am Fensterlein 579
Sehnsucht 966
Seht den Felsenquell 540
Seht Ihr sie sitzen am Klöppelkissen 875
Seht mich an: Der Fuß der Zeit 223
Sei dennoch unverzagt. Gib dennoch unverloren 677
Sei mir gegrüßt, mein Berg mit dem rötlich strahlenden Gipfel! 534
Sein Blick ist vom Vorübergehn der Stäbe 497
Seine Klauen 251
Seit ich ihn gesehen 82
Selbstkritik 913
Seltsam, im Nebel zu wandern! 658
september 1039
Septembermorgen 470
Sergeant Waurich 196
Setz in des Wagens Finsternis 87
Setzet immer voraus, daß der Mensch im ganzen das Rechte 862
Si duo faciunt idem, non fit idem 793
Sie geht in aller Frühe 297
sie nannten ihn brötchen 65
Sie saßen und tranken am Teetisch 153
Sie schläft 216
Sie stritten sich beim Wein herum 807
Sie trampeln um den Hof im engen Kreis 977
Sie waren gezogen über das Meer 638
Sieh jene Kraniche in großem Bogen! 136
Siehst du die Brigg dort auf den Wellen? 685
Silvia ist wohl gemacht 147

‹Sinc an, guldîn huon! ich gibe dir weize› 829
Sind das wohl Menschen? – Wie man das vergißt! 187
Sind hierorts Häuser grün, tret ich noch in ein Haus 562
Sîne klâwen 249
«Sing los, goldenes Huhn, ich geb dir Weizen!» 832
Singet leise, leise, leise 15
Sît si mir niht lônen wil 747
Slâfest dû, friedel ziere? 106
Snapshot 953
So geisterhaft sind diese späten Tage 414
So komme, was da kommen mag! 291
So unvermeidbar ein Geschick dir scheine 282
Sô wê mir tumber daz mich iemer langer tage verdriuzet 687
So wie die Sonne untergeht 88
So wie ein Mensch nach lärmendem Gelag 83
So, so! – 779
Sokrates und Alcibiades 57
Soldatenmädchen 201
Solidus 134
Soll das kurze Menschenleben 690
Soll i aus meim Hause raus? 769
Soll ich dein tiefstes Wesen klar erkennen 703
Soll ich von deinem Tode singen? 444
Sommer (Trakl) 464
Sommer (Wagner) 493
Sommerfrische 478
Sommer-Gesang 258
Sommernacht 274
Sonderzug nach Pankow 905
Sonett 1034
Sonett. Vergänglichkeit der Schönheit 1040
Sonette an Orpheus. XXIX 669
Sonne, brich doch durch die Wolken! 733
Sorglos über die Fläche weg 284
Spät komme ich zu dir 227
Spätes Erwachen 83
Spätherbst in Venedig 526
Spaziergang zu allen Jahreszeiten 410
Spiel 715
Sprache 1000
Sprechen die Männer von Treue 203
Sprich nicht immer 261
Spute dich, Kronos! 577
Stadt 509
Stadtnacht 200
steht da in gras ein amsel 193
Stell auf den Tisch die duftenden Reseden 448
Sterbegedicht 422
Sterbelied 421
Stets trug nur ein Tuch statt des Wamses 783
Still zu wissen, du gehst 380
Stille Nacht, heilige Nacht 843
Stiller Freund der vielen Fernen, fühle 669
Stimmen 971
Stoß deinen Scheit drei Spannen in den Sand 481
Streichhölzer! Kaufen Sie Streichhölzer! 318
Strophe 268
Stufen 690
Suleika 103
Süß ist's, den Reiz der Welt zu saugen 229
Süßer Friede, süßer Friede 408

Swenne ich schine, so mûst du lúhten 1080
Swenne ich stân aleine in mînem hemede 113
Syringen 487

Tage, Tage 1050
täglich andere Ängste 656
Täglich ging die wunderschöne 172
Täglich zu singen 695
Talismane 1072
teich 145
Terzinen über die Liebe 136
Terzinen über Vergänglichkeit 1042
Tiefe Stille herrscht im Wasser 241
Tiefes, ödes Schweigen 1065
Todesfuge 946
Todesfurcht 414
Tötet euch mit Dämpfen und mit Messern 1039
Tränen des Vaterlandes Anno 1937 939
Tränen des Vaterlandes. Anno 1636 921
Tränen in schwerer Krankheit 662
Trauergesang von der Not Christi am Ölberg in dem Garten 419
Trauerode beim Absterben seiner geliebten Mariane 444
Trennen wollten wir uns? wähnten es gut und klug? 165
Treten Sie ein 323
Trieb 200
Trinklied 762
Trinkt des Weines dunkle Kraft 81
Tristan 995
Trost (Hebel) 281
Trost (Storm) 291
Trost in Tränen 60
Trostaria 271
Trotzki, Goethe und das Glück 903
Trüb verglimmt der Schein 668
Trüb verglomm der schwüle Sommertag 649
Trübes Wetter 679
Trutz, blanke Hans 627
Tübingen, Jänner 1001
Turteltaschen 783

Üb immer Treu und Redlichkeit 280
Über alle Gräber wächst zuletzt das Gras 436
Über allen Gipfeln 969
Über das unaussprechliche Heilige Geistes-Eingeben! 1081
Über dein Gesicht schleichen die Dschungeln 108
Über die Bezeichnung Emigranten 890
Über die Geburt Jesu 1088
Über die Heide 382
Über die Schwierigkeiten der Umerziehung 900
Über einige Davongekommene 953
Überall 804
Überlass es der Zeit 691
Überlegung 499
Ultraschall 206
Um größre Schmerzen zu vermeiden 327
Um Mitternacht (Goethe) 495
Um Mitternacht (Mörike) 560
Und d' Lieb' ist a Haus 152
Und der Haifisch, der hat Zähne 577
Und dräut der Winter noch so sehr 254
Und frische Nahrung, neues Blut 278
Und immer wieder schickt ihr mir Briefe 1009
Und Kinder wachsen auf mit tiefen Augen 1051
Und plötzlich steht man wieder in der Stadt 91
Und so finden wir uns wieder 818
Und soll ich nach Philisterart 636

Und wann mei Schatz heirat 152
Und wenn du Männer zwingen willst 201
Und wie manche Nacht 494
Und wo bleibt das Positive, Herr Kästner? 1009
Under der linden 95
Unerwünschte Belehrung 718
Uns hât der winter geschât über al 461
Uns hat der Winter überall geschadet 461
Unter dem Himmel 528
Unter der Linde 96
Unter Tränen rissest du dich von meinem Halse! 89
Untergeht die Sonn am Abend 430
Untergrundbahn oben 313
«Unverständlich sind uns die Jungen» 375
Urnen füllen sich und Krüge 454

Vanitas! Vanitatum Vanitas! 1043
vater komm erzähl vom krieg 951
Vater und Sohn 209
Venedig liegt nur noch im Land der Träume 524
Venedig 525
Verankert im Büro sind meine Schwestern 88
Vereinsamt 667
Verfall 1029
Vergänglichkeit (Groth) 49
Vergänglichkeit (Hesse) 1050
vergeben sie mir, maestra 62
Vergessene Zeile 426
Vergiß die Mühsal dieses Tags, du Lieber! 205
Vergraben ist in ewige Nacht 315
Verklärter Herbst 472
Verloren 970
Verlorner Posten in dem Freiheitskriege 867
Verschriener Tod, für mich bist du so schön! 407
Versuchung 732
Vice versa 1069
Victoria! Victoria! 21
Vielen Dank für die Wolken 1103
Vielleicht ist unsre Seele dann 432
Vier Elemente 744
Vier Maurer saßen einst auf einem Dach 779
Volkssprüche 806
Voll Früchten der Hollunder; ruhig wohnte die Kindheit 40
Vom Baum des Lebens fällt 1050
Vom Fluß, der unten schnalzt, hat man den Sand 523
vom gehen, messen und greifen 680
Vom Schlaraffenland 739
Vom Schwimmen in Seen und Flüssen 479
Vom Tod der Tiere 423
Vom Zuviel war die Rede 558
Von allen Werken 302
von bank in belvedere 193
Von Blum' und Frucht, so die Natur erschafft 796
Von den stillen Tagen 414
Von der Kartoffel 754
Von drauß vom Walde komm' ich her 841
Von Edenhall der junge Lord 839
Von einem Ohrenzeugen 791
Von einer Katze lernen 698
Von fern die Uhren schlagen 429
Von guten Mächten 1068
Von unsern Zitterpappeln fliegt noch immer 306
Vor dem Gewitter (Billinger) 467

Vor dem Gewitter (Lenz) 466
Vor der Kaserne 976
Vor jedem steht ein Bild des, was er werden soll 682
Vor seiner Hütte ruhig im Schatten sitzt 670
Vor Tag 253
Vorfrühling (Hofmannsthal) 965
Vorfrühling (Stadler) 255
Vorm Sterben mache ich noch mein Gedicht 934
Vorne vier nickende Pferdeköpfe 313
Vorstadt im Föhn 295

Wachet auf, ruft uns die Stimme 1091
während ich den reifen abmontiere 338
Waldesgespräch 199
Waldlied 1049
Walle, Regen, walle nieder 469
Wanderlied der Prager Studenten 73
Wanderschaft 243
Wandrers Nachtlied 969
Wann darf i denn kemma 152
Wann im Haus und auf den Gassen 703
Wär' nicht das Auge sonnenhaft 1081
«Warum bin ich vergänglich, o Zeus?» so fragte die Schönheit 1050
Warum du wider alles Hoffen 682
Warum gabst du uns die tiefen Blicke 140
Warum huldigest du, heiliger Sokrates 57
Warum kann der lebendige Geist dem Geist nicht erscheinen! 1000
Was auf das Leben folgt, deckt tiefe Finsternis 1092
Was bedeutet die Bewegung? 133
Was der Mensch auch gewinne, er muß es teuer bezahlen 692
Was die Liebe kann begehren 151
Was doch heut nacht ein Sturm gewesen 99
«Was drückt dich, lieber Freund?» 223
Was er lehrte, ist abgetan 280
Was es ist 139
Was gestern abend war ist und ist nicht 563
Was glänzt dort vom Walde im Sonnenschein? 925
Was Holdes liegt mir in dem Sinn 970
Was im weinenden Auge mir oft die Tränen zurückhält 377
Was ist die Lust der Welt? Nichts als ein Fastnachtsspiel 1053
Was ist dies Leben doch? Ein Traurspiel ist's zu nennen 857
Was ist geschehn dass ich mich kaum noch kenne 249
«Was man in der Jugend wünscht, hat man im Alter genug» 376
Was meint ihr wohl, was eure Eltern treiben 510
Was nützet in Hitze so sitzen, und schwitzen 816
Was reif in diesen Zeilen steht 275
Was rollt so zierlich, klingt so lieb 609
Was schlimm ist 334
Was sind wir Menschen doch? ein Wohnhaus grimmer Schmerzen? 458
Was soll ich nun vom Wiedersehen hoffen 173
Was verkürzt mir die Zeit? 691
Weder Schatz, wie groß er sei 714
Weg 495
Weg in die Dämmerung 668
Weg zur Arbeit 896
Weh mir Toren, daß es mich immer der langen Tage verdrießt 688
Weh, geschieden von den Meinigen 733
Weihnachten 847

Weihnachtsabend 847
Weihnachtslied 845
Weihnachtslied, chemisch gereinigt 848
Weil der Augenblick 1006
Weil sich die Gottheit hat in Kindheit mir erzeigt 20
Weils so schön war 776
Weinlied 816
Weise nicht von dir mein schlichtes Herz 797
Weißt du, wieviel Sternlein stehen 18
Weißt du's noch? damals aßen wir 731
Weitere Gründe dafür, daß die Dichter lügen 1006
Welke Rose 378
Welt und ich 681
Weltende (Hoddis) 1054
Weltende (Lasker-Schüler) 977
Weltgeheimnis 619
Weltlauf 374
Weltschmerz 667
Wem Gott will rechte Gunst erweisen 241
Wenn 805
Wenn der Jüngling mit der Heißgeliebten geht 1045
Wenn der lahme Weber träumt, er webe 664
Wenn der Regen niederbraust 30
Wenn der Schnee ans Fenster fällt 272
Wenn der silberne Mond durch die Gesträuche blickt 671
Wenn dich die Lästerzunge sticht 325
Wenn du morgens in die Küche kommst 57
Wenn du von allem dem, was diese Blätter füllt 1008
Wenn ich dich küsse 113
Wenn ich ihn nur habe 1087
Wenn ich mich abends entkleide 383
Wenn ich scheine, so musst du leuchten 1080
Wenn ich, o Kindlein, vor dir stehe 15
Wenn man kein Englisch kann 334
Wenn nicht mehr Zahlen und Figuren 982
Wenn sich die Sprüche widersprechen 302
Wenn sie in silberner Schale mit Wein uns würzet die Erdbeern 732
Wenn wir uns gedankenlos getrunken haben 107
Wenn wir uns nicht haben und uns sehnen 142
Wenn's in den Bergen rastet 874
Wenn's Winter wird 31
Wer bist du, Fürst, daß ohne Scheu 860
Wer da will der Liebe leben 123
Wer die blühenden Wiesen kennt 501
Wer die Schönheit angeschaut mit Augen 995
Wer die tiefste aller Wunden 162
Wer einsam ist, der hat es gut 672
Wer hat solche Ängste erfunden? 664
Wer Heu genug im Stall hat 806
Wer in die Fremde will wandern 961
Wer lacht hier, hat gelacht? 902
Wer läutet draußen an der Tür? 943
Wer nie sein Brot mit Tränen aß 662
Wer redet, was ihn gelüstet 701
Wer reitet so spät durch Nacht und Wind? 581
Wer wagt es, Rittersmann oder Knapp 565
Wer will mit uns treiben 551
Wer will nicht nach Verdienst die Amazonin preisen? 186
Wer wird nicht einen Klopstock loben? 1008
Wer, wenn ich schriee, hörte mich denn 1083

Wetterregeln 491
Widele, wedele 812
Wie die Sonne, wie der Mond am Himmel 257
Wie du solltest geküsst sein 113
Wie du uns unter 206
Wie ein Fischlein in dem Garn 300
Wie Er wolle geküsset sein 112
Wie fühl' ich heute deine Macht 443
Wie gedacht 171
Wie gedacht' ich jenes Tages der Worte 488
Wie gut, daß ich verborgen bin 193
Wie heimlicher Weise 850
Wie heißt König Ringangs Töchterlein? 622
Wie herrlich leuchtet 462
Wie hießen die Hügel 947
Wie Höhlenforscher 206
Wie ich berichtet werde 441
Wie ich weiss, <macht> man die Liebe nicht 143
Wie im Morgenglanze 1078
Wie ist es, hat Liebe mein Leben besessen? 147
Wie jede Blüte welkt und jede Jugend 690
Wie kommt's, daß du so traurig bist 60
Wie langsam kriechet sie dahin 363
Wie muß ich meinem Schöpfer danken 793
Wie oft sah ich die blassen Hände nähen 207
Wie rafft' ich mich auf 219
Wie sagte schon Kant? Oder war es Voltaire? 721
Wie sank die Sonne glüh und schwer 651
Wie schön sich zu wiegen 34
Wie seelig ist der Mensch, der weder will noch weiß! 1086
Wie sehr der Wirbelstrom so vieler Angst und Plagen 1105
Wie sehr sich solche Plätze gleichen 296
Wie soll ich dich empfangen 1088
Wie viel 47
Wie vom Reisewagen gestreift eines fliehenden Siedlers 916
Wie war zu Köln es doch vordem 354
Wie wenn am Feiertage … 1002
Wie Wintergewitter ein rollender Hall 942
Wie wir einst in grenzenlosem Lieben 208
Wiedersehen 213
Wiegenlied aus dem Dreißigjährigen Krieg 922
Wiegenlied 15
wien : heldenplatz 895
Wiepersdorf 513
Wild zuckt der Blitz. In fahlem Lichte steht ein Turm 602
Wildgänse rauschen durch die Nacht 933
Will du auf Töpfchen? 16
Will ich in mein Gärtlein gehn 28
Willkommen und Abschied 247
Willkommen, o silberner Mond 218
Willst 'n Kaffee, kleinen Whiskey oder 'n Joint? 367
Willst du dich deines Wertes freuen 283
Willst du dir ein hübsch Leben zimmern 689
Willst du immer weiter schweifen? 284
Willst du ins Unendliche schreiten 1104
Willst du mich sogleich verlassen! 521
Winterlied 988
Wir fahren zurück 311
Wir gehen 110
Wir Geretteten 945
Wir hätten dir gerne von früher erzählt 431

Wir hören's oft und glauben's wohl am Ende 155
Wir kannten nicht sein unerhörtes Haupt 727
Wir können nicht klagen 902
Wir sind doch nunmehr ganz, ja mehr denn ganz verheeret! 921
Wir sind nur Gast auf Erden 1106
Wir sind so tief betrübt, wenn wir auch scherzen 1034
wir trafen sie im wald auf einer lichtung 750
Wir turnen in höchsten Höhen herum 1016
Wir waren arm, und so fuhren wir lang 36
Wir waren ruhig 244
Wir waren völlig fertig 67
Wirklich, ich lebe in finsteren Zeiten! 887
Wo bist du itzt, mein unvergeßlich Mädchen 116
Wo hast du all die Schönheit hergenommen 101
Wo ist der Ball? 48
Wo man singet, laß dich ruhig nieder 982
Wo schlägt ein Herz das bleibend fühlt? 1063
Wo sich der ewige Schnee 524
Wo sind die Stunden 1049
Wo werd' ich sein im künft'gen Lenze? 397
Wo wir die Beeren mit den Vögeln teilten 236
Wohin sind sie geflogen alle meine Jahr? 1038
Wohin wir uns wenden im Gewitter der Rosen 467
Wohin? 531
Wohl dem, auf dessen Grabgewölb zu lesen 434
Wolken werden Kissen 941
Wolkenbruch 261
Wolkenschatten fliehen über Felder 1027
Wonach du sehnlich ausgeschaut 694
Wonach soll man am Ende trachten? 720
Wörter 986
Wunder von ferne oder traum 1001
Wunderliche Spießgesellen 927
Wünschelrute 981
Würde des Menschen 862
Würmer im Gewissen 922

Zauberwürfel 1032
Zehntausend starre Blöcke sind im Tal errichtet 509
Zeitungen melden, daß unter dem Einfluß der Wasserstoffbombenversuche 498
Zelte, Posten, Werda-Rufer! 924
Zerstörte Landschaft 288
zertretener mann blues 952
Zeuch aus, gefangne Seele! 422
Ziemlich angeödet 648
Zu Bacharach am Rheine 613
Zu Dionys, dem Tyrannen, schlich 704
Zu fragmentarisch ist Welt und Leben! 722
Zu Frankfurt auf dem Römer war heute Königswahl 837
Zu Hameln fechten Mäus' und Ratzen 580
Zu meiner Zeit 189
Zu Straßburg auf der Schanz 975
Zum Kampf der Wagen und Gesänge 594
Zum Lazarus (Heine) 363
Zum Lazarus (Heine) 1099
Zum neuen Jahr 850

Zum Sehen geboren 714
Zum zweiten Male will ein Wort 191
Zupf dir ein Wölkchen aus dem Wolkenweiß 478
Zur Blindheit 1001
Zur Fotografie eines Konfirmanden 63
Zürich, Zum Storchen 558
Zuruf 279
Zustandsbeschreibung. Zwischenbericht 915
Zwar es gebührt die Zier der angenehmen Tage 814
Zwei Gärten 35
Zwei Hühner können wie ein Hund ausschaun 793
Zwei Knaben gingen durch das Korn 775
Zwei Löwen gingen einst selband 780
Zwei Mutterarme, die das Kindchen wiegen 244
Zwei Segel 570
zweierlei handzeichen 1096
Zweifle nicht 719
Zweiter Merseburger Zauberspruch (Pferdesegen) 357/358
Zwiegespräch im Dunkel 950
Zwielicht 726
Zwischen Akten, dunkeln Wänden 996

Register der Autorinnen und Autoren

Abschatz, Hans Aßmann von (1646–1699) 672
Albert, Heinrich (1604–1651) 404
Altenberg, Peter (1859–1919) 759
Andres, Stefan (1906–1970) 551
Angelus Silesius (Johannes Scheffler, 1624–1677) 20, 279, 682, 691, 695, 724, 1071, 1086, 1093, 1095
Arnim, Achim von (1781–1831) 122, 418, 1071
Artmann, Hans Carl (1921–2000) 495
Aston, Louise (1814–1871) 874
Atabay, Cyrus (1929–1996) 265, 1050

Bachmann, Ingeborg (1926–1973) 42, 144, 164, 246, 467, 485, 500, 533, 562, 952
Baumbach, Rudolf (1840–1905) 1027
Becher, Johannes R. (1891–1958) 893, 939, 990
Becker, Jürgen (geb. 1932) 462
Begemann, Friedrich (1803–1829) 408
Benn, Gottfried (1886–1956) 310, 334, 396, 435, 456, 457, 471, 519, 573, 758, 1013, 1015, 1062
Bergengruen, Werner (1892–1964) 321, 488, 696
Bienek, Horst (1930–1990) 986
Bierbaum, Otto Julius (1865–1910) 779
Biermann, Wolf (geb. 1936) 271, 906, 908, 972
Billinger, Richard (1893–1965) 467
Bleutge, Nico (geb. 1972) 571
Blumenthal, Oskar (1852–1917) 434, 703
Bobrowski, Johannes (1917–1965) 420, 727
Boldt, Paul (1885–1921) 501
Bonhoeffer, Dietrich (1906–1945) 1068
Borchers, Elisabeth (1926–2013) 16, 53
Borowiak, Simon (geb. 1964) 1044
Brambach, Rainer (1917–1983) 949
Brasch, Thomas (1945–2001) 19, 692
Braun, Felix (1885–1973) 36
Braun, Volker (geb. 1939) 910
Braunschweig-Wolfenbüttel, Anton Ulrich Herzog von (1633–1714) 421
Brecht, Bertolt (1898–1956) 100, 136, 183, 249, 262, 302, 322, 323, 338, 413, 479, 500, 577, 641, 692, 887, 890, 935, 940, 951, 1100
Brentano, Clemens (1778–1842) 15, 122, 275, 418, 613, 664, 665, 1059, 1063
Brinkmann, Rolf Dieter (1940–1975) 288, 295, 506, 731
Britting, Georg (1891–1964) 32, 465, 523, 715, 764, 1048
Broch, Hermann (1886–1951) 731
Brockes, Barthold Heinrich (1680–1747) 327, 394, 402, 463, 467

Brun, Friederike (1765–1835) 126
Buchner, Augustus (1591–1661) 1028
Büchner, Georg (1813–1837) 827
Bürger, Gottfried August (1747–1794) 148, 301, 325, 583, 796, 860
Busch, Wilhelm (1832–1908) 47, 326, 377, 672, 693, 694, 702, 702, 704, 777, 787, 805, 807

Carossa, Hans (1878–1956) 306, 494, 967
Celan, Paul (1920–1970) 262, 558, 894, 946, 1001, 1101
Chamisso, Adelbert von (1781–1838) 82, 304, 600, 633, 636, 863, 927, 928, 959
Claudius, Matthias (1740–1815) 21, 72, 177, 228, 234, 273, 305, 320, 332, 381, 411, 420, 695, 813, 924, 965
Comedian Harmonists 182, 799, 836
Cotten, Ann (geb. 1982) 134, 185
Czechowski, Heinz (1935–2009) 947

Dach, Simon (1605–1659) 90, 124, 441
Däubler, Theodor (1876–1934) 495
Dehmel, Paula (1862–1918) 23
Dehmel, Richard (1863–1920) 23, 232
Der von Kürenberg (12. Jh.) 113, 137, 138, 149
Detering, Heinrich (geb. 1959) 261, 656
Dietmar von Aist (12. Jh.) 106, 107
Dietrich, Marlene (1901–1992) 202, 203
Dittberner, Hugo (geb. 1944) 64
Domin, Hilde (1909–2006) 110
Drawert, Kurt (geb. 1956) 915
Droste-Hülshoff, Annette von (1797–1848) 181, 191, 267, 370, 371, 425, 481, 532, 650, 651, 658, 1065

Ebner-Eschenbach, Marie von (1830–1916) 658, 701, 1017
Eich, Günter (1907–1972) 554, 754, 755, 894
Eichendorff, Joseph von (1788–1857) 68, 73, 117, 129, 133, 199, 241, 242, 256, 397, 406, 429, 486, 620, 726, 847, 927, 959, 961, 966, 978, 981, 991, 996, 1034, 1061, 1105
Eichrodt, Ludwig (1827–1892) 793
Element of Crime 127
Engelke, Gerrit (1890–1918) 509
Enzensberger, Hans Magnus (1929–2022) 286, 561, 563, 900, 902, 940, 1006, 1103
Erb, Elke (geb. 1938) 572
Erhardt, Heinz (1909–1979) 786
Ernst, Otto (1862–1926) 630
Exner, Richard (1929–2008) 47

Falk, Johann Daniel (1768–1826) 843
Falke, Gustav (1853–1916) 207, 340
Falkner, Gerhard (geb. 1951) 75
Fauser, Jörg (1944–1987) 903
Feuchtersleben, Ernst von (1806–1849) 702
Fleming, Paul (1609–1640) 112, 435, 436, 677, 814
Flex, Walter (1887–1917) 933
Fontane, Theodor (1819–1898) 45, 120, 231, 290, 375, 377, 383, 393, 401, 432, 610, 691, 1018
Freiligrath, Ferdinand (1810–1876) 405, 924
Fried, Erich (1921–1988) 113, 139, 719, 900
Fulda, Ludwig (1862–1939) 685, 703, 805

Geibel, Emanuel (1815–1884) 229, 254, 638, 682, 689, 703, 742
Gellert, Christian Fürchtegott (1715–1769) 218, 700

George, Stefan (1868–1933) 40, 71, 122, 130, 249, 261, 277, 471, 618, 1001, 1005, 1101
Gerhardt, Paul (1607–1676) 258, 276, 1064, 1088, 1089, 1108
Gernhardt, Robert (1937–2006) 200, 223, 571, 698, 699, 734, 769, 776, 1007, 1011, 1051
Giesebrecht, Ludwig (1792–1873) 685
Gilm, Hermann von (1812–1864) 448
Gleim, Johann Wilhelm Ludwig (1719–1803) 701, 733, 801
Goeckingk, Leopold Friedrich Günther von (1748–1828) 81, 317
Goethe, Johann Wolfgang (1749–1832) 57, 60, 66, 103, 105, 120, 126, 140, 155, 173, 197, 241, 247, 268, 278, 280, 281, 283, 284, 307, 378, 394, 397, 455, 462, 493, 494, 495, 521, 526, 540, 559, 577, 581, 591, 612, 662, 678, 679, 683, 689, 691, 714, 720, 723, 765, 812, 850, 962, 969, 995, 999, 1050, 1067, 1072, 1078, 1081, 1092, 1093, 1097, 1104
Goldt, Max (geb. 1958) 1094
Grass, Günter (1927–2015) 902
Grebe, Rainald (geb. 1971) 224, 516
Greif, Martin (1839–1911) 153
Greiffenberg, Catharina Regina von (1633–1694) 470, 1081, 1105
Greve, Ludwig (1924–1991) 229
Grillparzer, Franz (1791–1872) 69, 278, 281, 376, 428, 694, 1008
Grönemeyer, Herbert (geb. 1956) 518
Groth, Klaus (1819–1899) 49, 469
Grünbein, Durs (geb. 1962) 335, 498, 913, 916
Gryphius, Andreas (1616–1664) 337, 429, 458, 647, 662, 674, 921, 1040, 1043, 1070, 1088
Guggenmos, Josef (1922–2003) 53
Günderrode, Karoline von (1780–1806) 162, 527, 663
Günther, Johann Christian (1695–1723) 171, 271, 422, 968, 1041

Hagedorn, Friedrich von (1708–1754) 69, 70, 189, 551, 791, 802, 808, 998
Hagelstange, Rudolf (1912–1984) 236
Hahn, Ulla (geb. 1946) 988
Haller, Albrecht von (1708–1777) 444
Hammerschmid, Hans (geb. 1930) 198
Harig, Ludwig (1927–2018) 756
Hartleben, Otto Erich (1864–1905) 86
Härtling, Peter (1933–2017) 35
Hartmann von Aue (um 1160–vor 1220) 194, 195
Hartung, Harald (geb. 1932) 426, 953
Haufs, Rolf (1935–2013) 299
Haushofer, Albrecht (1903–1945) 208
Hausmann, Manfred (1898–1986) 142, 205, 668
Hebbel, Friedrich (1813–1863) 15, 43, 81, 88, 215, 373, 376, 383, 424, 472, 648, 681, 692, 714
Hebel, Johann Peter (1760–1826) 281, 787, 849
Heine, Heinrich (1797–1856) 25, 38, 60, 150, 153, 172, 213, 309, 363, 409, 452, 604, 615, 722, 734, 794, 800, 865, 866, 867, 868, 869, 873, 929, 973, 992, 1098, 1099
Heinrich von Morungen (1155 oder 1160–1222) 104, 105
Heißenbüttel, Helmut (1921–1996) 989
Hennings, Emmy (1885–1948) 663
Hensel, Luise (1798–1876) 272
Herda, Hans (1906–1991) 182
Herder, Johann Gottfried (1744–1803) 124, 631, 1071
Hermlin, Stephan (1915–1997) 498

Herwegh, Georg (1817–1875) 424
Hesse, Hermann (1877–1962) 658, 690, 1050
Hey, Wilhelm (1789–1854) 18
Heym, Georg (1887–1912) 509, 534, 616, 930, 977
Heyse, Paul (1830–1914) 233, 302, 306, 690, 762, 1009
Hilbig, Wolfgang (1941–2007) 910
Hoddis, Jakob van (1887–1942) 1054
Hoerburger, Felix (1916–1997) 781
Hoffmann, Hans (1848–1909) 220
Hoffmann, Heinrich (1809–1894) 30
Hoffmann von Fallersleben, August Heinrich (1798–1874) 30, 39, 45, 876, 877
Hoffmannswaldau, Christian Hoffmann von (1616–1679) 110, 390, 434, 1040, 1044, 1049, 1053
Hofmannsthal, Hugo von (1874–1929) 217, 253, 619, 733, 965, 1042, 1051
Hölderlin, Friedrich (1770–1843) 57, 61, 165, 238, 378, 387, 484, 521, 543, 670, 682, 685, 822, 997, 1002, 1036
Hollaender, Friedrich (1896–1976) 202, 203
Höllerer, Walter (1922–2003) 948
Holofernes, Judith (geb. 1976) 135
Hölty, Ludwig Christoph Heinrich (1748–1776) 280, 578, 671, 1012
Holz, Arno (1863–1929) 507, 661
Huch, Ricarda (1864–1947) 35, 101, 108, 129, 922
Huchel, Peter (1903–1981) 24, 899, 942, 955
Hummelt, Norbert (geb. 1962) 235
Humpe, Annette (geb. 1950) 511
Hüsch, Hanns Dieter (1925–2005) 285
Hutten, Ulrich von (1488–1523) 856

Ideal 511

Jacobs, Steffen (geb. 1968) 431
Jandl, Ernst (1925–2000) 29, 162, 193, 280, 297, 313, 680, 742, 895, 898, 951, 952, 997, 1096
Jünger, Friedrich Georg (1898–1977) 454, 740

Kafka, Franz (1883–1924) 1030
Kaléko, Mascha (1907–1975) 150, 163, 204, 323, 325, 890
Kann, Emma (1914–2009) 257
Kant, Immanuel (1724–1804) 1092
Karsch, Anna Louisa (1722–1791) 146, 308, 370, 709
Karsunke, Yaak (geb. 1934) 338, 916
Kaschnitz, Marie Luise (1901–1974) 453, 542, 1066, 1067
Kästner, Erich (1899–1974) 63, 91, 142, 170, 196, 296, 300, 318, 339, 848, 886, 1009
Keller, Gottfried (1819–1890) 61, 274, 300, 402, 529, 609, 679, 689, 797, 974, 1099
Kerner, Justinus (1786–1862) 377, 528
Keun, Irmgard (1905–1982) 941
Kirsch, Sarah (1935–2013) 23, 109, 453, 465, 513, 971
Kirsten, Wulf (1934–2022) 468
Kiwus, Karin (geb. 1942) 107
Klabund (Alfred Henschke, 1890–1928) 457, 478
Klemm, Wilhelm (1881–1968) 932, 933
Klepper, Jochen (1903–1942) 845
Kling, Thomas (1957–2005) 41, 834, 914, 937
Klopstock, Friedrich Gottlieb (1724–1803) 218, 315, 449, 556, 861, 1073
Knef, Hildegard (1925–2002) 198

Knorr, Josephine von (1827–1908) 331
Knorr von Rosenroth, Christian (1636–1689) 1090
Kobell, Franz von (1803–1882) 152
Köhler, Barbara (1959–2021) 265
Kolbe, Uwe (geb. 1957) 898
Kolmar, Gertrud (1894–1943) 167, 188, 201, 372
Koneffke, Jan (geb. 1960) 289
Konrad von Würzburg (um 1235–1287) 687, 688
Kopisch, August (1799–1853) 354
Körner, Theodor (1791–1813) 925
Kramer, Theodor (1897–1958) 892, 943, 1021
Kraus, Dagmara (geb. 1981) 917
Kraus, Karl (1874–1936) 414, 423
Krechel, Ursula (geb. 1947) 190
Kreisler, Georg (1922–2011) 721, 896
Kugler, Franz (1808–1858) 553
Kunert, Günter (1929–2019) 499, 953
Kunze, Reiner (geb. 1933) 323, 410, 507, 680, 1011
Kurz, Hermann (1813–1873) 1000
Kurz, Isolde (1853–1944) 422

Lagarde, Paul de (Paul Bötticher, 1827–1891) 268
Langgässer, Elisabeth (1899–1950) 892
Lasker-Schüler, Else (1869–1945) 108, 200, 311, 667, 970, 977, 1058
Lavant, Christine (1915–1973) 187, 193, 363, 389, 406, 407, 619, 664, 666
Lehmann, Wilhelm (1882–1968) 411, 950
Leip, Hans (1893–1983) 976
Lenau, Nikolaus (1802–1850) 214, 378, 1049
Lenz, Hermann (1913–1998) 466, 998
Lenz, Jakob Michael Reinhold (1751–1792) 116
Lessing, Gotthold Ephraim (1729–1781) 324, 678, 1008
Leuthold, Heinrich (1827–1879) 762
Lichnowsky, Mechtilde (1879–1958) 760
Lichtenstein, Alfred (1889–1914) 934
Liebert, Juliane (geb. 1989) 291
Liliencron, Detlev von (1844–1909) 87, 208, 244, 282, 313, 505, 627, 789, 879, 1027
Lindenberg, Udo (geb. 1946) 67, 367, 905
Lingg, Hermann (1820–1905) 297, 770
Loerke, Oskar (1884–1941) 496, 720, 950
Logau, Friedrich von (1605–1655) 375, 714, 922, 1093
Löhner-Beda, Fritz (1883–1942) 799
Lorm, Hieronymus (Heinrich Landesmann, 1821–1902) 424
Lowtzow, Dirk von (geb. 1971) 719
Luther, Martin (1483–1546) 1057, 1069
Lützow, Barbara Elisabeth von (17. Jh.) 437

Magister Martinus (gest. 1498) 322
Maintz, Christian (geb. 1958) 764
Mainzer, Otto (1903–1995) 74
Malkowski, Rainer (1939–2003) 336
Matthisson, Friedrich von (1761–1831) 279
Mautz, Kurt (1911–2000) 783
Mayröcker, Friederike (1924–2021) 25, 32, 128, 162
Mechthild von Magdeburg (um 1207–1282) 1078, 1079, 1080
Meckauer, Walter (1889–1966) 783
Meckel, Christoph (1935–2020) 718
Mehring, Walter (1896–1981) 882
Mereau, Sophie (1770–1806) 520
Meyer, Conrad Ferdinand (1825–1898) 59, 87, 89, 219, 308, 336, 416, 417,

443, 480, 525, 527, 563, 570, 602, 649, 715, 850, 878, 1012, 1036
Mickel, Karl (1935–2000) 48
Miegel, Agnes (1879–1964) 623, 625
Mohr, Joseph (1792–1848) 843
Morgenstern, Christian (1871–1914) 31, 101, 490, 769, 774, 775, 790, 792, 793, 936, 987, 1069
Mörike, Eduard (1804–1875) 24, 89, 99, 131, 139, 230, 256, 277, 323, 330, 401, 470, 474, 560, 579, 618, 622, 665, 732, 850, 963, 981
Mozart, Wolfgang Amadeus (1756–1791) 803
Mühsam, Erich (1878–1934) 806
Müller, Heiner (1929–1995) 913, 956
Müller, Wilhelm (1794–1827) 243, 531, 656, 657
Münchhausen, Börries von (1874–1945) 714

Neander, Joachim (1650–1680) 1095
Neidhart von Reuental (13. Jh.) 76, 78, 84, 85, 369, 829, 832
Neukirch, Benjamin (1665–1729) 147
Neumann, Peter Horst (1936–2009) 226
Nick, Dagmar (geb. 1926) 499
Nicolai, Philipp (1556–1608) 1091
Nietzsche, Friedrich (1844–1900) 245, 280, 525, 667, 989, 1052, 1109
Novalis (Friedrich von Hardenberg, 1772–1801) 679, 817, 982, 1072, 1087

Opitz, Martin (1597–1639) 86, 299, 725
Oswald von Wolkenstein (1376/78–1445) 114, 115, 364, 365
Otto-Peters, Louise (1819–1895) 875
Overbeck, Christian Adolph (1755–1821) 33
Owlglass (Hans Erich Blaich, 1873–1945) 223, 660

Pastior, Oskar (1927–2006) 724
Peiser, Curt (1877–1942) 783
Petersdorff, Dirk von (geb. 1966) 57, 237, 1032
Pfeffel, Gottlieb Konrad (1736–1809) 152
Platen, August von (1796–1835) 197, 219, 382, 524, 723, 921, 995
Politycki, Matthias (geb. 1955) 313
Poschmann, Marion (geb. 1969) 72, 237
Prutz, Robert (1816–1872) 151

Raimund, Ferdinand (1790–1836) 303
Ramler, Karl Wilhelm (1725–1798) 338
Rautenberg, Arne (geb. 1967) 19, 65
Regener, Sven (geb. 1961) 127
Reinig, Christa (1926–2008) 666
Reinmar von Hagenau (gest. vor 1210) 710, 712
Rilke, Rainer Maria (1875–1926) 26, 47, 51, 413, 449, 475, 497, 526, 531, 647, 669, 727, 1082, 1083, 1097
Rinck, Monika (geb. 1969) 145
Ringelnatz, Joachim (Hans Bötticher, 1883–1934) 16, 27, 154, 247, 283, 289, 333, 409, 478, 510, 673, 769, 791, 804
Rist, Johann (1607–1667) 857, 1090
Ritter, Roman (geb. 1943) 311
Rosenlöcher, Thomas (1947–2022) 88, 743
Roth, Eugen (1895–1976) 374, 376, 412, 718, 722, 805
Rotter, Fritz (1900–1984) 836
Rückert, Friedrich (1788–1866) 123, 379, 431, 436, 682, 686, 740, 864, 872, 1104
Rühmkorf, Peter (1929–2008) 473, 677, 1016, 1033
Runge, Doris (geb. 1943) 1039, 1102

Saalfeld, Martha (1898–1976) 337, 423
Sachs, Lessie (1896–1942) 333, 648
Sachs, Nelly (1891–1970) 943, 944, 945
Scheerbart, Paul (1863–1915) 781
Schefer, Leopold (1784–1862) 229
Scheffel, Joseph Victor von (1826–1886) 736
Schikaneder, Emanuel (1751–1812) 132
Schiller, Friedrich (1759–1805) 49, 341, 403, 417, 534, 565, 594, 704, 726, 744, 818, 862, 986, 1000, 1104
Schirnding, Albert von (geb. 1935) 523
Schmidt von Lübeck, Georg Philipp (1766–1849) 657
Schmied, Wieland (1929–2014) 954
Schneider, Reinhold (1903–1958) 1062
Schnitzler, Arthur (1862–1931) 282, 722
Schoch, Johann Georg (1627– um 1690) 515
Scholz, Wilhelm von (1874–1969) 745
Schröder, Rudolf Alexander (1878–1962) 798, 828
Schubart, Christian Friedrich Daniel (1739–1791) 392
Schwab, Gustav (1792–1850) 606
Schwarz, Sibylla (1621–1638) 119, 130, 187, 1022
Schwitters, Kurt (1887–1948) 98, 779, 891
Seidel, Heinrich (1842–1906) 34, 770
Seidel, Ina (1885–1974) 508
Seiler, Lutz (geb. 1963) 50
Seume, Johann Gottfried (1763–1810) 982
Simrock, Karl (1802–1876) 580, 837
Sommerstorff, Otto (Otto Müller, 1859–1934) 954, 1010
Spee, Friedrich von (1591–1635) 419, 1107
Stadler, Ernst (1883–1914) 255, 505, 550, 985
Stehelin-Holzing, Lonja (1898–1964) 83, 227
Steinherr, Ludwig (geb. 1962) 206
Steinmar (zweite Hälfte des 13. Jh.) 747, 748
Stoltze, Friedrich (1816–1891) 517
Storm, Theodor (1817–1888) 138, 164, 291, 382, 427, 473, 487, 492, 693, 713, 815, 828, 841, 847, 881, 961, 970
Stramm, August (1874–1915) 935
Strauß, David Friedrich (1808–1874) 149
Sudermann, Daniel (1550–um 1631) 844

Tauler, Johannes (um 1300–1361) 844
Thoma, Hans (1839–1924) 1103
Thoma, Ludwig (1867–1921) 761, 878
Thümmel, Moritz August von (1738–1817) 771
Thurmair, Georg (1909–1984) 1106
Tieck, Sophie (1775–1833) 1030
Tocotronic 719
Torberg, Friedrich (1908–1979) 1009
Trakl, Georg (1887–1914) 40, 272, 295, 414, 464, 472, 655, 934, 1029, 1057
Trojan, Johannes (1837–1915) 716
Tucholsky, Kurt (1890–1935) 22, 168, 169, 216, 221, 686

Uhland, Ludwig (1787–1862) 256, 409, 746, 839, 928, 983
Uz, Johann Peter (1720–1796) 112

Valentin, Karl (1882–1948) 772
Vischer, Friedrich Theodor (1807–1887) 407, 788
Volks, Sybil (geb. 1965) 102

Voß, Johann Heinrich (1751–1826) 753
Vring, Georg von der (1889–1968) 655

Wagner, Christian (1835–1918) 83, 487, 493
Wagner, Jan (geb. 1971) 62, 724, 750
Walser, Robert (1878–1956) 674
Walther von der Vogelweide (etwa 1170–1230) 95, 96, 383, 385, 461, 855, 1015, 1037, 1038
Wedekind, Frank (1864–1918) 282, 804, 884, 1017, 1045
Weichberger, Konrad (1877–1948) 215
Weinheber, Josef (1892–1945) 380, 741, 967
Weise, Christian (1642–1708) 121
Weissel, Georg (1590–1635) 842
Werfel, Franz (1890–1945) 209, 231, 266, 381, 432, 987, 1039
Werth, Wolfgang (geb. 1937) 785
Wildgans, Anton (1881–1932) 524
Willemer, Marianne von (1784–1860) 103, 133
Wir sind Helden 135
Wolf, Ror (1932–2020) 298, 737
Wolfram von Eschenbach (um 1170/1180–nach 1216) 249, 251
Wondratschek, Wolf (geb. 1943) 244, 309

Zech, Paul (1881–1946) 319
Zeidler, Susanna Elisabeth (1657–1706) 751, 1022
Zeller, Eva (1923–2022) 51
Zesen, Philipp von (1619–1689) 147, 816
Ziegler, Christiana Mariana von (1695–1760) 186
Zinner, Hedda (1905–1994) 883
Zuckmayer, Carl (1896–1977) 686, 745, 762
Zürn, Unica (1916–1970) 143